U0905635

·

心里满了，就从口中溢出

阁楼上的
七个
小矮人

现代作家重述《灰姑娘》
及其他 39 个故事

[美] 凯特·伯
恩海默

编著

邓宁立

译

北京联合出版公司
Beijing United Publishing Co., Ltd.

凯特 · 伯恩海默（Kate Bernheimer），创办了文学杂志《童话评论》，并担任主编；著有故事集《马、花、鸟》，儿童读物、小说《凯琪亚 · 金故事全集》；编选了《魔镜，魔镜：女性作家探索她们最喜爱的童话故事》《兄弟与野兽：男性童话选》；她曾在《锡屋》《西方人文评论》和《马萨诸塞评论》等杂志上发表过小说，并在现代艺术博物馆、鲍尔州立大学艺术博物馆和“92 街希伯来男女协会”主办的系列讲座中以“童话”为主题发表过演讲。

卡门 · 希门尼斯 · 斯米特（Carmen Giménez Smith），本书联合编辑；著有诗集《碎裂成片的宫女》、回忆录《把小鸟打下来》；她还是诺埃米出版社的出版人和《太阳港》杂志的主编。

邓宁立，诗人，译者。作品及译作曾发表于《重庆文学》《上海文化》《中国诗歌评论》《西湖》等。著有诗集《裂口》。

编者序

尽管这些作品的分量不轻，但在这个巨大的世界童话屋中，它们只是小小的一个镜厅。童话是由成千上万的作家在数百年的时间里写就的故事组成。20世纪中期出版的单卷本据说对现存的每一种民间故事进行了编目，有超过2500个条目；自那时起，无数的新故事通过新的翻译、民俗研究和以多种形式工作的艺术家而快乐地传播、分享给世界。

读者喜欢童话。即便是最恶毒的童话评论家也无法把目光移开，因为假新娘、断肢和会说话的驴子催眠了他们。“所有伟大的小说都是伟大的童话。”纳博科夫写道。我认为所有伟大的叙事都是伟大的童话，无论其形式如何（长篇小说、中篇小说、短篇小说、诗歌）。

大约十五年前，我开始熟悉关于童话故事的学术研究，以便把我自己的作品放在传统中思考：我意识到童话故事的复苏。不久，我编撰了首部合集《魔镜，魔镜：女性作家探索她们最喜爱的童话故事》（*Mirror, Mirror on the Wall*）——这本书收录了女作家撰写的文章，谈论童话故事对她们作品的影响。此外，我还开始创作小说三部曲，研究童话故事对三姐妹的影响。如今，我兴奋地看到对奇幻故事的迷恋变得更为普遍——在畅销书系列中，如 J.K. 罗琳的《哈利·波特》、菲利普·普尔曼的《黑质三部曲》和格雷戈里·马奎尔的《奥兹国之书》（*Oz books*）；在电视剧里——无论是明显的奇幻，如任何一部吸血鬼电视剧，还是不那么明显的，比如《六尺之下》呈现的形状与超现实主义图案；还有在电影中——《格林兄弟》和《爱丽丝梦游仙境》只是两个例子。空气中弥漫着魔力。

我从小就听童话故事。我的祖父——可能为迪士尼工作过，也可能没有（没人能够确定）；他可能和波士顿的一个钢琴小偷合作过，也可能没有（我们认为他有）——在我和兄弟姐妹还小的时候就在自家地下室里为我们放童话电影。会飞的床、咯咯叫的女巫，还有鸣叫的鸟儿塑造了我。再加上我的头脑里播放的令人恐惧的大屠杀镜头，以及燃烧的灌木、歌唱"春天的海龟"和分开大海的故事——这些魔法故事带来的慰藉直接印在了我的心里。我很害羞，但我在书里很快乐，这些童话开放的世界在向我招手，吸引着我。

在过去七年里，作为《童话评论》（*Fairy Tale Review*）的创刊人和编辑，我见证了成千上万的作家对童话故事的热情，他们对每一个问题都充满了兴趣。我之所以创办这本杂志，是因为我觉得以童话为基础的文学作品，就像童话故事中孤独的主人公自己一样，缺乏家园。我立即收到了大量非常好的手稿。许多充满希望的撰稿人都是著名作家，他们充满魔力的作品被老式文学出版物拒之门外；还有一些人是真正的信徒，以不同寻常的方式献身于民间传说——创作童话故事报纸、出售自制童话制品、制作自由发行的漫画；还有一些人是祖父、母亲、教师、生物学家或学生，作为新手作家，他们在尝试童话故事的写作形式时感到很舒服。我被每一份来稿所感动，每一个故事都闪耀着对童话的爱。

无论是在博物馆还是在小学里，讲述童话故事时，我总是被观众认知童话技巧的乐趣所感动。童话挑战现状：读者很容易就能认出另一个版本的《小红帽》，即便没有披风，没有树林，也没有狼。看看马修·布赖特精彩的电影《极速惊魂》——年轻的瑞茜·威瑟斯彭在片中扮演一个被虐待的孩子——你就会明白，它直接致敬了凯莉·威尔斯（Kellie Wells）的《祖母的故事》。童话故事有童话般的相似性。

我有幸向许多学生介绍童话故事的奇特历史，玛丽亚·塔塔尔（Maria Tatar）和杰克·齐普斯（Jack Zipes）等学者对此进行了仔细研究，他们告诉我们，最初的童话故事并不是为孩子们而写的，尽管孩子们在壁炉边听到了这些童话故事，而且这些故事——对年轻人和老年人来说——几乎都是图腾式的。对童话故事的热爱驱策着我所有的写作，无论是长篇小说、短篇小说，还是儿童读物。我很荣幸能够使我的日常工作成为童话故事的庆典。所有这一切——编辑工作、手工艺教学、随意的对话、作家的生活——都反映出童话是必不可少的，我想与你们分享这一点。

奇怪的是，将由我来编写这本书。我有一种感觉，魔法故事，尤其是童话故事的激增，与人们日渐意识到与自然和野生世界的分离有关。在童话故事中，人与动物的世界是平等的、相互依存的。暴力、苦难和美是共享的。那些沉迷于童话故事的人，或许希望有一个可以“永远存在下去”的世界。作为一个童话保护主义者，我的工作与各种各样的消亡交织在一起。

基于在作家和读者群体中的经验，我受到启发编写了这本书。几年前，我向一群数量可观的观众——创意写作的教授和学生们——展示了一篇关于童话的简短宣言。我参加了一个专门讨论非现实主义文学的小组。我认为童话处在危险当中——它们被误解了，没有得到现实主义者和寓言家应有的尊敬。只有在一次作家会议上，这样的声明才能引起人们的惊叹。（是的，随你怎么说。）我总是在房间里真诚地告诉每个人，我爱这一切——现实主义、高度现代主义、超现实主义、极简主义。我喜欢故事。显然，我对童话故事的辩护——在我看来是如此令人心酸的包容、边缘化和广阔，却被视为异想天开。（请注意：这个集子里有很多现实主义者和非现实主义者的作品。有些我最好的朋友是现实主义者，也是非现实主义者。）我的发言，旨在鼓舞人心，为这个谦逊的、善于创新的共同传统，创造铿锵而尖锐的共振。我意识到在一屋子讨论“严肃文学”的作家面前，赞美童话故事会引发争议。这使我感到惊讶——但这也鼓励了我编写这本书。

事实上，这本书就是在那次会议上诞生的。我意识到这本书有多么重要：它召集了各式各样的文学作家为童话服务。当时我意识到，尽管人们可能了解并喜欢——或是讨厌——这些故事，但他们并没有意识到它们在当代文学中以多种方式普遍存在。

我只举一个例子，负责管理国家图书奖的美国国家图书基金会表示，“重述民间故事、神话和童话的人不具备获奖资格”。想象一下这样的指导方针：“重述奴隶制、乱伦和种族灭绝是不具备获奖资格的。”童话故事包含了上述主题，然而它所包括的某些东西是简单的——非文学性的。也许这种势利和童话与孩子和妇女的联系有关。或者，由于缺乏单一的作者，一个充满英雄艺术家神话魔力的文化被破坏；或者，童话的比喻是如此熟悉，以至于它们很容易被误解为陈词滥调；可能它们既真实又虚幻的崩塌世界使那些靠二元论赋予生活某种秩序表象的人感到不安。

尽管童话塑造了如此多的流行故事，但它仍然是文学中的弱者——被轻视和被低估了——这一事实使我更加确信，是时候在流行文学合集中赞美当代童话了。童话里有阅读的秘密。作为读者，在对书籍的未来感到不安的时刻，这本书可以帮助我们向前迈进。

《阁楼上的七个小矮人：现代作家重述〈灰姑娘〉及其他39个故事》就像一个可爱的、手工制作的、颠三倒四的、很酷的洋娃娃，我小时候曾有一个（或许你也有过）：一面是小红帽，一面是外婆和狼；它既使我害怕又让我开心！朝这本看似厚重的书中一瞥，你会发现里面藏着一些很棒的作者，他们都是童话爱好者：安吉拉·卡特、汉斯·克里斯蒂安·安徒生、J.R.R. 托尔金、伊塔洛·卡尔维诺、艾米莉·狄金森、芭芭拉·科米恩斯、格林兄弟。下次你去图书馆的时候，请你向他们问好，向他们其他出色的童话伙伴问好，向绘制了这种形式的历史图表的学者问好：玛丽亚·塔塔尔、杰克·齐普斯、玛丽娜·沃纳（Marina Warner）、露丝·波特斯海默（Ruth Bottigheimer）、唐纳德·哈斯（Donald Haase）、克里斯蒂娜·巴切列加（Cristina Bacchilega），以及其他许多人。

一旦开始寻找，你便轻而易举地看到童话故事的多样性以及内中包含的智慧。这本作品集包含反映当前趋势的故事（片段、仿作、章节式作品），它还以更线性、更直接的方式讲故事。其中一些作品向上世纪中叶和后期的风格致敬，另一些则通过与口头民俗传统关联的模式而富有诗意地出现。你会发现一些故事与自身的魔力紧密相连，还有一些几乎没有任何神奇之处——直到你在它们语言的墙上发现了一个小小的钥匙孔。总之，在任何一种情况下，你都可以不费吹灰之力地进入这些秘密花园。

这样做的目的是把不同类型的作家聚集在一起——不仅是那些众所周知的作家，还有那些具有真正童话精神的作家。我寻找的是那些对我来说意味着“童话”的作家的作品，无论童话的意味是明确的还是微妙的。在这个过程开始的时候，我只是要求作家们选择以一个童话为起点，从那里开始，撰写一个新的童话。当一些撰稿人问我什么是童话时，我会回答：“你已经知道了。”我告诉他们童话就是有童话感觉的故事，而且我们将以此为基础，承接向前。

玛丽亚·塔塔尔在她的著作《魔法猎人》（*Enchanted Hunters*）中描述，童话如此受人喜爱的原因在于阅读童话就像和“阅读”恋爱——它们是如此迷人。通过阅读这本书，你将成为一个受欢迎的、古老的、无等级的、新的传统的一部分。当然，这本书只能代表传统的一小部分。关于该邀请谁，我咨询了许多作者、学者、翻译、学生和读者，一路上我被介绍给了许多新的声音，然而这本书不可能是无限的，我对此感到惋惜。我希望这只是对无处不在的童话的全新接受的开始。“幻想”这栋房子是无垠的。

故事是按照其发源地被松散地组织起来的——这只是许多组织方式中的一种，是穿过错综复杂的森林的一条路径。目录提供了每个故事原型的名字，尽管其中的许多故事来自世界各地的多种变体。我们呈现出来的不是最终版本；相反，我希望你能跟随这些小面包屑，去阅读更多优秀的童话作品。我还收录了每篇故事的作者后记。在这些后记中，你会发现被引用的故事是如何为作者提供灵感的，它们是引人入胜的个人见解。目录还提供了每个故事的开头——每个“从前”，如果你愿意这样理解的话。以这种方式，你可能会找到你最喜欢的作者或故事类型，或者仅仅是一个吸引你注意力的句子。把这些作为路标，进入你自己的上百英亩的私人森林——如果这对你有帮助的话。你当然可以按顺序——或是倒着读这本书！你需要知道的是，欣赏这些故事不需要特别的专业知识——只要有阅读的兴趣就可以了。

我希望这本书不仅能为你提供一种奇妙的阅读体验——重新介绍这些古老而又令人激动的故事——同时也能呼吁我们为子孙后代保留童话。

因为在童话里，你会找到最精彩的世界。是的，童话故事是暴力的，是有遗失的，它包含谋杀、乱伦、饥荒和腐败——所有这些都在童话中萦绕不去，却也萦绕着我们。童话世界是一个真实的世界。童话故事包含一个并非虚假的咒语——旨在保护地球上最濒危物种的祈求。“温顺之人必承受……”这是我小时候听到的最早的故事之一。当时我深信不疑，现在依然如此。

童话故事，童话故事的读者：这本书属于你。

凯特·伯恩海默

目录

激情

● 乔纳森·基茨 *Jonathon Keats*

你会遇到这样一些人，在他们的记忆中，这个国家有过自己的冬天。一年又一年就这样过去了，第一场雪来了，人们会离开田野，到森林里去伐木。接下来，在不到一天的时间里，你会听说，他们中的某一个见过她。

他们不认识她，至少私底下不认识，也无法通过恋爱或是彼此共同的熟人结识。然而很久以前，他们编了一个名字，当他们像男人们谈论女孩那样谈论她时，便使用这个名字。他们称她——“激情”(ardour)。

故事始终是一样的。一个农民独自在一片空地上休息，点燃一小团火焰取暖，起初，他只是感觉到死树的树荫里有一丝气息；随后，他看到一双灰蓝色的眼睛向外凝望。这就是那个被他们称为“激情”的女孩一直在做的事。他们向她呼喊，争相吸引她靠近。然而，她始终与他们保持着一定距离。

这显然不是因为羞怯：她赤裸的皮肤上只披了一层雪，通常仅有一层霜闪耀着光泽。她也不会被视作一个调情者：不像城里的年轻女子，她们通过让潜在的追求者注意自己的缺点来掩盖自身的缺陷，激情没有一丝缺陷。在火堆后面，他们呼唤她，而她似乎只是不确定该如何回应。

她是否知道他们别有用心？每一年都与上一年相差无几。在第一场雪中醒来的时候，她记起的不是去年冬天发生的经历，而是一种尚未实现的冲动。

这是从她看到的那一幕开始的：不记得是在什么时候，在林中深处，在她一直生活着的地方，一个像她一样的女孩——一头浓密的头发，胸脯如同陡峭的雪峰——与一个男人手拉着手，走进一片林中空地，他们相互拥抱，仿佛成为同一个人。他讲述，她哭泣。破裂，颤抖。他们互相拥抱着，仿佛彼此是对方不可碰触的伤口。

如果激情知道这个词，也许她会把它叫作“爱”。如果她知道“恨”这个字眼的话，她就应该会想到这个词——当她看着那对情侣争吵的时候。可惜，没有语言引导她。于是她紧扣住自己麻木的肉体，梦想着——

有所感受？有所渴望？怎样的人，即便在并非孤身一人的情况下，也会感受到寂寞？从那以后，每一年，在冬天的掩护下，她徘徊在人类世界的边缘。

而男人们也在催促她跨过门槛。

他们整个季节都在急切地恳求她，直到最后，她离火太近——当冰霜从她身上融化时，她也融化了，变成了清水。然后冬天的寒意就会跟着她，顺着河流，穿过封闭的森林，进入未知的世界。在积雪下面，一个崭新的春天出现了。劳作重新开始，播种和收获的循环将消耗掉所有人一年中的大部分时间。想要把面包端上餐桌，还有许多事要做。唯一一个被国王允许不需要劳作的人，是那个成功诱使激情离开森林的人。因为那是对结束冬天的奖赏。

每年，男人们都更加努力地引诱激情。他们给她唱歌，拉小提琴或吹笛子。即便他们曾经被她吸引过，过上一段时间，你就再也听不到他们在酒馆里兴致勃勃地谈论她那浓密的头发，那雪峰一样陡峭的乳房。每个人只想着自己。

然而，他们越是大费周章，越是无法吸引她靠近。国王看着他的臣民们奉承和贿赂激情，看着他们对她的态度比对自己更虚情假意。往常的冬天是一个休息的季节，如今，它却比播种的季节更艰苦，回报是什么？对其余的人来说——把激情引诱走的那个人除外——它的回报不过是漫长的九个月的劳作。

冬天的喧闹声几乎让人无法忍受，每个人都在演奏他所熟悉的乐器，跳舞，递面包、蜂蜜酒和金子。激情简直无从选择，更不用说让谁来勾引她了。有一年，她被那个吹着最响亮号角的农民吸引住了，她误以为——单纯的灵魂——那是他欲望的强度。另一个冬天，她选中了那个舞跳得最优雅的人，她以为——愚蠢的女孩——这衡量出了他的敏感。然后，她爱上那个拥有最宝贵财产的男人，她把这误解为——蠢姑娘——慷慨大方的象征。

从那以后，她完全忘了她曾经想要在男人中间找到什么。她带着一年一度的冬天回来了，四处肆虐，想要找到更大的、更好的——什么？她不再害羞了。她扑灭了大火，把农民埋在雪里。人们把她称作冷酷无情的人——不再是愚蠢的傻瓜、头脑简单的灵魂——并且开始思索为什么她会变得像人类一样。

那年的冬天一直延续到四月、五月、六月、七月。到了八月，他们开始燃烧日历来取暖。国王下令，无论谁诱使她倾倒，都不需要再工作了。可是，那些曾经拼命向她求爱的男人现在只想恳求她离开。号角和笛子被舍弃了，他们的声音融合成同一个：我们诅咒激情！走开！离开！滚开！

九月紧随而至，然后是十月、十一月。冬天接下来还是冬天。国王的猎人们设下陷阱来捕捉她。他们开枪杀人，弹药只是沉入雪中。十二月、一月、二月、三月。月份失去了意义，年份失去了意义，话语失去了意义。只剩下饥饿带来的痛苦能够让人感觉到时间的流逝。人们盼望着死去。

最后，国王只好派自己的儿子从他的城堡里去拿柴火来煮粥。那个没完没了的冬天开始时，这个男孩还很年轻，他只听说过激情是个怪物，贪求人类的生活。他很清楚自己应该害怕她——她犹如一头野兽，体形庞大得如同他的国家，群山和峰谷构成了她的身躯，据说，她是一个呼吸能令男人冻结的女人。他的父亲没有告诉他要多保重。

他穿上衬着毛皮的牛皮皮靴，把鞋带系在大腿上，打了三圈。他的帽子和手套都是用同样的材料制成的，大小非常合适，连打个寒战的地方都没留。然而，那件大衣则更为高贵：它是上一任国王的遗赠，是父亲的父亲传给他的——简而言之，这是家族传统，可以追溯至族谱上没有黄金装饰的那一代。人们不再知道这种大衣是由什么制成的：某种灭绝动物的皮肤——也许是龙的皮肤——甚至是地球本身的外壳？这一天，国王把它披在自己的儿子身上。

男孩拿着斧头和锯子向树林里走去。这可以说是他十六年来第一次一个人独处，如果不算有另一双眼睛盯着他的话，他想。乍一看，那是一片阴沉的灰色，当他盯着看的时候，两只眼睛的瞳孔清晰可见。

它们属于一个他从未见过的女孩。雪把她娇小的身躯完全盖住了，她的头发被恶劣的天气裹住，这种天气能够把每一寸裸露的皮肤摧残得干干净净。

事实上，他并不特别勇敢。如果他行动起来，把这个女孩从冬天的手中救出，把她庇护起来，下场或许和通过袭击她来赶走冬天的人是一样的。与之相反，他只是朝她走过去，只想走近一些，而没有其他动机。

越来越冷，越来越冷，越来越冷。他向她伸出手。那层雪像毛皮一样柔软。他把它拂去，当它掉下来的时候，她的手碰到了他的肩膀，把他身上的遮盖拿开了。

据说身体结冰的最后一种感觉是一种包罗万象的热。当女孩走得越来越近——霜从她的胸部和臀部、从她脖子、从她苍白的腹部融化——他也脱掉了更深层的衣服。于是，人们说，激情把他带走了。

冬去春来，春去夏来。国王去寻找他的儿子。他在一片空地上只找到了男孩穿的那件大衣，大衣上没有留下野兽啃咬的血迹。空地上，甚至没有可以用来埋葬的骨头。生活在继续。

那年，冬天没有来。没有一个农民见过激情。他们一直弯腰劳作到十二月，几乎不曾抬头。土地无情地生产着。繁华如此，谁又有时间休息？过了一年、两年、三年、四年。天气再也没有下过足以让田野睡上一个季节的大雪。工人们从此再也没有空闲过。

耕种，收获；耕种，收获。只是在很少见的情况下，一场远处的暴风雨会持续上一小时，扰乱耕作的节奏。国王把自己关在城堡里，相信这是众神在为他失去的儿子而与他一同哭泣。但农民们知道，怒气来自森林的地面：是她和她的情人——那个爱上她的男孩——颠倒缠结的声音。那个男孩使她感到极其地——这会是真的吗？——人类。

我说不清自己是在什么时候第一次听说俄罗斯雪姑娘斯涅古罗奇卡[1]的，也不知道是谁给我讲了她的传说。从那以后，我再也没有碰到过和我记忆中类似的版本。我大概记错了，我记得的那个版本也许并不存在。我写《激情》是为了留存一直陪伴着我的斯涅古罗奇卡，即便她是一个想象中的虚构人物。

民间传说是有层次的。每一次复述都是一次修订，使故事更能适应特定的时间和地点。我愿意相信这个过程可以继续下去，即便是在一个自发讲故事的传统已经演变为注重书写和录音的社会。在过去的一个半世纪里，人们观看过一场芭蕾、一部歌剧和两部电影，均根据俄罗斯雪姑娘的传说改编而成，这至少说明斯涅古罗奇卡在录像媒介中存活了下来。她鲜活无比，尽管她每次出现的时候看起来都很不一样——包括在我自己的故事中——但这与她幻想的方式是一致的。

——乔纳森·基茨

1 雪姑娘的形象不仅出现在俄罗斯民间仪式中，在俄罗斯的口头文学创作中也以民间童话中提到的“用雪堆造，并且复活”的形象呈现。她被描绘为冰雪与春天的女儿，故事里她喜欢上了一名牧羊人，但作为冰雪的化身她又不懂情为何物。雪姑娘的母亲同情她的处境，于是给予了她这个能力——当雪姑娘坠入爱河时她的内心会被温暖，同时她的身体也会因此融化消失。——译者注

我在这里

● **柳德米拉·彼得鲁舍夫斯卡娅**

Ludmilla Petrushevskaya

“你怎么能忘掉这种感觉？当生活、幸福和爱情连番从你身边溜走，这种感觉就像在遭受重创。”看着丈夫砰的一声倒在一个孩子旁边，一个名叫奥尔加的女人想道。这里的每个人都已经成年，突然，这个小女孩不知从哪里冒了出来。然后他和女孩一起站起来去跳舞，一路上，他兴高采烈地对奥尔加说：“看看这个小宝贝！她六年级的时候我就认识她了。”他开心地笑了。“那个小女孩当然是主人的女儿，她住在这里。自己怎么会忘记这一点呢？”奥尔加坐地铁回家的路上想。她那半醉的丈夫戴着眼镜，耳朵里戴着助听器，从口袋里掏出一张折叠起来的报纸，在刺眼的地铁灯光下愁眉苦脸地眯着眼。他们骑马回家。他把同一份报纸放在马桶上，然后在里面打瞌睡，这很明显，因为奥尔加不得不用很响的敲门声把他叫醒。一切都是那么琐碎，那么令人难堪。“当然，在自己家里，一切总是令人尴尬的。”奥尔加想。她的丈夫在床上打鼾，像往常一样。“上帝，”奥尔加心想，“生活完蛋了。我是个老女人。我已经四十岁了，没有人需要我。一切都结束了，我的生活完了。”

第二天早上，奥尔加为家人准备了早餐。她需要去个地方。任何地方都可以——电影院、展览馆，甚至是剧院。但谁会和她一起去呢？一个人去有点奇怪。奥尔加给她所有的朋友都打了电话。其中一个人裹着厚大衣坐在那里。她患有一种被她称为“流动的盛宴”的疾病，她的肾很糟糕。她们聊了一会儿。另一个朋友没接电话。也许他的电话关机了。还有一个朋友在电话响起时正要出去，实际上她已经站在门口了，她的另一个年长的亲戚生病了。那个人是个孤独的老处女，但总是很快乐，精力充沛，几乎是个圣人。不像我们。

奥尔加可能会试着打扫房间——她的老板过去常说：“当我陷入谷底时，比如跟我姐姐一样（她那时候刚去世）的诊断书出来的时候——嗯，我回到家，开始拖地板。”这之后，他老是讲起诊断书的故事——一个错误，真是个奇迹！我们得到的教训是，不要放弃！保持地板干净整洁！

洗衣服，洗盘子，一切都乱成一团，在昨晚她和她丈夫的大学朋友筹办完那个愚蠢的生日派对后。所以奥尔加应该打扫卫生，但她一直在想怎么没人帮她的忙？她的丈夫宿醉未醒，即便起床了也压根儿不看她的脸，他只会唠叨、大叫，沉思着昨晚那个神奇的小姑娘——那个女儿，没错。之后，他会在外面一直待到晚上。不，她需要出门，走开，找个地方躲起来。让他们在一生中照顾自己一次吧。她累了。

然后奥尔加意识到：为什么不去拜访一下这个世界上唯一一个没有人会拒绝她的地方？在那里他们总是很高兴见到她；在那里他们会让她坐下来，给她泡茶，询问她近况如何，甚至邀请她过夜；为什么不去拜访一下他们的老房东？在娜斯提娅还小的时候，他们在那里连续生活了这么多年，那时候她和谢廖扎仍然希望能过上更好的生活。她是奥尔加特别珍贵的回忆，这位女房东。由于自己和母亲的复杂关系，奥尔加爱上了这个陌生人，这个睿智而感人的老妇人。在奥尔加看来，她甚至显得很漂亮，和蔼可亲，像个孩子一样聪明。与此同时，巴巴安雅很早就和女儿闹翻了，如果可以这么说的话。她的女儿再也没有来过这里，她到处和人厮混，唯一给巴巴安雅留下的就是小玛丽娜——一个沮丧的黑发怪物，害怕每一个人。

是的！当你被身边的人抛弃时，帮助一个陌生人，你会从他们对你的感激中感受到温暖，这将赋予你的生命以意义。最重要的是，你会找到一个安静的避难所，这就是我们想从朋友那里得到的，不是吗？

奥尔加受到启发，咯咯地笑了起来，迅速清理了所有东西，尽量不吵醒她的家人，然后去找她收藏的娜斯提娅的旧东西，这些东西是多年来她为巴巴安雅收集的。她知道，巴巴安雅的小女孩是在没有任何外界帮助的情况下长大的。

她甚至为安雅找到了一件东西——一条温暖的围巾。两个小时后，她在火车站前的广场上跑着，差点被车撞到（现在，这真的很了不起，不是吗？如果她死了，这肯定是一个解决各种问题的办法——一个没有人需要或想要的人的消失，这将解放所有人，奥尔加想。她甚至在这个想法上停留了一会儿，为它感到惊奇。）——片刻后，像个魔法，她背着一个大背包，从熟悉的小乡村火车站的火车上走了下来，朝河的方向，沿着熟悉的道路，从火车站走向村落边缘。

那是十月的一个星期天。这里光线充足，空旷无人，树木已经光秃秃的，空气中弥漫着烟味和俄式澡堂的味道。落叶散发着新酿葡萄酒和他人既定生活的味道，还有一阵墓地的气息。不知怎的，窗户已经亮了，尽管天还没有黑。怀旧、广阔的空间，珍珠般洁白的天空和逝去的幸福，当她和谢廖扎还年轻的时候，当他们的朋友来到这里时，他们都如此开心，一起喝酒、烧烤，等等。他们给巴巴安雅提供了帮助，因为有些东西总是在漏水，或者坍塌，或者需要有人把什么东西钉进去。在那些年里，你可以把小娜斯提娅留下来陪她一个晚上，娜斯提娅和沉默的小玛丽娜成了朋友。当奥尔加和谢廖扎去城里参加某人的生日派对时，巴巴安雅会把她们放在床上，奥尔加和谢廖扎自己则喝酒唱歌直到日出，也许直到第二天晚上才会回来。一直以来，他们的女儿都很安全，巴巴安雅甚至会说，去吧，去度个假，你觉得我应付不了这两个人吗？于是她就和谢廖扎一起去南方待了两个星期。巴巴安雅也很享受，他们把钱和日用品留给她。事实是，当他们回来的时候，娜斯提娅兴奋过了头，马上就病倒了，整整病了两个星期。他们的整个假期都被遗忘了，被晒黑的皮肤也被抹去，奥尔加一连十个晚上没有睡觉：女孩差点死掉。“生活中的一切都在寻求平衡。”奥尔加背着背包边走边自言自语，她可能已经大声说出来了。

小路很软，这里的土壤大部分是潮湿的黏土。在前面道路转弯的地方，我们左转穿过“医生”的围栏。他们就是这样称呼邻居的，在某种程度上，这一家的丈夫确实为当地的流行病控制办公室工作。周六，他们会把排泄物从厕所下面抽出来，倒在花园里，据说是出于对生态环境的考虑（实际上是因为他们不想雇一辆卡车把垃圾运走），这种有机肥料的气味在整个村庄飘散开来。现在又刮起具有同样腐烂气味的风（这解释了为什么这地方闻起来像墓地，奥尔加想）。

巴巴安雅过去常常嘲笑这个农业项目。她自己也是一名农作物专家，曾在一家研究所工作，还出过差。退休搬到这里后，她才找回了自己农民的根，回到了祖先的语言中，称草莓为“红莓”（也可以是“维多利亚”），她头上戴着头巾，脚上穿着橡胶靴，在灌木丛后面上厕所（这才叫施肥）。她的花园里的一切，仿佛施了魔法一样自己生长。她在很久以前搬到了这里，把在城里的公寓留给了她的女儿，据说是为了给她一些空间（实际上，那是在一场旷日持久的争吵导致双方都被摧毁之后——家庭内部的争斗总是如此）。

奥尔加顺利地穿过这条杂草丛生的小路，穿过稀疏的黑色野草，好像有一阵子没有人走过这条路了。她从大门上取下用来代替门闩的生锈的门环，把潮湿的大门从栅栏上拉开，高兴地朝房子走去，看到窗户后面的窗帘在颤抖。

巴巴安雅在家！看到奥尔加，她一定很高兴：她一直爱他们。

奥尔加敲了敲门，门甚至没有锁。奥尔加经过冷冰冰的前厅，砰的一声敲在巴巴安雅用来代替墙纸的帆布上。

“我来了，我来了。”巴巴安雅空洞的声音传来。

奥尔加走进温暖的房子，嗅到了别人家里的气味，她立刻被这甜蜜的气息打动。

“你好，老奶奶！”她叫道，差点哭了出来。一夜温暖的休息，一个安静的避难所在等待着她。巴巴安雅变得更矮、更干瘪了，她的眼睛在黑暗中闪着光。

“我没打扰你吧？”奥尔加高兴地说，“我给你的小玛丽娜带了一些娜斯提娅的东西——紧身衣、保暖的裤子和一件小外套。”

“玛丽娜不在这儿了，”巴巴安雅很快地回答，“她已经不在了。”

奥尔加脸上依然挂着笑容，心里却感到害怕。她脊背发凉。

“走吧，”巴巴安雅非常清楚地说，“离开这里，奥尔加。走开。我不需要它。”

“我也给你带了些东西。我买了意大利香肠、牛奶和一点奶酪。”

“把它们都带走吧。我不需要。拿着钱走吧，奥尔加。”

巴巴安雅像往常一样，用一种细弱、安静、愉快的声音说话——她没有疯——但她说出的话令人难以置信。

“巴巴安雅，发生什么事了？”

“什么都没发生，一切都很好，现在离开这里。”

巴巴安雅不可能说这些话！奥尔加站在那里，既害怕又受辱。她不敢相信自己的耳朵。

“我做错什么了吗，巴巴安雅？我知道我已经很长时间没来了。但我总是想起你。只是，生活，不知怎的——”

“生活就是生活，”巴巴安雅含糊地说，“死亡就是死亡。”

“不知怎的，我就是找不到时间……”

“我有的是时间，我不知道拿这些时间怎么办。所以，奥尔加，继续走你的路吧。”

“那我就把这些东西留给你了，”她说，“我会把它们拿出来，这样我就不用把它们再带回去了。”

（上帝，发生了什么事？）

“为了什么，为了什么？”巴巴安雅用一种清晰的、咄咄逼人的声音问道，几乎就像在对自己说，“我什么都不需要。结束了。我死了，被埋葬了。我需要什么？坟墓的十字架，没有别的。”

“但是发生了什么？你就不能告诉我吗？”奥尔加绝望地坚持着。

房子很暖和，走廊的地板像往常一样用硬纸板盖着，所以房子里不会有泥土。巴巴安雅房间的门敞开着，里面可以听到收音机像蚊子一样嗡嗡作响，透过窗户你可以看到院子里的树。一切都保持着原样——但是巴巴安雅似乎已经失去了理智。对于一个还活着的人来说，最糟糕的事情已经发生在她身上。

“我告诉你发生了什么，”她现在说，“我死了。”

“什么时候？”奥尔加不由自主地问。

“到现在已经两周了。”

太可怕了，太可怕了！可怜的巴巴安雅。

“巴巴安雅，你的小女孩在哪儿，玛丽娜在哪儿？”

“我不知道。他们没有带她来参加葬礼。我只希望斯维特拉娜没有带走她。斯维特拉娜不行了，哦！她不行了，她一定是把公寓卖了，花了钱，她穿着破烂来参加葬礼。她彻底崩溃了。她的脚上长满了疮，是张开的疮，用报纸包着。德米特里把我埋了。她在那里毫无用处。德米特里把她赶走了。”

“德米特里？”

“她在玛丽娜还是个婴儿的时候就把她给了德米特里。她只有一岁。德米特里，德米特里。然后他把小玛丽娜送到了孤儿院，我去接的她。你不记得了，还是我没告诉你？”

“是的，我记得类似的事情。”

“也许我没有告诉你。这里有很多像你这样的人。他们来了又走，没有一封信，没有一个字。我孤独地死去。我在这里摔倒了。玛丽娜当时在学校里。”

“可是我来了！我现在来了！”

“德米特里把我埋了，但他只是把我火化了，而且他还没有拿起骨灰盒。我没有被埋葬，所以我来到这里。我只是暂时在这里。斯维特拉娜已经完全变坏了，她是个流浪汉，一个真正的流浪汉。她甚至没有意识到她可以住在这里。当她坐下来开始用报纸裹脚的时候，德米特里把她轰出了火葬场。不知怎的，她在医院找到了我，然后去了停尸房。她从公共汽车上下来，脓从她的伤口里流出来。她在废纸篓里发现了一份报纸。斯维特拉娜，我知道，她希望在守灵会上喝一杯。德米特里不知怎的找到了她，他不知道她会变成那样。但我不会在这里待很久，只要待到第四十天。之后就是告别。就这样，奥尔加，现在走吧。”

“巴巴安雅！你只是累了，仅此而已。躺下！也许你希望我在这里陪你一会儿？我去找小玛丽娜。她什么时候失踪的？”

“玛丽娜消失了？不，不。当我倒下的时候，我一开始什么都不记得了，但是后来，当他们把我带走的时候，我唯一看到的就是德米特里。玛丽娜在哪儿？是德米特里把我从停尸房带走的。”

“德米特里？他姓什么？”

“我不知道，”巴巴安雅喃喃自语，“我猜是费多谢耶夫吧。就像玛丽娜。她姓费多谢耶娃。上帝保佑他。他带了一位牧师来参加葬礼。就是这样，他们是唯一在那里的人——没有人被通知，他不知道该告诉谁。他告诉了斯维塔，然后把她永远赶走了。她马上就到了，我在等她。她就要死了。”

“没人告诉我。”奥尔加突然说。

“你是谁，奥尔加？你很久以前租的这个小屋。你有多久没来了？五年？玛丽娜已经十二岁了！我只希望她离这儿远点，哦，我希望她不要来！”

五年。娜斯提娅已经十五岁了，已经是个少年。他们已经五年没有在这里过夏天了！娜斯提娅的祖母在库班的斯拉维扬斯克镇上有一所房子。那里有一条河，流淌着冰冷的河水。女孩从那里回来，完全是个陌生人，野性十足，抽着烟。她已经是个女人了。

“原谅我，巴巴安雅！”

“上帝会原谅你，他会原谅每一个人。现在走吧。别待在这儿。带上你的破布。小偷已经来过这里了。我为他们所有人开门。我现在什么都不是了。”

“这不是破布，这些是给小女孩的好东西。羊毛紧身衣，一件小外套，几件T恤。”

奥尔加试图让巴巴安雅相信一切都很好，这种恐惧不过是巴巴安雅痛苦的心灵幻想出来的——被遗弃、受到伤害的心灵，就像奥尔加一样。

“巴巴安雅，我来到这里，想着这可能是我最后的避难所。”

“地球上没有这样的避难所，”巴巴安雅说，“每个灵魂都是自己最后的避难所。”

“我以为至少你不会把我赶走，你会收留我。我想我可以在这里过夜。”

“不，奥尔加，你在说什么。我在告诉你你不能，我已经不存在了。”

“我带了些吃的，请你尝尝吧。”

“你一会儿可以自己尝尝。现在走吧，走吧。”

“外面很冷。在这里，在村子里，天空和空气都……巴巴安雅！我很想来这里，我希望……”

巴巴安雅坚定地回答：“我很担心玛丽娜。我非常担心她。”

“我知道，我明白，”奥尔加说，“我会找到她的。”

“斯维特拉娜已经在路上了，她失去了一切，但她还活着。如果她死了，她就会在这里。但是我不想在这里见到任何人，你明白吗？离我远点，你们所有的人！玛丽娜在哪儿？我不想见她，我不想，你明白吗？”

巴巴安雅显然是在胡说八道。想，不想。但她坚定地站着，用娇小的身躯挡住了过道。

奥尔加想象着带着沉重的东西——面包、食物和一升牛奶走回家的情景。

“巴巴安雅，你介意我在这儿坐一会儿吗？我的腿很疼。我的腿突然很疼。”

“我再告诉你一次：安静地走吧！趁你的腿还在，赶紧把它们带走吧！”

奥尔加从她身边走过，好像巴巴安雅不在那里一样，然后在房间里的一张椅子上坐下。

隔着敞开的窗户，邻居家外屋的气味更强烈了。

这个房间看起来像是被遗弃了。床上有一张没拆包装的床垫：这在巴巴安雅家从来没有发生过，她很整洁，总是把床铺得很整齐，在上面铺上带花边的枕头。还有那可怕的气味！

“巴巴安雅，你能不能泡点茶？”

“这里没有茶壶，我告诉过你，坏人来了，拿走了所有的东西。”巴巴安雅在走廊里用同样清晰的声音说。

“还有水。有水吗？”

“水……有一段时间没有水了，只有井里有水。但我不出门。”

“我去打点水来，”奥尔加在房间里说，“你可能有段时间没喝茶了吧？”

“我两周前去世了。”

“你还有那个水桶吗？”

“他们把桶也拿走了。”

奥尔加深深地吸了一口气，走进厨房，发现厨房被彻底洗劫一空。小柜子敞开着，地板上铺满了碎玻璃，一个破旧的铝制罐子侧躺在地板上（巴巴安雅用它煮过粥）。地板中间放着一个三升装的罐子，里面装着一些豆子。谢廖扎曾经打算用那个罐头充当晚餐，但是他们没有打开它，而是用烤土豆代替了。秋天，回到城市里的时候，他们把罐头留给了巴巴安雅。

奥尔加手里拿着罐子。

“把你所有的行李也带上！”巴巴安雅说。

“我要怎样才能把这些东西都拖到井边去？”

“拿着，拿着！拿着你的袋子！”

奥尔加乖乖地把手提袋扛在肩上，拿着罐子出了门。巴巴安雅拖着背包跟在她后面，出于某种原因，她没有走进外厅。

寒冷在外面迎接着奥尔加，伴随着一阵强劲的、清新的冷风，废弃的花园里黑色杂草到处都是，长势茂盛，它们的空心种子在风中摇曳。奥尔加跌跌撞撞地走到最近的一口井旁。很久以前他们就给每个人都装上了自来水，只是他们没有来到这里，没有帮助贫穷的巴巴安雅，后者没能筹到这笔钱。

沟谷里堆满了旧垃圾，简直就是个垃圾场。井边也没有水桶，只有一根折起来的棕色绳子。就像巴巴安雅常说的那样，桶被洗劫了。

奥尔加感到头晕目眩，她周围的一切都变得白得刺眼，白得令人眼花缭乱——但只是一瞬间。奥尔加毫不迟疑地找到了一根大弯钉，从地上捡起一大块砖头。她在罐子的侧面打开了个洞，但同时割破了左手的食指。她用嘴吸了一下流出的血，找到了一片新鲜的带状叶子，把它铺在伤口上，然后设法把绳子绑在罐子上，把罐子放了下去。她把临时准备的水桶放下水井，盛满水，又把它提了起来，现在这罐水冷得像冰。她解开绳子，抱着装得满满的水罐，尽可能地使它远离自己。她满脑子想的都是可怜的巴巴安雅家里一滴水都没有。她从肮脏的沟里爬上泥泞的小路，她的腿对此并不适应，疼了起来，或者说麻木了。在小路尽头，奥尔加放下罐子，环顾四周。

巴巴安雅破旧的篱笆上布满了缝隙，从这里你可以清楚地看到那座房子。现在窗户上没有窗帘了！奥尔加感到一种冰一样的恐惧，一种健康人在精神错乱之前经受的黑暗的恐惧——那种精神错乱可以在七八分钟之内把四面窗户的窗帘都扯下来。

不过，巴巴安雅还是需要吃饭，或者至少需要喝点东西。她会打电话给医生，锁上门，设法找到玛丽娜、斯维特拉娜，或者德米特里·费多谢耶夫。至于谁该住在这里——是流浪汉继承人，那个一眨眼的工夫就能把房子喝光的斯维塔，还是可怜的无家可归的玛丽娜——这不是我们能决定的。否则她会亲自带走玛丽娜！既然她已经牵扯进来了，她就会这么做。你想摆脱你的生活，现在你摆脱了它，却落到了别人的生活中。世界上没有一个地方能够摆脱需要帮助的孤独而平静的灵魂。谢廖扎和娜斯提娅会反对：谢廖扎会什么也不说；娜斯提娅则会说“很有趣，妈妈，好像我们不知道你是疯子似的”，她的母亲当然会在电话里变成一桩可怕的丑闻。

奥尔加站在那里，费力地想着这一切，知道她应该继续走下去，但是她的腿被铅灌满了，拒绝服从命令。她不想提着三升冰冷的水走进那个疯老太太被洗劫一空的房子，不想在这种生活中经历更多的困难。寒风呼啸着冲上小山，奥尔加站在那里，冻僵了。她是一位母亲和妻子，然而她站在那里，像一个无家可归的女人，像个乞丐，脚下只有一个装满水的三升罐子。刺骨的寒风吹过，黑色的树干发出刺耳的声音，冬天新鲜的西瓜香味扑鼻而来。天气冰冷苦寒，天很快就黑了，她应该立刻回家，回到温暖的、有点醉意的谢廖扎身边，回到她活着的娜斯提娅身旁。她现在一定已经醒了，一定是穿着睡衣和睡袍躺在那里，看着电视，吃着薯条，喝着可口可乐，打电话给她的朋友。谢廖扎现在要去拜访他的老同学了。他们要喝点东西。这是星期天的例行节目，所以随它去吧。在一个干净、温暖、普通的房子里。没有任何问题。

奥尔加双手抱着罐子，想把它带给巴巴安雅，可是她滑倒了，摔在泥里，把一半的水溅到自己身上。哦，天哪！她的腿现在真的很疼。

巴巴安雅的门是锁着的，没有人开门，奥尔加用伤腿踢门，着魔似的喊叫。

在她上面的某个人，清楚、迅速地指出："她在大喊大叫。"

奥尔加知道另一条进屋的路，通过梯子进入阁楼，从斜槽穿过去，沿着墙上的台阶，你可以下到露台——他们曾经不止一次像这样爬进屋里。她和谢廖扎在深夜找不到钥匙的时候。

奥尔加把罐子留在了门口。

巴巴安雅坐在那个房子里，神经错乱，没有水，她不可能把食物从系紧的背包里拿出来，在她没有意识的状态下是不可能的。当你失去一切的时候，一切都发生得那么迅速，把聪明、善良、美好的人变成机警愚蠢的小动物……

奥尔加费了好大劲儿才把梯子从房子底下拿出来，靠在墙上，爬上摇摇晃晃的梯级，梯子的第三级断了，她摔下来，腿又受伤了（是不是断了？）。她呻吟着，继续往上爬，最终还是爬上了屋顶，这让她弄伤了手，她的身体一侧疼痛不已。她的头有那么一会儿就像一片巨大的白色空间在她面前打开，但那不算什么，它立刻消失了。她勉强拖着身体沿着尘土飞扬的阁楼走到了阳台上——这是一段难以忍受的曲折旅程。露台的门也被锁上了。显然巴巴安雅想到了这一点，因为害怕小偷，所以把门扣上了。

好吧。

奥尔加哭了起来，开始用拳头砸门。她喊道："安娜·谢尔盖耶夫娜！你好！是我，奥尔加！让我进去！"

她站在那里听了一会儿——什么也没听见——远处传来一种声音，好像是一些碎土块沿着小溪奔流。

"好吧，"奥尔加最后说，"我得走了。门边的罐子里有水。背包前面的大口袋里有面包和芝士。意大利香肠也在里面。"

下墙的路比上墙的路更难走，当她想要抓住梯级时，她的手根本不听使唤，奥尔加从梯子上下去的时候已经处于一种半疯的状态，她不知道自己是怎么避开第三根断掉的横杠的。在某些地方，白光穿透了暮色，那是无意识的白光。

成功到达车站后，她坐在一张冰冷的长椅上。天很冷，她的腿冻僵了，疼得厉害，像被压碎了一样。火车很长时间才到。奥尔加蜷缩在冰冷的长凳上。火车不停地经过车站，站台上只有她一个人。现在天真的黑了。

奥尔加在某种床上醒来。随即，无尽的白色空间又一次在她面前打开（就在那儿！），她仿佛被雪包围了。奥尔加呻吟了一声，把目光转向酒瓶。在那里，她看到一扇窗户，一半被蓝色窗帘挡住了。窗外是夜晚，灯光照得很远。奥尔加躺在一个巨大的黑暗的房间里，墙壁是白色的，被子像瓦砾一样压在她身上。她举不起右臂，它被某种重物压住。她抬起左手，开始检查它，它苍白得几乎透明。手指上有一道很大的黑色抓痕——就是她在巴巴安雅家捡起砖头割破手的地方。不过伤口几乎痊愈了。

“我在哪儿？”奥尔加大声问道，“喂！你好？巴巴安雅！”

她试图振作起来，但没成功。她的腿疼得厉害，这是肯定的。一阵疼痛划过她的下腹。

周围一个人也没有。

最后，她终于站了起来，靠在自己的右臂上，四处张望。

她躺在床上，一根半透明的管子从床上伸出来。

导尿管！他们给她插了导尿管！就像他们很久以前在医院给她垂死的祖母植入的那个。这是一家医院。一大团白色的东西在附近那张床上。

“你好！啊！救命！”奥尔加喊道，“救救巴巴安雅！还有玛丽娜·费多谢耶娃！救救她们！”

隔壁床上的一团白色开始移动。

一个刚醒来的护士穿着白袍走进房间。

“你喊什么呢，”她说，“安静点。你会吵醒所有人的。”

“我在哪儿？”奥尔加哭了起来，“让我上去！玛丽娜·费多谢耶娃，你得找到她。让我上去！”

“你会站起来走动的，你会的。既然你已经……回来了。”她离开，拿着一支挺大的针筒回来了。接受注射的时候，奥尔加痛苦地回想着。

“我怎么了，护士？告诉我。”

“你的腿断了，胳膊和盆骨也断了。躺着别动。你的丈夫明天会来，你的母亲会告诉你一切。你还有脑震荡。你醒了真好。他们一直在这里等。你能感觉到你的腿吗？”

“它们很疼。”

"这是好事。"

"这是在哪儿，在什么地方？发生了什么事？"

"你被车撞了，你不记得了吗？睡吧，睡吧。你被车撞了。"

奥尔加惊呆了，她倒抽一口冷气，又一次敲开了巴巴安雅的门，试图给她送水。那是一个漆黑的十月晚上，农舍的窗户被风吹得嘎嘎作响，她疲惫的双腿和她断了的胳膊都很疼，但巴巴安雅显然不想让她进去。在窗的另一边，她看到了她所爱的人们的疲惫的脸，满是泪水——她的母亲、谢廖扎、娜斯提娅。奥尔加不停地告诉他们去找玛丽娜·费多谢耶娃、玛丽娜·德米特里耶夫娜、巴巴安雅的玛丽娜，诸如此类。

"去找她，"奥尔加说，"去找她。不要哭。我在这里。"

——基思·格森（Keith Gessen）和安娜·萨默斯（Anna Summers）译自俄语

● 在许多俄罗斯传统童话的开头，男女主人公会出发去寻找自己心爱的人，或者是一件丢失或被盗的珍贵物品。他们的历险将他们带到一个奇特而遥远的地方，在那里他们会遇到一个住在木屋里的老巫婆。旅行者要献给女巫一件魔法物品，以换取她的帮助，比如冒着极大的危险得到的生命之水。

在《我在这里》中，女主人公是一个被家务劳作压得喘不过气来的中年妇女。她失去的是虚度的一生。她的历险是在乡间度过的一天，她到那里去寻求建议和安慰；住在小屋里的女巫是她的旧房东，后者住在一间破旧的避暑别墅里。女主人公给女巫的礼物是附近一口井里的一罐水。事实上，这个奇异而遥远的地方是死亡之域，女主人公在无意识的时候旅行到了这里。她没有带回失去的宝藏，而是带回了可能拯救孩子生命的信息，不管这些信息是真是假。

彼得鲁舍夫斯卡娅用关于现实的细节和人物肖像去掩盖传统元素：贫穷的俄罗斯乡村、荒凉的秋日景象、酗酒的单身母亲和她可怜的孩子。彼得鲁舍夫斯卡娅让读者自己决定女主人公的整场历险是否是一场幻觉——以及故事中的两个世界哪一个更真实。

这个故事受到了几个传统斯拉夫民间故事的启发，尤其是那些与伊凡王子或者约翰王子有关的故事。在许多俄罗斯传说中，这个沙皇的第三个儿子——也是他最小的儿子——从死亡中复活。当然，故事里还有芭芭雅嘎的形象，她的小屋坐落在森林边缘的鸡腿上，她喜欢吃小孩子，尽管她永远都很瘦。

——基思·格森和安娜·萨默斯

芭芭雅嘎与鹈鹕孩子

● 乔伊·威廉姆斯 *Joy Williams*

芭芭雅嘎有个女儿，一个鹈鹕孩子，这让她特别不高兴。她的鹈鹕孩子出奇地怪异和漂亮，而且非常非常乖，这让芭芭雅嘎更不高兴了。作为一只鹈鹕，生活在漆黑的森林深处是很困难的，但是鹈鹕孩子似乎从来没有想过，除了与骨瘦如柴、脾气暴躁的芭芭，一只猫以及一只狗生活在一起以外，她还能去别的地方。他们住在一个用鸡骨头支撑的小屋里，还算舒适。芭芭雅嘎不喜欢访客，每当有人走近时，鸡腿就会绕成一圈，转动房子，这样访客就找不到大门了。这也是家里的人都能接受的。

芭芭雅嘎出门的时候——她经常出门，尽管她总是会回来——她会警告那只狗、那只猫和她美丽的鹈鹕孩子，不要让陌生人进入房子。芭芭雅嘎说，即使他们不是陌生人，也不要让他们进来。她还会坐着她的铁臼去做一些奇怪的事情，她会把杵当作桨，划过天空。她常常带着一些小鱼回来，鹈鹕孩子和猫很喜欢这些小鱼，而狗却不喜欢。狗有自己的食物储备，他消耗食物的办法很明智——从来不吃太多，也不吃太快——不过他也没有把食物囤积起来。虽然他看上去破破烂烂，长相凶狠，实际上非常慷慨大方，而且高尚到了极点。

一天下午，芭芭雅嘎不在家，一个衣着正式的高个子男人走近房子。鸡腿立刻旋转起来，这样一来这个男人便找不到门了。（实际上，那些腿看起来好像根本就不会醒，尽管他们也从未睡过。）

"我听说这儿有一只漂亮的鸟，"这个男人喊道，"我想画她。"他挥舞着速写本。"我要让她永垂不朽。"他叫喊道。鹈鹕孩子、狗和猫静静地坐在地板上，他们一直在玩多米诺骨牌。这个人待在外面，直到天黑，不时地朝他们嚷嚷自己是个很受尊敬的艺术家。然后他走了。猫打开灯，他们等着芭芭雅嘎回来。小屋里有两盏灯，其中一盏只能照亮他们知道的东西，另一盏则被芭芭雅嘎锁在壁橱里，那盏灯是用来照亮他们不知道的东西的。

芭芭雅嘎回来后说："我闻到外面有什么东西。闻起来像残忍的死亡。谁来过这里？"他们就把那个男人和他的话复述了一遍。"如果他再来，任何情况都不能让他进来。"芭芭雅嘎说。第二天她又带着臼和杵出去了。在多雾的日子里，人们可以看到她穿过天空时留下的最模糊的印痕，故此她带着自己的扫帚，以便扫去她留下的痕迹。芭芭雅嘎通常非常小心，尽管她也有大意的时候。

鹈鹕孩子、狗和猫拿着填色书在地板上坐成一圈。鹈鹕孩子最喜欢的颜色是蓝色，猫最喜欢的是黑色，而根据狗自己的说法，他喜欢所有的颜色。他们感到小房子在动，蜡笔滑过地板。那个人又出现了，鸡腿使他找不到门。他像以前一样对着他们大喊大叫，宣布他热爱鹈鹕孩子的奇特和美丽，承诺要让她永生。“我的名字和美丽的鸟是同义词。”他说道，对着窗户挥舞着他的公文包。

“什么是‘同义词’？”狗低声说。他不知道这意味着什么，也永远不会知道。

就在这个时候，整片森林沸腾起来，因为芭芭雅嘎回来了，她迈着瘦骨嶙峋的腿冲向这个男人，准备用杵打他。“等一下，等一下，”他叫道，“我只想给你女儿画一幅肖像。你不能把这么漂亮的动物关在这里。作为一个母亲，你应该希望她被欣赏，应该允许其他人赞美她。来吧，看一眼我为她画的鸟类兄弟姐妹。”

芭芭雅嘎被自己的好奇心打败了，她对于在黑暗的树林里抚养美丽的女儿也确实感到些许愧疚，于是同意看这些画。

他们非常美。

苍鹭、朱鹭、白鹭、琵鹭和鹳鸟在巢中觅食、飞翔或休息，他们的幼鸟或在水面上滑翔，闪闪发光。这位绅士的绘画技巧出类拔萃，阳光从他们完美的翅膀中倾泻而出。

他说：“让我们回到你的家里，把这些画放在屋里的地板上，这样你就可以研究他们，他们就不会被风吹走了。”

的确，一阵狂风刮了起来，仿佛想要告诉芭芭雅嘎什么，但她没有理睬。

鸡腿顺从地把小屋转了过来，芭芭雅嘎和那位名叫约翰·詹姆斯·奥杜邦的先生走了进来。

“好吧，给我们的客人上些茶和饼干。”芭芭雅嘎对猫厉声说。但是猫回答：“我们没有茶和饼干。”狗咆哮着，但是芭芭雅嘎对奥杜邦说：

“哦，别理他。”这深深地伤害了狗的感情。

“这里的光线很暗，”奥杜邦说，“你能再点亮一盏灯吗？这样我们就能把这些画看得更清楚些。我非常希望你能喜欢上这些画，这样你就会允许我画你漂亮的女儿了。”

“我确实还有一盏灯。”芭芭雅嘎高兴地说。

“还有，奶奶，”他说，“请你把狗和猫锁起来好吗？这条狗有点吓人，而我对猫过敏。”

芭芭雅嘎把狗和猫放进壁橱里，尾随它们进去，寻找另一盏灯。“哦，想不到吧，”她咕噜着，“我把它放在最高的、最难够到的架子上了。”奥杜邦砰的一声把门关上，闩上了门。芭芭雅嘎、狗和猫都惊呆了，一时说不出话来。然后他们听到美丽的鹈鹕孩子说：“哦，求求你，先生，不要把我从这个光明的世界带走！”紧接着响起一声尖锐的爆裂声，像是从手枪里发出来的，接着是痛苦和惊讶的可怕叫声，接下来再也没有了声音。狗开始嚎叫，猫发出嘶嘶声。芭芭雅嘎用她瘦削的手和脚敲打着门，手脚像马蹄一样锋利，但门又旧又结实，木头几乎石化，他们无法破门而出。狗一次又一次地扑到门上，用牙齿和爪子咬下一小块裂片，然后又咬下另一块儿。他不知道自己撕咬了多长时间。他对时间没有概念。就在昨天，当芭芭雅嘎一瘸一拐地穿过房间时，他还是一只小狗，紧紧抓住芭芭雅嘎的袜子，或者扑向飞蛾，当他被允许（在他长得太大之前）陪伴芭芭雅嘎飞越天空时，他开心地咧嘴笑了。他的毛发黑而柔软，他的爪子粉嫩温柔，他的牙齿洁白如新，一切仿佛就在昨天，或者，这些像是明天才会发生的事。

最后，他在门上开了一个洞，恰好足以使得他通过。眼前的景象是如此可怕，他理解不了。他开始颤抖，号啕大哭。美丽的鹈鹕孩子被棍棒残忍地刺穿，摆出似乎还活着的姿态。她的翅膀伸展开来，优雅的脖子弯着。但是她的生命被夺走了，她的眼睛变得深邃而黑暗。猫在他身后尖叫：他把我们的妹妹变成了一个标本！随即，狗感到芭芭雅嘎的眼泪像冰雹一样砸在他身上。

他离开了。他在外面跑啊跑，穿过森林。他看见那人也在跑，手里抓着他那可怜的纸和笔。这条狗老被绊住，跌倒了两次，因为他的髋关节状况不佳已经有一段时间了，他那颗可怜的、衰老的心脏因悲伤而怦怦直跳。最后，他放弃追赶那个把他抛在后面的恶魔。他歇了一会儿，喘口气，闻到了残忍的死亡那可怕的气味。奥杜邦废弃的营地就在附近，一堆绿色的树枝仍在冒烟。许多是被砍下来的树，树桩上是色彩斑斓的林地鸟类：画眉、云雀、啄木鸟，还有五颜六色、花纹丰富的小鸟，狗不知道他们的名字。长长的钉子刺穿他们的小身体，使他们直立着，线和线把他们的头高高抬起，使他们的翅膀保持飞翔的姿态。更为可怕的景象是鸟类被肢解，他们的翅膀和爪子被砍了下来，用于研究。狗呜咽着逃跑，他走了一段很短或是很长的距离，过了很长或是很短的时间，回到鸡腿小屋。鸡腿们在哭泣，芭芭雅嘎和猫在哭泣。芭芭雅嘎把她的女儿抱在怀里，她的眼泪不停地落在鹈鹕孩子棕色的胸膛上。

到了早上，猫说："我们必须得做点什么。"

"我要再去找他，把他撕成碎片。"狗疲倦地说。

"我才不管奥杜邦的事呢，"猫说，"我们必须让美丽的鹈鹕妹妹回来。"

"也许我们应该去叫伊凡王子。"狗建议说。

"没有用的，"芭芭雅嘎说，"他有公主和城堡。他从来没有拜访过我们，他也从不写信，他对我们来说一点用处也没有。"

"我们把美丽的鹈鹕孩子放进烤箱里。"猫说。

"我不忍心把女儿放进冷冰冰的烤箱里。"芭芭雅嘎说。

“谁提到‘冷’这个词了？”猫说，“我们把它预热到250℃，然后把她放进去半个小时。”

“半个小时？”狗说。

芭芭雅嘎说:“那个烤箱已经很多年没有用过了。”

不过他们采纳了猫的建议，他们还能做什么呢?

他们小心翼翼地把鹈鹕孩子放在烤箱里，里面既不会太热，也不会太冷。“噢，她美丽的脸，”芭芭雅嘎喊道，“她漂亮的鸟喙，小心她的喙。”

他们等待着。

“已经半个小时了吗？”狗问道。

“还没有。”猫说。

最后，猫宣布半个小时到了。芭芭雅嘎打开烤箱。与从前一样美丽，鹈鹕孩子跌跌撞撞地出来，摇摇晃晃地投入他们快乐的怀抱。她还活着。

在这之后，芭芭雅嘎继续骑着臼在天空中飞行，用她的杵做导航。但她不再手握扫帚，而是提着一盏灯，这盏灯能照亮人们不知道、不愿意或是拒绝去理解的事情。她会用这盏灯低低地照亮一个人，他们会看到世上的鸟类和野兽是多么非同寻常，他们是那样明亮、美丽而神秘，应该受到重视，而不是伤害，因为他们比城堡或是从地上开采出的黄金更为珍贵。

但她每天只能用这盏灯接触到有限的几个人。

有一次，有七个人看到了她的光，但在通常的情况下，接触到她的人要少得多。可能需要数千年，甚至也许是数万年，才能让她接触到所有的人类。

一天晚上，芭芭雅嘎回到家时疲倦至极。她把她的家人——鹈鹕孩子、狗和猫——都聚集在自己的周围。她说：“亲爱的孩子们，我还有魔法和力量。你们希望成为人类吗？有些人认为你们被施了咒语。你们想要成为人类吗？”猫和狗开口了。自打回来的那天起，鹈鹕孩子就没有说过话。

狗和猫回答道：“不。”

● 大约二十年前，在为一本关于佛罗里达群岛的书做研究时，我发现约翰·詹姆斯·奥杜邦[1]尽管享有崇高的地位，却是一个屠鸟者（也许每个人对此都有所耳闻）。他不知疲倦地大杀特杀，把这件事看作愉快的运动，并且想把整个红树林岛屿的鸟类都除尽，因为……嗯，因为我想这对他来说从一开始就不费劲儿。我真希望历史对他加以谴责。也许芭芭雅嘎的故事会推动这一点。

一些语言学家认为她名字中的“芭芭”来自“鹈鹕”。鹈鹕是传说中最伟大的鸟类之一。她回到巢中，发现自己的孩子死了，便刺穿自己的胸膛，用自己的血使他们复活。

芭芭雅嘎是俄罗斯民间传说中最神奇的生物，她的行为完全不可预测。在这个故事中，她是善良的、悲伤的，甚至也许是不幸的。

——乔伊·威廉姆斯

1 美国著名的画家、博物学家，他绘制的鸟类图鉴被称作“美国国宝”。——译者注

半侏儒怪的一天

● 凯文·布罗克迈耶

Kevin Brockmeier

早上 7 点 45 分，他开始洗漱。

半侏儒怪从梦中醒来，他梦见自己的身体是一根麦秆做的灯丝，它盘旋缠绕起来，模仿血肉、内脏、手、肋骨、肌肉，和一颗跳动的、多节的心脏。在梦里，半侏儒怪坐在纺车前，他的脚在踏板上蹬得飞快，身体绕着纺锤变得金黄。他从头到脚——从他的头顶，到他未曾修剪的脚指甲边缘——都散了架，变成一层尘雾和一阵潮湿的小雨。当他从踏板上腾空而起时，全身都是金色。他躺在那里，完美无缺，闪耀发光，一去不返。他就是这幅画，而不是画中的一部分。他是美丽的，有所收获的，尽管他并没有亲眼看到。半侏儒怪已经把自己掏空了。他什么都没有留下。

当半侏儒怪醒来时，一切都不对头。他就像一个叠起来的五角星，或是一棵被闪电劈成两半的树。他就像一个睡眼惺忪的人体模型的左半身，打着哈欠，颤抖着，从网状结构的梦境中醒了过来。他就是这样的人。半侏儒怪睡在孩子睡的滚轮床上。他掀开亚麻布和厚厚的羊毛毯子，跳进浴室。

半侏儒怪从一处移动到另一处——从床到浴室，从A移动到B——用两种方式。他不是单脚跳——用他的左脚，就是弓起身子爬。当他跳跃的时候，脚掌落地，向后倾斜着身子以抵消惯性，后者多年来一直把他直接扔在地板上。走路的时候，半侏儒怪很可能看起来像一根两头长脚的香蕉。这些年来，他已经掌握了沉重而缓慢地踱步，学会了蹒跚、漫步和跨步。半侏儒怪没有车，也没有人背他。

洗澡的时候，半侏儒怪用一块有大理石花纹的绿肥皂、一条毛巾，以及——他四肢的皮肤就像树皮一样顽固、粗糙——一把马毛刷擦洗自己。他涂上泡沫。冲洗。他用一条长毛绒的棉质毛巾擦干身体，把水从胰腺、韧带和胸骨腔里的骨髓中冲洗出来。半侏儒怪是他认识的唯一一个够不着自己前臂的人。

窗外，天空是一片惊心动魄的蓝色，从地平线到地平线，只有消散的喷气式飞机尾迹和翱翔的鸟儿。喷气式飞机尾迹的宽度都是一样的，无论半侏儒怪怎么努力，在两头都看不到飞机。他用食指在窗扇上摸了摸，然后把手掌贴在窗玻璃上。两者都温暖而干燥。尽管只是三月初，半侏儒怪还是决定轻装出行——一顶无边便帽、一条棕褐色休闲裤、一件有扣衬衫和一双红色帆布鞋。

上班前，半侏儒怪会煮一壶咖啡。他喝咖啡时加了一块糖和少量的咖啡伴侣。咖啡像一群叽叽喳喳的白蚁在他身上钻来钻去——啃着他的躯干，吞噬他梦中的森林。他一边喝，一边看公共电视上的儿童综艺节目。怪兽木偶是他的最爱，它有蓝色的皮毛、贪婪的胃口和旋转的眼睛。孩子们为怪兽的笑话而大笑，问它们关于字母表的问题，而怪兽们用两只垂着的胳膊拥抱孩子们。

上午 9 点 05 分，他去上班。

半侏儒怪每天早晨上三个小时的班，一直工作到中午，在附近商业区的一家百货商店里代替失踪或遭到破坏的人体模型。他认为这很讽刺。前些日子，他还在仓库里工作，处理订单，为商品分类，检查巨大的纸箱，箱子上钉有他小指大小的钉子。然而，最近一连串人体模特失窃——警方怀疑这是黑帮入会仪式造成的——使得当地购物中心的展示模特不够了，半侏儒怪被调来填补空缺。

“你迟到了五分钟，”他的老板在他到达时告诉他，“别让这种事再次发生。”

半侏儒怪的老板身上有雪茄的气息和海鲜的味道。

“从现在开始，我希望你来上班时把胡子刮干净。”他粗声粗气地说，“没人喜欢毛茸茸的人体模特。现在去换衣服，开始工作吧。”

半侏儒怪点头。是鳕鱼，他想。

很快，半侏儒怪就从衣柜里出来了，穿着一件小号的连体裤，衣服的前面有拉链，还有设计师的标签。他的头上戴着一顶毛线帽，帽子大了好几号。它沉沉地落在他的眉毛上，一堆杂乱的褶皱落在他的背部。他的右半边连体衣像泄气的轮胎内胎一样松软。半侏儒怪站在两个冷冰冰的、时髦的人体模特之间：一个是板灰色的，双臂肘部以下不见了，头从右耳到左下颌都消失了，就像被猎人的斧头砍了下来；另一个是金属人像，由平整的几何图形组成，有光亮的黑色光泽，用透明的金属杆连接在一起，做成人的形状。半侏儒怪认为自己是人体模型社会中真实、重要的一部分。他站在它们中间正合适。

一个头发剪得很短、眉毛穿了洞、从嘴角到脸颊的地方有一块像微笑一样延伸的伤疤的青少年，在快换班的时候朝半侏儒怪走了过来。半侏儒怪静静地站在那里，希望这个男孩能从他身边走过，但是他像一条被链子拴住的狗一样绕着圈走近。到了半侏儒怪站着的平台上，小男孩把胳膊伸进连体衣的空裤腿，抓住了半侏儒怪的脾脏。男孩似乎感到惊讶。他拿开自己的手——从脾脏——闻了闻。他耸了耸肩，又把手探进连体衣的空袖口。

"如果我是你，我就不会那么做。"半侏儒怪说。男孩平静地退开了。他停下来，扭着脖子，滑稽地看着半侏儒怪的眼睛。然后，他用手指拂过下巴的下方，然后弹了弹下巴。他的眼睛轻蔑地瞪着半侏儒怪。他大步匆匆地走开了，好像什么事也没有发生似的。半侏儒怪透过滑动玻璃门看见他离开了大楼。他的老板从挂着厚重法兰绒衬衫的旋转木马后面走出来。

他问道："这是怎么回事？"

"没什么。"半侏儒怪回答。

"别和顾客套近乎，你应该知道这一点。"

"好吧。"半侏儒怪说。

他的老板不以为然地摇摇头，转身离开，低声嘀咕着。

——"傻瓜。"他低声说，"笨蛋。乡巴佬。白痴。"

半侏儒怪看了看他的手表，下班了。

中午 12 点 15 分，他在公园吃午饭。

在他坐的木凳旁边有一个树桩，凹陷处堆满了木浆，还有几个褪色的汽水罐。半侏儒怪忍不住想知道这棵树到底怎么了。一年前，它在公园里拔地而起，挡住天空，成千块蓝色的碎片映衬着它伸展开来的枝叶。如今这条长凳还在原来的地方，它已无影无踪。也许这条长凳曾经是这棵树的一部分——也许它是从那粗壮的树干上砍下来的——如果是这样的话，其余的部分呢？唯一可以肯定的是，那棵树已经倒下，饱受惊扰的鸟儿和流浪的松鼠从它的枝叶间倾泻而出，还有星系与行星，以及一望无际的天空。这么多不安的重量都在它的肩膀上，它完全有可能像一只气球一样爆炸。*半侏儒怪认为如果你试图容纳天空，你注定会失败。天空是不可避免的。天空是必然的结局。*在他的头顶，太阳在热浪后搏动，仿佛蛋黄一样摇晃。喷气式飞机的尾迹已经散开，被三月初的狂风吹得参差不齐。

半侏儒怪望向远处，一只风筝正飞向空中。在它的下方，一个男人站在一片枯黄的草地上解风筝线。他往回拉了拉风筝，风筝又往外飘，猛地把那个男人拽了一下，然后穿过田野，朝操场飞去。半侏儒怪看到孩子们在转动着的旋转木马上放松下来，双臂紧紧抓住金属杆，他们的身体就像空中的飘带。他看见秋千上下摆动，父母们仰卧着读报纸、抽烟。在操场旁，一个三明治架像毒菌一样从地上冒出来。半侏儒怪一见到它胃便翻腾起来，像被困在洗衣机里的运动鞋那样咕咚响。他把手放到胃的内部，发现里面干干净净，像天花板的绝缘层一样有蹼。半侏儒怪饿了。

在三明治摊，他要了花生酱和果酱全麦面包。他边吃边跳，不知不觉中发现了一座蚁丘。它在他的前方散开，像是颗粒状的雾霭。半侏儒怪蹲在地上，屁股放在脚后跟上。他看着蚂蚁蜂拥而至，来到被夷为平地的蚁丘上：它们向四面八方扩散，就像盛放的烟火或滴入水中的墨。仅仅几分钟，这些细小的、轻快的生物在洞口上筑起了一圈泥。半侏儒怪发现观看一群生物在一起工作，对他来说是一件奇怪的、不熟悉的事。这很诡异，出于某种原因，还有点悲伤。半侏儒怪不依靠主体性就无法理解个体性。虽然他在很多时候都会破坏蚁丘，但他从来没有留下来观看蚂蚁重建它们。出于好意，他留下了他还没有吃完的那部分三明治。“如果它们吃不了它，”他想，“也许它们可以用它来建房子。”

从公园到家的那条路上有许多药店，他去了其中一家。在那里，他买了一块巧克力、一瓶苹果绿色的漱口水，还买了一份河对岸大都市的报纸，上面的标题证实了他长期以来坚信的事实：世界在政治惯例、经济条约、电视转播体育赛事和旨在让第三世界国家饿死的侵略性军事战术中挣扎，对他的半存在这一不光彩的事实漠不关心。股市专栏说黄金在跌——跌得像稻草一样，跌得很惨。

半侏儒怪的深度知觉不好。跳回家的路上，他被混凝土停车块绊倒了。

下午 1 点 25 分，他收到了一封他的另一半的来信，一份填词游戏。

________（年份）3 月

半侏儒怪：

________（地点名词，你不在的地方）没有什么新鲜事。

________（嘲笑用语）的王后决定征集新一批税收——猜猜________（讽刺性形容词）的人是这次的受害者：侏儒。没错。________（人物名称）小姐决定是时候向________（事物名称）还有侏儒征税了。谁会是唯一的侏儒呢，在________（颜色）、________（大陆板块名称）上。我！________（粗俗的分词形容词）的侏儒怪……对不起，我只是需要给我的________（身体器官）和沮丧提供出口。我应该学会控制我的脾气——如果这整件事有寓意的话，那一定是它——

但是你知道事情会变成什么样子。________（温顺的感叹词），至少我们不像________（以发脾气而出名的虚构人物）一样坏。生活在个人方面没有比政治方面更________（和“letter”押韵的单词）。

我还没有找到工作——______（职业）职位落空了——我和______（你我都认识的，有时候让我不感到孤独的那个人）在外面。有时候我想知道一切从什么时候，怎么会变得________（表示失望的形容词）。等你有机会，________（方向）一半的你________（和“better”押韵的词）给我，这样我就能知道我写了什么。当文字无法被我表达，我想它们一定属于你。

我想念你，且_____（主语）________（动词）______（宾语）________（悲伤的词）________（非常非常非常悲伤的词）。

就到这里吧！

半侏儒怪

下午 2 点 30 分，他向当地一个妇女协助组织发表演讲。

半侏儒怪站在一个由饰有凹槽、打磨光亮的樱桃木制成的讲台上，就长子的生育权问题发表演讲，他声称自己在这个问题上知道不少专业知识。半数侏儒怪与长子有过不公平的交易，尤其是米勒家的女儿。在他说话的时候，他面前那些愉快的、心事重重的面孔会意地交换眼神，露出微妙的微笑。当被要求在会议上发言时，他们没有告诉他这个组织对于初生子及其权利是支持还是反对——所以他在这个问题上采取了他认为是中立的立场。听着女观众刺耳的咳嗽声，看着她们扁圆的脑袋在点头，他不知道自己是在冒犯她们还是让她们感到厌烦。半侏儒怪在一阵礼貌的掌声中结束了他的演讲，那种掌声听起来就像最后几颗爆米花在一袋抹了黄油的爆米花袋里爆开。当他从讲台后面走出来，加入女听众的问答环节时，没有人对头胎孩子、出生权、红汤或以色列这个国家有任何看法。与之相反，正如他猜的那样，都是“稻草变金子”或者“童话故事”之类的问题。

—— 女人们问道：“你自己的‘另一半’怎么了？”

“王后猜到我的名字的时候，”半侏儒怪说，“我把自己一分为二。”“然而，”他说，“要讲完这个故事就必须提到初生子，所以——”

—— 可是，那些女人问：“你是怎么将自己分成两半的？”

“在怒火的驱使下，”半侏儒怪说，“我在王后猜出我的名字时爆炸式地跺脚，以至我的右腿腰部以下陷进了地板下面。为了爬出来，我抓住我的左脚，用力地拧动，以至我从中间裂开了。我的另一半生活在海外。我自己移民了。”

“我以为，”女人们说，“你们一跺地面，就掉到地心去了。或者你只是使你的侧身受伤，它在一阵不安中迷失了方向。”

“不，”半侏儒怪说，“那只是神话故事。”

—— 女人们问道：“你们真的想把我们的房子吹倒吗？”

“不，”半侏儒怪说，“你说的是大灰狼。”

——“我们听说的那个故事是真的吗，关于你和那个带着祖母的女孩？”

“不，那也是大灰狼。”

“你真的想用你那大大的铸铁锅来煮我们的孩子吗？”

半侏儒怪叹了口气。“不，”他说，“事实上我是一个纯素食主义者。”

——“你相信名字与身份不可或缺吗？”

“是的，我相信。”

——“你为什么不改名字？”

“因为我还是一个侏儒怪，”半侏儒怪说，“我只是不是全部的他。”

“你还是侏儒怪？即使是作为半侏儒怪，仅仅一半，活了这么多年？”

“没错。”

——“这一切有什么寓意吗？”

“没有。”半侏儒怪看了看表，“不，没有。我还有时间再回答一个问题。”

“如果你只能许一个愿望，”那些女人问，“你会许什么？”

半侏儒怪毫不犹豫。“左右对称。”他说。

下午 4 点 10 分，在杂货店购买晚餐要用的食材。

半侏儒怪正在超市的收银台前排队，读着一份小报的封面，上面有一对暹罗双胞胎和一个只有一只核桃大小的婴儿的照片——事实上，在封面照片上，后者就蜷缩在一个核桃旁边。这个婴儿看起来就像一只变化多端、半成形的鸟儿。半侏儒怪敲开鸟巢中的鸡蛋时曾经看到过这种鸟，透过它凝胶状、半透明的皮肤可以看到一颗心脏。上面的文字声称这个孩子生来就没有大脑。半侏儒怪一点一点地向前挪动时，发现自己正在思考大脑的两个半球的职责。如果正如他们所说的那样，右半脑控制左半身，左半脑控制右半身，那么，在另一半侏儒怪大脑的指令下，半侏儒怪会移动和说话、打哈欠和跳舞。有没有可能，半侏儒怪在想，他在大洋彼岸的某个地方，正坐在壁炉前面，或者看着杂志，而其他——自己在超市里买晚餐的食材、读的小报——都是幻觉？通过半个世界外自己缺少的另一半侏儒怪，沿着一系列隐藏在地球密集的“戈尔迪之节”中的节点和纤维，他发送指令，自己接收信号，而他的另一半也是这样？他从来没有到过他认为他在的地方或者他希望去的地方？

半侏儒怪有时候会感觉自己完全不受周围的人和事的影响。

一个婴儿在他跟前的购物车里睡着了，她的头枕在结实的绿色哈密瓜皮上，躺在一袋皱巴巴的薯角旁边。她用鼻子柔和地呼吸，黑色的鬈发衬托着她丰满的脸庞。当王后用王国的财富来交换她的第一个孩子时，侏儒怪告诉王后，对他来说，活着的东西比世界上所有的财富都重要。婴儿咯咯地笑着，她的腿从购物车的栅栏里伸了出来，把手掌大小的高达奶酪拽到她的肚子上。他从来不曾想到，孩子能如此轻易地获得。如果他知道你可以在超市买到他们，他的生活可能不会像今天这样一团糟。

他注视着前面的女人购买她的日用品——土豆、奶酪、多叶蔬菜和球状的浆状水果、几瓶绿色的苏打水、一块用菠萝装饰的火腿，还有婴儿——然后把他们送到停车场。当收银台前的女人用一束红色的散射光线扫过他买的商品时，半侏儒怪正翻钱包寻找一张带照片的身份证明和他的信用卡。在驾照上，他在一个粉蓝色的屏幕前被拍了下来。他的头微微向左侧倾斜，仔细观察的话还能看见他的上门牙的白色边缘和一片皮质海绵。半侏儒怪很高兴地发现，他在自己的驾照照片上没有露齿而笑。他一直认为，那些咧嘴笑的人看上去很古怪，有时会特别疯狂，有的时候，他们甚至是危险而不合群的——好像他们试图向世界隐藏什么东西，某种隐藏在他们的舌头表面的恶毒和苦涩的东西。那些在驾照的照片中露出牙齿的人通常都是些古怪的家伙，而且绝对不是人畜无害的。半侏儒怪发现自己能辨认出上门牙的边缘时，有一半的他想把照片退回去。

半侏儒怪付钱给收银员。他抓住购物袋的塑料把手，把它们扛在肩膀上，跳过一组打哈欠的自动门。

下午 5 点 50 分，煮晚餐，跳吉格舞。

他的厨房里放着一口巨大的黑色大锅，像一个由厨房的地板吹出来的泡泡。它比半侏儒怪还要高几个头，为了看到锅沿儿，他必须爬到靠在它一边的一架梯子的顶部。大锅边缘冒出一层厚厚的、苍白的酵母菌，它斑斑点点的内部是一层层烧焦的、结了壳的食物。半侏儒怪站在砧板上，用一把锋利的小刀把洋葱、土豆和辣椒切成掌状的小块。他把这些东西放进一个锡盆里，加一些香料和从冰箱里拿出来的一团奇怪、笨重的东西，然后跳上梯子，把它们倒进锅里。他把蔬菜放进炖锅，搅拌红棕色的糊状物，使其变厚，凝结起来。

半侏儒怪爬到厨房地板上。他在水槽里洗手，然后在裤子上擦干。半侏儒怪对晚餐的前景感到高兴。他认为自己是个真正的美食家。

按照吃饭之前的习惯，半侏儒怪从脚趾到手掌都在绕着大锅转。有时他用手抓住脚踝，在厨房里打滚；有时他从腰部弯曲，像跷跷板一样从头跳到脚。半侏儒怪在跳舞，饿着肚子，唱着他的饥饿与舞蹈之歌——他号叫着，像一只在呼唤主人的猎犬：

跳起舞来，准备宴席，

这不会让我成双加倍；
唱起歌来，准备宴席，
漫漫长夜，白日无尽。
多么悲伤！多么单调！
半侏儒怪就是我。

晚上 10 点 35 分，他看《约会游戏》时睡着了。

半侏儒怪在吃饱后会变得无精打采。在浴室里，他用一把塑料纤维刷子，把长满苔藓的牙齿磨得很光滑。他用苹果绿的漱口水漱口，把头歪向一边，以免滴到身体的空腔里。半侏儒怪撒尿，看着一股淡黄色的液体从尿道流进厕所。之后，他没有放下马桶盖，因为没人告诉他不要这么做。

在他去睡椅的路上，半侏儒怪用手掌紧贴着窗玻璃。外面越来越冷了。他从壁橱里拿出一床羽绒被，躺在被子下面。

一个棕发男人——额头上的头发像波浪一样向头顶倾斜——在电视机前咧嘴笑着。他用热情急切的语调对一个看起来即将有些不稳定的女人说话。她负责从三个衣冠楚楚的男人中选择一个作为自己的约会对象。三个男人自我介绍，好像他们没有了她就会感到内心空虚。她问了他们一个问题，他们的回答赢得了现场观众的热烈掌声。“说出一个描述天空的词。”女人说。一个男人说，它很大。另一个说，它是蓝色的。“它是不可避免的。”第三个说。半侏儒怪赞同第三个。

电视上的人们似乎迷路了。在某个地方，在某个时刻，他们忘了自己是谁，忘了如何快乐。他们发现自己在情绪的迷雾中徘徊。他们无意中走进了他的电视机。幸运的人们会在柔和落下的太阳下，走出电视机，来到沙滩上，兴奋地相信他们找到了某个能令他们快乐起来的人——另一种声音，另一双手。半侏儒怪祝福他们，但是他知道一些他们不知道的事，一些对他们来说甚至不真实的事情——也许他们永远不会知道。他知道，在这个世界上，你可能会以某种方式被改变，以至你再也不会恢复完整，你可能会失去自己的一部分——有时，你会变得更好，但有时你只是一些碎片，无法再次成为任何东西：比你曾经的样子更不完整，而且有的部分始终空着。他知道，有时候，你所失落的不是别人。

半侏儒怪沉入睡眠的样子像一片落在月球表面的叶子。当他再次睁开眼睛时，电视机会低语，在一片燃烧的雪花后面。

● 事实上，我想写一个关于“疯狂填词”游戏的故事，把我从小就喜欢的填词模板用到一个同样奇特的，但在情感上更加复杂的用途上。当时，我正在阅读爱奥娜和彼得·奥皮版本的《经典童话》(“The Classic Fairy Tales”)，我被《侏儒怪》这个故事的其中一个结局所吸引，当他的名字被发现后，他用力地跺脚，直至他把自己掰成两半。

半个人，我想，他是一半的人类，所以是半个字母。

虽然在原著中，侏儒怪被描绘成一个反派角色，但他最想要的还是一个孩子，这个愿望吸引了我。

此外，我相信自己可以描述一个没有右半边身体的人，这也让我得到了乐趣。

最后，我对我听到的一个哲学难题感兴趣：你正搭乘一艘木船穿越大洋，其中一块木板腐烂了，你把它换成另一块存放在货舱里的木板，它还是那艘船吗？大多数人都会同意它是。但是，如果在你旅行的过程中，经年累月，你的飞船遭受了越来越多的破坏，以至于当你到达目的地的时候，你已经用对应的部件替换了每一个部件，没有一个部件没有被替换呢，现在它还是同一艘船吗？为什么是，或者为什么不？一个物体究竟是由它的模式所定义的，还是由构成它的物质？我着迷于这样一个问题：在抛弃了身体的一部分，或者说抛弃了你的部分历史、个性、生活后，你是否还能是同一个人？你的自我还能保持多久？

《半侏儒怪的一天》这个故事就这样诞生了。这是我最早见于出版物的故事，它写于我二十二岁的时候，那时我在读大四。

——*凯文·布罗克迈耶*

侏儒怪

● 尼尔·拉布特 *Neil Labute*

我回来了。

我回来了，你知道我会回来的。你知道的。不是吗？没错，你早就知道，别露出那种眼神，你完全知道会发生什么——这不重要。我现在在这里，所以我们应该开始了，让一切朝前推进。来吧，你可以朝我呕吐，但我向你保证这么做无法阻止我，这么做不会让我感觉糟糕。绝不会。你得到的正是你应得的，正是如此，你应得的，这就是接下来会发生的。命运，或是业力，或者随便他们怎么称呼这个。宿命？我知道那是一部戏剧的名字或者别的什么，一部音乐剧，但是我认为那个词指的是一样的东西。一些事情本该发生，然后它发生了。一切都成真了。“乒！”就是这样。“即时报应”，列侬不是这么称呼它的吗？不是那个独裁者，是那个披头士。在他的歌里。对吧？他说“它会找到你的”。这话太他妈对了。它伸出手，找出你在哪儿，花时间找到你，然后，“乒！”在你动弹不得之前，它已经掐住了你的喉咙，你完蛋了。是真的，亲爱的。你完蛋了。这就是你，今天，此时此刻。或者下一秒，或者随便你怎么叫。你马上就要被毁掉了。被我。

我能从你脸上的表情看出你很惊讶，所以别装了。不要假装你已经准备好了，因为你还没准备好。你没有。正如他们喜欢说的那样，我像复仇天使一样从黑暗中突然出现——我不确定这个比喻是否正确，但你明白我的意思——我出现了，这让你大吃一惊。你张大嘴，你不知道该做什么，甚至不知道该说什么。你坐在公园的长椅上，张着嘴，盯着我。哇哦。我真的让你措手不及了，是吗？你知道这可能发生，但你仍然没有准备好。今天没有。我不能说你的反应没有让我开心，因为它确实让我开心。它让我发自内心地笑了出来，这是事实，所以你最好知道。我很高兴看到你出汗。真的。老实说，我是的。我是说，谁知道呢？我怎么会知道，让这一切发生，让你的小世界停止运转，让它在你耳边轰然倒塌，是多么容易！我怎么可能知道这种事？你不会知道，这就是答案。你不会，直到你去做，现在我已经做了，我知道了，通过看着你的脸，我意识到现在正在发生的事情的重要性，此时此刻，当我们安静地坐在这个公园的中央，你的孩子在荡秋千，生命在欢快地跳跃。如果你能尖叫，拔枪，甚至杀了我，在我们身后的灌木丛里用泥盖住我，我认为你会的。我知道，实际上。我知道你会的。而且，说句公道话，如果我是你的话，我可能也会做同样该死的事，设身处地或者不管别人管我说的这种事叫什么。我可能也想伤害你。好吧，事实上，我想……我……我说我想……穿着我自己的鞋，盯着你。我确实想给你的生活带来一种伤害。而且，我马上就……是的，是的，马上就……

你有没有想过，我是说，几年前，当你第一次见到我——把我从某个体育课上挑出来作为你想要的那个人——你有没有想过事情可能会变成这样？你真不敢相信我会这么做，对吧？不，永远不会，一百万年也不会，否则你不可能会这么做，我是这么想的。这一定是事实，因为，我的意思是，除了这个还有什么可能？你懂吗？是的。这是真的。你不会的。没错，我该是个好孩子，照你说的做，当你问的时候点头，就是这样。轻而易举，这是一句谚语。直到今天，我妈妈仍在使用这个词——它很合适，这就是为什么我们说它，为什么我现在才说它。因为确实是这样的。你打算在我不知情的情况下利用和抛弃我。轻而易举。说实话，你确实逃脱了很长一段时间，对吗？我是说，很长很长的一段时间。直到大约七个月前，亲爱的，真是一段长跑。漂亮的长跑。你不该看起来这么紧张，因为你曾经放手一搏了，所以这至少值得被肯定。听着，我不打算告诉任何人，我真的不知道，我是说，我能告诉谁呢？谁？嗯？我是说，谁会相信这样的故事？

我不介意你是黑人，我不介意，我一直被黑人女性所吸引。不一定是黑人，而是深色皮肤的人。有棕褐色皮肤的女孩之类的。你绝对是我们学校的佼佼者，不是吗？你确实做到了。有些人可能会说，在镇上你是一个真正令人感兴趣的对象。我敢肯定，和你一起工作过的一些人——老师、教练和行政人员——他们可能觉得你很有异国情调，值得在休息室里和你聊聊。我相信这一定发生过，因为我经常在我坐的办公室里看到，你等着被副校长再次吼叫。那个浑蛋叫什么名字，我现在不记得了。没关系，他几年前死于癌症——一种很严重的癌症，比如肠癌或脑癌之类的——当我听到这个消息时，我一点感觉都没有。也许我低声说了“棒”或者微微笑了什么的。不是即时的，是因果报应。但是你没有和那些男人说话，是不是，亲爱的，因为你已经结婚了，已经有了一段感情，所以你做了一个选择，你把我从人群中挑出来——也许是在办公室而不是在体育课上，现在我想起来了，也许是这样——然后对自己说，我就是那个人。有价值的那个，那个可以一起玩耍、充满欲望的那个。我知道你也帮助了我，我知道，你给了我自信，鼓励我学习，甚至努力考进大专，你做了所有这些，我很感激，真的，但是一直以来你让我觉得我是你的孩子。你生命中想要的那个男人，如果你丈夫不在就好了，如果事情不是这样就好了。但愿如此。而且我曾经相信你，哦，我是如何急切地吞咽你吐出来的东西，狼吞虎咽地吞下去，在大厅里、在露天看台上对你微笑，当你每天晚上开着你肮脏的黄色臭虫回家的时候。我相信你，爱你，在西谷高中把我那颗年轻的心给了你，我再也没有这样做过，再也没有，再也没有。因为我的信任已经消失了，就像你第二年去了一所新学校一样消失了，只听到你低声说“我们之间永远行不通”，“这对我来说是一个真正的机会”，就好像你从来没有存在过。一间空荡荡的办公室就是你留下的蒸汽尾迹（直到我高三的时候，削减开支才让另一个像你这样的人——辅导员——进入学校）。你的桌子和椅子是我大多数日子里独自在黑暗中吃午饭的地方，除非他们抓住我并把我扔出去——我们在一起的时光和爱情就只剩下这些了。还有爱，不是吗？真正、持久的爱。我发誓。看着我，告诉我爱情存在过，我便会离开，让你看着你的小女孩在明亮的阳光下跑来跑去，我会离开。说出来，就一次，现在就对我说，当我坐在这里和你在一起的时候。求你了。说吧。

你不能，不是吗？不，你当然不能，因为这不是真的，而且你也不想撒谎，引诱我或者其他什么的，现在，你会吗？绝对不会。你所遵循的那些奇怪的、严格的原则中的一部分，尽管我们的整个联盟就是这么回事：一个纯粹而彻底的谎言，一个你营造得如此轻松、如此长久却毫无悔意的谎言。这不公平，不是吗，因为当时我怎么可能知道你对我的感觉？这个切入点不错，我坐等你纠正我，实际上，我正和你一起坐在这把椅子上，等着你纠正我。我——坐着——等待被纠正。也许你曾经爱过我，很久很久以前，那时我才十六岁，正在学开车，我们会在一个意想不到的早晨在树林里或者你家见面，然后做爱。是的，亲爱的，我肯定是这样，只不过，那从来不仅限于做爱，你教会了我所知的关于那个未知国度的一切。这是无法形容的，我现在没打算让你难堪，没打算在你女儿弹琴的时候，但这是一件可爱的事情，我记得它就像是昨天一样，尽管已经过去了约莫十年。躺在那里，在你的内心深处，看着你的眼睛，看着我们头顶宁静的森林，你美丽的、沐浴着阳光的皮肤，亲吻着的你的嘴唇，那些吸引我、吞噬我的嘴唇，我无法用语言来形容你对我的生活所做的一切。现在什么都没有了，现在我知道了真相。我们在那里所做的一切的真相，你为什么爱我，为什么说你爱我，看着我越陷越深，陷入无尽的深渊，那就是你。

我有没有告诉过你我想象过杀了他，你丈夫？哦，是的，许多次。当我陷得最深、状况最糟的时候，病态的爱情让我想要永远摆脱他。我多次以各种各样的方式计划了他的死亡，而且我的计划会非常成功，以至于连你都相信那场车祸、抢劫或者上吊是自杀，是一个错误或者仅仅是命运的转折。生活会继续，我突然一直和你在一起，在你身边，我们在另一个州、另一个国家，或者某个岛上，开始了新的生活，最后一次有人看到我们是我们牵着彼此的手，沿海滩奔跑，奔向人们一直在谈论的夕阳。是的。我这么想是不是错了？当时我并不觉得自己错了，但你说的关于他的话，关于你们在一起的生活，让我觉得很有道理。只是一些话语，是的，在A和W吃饭的时候偶尔抛出的一点线索，一些小小的评论让我相信他并不欣赏你，他不想和你有孩子，和你一起变老或者其他什么，你被困住了，你是孤独的，我是你的救世主，我，只有我能把你从你变成困境的婚姻里拯救出来。家里的白人、一个好家庭和一个坏错误，你是这样说的，我把它放在心里，相信无法生育孩子是他自己造成的，而不是生物学，他对你有所保留，冷漠和疏远，甚至有一次把一根手指——或更多——放在你甜美的脸上，那是我会用生命去崇拜和保护的。你知道吗，在那个时候，我甚至愿意为你而死？当然了。十六岁的孩子什么都藏不住。我就像一只小狗在追你，大爪子，大舌头，傻傻的，甜美的。但你并不想要那些东西，不是吗？不，不是全部。只有一个。我告诉你一件事，当你得到它的时候，你飞快地离开了，你的翅膀振动得如此之快，使我眼花缭乱，我相信了你的低语。我看着你开车离开，甚至帮你打包你的行李，如果你还记得的话，帮你丈夫把东西打包到一辆U形拖车上，在你离开前清理干净。你在他面前付给我20美元，对我微笑，好像我们从来没有见过面，然后我小跑着回家，等着一个从来没有来过的电话和一个从来没有、从来没有、从来没有发送过的地址。

如今你有了孩子，你总是说这会让你的生活变得完整。你的丈夫也是，他沉浸在奇迹中，从来没有要求过验血，因为那会让他知道你和你的行为所导致的可怕真相。你的失误。你的微不足道的密谋。相反，你们作为一个幸福的家庭生活在这里，我找到了你，现在来要求一些东西作为回报。当然，亲爱的，别那么惊讶，这种事总是要付出代价的，当你做了你所做的事，现在是时候了。

我想要的只是什么也不要，也就是说，从这一刻起什么也不要改变。我想让你知道我知道你在哪儿，你是谁，你变成了什么。不，你最终没有像你想象的那样离婚，在另一个城市过你自己的生活，也许有一天我会和你在一起，“等你长大了”，你会说，哦，我是多么相信你和你的话。当我抱着你的时候，我希望有这么一天，那时你那些醉人的话语从你美丽的嘴唇里喷涌进我的耳朵。但是你知道那一天从来没有到来，从来没有，而且你一直和你的男人在一起——为什么不呢，因为你从来没有计划过要离开他，你从未计划过要独自一人，你只是想要一个孩子，从此幸福地生活在一起。我的孩子。一个你从我身边夺走的孩子，而我却一无所知。你真聪明，多聪明，多狡猾，多睿智。这个计划近乎完美，几乎是最完美的计划，但谁知道我的妹妹——我从来都不喜欢她，我一直认为她有点弱智——谁能想象她能通过一门课程，最终在城里为你的医生工作？你没有留下任何证据，或者你认为是这样，但文件就是文件，所以它们留下来了，有一天她看到你的丈夫，那个我准备好去恨、去杀掉和鄙视的男人，她看到他是无法让人怀孕的，她认为这很有趣，有一天晚上她突然对我和我的家人这样说。他们都深情地回忆起你，认为这是一个关于一个可爱的女人的悲伤和奇怪的趣闻，这个女人曾经帮助过他们的儿子，但是我知道更多，不是吗，亲爱的？我如今懂得了你利用我去怀孕，然后向整个世界隐藏你的秘密。还有我。那个想成为你的世界，实际上只是你的棋子的人。在你可怕而血腥的爱情游戏中，一个可怜的小卒子。

但是孩子们长大了，上帝保佑他们，他们做到了，伸出手，尝试所有他们自己的事情，这些事情甚至连他们自己的父母都不知道。所以我在网上认识了你的女儿，你的小公主，并成了她的朋友。对于像我们这样的人来说——你和我，这个世界上的骗子、吹牛大王和幽灵——这是一个多好的地方啊。我是一个可爱的小女孩，名叫萨曼莎，头发像手工纺成的金子。我和我的五口之家住在得克萨斯州，我们的狗叫泡泡，还有一个名叫科里的男朋友。是的，我用了你丈夫的名字，当你女儿尖叫一声说“那也是我爸爸的名字！哈哈！”的时候，我知道一切都会水落石出。哦，是的，有好几个小时，她是我的，现在，我们梦想，我们谈论大学或者将来的生活。它会是美丽的，充满欢笑和喜悦，不像你对我做的那样丑陋，也不像你利用我那样错误。绝不会。我知道你最近对她有所管束，因为你一出门她就上网了，还有其他关于你的抱怨，所以我知道。但是你会让她拥有——朋友，对吗？没错，否则一切都会真相大白。你明白吗？所有的一切。如果你不让她见我，我会毁了你和你完美的童话般的生活。很明显，我永远不可能见到她，也不可能告诉她真相——总有一天，她会离我而去，就像他们说的那样，我知道这一点，并且接受这是命运。因果报应，不是即时的，而是命中注定的，可以接受的。但这不是由你来决定的，所以离她远点，我也会的。这就是我们的交易。这就是代价，亲爱的毫无疑问，她是你的，然而她现在也是我的，她会留下来。只要我能拥有她，她也将是我的。我的，我的，我的。

她很漂亮，不是吗？她在草地上跳舞，和她的朋友一起奔跑。我不得不非常小心地把我自己的照片寄给她——用我的小侄女做替身——但是我对她的了解是真的。她是完美、美好的，你利用我，玷污了我的生活，她是这种肮脏手段的美好后果。不要把目光移开，你知道这是真的。我讨厌女人和她们的狡诈，男人可能会差劲，而且他们常这样，但总的来说，你是一个更加危险的生物，你肯定意识到这是真的。你毁了我，让我等死。你在我尸体的粪便和骨头上建立了这个光亮的小生活和快乐的小世界，而没有回头看——现在我要求的仅仅是你继续把目光移开。当你看到她坐在电脑前咯咯笑，和她在Facebook和Twitter上的“朋友们”聊天，看到我所有那些为了接近她——我的女儿——而减少的废话时，把目光移开，到另一个房间去，离开我们，这样你自己腐朽的、谎话连篇的生活就可以继续存在下去。你同意吗，亲爱的？哦，我希望如此。我破碎的心。

如果你想要我，需要我，渴望我就像我渴望你一样，我可恨的，可恨的亲爱的，你知道在哪儿可以找到我。在太空中。在某个地方。rump69@hotmail.com。

我看到你没有看我。转过头来。你眼中的泪水。我真希望我知道你在想什么，但是话又说回来，我从未真正知道过，不是吗，现在这又有什么关系？确实没有关系了。重要的是你知道真相。我们的立场。真相是我现在在这里。我在这里，我不会离开，不，我不会。永远不会，亲爱的。很长很长一段时间都不会。

然后我们就他妈的永远幸福地生活在一起。

● 我一直对《侏儒怪》的故事和主人公情有独钟——他是一个令人讨厌的角色，可是出于某种原因，我同情这个小人物。他毕竟完成了他的承诺，并且只要求一件事作为回报；当他周围的人违背诺言，当众羞辱他，让他尖叫着消失在夜色中时，他信守了自己的诺言（他要求要一个孩子作为他的奖励，这件事确实有点与众不同）。尽管如此，我还是喜欢文学作品中“归来的人”这个主题，而《侏儒怪》则是童话故事复仇主题的一个完美范例。整个故事充满了乐趣——我是说，看在上帝的分儿上，他用稻草纺出了金子！

我总是觉得局势对于侏儒怪来说是如此不利，但他还是一往无前，带着他自己的救赎——在这个意义上，他有点像威尼斯商人夏洛克，反犹主义一直让夏洛克喘不过气。这家伙连休息时间都没有！

我常常担心我们对这个世界上那些漂亮的人太宽容了，因此，当我发现自己，超重、平庸的自己被这个最浪漫的、注定要成为反英雄的人物所吸引时，也就不足为奇了。对于作家来说也是如此——我们不得不想象出新的方式去解决长期存在的问题。

我试图给这个男人他应有的待遇，使他处于一个更新的世界中，并通过某种现代的感伤去描述他。我衷心希望你喜欢这个故事。

——*尼尔·拉布特*

雪白与玫瑰红

● 莉迪亚 · 米列特 *Lydia Millet*

我遇到这些姑娘以后立刻就喜欢上了她们。我当然喜欢女孩。女孩胜过盛宴。

这是在我被逮捕、被起诉和被媒体采访以前。

你也许知道，这两个姑娘是姐妹。夏天的时候，她们住在北边的一幢大厦里，那是强盗大亨们建造的，他们靠铁路、钢铁和不公平交易发了财。大厦位于阿迪朗达克山脉的低峰地带——南部有玻璃般的湖泊、绿色的山坡和带有白色斑点的小鹿。姑娘们对自己的富有一无所知，因为她们未曾见过外部的世界，她们把避暑的房子叫作“小屋”，以使它和“公寓”区别开来，一间一万平方英尺的顶层公寓，坐落于第五大道，毗邻华盛顿广场公园。

她们的父亲是做房地产生意的，但是从来没有人见过他。我更正一下：我们——我和女孩们——偶尔会见到他，他正在钻进一辆长长的、发光的汽车，或是从车上下来。有一次，我在树林里看到他走向码头，身着一套浅灰色的西装，把手机贴在耳朵的边上。

他看起来像是婚礼蛋糕上的那个新郎玩偶。我想把他的腿扯下来。

黄昏时分，在那幢虽然高大，风格却如同小木屋的豪宅的空地上，数十只鹿站在那里，它们优雅的脖子低垂着，吃着草。那里有大量的鹿，因为猎人已经杀死了所有应该捕食它们的动物。

姑娘们也同样优雅，她们轻盈爱笑，体形修长。她们在黑暗中旋转着发光的呼啦圈，或在紫色的黄昏降临时，用古旧剥落的木槌玩槌球游戏。年长的那个有着蜜色头发和蓝色的眼睛；年纪小的那个有着一头棕发，眼睛是琥珀色的。她们看上去几乎不像姐妹，可她们确实是姐姐和妹妹。金发的叫尼芙，在西班牙语里是雪的意思；棕色头发的叫罗莎，不过人们叫她罗丝。她们的母亲——一个来自马德里的前芭蕾舞演员，患有厌食症，智力低下——给她们起了名字，但她时常忘记她们的名字。

有一天晚上，我从树林里出来，结识了她们。我走出树林，穿过起伏的草坪，鹿群因此而散开。太阳落在湖面上，微风吹得湖面泛起涟漪。

我承认姑娘们看起来很害怕。罗丝后来告诉我：在最初的几秒钟里，她们竟然把我当成了熊。

她们从未见过无家可归的人——她们就是这样被呵护的，相信我，虽然她们住在曼哈顿市中心，这也是可以做到的——尽管我不是严格意义上的无家可归，但我也有肮脏蓬乱的一面。我不是一个矮小的人，我身材高大，胸膛宽阔。那个六月的晚上，我穿着肮脏的衣服，留着长长的胡须，急需到湖里去洗澡。

我在森林里有个家，或者说一个临时的避难所。对于那些娇生惯养的年轻女孩来说，上了年纪的嬉皮士和过渡状态的嬉皮士没有什么明显的区别。

一开始她们很害怕，但是我举起双手，走向门廊。小屋有一道宽阔的环形门廊，地板是石头铺就的，有秋千、椅子、地毯和盆栽植物。姑娘们退回到楼梯中间，她们身穿简单的棉质连衣裙，手里抓着飞盘和跳绳，站在台阶上犹豫不定。我举起双手，像一个投降的人。

幸运的是，帮佣们不在，她们的母亲像往常一样早早就上床睡觉了。如果当时还有其他人在那里——比如说厨子，他就是个专横跋扈的人——他们很可能会把我赶走。

当然，我喝得太多了。那是我的消遣——在我离婚前的那个夏天，一段陌生而孤独的时光。我在其中一个比较小的湖边宿营，住在一个旧机库里，偶尔搭便车进城去购买酒和杂货，祈祷不要碰到分居的妻子。我们在附近有一个更简朴的避暑房屋。

我所做的是，消失。我不想让我妻子知道我去了哪里。这是我唯一剩下的把戏：藏匿和消失。她不知道我是活还是死，让我感到些许满足——她或许在想，我已经抛下了旧日迟缓的自我，前往遥远的、未知的国度。

女孩很善良。很多富有的女孩都不是这样，这件事我们都知道。但那两个女孩是无辜的。我不知道她们是怎么变成这样的，她们的母亲并不总是在那儿，她们的父亲鲜少理会她们。那种善良来自这样的父母，就好像从顽石中流淌出牛奶一样。

雪白——我后来管她叫这个名字，因为我懒得叫她的真名——最喜欢看书，她每逢下午都坐在门廊的阴凉里看书。她的妹妹更喜欢社交，把时间花在和每个人聊天上。她大部分时间都骑自行车去养老院，帮助那里的人。

我站在草坪上抬头看着她们，我注意到一件从远处无法注意到的事：女孩们的皮肤泛着红光。她们俩都有这种发光的皮肤。

这种透明、年轻的皮肤是让女孩看起来可以食用的部分原因。

我叫她们不要害怕。我告诉她们我的名字，过了一会儿，她们似乎放松下来，告诉了我她们的名字。她们养了一条狗，是一条老爱尔兰猎犬，它躺在地上，连苍蝇也不能让它摇动尾巴。没多久，我便坐在台阶上，抚摩起了狗。

就这样，我们成了朋友。当然，如果姑娘们没有那么多独处时间，我就不会有机会了。偶尔有一个和她们同龄的朋友从城里来拜访，那时我没有打扰她们。

但这样的拜访很少见。通常，在黎明或是黄昏时分，当鹿群和姑娘们外出时，我是她们唯一的伙伴。我保持低调，没有和她们来回扔飞盘，以防有人从屋子里看到我们。我们常常站在一起聊天，在别人的视野之外。有一两次，她们坐在码头的尽头，在水里把脚晃来晃去；而我则在游泳，只有我的头在黑暗的水面上露出。

从小屋二楼卧室的那些高高的窗户看出来，并不见得有任何异常。

女孩们对我很好。她们让我在船库里划独木舟，甚至鼓励我。某些早晨，我把船划到一个隐蔽的海湾里，坐下来，试图在一棵红松的树荫下悠闲地钓鱼。船库里有几根旧鱼竿，由于没有自己的鱼竿，我常常借用它们。

雪白会给我留下三明治，有时还会把一碗冰激凌端到门廊上来。罗丝拿出旅馆里的小瓶洗发水让我用。

这两个女孩都很诚实。有一次雪白对我说：“你身上的味道不太好。你知道吗？”

我告诉她，只要可能，我都到镇上或湖边的投币洗衣店洗衣服。我也尝试去游泳，尝试用肥皂洗澡，可是有的时候我忘掉了，就会漏掉一两天。

“我希望你不要这样做。”雪白惆怅地说。

我的背因为睡在机库的水泥地板上而酸痛，我向姐妹俩要了阿司匹林。好几天来，我的背和脖子一直很痛，吃药减轻了最厉害的疼痛，但仅此而已。然后罗丝说我应该睡在小屋里，那里的卧室多得数不清。她们说，房子里有一处仆人住的地方，有单独的入口，没有一个仆人用过。晚上我可以偷偷溜进去，睡在舒适的床上，床上有羽绒枕头和针脚细密的床单。

起初我反对这个主意，我担心这样会碰到家里的其他成员。可是，当我夜里在女孩们上床睡觉后偷偷溜进去的时候，周围一片寂静。这里安静到了这个程度，以至于在我看来，她们几乎如同独自住在那里，食物和水是由看不见的手提供给她们的。

床比起水泥地面来好多了，舒适得我几乎怀疑自己最近的生活轨迹——蹲在机库里，不刮胡子，不洗澡，躲避即将成为我前妻的妻子。但我又释然了——躲起来也不是错得离谱，因为它把我带到了这里，带到了这座有着柔软的被单和温柔的姑娘的大房子里。

从那以后，我常常从仆人们狭窄的楼梯溜进去睡觉。我的房间藏在屋顶下。我设了手表的闹钟，在破晓时分悄悄溜出去。小屋的门在夏天从来不锁，这家人总是在那里，家里人或是佣人们。只要能够，我都在暗处观察他们。墨西哥籍的看园人驾驶割草机四处走动，什么也不割，只是高高兴兴地坐在上面。住家女佣在花园棚子附近吸烟，有时溜去和看园人在灌木丛里做爱。

有一天，这位母亲突然表现出了活力，她穿上了闪闪发光的白色网球服，跑到外面，和罗丝在泥地网球场上无力地打了几个球。与此同时，雪白在一旁为家庭相册拍照。

这种情况很少见。这位母亲在室外的阳光下，竟然表现出了活力。

但只过了十五分钟，母亲又走了进去，一脸生气或是沮丧。她把球拍扔在地上，说了一些我听不清的话。当女孩们看着她离开时，我看到了她们的脸。她们的神色既悲伤又平静。姑娘们只好听命于这位四肢细长、脾气古怪、半智障的美丽母亲。

也许她从来就不是一个芭蕾舞演员，我心里想。在我看来，这个世界上没有太多的弱智芭蕾舞演员，尽管肯定有一些人，像那位母亲一样，会让自己挨饿。

那天晚上，黄昏时分，女孩们和我一起在湖里游泳；罗丝用洗发香波给我的头发打上泡沫。这是我唯一一次感受到姐妹的碰触。她们不太喜欢身体接触。她们不是在爱中长大的，而且，我是一个年纪较大的人，经常有难闻的气味，对她们非常没有吸引力。毫无疑问，她们担心任何触摸都会被误认为是邀请。

但这一次，在码头的另一头，罗丝笑着把我的头埋了下去，当我挣扎着浮出水面，试图喘口气时，雪白又把我的头埋了下去，她们都开玩笑似的想要把我淹死。

我们很快乐。

然后罗丝说："如果他没有了胡子会是什么样子？"

雪白也看着我，考虑了一下，然后爬上码头，擦了擦毛巾，跑进了房子。她一会儿就拿着剃须用具回来了。她甚至有剪刀——显然，单靠剃须刀完成这项任务是不够的——和一面镀银的、带手柄的旧镜子。

雪白刮掉了我下巴的胡子。她们看着我坐在浅滩上，罗丝举起镜子，把剩下的胡楂儿剃掉。

“看起来不算太糟。”胡子刮完以后，她说。

我把脸浸在水里，又浮上来，擦去眼里的水，以及飘着少女香味的剃须泡沫。

“他看起来像那个演员，”雪白说道，翘起了头，“你知道，那个鹰钩鼻的法国人。”

“你看起来像那个演员。”罗丝点头附和。

“他有点儿丑，”雪白说，“可是你不得不喜欢他。”

“完全正确，”罗丝说，“挺丑的，像你一样。”

“但也很讨人喜欢。”她姐姐说。

“姑娘们，”我懊丧地说，“你们得学会说话不要那么直接。”

“为什么？”雪白问。

“嗯，首先，它伤害了人们的感情。”

“对不起，”罗丝说，“我们不是故意的。”

“我知道。”我说，“我知道。其次，如果你养成了对男人说真话的习惯，你永远不会找到真爱，也无法结婚。”

“反正我也不会结婚。”罗丝说。

“我也不会。”雪白说。

“你怎么知道？”我问。

“那感觉很蠢。”雪白说。

“就像砍掉你的腿一样。”罗丝说。

“每段婚姻都不一样。”我说。

“出去。”雪白说。

“嗯，你结婚了，”罗丝说，“可是现在你妻子更喜欢别人。”

“那么很快你就不是已婚的人了，不再是了。”

“差不多吧。”我承认。

“那你为什么要为婚姻辩护呢？”雪白问道。

“你曾经是正常的，”罗丝补充说，“但你现在在一个油腻恶心的背包里随身携带一卷卫生纸。”她打了个明显的寒战。

“我们只是说说而已。”雪白说，几乎带着歉意。

就在那时，我们听到了一种罕见的声音——至少对我们来说，在这样宁静的夏日夜晚是罕见的：汽车轮胎的声音从房子前面传来，让砾石道嘎吱作响。

“这不可能。”雪白倒吸了一口气。

“爸爸。”罗丝说。

“这是这个夏天里的第三次了。”雪白说。

“第一次持续了一个小时。”罗丝告诉我。

“第二个是在我生日那天。”雪白说。

“他待了十五分钟。”

“他给我带来了一张礼券。”

我紧张起来，担心我会被发现和她们在一起。我的衣服堆在岸边，除了我身上穿的平角短裤。如果他转过拐角，就能清楚地看见我们。但是机库里还有其他衣服，所以我所要做的就是游开——游到岸边那片被树木掩藏的地方，然后从那里撤退到机库里。

“我该走了。”我说。

“别担心。我们会完全分散他的注意力。”罗丝说。

她们爬上码头，水珠从她们的腿上淌落。毛巾裹住她们的肩膀，她们在干燥的木头上留下了湿漉漉的脚印，然后才穿上人字拖。之后，姑娘们朝草坡走去——没有奔跑，没有着急，只是本分地走过去。

我突然感到侥幸，我没有孩子，故此也从来没有让孩子们失望过。虽然我希望这些姑娘是我自己的女儿，即使是我也会比那个“灰色玩偶”更出色一些。

尽管我没有他的财富。

我沉入水中，仔细观察着她们，水线在我的鼻子底下。我紧闭着嘴。

这次的西装是殡葬从业者的黑色，我只能辨认出一个银色的耳机。女孩们上山迎接他时，他对着耳机说话。罗丝笨拙地向他走去，似乎想拥抱他，但他举起手，摇了摇头，不停地说着，一边踱步一边转过身来。

她后退一步。

当时我突然想到，如果他死了，她们会过得更好，但这是一个学术性的、客观的想法。与我无关。

一秒钟后，我想到，如果有人把“新郎”撕成两半，女孩们会继承他的钱，但摆脱了他的冷漠和固执的漠视。

另一方面，失去父亲是痛苦的，即使是一个粗心大意的父亲。半智障的母亲令人惊讶地频繁处于死亡的边缘——由于不断地自我节食，她经常突然被送往医院——可怜的女孩可能会被寄养给亲戚。

所以我很快就打消了杀他的念头。你知道：谋杀的主意有时候会浮现在你的脑海里，随后消失得无影无踪。在我看来，这很正常。

无论如何，这个想法与后来发生的事情无关。

过了一会儿，父亲停止了对着耳机说话。那时，姑娘们已经放弃，进了屋，据我所知，他连一个问好的微笑也没有。他说出的一些片段传到了我的耳朵里，这些词在暮色中转瞬即逝——“增值”“交易结构”，可能还有“红鲱鱼”。

然后他也消失了。

那晚晚些时候发生的事情很简单，我可以做证。

大约在夜里一点，当我躺在机库地板上试图入睡时，我的背疼了起来，疼得厉害，主要是因为我和水泥之间只隔着一个破旧的睡袋，是我从奥尔巴尼的一个慈善垃圾箱里偷来的。因为我在玩消失，我不想使用我那张联名账户 ATM 卡，那会暴露我自己。我的处方药箱里也没有女孩们给我的止痛药了。最后，在不安的驱使下，我蹑手蹑脚地走了出来，举着沉重的古董手电筒，走在泥路上，疼痛贯穿我的背。

房子一楼的窗户还亮着几盏灯，但透过窗户，我看不见有人在看书。全家人都睡下了。我绕到屋后，登上仆人们的楼梯，脱下鞋子，穿着袜子走路。我像往常一样找到我的房间，自己也睡着了，床的舒适使我如释重负，忘了背部的痛楚。

但不久我就醒了。有一声可怕的巨响。我一开始没听出来，我以为是一只猫在痛苦中或试图交配。然后我明白了那是人的声音——人类的、女人的声音。我坐直了身子，为那些可爱的姑娘担心得直发抖。我必须做点什么，我抓起手电筒跑到走廊里。

我根本不了解这座房子，只知道通往我秘密小房间的路。所以我跌跌撞撞地走在狭窄的走廊里，就像走在迷宫里一样，基本上是瞎跑，我往这个方向走，然后往那个方向走，试图跟上尖叫声。声音停顿片刻，我踉跄了一下——部分是因为困惑，部分是因为越来越确信那声音不是由两个女孩发出的。那声音太粗野、太沙哑了。然而，紧接着它又开始了，我惊慌失措地跑着，在大厅里跑来跑去，因为我心里没有把握。

最后，我来到一个更宽敞的大厅，那里灯火通明。中间铺着一条长长的地毯，母亲就在那里。她什么也没穿，她是如此瘦弱，突出的肋骨就像斑马身上的条纹。我不禁注意到她的下面剃得光光的。还有那个穿着泡泡纱睡衣的父亲，他似乎在掐住她或是让她窒息。他们在打滚，她一定是那个尖叫的人，虽然现在他的手指盖住了她的嘴。显然，作为精神或身体上没有缺损的男人，他占了上风。恐惧攫住了我——尽管在这种恐惧的背后，我松了一口气，因为雪白和罗丝不是这次暴力袭击的目标——我不动声色地投入了战斗。

手电筒是我唯一的武器，正如我所说的，它很重。

我还没反应过来，这位“新郎玩偶”就倒在了地上，头的左侧被打破了。

一旦了解了形势的严重性，我们就全力以赴使他苏醒过来。我跪在他旁边做心肺复苏术，这是我在七十年代当救生员时学到的；罗丝穿着镶褶边的泰迪熊睡衣，跑到电话旁边拨打 911；雪白坐着，表情严肃，握住父亲一只苍白无力的手。只有那个饥饿的母亲，仍然赤裸着身子，坐在后面，她那突出的膝盖抵在下巴上，靠在护壁板上，在她的上方是一幅高大的祖先的画像。

如果你是那种关注打击犯罪或社会新闻的人，你可能已经意识到那位父亲并没有死。事实上——这是鲜为人知的——他从医院出来后大有好转。他的性格似乎发生了转变，如同一个做过前额叶切除术的人。他在康复后变得更愉快了。他有更多的时间陪伴妻子和孩子。

我甚至从我的律师那里听说，他为这位母亲寻求了专业帮助。不是为了她的智力迟缓，我想他们对此爱莫能助，而是为了她的饮食失调。

我再也没有收到女孩们的消息。个人联络断了。但她们现在也一定过得更好了。

这位父亲已经赚了足够的钱，足以让全家人一辈子都生活在精美的亚麻制品和银器中，他不再对生意感兴趣。他性格的这一部分被简单地移除，要么是受到手电筒的影响，要么是随后的大脑出血导致的。并不像我的律师向我保证的那样，他的认知能力本身降低了。他在标准的能力倾向测试中仍然表现得很好。

不，这似乎更像是一种性格的改变。

就我自己而言，我过得并不好。虽然犯罪是为了保护弱势群体，但当你在犯下重罪、酗酒等罪行时，身无分文时，这些都会对你不利。还有非法侵入的问题——尽管我不得不说，在我需要帮助的时候，那些女孩并没有抛弃我。她们告诉警察，那天晚上她们完全允许我睡在这座房子里。遗憾的是，由于她们的年龄——11 岁和 12 岁——这一证词并没有为我洗脱罪名。

我有时会回想起和女孩们在一起的最后时刻。确实，我们坐在一条旧地毯上，颜色已经被父亲的鲜血染得发紫了。确实，我们的衣服被血溅得又脏又可怕，失去知觉的父亲躺在我们中间，给我们蒙上了一层阴影。

当我做了所有我会的心肺复苏术后，我抬头环顾四周——我想那是一种昏迷，尽管她们把他送到急诊室后，这种昏迷不会持续太久——我看到了这位半智障的母亲。我记得我当时想，即使是一个芭蕾舞演员，也不应该被闷死，我还是很高兴能帮上她的忙。现在她正瞪着我，眼睛像碟子那么大，用她的母语喃喃地说着什么。她讲西班牙方言，那里人人都口齿不清。我看见雪白，她可爱的脸自内而外在发光，带着泪痕；还有那朵生机勃勃的玫瑰，紧张地咬着指甲，站在蒂芙尼的台灯旁，那盏台灯开满了橙红色的玫瑰。

我被一种奇特的归属感和满足感所征服，就好像我已经饱餐一顿，正在为漫长的冬眠做准备。父亲穿着蓝白相间的泡泡纱衣服，一动不动地躺在我们中间，我觉得我们都到了该去的地方，都为一幅画摆好了姿势，画面的构图在很久以前就已经选定了。我记得我在想，不管后来发生了什么，这都是一个温暖的洞穴，充满了柔软的、无害的事物。

● 我近来一直梦到森林。我在城市长大，曾经对大片的林木感到厌烦，认为这很乏味。后来我突然发现了其中的世界：阳光下的气息，瓢虫在倒下的树干上聚集，成群的麋鹿和一只狼跑过一条土路。最近，我们都喝得有点醉的时候，一个老朋友告诉我，她认为风景是很无聊的。我明白她的意思，我记得凝视车窗外的群山时，那种焦躁不安、不以为然的感觉。然而，现在的我不再有这种感觉了。我决定要写一个以森林为背景的故事——不是现在我居住的西部仍然能见到的野生森林，而是阿迪朗达克那些安静的森林，离纽约市不远。我曾在那里与这位亲爱的朋友共度时光。童话故事常发生在森林里或是森林的附近，阴暗森林里的威胁，那些不为人知，或是被掩埋得很深的浪漫和刺激，汉塞尔和格蕾特尔、小红帽，以及被荆棘包围着的睡美人。这些梦把我召唤回那些较低的山峰，使得我能再一次住下来，只是短暂的一瞬间。于是我写了一个故事，讲的是一个家庭住在一座镶木板的房子里，房子的旁边是一个蓝色的湖，绿色的草坪上点缀着鹿群，还有另一些东西从黑暗的森林里进入了那座房子。

——莉迪亚·米列特

妖精王

● 何舜廉　*Sarah Shun-Lien Bynum*

这正是她想要的：破旧的小路，门上的铃铛叮当响，高大的冷杉树的针叶一根接一根地落下来，矮人们驻扎在矮树丛中，一股甜甜的蘑菇味，山上远处传来曼陀林的声音。“我们在这儿，我们在这儿……”凯特对她的孩子重复道。她的孩子走得不够快，需要用手拉着走。她们穿过大门，走上斑驳的小径，穿过巨大的冷杉树，穿过停车场，经过爆米花摊，来到精灵游园会的中心。

她孩子的名字是翁蒂娜，可是叫她露丝她才答应。露丝的手湿漉漉地握在她自己的手里，她们一起看着两个精灵在身边跑过，跑在前面的那个挥舞着一长串抽奖券。“你不想戴上你的翅膀吗？”那天早上凯特问，但露丝没有心情。有的时候她们志同道合，有的时候她们不能。现在她们绕着绿树成荫的草坪，研究着各种活动：有制作蜡烛、养蜂，还有编织上帝之眼[1]的活动；一幅紫色的手写标语说“亚瑟王将在中午出现”；那儿还有一个茶园和一支蓝草音乐乐队，一个留着络腮胡子的男人，他的束腰外衣的褶皱上钉着一百颗橡树果，男孩子们用长棍互相击打；地上散落着松针和干草；装柠檬水的杯子是可以降解的。一切都完全正常，每一个小细节都被注意到了，当凯特的心中充满了这种快乐，一个完全属于自己的世界的快乐时，她也感到不安，她本来可以却没有为她的孩子保证这种生活，那是个错误的判断，一个很有可能极其严重的错误。

她们甚至没有申请一所华德福学校！当时，凯特的联想模糊而紧张：魔鬼棒、播放录音机，偶然地无知。她记得听说过一个男孩，他能够绘制整个蒙古帝国的地图，但是在他九岁的时候，他还在吮着手指。这可不是什么好事，对吧？每个人在人生的某个阶段都必须走进711便利店，在平凡的世界里工作。所以她甚至没有报名参观。但是没有人告诉过她关于仙女的故事。现在看看露丝错过了什么——魔法、自然、花环、飘浮的丝带，与一个无污染、无媒体的世界偶遇。她有机会在美好的事情里度过这一天：装订书籍，并且用德国制造的木制小动物表演。

露丝想带一只回家，一只小长颈鹿。神秘地，他们最终来到了小精灵游园会上唯一一个可以进行商业活动和接受信用卡的地方。露丝连看都不看小长颈鹿一眼，她把长颈鹿夹在胳膊下面，抚摩着桌子上的其他动物。

“一只金刚鹦鹉！”她轻轻地对自己喊道，伸出手。

凯特在水牛和企鹅之间发现了第二只小长颈鹿。尽管展示了动物

1　类似捕梦网。——译者注

王国的广泛范围，这些生物似乎都属于同一个亲爱的、钝头钝脑的家族。小长颈鹿在她的手上感觉很轻，她把它翻过来，看到粘在它脚底的价格标签后立即把它放了回去——17 美元！足够养活一整个仙女家庭一个月。若隐若现的挪亚方舟现在看起来有些险恶。两个又两个，两个又两个，加起来不少了。

“华德福的父母是怎么做到的？是怎么做到的呢？”凯特交出了她的信用卡。

她对露丝说：“这是一件非常特别的事情，是你在精灵游园会上得到的特别礼物，好吗？”

“好吧。”露丝说，开始找属于她的动物。她知道妈妈喜欢长颈鹿——在动物园里，她在长颈鹿区的边缘站了五到十分钟，谈论它们美丽的大眼睛和可爱的长睫毛——她为她妈妈选了小长颈鹿，因为它是她的最爱，也因为她知道她的母亲会说“可以”，她不总是说可以，例如当问及自己的小马的时候。所以露丝既聪明又善良。她想着她的母亲也想着自己。此外，在这个集市上也没有她的小宝贝，她已经找过了。长颈鹿宝宝需要妈妈的陪伴。桌子上有一只更大的长颈鹿，也许五分钟后，露丝就会问她能不能把它列在她的生日清单上。

“妈妈，”露丝说，“我的生日是在圣诞节前还是圣诞节后？”

“嗯，这取决于‘圣诞节前’是什么意思。”凯特不情愿地说。

她们牵着手离开精灵集市，爬上倾斜的草坪，抵达山顶上那栋沉重的老房子。那栋房子有着低矮的屋顶、结实的柱子，涂成绿色的椽子从屋檐上伸出来。凯特猜测，这整个地方很久以前是一个患结核病的富人用于享用新鲜空气的疗养地，现在是一个倡导儿童主动参与的学习中心。

露丝自己的学校在一间平房里，位于一座韩国教堂的大停车场后面。它有种独特的可爱，取代树木的牵牛花令那儿景色变得柔和，学校的外墙上还有一幅关于森林的壁画。停车从来都不是问题，这也是一个优点，因为在接送孩子的时候有没有地方停车是很重要的。在许愿池，家长们轮流穿反光背心，佩戴对讲机，只是为了管理早上穿过学校车道的车辆！在犹太教的蒙特梭利教堂有一道特别冷酷的“再见门”，送孩子的父母是不允许通过这扇门的。这当然是出于哲学上的原因，可是，无论是谁——只要他们见过在工作日早上在大楼外排列成行的车队——都会认为我们需要的是一个更实际的解决办法。想想看，这曾经是凯特心仪的学校！她无法忍受那可怕的离别，她也受不了当她关掉紧急信号灯，缓慢地沿着街道离开时，耳边传来她自己哭泣的声音。

但是她被犹太蒙特梭利学校迷住了，无法控制自己，她甚至不介意（说老实话）关于门的可怕故事。她立刻爱上了拱形的天花板和天窗，弗里达·卡罗的画挂在墙上，精致的安息日烛台，到处都令人感觉清爽有序。在她到访的那天，她坐在一个可折叠的小帆布凳子上，惊奇地看着孩子们在房间里静静地打开他们的小毯子，然后坐下来做他们自己复杂、引人入胜的工作。教室里洋溢着美好、忙碌的宁静。她感到自己的心跳开始放缓，就像按下电视机的静音按钮后一样，她感到如释重负。她清楚地意识到，如果她的父母当初为她选择了不同的道路，她本可以有更优雅的思想，她的思路也不会那么堵塞，这么多年来，她本不必为自己忙碌而低效的自我所累。他们要是给过她这种教育就好了！

令人惊讶的是，这所学校并没有给翁蒂娜留下一点儿印象。连续十个星期，每个星期六早上，她们和其他二十个申请者一起拖着脚步走上台阶。她们经历了一个漫长而严格的面试过程，这个面试伪装成了“妈咪与我”的课堂。凯特很快就汗流浃背；翁蒂娜只是偶尔对从小木碗里舀出青豆，放到一个稍微大一点的碗里感兴趣。“记住，那是他的工作。”当翁蒂娜抓住其他孩子的滴眼液时，凯特急忙低声说。父母应该保护每个孩子工作空间的完整，所有这些奇怪的小项目——豆子、肥皂屑、钳子、松饼罐，甚至拼图——都应该被称为工作。

十个星期的辛苦工作之后，她收到了一封拒绝入学的信件，写在一张彩虹信纸上。凯特真是个白痴，她立刻坐下来，给学校那位令人生畏、勉强算得上迷人的校长写了一封感谢信，希望明年能有更多的机会。她从来没有这么崩溃过。“你甚至都不是犹太人。”她母亲不留情面地说。她的朋友希拉里，一个“蒙特梭利妈妈与我”项目的退出者，承认替她松了一口气。“你不觉得有点像机器人吗，或者狄更斯的小说？像那些鞋油厂里的孩子。”她提醒凯特学校董事的那辆车，她们曾经在一个星期六的早上看到它停在预留车位上。“你难道不庆幸自己不用为那辆深红色的保时捷买单？”

她一点也不。尽管大家都劝她别这么想，她还是相当在意这件事。一周又一周，她和她的孩子已经接受了董事们专业眼光的鉴定。尽管她们非常努力，她们发现自己仍然不够好。她在他们身上看到了什么她自己看不到的缺陷或缺失？尽管她以一种开玩笑、自嘲的方式讲述这段经历，但她能感觉到，听到她问这个问题会让人们感到不舒服，于是她学会了沉默地去做这件事——当她独自开车的时候，或者当翁蒂娜在车后睡觉的时候。

“我能要长颈鹿妈妈做圣诞节礼物吗？”露丝在大概五分钟后问道。她在通往大绿房子的台阶下面停了下来，等待答案。她需要一个答案，但她也想练习芭蕾舞，所以她用小小的步子跳了几个来回，像胡桃夹子里穿着芭蕾舞鞋的雪精灵。

“人们想下楼了。”她母亲说，“你要上厕所吗？我们去找厕所吧。”

“我只是在跳舞！”露丝说，“你的说法真让我伤心。”

“你得去洗手间，”她妈妈说，“我看得出来。”但是露丝发现她并没有真正集中注意力，她正在看精灵集市的大地图，发现了一些有趣的东西。露丝打算把她身体里晃动、像是有雪花落下的感觉按捺下去，想忍多久就忍多久。这意味着她赢了，因为当她不去厕所的时候，像走路或站立这样平常的事情更令人兴奋。她在冒险。

“上面说有个玩偶房间，听起来有意思吗？一个特别的房间，里面装满了仙女娃娃。”她的母亲靠近地图，然后看看四周，试图将地图与实际地点对应起来。“我想它就在下面。”她用没有握住露丝的手指了指。

露丝想看看她妈妈指的是什么，但她看到的是一个男人。他站在草坪的尽头，抬头看着她。他不是橡子人，他没有国王戴的那种金冠，也没有巫师的尖帽。她在抽奖台旁见过圣诞老人，这不是他。这不是一个父亲，也不是一个老师，更不是一个邻居。他不像推着小车卖棒冰的棕色皮肤的小贩。这个男人又高又瘦，脖子上围着一件斗篷，不是黑色的，也不是蓝色的，而是介于两者之间的一种颜色，一种午夜的颜色，他把帽兜拉下来，看着她，好像他认识她。

“你看到我指的地方了吗？”凯特问道，她突然蹲下身子，凝视着露丝的脸。她注意到，露丝有时会有一点走神，一种令人不安和恍惚的眼神。可能是睡眠不足——韦斯布鲁斯博士强烈建议她们坚持早睡，可是她们还没有做到这一点。当你读这个建议的时候，是一件很简单的事情，但是现实可不一样！每天晚上的时间都过得很快——晚餐、甜点、洗澡、读书，到一天中最后一次不情愿的呼啸——其间还有各种各样的分心、撒泼和小冲突，凯特想知道在规定的时间内拆除炸弹是否会容易得多。所以露丝经常很累。这完全能解释露丝为什么反应迟钝，难以驾驭，总是发出可怕的、让她丢脸的大笑，也许还能解释为什么她越来越喜欢吮吸拇指。同样有可能的是，凯特只是在自欺欺人，实际情况是，确实有些事情不对头。

今天晚上她会上网查一下。

凯特慢慢地站起来，拉着露丝的手，往山下走去，去找玩具屋。她们正在度过独特的一天，只有她们俩。她们都喜欢牵着别人的手，思绪却飘到了别的地方。这类似于并排入睡的感觉，她们有时会违背韦斯布鲁斯博士的指导方针，身体互相触摸，梦境彼此分离却又联系在一起。她们都喜欢这种不知道是谁做主的感觉，不管大人还是孩子。

但露丝知道她们两个人现在都做不了主。披斗篷的人是领导者，他希望她们来到山脚下。她可以从他看她的眼神中看出这一点——他看上去挺友好的，但也像是有点生气了。她们必须尽快赶来。吐口水的地方！不要分心。这就是规则。她们走下大草坪，经过彩绘的桌子，一些杂耍演员和蜜蜂在玻璃后面跳舞，露丝明白过来——母亲根本不需要来。只有她。

她有一种鬼鬼祟祟的感觉，那个男人在他的披风下面拿着一个礼物。这应该是个惊喜。一个小巧精致的惊喜，就像一个音乐盒，但当你打开它时，它就像一个兔子洞一样令你不停地往下掉，里面有她想要的一切：贴纸、珠宝、书籍、娃娃、高跟鞋、宠物、丝带、钱包、芭蕾舞鞋、化妆品。你没必要把它们分门别类，因为它们都是礼物的一部分。那么多特别的、漂亮的东西，她想要一切，她会拥有它们全部，当她在塔吉特百货公司的时候，她如此渴望那个芭比公主的发型，以至于她觉得自己要吐了，可是现在，那种疯狂的感觉一去不复返了。这就是那种惊喜。这个男人正拿着一份给她的礼物，当她打开它时，她将成为世界上最善良、最幸运的人，也是最漂亮的。不是假装，而是真的。她是认真的。这个男人是她父母的朋友，他给她带来了一份礼物，就像她父母的朋友有时候从纽约或加拿大带来的那样。她希望他是那样的人，她希望他是一个看起来很熟悉的人。她问道："妈妈，我们认不认识那个男人？"她的妈妈说："背着吉他的那个？"可是她错了，她搞砸了，他连吉他都没有。

露丝不知道她妈妈在说谁，也不知道为什么她的声音变得很安静。"哦，哇！"她的母亲低声说，"那是约翰·C. 赖利。真有意思。他的孩子一定在这儿上学。"然后她叹了口气，"我打赌肯定是。"她奇怪地看着露丝。"知道约翰·C. 赖利是谁吗？"

"谁是约翰·C. 赖利？"露丝问，但是她只有一小部分在和妈妈说话，其他部分在想着这个惊喜。那个男人把头扭开了，她只能看到他的斗篷在夜晚的色彩。她担心他可能不会再把那礼物给她了，她肯定她的母亲把它给毁了。

"只是一个演电影的人。成人电影。"凯特最喜欢的一部电影里，他扮演一个高大而忧伤的警察。他在电影里是那么可爱，一边自言自语，一边整天冒着雨到处开车。你仅仅想递给他一条毛巾，然后给他一个拥抱。尽管那部电影有让人无法接受的情节——那个女黑人被戴上手铐，尖叫起来，还有那个男孩不得不表演一段严肃的说唱——那并不是约翰·C. 赖利的错。他只是在完成他的工作，扮演角色。即使是那些扭曲的场面，也能看到他的善良、他那平凡的光辉！他凹凸不平的额头，他的大脑袋里装满了美好的想法和愚蠢的笑话。想象一下在家长委员会或者开学之夜坐在他旁边的情景吧！她错过了机会。现在他和他的吉他离开了，消失在停车场外的冷杉树丛中。

凯特叹了口气："爸爸和我都非常尊敬他。他的选择非常有趣。"

“妈妈！”露丝叫起来，“别说了。别说了！”她把手抽走，双臂交叉在胸前。“我现在很生你的气。”

因为另一个女孩，而不是她，将会得到惊喜。那个男人甚至都不再看她了。她的母亲没有看到他，她只看到她想看到的人，现在一切都毁了。没用了。“你真让我很生气，”露丝告诉她，“你故意的！我要踢你。”她露出了牙齿。

“我又干了什么？”她母亲问道，“刚才发生了什么？”她问的是一个想象中的朋友，站在她旁边的是一个成年人，而不是露丝。她没什么可对露丝说的：她抓住她的手腕，快步向山的其余部分走去，试图让她们远离一些东西，可能是露丝的坏心情，露丝要哭了，因为她今天过得不好，她的手腕疼得很厉害，什么都不对她的胃口。正当她的母亲拖着她穿过一个小谷仓的门时，她惊讶地再次看到了那个男人，他转过身来看着她，现在离她更近了，当他伸手去碰触她的时候，她看到他有长长的、发黄的指甲，在斗篷下面，他是用稻草做的。他慢慢地向她点点头。会好起来的。

在谷仓里，凯特深吸了一口气。这样竟然能行。没有什么比得上一点点力量和速度！露丝已经从她想象出来的乌云般的情境中被拉了出来。凯特将不得不再试一次。那个玩偶房间满挂的圣诞彩灯在她周围愉快地闪烁着。椽子上挂着薄纱和绒线。当她的眼睛习惯了昏暗的谷仓和微弱的灯光，她看到到处都是各种大小的玩偶，它们栖息在树叶做的窝里，在桦树枝上荡来荡去，在抛光的核桃壳摇篮里睡着了。像木制动物一样，它们似乎是同一个温和而可爱的祖先的后代，它们有着宽大的眼睛、薄薄的嘴唇，几乎没有鼻子，长着鬓毛。尽管它们几乎毫无特色，但它们都很可爱，令人难以抗拒：她想捏一捏每一只，抚摩它们脚上干净的毡鞋。它们的手上或脚踝上挂着小纸牌，上面写着制作者的名字，还有那些忠实而手脚灵巧的华德福妈妈的名字，传说她们还会纺羊毛！在真正的木制纺车上。多么神奇、抚慰人心、实用的技能啊。难道这就是她所缺少的——一架纺车？凯特仍在寻找合适的工具装备自己。然而，这个想法一出现，她就清晰地看到，可爱的旋转车轮正在白噪音机器和儿童大小的瑜伽垫旁边，还有一大袋昂贵的有机肥料。这些肥料原本打算用来建造理论上的菜园，现在，这一堆巨大的希望正在车库的后面聚集着致命的蜘蛛。她低头看了露丝一眼——她被迷住了吗？她开心吗？——她焦急地环顾房间四周，看着从小精灵的帽子或者一头浓密的头发下面露出的各种各样乳白色的面孔。拜托，一定要有棕色的娃娃啊！她想。请让它们可爱一点。和其他人一样，它们穿着轻薄闪亮的仙女装，而不是工装裤、帽子或印花布裙子。一条棕色的美人鱼也不错。一只棕色的翁蒂娜。她无助地紧握着女儿的手道歉：因为即使在小精灵游园会上，一切都那么迷人，那么细心，那么可降解，可她还是把女儿暴露在了有毒的物质之下。

露丝甚至都没有看那些娃娃，因为她现在非常想去小便。她找不到她的长颈鹿了。它不在她胳膊下面。她的小长颈鹿！它一定是掉在什么地方了。可是会在哪儿呢？很多很多地方都有可能。露丝低头看着谷仓的地板，上面覆盖着稻草。不是在这里。她觉得肚子开始疼了。这是她在精灵游园会上得到的一件特别的东西。母亲送的礼物。也许是她母亲给她的最后一份礼物，她母亲可能会说：“如果你不能看好你的特别之物，我就不会再送给你特别的东西了。”但是她不再需要特别的东西了！她会得到一个惊喜，一个越想越大的惊喜，因为她觉得那个男人能完成妈妈做不到的事情，比如让她住在一个城堡里，那里也是一个农场，她可以住在一座漂亮的塔里，养一只小猫，给它建一个房子，给它玩具。她还会有五只，不，她的意思是十只，宠物蝴蝶。

那个男人站在谷仓外面等她，如果她不尽快出来，他就会径直走进去把她带走。露丝想跑，想要尖叫，她不知道自己是高兴还是特别害怕。不——！当她的父亲把她头朝下倒过来抓她的时候，她尖叫起来，但是当他停下来的时候，她哭了，再做一次，再做一次！她总是想要更多这样的东西，而她的父母，他们总是太早停下。

披斗篷的男人可不会停下来。这个房间里的娃娃是孩子们，他把孩子们变成了娃娃。露丝可以帮他，她可以加入他。她会说："我要把你关进监狱。锁起来，锁起来！你在监狱里。我有钥匙。除非我告诉你钥匙在哪儿，否则你永远出不去。"她学校里的朋友，她的芭蕾舞老师萨拉小姐，她最好的朋友拉克和克洛伊，她的体操教练坦尼娅，她的爸爸妈妈，她最喜欢的、最特别的人，都坐在那里，双腿伸直，眼睛睁得大大的，除了她没有人能看到他们。她会在舞台上模仿多萝西，他们会看着，她会从一开始就为他们表演整部《绿野仙踪》，那个男人会把她的皮肤涂成明亮的而不是棕色的，他可以让她的头发顺滑无比，扎成辫子，她看起来就像真正的多萝西。这将是他们一生中最大的惊喜！

凯特知道这个谷仓里一定有一个棕色的娃娃，而且它可能是完美的。如果有人能做出她一直在寻找的娃娃，那么这些华德福妈妈就能做到——一些可触摸和梦幻的东西，一些她可以给她的孩子去珍惜的东西，一些她的孩子会喜欢而不是满足于此的东西。考虑到她从翁蒂娜出生起就一直在寻找这个娃娃，130 美元并不算多。她刚刚发现这个谷仓里的每一个娃娃都是可以被买下的；每一张纸板标签的背面都有一个用铅笔写下的数字，比较这些数字很有趣，你会想知道为什么这个穿着圆点裙的红发娃娃比那个穿着樱桃印花围裙的多 25 美元。她走进谷仓，看了看那些名字和数字，脑子里在算着：这一天到目前为止花了多少钱（长颈鹿花了 7 美元，冰沙花了 8 美元，彩票花了 2 美元），以及将来可能要花多少钱。因为如果她真的找到了她想要的那个娃娃，她可以在宜家买一个白色架子，价格比在儿童陶瓷店买的同样的架子便宜得多，而且几乎一样漂亮。她可以把这个架子挂在翁蒂娜那黄色房间里一个令人愉快的地方，在那里，娃娃可以用它温和的绣花眼睛盯着她的女儿，施展它的保护魔法。洋娃娃、长颈鹿、冰沙和架子，这一天总共可能要花费近200美元，不过谁在乎？你想的是你的孩子。

“女士们，先生们！”露丝会说，“欢迎来到这个节目！”披斗篷的男人会拉开窗帘，每个人都会对他们所看到的感到惊讶，他们会用手捂住嘴尖叫。但露丝自己的惊讶已经变成了别的东西，不再是一个美丽的秘密，她知道会发生的事情，不管她愿不愿意，就像她知道她会在谷仓发生意外，她的长颈鹿会失踪，她的妈妈会继续看着挂在娃娃脚上的标签，看起来像她正在读一个重要的通知。母亲仔细看着，没有发现地板上的水坑变得越来越大。当一切发生，母亲会要握住她的手，她总是握着、拉着、紧捏着她的手，而这次实际上将不可能——因为露丝，那个聪明、善良的女孩，芭蕾舞演员、吮拇指的人、勇敢而聪明的多萝西，已经消失了。

● 我第一次读到“妖精王”是在安吉拉·卡特的《染血之室》中。后来，通过舒伯特的叙事曲《魔王》，我在歌德的同名诗中，又遇到了他。两个作品都把他描绘成一个性感而致命的人物——在卡特的故事中，他是一个吹笛子的森林居民，将年轻的女孩变成了笼中的鸣禽；在歌德的诗中，有一个恶毒的魔王在深夜追逐一个正在随父亲穿过树林的男孩，他许诺给孩子说不尽的快乐。显然，歌德的这首诗经常被德国学生背诵。

对学校教育的焦虑让我构思出了《妖精王》这个故事：不是孩子的焦虑，而是父母的焦虑。我属于这样一代的父母，他们往往对自己替孩子做出的选择感到相当痛苦。我一直觉得，在这些选择中，更有魅力和更激进的是华德福教育。（作为一个字面意义上的思想家，当我被要求写一个“当代童话”时，我立即回忆起我上一次见到当代仙女的时候，是在当地华德福学校举办的年度筹款会上。）我喜欢在这样一个可爱的、受保护的地方发生一些相当危险的事情的可能性。后来我才知道，华德福方法的创始人鲁道夫·斯坦纳深受歌德作品的影响。

——何舜廉

哥哥与鸟

● 阿利莎·纳汀 *Alissa Nutting*

玛杰丽的母亲不停地打扫，她睡眼惺忪，满头发网，警惕地寻找不纯洁的东西；她走路的时候常把一个过时的直立式吸尘器放在身边，它看起来就像一个器官，一个静脉注射器，用来做透析或者有别的救命的功能。玛杰丽已经不记得母亲裸露的双手，因为母亲总是戴着厚厚的黄色厨房手套，随着时间的推移，她的双手看起来像是假的。母亲似乎担心灰尘看到她走过来会散开，她弯着腰，踮着脚，每走一步都抬起膝盖，鬼鬼祟祟地从一个家务活走向另一个家务活。这在墙上投下了多么可怕的阴影啊！当母亲走过走廊时，小玛杰丽常常在床上颤抖，一个可怕的轮廓不断弯曲，变大，那副橡胶手套会变成巨大的爪子。玛杰丽的恐惧和期待变得如此强烈，当母亲终于出现在卧室门前时，她不由自主地发出了一声听得见的喘息。母亲会停下来，闻一闻。“好姑娘们现在可已经睡着了。”她低语，声音小得让玛杰丽怀疑母亲是否有意让人听见。

父亲比较友好，他像一只熊，而且很冷淡。玛杰丽和哥哥还小的时候，喜欢用手指抚摩父亲胸前和背上浓密的黑色鬈发，骑在父亲身上，把他当成一头能骑的动物。父亲也乐意地四肢着地，在院子里爬来爬去，满足他们对冒险的渴望。“我要吃了你们！”他咆哮，孩子们的脸颊于是泛出粉色的光泽，像小猪一样。

但是父亲总是在他们离桧树太近的时候停止游戏，那是院子里奇怪的地标。它的树干分成两个截然不同的部分，距离很远，各自伸向不同的方向。作为孩子，玛杰丽和她的哥哥总是在测试极限——在父亲借口说自己累了或声称他变老之前，他们离树最近的距离是多少？

“这是人的骨灰。”哥哥解释说。他提到了他的生母，父亲已故的第一任妻子，她的骨灰盒被埋在院子里的树下。玛杰丽偶尔会看到母亲用漂白剂给树浇水、用脚踢树、在第一任妻子的坟头上跺脚、使劲跳着奇特的舞蹈。有时候，妈妈会在地下室里拿起那把大斧子，亲切地对它说话，好像它是一个婴儿，她用戴着手套的手捧着它，回头凝视着干净的斧刃。

但是母亲恨她丈夫的儿子更甚于恨那棵树。她时常巧妙地打他，用沉重的《圣经》和木制家用物品打他的身体，但从来不打他的脸。“我要把你身上的罪孽洗净，”母亲汗流浃背地说，“你不是我的血脉，坏东西。”她自己虚构的宗教信仰有一些奇怪的规则；她很久以前就停止参加弥撒了，她说净化家庭等同于祈祷。

玛杰丽希望离开母亲，过自己的生活，在那里她和哥哥拥有属于自己的家。父亲可以随心所欲地飘进飘出，就像一颗毛茸茸的卫星。

随着岁月的流逝，玛杰丽深深地爱上了哥哥。当她十二岁，他十六岁的时候，只要想起他，她感觉就像吃了一顿大餐一样满足和困倦。

玛杰丽经常在妈妈睡着后溜进哥哥的房间，他们会躺在他的床上听唱片。每次唱歌的时候，他都会挑出一句歌词来唱，玛杰丽喜欢预测他会选择哪一句——当她说对了的时候，她觉得自己非常擅长去爱。她看着哥哥的嘴，几乎可以看到他的声音像游丝一样在空中盘旋。“鸟儿在月光下高飞。”为了记录时间，她把这张唱片想象成沙漏，把针头想象成沙子，听到它空空如也的刮擦声时，她会轻轻地从床上站起来，拿起唱针，悄悄溜回自己的房间。

有一天晚上，玛杰丽和哥哥睡着了。他们醒来的时候，母亲正站在他们上方，手里拿着她那本大《圣经》，一条破裂的血管把她左眼的眼白染成了深红。

哥哥睡眼蒙眬地抬起头。“妈妈，”他惊讶地说，“你看起来很生气。”

“肮脏的东西。”母亲说，用颤抖的橡皮套手指指着他们俩。她的发网下面，那些粉红色的海绵状鬈发看起来像一个充气的大脑。

玛杰丽想把身体靠在哥哥身上，但当母亲用《圣经》砸向哥哥的时候，她被推下了床。这场打斗持续的时间超出了玛杰丽的想象，就在母亲似乎要结束的时候，一股新的愤怒像咒语一样袭击了她；她把自己压在哥哥胸口上，在他的脸上放了一个枕头，把沉重的《圣经》压在上面。“肮脏，肮脏的东西！”她嘶嘶地说。哥哥的脚剧烈地抽搐，掀起了床单，但母亲直到哥哥的腿一动不动才停下来。她放松下来，对着窗户和太阳微笑。

“脱掉你的袜子。”母亲说。

母亲一丝不挂，除了围裙什么也没穿。她命令玛杰丽脱光，然后给裸体的女儿穿上工作服，戴上相配的黄色厨房手套。玛杰丽抽泣着；母亲用欣赏的眼神看着哥哥的尸体，好像他是一篮水果。“抓住他的脚。”母亲指示道。她们一起把哥哥的尸体拖到了地下室。当她们走近火炉时，玛杰丽的胃突然一阵剧痛，但是妈妈领着她继续往前走，走到地下室左边角落的洗衣池旁。

当玛杰丽打开垃圾袋时，她的手开始发抖。“万福马利亚。”母亲开口说道。斧柄上挂着一串念珠，像穿着珠子的尾巴。

刀片重重地砸进了尸体，玛杰丽看见母亲扁平的屁股绷紧。这幅景象让玛杰丽进入了紧张性精神分裂的状态；她停止眨眼，砸进尸体溅起的血液沾在了她的眼白上。

她们把哥哥的尸体分盛在十二个不同形状和大小的袋子里，然后分开放在地下室的冰箱里。妈妈让玛杰丽去洗个长时间的澡，玛杰丽爬楼梯的时候，发现水槽旁边还有一块哥哥的肉。她多次停下来盯着它看，以为自己看到它在动；每次她意识到自己弄错了，她都会哭。

父亲回到家，吃了一大份有干杜松子、姜饼和蜂蜜蛋糕屑做酱的焖牛肉。他大口大口地吃着，一簇簇毛发从衣领和衬衫袖口散落出来，它们的末端被晚餐的蒸汽卷曲着。直到盘子几乎空了，他才问哥哥去哪儿了。

玛杰丽坐在客厅里，眼睛移到了《圣经》上。母亲把血迹藏在一件缝着一张猫脸的缝补衣服下面。猫的胡须是长长的线，边缘镶着花边。由于它的大小，《圣经》现在像一个枕头。

“他要去探望一个朋友。”母亲微笑着说。她的笑容固定不变，很安静；她看起来就像一个邪恶的娃娃，永远不该被赋予生命。

“他有没有说什么时候回来？”父亲问。妈妈摇摇头，整整发网。玛杰丽哭了起来。母亲用戴着黄色手套的手慢慢地把一勺肉汁送到丈夫的嘴边，挑逗着他。

接下来的几个星期是一连串的浓汤、牛杂碎和炖肉。厌恶的玛杰丽决定不惜一切代价去营救哥哥剩下的遗骸。冰箱里只剩下九个袋子。其中一个被撕开了，当她窥视里面时，她看到了哥哥的躯体上有一个屠夫般的切口。

“我要把你和你妈妈一起埋在树下，”玛杰丽许诺，“你们再也不会被吃掉了！”

玛杰丽几次才把所有的袋子搬到外面，她一次只能搬几个。每次回到地下室，她都小心翼翼地检查，看母亲是否躲在楼梯下面，看斧子是否还挂在墙上。

玛杰丽跪在树下，打开袋子，伸手翻找，想找到哥哥的头。他现在看起来完全不一样了。他的脸颊和嘴被推到冰箱壁上，向上冻结成一个角度。哥哥的冰冻肉体就像他的头发一样是金黄色的，它的寒冷在她的皮肤上燃烧。当玛杰丽吻他时，她湿润的嘴唇痛苦地粘在他的嘴唇上；她挣脱出来后尝到了一点血的味道。

好像过了几个小时，玛杰丽尽职尽责地与坚硬的地面和铲子搏斗。她担心当太阳升起来的时候，洞口还不如一个鞋盒大，她没有地方可以藏哥哥解冻的部分。当颤抖的声音响起时，她一开始并没有理会；那是一种嗡嗡作响的低鸣，就像一只离她耳朵太近的昆虫。所有的浆果立刻从桧树上掉了下来。

玛杰丽几乎无法呼吸了，她盯着周围被盖住的地面——一层几英寸厚的浆果毯。“我肯定会被发现的。”她惊慌失措，随着浆果开始像烘焙咖啡豆一样在地上摇晃、翻动，她越来越恐慌，她发现中间出现了一个柔软的灰色圆圈。出于好奇，玛杰丽把手伸过浆果，把手放在它的表面上。“是灰。”她喘着气说，但不愿大声说出她当时的想法：火化遗骸。

嗡嗡声变大了，果实开始像蚂蚁一样排列整齐。它们把一堆垃圾袋包围起来，背在背上，像装配线一样将袋子滚入灰中，袋子随着岩石轻松地沉入湖中，成为粉末。当所有的袋子都没有了，浆果形成了一条单行线，它们像弹珠一样流入灰烬。最后，一只鸟从树上跳下来，悄无声息地跟在最后一颗浆果后面，钻进了灰烬里。

玛杰丽也很想跳进去逃走。当她走近灰色的表面时，她失望得大叫起来，像一块厚厚的布丁的地面，在她眼前变硬了。

第二天早上，玛杰丽醒来，觉得有人在监视她。一股细小的尿液开始在她的屁股下面发热。

“没有人会在地下室里发现他，他冻僵了，安静地成了碎片。”母亲低声说。她坐在玛杰丽的床沿上，慢慢地靠近她女儿的脸。“可是他现在在哪儿呢？”她眼睛下面灰黑色的口袋里似乎装满了小小的黑石头。

她的双手紧紧抓住玛杰丽的脸颊，指甲甚至透过手套的橡胶深深地扎进了玛杰丽的皮肤里。母亲凝视着她的眼睛，寻找了一会儿，然后满脸笑容地离开了。玛杰丽看着妈妈留在床上的印子慢慢变得丰满，但她一动不动，直到听到真空吸尘器的哀号开始在远处隆隆作响。

玛杰丽哭着跑进了哥哥的房间。当她看到他挂在衣橱里的衬衫时，她对它们的布料产生了和对他的皮肤同样的感情。她把脸埋在里面；她跑到他的床上，弄乱他的床单，恳求他出现。她注意到他的吉他不见了。妈妈也把它切碎了吗？

冬天来了，父亲似乎缩进了他那毛茸茸的皮肤里。他从来没有追问哥哥住在哪里，但他常常大声说希望他的儿子回来。

晚饭后，母亲和玛杰丽坐在火炉旁，父亲常常借故离开，拿着烟斗出去。他一直盯着桧树，尽管天气寒冷，它的枝条还是长出了新的浆果。

母亲从窗帘里偷看他的一举一动。“我多么想拿斧子砍掉那棵树啊，”她说，“这样父亲就可以和我们一起坐在火炉边了。”每当妈妈经过一扇窗户，窗外是那棵树，她就用戴着手套的手指做一个倒十字架，把十字架伸向窗玻璃。

一天晚上，玛杰丽在她睡着之前翻了个身，发现枕头上有一根羽毛。她一碰到它，一个深深的梦就开始了。

起初她什么也没看见，当她能看见的时候，她意识到那不是她自己的眼睛，而是一只鸟的眼睛。她像戴着面具一样透过它们看着，一只长长的鸟嘴突出在她的视线里。

在地下，在一个由地球构成的中空空间里，她和这只鸟正在啄食哥哥的身体部位。鸟嘴以小击的形式落下，这是一种缝合的方式。偶尔，它会停下来，从库存中抓取浆果，用它们填补被母亲带走的肉留下的洞。被啄穿的垃圾袋碎片像纸巾一样散落得到处都是。结束后，小鸟叫了起来，直到哥哥的身体开始移动。

这只鸟跳到了前面，带着哥哥穿过一条隧道进入桧树。玛杰丽看着桧树的树干像一个被光盈满的鸡蛋一样裂开了。

当哥哥爬出来的时候，她和鸟儿飞了起来，树在他们身后紧紧地合起来。

然后玛杰丽看到了天空和他们家的屋顶，偶尔也能瞥见哥哥，赤裸裸地躺在下面，他的皮肤冰冷，白皙如云，就像一道冰脊。即使从空中，她也能辨认出他胳膊上紫色的嫁接处，那里的浆果修补了他的皮肤。当哥哥走进房子，鸟飞到哥哥的卧室窗口等待着。

几分钟后，哥哥出现在他的房间里，憔悴而迷茫。他在黑暗中穿好衣服，举起吉他，离开了。

那只鸟飞得很高，直到哥哥变成了下面路上的一个银色小点。一辆卡车停了下来，他走了进去，那只鸟飞了相当长的距离跟着他。熟悉的颤抖声，那是玛杰丽在埋葬他的那个晚上听到的声音，还有长久的黑暗诉说着时间的流逝。当小鸟的眼睛变黑时，玛杰丽听到一阵扑打的声音，就像乐谱一样，翅膀的声音加速变成了回声。

最后，鸟儿栖息在一家小酒馆的上空。玛杰丽能听到音乐，看到哥哥在里面，一个用吉他演奏歌曲的苍白的身形。她在许多城镇、许多舞台上都能看到哥哥的影子，在他徘徊的时候，她能感觉到他的困惑；他的记忆已经变成一种模糊的渴望，这种渴望像奇怪的欲望一样来来去去。就在她醒来之前，她看见他站在路边的店面前，盯着一双和她每天穿的鞋子很像的红鞋子。

当玛杰丽再次醒来时，她已经在房间里了。羽毛飘浮在空中，离她的枕头只有几英寸高。她的手伸了出来，但只要稍微一碰，那根羽毛就化成了灰烬。

这个梦使玛杰丽感到疲倦，感觉就像感冒了。第二天晚上，当她坐下来与父母共进晚餐时，她还是浑身发抖。收音机里播放着管风琴音乐，父亲正在把菜肴切成小块。“你不能再做一份牛肉吗？”他问母亲，低下头望着他的盘子。

就在这时，收音机里的音乐突然停了下来。玛杰丽的手在叉子旁边僵住了。一声震耳欲聋的噪音从喇叭里传来。短暂的一分钟的安静后，一首非常奇特的歌响起来了。“我的母亲，她杀了我；”那个声音唱道，“我的父亲，他吃了我；我的妹妹，她救了我的命。啾啾，啾啾……”

母亲蹑手蹑脚地走过去，用她那橡胶般的手指把收音机的旋钮拧下来。

“安静点。”她低声说。她对着收音机皱起了眉头，开始仔细地检查，好像觉得它可能比看起来更重要。

第二天晚上，母亲确实做了嫩煎牛肉，但这次不合父亲的胃口。他借口出去抽根烟。妈妈生火的时候，玛杰丽打开了收音机。他们坐在那里，听着管风琴悦耳的声音，火焰把木柴烧得惨白。

父亲回到屋里的时候，收音机里的歌声变成了白噪音。随后是翅膀的声音，然后是音乐。

> 母亲杀死了她的小儿子；我是一只多么美丽的鸟啊！父亲吃光了所有的肉；我是一只多么美丽的鸟啊！妹妹救出了我的骨头；现在我歌唱，飞翔……

母亲的眼睛直视前方，因为恐惧而圆睁着眼。“看着这团火，”她用平缓而带气息的声音说，“我觉得自己像是在燃烧。”

第二天早晨，玛杰丽一觉醒来，就听到持续不断的哀号。母亲和父亲似乎都听不见：父亲照常去上班，母亲在院子里杀虫子。玛杰丽拼命寻找声音的来源，但她不知道它是从哪里停止或开始的。是哥哥的房间吗？桧树吗？地下室？

声音越来越大，玛杰丽看到了一些小灰点。有时，鸟儿似乎就在她的视线之外飞翔。

下午的大部分时间，她都躺在哥哥的房间里听唱片，还生了病。

当父母坚持要她晚上下来吃晚饭时，玛杰丽没想到她会接受不了食物的气味。当她坐下的时候，震耳欲聋的静电从她的脑袋里跳到了收音机上。“我的母亲杀了我，”哥哥的声音在厨房里回响，“我的父亲把我当馅饼吃了。”

母亲跳了起来，用她瘦骨嶙峋的手指转动旋钮。“需要安静。”她说，但父亲打断了她。

“今晚来点音乐也许不错。”

“那么，也许换个调子。”母亲建议道。但是当她转动旋钮时，她发现每个电台都在播放这首歌。“只有妹妹在哭。”

父亲站起来，眯起眼睛向窗户望去。

“有人朝房子走来吗？”他抓起烟斗，借故离开餐桌，想好好看一看。

母亲慢慢地离开收音机，她的眼睛盯着壁炉，双手扭动着。“当我看着火的时候，”她结结巴巴地说，“我觉得自己好像被活活烧死了。”她的微笑变得歪斜了，她开始解开衣服的扣子。

“但是没有火啊，妈妈。”

母亲戴着手套的手抓起收音机扔到地上。它分成了和哥哥一样多的碎片，但这首歌还在继续演奏。她的手套开始撕扯起衣服；她把头埋在水槽的水龙头下，尖叫起来。

玛杰丽惊慌失措，跑到外面找父亲。当她看到那个苍白的身影从小路上走来时，她的心跳了起来。“是哥哥吗？”她大声喊道。父亲满怀希望地挥了挥毛茸茸的手。母亲赤裸着上身，头发湿透。玛杰丽的眼睛飞快地盯着“斧头妈妈”，她用一只戴着手套的黄色手抓着斧子，另一只手拿着一本大《圣经》。“我要把他们全部砍下来，”母亲尖叫着，撕破的衣服从她身上飘了下来，“这棵树，还有拜访我们的人！”

当妈妈到达树下时，浆果雨点般地落在她身上，她震惊地停了下来。浆果在地上摇晃着、旋转着，当它们在母亲周围清理出一个洞时，母亲和斧子直接掉进了洞里。父亲和玛杰丽跑过去，正好看到母亲白色的头皮线消失在一团厚厚的灰烬中，看到灰烬硬化成土壤，看到母亲的《圣经》掉落到地上。它的页面打开了，抖动着，变成白色的鸟儿，飞走了。浆果像一群蜜蜂，从地上飞起来。

它们一群群飞向哥哥，好像要攻击他；它们落在他的身体、面部和吉他上，直到他被完全覆盖。然后，好像给他果汁当血用，浆果一个接一个地从他的皮肤上脱落，像结痂的疤痕，比洋葱的皮还要扁。玛杰丽气喘吁吁地跑向他。“看，爸爸，”她喊道，“哥哥是粉红色的，新的！”

父亲在树下却显得很安静。他弯下腰，用手指在地上摸索，寻找下面妻子的踪迹。

● 小时候，《格林童话》里令我最着迷的是《桧树》（“The Juniper Tree”）：在这个故事里，父亲无法发现他正在吃自己的儿子。这样一种联系是——我敢说——可以尝得到的。也许这就是为什么在几年后，当我读到安吉拉·卡特《血腥的房间》（“The Bloody Chamber”）的时候，印象如此深刻。在这个故事中，这位年轻女士的生命通过母亲的专注和敏锐的直觉得以挽救。我发现《格林童话》中《桧树》的现代意义不仅涉及精神上或情感上缺席的父母，更涉及普遍的无知与不知情，后者可以造成危险：我们买的东西从哪里来？谁在制造它们？他们是如何制作的？我们的税款用于哪些项目？是哪些公司在控制我们的食物？虽然有点夸张，最初版本的《桧树》为“了解”“对存在的警惕和感知”，提供了很好的例子。

在改写这个故事时，我不仅要保留父亲的无知，还要保留玛杰丽对被谋杀的哥哥的最初希望。《汉塞尔和格蕾特尔》是一个类似的与“遗弃孩子”有关的故事，它生动地描述了一对兄妹在继母说服父亲抛弃自己的孩子后，彼此依靠着求生的过程。大多数版本的《汉塞尔和格蕾特尔》都和《桧树》有着一样的结局，在继母去世后，两人重返家园，父亲、女儿和儿子三位一体，重新生活在一起。我不喜欢给这类父亲第二次机会，尽管我接受孩子们的善良会给予他们机会。我想在自己重述的故事中强调这一点，尽管孩子们接受了父亲，但父亲情感上的疏离使他在生活中不再被需要：孩子们的彼此奉献才是他们终极安全的前提，孩子们的幸福并不取决于他。

尽管我改了歌词，但我的故事的情节结构和原始故事《桧树》都依赖音乐的超然而神奇的力量。“鸟儿在月光下高飞”这一行摘录自鲍勃·迪伦的歌曲《小丑》，像迪伦的音乐一样，它本身就是一个童话。

——阿利莎·纳汀

天鹅兄弟

● 雪莉·杰克逊 *Shelley Jackson*

黄昏时分，你走在熟悉的街道上。晚饭已经在炉子上煮。在街道尽头的暗影里，你看到了一个打开的箱子。街上空无一人。或许，你是第一个朝盒子里面看的人，又或许这个盒子已经被洗劫一空；无论如何，赶上前去似乎没必要，然而你确实加快了脚步。你家附近的盒子里能够找到的东西有限：变形的鞋子、布满灰尘的录像带、粘着陶瓷青蛙的可笑的杯子。你希望盒子里装的是书，你的愿望随即实现了。书的数量不多——有人比你捷足先登——但你还是弯下腰，翻找那堆书，把《鸟类大全》和《当你怀孕时应该注意些什么》推到一边。

你被书的外形、色彩和装帧所吸引，然后才看到书名。这是一本经久耐用的多佛[1]平装书，厚厚的书皮由于被使用过而变得粗糙，但仍

1 多佛（Dover），出版社名称，主要出版一些经典图书的廉价平装本。——译者注

然是鲜红色的。除了一道粉红色的带子，它的顶部还有一本比较小的书，阳光照到了它。这是一本小而厚的、皮面装订的书，边缘有大理石花纹，它的摩洛哥山羊皮装订书套很软，书脊有缺口。这是一本年代久远的平装书，书脊上有一个钥匙孔，封底上有一张地图，书的封面是一幅静物画：一支羽毛笔、一瓶墨水，还有一个纺锤。

当你翻阅这本书的时候，你更多地感觉到厚厚的书页在你的拇指上平滑地划过，就像摸一副旧的扑克牌，而不是阅读书的内容。你发现在书页与书页之间有一根羽毛。它是白色的，或黑色带有彩虹的光泽，或是鸽子灰色的，无论如何，当你开始阅读，继续走的时候，用你的拇指把它钉在左边的页面上。你喜欢从中间开始读。也许你喜欢这种被挑战的感觉：试图弄清楚到底发生了什么。也许你只是喜欢另辟蹊径。无论如何，你很快全神贯注地读了起来，尽管当你在路灯下经过的时候，书页会变得忽明忽暗，有时很难辨认出文字。

当你还是个孩子的时候，你读许多书是件好事，否则你不懂得如何思考。你读到，一只鸽子惊醒了，只留下一根孤零零的羽毛粘在柏油路上——这时你正转过这条油腻小街的街角，看到满是灰尘的店面，里面的女人，她的双手、手腕、肿得像是戴着歌剧手套一样的前臂，她拽着一个有许多裂缝的纸袋，荨麻扎穿袋子露了出来。既然你读过安德鲁·朗格[1]的每一本彩色童话书（甚至是那本丑陋的橄榄绿色的），你应该立刻意识到，这个女人，是一个女儿，更重要的，是一个姐姐，要从事一项漫长、艰巨，但并不总是有所回报的工作，将她的兄弟们——你条件反射般躲过一个在空中旋转的旋涡，又是那只鸽子——

1 安德鲁·朗格（Andrew Lang，1844—1912），英国著名文学家、历史学家、诗人、民俗学家。由他编纂并分别以十二种颜色命名的童话集，自问世以来，经久不衰，备受世界各国儿童的喜爱。——译者注拯救出来。

这个女人用臀部顶着门，把袋子推进去，转身进入灯火通明的室内。门砰的关上。没关系，你可以透过商店大大的橱窗去看，尽管上面贴满了海报。你读过许多故事，所以，当她坐在纺车旁边时，你并不感到惊讶。在纺车后面，一排棕色的、毛扎扎的小衬衫挂在墙上用螺丝钉固定的钩子上。

因为你经历过生活——你已经生活和阅读了很多年，有时两者同时发生——你对人们经常重复他们最不愉快的经历并不感到惊讶。很有可能，这和我们一遍又一遍地讲述那些大同小异的故事的原因是一样的——《七只乌鸦》《七只鸽子》《十二只鸭子》《六只天鹅》。一个人的期望得到满足是令人惬意的，尽管总是存在这样的可能——这是一个快乐还是悲伤的想法？——这一次，事情将会有不同的结果。

行为艺术家的回忆

一个年轻的女人坐在一个石头做的房间里，要用荨麻纺线、织布，再用这种布缝制衬衫——她一定很擅长家务技艺，或者一定会在六年后变得擅长这种工作。她的舌头像块石头，她已经有两年三个月零四天没有开口说过话了。太阳斜斜地穿过厚厚的墙上一个光秃秃的洞，使得她的膝盖温暖起来，照亮了纺车的一条腿和荨麻篮子的边缘。一只虫子嗡嗡地爬上篮子，敲打着沿着篮子的边缘前进，绕着篮子爬了一圈。

她有一些邪恶的想法，例如：

> 自我牺牲永远是一种美德吗？
>
> 如果他们的角色互换，她的兄弟们会为她做同样的事情吗？

她希望他们这么做吗?

飞翔是什么感觉?

在她的想象中事情是这样的：她置身于一个像这样的房间里，膝盖上放着一篮荨麻，她在纺纱。当她踩踏板时，凳子在凹凸不平的地板上碰了一下。纱线穿过她的手指，灼烧。她的皮肤刺痛，起了肿块，毫无疑问，还起了更多的水泡，但她的胸部、臀部、背部、肩膀——至少是新的。然后她浑身发热，伴随着微微的阵痛，好像水泡一下子全破了。每一个毛孔都是一根被线穿过的针，或是一块被针刺穿的布。她就像一幅古老的画作中的那个太阳，向四面八方发射着光芒。只不过如今是羽毛聚拢在她的皮肤上。在她的体内时，它们是浅灰色的，潮湿而且紧缩；但在空气中，它们舒展开来，变得干燥，转化成白色，直到她全身覆盖着羽毛。与此同时，她的双腿收紧，变硬，收缩了。她从突然变得宽大的长袍的领口走了出来。一股强大的力量拉扯着她的手指，使它们伸展开来。如同手指一样强壮的羽毛从她的手腕和手背上飞出来。她紧闭双唇防止自己哭出来，整张脸绷得紧紧的。然后她终于哭了出来，惊讶于自己发出的声音，她张开翅膀，从窗子飞向天空。

她将纺车转得更快，为了惩罚自己的遐想。轮子砰然作响，纺锤旋转，荨麻从她的指间滑过。这种痛苦是非同寻常的。她的手不再是手，而是火焰、星辰、歌声。

行为艺术家的梦想

行为艺术家有两种关于飞行的梦想。在其中一种梦想中，她在空中游泳，用力地蹬着腿，只是为了逃离凶手，后者正在平静地等待她疲惫不堪的时刻到来。另一种梦想是这样的：在一次助跑起跳后，她只需抬起双脚，然后猛扑上去。她毫不费力地升起，天空是属于她的；突然，她感到害怕，似乎她不是在飞，而是在向上坠落，她走得太远了，她可能永远无法回到地球，或者回到远处的凶手那里，后者现在是唯一一个记得她的人，然而那人已经不再抬头眺望天空中那个不断缩小的斑点，而是扛着铁锹艰难地回家，脑子里想着晚餐。

行为艺术家的工作

在一个大城市的店面画廊里，一个行为艺术家坐在纺车上，把荨麻纺成线，再坐到织布机上，把线织成衬衫。她做了五件半衬衫，花了五年半的时间。一开始她有很多访客。“你不会相信它们看起来多么美丽”，在他们谈论她的纺车、织布机、荨麻、她身上的水泡和她的耐心时，他们的话语声是多么响亮。不管他们说什么，她既不开口，也不微笑。那些访客也对此发表见解。他们微笑着评论，对他们来说，六年之内不说话、不微笑，比用荨麻纺线、把线织成布、把布制成衬衫更难。“那可能是真的。”行为艺术家想着，用牙齿咬断一根线。

来的人变少了。画廊老板在布宜诺斯艾利斯、巴塞罗那、香港、圣彼得堡、伊斯坦布尔都有业务，他们进行了一次长途商务旅行。她的艺术经纪人不再打电话给她。窗户布满了纹路和灰尘。一排宣传滑稽表演的海报被贴了起来——一个女人在跳舞，浑身赤裸得如同一只对虾，她有一头长得难以想象的金发。之后是传单，上面的电话号码在飘扬：丢失的戒指，丢失的狗，丢失的孩子。

有时候，一个长着银手的女人会来到这里，带着梨子。

行为艺术家看着太阳在布满灰尘的玻璃上移动，她的手则在扭动。偶尔，一个长着翅膀的影子与光线相交。

最小哥哥的情人

他坐在我的床沿。我跪在他面前，脸贴在他的腿上，突然有一阵……风。

后来我在我的床单和鞋里发现了羽毛。一根小小的、漂浮着的、卷曲可爱的羽毛在我的杯子里。

他有一个巨大的、凸出的前额，就像爱伦·坡；他有两片薄嘴唇，圆圆的小眼睛，一个抬起的肩膀。所以，不，他不帅。我把他当作一夜情，然而我无法停止去想这件事。翅膀，跳动。飞行。

是的，每次他来的时候。

她的父母

“我的儿子们反复无常。我的女儿总是非常务实。”父亲说，“当她告诉我们她想成为一名艺术家时，我们感到很惊讶。我们试图引导她做一些更实际的事情。我妻子建议她上家政课。她就是在那里学会缝纫的，所以我们觉得自己做出了某种贡献，间接的。”

她的沉默

话语像毒气一样从她的喉咙里冒出来，她把它们咽了回去。

她的手

看起来像手套，或者一双假手，她的真手藏在里面。

她对于时间的体验

读这个句子；重复六年。

开场白

有一天，有人拿着一桶肥皂水、一把剃须刀片和一把橡皮清洁刷，擦去窗户上经年累月的灰尘。看门人爬上梯子，换了灯泡；地板被清洗过；一张折叠桌现在被桌布覆盖着，塑料杯子摆在上面。然后，晒黑了的画廊老板带着许多朋友进来，画廊又坐满了人。墙上挂着五件荨麻衬衫，这些衣服看起来干巴巴的，浑身是刺，而且是棕色的。它们看起来有点伤感，但也是危险的。第六件衬衫放在桌子上，除了左边的袖子以外已经做好了。

在织布机前，行为艺术家缓慢地织完最后一只袖子，她没有抬头看。

一个记者朝她弯下身子，手中的笔戳在本子上。“啧啧。还没到八点呢！”艺术品经销商说着把他引开了。

当分针指向十二时，一种不确定的欢呼声响起。已经八点了，行为艺术家还没有完成最后一只袖子。但她马上站起来了。她的笑容看起来有点奇怪，她已经六年没有笑过了。

有个男人看着墙上的钩子，她把最后一件衬衫挂在那里。“我就知道是你。”

“当然是我。”

“我是不会问其他人在哪儿的。”她用指甲去戳小指上的水泡，它看起来像一滴水。

“大概在酒吧里吧。别挑了。”他用翅膀裹住她。“你指望什么？他们有自己的幸福结局。”

后来

你的兄弟们围绕在你周围，轻咬着他们的胳膊，鼓起他们的胸膛。

一只翅膀颤抖着，被一只镶宝石的手制止了。空气中弥漫着的味道像烤熟的肉，那是国王的母亲，你的婆婆，烧得像只鹅。没有人感到抱歉，即便国王也不，所以微笑吧。还记得如何微笑吗？

开场白，续

“太美了，”一位姐妹会的成员说，甲虫从她的嘴里溢出来，“我喜欢！”

行为艺术家看到了她在窗户上的倒影。她不该涂口红，她永远不会记得她涂了口红。看起来她好像吃了什么带血的东西。

不，是她的经销商涂上了口红，现在正有目的地穿梭在人群中，一只手紧握在评论家的袖子里，脸上挂着严厉的微笑。

不，实际情况是她的经销商吻了她。可能她想在她的脸颊上来一下欧洲式的轻吻，是行为艺术家的笨拙导致她们的嘴碰在一起，也可能这就是经销商的初衷，因为她们的嘴唇贴在一起的时间长得超出必要。但那是因为她真的想要行为艺术家，还是因为她想让别人认为她们睡过了？如果是后者，那可能是为了抬高自己，或者贬低行为艺术家，或者两者兼而有之；或者是为了让艺术评论家忌妒，以便他更加坚定地依附于行为艺术家或经销商本人；又或者，那是为了赶走评论家，因为如果经销商得不到他，行为艺术家也得不到他？

也许那根本不是口红，而是她从一个长得像她父亲的侍者那里拿来的六个小鸡腿上的酸甜酱汁，那些鸡骨头还叠在她的餐巾纸里，她总是很爱吃。

或者，她一直在吃血腥的东西。

同时展出的还有

一个装满沙子的茶杯。

三朵罂粟花。

一团纺纱。

魔　法

纱线球自己滚动，带领着你。你要做的是坚持到底。

事　实

一个故事有时被称为一团“纱线”。

开场白，续

她穿过人群，把自己关在浴室里，猛击电灯开关，在擦过尖尖的钉子时发出嘶嘶声。她把小指塞进嘴里，唇上沾满了血。

浴室兼作储藏室，有六张狭窄的小木床，它们或是杂乱地堆放在角落里，或是整齐地沿着墙摆放。对她的兄弟们来说，这个尺寸再合适不过了，他们碰巧飞过了窗户，把羽毛整齐地堆成了六堆。他们聚集在她的周围，虽然有着鹅皮疙瘩，却是人类，祝贺她度过了这个重要的夜晚。但是他们不能留下来，她的兄弟们告诉她，他们只能保持人形十五分钟、一个小时、一个晚上，然后强盗们就会回来，她也应该马上离开。

原来有六个强盗，她想，而且个子都这么小，真是太巧了！

“我会走的，我会走的，”她说，“你有创可贴吗？”

最小哥哥的情人

有一次我碰见他在拔毛。羽毛的顶端已经秃了——一簇羽毛上露出一个可怜的光秃秃的红点。我坐下来，我想这更多地让他困惑，而不是让他感到兴奋。我也感到困惑，真的。后来我说："别再那样做了。我要的是你现在的样子。"这让我很惊讶，因为我曾经认为我的整个人生都变了样。这是我们的共同点。

行为艺术家的梦想

荨麻从她的肩胛骨上长出，裹住她的胳膊。

她醒了，嘴里有种奇怪的味道。她的兄弟——也就是她的孩子们——在哪儿？她吃了他们吗？他们飞走了吗？她有孩子吗？

开场白，续

找纱布时，她打开了水槽旁边的小储物柜。松木消毒剂的臭气。她在森林里。她只能通过手指间干巴巴地滑动的纱线，以及拉到路边的回收桶的黑色形状辨认出路径，这些回收桶是为了周五晚上取货。一个影子在她面前起伏；她的肩膀猛撞到别人的肩膀上，一只手抱歉地紧握着她的手臂。大停电让每个人暂时变得友好起来，她不知道自己是否应该坐在门廊上，或者树桩上，等着有人坐在她旁边。

现在车头灯滑过一团纱线，它停了下来，转了个弯，继续前进。纱线拉着她的手，她继续，或者有人继续。也许是她的父亲来看她了！但是不，这是一个女人，所以她犹豫不决。她的手紧紧抓住冰冷的石头，希望她的兄弟们不要这么轻信别人。她的胸部压在栏杆上，栏杆太高了，她几乎看不见栏杆上的东西，而且太冷了，她的呼吸都被冻住了。她最小的哥哥弯下腰去捡起那团充满叛意的纱线团，来访者向他身上扔了一样东西——一件白色的小衣服，形状像鬼一样变化着——然后事情便发生了。它发生了一次又一次、一次又一次、一次又一次、一次又一次。一共六次，我亲爱的读者。

“国王有六个儿子。”仆人们一定是这么说的。更不用说他还有个女儿。

让我们慷慨一点：也许仆人们最喜欢她，并设法保守她的秘密。

让我们理智一点：他们怎么会知道当她的六个兄弟向前跑的时候，她会留在后面？

而且，她为什么留下来？

也许她也是一名读者，她知道女人都是危险的，尤其是当她们是继母的时候，当她们是女巫或女巫的女儿的时候，当她们是女王的时候。

也许仆人们确实提到过她，而王后并没有选择为她缝制一件衬衫。也许是希望给儿子们一个公平的机会。因为她知道女儿可以做儿子做不到的事，就像把荨麻纺成线，然后闭上嘴。女儿们得尽自己的责任。

从阅读中学到的东西

女人是麻烦——如果不是一个邪恶的妻子，那就是一个邪恶的继母或者岳母。母亲通常都是好的，除非她们是女巫——当心女巫和她们的女儿。

你或许对国王、王子和父亲没什么意见，除非——这种情况很常见——他们受到别人的影响，通常是女人的影响。男人是软弱的。有时候他们会救你，但是他们总是得到蚂蚁、鸟或者女人的帮助。有时候你拯救他们。这挺棒的。

你可以相信动物。有时候它们会变成人，但不要为此而对它们抱有成见。

孩子们最好小心点。

开场白，续

“我把它放了一遍又一遍，”银手的女人说着，“每次都是一样的。我只是把手放在一个树桩上”——把银手放在桌子上，发出一声闷响——“然后说：‘是的，父亲。’这提醒了我。”她一直在和一个长着鸡爪的男人约会。他把双腿套进摩托靴里，看起来很正常，直到他们脱掉衣服。

“这对你的性生活有影响吗？”行为艺术家问。

“没有，”银手女人说，“我喜欢他的脚。我的意思是，我的手似乎很喜欢它们，我能感觉到。”

“我想把你介绍给我哥哥，”行为艺术家说，“我是说，他是同性恋，但你永远不会知道。”

那个银手的女人根本没在听。“他睡觉的时候床边放着一把斧头——他说，防火梯的窗户锁不上，但我觉得他在诱惑我砍掉他的脚——要梨吗？”

行为艺术家喜欢那个有着银色双手的女人的嘴唇：一个能把树桩绑在身后吃梨的女人。她想象自己穿着拳击短裤和袜子躺在床上，手里拿着一个梨，有着银色双手的女人跪在她面前。之后，这个有着银手的女人可以爬上一棵树，先扔下她的耳环，然后是她的腰带，然后是她的靴子，然后是她的内裤，直到她全身赤裸如梨。

“谢谢。”行为艺术家说，然后咬了一口，甜蜜多汁的一口。她不假思索地用手背擦了擦嘴。现在她得去补口红了。

编 织

阅读时，你的目光从左到右，从左到右，从左到右，就像一架梭子穿过织布机。书页是一匹提花布，天鹅黑，天鹅白。

词源学

文本，即编织；从中我们演变出织物这个词，还有文字。

粗心大意

行为艺术家和银手女人在路边咖啡馆喝茶。她的手是银色的，有疤痕。“现在我可以问了。”她说，可是她没有问。她正看着一只鸽子趾高气扬地走来走去，它的脖子因欲望而变得肥大。这只看起来很焦急的雌鸟啄了一下鹅卵石，然后突然扇动翅膀飞走了。行为艺术家心不在焉地微笑着，转向她的朋友。“失去一只手可能是不幸的，”她说，“两只手却是粗心大意。我在引用别人的话。大概吧。”

“我试图和一些朋友一起跳上一列货运火车，一个我在避难所遇到的女孩，一个年长的家伙，她说你可以一路搭火车到里诺去，那里很酷。他们成功了，而我没有。”她用银色的手指搅拌着茶水。

“真的吗？”

“不，我父亲用斧子把它们砍断了。他说否则，魔鬼就会把尾巴缠在我父亲的脖子上，把他拖走。”

“你真倒霉。”

“是的，尽管……”她们看着她的手。

开场白，续

她看着镜子说：“妈的！”然后开始用力擦她的嘴。她又把口红弄脏了，甚至把口红弄到了下巴上。

或者，她刚刚在一个炎热的下午给一个有着银手的女人口交，这个女人仓促地拽着棉线拉出她那可怕的卫生棉条，大叫着把它扔出窗外（后来她们往外看，看到它像一只死老鼠一样躺在邻居的空调上，然后大笑起来），然后起身，她们接吻，那个吻尝起来像铁和盐。她看到自己倒映在墙上的镜子碎片里，嘴角有一圈红色的光环。

或者，她吃了自己的孩子。她和艺术评论家生的孩子。但是在她花六年时间用荨麻制作衬衫的过程中，他消失了。毫无疑问，这些小衬衫也适合她的孩子们。她怀疑她的经销商，她的忌妒——对自己代理的艺术家！——是众所周知的。但是她不能说出她的怀疑，因为她当时无法说话。

在房间的另一边，她看到她的经销商在和评论家说话。评论家俯身在嘈杂的房间里听她说话，他的头几乎碰到了经销商的胸，她的胸部与其说是性感的，不如说是母性的。

有人在谈论市中心如雨后春笋般冒出来的玻璃山，或者也许这只是建筑师在巴塞罗那建造的一座新建筑。出于某种原因，她突然确信那是她的孩子们去的地方，也就是她的兄弟们，不，她的孩子们。

评论家对付盘子里的一小块猪排有些困难；经销商为他擦嘴的方式与其说是母性的，倒不如说是性感的，尽管评论家的年龄肯定只有她的一半。

这位艺术评论家有一个大脑袋和一头像大提琴家一样长长的、松软的、卷曲的头发。他从房间的另一头吸引了她的目光，他对她举起了塑料杯，在他的手腕上晃动着一点闪闪发光的水。灯光照在他棕色的头发上，仿佛有金色的东西在其中筑巢。

行为艺术家点点头，心不在焉。孩子们：这次他们能躲到哪里去呢？在摆放着塑料杯子的桌子的桌布下面吗？她能感觉到经销商在监视她。空气中有一股烤肉的味道——也许是迷你香肠。

“哦，不，他来了，”那个有着银手的女人说，“别这么做。你要从此以后幸福地生活。又一次。”

最小哥哥的情人

他在床上背对着我躺着，我把我的手藏在他的翅膀下。我能感觉到他在思考，思考，思考，然后他睡着了。

我知道他在想什么，我也曾经是另一个人。当她吻我的时候，我是这样希望的，因为我害怕这种粉红色的、发自内心的爱。我的血液还没有温暖，手指间半透明的网还在伸展。由于重力的作用，我很难看，我拖着自己回到了池塘——微弱的跳跃，火山溅起的水花。多令人惊讶！水几乎没盖住我的头。

现在我自己又胖又红，有时还会穿上毛衣。我的蛋蛋上有毛。见鬼，我有蛋蛋。但我还是脸红，我第一次见到他时就认识他了。在我的脑海里，我看见红色的腿从羽毛覆盖的天空中飞落。脖子垂下来，羽毛里有空气的珍珠。强盗的面具遮住了他那双凸出的脆弱的眼睛。我们分享了那个寒冷的世界。我并没有责怪他，说他有一次可能就着浮萍把我吃了。如果说这对我真的有什么影响，这只会让我激动。

沿着他长长的喉咙曲线滑落，或者躺在他旁边的双人蒲团上：两者都是爱，我想，但我选择了这个。

母性，兄弟情谊

时间一天天过去，孩子们没有出现，她有孩子吗？行为艺术家在考虑领养。她从信息包中读到：“对于愚蠢和懒惰的小儿子、拇指大小的孩子、有刺猬头或驴耳朵的孩子的收费会低得多。所谓的特殊需要，倘若得到适当的照顾，将不至于对孩子未来的健康和幸福产生重大影响。”她被安排了一次家访。“所以他们可以判断我看上去是否像是会吃掉自己孩子的那种人。尽管我对此要负很大的责任，这一点很明显。可是我确实有疑问。对于我的兄弟的疑问，比如说：我失去了他们。是谁说过，失去一个兄弟可能被视为不幸，失去六个兄弟看起来像是粗心大意？”

“你当时多大？”银手女人说，“什么样的父亲会把七个孩子独自留在树林里？说到这个，什么样的父亲会娶一个连自己的孩子都无法放心托付的女人呢？”

行为艺术家想：“什么样的父亲会砍掉女儿的双手。”

“不管怎样，你把他们找回来了，”银手女人说，“你哥哥怎么样了？”

“他和男朋友在伯克郡买了一栋房子。其实是座小木屋。你会喜欢的，它矗立在一只巨大的鸡爪上，在院子里跳来跳去。冬天他们会乘坐火车去佛罗里达。他们问我是否愿意一起去，但我不知道。”

行为艺术家的白日梦

一群天鹅——六只雄的，一只雌的——不安地移动着，一个女人拿着六件小衬衫朝它们走来。

活家禽

行为艺术家走进南布鲁克林的一家活家禽商店。黄色招牌上有手绘的阿拉伯字母，还有一只骄傲的白公鸡，抬着一只红色的脚。商店里有许多哈西德派教徒和墨西哥人，也许是危地马拉人或哥伦比亚人，谁知道呢，还有堆到天花板的笼子，脏兮兮的羽毛从笼子里伸出来。她弯下腰，从黏糊糊的地板上捡起一根羽毛。

她买了六只天鹅——不，是鹅，活禽商店不卖天鹅——并用纸箱把它们堵在后座上。当她开车过桥时，它们把头伸出窗外，可能是闻到了水的味道。她从路过司机的脸上看到了惊恐的表情。这些鹅在画廊里四处走动，啃着电线，看起来像艺术评论家。第二天早上，画廊报称价值三万美元的艺术品被盗。

新　闻

在一家百货公司的监控录像中，六个矮个子强盗穿着一模一样的衬衫，在镜子前转来转去，然后把衬衫扔在地上。

六个矮个子强盗试图进入玻璃建筑物的情景被那个建筑师拍了下来，就是那个在悉尼做了那件事的人。他们被一个守夜人吓跑了。

六个矮个子强盗被发现睡在红钩区宜家店的儿童床上。他们被锁在一个房间里等待执法人员的到来，显然，他们是从三楼窗户逃走的。窗台上发现了鹅粪。

关于时间

“你是不是该换点新花样了？”艺术评论家说，“这不是因为……”

“不，不是。”

他们见面时，她不说话。他们在黑暗中散步。有时她爬上一棵树，当他对这个游戏越来越不耐烦时，他恳求她下来睡觉，她就会脱下鞋子、长袜、裙子，瞄准他香烟的红光（她最喜欢的几件衣服上还有小圆洞）；她会解开胸罩，从袖子里拉出来，扔下去，直到她赤脚站在一根树枝上，除了衬裙什么都没穿，然后她低头看着站在黑暗中的他。

“嫁给我吧。”他对栖息在树上的苍白身影说。

“他当然知道我不能回答。”她对那个银手女人说。

现在她开始说话，他们的关系恶化了。

“你是时候拿出点新东西了，你不觉得吗？”艺术经销商说，“如果你准备好了的话。”

“我认为艺术评论家和我的经销商上床了。”行为艺术家对她的朋友说。

“真恶心。”长着银手的女人说。

对羽毛的需要

行为艺术家在克雷格列表网站上登了一则广告：求购羽毛，最好是天鹅的。

事　实

一只雌天鹅被称为一支“笔”。

最好的鹅毛笔是从天鹅的羽毛中剪下来的。

惯用右手的作家喜欢左翼顶端的羽毛，这些羽毛向外弯曲，远离视线。

行为艺术家的工作（又一次）

在一个大城市的画廊里，一个行为艺术家坐在纺车上，把羽毛纺成线。她坐在织布机上，把线织成小衬衫的布。羽毛在她周围飘落，在地板上堆积成松散的、满是灰尘的卷儿。她在流鼻涕，她已经过敏了。

行为艺术家做梦

羽毛也扎伤了她的手指。

有关行为艺术家的评论

“缺乏她最好作品所具有的那种锋芒。”……“行为艺术家失去了敏锐度吗？”……“相对《荨麻》所展示出来的幽闭恐惧症和痛苦，这种渴望的基调的转变是值得欢迎的。然而，尽管这些羽毛衬衫极其华丽，却将对女性的奴役这一棘手问题的解决办法诉诸陈腐的飞行比喻。”……“行为艺术家对于自己早期作品的重新演绎，是为了巧妙地投入到当前的重演趋势中去，还是因为她已经江郎才尽了？”……“尽管痛苦的记忆仍然以伤疤的形式萦绕在艺术家的手上，但是在这个新的、更柔和的作品中，肉体上的痛苦已经消失了，相应的强度也减弱了。”……“这种把戏已经过时了。人们不禁要问，再过上沉默的六年，是否还会有人在乎。”

开场白，续

房间里很闷热，空气是浑浊的，这种空气如同荨麻，刺痛她的嗓子，仿佛羽毛，令她的喉咙发痒。不管怎样她都不能呼吸了。不，不是空气的问题，是她脖子上缠着的一根纱线。孩子们出现了，孩子们被发现了，在森林里游荡，被关在另一座城堡里，这是个令人高兴的消息。他们正绕着他们的母亲——行为艺术家奔跑，带着在某个地方找到的一团线，他们没有意识到，没有人意识到，这些线圈已经变得多么紧密，除了她的兄弟们。他们来了，他们毕竟是感激的，他们六个人都从他们的烧烤店、他们的强盗窝、他们高赌注的网上扑克游戏、他们的城堡、他们的公主中抽身而来，当然，由最年轻的那个残疾的兄弟领导着。当她的膝盖弯曲时，他们用喙切断纱线，用巨大的翅膀扇动她，用他们红红的脚把她举起来——他们在编一张网，一张用荨麻织的网，他们太知道如何编织了。他们用喙把网的两边分开，把她举起来放进去，然后拍打他们巨大的翅膀。她已经在城市的高处，她看见玻璃山在面前升起。

或者是那个有着鸡爪脚的男人帮助她站起来的。他踢掉靴子来解放自己的脚，这样一来他更灵巧了，而那个有着银手的女人正在用她自己织的衬衫中的一件给自己扇风。发生了什么？她一定是在玻璃山上滑倒了。不过幸运的是，她仍然有折叠在餐巾纸里的鸡骨头，现在她在玻璃缝里放了一块鸡骨，测试玻璃山是否能继续支撑她的重量，并把另一块放得更高一点。飞上去了！越来越高，冲入天空。她视野平稳，只是膝盖有点抖。她正在接近山顶。再走一步，她就到了——但是餐巾纸空了。她切断——什么？咬掉——她的小手指。踩在手指上，她爬到了顶端。

那里有一扇拱形的大门。当然，它是锁着的，但是她得到了一根鸡骨头作为钥匙。她小心翼翼地打开那张有污渍的餐巾纸。里面什么都没有！

现在有六个强盗走进了画廊。你可以看出他们是强盗，因为他们戴着黑色的面具和黑色的斗篷。他们是小强盗——小孩或矮人。每一个都和其他的一模一样，第六个除外。在他的披风下面，本该长着左臂的地方伸出了一个大块的白色东西，几乎扫过地面。某种柔软、白色的东西。

他们不在意客人们为了准备他们的证件扔下的钱包、戒指、手表和手机，而是直接走到墙边，拿下小衬衫，就像人们早上穿衣服一样平静。每人有一件衬衫。当然，披着白色斗篷的强盗——好吧，那是一只翅膀——会选择没有左袖的衬衫。他径直走向它，仿佛他知道它会在那里。也许他确实知道，也许他踩过点。他把那件有缺陷的衬衫从精巧的钩子上解下来，落在其他人的后面，其他人已经陆续走出门外了。行为艺术家猛地跟在他们后面，一只手挽着她的手臂，那是她的经销商的手。外面正在发生一些令人困惑的事情，一阵扫荡和旋转——披风、衬衫和羽毛。鸣笛声。行为艺术家站了起来。她的羽毛围巾在关上的门吹来的微风中抖动。

变　化

行为艺术家拿起一件衬衫穿上。她展开翅膀，飞向天空。

行为艺术家拿起一把小刀，切下了她的小指。她把它插进玻璃锁里，锁就顺利地打开了。里面是她的三个孩子和她的六个兄弟，他们张开双臂，展开翅膀，用十一只胳膊和一只翅膀等待着。

行为艺术家拿起一支笔。（它咬她。）

行为艺术家捡起一团纱线。

行为艺术家拿起电话，买了一张去佛罗里达的票。

睡眠与飞行

一个男人睡着了，一只胳膊搭在他爱人的胸前。在床上的黑暗中，他的翅膀在跳动，当然，他梦见自己在飞。但是他的另一只手抓得很紧。

在其他地方，一个女人的手上也布满了伤疤组织。她也梦想着飞翔。不，她正在做梦，在飞翔，斜倚在靠窗的座位上，她那弯曲的、伤痕累累的、闪闪发光的双手交叠放在膝盖上。

又一件衬衫

“我向来不是手巧的人，”那个有着银手的女人说，“原因——显而易见——有两个。一定要是羽毛或荨麻，荨麻或羽毛吗？你不能用这些纱线做点什么吗？”

阅读与飞行

一个女孩坐在一个房间里。阳光斜照在窗户上，温暖着她的膝盖，照亮了她手中翻开的书。

“你边走边读，”她读道，“你看不见你的脚。摊开的书页在人行道上滑动，被树叶的影子、被月光和街灯弄得斑驳。在阴影的大陆之上，在光明的大陆之上。这本书是一只长着白色翅膀的鸟。你是一只鸟。阅读，你就可以飞起来。你正在飞翔。”

- 在我还是个孩子的时候，我读了数百个童话故事，研究它们，好像它们包含了我最终需要使用的信息，所以我遇到了《格林童话》中《六只天鹅》的许多不同版本。因此，我对这个故事的体验包含一种混乱的感觉——我自己的版本试图捕捉这种感觉——一种强迫性的重复和变化。然而，所有的版本都一致认为女孩并没有完成最后一件衬衫的最后一只袖子，所以她最小的哥哥把他的翅膀放在那一边。那只翅膀破坏了这个幸福的结局，在我看来，这是一个真实的结局——一个对她和他的苦难的持久的提醒。这无疑也暗示着，飞行的欲望只不过是穿上了人类的衣服。我一直在想，这就是她故事中被遗漏的部分：她一定非常羡慕她的兄弟们作为动物的自由，即使她努力拯救他们。

——雪莉·杰克逊

温暖的嘴唇

● 乔伊尔·麦克斯威尼

Joyelle Mcsweeney

暖嘴唇（Warm Mouth）：刮下巴，你为啥躺在路上，下巴被推到脑后，内脏炸得粉碎，就像你闹着玩要吞下高速公路？

刮下巴（Chinscraper）：暖嘴唇，我过去行走在正中线和无能的肩膀上，我的头挂在半打酒做的塑料套索里，流行标签给我的牙齿镀金。我可以偷走墨西哥卷饼上的油脂。泡沫塑料是我的面包。哦，那美好的生活现在看来有多远。摆出这种恳求的姿态，我的头被一辆疾驰的吉普车撞得粉碎！

暖嘴唇：我真的很同情你，刮下巴，因为今晚我也是一个人。爬进我温暖的嘴里，我们将一起探索这个夜晚。

暖嘴唇：铲膝盖（Kneescraper），你为什么一动不动地坐在那张肿胀的椅子上？它看上去像在呼吸、在呻吟，像要吞下你的小小的自我？

铲膝盖：这不是椅子，这是我祖母的身体。别担心，她没有死，只是在睡觉。在她下面是轮椅，但是你从她的腰围看不出。也许你见过我们被交通堵塞困住，或者经过十字路口，像一只该死的甲壳虫，一只进化中的失败者。我坐在她的大腿上，摩托车使劲儿拽着我们穿过废气，杂货在胳膊上荡来荡去：两升鼻涕球、火鸡肉干。她告诉我不要离开她，但是夜晚是如此有趣，火车轨道在其中纵横交错，如同一张棋盘，大腹便便的运货卡车缓缓驶向加油站。信守诺言太难了。

暖嘴唇：铲膝盖，我对这个夜晚也很好奇，我的朋友刮下巴也是。爬进我暖嘴唇里，我们将一起探索这个夜晚。

暖嘴唇：弯脖子（Bentneck），你为什么躺在墙壁和床之间，被塞进比坟墓还要窄的几英寸里，而夜晚却在印第安木头旅馆那边耀眼如斯？

弯脖子：我看起来漂亮吗？这样扭起来说话很难。我妈妈带我来这里认识男人。他们喜欢我穿着公主睡衣的样子，有时候我会在我的芭比娃娃的 DVD 上跳几步芭蕾。之后我得到了一个奖励——思乐冰[1]，我可以选择颜色。我几乎从来不在睡觉前把它喝光。对我来说，一切并不总是那么美好，但最终都会结束。今晚不一样，虽然一开始是一样的。现在我被推倒在床和墙之间，所有这些地毯纤维塞进了我的鼻子，还有湿湿的东西在我头上，我的头发不是很干净。

暖嘴唇：弯脖子，我们都很脏，喝得烂醉，无聊，好奇，口渴。从床底下起来，坏女孩。爬进我暖嘴唇里，我们将一起探索这个夜晚。

弯脖子：从现在开始，我将称自己为“美人儿”（Beauty），因为我接下来要讲述这个故事。那天晚上，“暖嘴唇”对一只中枪的狗、一

1 7-Eleven 便利商店独有的碎冰饮料。——译者注

匹马化脓的胫骨、还有插在一根棍子上的一只蓝色鸡蛋进行了类似的采访。它们全都爬到暖嘴唇里，直到它的下唇像牛蛙一样胀起来，越来越难以移动。我们这个恶臭剧团试图在公共图书馆外的走道上扎营，但是铰链和螺栓、瓶子玻璃，还有一副廉价太阳镜的塑料残骸散落在地上，刺激着暖嘴唇的皮肤，并威胁要刺穿它膨胀的嘴唇。

暖嘴唇：Ow！

刮下巴：Ow！

铲膝盖：Owl！

弯脖子：WOwl！

狗：Wowel！

伤口：Yowl！

蛋：来个 Vowel！

弯脖子：啊，天下没有免费的午餐！生活是偷窥秀，不是明眼戏！

弯脖子：于是他们继续前进。他们来到一家遭遇海难的汽车旅馆，旅客们正在百叶窗后面睡觉，百叶窗被不规则的尖锐信号灯拧断、撬开或扭曲着。

铲膝盖：这是什么信号？这意味着什么？百叶窗和窗帘上的这种图案。这种盲目的模式。一声枪响是如何在收银员的亭子里迸发出来的？

伤口：你不可能在不打破一些模式的情况下建立一个模式。

狗：没多少可以观察的。收银员早就走了。没有现金交易。这些人是蹲着的。

蛋：你不可能不吞下一只金丝雀就造出一只猫；你不开几枪成不

了盖茨比。

刮下巴：告诉你，我筋疲力尽了。我快崩溃了，彻底泄了气。你不能不眨几下眼睛就发出嘘声。

弯脖子：就在这时，它们发现在最右边的房间后面有一束光。它们紧贴着玻璃，几乎要撞破它们乘坐的黏糊糊的嘴。它们透过百叶窗的缝隙窥视，发现它们正从一个年轻人的肩膀上望过去，他正在抽烟、玩电视上的拳击游戏。房间已经空空如也、破旧不堪，但它们仍然认为，比起靠在一家摇摇欲坠的汽车旅馆的墙上，躺在沙发上打拳击挺不错的。也就是说，与其在汽车旅馆倒下后倒下，不如与它一同沉没。

全员：沉落洞

打鼹鼠

婊子和呻吟

全部滚回家

我们要沉落

我们找到洞

我们生铁锈

我们需要血

我们都碎了

我们要模具

全都滚回家，全都滚回家

一个洞

能盛下我们灌进它喉咙里的东西

一天结束的时候

老爹回家来

听着，亲爱的，这很甜

但我也有自己的蜜

我正在分流它

从我肚子上的洞里

我有好几罐这东西

我自己也有问题

弯脖子：但是现在你只有我——美人儿（Byoo-tee）。

弯脖子：它们迷失在合唱里，这时，年轻人重新点燃他的烟斗，然后跳起来，转过身。他猛拉百叶窗，向街上张望。接着他拉下百叶窗，拉得太用力，以至于百叶窗从右边的天花板上裂开，露出了半个房间。他走出了视线，又回来了，拉着他的下唇摩擦他的口香糖。

年轻人：

想啊想

铛呀铛

手套和皮箱

来一拳

葬球场

肉叠肉

妓女对妓女

偷懒与努力

斯特伦克和怀特

三振出局

来自光线的白光

从白色飞机起飞

宝藏，宝藏

灵魂的宝藏

上帝通过我

在我出生的那个糟糕的夜晚

在这个故事里，我变成了一个傻瓜

用螺丝和螺栓锁住

弯脖子：但是现在你只有我——美人儿（Byoo-tee）。

弯脖子：最后，他低头一看，看到了一些尸体：一些路上被碾死的动物、一个饥肠辘辘的男孩、一个被谋杀的女孩、一只被枪杀的狗、正在流脓的胫骨，还有被刺穿的鸡蛋，都塞在暖嘴唇里，嘴唇被拉得太薄，几乎透明，一注清澈的液体从一个角落渗出。他们所有人都透过伤口对这个年轻人眨眼，他们支离破碎、抽筋的四肢湿漉漉地移动着。然后他们立刻开始交谈，发出像倒置的墓地或圆形刀片的声音。(所有人都发出像是一个倒置的墓地或者圆形刀片的声音。)

弯脖子：年轻人紧紧抓住自己橡胶般的脸，尖叫，虽然听起来更像是呱呱叫。然后他冲出薄薄的门，穿过它们，进入夜色中。夜色开始变得灰暗，好像被洗过许多回。

弯脖子：刮下巴、铲膝盖、美人儿、被枪击的狗、胫骨、被刺穿的鸡蛋，还有暖嘴唇，它们吃惊地发现眼前出现了曾幻想过的景象——一扇敞开的门。它们慢慢地走进去，坐到沙发上。它们试图操纵拳击比赛的控制权。然后它们尽量把破门和破窗帘合上，闹哄哄地睡着了。

(所有人都发出农场的噪音。)

弯脖子：与此同时，天亮了。那个年轻人跑了几个街区，很快就喘不过气来。他爬上一个他认识的门廊，蜷缩在一个秋千的残骸下面，秋千用一根链子挂着，形成了一个倾斜的屋顶。天气越来越热，热气把他从浅眠中唤醒，他站起身来，猛敲那扇门。他告诉朋友自己的愿景——

年轻人：我看透了自己的内心，我看透了自己的内心，我看透了自己的皮肤。我看到了时间的背后，我看到了，从我的背后、从我头骨上的一个洞里、从我皮肤上的一张嘴里射出，我的生活，就像它曾经在我身上发生过一样，生活就像在我的皮肤下面。所有可能发生在我身上的一切，以及我所做的一切，似乎之前就已经发生在我身上了。

弯脖子：他的朋友给了他一次赊账的机会，但也嘲笑他。

朋友：是的，伙计，但是枪在哪里，赃物藏在哪里？枪在什么地方，赃物又藏在哪儿？它是安卧在马的胫骨里，还是睡在一个打碎的鸡蛋里，抑或是塞在一个被谋杀的八岁小孩的阴道里？如果你爱你的生活，你最好给我滚回去。烟灰和毒品，割伤和抢夺，爱情和生命，阴户和肠子，枪和毒气。跑回去。跑回去。

弯脖子：他爱他的生活吗？年轻人没有问自己这个问题。他像个倒车的人一样跳了起来，后退穿过街道来到汽车旅馆，一路向远处倾斜。他像倒带镜头一样移动。他像穿越月球一样移动。就这样，他慢慢地走到他逃走的那扇门前。他可以通过电子游戏的启动屏幕听到它在循环。他能闻到太平间的味道，那里的空调坏了，坟墓被打烂了，尸体在路上被撞死了，伤口化脓了，尸体僵硬了，房间里充满汗水和性的气味，还有一个没洗澡的孩子。他懂得并且认出每一种气味。也许他不年轻了。另外，他的运动鞋周围流着一股恶臭的液体，绿色掺着黑色。他屏住呼吸把门推开。

弯脖子：他在里面看到的是一个爆炸性的场面，一个充满恶臭脓液的房间，各种身体组织被推进墙壁，房间脉动着，似乎正在消化一种可怕的、五颜六色的东西，动物的毛皮、骨头和内脏腐烂得无法辨认。一个男孩瘦成皮包骨，他的肋骨、手腕和腿骨使他的皮肤终于裂开；一个女孩有着凸出的眼睛和扭曲的脖子；一只没有毛的狗，它的每块肌肉都慢慢地在骨头上移动；一个化脓的伤口，连身体都没有；少量的贝壳、牙齿、头发、舌头、爪子和脂肪碎片在充满烟雾的液体中晃动，浮出水面。一切沐浴在液体中，甚至是他自己的眼睛。然后他闭上眼睛，张开嘴，把所有的一切都放进嘴里：房间和世界、原因和结果、沙发和游戏、枪和毒品、针管和肉体、愤怒和解脱、希望和暴力、成年的幻想，其中最主要的是童年、成长和衰退、腐朽和糜烂，他把它们放进嘴里，直到他的嘴变得温暖，有点膨胀起来，嘴唇像只可怜的青蛙。

这时美人儿说着，用我温暖的嘴唇。

● 《温暖的嘴唇》是我对《格林童话》中《不来梅城的乐师》的改写，我将原作中异化的暴力与印第安纳州北部［一个因靠近密歇根边境而被称为密歇第安（Michiana）的地区］后工业化乡村废墟中的暴力结合到了一起。《格林童话》和我的剧本都探讨了庇护的问题，包括作为一种失败的庇护所的身体。我住在印第安纳州不来梅公路的那头。因此，《暖嘴唇》中的人物是我在不来梅高速公路上每天都能碰到的人物，或者从南本德一辆路过的汽车上看到的人物。印第安人木头旅馆是我在密歇根生活经历的中心和《暖嘴唇》的中心，这是一个“住宅式”汽车旅馆，仿佛完全由人行通道、楼梯和储藏室组成，一个没有遮蔽物的庇护所，没有内部空间。这个结构以及它那些虚弱但机敏的居住者总是可见的，因为他们的建筑没有内部。这座建筑，以某种方式使人想到博斯、但丁和德勒兹。最近，第二间印第安人木头旅馆也建造起来了，两间旅馆都被可乐售卖机看守，而可乐售卖机本身也被锁在了外头。与环境和居民相比，这台可乐售卖机似乎满脸通红，心不在焉，兴高采烈，它像是精神错乱了，或者服用了大量药物。为了把这种体验具象化，我把《格林童话》里的四位音乐家从独立、完整的物种（狗、驴等）融合成一个怪诞的、黏糊糊的、混合的身体——暖嘴唇，它之后被美人儿吞噬，这是最可怕的。

——乔伊尔·麦克斯威尼

达普尔格里姆

● 布莱恩·埃文森

Brian Evenson

从前，我是十二个儿子中最小的一个，他们一个个都硬缠着我不放。我终于无法忍受，离开了家。我是在一个早上离开的，没有叫醒父母和兄弟姐妹，只带了我的衣服。我跋涉多日，四处乞讨，直到来到一座巨大的城堡跟前。它是由白色石头筑成的，坐落在山的背风处。这和我长大的地方完全不一样，在我家，我们十四个人挤在狭小的房间里，总有某人的胳膊肘戳到另一个人的眼睛。在这个地方，我想，总算可以自由自在地呼吸了。

“谁住在那座城堡里？”我向和我同桌的老妇人问道。

“一个国王。”她说，“他是个不幸的人，而且有点儿疯狂，因为他的女儿被一个山顶的怪物给抢走了。你最好离他远点。”

“记住我的话，”我对她说，“我要在国王的身边找到容身之地。”

虽然她嘲笑了我，但这正是我后来设法完成的全部：为国王服务。

国王是个不苟言笑的人，拿不定主意，在他的身边有十几个替他出谋划策的谋士和顾问。我从一开始就看出了这一点，但这和我有什么关系？我忠心耿耿，一丝不苟地为他服务。作为他的仆人，我对于他来说介乎一件活物、一个活人和一样家具之间。我自认为做得很好，所以他才完全没有注意到我。到了年底，我跪在他的宝座前，请求他允许我回家看望我的父母。

“什么？”他困惑而惊讶地说，“你是谁？”

我把我的名字告诉了他，尽管是他雇了我，但我的名字对他来说似乎毫无意义。我向他解释了我是干什么的，他这才认出了我。

“啊，没错，”他说，“举蜡烛的那个人。举得不错，孩子。好吧，去吧。”

我就这样回家去了。

通常情况下，死亡总会抢先我们一步。回来的时候，我发现我的父母已经死了。我的那些哥哥声称对他们的死因一无所知，但他们偷偷交换的眼神已经让我起了疑心，我怀疑是他们谋害了我的父母。

“我的那份遗产呢？”我问。

他们承认他们已经把遗产分了。他们声称，他们没有任何理由认为我还活着。“所以他们希望我死了。”我想，“也许现在他们还想让我去死。我必须小心行事。”

我拔刀出鞘，切开一个苹果，然后将刀放在桌子上我的手边，刀刃在阳光下闪闪发光，如同活物。

“那么我分不到任何遗产了？”我问。

他们商量了一下，给了我十二匹在山上放养的母马。这比我应得的份额少得多，他们都知道这一点，可是在只有我一个人坐在桌子这边，另外十一个人坐在桌子另一头的情况下，我认为最好还是不要反对。我接受了提议，表示感谢，然后离开了。

当我到达山区时，我发现我的财富翻了倍。每匹母马都生下了小马驹。我原本以为能看到一打的马，现在却看到了两打。在第二打小马中，有一头比别的小马大得多的灰黑花小马，它的皮毛光滑得像一块颤动的玻璃，闪闪发光。它是一匹好马，我忍不住把这话对它说了。

就在那一刻，事情变得有些奇怪，我自以为了解的世界，突然发生了黑暗的转折。我开始明白，我以为自己懂得的，其实根本不了解。那匹毛色斑驳的马用黑漆漆的眼睛盯着我，令我灵魂出窍了片刻。当我回过神来的时候，我发现自己正站在其他十一匹小马中间。我浑身是血，所有的小马都死了，被我杀了。

但那匹灰黑色的小马安然无恙，现在，它从一匹母马走到另一匹母马，轮流吃着每匹母马的奶。小马驹和母马都表现得若无其事，而我站在那里浑身是血，苍蝇已经开始在我周围乱飞，就好像我是死神。

整整一年，我努力不去想那天下午发生的事情。在这一年里，我忠实地侍奉国王，告诉自己我不会再回到那个山坡上，我将放弃我的遗产，继续我的生活。

然而，这是一种什么样的生活？我，一个仆人，只算是半个人，只能听命于国王。这就是我想要成为的人吗？与此同时，我的潜能都去哪儿了？这仅仅是通往另一个自我的过程中的短暂休眠吗？

我还听到，在我头脑深处的某个地方，那匹灰黑色的马在嘶鸣，吸引着我，召唤着我。当这一年结束的时候，我知道自己不想回家，我同样知道我还是会回去。

我在爬山时第一眼瞥见的是我留下的那匹灰黑花的小马驹。它现在已经一岁了，比一匹成年的马还大，它的皮毛亮得像一面擦亮的盾牌，它的眼睛像一簇火焰，每一寸皮肤都充满力量。这里本来应该有十二匹小马驹，每匹母马对应一匹小马驹。我不由得想："唔，好吧，现在我可以牵走这匹灰黑花的一岁马，卖掉它，永远地摆脱它了。"

但当我给它套上笼头，想把它牵走时，它却把蹄子蹬在地上，一动不动。

于是我走近它，在它耳边低语，想诱哄它跟着我，可它却纹丝不动，只是把头转向我，用它那雾黑的眼睛盯着我。

我的内心又转向黑暗，我迷失其中，好像我的灵魂逃离了我的身体。当我终于回过神来的时候，难道不是像过去一样，我发现自己站在被屠杀的人群中，完成了血腥的任务吗？我诅咒那匹马，用鲜血给它起了个名字——达普尔格里姆，因为冷酷无情是它的特质，而它也让我变得冷酷。它没有注意到我，只是从一匹母马走到另一匹母马，每匹母马的奶都吃上一口。

又一年过去了，我忠心耿耿地侍奉国王，而我的心里却越来越害怕。我尽量不去想一旦这一年过去了会发生什么事。这一次，我告诉自己，我不会再回家了。

然而，当那一天到来的时候，我感觉到达普尔格里姆炽热的气息在我的头盖骨里，我走向国王，请求他允许我离开。他同意了，我就出发了。我又来到了山坡上，达普尔格里姆就在我的眼前，它长大了许多，它得跪下来才能让我骑上去；它的皮毛闪闪发光，像一面镜子；

它的眼睛充满了烟雾和火焰，看上去很可怕。我看见只有它一匹马在山顶上，不是它赶走了给它喂奶的母马们，就是它把每匹母马都杀死吃掉了。

它转过头来，盯着我看，我又感到头晕目眩。不知不觉中，我骑着它回到了我父母的老房子里，我的兄弟们还住在那里。他们一看见它，就两手抵在一起画了个十字，因为他们从来没有见过像达普尔格里姆这样的马。他们对此感到害怕是对的，因为当我骑在它的背上时，达普尔格里姆把他们每个人都踩死了，尽管他们尖叫着，四处逃窜，可是最终还是没有一个人得以幸免。到最后，十一个兄弟都死了，只有我活着。

那时确实发生了更多的事情，但我厌恶得不愿意再提起。我仍然做着噩梦，梦见这匹巨马强迫我把死去的兄弟们磨碎后放进它的饲料里。我一直在发抖，哭着求它放了我，但它不愿意，这匹马是我的主人，它绝不会放我走。

我的兄弟们都消失了、被吃掉了，达普尔格里姆交给我的任务却远远没有结束。它强迫我把家里所有的锅碗瓢盆、工具和铁屑都熔掉，把它们打成马掌给它穿。它指给我看我的兄弟们把我父母的金银财宝埋藏的地方，我用这些东西给它做了一个金制的马鞍和笼头，在远处闪闪发光。然后它跪在我面前，强迫我骑上它，我骑着它离开了。

它直奔我最后几年待过的那座城堡，毫不犹豫地顺着那条路走下去，仿佛它一生都走在这条路上似的。行走的时候，它的马蹄溅起了石块，马鞍、缰绳和皮毛也在阳光下闪闪发光。

当我们到达城堡时，国王正站在大门口，他的谋士们簇拥着他。他们看着我和达普尔格里姆，我们像一团流动的火球一样向他们疾驰而去。

我们到了以后，国王说道："我从来没有见过这样的事。"

达普尔格里姆转过头来，用一只凶狠的眼睛看着我，我觉得自己再一次灵魂出了窍。我还没反应过来，就已经告诉国王我回来为他效劳了，并向他要最好的马厩和最甜的干草、燕麦给我的马吃。国王自己也许也被达普尔格里姆的另一只眼睛迷住了，他点头同意。

我回到了我的岗位上。到了指定的时间，我点燃国王的蜡烛，带着蜡烛走在国王的身后。到了约定的时间，我把蜡烛熄灭。一切都和从前一样，但也不一样了。因为以前国王似乎根本没看见我，只是把我当作一把餐刀或一把椅子，现在他注意到了我，甚至若有所思地凝视着我。

"告诉我，"有一天他说，"你从哪儿得来这么一匹骏马？"

"它是我继承的遗产，陛下。"

"全部的遗产？"他问道。

"它已经变成了，"我勉强承认，"全部。"

"你认为这样一匹马能做什么呢？"他问。

没错，能干什么？我的心沉了下来，由于不知道该怎么回答，我摇了摇头。"我不知道。"我说。

"我的顾问告诉我，"他说，"一匹这样的骏马和一个像你这样的骑手，恰恰能够拯救我的女儿。"

我结结巴巴地说了些什么。说实话，在我到达城堡以前，公主就不住在这里了，我几乎把她给忘了。

“我允许你去，如果你成功把她救了出来，你就可以娶她，”他转过头，“如果三天以后你带不回我的女儿，你就会被我处死。”

达普尔格里姆！我想到。是达普尔格里姆！因为我知道，不是国王那些谋士的错，而是我自己那匹可恶的马，我唯一的遗产。它在觉醒的过程中杀过的人数不胜数。我确定它到头来还会杀死更多，其中可能也包括我自己。

我拔出剑，走进马厩里，准备杀死那头畜生。然而，当我进去的时候，它很快抬起头来，用带血的眼睛盯着我，我变得和新生的羔羊一样温顺。我收剑入鞘，拿起那把尖利的毛刷，把它那镜面似的皮毛梳理得比以前更光滑。当我这样做的时候，它就在我的脑海里，它的蹄子在我脑海中留下一道血迹。给它梳理完皮毛以后，我变得镇定自若，我知道自己该怎么做了。

达普尔格里姆与我一同离开了国王的宫殿，在我们身后升起一团黑暗的尘土。我松开缰绳，让它自己做主。它在群山峻岭间疾驰，在茂密的森林边缘游走，一直在奔跑，从不停歇。

一个庞然大物藏身在远方的迷雾之中，渐渐地，我们看清了，那是一座怪异而陡峭的山。我们向它走去，终于抵达了山脚下。

达普尔格里姆上下端详着那座山。紧接着，它的前蹄刨着地面，喷着响鼻冲了过去。

然而岩石的表面陡峭得如同房屋的墙壁，光滑得仿佛玻璃。达普尔格里姆尽全力向上攀登，但是它的前腿打滑，摔倒了，我和它一起摔了下来。是同一种黑暗的力量——那种让这匹马变成了怪物的力量——使得我俩幸免一死。

我禁不住想到，达普尔格里姆失败了，我要被处死了。

可是我还没有喘过气来，达普尔格里姆便喷着响鼻，刨着地面，再一次冲向前方。

这一次它跑出更远的距离，甚至差点爬上了山顶，要不是它的一条前腿打滑，导致我们狠狠摔下来的话。又失败了，我这样想到。但达普尔格里姆不愿意承认失败。过了一会儿，它爬起来，刨着地面，喷着响鼻，朝前冲去，石块在它的蹄下溅起，高高地抛向空中。这一次它没有滑倒，攀上了峰顶。它用蹄子踢破了巨怪的头，与此同时我把公主抱到金子做的马鞍上，我们又骑下了山。

我的故事应该到此为止了。我遵从命令，救出了国王的女儿，应该有权利与她结婚。正如人们常说的，从此以后幸福地生活。按理来说是这样的，如果当主人的人，是一个诚实的人。在第三天的晚上，达普尔格里姆和我带着国王的女儿回到城堡里，达普尔格里姆直接把我们带到王座室，这时，国王已经有足够的时间来考虑。他有充足的时间去重新考虑一个轻率地对普通仆人做出的承诺，在谋士们的帮助下，他开始狡辩。

我回来以后，要求他兑现他的承诺，他变得狡猾诡诈。

“你误会我的意思了，”他说，“我怎么能把我的女儿嫁给一个仆人呢？除非他证明自己不仅仅是一个仆人。”

“但这是什么意思？”我想，“这难道不是我和达普尔格里姆刚刚做的事吗？我们救了她，而其他人都失败了。”

但是国王受到谋士们的教导，并开始复述他们教他的话，几乎没有注意我脸上的表情。

他告诉我，我要完成的是三项任务。我必须首先让阳光照进他黑暗的宫殿，尽管有大山挡住了去路。似乎这还不够，接着我必须给他的女儿找一匹像达普尔格里姆一样健壮的骏马来参加我们的婚礼。第三，但此时我已经不再听他说话了，很难告诉你第三个任务是什么。

说完以后，国王往后靠着身子，抬头看着我，脸上带着满意的表情。

我点点头，感谢他的宽容，转身离开。这时，达普尔格里姆引起了我的注意，我惊呆了。

回想起来，我对事情的结果并不感到意外。事实上，每年我们在山坡上的每一次重聚，都在向我暗示事情的结局。因为达普尔格里姆正在我的脑海里疾驰，一片怪异的红色雾霭在我的视野中蔓延。我还没反应过来，便已拔出剑，砍下了国王的头。他的十二个谋士尖叫呜咽，想要逃跑，但我也砍下了他们的头。最后，还有他深爱的女儿。

不久以后，我当上了国王，因为人们不敢反对。我尽了最大的努力公正地为大家服务，并且自认为在大部分时候都能这样做。当我没有这样做的时候，这不是我的错，而是那匹灰黑色的马的错。

我为什么要告诉你这个，你这个侍奉我的人？你跪在一个疯狂国王的脚下，乞求他给你一份工作，他为什么要对你袒露他的灵魂？难道——你在担心——他不打算把任何东西给你？

不，如果你在听了我的话之后还想这样做，你就会有一席之地。但你必须知道，你要侍奉的不是我。你，像我一样，要去服侍达普尔格里姆。它不是一个容易侍奉的主人。

我小时候读过一套蓝色精装插图版的童话与神话故事丛书，这套书的名字我已经记不起来了，尽管许多故事和一些插图我仍然随身携带在我的手提箱——也就是我的脑子里。从那时起，我不再读安德鲁·朗格的选编集，然后我有一段时间忘记了童话。直到我开始给孩子们读格林兄弟的作品时，我才明白童话故事在多大程度上构造了我作为一个人和作家的思想。

多年来，我一直在思考的一个故事是挪威民间故事《达普尔格里姆》，这个故事收录在朗格的红色童话书中。我认为这个故事里有一种让人震惊的执念，我也喜欢把屠杀作为故事的构建原则的方式。我一直觉得这个故事具有非常现代的动机，就像一些冰岛传奇故事一样，尽管它们是在几百年前写就的。我写的版本试图揭示出我认为在心理上暗藏在故事中的东西。我喜爱原作中的某种基调、某种黑暗，我也喜欢把马作为潜意识的一种体现、一种精神分裂的迹象，它既推动了叙述者，又使他感到被奴役。我希望这个故事会像尼克·凯夫改写的谋杀歌谣那样：忠于原作，它保有了原作的背景，但在态度、情绪和动机上又传递出一种当代的感觉。

——布莱恩·埃文森

野天鹅

● 迈克尔·坎宁安

Michael Cunningham

在这座城市里生活着一位王子，他的左臂与其他人的一样，他的右臂则是天鹅的翅膀。他是一个古老的故事的幸存者。他的其他十个被施了魔法的兄弟，如今已从天鹅变成了英俊的男人。他们结了婚，有了孩子，加入各种组织，举办令所有人都激动不已的派对。

然而，最小的王子得到的是最后一件斗篷，这件斗篷少了一只袖子。因此，十位王子恢复了完美的男子气概，他则有些不一样。这就是故事的结局，“从此幸福地生活在一起”的结局，如同断头台上的刀片，斩落到每个人的身上。

从那以后，这位王子的日子就不好过了。王室不希望看到他，他会让他们想起与黑暗元素的接触，激起他们对那件有缺陷的斗篷的愧疚。他们拿他开玩笑，坚称他们只是在找乐子。每当他走进一个房间，他兄弟的那些孩子——他的侄子、侄女们——便会躲起来，藏在马车和挂毯后面咯咯地笑。他变得内向，这使许多人相信，单翼是某种智力缺陷的征兆。

他终于收拾行装，到外面的世界去了。然而这个世界并没有比王宫简单多少。他只能找到最卑贱的工作。偶尔会有女人对他感兴趣，但结果他发现她只是被某种勒达[1]幻想短暂地吸引住了，或者，更糟——她希望她的爱能打破旧魔咒，让他的手臂回来。没有一段恋情能够持久。他的翅膀是优美的，但太大了——在地铁上很不舒服，且根本无法带着它搭乘出租车。必须经常给它检查虱子。除非每天一根一根地清洗羽毛，否则它就会从法国郁金香的那种乳白变成令人沮丧的灰白。

他还活着。他想方设法支付房租。他对于爱情随遇而安。中年过后，他变成了一个愤世嫉俗的人，带有某种顽强而厌世的欢快。他拥有了幽默尖刻的机锋。他在皇宫里的大多数兄弟都娶了第二或第三任妻子。他们的孩子一辈子都被宠溺娇惯，可能很难伺候。王子们，白天把金球敲进银杯，或者用他们的剑刺穿飞蛾；晚上，他们观看小丑、杂耍者和杂技演员的表演。

大多数晚上，你都能在城外的一家酒吧里找到他。这家酒吧专为那些只被治愈了一部分的魔法和巫术、或是根本没有被治愈的人提供服务。有一个三百岁的女人，在和那条神奇的鱼说话的时候，变得很紧张。她发现自己在哭，不，等等，我的意思是永远的年轻突然变成了一片空虚的大海。那里，有一只青蛙，似乎无法真正爱上任何一个

1　廷达瑞俄斯的妻子，斯巴达王后。宙斯醉心于她的容貌，趁她在河中洗澡时，化作天鹅与她亲近。她因此怀孕，生下美人海伦。——译者注

愿意吻它的女人。在这样的地方，一个只有一只天鹅翅膀的人被认为是幸运的。

如果哪天晚上你有空，出去找他，请他喝一杯。他会很高兴见到你的，而且他是一个令人惊讶的好伙伴。他会说很棒的笑话。他有一些惊人的故事要讲。

● 当我还是个孩子，住在芝加哥郊区的时候，家里有一本汉斯·克里斯蒂安·安徒生的童话集，书中配有亚瑟·拉克姆（Arthur Rackham）美丽怪诞的插图，那些插图是如此可怕，以至于我不仅不敢打开这本书，在更敏感的时候，我甚至不敢走进摆放这本书的起居室。这种恐惧最终很自然地发展成了迷恋。六岁的时候，有一天，我强迫自己把书拿下来，打开它，独自一人毫不畏惧地凝视着里面的插图。那一天，我相信自己成了一个男子汉。

我特别喜欢《野天鹅》。我就不花篇幅去解释对于一个生活在郊区的、相当奇怪的孩子来说，这样一个故事的吸引力了：在故事的最后，十一位王子中的一位出现了，他被救赎和修复到了某种程度，却注定要继续忍受一只天鹅的翅膀，而无法找回他的右臂，因为他心爱的妹妹没有足够的时间去缝制十一件魔法斗篷。对于这样一个故事还需要说些什么？

——迈克尔·坎宁安

野

● 凯伦·乔伊·富勒

Karen Joy Fowler

雷鸣，风声，海浪声。睡在摇篮里的你。这些声响于你来说是陌生的，它们让你哭泣。

来吧，孩子。让我用毯子裹住你，用我的双臂拥抱你，把你带到炉火边宽大的椅子上，给你讲个故事。父亲年老失聪，听不见这个故事；而你又太小了，听不懂这个故事。如果你年长一些，或是他年轻一些，我都无法将这个故事讲出来，这个故事太危险了，明天我必须把它完全忘掉，编出另一个故事。

但是一个从未被讲述过的故事代表着另一种危险，尤其是对故事中的人来说。所以，我打算今晚在这里讲述这个故事，趁它还保存在我的记忆里。

故事是从一个叫莫拉的女孩开始的，这也是我的名字。

冬天的时候，莫拉住在海边。夏天则不是这样。在夏季，她和父亲在内陆租了两间破旧的房子，每天早上步行去海边。在那里，她一整天都在换洗床单，清扫地板上的沙子，擦洗，除尘。她为许多消暑游客做过这件事，包括那些住在她家里的人。她的父亲在一家大旅馆工作。他身穿一套蓝色的制服，为客人们打开沉重的前门，然后在他们的身后把门关上。晚上，莫拉和她的父亲疲惫地回到房间。有的时候，莫拉很难记起，生活曾经有所不同。

然而，在她小的时候，一年四季她都住在海边。那时候，这片地区是一处荒凉的海岸，是一个由陡石峭壁、丛林狂风、粗糙的沙滩构成的地方。莫拉可以从白天一直玩到晚上也见不到一个人，见到的只有海鸥、海豚和海豹。她的父亲是个渔夫。

后来，一位住在首都的医生开始向他富有的病人推荐海边的空气；一位商人建造了这家旅馆，并且运来了细沙；有彩色船帆的游船将钓鱼用的泊位挤得满满当当。海滩变得时髦起来，尽管这里的风是无法改变的。

一天，房东告诉莫拉的父亲，他把房子租给了一位富有的朋友。只出租两个星期，能赚那么多的租金，他无法拒绝。房东说这种事只会发生一次，等到这两个星期结束以后，他们就可以搬回来了。

可是第二年，房东把房子租出去了整个夏天，之后的每个夏天都是如此。冬季这里的房租也提高了。

莫拉的母亲当时还在世。莫拉的母亲热爱他们在海边的房子。内陆的夏天使她变得苍白而瘦弱。她在窗前坐了好几个小时，仰望天空，等待着鸟类南下的迁徙，以及季节的更替。有时她在哭泣，却说不出原因。

即使冬天来了，她也不快乐。她感觉到夏天客人们逗留过的痕迹，他们的悲伤与烦恼如同她在大厅和门口走过的冰冷空间。当她坐在椅子上，她的颈后总是冰冷的；她的手指焦躁不安，她无法呆着不动。

但莫拉喜欢夏天里的游客留下的蛛丝马迹——抽屉里一个奇怪的勺子、架子上一罐吃了一半的果酱、壁炉里燃尽的纸灰，她通过这些东西编造出在不同地方的、有不同的生活方式的故事。有故事的人生。

夏天的人们带来了宫廷里的闲言碎语，以及来自更遥远的地方的故事。一个女人在她的花园里种了一个南瓜，有一辆马车那么大，她把南瓜的内部挖空，在里头睡觉；人们发现了一个新的国家，那里的人浑身都是毛，像狗一样四肢着地到处乱跑，但是他们很有音乐天赋；一个孩子出生在东方，他可以看任何人一眼便知道他将如何死去，这让他的邻居们非常害怕，他们杀了他，而他一直知道他们会这么做；一个新的岛屿出现在南方，它由一种物质构成，这种物质太坚固了，不可能是水，太柔软了，因此也不会是土壤。国王有一个儿子。

夏天来临，莫拉满了九岁。母亲瘦得皮包骨头，只有眼睛还透出一点活气，时常咳嗽不止。一天晚上，妈妈来到她的床前吻了她。“让自己暖和点。”她低声说，声音轻柔得莫拉无法确定那是不是一个梦。莫拉的母亲随即穿着睡衣离开了房子，再也没有出现过。现在又瘦又苍白的人变成了莫拉的父亲。

一年后，他异常兴奋地从海滩回来。他在海浪中听到了她母亲的声音，她说她现在过得很快乐，每一波海浪都重复着这句话。他开始给莫拉讲睡前故事，说妈妈住在水下宫殿里，用金色的贝壳吃饭。在这些故事中，母亲时而是一条鱼，时而是一只海豹，时而是一个女人。他仔细观察莫拉，看她是否对母亲的事感到痛苦。但莫拉是父亲的女儿，她的心灵自由不羁，而身体按兵不动。

时光流逝。某个夏季里的一天，一群年轻人来了，莫拉还在打扫海边的房子。他们走进厨房，把包扔在地板上，一个接一个地往水里冲，直到有人开口说话，莫拉才知道有人留了下来。“哪一间房间是你的？”他问。他有着沙粒颜色的头发。

她把他带到自己的卧室里，卧室的墙刷成了白色，枕头里填满了羽毛，窗户是玻璃做的。他用双臂抱紧她，对着她的耳朵呼气。“今晚我会在你的床上。”他说，然后放开了她。她离开了，血液在血管里急遽地奔流，她不知道自己更想要的是什么，是被抱紧还是被放开。

更多的岁月逝去。首都成了焚毁书籍和烧死异教徒的地方。国王去世了，他的儿子成为国王，然而他是一个年轻的国王，真正的统治者是大主教。爱好享乐的夏天旅客很少谈论这件事，或是其他事情。即使在海岸上，他们也害怕大主教的密探。

一个可能会娶莫拉的男人娶了另一个夏天的女孩。莫拉的父亲年纪越来越大，听力也越来越差，但如果你说话时直视他的脸，他就能很好地理解你要说的话。假如莫拉介意看到她的前追求者与他的妻子和孩子沿着悬崖散步，假如她的父亲介意再也听不见母亲在海浪中的声音，他们彼此也不会谈起。

去年夏末，那家大的旅店解雇了她的父亲。“我们对此很抱歉，”他们对莫拉说，毕竟他在这里工作了这么久了，“可是客人们一直在抱怨，他们必须大声喊叫才能让你父亲听见，而且随着年龄的增长，他似乎陷入了一种困惑之中。他糊涂了。”他们这样说。

没有父亲的收入，他们无法支付冬天的房租。过了这个冬天，他们就再也不能住在海边了。这是他们不会谈起的另一件事。也许她父亲没有意识到这一点。

一天早上，莫拉意识到她比失踪当晚的母亲还老。她意识到，已经有很多年没有人在她面前大声问过为什么这么年轻漂亮的姑娘没有结婚了。

为了摆脱这些悲伤的想法，她沿着悬崖散步。寒风刺骨，发梢猛烈地拍打着她的脸，让她的脸颊刺痛。她正要回去时，看见一个裹着一件黑色斗篷的男人。他一动不动地站着，低头盯着水面和岩石。他距离悬崖太近了，莫拉害怕他会往下跳。

瞧，孩子。这不是睡觉的好时机。莫拉就要坠入爱河了。

莫拉小心翼翼地朝那人走去，以免吓着对方。她伸出手去碰触他，然后隔着厚重的斗篷抓住了他的手臂。他没有回应。当她把这个男人的身体从悬崖上转过来时，他双目空洞，面孔如同玻璃做的。他比她想象的要年轻。他要比她年轻许多岁。

“离开悬崖的边缘。”她对他说。但他仍然没有任何听到的迹象，不过，他允许她慢慢地把他带回到房子里。

“他从哪儿来？”她父亲问，“要待多久？他叫什么名字？”然后他转过身来，向那个人提出了同样的问题。他没有得到回答。

莫拉从那人身上拿走了他的斗篷。他的一只胳膊是人的胳膊，另一只则是白色的翅膀。

有一天，小家伙，你会带着一只受伤的小鸟来找我。它飞不起来，你会说，因为它太小了，或者有人朝它扔石头，或是一只猫咬了它。我们会将它带回家，安放在一个暖和的角落里，用旧毛巾为它做一个窝。如果我们能这样做，如果它能存活下去，我们会用我们的手喂给它食物，保护它，直到它变得足够强大，能够离开我们。当我们这样做的时候，你脑海里想着的是这只鸟，但我想到的是：莫拉是如何为那个受伤的，只有一只翅膀的人做这些事情的。

父亲回到他的房间。不久，莫拉听到了他的鼾声。她给那个年轻人沏了茶，在火炉边给他铺了一张床。第一天晚上，他不停地发抖。他抖得那么厉害，莫拉都能听见他的上牙和下牙在打架。他浑身发抖，汗流浃背，她在他身旁躺下，用双臂搂住他，讲了一些故事使他平静下来，其中有些故事是真实的，关于她的母亲、她的生活，关于那些在这个房间里逗留过的人，那些在夏天的早晨昏昏欲睡的人。

他不那么紧绷了，她能够感觉到。他在睡觉时侧躺着，蜷起身子倚靠着她。他的翅膀绕过她的肩膀，搭在她的胸前。她整夜聆听着——有时是在醒着的情况下，有时在睡梦中——他的呼吸。没有一个女人能在这样的翅翼之下度过一夜而不受到爱情的召唤。

他在发烧和出汗中缓慢地恢复过来。等到他变得足够强壮的时候，他终于给自己派上了用场，尽管他对家务活似乎一无所知。厨房的一块玻璃掉出了窗框。如果海上的风从东边吹来，人在厨房里就会闻到咸味，整个厨房会像铃铛一样叮当作响。莫拉的父亲听不见这种响声，所以一直没有修好它。莫拉向年轻人展示了如何把玻璃安回去，他的一只手被温柔地握在她的两手之间。

不久，父亲就忘了这个年轻人是新来的，开始管他叫我的儿子和你的兄弟。他告诉莫拉，他的名字是西维尔。“我想叫他狄龙，”她父亲说，“但是你妈妈坚持叫他西维尔。”

西维尔对自己的过去一无所知，他相信自己，正如别人告诉他的那样，是老人的儿子。他很有礼貌。他让莫拉受到了前所未有的照顾。他用一个男孩能给自己姐妹的所有温柔去对待她。莫拉告诉自己这就够了。

她担心即将到来的夏天。西维尔适应了冬季的生活。夏天她找不到他的容身之处。她在外面晾衣服的时候，一个影子从她身上掠过，一大群白色的鸟飞向大海。她听见它们的鸣叫，那是低沉而洪亮的号角声。西维尔从房子里跑了出来，他的面孔仰起，翅膀打开，它拍打着，如同一颗心脏。他一直待在那里，直到鸟群离开了水面。然后他转向莫拉。她凝视着他的眼睛，知道他已经苏醒过来。她能够分辨出来，留在这里让他感到悲伤。

不过他什么也没说，她也没有。直到那天晚上，在父亲上床睡觉后，她问道："你叫什么名字？"

他沉默了片刻。"你们对我都很好，"他终于说，"我从来没想到陌生人会对我这么好。我愿意保留你们给我的名字。"

"你身上的咒语能被解除吗？"莫拉问道。他困惑地看着她。她指指他的翅膀。

"它？"他说，举起了自己的翅膀，"它已经是咒语解除后的样子了。"

炉火中的一根原木发出一声轻嘶后倒塌。"你听说过国王的婚事吗？他娶了一个女巫做妻子？"他问道。

莫拉只知道国王已经结婚了。

"事情是这样的……"他说。他于是告诉她，他的妹妹是如何编织荨麻衬衫的，大主教又是如何指控她使用巫术，人们是如何把她送上火堆。国王，她的丈夫，声称自己爱她，却没有做任何事情来救她。是她的哥哥们——他们全都是天鹅——把她围在中间，直到她破除了那个咒语。他们再次变成了人，除了他的这一只翅膀。

所以现在她是一个会任由她被烧死的国王的妻子，是那些把她扔进火里的民众的王后。这就是她的人民，这就是她的生活。这里面几乎不存在可以称之为爱的东西。"我的兄弟不介意我这样做，"他说，"他们不像我和她这么亲近。我们俩是最小的，她和我。"

他说他的兄弟们轻松地适应了宫廷里的生活。他是唯一一个内心仍然分裂的人。“一颗犹豫不决的心，既不愿意留下，也不愿意离开。”他说，“一颗和你母亲一样的心。”这让莫拉吃了一惊。她以为他在听她讲母亲的故事时睡着了。她的呼吸变得又浅又快。他一定还记得她是怎样睡在他身边的。

他告诉她，在他的梦里，他仍在飞翔。早晨醒来，发现自己除了笨拙的脚什么都没有，这让他很伤心。在季节变换的时候，对空气的渴望，对旅行的渴望，是如此强烈，压倒了他。也许这是因为诅咒从未完全解除。也许是翅膀的缘故。

“那么你不会留下来了。”莫拉说。她说这话时很小心，声音没有颤抖。长期以来，住在海边的房子里一直是莫拉最想要的。只要他们能住在海边的房子里，她就还有妈妈。

“有这样一个女人，我一生都深爱着她。”他回答，“我离开的时候，我们争吵了；我不能就这样离开。我们无法选择自己所爱的人。”他对莫拉说，声音轻柔。她明白过来，他已经知道了她的心意。如果她不能得到他的爱，她也不愿由于自己的爱而被他怜悯。她不希望这样。“但是人们比起天鹅来有个优势，他们能够将自己不明智的爱放在一边，去爱另一个人。我无法这样做。我在这方面比起人来更像一只天鹅，我无法那么做。”

他在第二天早上离开了。“再见，爸爸。”他吻着老人说。他吻了莫拉，说：“我要去找寻我的出路了。谢谢你的善意和你的故事。你有知足的天赋。”说完以后，他就把这种感觉从她那里带走了。

我们来到最后一幕了。闭上眼睛，小家伙。炉火即将熄灭，风也快停了。在我抱着你摇晃的时候，怪物在深渊里移动。

莫拉的心仿佛被冻结了。夏天来了，她向海边的房子告别的时候，什么也没有感觉到。房东把房子卖掉了。随后他直接去了酒吧，庆祝自己的好运。几杯酒下肚以后，他告诉每个人："我把那房子卖了个好价。"又喝了几杯以后，他说："卖了三倍的价。"

新主人晚上搬了进来。他们不同人来往，这使得本来就好奇的当地人更加好奇。面包师告诉莫拉——他在码头碰见了他们："一家子都是男人。"这家人更喜欢问问题，而不是回答别人的提问。他们在寻找一艘叫作福肯迪厄的船上的水手。没有人知道他们为什么要来这里，也没有人知道他们会待多久，他们将海边的房子严加看守，仿佛那是一座堡垒，或是一所监狱。即便你只是从那条路经过，都会有人出来阻止你。

流言蜚语从首都传来，王后最小的哥哥已被驱逐出境，爱他的王后因为这件事病倒了。在她的精神和健康恢复以前，她一直被隔离。莫拉在厨房打扫时无意中听到这个。还有更多的谣言，但是海洋的声音已经填满了莫拉的耳朵，她听不到别的声音。她的心在战栗，她的手在发抖。

那天晚上她睡不着。她下了床，像过去的母亲一样，穿着睡衣走出门外。她沿着海边的房子走了很长一段路，来到海边。月光如同水面上的一条道路。她可以想象自己走在上面，也许她的母亲也曾经这样走过。相反的，她爬上了第一次见到西维尔的悬崖。他站在那里，身披斗篷，一如她记忆中的那样。她叫出他的名字，由于喘不过气来，那个名字在她的嘴里变成了碎片。披着斗篷的男人转过身，他的样貌酷似西维尔，但他有两只人类的胳膊，并且与莫拉一样大。"对不起，"她说，"我将你误认作别人了。"

"是莫拉吗？"他问，他的嗓音与西维尔很像。他朝她走来。他说："我本想拜访你，感谢你对我哥哥的好意。"

夜晚并不冷，但莫拉的睡衣很薄。那人脱下斗篷，披在她的肩上，好像她是一位公主似的。很久没有一个男人如此细心地对待她了。西维尔是最后一个。可是西维尔弄错了一件事。她永远不会把自己不明智的爱转移到另一个人的身上，即使是一个与西维尔同样温柔、同样悲伤的人。“他在这儿吗？”莫拉问。

他被流放了，那个人说，如果谁敢帮助他，那么下场就是死亡。但他们得到了警告。他跑到海边，和大主教的手下一起逃到一艘外国船上。在那儿，他的兄弟们为他准备好了船票，而就在几小时后这样做将是违法的。船要把他从海上带到他们小时候居住的国家。他本来应该放飞一只鸽子，让他们知道他成功逃走了，但鸽子没有出现。“我的妹妹，王后，”男人说，“对此感到痛苦。我们都很痛苦。”

就在昨天，以一杯威士忌的价格，一个排行中间的兄弟从码头的一个水手那里得到了一个故事。这是水手在另一个港口听到的故事，而不是他亲眼看到的故事。没有办法知道其中有多少是真的。

在这个故事里，有一艘水手不记得名字的船，沉入了一片不知名的海域，食物已经耗尽，船员们失去了理智。这艘船上有一名乘客，一个畸形的人，一只翅膀在他身上取代了人的手臂。船员们认为是他导致了他们的不幸。他们把他从床上抓走，拖到甲板上，赌他能在海上漂浮多久。“飞吧，”他们把他扔下船时告诉他，“飞吧，小鸟。”

他做到了。

当他倒下时，他的手臂变成了另一只翅膀。在那一瞬间，他成了一名天使。在那一瞬间过后，他则变成了一只天鹅。他绕船飞了三圈，消失在地平线上。“我的兄弟见过暴徒的脸，”那人说，“这让他后悔自己是人。如果又变成了天鹅，他会很高兴的。”

莫拉闭上了眼睛。她想象着西维尔，那个天使，那只天鹅，飞得高高的，成为遥远的天空中的一个小点。“他为什么被流放？”她问。

“与王后不自然的亲密关系。我得提醒你一句，这件事没有证据。国王是一个好人，但大主教说了算。他总是憎恨我们可怜的妹妹。他愿意相信最卑鄙的流言蜚语。我们可怜的妹妹，一个会在火中烧死她的人民的王后，嫁给了一个任由他们作恶的男人。”

“他告诉我你们并不在意这些。”莫拉告诉他。

“他错了。”

那人把莫拉送回她的房间，他的斗篷还披在她的身上。他说他会再见到她，但夏天结束了，冬天来了，他仍毫无消息。天气变得严酷起来。莫拉也是如此。她可以在她吃的食物和呼吸的空气中尝到这种辛酸。

她父亲不明白他们为什么还住在租的房间里。“我们今天回家吗？”他每天早上都会问，而且经常不止一次地问。九月过后是十月。十一月过后是十二月。一月过后则是二月。

随后，在某一天深夜，西维尔的哥哥敲了敲莫拉的窗。窗紧闭着，她用力打开它时听到一声裂响。“我们早上走，”那人说，“我是来道别的。我来恳求你和你的父亲明天一早就到那所房子里去，不要和任何人说话。感谢你们让我们使用它，但它终归还是你们的。”

莫拉还不确定自己该说“谢谢”“再见”还是“请不要走”，他就已经离开了。

到了早上，她和父亲按指示做了。海岸被浓雾笼罩，走得越远，雾就越浓。走近房子时，他们看到了影子，那是雾中的人形。十个男人，聚集在一个小而纤细的人影周围。最后一个哥哥挥手让莫拉从他身边经过，朝房子走去。父亲走去同他说话。莫拉进去了。

有的时候，夏天的客人会留下杯子；有的时候，他们会留下发夹。

这些客人留下了一封信、一个摇篮和一个婴儿。

信上说："我哥哥告诉我可以放心地把这个孩子交给你。我把他给你。我哥哥告诉我你会编一个故事来解释你是如何拥有这所房子和生下这个孩子的，那会是个出色的故事，人们都会相信它。这个孩子的生活取决于你。必须没有人知道他的存在。真相是危险的，我们谁也无法在这种真相中存活。"

"烧了这封信。"这就是结束。没有落款。这是一个女人的笔迹。

莫拉抱起孩子。她解开了裹住他的毯子：一个男孩，两只胳膊，十根手指头。她又把他包起来，把脸靠在他的头顶。他闻起来像是肥皂。在肥皂的气息下，莫拉隐约闻到了大海的味道。"这个孩子会待在原地。"莫拉大声说，好像她有能力施加魔法似的。

任何孩子都不应该有一个有着一颗冷冰冰的心的母亲。莫拉的心胸敞开了。对这个孩子的爱已经在她的心里，等待着。但她感觉不到任何东西。她发现自己在哭，半是因为快乐，半是因为悲伤。再见了，水下城堡里的母亲；再见了，夏天的劳作和租来的房间；再见了，空中城堡里的西维尔。

父亲走进来。"他们给了我钱。"他惊奇地说。他的双臂挂满了东西。十个皮袋。"这么多的钱。"

如果你听到了更多的老故事，小家伙，你会发现三个愿望通常是对陌生人的善意的回报。一般来说，愿望是关于漂亮的房子、财富和爱情。莫拉——在她从未想过的地方，在一个古老的故事里——则得到了怀抱里的一个王子。

"噢！"父亲看到了孩子。他伸出手来，一袋袋的钱掉到地上。他踏着钱币走了过来，没有注意到自己的脚下。"噢！"他抱过那个裹在襁褓里的孩子。他也在哭泣。他说："我梦见西维尔长大成人离开了我们。但现在我醒了，他还是个婴儿。在他生命的开端和我们在一起，而不是结束的时候，这是多么美妙。莫拉！生活是多么美好。"

● 我儿子出生时心脏上有一个洞，必须在他十八个月大的时候做手术去修补。手术在他的背上留下了一道弯曲的疤，正像那种单翼切除手术会留下的伤疤。由于这件事，加上《野天鹅》是我小时候最喜欢的童话之一，我经常给他读这个故事。我看得出来，和我一样，他也想拥有一只翅膀。最年幼的哥哥是多么幸运！

作为一个成年人，那些对公主的明确指示确实让我感到困扰：如果你在任务完成前说话，你的兄弟们会死，那么她怎么知道任务已经完成了，在最后一件斗篷都没有织完的情况下？她怎么知道开口说话已经没关系了，当那只翅膀还没有变回来的时候？在故事的核心，是不是存在着某种作弊？我对这一点是不是可以无所谓？（我也能这样干吗，在自己的工作中？）

单翼的形象经常出现在我的作品中。在我的第一部小说《莎拉·加纳利》（"Sarah Canary"）里，它无处不在。我写过关于它的诗，在梦中看到过它。它对我很有吸引力。如果有一段时间没有读这个童话，我会忘掉它的一些情节。然而，在记忆和想象里——正如在我的故事中——那只翅膀依然存在。

——*凯伦·乔伊·富勒*

当躯体消失时，海螺壳唱起歌

● 凯瑟琳·瓦兹 *Katherine Vaz*

他们花了很长的时间才把客厅里的大水箱灌满。梅瑞狄斯把花园的水管拖了进来，雷调整了梯子，这样他就可以把水引到箱边。那只水箱是有机玻璃制成的，15 英尺高、12 英尺宽，是向他父亲的公司打电话订购的，他父亲的公司供应集装箱——用于马戏团、海洋生物研究所，或家具企业。为了能将水箱从后花园运到这里来，并且让它能够通过敞开的法式大门，人们使用了一辆巨大的手推车。他们在迪威萨德罗租用的维多利亚式房子以教堂式的高屋顶为特色。

他们在一起生活的这些年里，对任何与水有关的东西都很着迷。他们喜欢水。但他们不再像过去那样去游泳；他们不常去海边，虽然从这里开车去不远。她害怕水肺潜水，他们更乐意去想象，一旦掌握了憋气的诀窍，他们可以比那些浮潜的游客潜得更低，这样就能够见到他们谈论过的那些夏威夷蓝唇扳机鱼了。那会感觉像天堂一样。

但现在他们几乎不说话了。

她找到了一位水下摄影师的一本书，这是他的礼物。在泳池、湖泊和水箱里，那些泳者穿得很少，或者什么都不穿。这些照片令她对幸福的憧憬变得更具体：当照片中的人悬在空中时，她欣喜地闭上眼，好像照片里的人是从高空落向安全的地方。看看他们是多么平静，他们的皮肤看上去仿佛在融化，难以置信的迷人。

水箱和计时的事情一开始是一个玩笑，后来变成了一场游戏，到最后，它成了消磨屋子里寂静的一种方式。

他们闲置的泳衣已经老旧。礼貌地——近乎温文尔雅地，他们轮流爬上梯子。水箱的边缘距离天花板 5 英尺。梅瑞狄斯浸在水中，呼出的气在水中冒泡，以至于她看起来像在沸腾。她高挑白皙，一头杏黄色的头发，她的童花发型结婚十年来一直没有改变过。雷为她计时：22.0 秒。她一脚踢出水面，爬了出来，衣服松垮垮的。她拿起秒表。他坚持了 32.33 秒。尽管他们对比赛没有任何兴趣，他们还是在白板上记录自己的分数。他们一同开怀大笑：汤姆·西塔斯不吸入瓶装氧气的潜水世界纪录是 10 分 12 秒。他们永远达不到这个标准。

每逢星期天，她总要做一种班尼迪克蛋，这道菜在布赖德尔很受欢迎，那是普雷西迪奥附近的一家餐馆，在牛奶低地的切斯特纳特，她曾经在那里担任副厨师长。雷喜欢烤面包片配果酱，那是玻璃状的橙色，上面点缀着的东西看上去令人不安，像是毛细血管。今天她的水煮蛋上有一个红点。雷大声播放亨德尔的竖琴协奏曲，梅瑞狄斯发誓音乐中的振动甚至跑进了他们的餐具，他们简直是在用音叉吃早餐。“你还要吗？”

她说，因为问这个问题比问“你有外遇了？”要容易些。“不。”他说，口吻完全没必要地尖锐，而且根本没有看她。他们没有孩子。

梅瑞狄斯认为这都是他们的工作时间协调不了的错：她在布赖德尔餐馆上晚班，雷白天在梅森堡的一个烹饪频道工作室里担任烹饪节目的主持人。没完没了地站着让她的腿像刀刮一样疼。年轻的厨师能手喜欢在盘子上制造泡沫……这也泡沫，那也泡沫！它看上去像口水。她讨厌那玩意儿。她划伤了手，他却让她去挤柠檬，他说这能让她学会以后小心。她的年龄都可以当他的母亲了。透过窗户向餐厅望去，那些顾客就像孩子——伺候我，给我吃的——待在某个永恒的领域里，而在厨房里，她却试图躲避燃烧的混乱。她把手指从雾蒙蒙的窗户上挪开，留下的形状像是一只蛤壳。

她努力找机会同雷说话。那很痛苦；他们在结婚前一直是朋友，总在互相抱怨彼此的心碎，直到他说：“我们是不是该把对方从这种毫无意义的浪费时间中拯救出来？”

她着迷于人能在多大程度上挑战身体的极限。静态呼吸暂停有很多变化：1993年，亚历杭德罗·拉维尔在泳池里憋气6分41秒；2008年，大卫·布赖恩在奥普拉脱口秀中，在一个大缸中坚持了17分4.4秒，但他提前吸入了大量的瓶装氧气。（他是个魔术师——有人质疑这是否可信。）汤姆·西塔斯在“与瑞吉斯和凯西·李一起生活”中打破了这个纪录——17分19秒。有戴脚蹼和不戴脚蹼的自由潜，还有负重一口气下到水下很深的地方的自由潜。但梅瑞狄斯的偶像是安妮特·凯勒曼，澳大利亚人称她为“百万美元美人鱼”，她会在满是桌子、盘子、椅子和灯的水箱里表演芭蕾舞，仿佛在说：这就是我的家，我在里面是一个令人屏息的梦。1908年，安妮特被哈佛大学的一位教授选为“完美女人”，因为她的轮廓与维纳斯的完全吻合。

雷·洛克还差一年就四十岁了，梅瑞狄斯·帕格内利·洛克四十五岁。

他们结婚时他二十九，她三十五。那时他们都很年轻；现在他们进入了新的阶段，雷仍然年轻，但梅瑞狄斯已经步入中年。他在一个日本茶园里向她求婚，桥下流水潺潺，他俩当时都是那家灵感源自艾丽丝·沃特斯的餐厅里冉冉升起的新星。他是在俄罗斯山一个富裕的家族里长大的；她则是一对年迈的意大利夫妇的独生女，家住日落区，窗外可以看到旧金山轻轨N线有轨电车的电缆如同钢索般摇摆不定。他们来自不同的世界，然而，在莫斯康尼展览中心的高中烹饪比赛上，她与雷相遇了。某天，在他母亲一尘不染的厨房里，他们的酸酵母面团炸开，无法解释的畏惧和愉悦触动了他们的心。接下来她带他到唐人街去买香，向他展示如何在海王星协会墓地的某个角落耳语，使他的话语掠过前人的骨灰，来到遥远的角落里她的身旁；每个万圣节他们都会爬上双子塔，喝着从雷的父亲的酒窖里偷来的酒，俯瞰闪闪发光的城市，城市仿佛黑暗海洋里的一颗珍珠，向他们闪烁，传达无人知晓的消息。他们并不接吻，谁也说不清为什么，正相反，他们感觉到一种紧紧将彼此联系在一起的安宁。

有一次在海特潜水，梅瑞狄斯喝多了以后和她的朋友们谈起这件事。“你有证据吗？”贝丝·安问道。“有自己的节目肯定让他很兴奋。”林赛说，她已经在喝她的第三杯酒了。苏珊插话说，那种骨肉皮妞儿可以和任何一个电视上的角儿做，梅瑞狄斯应该问问她的朋友伊芙，伊芙是雷的导演。“我真想一刀捅在他的心上。”特蕾莎在大笑过后说。梅瑞狄斯慌乱地放下了她的马提尼，酒吧里似乎有什么东西在往上冒，拍打着她的下巴。壁灯仿佛是通电的带光藤蔓。贝丝·安投了罗拉的票，她是雷的金发前女友。“罗拉是个麻烦。”特蕾莎说。也许是这样，不过，在演播室晃来晃去的还有很多傻乎乎的骨肉皮小妞。苏珊问她是不是不该买这双鞋，顺便一提，这双高跟鞋简直要了她的命——她把脚和时髦的鞋子一起抬到桌子上。特蕾莎开心地尖叫着，出谋划策，让她们埋伏起来，当场抓住雷。她们全张着嘴，脸色看起来像黄油，头发变成了滑稽的假发。在女洗手间里，梅瑞狄斯往脸上拍了点水。她找不到能够对她们说的话。*但他是我最好的朋友，至少曾经是。*

他将这种感觉暗藏在心中，这几乎像是性欲的强烈冲动，他可以在任何伤害发生之前停下来，但同时，他也强烈地意识到，自己没有办法控制它：那种越过界限，沉浸在亲吻和疯狂的、偷来的碰触中的美妙快感。

当然，随之而来的是谎言，这是不可避免的。梅瑞狄斯在战争纪念歌剧院等着，凡内斯大道上的汽车驶过。今晚的剧目是《特里斯坦和伊索尔德》。她的手机响了，雷说他的节目会拍到很晚。他教观众烹饪便宜、便捷的晚餐。*把票留在窗口，我会在幕间休息时和你会合的，我想。*她的青色晚礼服是一条露背的鱼尾裙。她系好风衣的腰带，夏日的薄雾正在驱使人群走入室内。她把两张票全都免费送给了一对年轻夫妇，这对儿瓦格纳迷欣喜若狂。在一家甜品店里，她给自己要了一份拿破仑蛋糕，柜台边的那家伙问她是否结婚了。她不想被人注意到，不假思索地，她回答：“没有。”他慢吞吞地说：“那你手指上是什么？”她抬起戴着钻戒的那只手，想起了一个老掉牙的笑话。“这个？这是为了赶走苍蝇。”他仍然挂着那种无礼的笑容，直到她开始局促不安。她站起身，付了钱，然后逃走了——这一点就连陌生人也能看得出来。

伊芙·罗比多邀请梅瑞狄斯到渡轮大厦喝下午茶。她点了一杯冰镇饮料，杯子冷得像在啜泣。她感谢梅瑞狄斯几年前把她送进戒毒所，这是她们相遇后不久的事，那时她们都在布赖德尔餐馆做流水线厨师。梅瑞狄斯曾经鼓励伊芙上电视，那时伊芙一再抱怨做饭是件令人厌烦的、没完没了的苦差事，看不到未来，只有浮肿的鲸鱼品尝你的手艺。那时雷也对自己身为厨师感到沮丧，于是梅瑞狄斯把雷交给她照顾。“我们很担心，梅瑞。”伊芙摆弄着她的碟子说，“你看上去很沮丧。”茶让梅瑞狄斯有点不舒服，但伊芙就喜欢点它，以便宣布她对威士忌的迷恋已经过去了；她的父母为她支付了那间名流光顾的戒毒所的费用。她的童年就像雷的一样，生日派对上骑小马，格斯塔德[1]（富人们明智地略去了这个词的元音）的冬日度假；她的父母剥开蛤蜊，把她送进巴黎的蓝带烹饪圣殿，他们的公主可以把从那里学到的东西扔掉。伊芙是一个无忧无虑、生活顺遂的诱人例子。她身材紧实，光彩夺目，三十二岁看起来像是二十岁。梅瑞狄斯发抖的手弄洒了一些茶，茶水在桌布上画出一片枫叶。“你病了吗？我该为你担心吗？”伊芙说，因为关切而皱着眉。“哦，一点小问题。流感而已。我很好。”梅瑞狄斯边说边颤抖着放下杯子。

斯坦哈特水族馆的番茄蛙之旅让她的童年充满欢乐。在海狼餐厅面试一个烹饪岗位时，她穿了一套仿羔羊呢的西装；应聘失败后，她学会了穿木底鞋和携带自己的烹饪刀具。她和年迈的父母一起度过的假期包括沿高速公路到圣克鲁斯的一间小木屋旅行，那间小屋是她姨妈和姨父的，他们潜水捕捞鲍鱼，然后把下午花在一边激烈地争吵，一边暴雨般地敲打鲍鱼肉使之变嫩中。被撬开后，鲍鱼只是一块肌肉，别无他物。姨妈和姨父将鲍鱼壳排列在他们的篱笆上，乳白色的壳就

1　瑞士滑雪胜地。——译者注

像洗礼用的洗礼盆，在太阳的照射下又热又亮。

他享受着这种幻觉——他知道那是一种幻觉——掌控局面。他抚摩着伊芙平坦的腹部，她的乳房随着呼吸起伏。他说："不知道为什么，这么做好像有点……刻薄。我是说你约她出去，好研究她。""我想确定她没事。""我们该告诉她吗？"他重复了一遍，伊芙皱起了眉头，涂着荧光指甲油的手指揉捏着他的大腿。这个问题的答案关系到她和雷是不是认真的。"过来。"她说。伊芙教过他"bedhair"这个词；她把暗金色的鬈发拢成一束，甩到背后。她的皮肤完美无瑕，她的眼睛如同蓝宝石。她总是湿着，随时做好被进入的准备。他深深地吻她，她搂着他的脖子。在她位于市场大街的顶层寓所里（她的父母全额支付了这地方的租金），阴影在他们的身上荡起涟漪，就像潮水改变了沙子的形状。

梅瑞狄斯向一位新手糕点师展示如何抻面团：在面团下面，慢慢地移动你的手背。突如其来的动作会把它撕裂，你需要的是一种浑厚的沉着。"假装你正在弹一架倾斜的竖琴。"梅瑞狄斯柔和地说，她的指关节在涂了黄油的面团下面看上去就像小小的粉色疙瘩。她和雷所拥有的是一种沉静的耐心，它不是那种疯狂的放纵和绝望地紧拥，从来就不是，它使得她想起《哥林多前书》中的句子：爱并不夸耀自己，也不挣扎。

当他们只是朋友的时候，梅瑞狄斯教他跳交际舞。她曾经是这方面的高手。在他和别人约会的时候，她更喜欢他了。为了给他的新爱人留下深刻印象，她每周都要花很多时间帮他排练，以至于她的鞋子都沾满了鲜血。她的子宫碰巧在流血，她的手指因为在烹饪学院上课而包扎着。她害羞到了沉默的地步，她等待着，同时在随路过的电车而震动的花盆里培植香草。她和她的朋友通过语言磁带练习意大利语：这满足了他们对罗马——那个沉浸在液态阳光里的浮华城市——的迷恋。

每当时间允许的时候，梅瑞狄斯和雷就开始玩憋气游戏。一天，她独自扎进水里，感觉自己就像那些看得见的虾一样清澈，只有食物的细丝在它们的肠道里移动。大海：上帝的浴缸，上帝的沐浴玩具。他在那里磨磨蹭蹭，通过鱼——一个物理模型——来修正他最初对人类之爱的设计。每条雄琵琶鱼都会咬住一条还没有配偶的雌琵琶鱼，一直紧抓住它，永远融合在一起，无论它走到哪里，都以它为食。融入血肉的羁绊：几年前，梅瑞狄斯的母亲在睡梦中去世，十天后，她的父亲也随之去世，几乎是同一时间。在漂浮和沉思的过程中，一道闪电击中了梅瑞狄斯，让她的思绪一下子清晰起来：伊芙。天啊，我丈夫和我的朋友伊芙上床了。当他想要的不仅仅是躲在厨房里的时候，我让他去找她。伊芙是甜美和威慑力的致命混合。那天晚上，梅瑞狄斯在床上颤抖得很厉害，她和雷在某个时刻转向对方，躺在黑暗中，没有做爱，但是她发现他的怀抱自然而温暖，他身体修长的曲线就像转向一侧的吊床一样舒服。

她点进他的电子邮件，找到那些色情邮件，那些令人窒息的期待。她从来没有想到自己会如此疯狂地侵犯他的隐私。

他不再在水箱里穿泳裤了。他多大了，九十？嘿，沙狐球在哪里？他和梅瑞狄斯再也没有赤身裸体过，他们已经两年没有做爱了。他们从不谈论这件事。不戴潜水镜，水箱外的房间似乎融化了，这意味着印象派画家是对的：越过轮廓和边界，这其中确实有着某种美丽。今天他采购了小萝卜，他热切地向镜头展示，只要简单地切几下，任何人都可以把它们变成花朵。

假装一切都会好起来是轻率、危险的，“一切”是一种刻意的含糊其词，也是可悲的一语带过。伊芙指导他在镜头前微笑，在谈论自己的同时洗手，以便展示处理鸡肉后正确的卫生习惯。在她的公寓里，他向她展示了如何把杧果去皮切块。像这样吗？她咯咯地笑着，故意做错。像这样，他说。哦（她吻他），像这样？或者像这样？像这样，这样，他们的四肢纠缠在一起，他在她身后握住她的手，教她使用那把刀。很久以后，他会在 YouTube 上重播那段关于鸡的视频，他邀请她进入镜头，但她打了个手势，噢，不，我不能！但是她的手已经进入了镜头，他忍不住一次次按下暂停键，只是为了看看那只手：五角形的海星在海岸线上飞奔，把看得见的和看不见的分隔开来。

情绪低落的时候，梅瑞狄斯和女友们一同外出。她说自己为了一个结婚蛋糕忙得团团转，结果一个醉醺醺的客人一拳打在蛋糕上。她惊讶地问他为什么这么做。“因为我可以。”他咆哮，蹒跚着走开了。林赛说：“等等，梅瑞！你花了好几天时间，他一下子就把它给毁了？”“如果换成我我会气疯的。”贝丝·安说。苏珊想知道，梅瑞狄斯有没有问过她在电视演播间的朋友伊芙关于雷的事，关于他在杂物间和几个女孩睡觉，气氛再次变得欢快起来。“我会高兴死的。”特丽莎说，没人知道她指的是雷还是那个毁掉蛋糕的人。梅瑞狄斯喝了口苏打水，回想起她和雷决定赌上他们的友谊去订婚的日子，回想起他们在中国海滩漫步的时候是多么兴奋。

在接下来的日子里，看着梅瑞狄斯为了一顿毫无特色的晚餐——鳕鱼和煮土豆——炒洋葱，与此同时，他自己却在喋喋不休地谈论伊芙创办的新节目《庆祝生命》，这让他感到难以理解、残忍无情。她会研究世界各地的节日，他的廉价烹饪节目收视率尚可，但并不出色，冒着被解雇的风险，他会提供一份餐单，适合某个节日或是某处疯狂的庆典。八月份在布尼奥尔举行番茄大战，他可以做巴塔塔烤肉；七月四日，他可以教人如何生火烧烤。（“我来做研究，你来表演！”伊芙几乎是在大喊大叫，“这将是难以置信的。”）看在上帝的份儿上，他对梅瑞狄斯的这番高谈阔论让他想起了当他给她讲一部她错过的电影的情节时他的声音。瞧她戴着一副平静的面具。他很了解她。如何证明那种隐藏在内心深处的快乐是正当的？如何为这种濒临越界的隐秘愉悦感辩护，这种把伊芙的名字漫不经心地、无忧无虑地大声念出来，一遍又一遍，只是为了沉浸在那种假想的安全感和刺激的快乐中？

他们坐在起居室里看杂志。樱桃木餐具柜上的玻璃用得太久，木地板上最轻柔的脚步声都会使得它们震颤，因此，当梅瑞狄斯决定从厨房里拿一杯苏打水时，玻璃吱吱嘎嘎地响了起来。他被涌上心中的爱与悔恨压倒了，他咬住嘴唇，眼里噙满了泪水。他告诉他自己，他没有权利跳起来。她站在那里看着他，胸脯起伏不定。然后，一个他们都将终生难忘的时刻来临了，谁还能指望这种心有灵犀再出现一次？“天啊，”他脱口而出，“我不知道我为什么要说这些，但那是贝多芬的第九交响曲在你的脑海里回荡吗？”他点了点左太阳穴，“有时候你思考的声音是这么响，我能听见你在想些什么。”她吓了一跳，她猛地捂住嘴。她走到他跟前，他把头枕在她的胸前，这样她的胳膊就能轻松地搂着他。杯子从他的手中滑落，他们就这样抱了一会儿，随后她低语：“是的。我在想的是合唱那一段：‘欢乐欢乐欢乐’。”

安妮特·凯勒曼生来双腿就有缺陷，需要戴上支架，后来，她发现水中行走可以治好她的病。她在纽约跑马场的表演催生了花样游泳。她的连体泳衣使她在波士顿的一个海滩上被捕，尽管她不明白这有什么值得大惊小怪的。世界很快就接受了她的发明。她嫁给了一个她深爱的男人。安妮特度过了富裕和声名显赫的一生，她被公认为一位艺术家，统治着一个漂浮的王国。她对水的渴望发展成了宗教。梅瑞狄斯在水池里对自己说：如果你能屏住呼吸一秒钟，你就能再坚持一秒。她的个人最好成绩是 1 分 25.2 秒，雷的是 52.7 秒。

你屏息以待。你拒绝接受，如同一只被唤醒的雄鹰，狂暴、愤怒。

她把伊芙堵在电视演播室里。雷坐在一个角落里，戴着一个纸领，一个女人在给他补粉，好让他的额头看起来不那么亮。梅瑞狄斯在伊芙面前无法开口说话，但紧接着找回了声音。"这是真的吗？你和雷有什么计划？"伊芙几乎没有动。安逸的童年所造成的影响，已经被瘾君子的光泽所取代。伊芙给梅瑞狄斯看了她手里拿着的那块写字板，说道："我们打算录制碾磨自家香料的方法，梅瑞。你可以留下来看。"梅瑞狄斯几乎无法控制自己，拂袖而去。雷大步跟在她后面，她最后跑了起来。

憋气的诱惑力在于它违反了神的法则。禁食、冥想和过度呼吸可以延长潜水时间；令人难以相信的是，许多人冒着失去知觉、肺出血、组织受损、静脉破裂，甚至死亡的风险。传说中，日本的海女带来了珍珠，然而，真相更为平淡无奇——大部分的海女养殖鲍鱼，将它们的珍珠质用以出售。

她对布赖德尔餐馆的几个学徒大喊大叫，因为他们认为用牛肉高汤做素食特餐会很滑稽。夜里，雷睡着了，她灌下一瓶酒，抓起他的身份证，溜进烹饪频道的演播室。他告诉她第二天的拍摄主题是炖羊肉，她花了一个多小时才把炖羊肉的大桶和盛满不同阶段的食材的平底锅搬到她的车里。她把食物送到了圣文森特的收容所。哈，等着瞧吧，到了明天，整洁的小脚本便会化为乌有。

如此多的精力浪费在蠢事上。雷几乎因为不知道如何即兴发挥而被解雇。伊芙拯救了这一天，她出场了，她解冻了一些鳟鱼，展示如何将鱼切片和烤熟。她用外科手术一般的技巧给鱼剥皮去骨，赢得了掌声。她想都不用想就知道是谁搞的破坏。她把电话打到了布赖德尔餐馆，把这件事告诉了那个年轻的厨师。梅瑞狄斯的工作一直是种煎熬；她烧掉餐厅的订单，她心不在焉。年轻的厨师一边斥责梅瑞狄斯，一边傻笑着说："如果你想偷价值数百美元的羊肉，至少把它带到这儿来。"一开始，她很想被解雇，只要能不再受他嘲笑，任何事情都无所谓。但是，当他大声地问她，厨房里的烟是不是把她的脑子熏熟了的时候，她立刻明白了这样一个道理：一个人因为屈辱而离家出走并不是真正的成熟，一个人选择留下来，并且要求拥有一个家，这才是真正的成熟。

她在梅西百货的化妆品柜台间徘徊，寻找"药水"：抗皱霜、保湿膏。骨瘦如柴的女人穿着紧身黑裙子，手里拿着喷雾器，把玫瑰色和淡紫色的薄雾喷到她的身上。她们的手指像水螅虫一样摆动，示意她靠近那些装着珊瑚糊的罐子，那些浅浅的锅子。

从墙上传来一阵流水声，他们怀疑模具修补和拼合管子的成本太高。梅瑞狄斯想知道树脂玻璃是不是出现了一道裂缝。为了向安妮特致敬，她在水里放了一些东西——一个破茶壶、一个拨号电话、她的健身包上的一把坏掉的锁、那些沉船事故的普通物品。

在他们的十年婚姻过到一半的时候，梅瑞狄斯有过一段风流韵事——让人想远远抛在脑后——据她所知，雷对此事一无所知。马库斯是旧金山芭蕾舞团的首席舞蹈演员，回忆起他们的最后一次见面，仍然让她感到畏缩。那是他们在三个月里的第二十七次见面，在费尔蒙特的下午，在缪尔森林的停车场，一切都糟糕透顶，微风剥落红杉树毛茸茸的树皮，洒在马库斯的凯迪拉克上。他宣布他有了新女友。当她问他她做错了什么，他说："没什么。这是我们意料之中的结局。"他们一起去音乐会，上帝，还一起跳舞。他拥抱过她一次，抱怨自己是多么需要她。"我可能会爱上你，你知道。"他是这么说的。她也这么说过。"可能。"在缆车博物馆，当磨损的电缆被焊接到一个更安全的厚度时，传动装置发出刺耳的哀鸣，他问她是否能想象自己生活在他的故乡伦敦。在穆尔森林，她在他的车里崩溃了，不知道该怎么去请求他，然而，当她对他说她很震惊和想哭的时候，他喊道："震惊？"一个异性恋芭蕾舞演员可以尽情挑选自己喜欢的女人——想来真是一场闹剧。空气无法进入她的肺；她推开副驾驶座的车门，但感觉好像即将在车里溺死。那些幻想现在使她感到耻辱，她排练温柔而坚定的措辞，准备告诉雷她要离开他；她对于马库斯涉足的那个领域——天才抑或名流的领域——令人兴奋的幻想；她清晰地勾勒出在伦敦漫游的画面；他悄悄走到她身边，邀请她来过夜，然后看到一个明星跳上舞台，那种少女般的兴奋。当雷问她为什么这么难过时，她回答："因为我都还没有真正成长起来就变老了，这是怎么发生的？"

憋气会导致的其中一个后果很少被提到，那就是身体的屈服，性神经的触发，某种性觉醒，性窒息的召唤。恰好 2 分 1.1 秒，这种后遗症差点把梅瑞狄斯吓死，雷跳进去救她。她躺在地板上痛哭流涕，他们叫停了一切。奖品是什么？他们还没有编造出一个！有什么意义呢？为什么他们没有清楚地认识到最终都得排干水箱里的水？他们组建了一支队伍，拿着水桶，将水冲进花园，这项任务是如此艰苦和荒谬，他们大笑起来。当人们来到这里把水箱运走时，他们牵着彼此的手——他们已经有很长时间没有像这样碰触过彼此了，那种感觉像电流爬上他们的脊椎。

她的头发盘成了髻，他们把她叫作摩登原始人；她穿着加州大学圣克鲁兹分校的T恤，上面沾着番茄酱污渍，旁边则是香蕉蛞蝓吉祥物，因为“谁在乎我看起来糟透了”。她做的煎蛋卷是他见过、闻过或尝过的最完美的。这确凿无疑。他正要跨过桌子说，“我真的很爱你，而且……”但是他不知道怎么说完这句话，在他停下来的时候，她说她知道他要离开她了，即使他还没有。他的胸腔隐隐作痛。“她会把你的节目抢走的，雷。”她说这话时背朝着他，清理着盘子。“你怎么知道？”他应付地说。他应该说：“我要淹死了。原谅我，过来。”“因为这就是爱出风头的女人会做的事！”她尖叫着。她在墙上摔碎了一个盘子，就像电影里那些受委屈的女人一样，他总觉得这种事情在现实生活中不可能发生，太戏剧化，太疯狂了。“他们想指挥你，然后把你生吞活剥！”他抓住她的手臂时，她火冒三丈。“继续啊，男人们总认为他们能永远活下去。”她蹦出这么一句话。

贝丝·安坚持要梅瑞狄斯、林赛和她一起为雷的离去干杯。“他妈的终于！”她哭了。林赛喊道：“不管怎么说，他的节目很烂。烹饪节目是色情片，是我们能看但不能吃的东西。”梅瑞狄斯吃掉芥末豌豆，这样就不用说话了。当她呛住的时候，她们拍打她的背。她的朋友们现在多么高兴，她加入了她们那个孤独的复仇女神俱乐部。收拾行李准备搬到格林大街的一间公寓里时，她决定通过观看《每日胜利》来刺激自己的痛苦，没想到的是，他和伊芙一起出现在镜头前。她关掉了电视机，但是走过那个沉默的盒子时，她情不自禁地看到她的丈夫仍然在玻璃后面上下浮动，就像在一个扁平的水族箱里，被困在永恒的数码点中，这些点被认为是永生。

水箱浸透了地板。她地下室里装着童年回忆的箱子都烂了；她饶舌的凯西娃娃的头发发了癣；她的学校论文已经模糊；一个旧鱼缸里的塑料美人鱼被腐蚀，她的双臂在抬起时卡住了，就像牧师在宣布："这是我的身体。"

她会把他的下一段婚姻和南瓜联系在一起，因为他们离婚后，他的婚礼就在秋天举行。布赖德尔餐厅的菜单上有南瓜汤；刀滑了一下，她需要缝针。南瓜拿铁和蜡烛的烟从南瓜灯带牙齿的笑容中渗出来：她假装可以把他的婚礼当作秋天的香气一样吸进去。"梅瑞狄斯，你在想什么？"贝丝·安责备道。偷偷溜进婚礼接待处？在美术宫，大风似乎要把沙色穹顶下的桌子掀翻。梅瑞狄斯躲在一个柱廊后面，像圆顶上的女性雕像一样摆着姿势，看上去很悲伤，为这个世界没有艺术而悲伤。狂饮香槟直到流出泡沫，梅瑞狄斯同情一个醉醺醺的伴娘踏入污水池中。雷发表了一篇关于他的新娘的演讲，感谢她把他从孤独中解救出来。伊芙直直盯着他的眼睛，梅瑞狄斯很确定她自己从来没有做到过。即使在远处，任何人都可以看到雷和伊芙四目相接，如同置身于婚床之上。她可以想象他们交织在一起的样子。

床浸透了，世界的其他部分都掉了下来。

梅瑞狄斯摇摇晃晃地来到码头，任由浪花打在她身上。一个水手在扔石头，想要激起越来越大的涟漪。在利普莱的信不信由你博物馆，她盯着一粒米，上面有一个画家写的主祷文，解说牌上写道："每一个字母都是在呼吸之间完成的，快速、轻盈，是在心跳之间写下的。为了做到这一点，艺术家花了数年时间去训练自己。"

龙虾的命运是众所周知的。再想想把沸水倒进装在粗糙盒子里的鳝鱼身上的原始做法，让它们扭动起来，变成美味佳肴。在立面背后，在柜台的后面，在铺着瓷砖的地方，是犹太屠夫不断滴下的水。想象一下牛在屠宰场里遭受的那一击，在一瞬间，牛站在那里，震惊，全神贯注。它既活着又已死去，知道自己既是活着的，也是死去的。人们意识到自己的生命极限，在一种深刻到无法吼叫的状态下漂泊，一只脚在这个世界，一只脚在另一个世界。

她在工作中寻找上帝。她的味觉渴望蔬菜、汤力水和焦糖布丁；她在水上湾和海豚俱乐部游泳。她四处旅行，发现新的菜肴，将它们放入布赖德尔的餐单；几个讨人喜欢的男人和她约会，其中一个对她失去了兴趣。激情是极端的，很快爆发，或者，没有什么比得上友谊。当那位年轻厨师搬到达拉斯，老板提拔她为厨师长时，她没有偏见和怨恨，而是精心设计了一个告别派对。她抄下了安妮特·凯勒曼最喜欢的一句话，赞美那些能够“日夜孤独地游泳，忘记一片挤满人的黑土地”的人，拥有近乎永恒的力量。

当得知伊芙独自主持一档名为《庆祝生命》的热门节目，而雷的节目被取消时，她既不高兴也不悲伤。听到他们离婚的消息，她既不高兴也不悲伤。每当她拿起电话想要打给他，她都犹豫不决，从未真正拨完过号码。

在布赖德尔餐馆担任主厨的第三年，她获得了米其林一星，《纪事报》对此作了专题报道。他只寄来了一个词——MARVELOUS——用大写字母写在一张硬卡片上。

他埋葬了他的父亲。他继承的遗产很少。他看了一个电视节目，这个节目让他惊讶，节目中提到海女可以自如行走多年，看起来一切正常，但是突然，到了晚年，她们的眼睛可能会突然变得鲜红，她们的器官会破裂。

梅瑞狄斯终于把她那发霉的、唠叨的凯西带到了海德和派恩的一家玩偶医院。一个看起来像从童话故事里走出来的男裁缝把被他粘在一起的素瓷躯干放在一边，迎接梅瑞狄斯。梅瑞狄斯脱口而出："为什么女孩子喜欢把芭比娃娃的头扯下来？"洋娃娃医生笑着说："哇，我经常想知道。"他们开玩笑地建议说：因为它们的脖子太细了！因为这样更容易用马尾辫旋转头部，玩掷链球！所有这些都不是不朽的；没有什么是重要的，甚至没有什么大规模的喜剧性。她珍惜这段插曲，认为它在生活中更真实。

上帝无处不在，处于万物的中心。上帝就在一个与众不同的台阶上，但更多的是在这个新的台阶半径的中心。

在现代艺术博物馆，她凝视脚下的玻璃桥时，看到一只轮廓仿佛属于孩子的脚在她的眼前停住。在悬挂状态下行走可能会让人感到害怕。大人的脚站在孩子旁边，静止不动。梅瑞狄斯有一种明显的感觉：她的身上长出了像鳃一样的伤口，她几乎可以永远在这片海底呼吸。她对那个孩子说，*继续，继续走吧，你会发现一切都会好起来的*。然后她两只脚一起跨过了玻璃桥。梅瑞狄斯离开博物馆的时候，感觉自己被冲洗和冷却了。

在查塔努加一个关于新美国烹饪的会议上，她去了生活艺术画廊，那地方为那些想睡在水母包围下的人准备了床上用品。脉动的月亮凝胶，其透明的粉红色组织像阳伞。活水。哦，安妮特！你不是曾经说过，力量来自在大海中前行吗？你不是写过，尽管在电影里你是美人鱼，你仍然热切地想看到一个真正的美人鱼栖息在岩石上，梳理她的绿色长发吗?

她在荣誉军团博物馆附近遇见了他。他的发际线已经后退了。他说，他在教会区一间混合菜餐厅做菜。伊芙是一个网络明星，和一个有权有势的律师生活在一起。“啊！”梅瑞狄斯说。他没有通过请求原谅来贬低她。他的拳头塞在夹克衫的口袋里。她紧紧抓住他的肘部。他看着她的眼睛，那种眼神他从未完全理解过。她不知道怎样才能在提到自己的风流韵事时，不让人觉得她是在为他争风吃醋，或者是在让他摆脱困境。所以他们不怎么说话。但是他们的眼神传达了完整的信息，没有童话般的结局：她当时在和某人约会，他也是。但现在，他可以时不时地给她打个电话，和她说说话，她也可以高兴地和他说话。

她年轻的时候，品位是巴洛克式的：法国挂毯、肉菜饭。现在她渴望的是简单：清汤、蒸馏。

梅瑞狄斯 · 洛克从中年步入老年，但看上去仍然年轻。她的双腿因为职业性站立而长着静脉曲张，但她仍然保留着米其林星级和主厨职位直到五十八岁。有一天，她发现自己患上了已经扩散的乳腺癌，她接受了这个消息，没有焦虑，没有痛苦。她的时间到了，仅此而已。

雷 · 洛克搬到了一家新开的餐馆，那是一个有着深蓝色墙壁的拉丁餐馆。从一个地方跳到另一个地方是他的命运。但是现在他和一个学校老师住在一起，这个老师对梅瑞狄斯很友好，她懂得生活总是在循环往复，从头再来。她让雷先去照顾梅瑞狄斯，之后她会欢迎他回来。就这样，他们又在一起了，时间很短。那时她痛苦到了极点。他给她带来了一份礼物，这是他很久以前在伊利诺伊州的斯普林菲尔德买的，但从未用过：一本内战时期的烹饪书。在她位于格林街的公寓里，他准备了一份卡拉胶奶冻。“你是这个星球上目前唯一一个喜欢这个的人。”他说，“我爱你。我爱你，你知道的。”她的微笑，黑眼圈衬托着她的眼睛，蓝绿色的头巾。从前，在十九世纪中期，海藻可以运到中西部的药剂师那里，而且花费很少。对于那些体质孱弱的人来说，它被认为是有益健康的。卡拉胶必须彻底清洗和煮沸，他把最少量的一点加入牛奶、苦杏仁、糖、肉桂和豆蔻的混合物中。他一勺一勺地喂给她吃。“我最亲爱的。”她说。

最后，生命溶解为原子。她和芭蕾舞演员的风流韵事与雷和伊芙的有什么不同？那种对庄严、解脱和上层世界的渴望。上帝俯视下方时，可能会把这一切看作某种平衡的数学方程式。激情会随着长久的认知而消退，而人们生来就想找到真命天子，这难道不是最奇怪的事情吗？这难道不是人类的困境？如果一个人的目标是在肉体中找到上帝，使肉体的欲望增加，那该怎么办？把上帝的爱与人类的爱分开是多么愚蠢。

在兰兹角的海岸线上，雷和梅瑞狄斯裹得严严实实地站着。上帝保佑安妮特·凯勒曼，她说过，水教会灵魂谦逊。她高兴地说：“离开海岸之后，我似乎缩小了，我不过是一个斑驳的泡沫，我害怕泡沫会破裂。”

他们现在已经无须言语了。

他搂着她，她搂着他。就在她抬起头来与他接吻的瞬间，他俯下身吻了她。

这是他们生命中的吻。

盐化的空气。大海涌进来，用泡沫般的花边把他们的光脚盖住。

寄居蟹栖息在潮湿的沙子下面，它们呼吸的洞就像潮水中的稻草。潮水不停地推进和退却，来来去去，充满了危险，尽管它完全掌握了人们喜欢的那种为睡眠而歌唱的节奏。

● 我疯狂地爱上了安妮特·凯勒曼（Annette Kellerman）。我一直如此。被称为"百万美元美人鱼"的她在装满水的水箱里自导自演芭蕾，这促成了花样游泳的诞生。名望和财富（以及长久的爱）都是副产品。华丽、震撼、创新、艺术——她是一个梦，令人喘不过气来，她抓住了一刻的纯净，这让我欣喜若狂，沉浸其中。她渴望逃脱推挤着她的大地。她在这个世界上非常重要，在另一个世界中也非常重要。

有一天，我去游泳，那时我已经有很长一段时间没有进入过泳池。回到水中的那种快乐使得我构思了"小美人鱼"。作为一个故事，我喜欢重新创造。我可以花很多时间在安妮特的王国里。我想，我对童话的选择就是这么简单。

我重读了安徒生的原著——天啊！王子要么极其残忍，要么极其愚蠢。我想，首先，塑造一个聪明、有爱心的男性角色，尽管他犯了一个灾难性的错误，把爱和追求美好的理想混为一谈。一些批评者不喜欢安徒生的这种他们认为的空想结局，和他所刻画的一个为了轻浮的富家子而自我牺牲的哑巴女人的痛苦形象，但我很沉浸他故事中那种拥抱经典浪漫的三角关系而避免传统大团圆（童话式的）的结局：一个可怜的、过度耐心的、舌头打结的女人如此渴望爱情，当她看着一个男人（她和他有一段牢固的友谊）用一个更年轻的理想取代她时，她无法表达自己的心碎。

那是一个古老的故事。那是我的出发点。安徒生引人注目的忧郁叙事的核心，是努力满足凡人对不朽、永恒——不管我们怎么称呼它——的渴望。我对此有深切的同情，就像我们所有人一样，因为一个人对欲望、爱和友谊的需要，不会因为时间的流逝而消失。我们有很多话要讲，因为我们需要把人类的爱和我们认为神圣的东西分开。

细节都安排好了。我在一家百货商店购物后很快就写了这篇文章，因为，那些喷香水的女人把她们舞动的手指向我伸出时，我联想到了水螅体，那些小美人鱼去海洋女巫那里承认她不顾一切地想要寻找新生活时遇见的生物。这就是触发了一切的形象。

——凯瑟琳·瓦兹

树上的人鱼

● 蒂莫西·沙夫特

Timothy Schaffert

少女新娘德西蕾和她的妹妹米兰达为了一件婚纱去盗墓。一个年轻的姑娘被安葬在公墓的北边，在宏伟的墓地里，破碎的彩色玻璃窗爬满了常春藤。她是在祭坛上宣读婚姻誓言时被谋杀的。那座破败的墓碑是墓地里最令人羡慕的墓碑之一，她是一位石灰石做的新娘，肩膀耷拉得像头骡子，脚边散落着一束百合花。虽然她被新郎忌妒的母亲杀害已经是很久以前的事了，但是每个人都知道在她的父亲埋葬她的时候，她穿着蕾丝和丝绸制成的礼服。

“你能相信我们是唯一想到这一点的人吗？”米兰达一边说，一边解开排列在骷髅裙子后面的精致的鲸骨纽扣，她的指关节因为铲土而流了血。

然而德西蕾没有那么兴奋，她心烦意乱地从洞里爬出来，借着灯笼的火点了一根烟。她打开水壶，喝了几口威士忌，眯起眼睛望着被几场大火烧得漆黑的平原的地平线，逝去的夕阳留下一条淡淡的紫罗兰色缎带。“他的心不是我的。”她想。

两姐妹偷偷溜回了罗斯古特的收容所，两个女孩自幼年时就住在这里，因为从婴儿那里抢糖果而被捕。现在德西蕾已经十五岁了，米兰达十四岁，德西蕾的婚礼将在午夜时分、在海边游乐园的通宵小教堂举行，米兰达对此比德西蕾更加兴奋。这次订婚给德西蕾造成了很大负担。米兰达替德西蕾把从尸体上解下的塔夫绸边裙子系好，把她那稻草般的头发梳理成迷人的、令人眩晕的蓬松状，德西蕾则在想怎样才能甩掉她的未婚夫。

“需要再喷一些更浓的气味，”米兰达说，闭起一只眼睛朝后仰，打量德西蕾的发型，“用这个枕头把脸遮住。”

当她这样做的时候，米兰达在她的头发上喷了厚厚一层水，那是她调好的酒精和树液的混合物。隔着枕头，德西蕾能听到海水涨起和落下的声音，她知道这是美人鱼鬼魂在向她招手。美人鱼鬼魂有重要的事要告诉她。

德西蕾站起来，把枕头扔到一边，把裙子的下摆提到她的光脚上方，这样她就可以跑出房间了。“花。”她告诉米兰达，然后匆匆穿过大厅，来到四面都有墙壁环绕着的庭院，来到一丛丛杂乱无章的玫瑰花丛中，花丛中隐藏着松动的砖块。她的头发被荆棘缠住，但是她设法从罗斯古特逃了出来，没人注意到，年轻的修女在塔楼上站岗，夜间安保人员拿着弓箭和一支麻醉箭。

在一英里外，在一片遍布奶蓟草和苍耳的开阔草原上，矗立着一棵非常适合用私刑的树：这棵树没有叶子，很结实，它有一根粗大的枝条，高度刚好能让一个人把绳结打在树上，却也能防止任何一个吊在树上的人的足尖碰到地面。树下有着许多被指控和定罪的男人和女人的骨头，几个月前上吊自杀的美人鱼的骸骨也在里面。她的身体迅速地腐烂，被腐肉扯开，这些腐肉觉得她异国情调的肉体是美味佳肴。每当德西蕾用手指戳一下美人鱼的肋骨，一滴血就会冒出来。美人鱼的鬼魂便从挂在树枝上的绞索中出现。

“跟我说说。”当美人鱼再次出现时，德西蕾说，美人鱼摇晃着，无声无息——像一个迷离的幽灵。德西蕾用双臂环绕那棵树，树皮撕裂了她衣服上腐烂的花边。她把脸贴在树上。她仔细地看着鬼魂，第一次注意到美人鱼的嘴唇动了起来，因为说话而颤抖。

德西蕾爬上树，慢慢地挪向那根树枝，她挂在树上，用手爬到美人鱼的身边。美人鱼的舌头在生前被割掉了，但在死后，她可以安静地说话，听起来像是海浪破碎的泡沫。德西蕾穿着偷来的婚纱，站在鬼魂旁边听完了那个故事：美人鱼和阿克塞尔之间发生的事情的真相。阿克塞尔就是德西蕾午夜要嫁的那个男孩。

阿克塞尔发现美人鱼的那个晚上的大部分故事德西蕾已经知道。他把她叫作“Z”，“Zel”的缩写、长发公主“Rapunzel”的简称，他起初把她叫作莴苣姑娘[1]，因为她有一头波浪状的长发，从背上一直延伸到鳍的底部。

那是在泥潭海滩举行美人鱼游行的第一天。这是一个度假胜地，到处都是机器摇摇欲坠的叮当声，孩子们可以在这里买到各种口味的剃须刀糖果，这些糖果在46个州售卖都是违法的；在那里，有文身的窥视秀女郎们在玻璃后面脱下比基尼，让自己遭受电击；有着破破

1 《格林童话》中《莴苣姑娘》故事的主人公，有一头具有魔力的浓密长发。——编者注

烂烂阳伞的人力车摇摇晃晃地驶过木板路，所有的节日节奏都在吉迪恩·戈德利唱的那首热门歌曲中永存不朽。那首歌是关于他在年久失修但历史悠久的泥潭酒店的舞厅里穿着水手服做舞男的故事（不管这是否是种讽刺，吉迪恩·戈德利最终会因为吸食天使奶头过量而倒毙在这个房间里，那是最致命的流行毒品）。

每年都有许多美人鱼被冲上泥潭海滩，她们大多数都无法呼吸——海洋的空气太浓——慢慢地窒息着，就好像她们在一寸一寸地吞咽魔术师用手帕做成的无尽的绳子。起初，这种感觉就像是喉咙后面被轻轻抓了一下，几乎不会引起注意，因为她们常常被过度刺激所震惊——氧气洞穴屋檐上挂着一串串的圣诞灯，花园里乐队吹奏着走了调的老式流行曲子，人们喝着违禁酒直到酩酊大醉，整夜跳着下流的舞。但是，在她们被渔夫或游艇派对发现之前，甚至在她们还没有到达被遗弃在海滩上的沙堡之前，她们就会死去，被那些吸引老人和体弱者到海滩来享受清洁和疗养能力的空气窒息。

最美丽的美人鱼尸体会被收集起来，准备参加美人鱼游行。城市博物馆的艺术品修复师在她的实验室里，会小心翼翼地给美人鱼放血，把她们的鱼鳍吊在瓷盆上方上。之后，在一个爪足浴缸里，她会把蜡和塑料混合的溶液注入她们正在塌陷的血管。艺术系的学生们会把僵硬的美人鱼弯曲成挑逗的姿势，他们操纵女孩们的面部表情，使其兴奋，然后用煮熟的甜菜根调制的染料把她们鳟鱼色的皮肤弄红，这种染料就从皮下注射进去。美人鱼被装进旅行车大小的鱼缸里，漂浮在甲醛中，放置在装饰着玫瑰和花圈的马车上。

罗斯古特的女孩们被允许参加美人鱼游行，条件是她们要骑自行车拖着鱼缸沿海藻大道骑行，她们的腿用细布和绿色亮片做的鳍捆在一起，她们的脸颊闪闪发光，她们的假睫毛像蜘蛛毛一样细长。她们穿着椰子壳胸罩，戴着磁性手镯——当海滩周围的隐形安全围栏被激活时，逃跑者的血管里会被注射药物，身体就会被暂时麻痹四十五天。

德西蕾的美人鱼有一头红发和一双绿眼睛，和其他美人鱼一样，她没有任何衣服可穿。艺术系的学生们让她用弯曲着的手指抓住一个李子，李子的黑皮咬破了一小口。他们至少让她看起来很平静，轻轻地向天翻着眼睛，张着嘴，好像刚刚才从一个吻中抽身而出。并非所有死去的美人鱼都这么幸运——例如，米兰达的美人鱼被塑造成了垂死挣扎，挣扎到一半，睁大了眼睛，好像在溺水时暂停了一下的样子。

德西蕾对着碗里的玻璃吹了口气，然后用她披在裸露的肩膀上的花边披肩擦去了玻璃上的污点。她用自己的名字给她的美人鱼命名。

随着一阵狂热的鸣笛声，哨声响起，游行队伍的队长们四处游行，用警棍抽打着女孩们，呼喊着，维持着秩序。德西蕾用一把碎窗玻璃做的刀刺向米兰达的鳍，撕裂了服装，让米兰达的腿更方便舒展开。她对其他女孩也做了同样的事情，她们的鳍拖在身上，就像长裙一样，她们都在自行车上各就各位，出发去海滩，推挤美人鱼在甲醛中游泳。海藻大道两旁站满了观众，包括海神波塞冬女儿们的姐妹会，一小部分修女穿着海蓝宝石服装。每年都有一些人习惯性地来抗议美人鱼游行。修女们每年夏末都会向罗斯古特的姑娘们扔一大堆番茄，让它们烂在藤上，就是为了这个目的。

并不是每一个进入大气层的美人鱼都死了，其中一个成了著名的妓院女歌手，同四个留着八字胡、穿着紧身条纹泳衣、肌肉发达的秃头男子在一个半硬纸板壳的舞台上演唱；另一个成了知识分子，和外籍人士打成一片，在八十多岁的时候还写了女权主义乌托邦小说。但是大多数美人鱼幸存者都被降级到狂欢节巡回演出，或者更糟糕的是，卖淫，尽管与美人鱼发生性关系是违法的，即便没有现金交易——立法者认为这是兽交。

还有一些美人鱼被波塞冬女儿们的姐妹会收留，这个修道院太激进，以至于被一些教徒认为是邪教。每一次美人鱼游行，都会有至少一名修女因为扰乱游行队伍而被逮捕，比如用斧头砍鱼缸，或者把扫帚插在罗斯古特女孩的自行车轮胎的辐条上。一些修女们救出的美人鱼自愿成为修女，而且往往会成为其中最好斗的一个。一位美人鱼修女曾经因自焚而出名。

当德西蕾沿着游行的小路骑行时，她在人群中寻找她的真爱阿克塞尔，寻找他的薄荷条纹夹克和及膝马裤学校制服，但是她的假睫毛太重了，眼皮几乎抬不起来。阿克塞尔曾就读于斯塔克维普杰出青年学院。这所青翠的校园里，有数英里的运动场和农业实验场、长满常春藤的大教堂，还有用进口石材建成的演讲厅。这所学校就在罗斯古特学院墙的另一边，或许已经跨过大海。在那个夏天的美人鱼游行之后，德西蕾在海滩上遇到了阿克塞尔，他们在斯塔克维普学院的男孩们裸泳嬉戏时收集贝壳，教授们把自己遮在太阳伞下假装阅读。

男孩的父母为了让他们的儿子远离女孩而支付了如此高昂的学费，以至于男孩们经常爱上彼此。那年夏天，当德西蕾第一次看到阿克塞尔时，他正赤身裸体地躺在一个同学骨瘦如柴的臂弯里打盹，孩子们的皮肤燃烧着红色，仿佛被上帝做了邪恶的标记。在公共海滩和私人海滩之间的铁丝网的另一边，德西蕾用她那凹陷的拳头发出一种悦耳的鸟叫声。他毫不害羞地走到篱笆前，仍然赤身裸体，用手指拨弄着他那满是汗水的金色头发，接受了德西蕾的请求，让她吸一口玉米丝干香烟。他们之后对比了伤疤。德西蕾脱下比基尼的带子，露出了被看门人雪茄烫伤的疤痕；她把比基尼下摆放低了几英寸，让他看看凶猛的汤姆用爪子抓过的样子；她抬起下巴，伸长脖子，露出厨房刀子留下的伤口，这是罗斯古特的营养师库奇惩罚她把牛奶弄洒时干的。她把自己身上其他的伤疤都藏起来不让他看到，想为新婚之夜留一些。阿克塞尔只有两处伤疤：一处是他的阴茎上的疤痕，是他精神紧张的医生（他的父亲）给他做包皮环切手术时留下的；另一处是他在一个圣诞节收到的礼物——一辆摩托车的排气管留下的。

他们第一次见面的那个晚上，一直聊天到深夜，爱情让他们头昏眼花，他们还闻到了在烤肉叉子上滋滋作响的猪肉的香味，这味道来自一只长着獠牙的疣猪，那是男孩们在公共海滩后面的荒野里用长矛刺中的。在那之后的几个月里，德西蕾和阿克塞尔在墙上的裂缝里偷偷地给对方塞了情书，当他们有能力的时候，就偷偷地在学校后面牧场小溪的一个岔口秘密聚会，他们曾经在草丛岸边一艘划艇的肋拱上相拥而卧。有些晚上，他们只是一遍又一遍地低声说“我爱你”，每次都觉得好像几秒钟前他们还没有说过，就像他们第一次说这句话，每次不管是听到还是说出，他们都会心跳加快，呼吸急促。

“在坏掉的摩天轮上见我”，阿克塞尔在下一次美人鱼游行的前一周写信给德西蕾，提到了游乐园的废弃地，在那里，码头在一个灾难性的夏日倒塌，所有的嘉年华游乐设施都掉进了水里。

在整个游行过程中，当她拖着这个红发美人鱼的水缸走过海藻大道时，德西蕾紧张地啃着手指上的一根肉刺，撕扯着，直到血液从手指上滴下来。她想阿克塞尔可能会在那天晚上向她求婚——在穆德帕尔特海滩糖果色的小教堂里，任何十三岁以上的人都可以被宣布为夫妻。她从来没有想要更多的东西，潜在的失望使她磨牙，咬指甲，用力吮吸头发末端。

游行结束后，德西蕾一直等到天黑才前往码头与阿克塞尔会面。

她换上了米兰达为她缝制的鸡尾酒会礼服，还有她从罗斯古特监狱长的衣橱里偷来的那件光滑的午夜蓝色和服：每只短袖的末端都挂着一根金色的穗子，缎面织物上有打开的遮阳伞和蝴蝶图案。米兰达让德西蕾在唇膏末端亲了一下，这样她的嘴唇只是刚刚染上红色，在她一边抽烟，一边穿过海滩的时候，她嘴上大部分的唇膏都留在了烟嘴纸上。在她前方，码头残骸的阴影在天空的映衬下呈现出黑色，摩天轮就像一个滑动的齿轮，从轴心滚到了海里。

德西蕾害怕跨过无形的磁铁栅栏，那会启动她手镯上的毒刺，所以她小心翼翼地在撞毁的碰碰车中穿行，手腕贴着耳朵，听着手镯发出的第一个咔嗒声。她沿着扭曲和打结的过山车轨道爬行，当她爬上摩天轮的轮辐时，她感到有人拽着她的脚踝，她失去平衡，尖叫着倒在了阿克塞尔的怀里。他抓住了她，但是她跌落的力量几乎把他俩从木椅上撞了下来，木椅在海浪上方猛烈地晃动。她的左脚拖鞋扑通一声掉进了水里。他们紧紧地抱在一起，互相抓着对方的背，为他们发出的叫声而大笑。当座位在吱吱作响的铰链上停止摇摆时，他们亲吻了一会儿。

“我妹妹给我做了这件衣服。”当阿克塞尔解开后背的纽扣时，德西蕾对他说。他吻着她的脖子。“她拆开了一件和服。”尽管她在一年前第一次见到阿克塞尔时看到了他的裸体，尽管她给他看了她的伤疤，但她不想让他脱掉她的衣服。她太爱他了，不想冒险成为那个过早放弃一切的女孩。男孩总是设计女孩让她们失败，德西蕾从一个在罗斯古特的青少年那里听说过——一个名叫珍珠的女孩，脸上文有一颗破碎的心。“男孩子们太笨了，不知道他们在干什么，”珍珠说，“但这个就是他们在干的。男孩们认为他们只是蠢。他们确实愚蠢，但是他们的脑子里全是些拼凑起来的杂碎。”

向我求婚吧。德西蕾一边想着，一边把手放在衣服前面，想把衣服抵在自己身上。然后她把手放在他的脸颊上，让他看着她的眼睛。她皱起的眉毛看起来像是凶恶的毛毛虫，这表明她是认真的。但是她什么也没说。

最后阿克塞尔说："让我们一起毁掉我们的生活吧，好吗？"

"女孩希望在答应之前得到一枚戒指，"德西蕾说，尽管她非常想答应，答应，答应，答应，答应，答应，答应，答应，答应，答应，"这样她就能给精神病院的其他女孩看点东西了。"

阿克塞尔从口袋里掏出了他在木板路上从一个男人的雨衣里买的戒指，这个男人的手表挂在别针上，在衣服衬里上晃荡，他的外套有许多口袋，里面塞着戒指和项链。"咬它一口"，男人说，邀请阿克塞尔去测试钻石的真实性，他想要以此证明阿克塞尔被收取的费用远远低于珠宝本身的价值。阿克塞尔把戒指戴在小手指上，狠狠地咬了一口，咬掉了一颗牙齿，引起一阵贯彻全身的剧痛——疼痛传至他的太阳穴，进入他的耳朵后面、骨头深处、睾丸后部，使得他的脚趾蜷曲起来。

"咬一下它"，他告诉德西蕾，但是还没来得及把它戴在她的手指上，它就从他的手上弹开了，像一只笨拙的蜻蜓一样在他们身上翻滚，好像就在指尖够得着的地方，甚至还碰到了手指或者关节，然后向相反的方向跳去。最后，它发出一声柔和而平淡的叮当声，与德西蕾的拖鞋一起掉进了海里。阿克塞尔跳了进去，但水却像乌贼墨一样浑浊。德西蕾把头发绕在手指上，试图在阿克塞尔上来透气时安慰自己，可是他又跳了下去，浮了上来，然后又跳了下去。她没有提出让他放弃寻找。

但是阿克塞尔在尝试几次后放弃了，他急急忙忙地从摩天轮上游了下来，好像他发现了在一个波浪的泡沫顶端被偷偷带走的戒指。但是，不，他听到了什么，有人在哭泣，喘着气。在狂欢节的旋转木马上，那几匹不停地在中途停歇的旋转木马，由于突然刮来的一阵暴风雨，都散架了。德西蕾看着一匹白色的种马从马队中脱离。它的陶瓷牙齿露出来，紧紧地咬着一个绿苹果，它的鬃毛上的粉红色鬈发卷曲得像一缕缕烟雾。一个女孩的手臂缠绕着它的长脖子。德西蕾看见一个赤裸上身的美人鱼，心里有些喜悦，美人鱼留着长发，像脱了皮的戈黛娃夫人一样在马上奔驰。

“她还活着！”德西蕾朝着风暴喊道，雨点还没有在这场风暴中诞生，只有狂风在呼啸。美人鱼不仅仅是活着，而且是紧紧抓住生命，愿意活下去。“救救她，阿克塞尔。”德西蕾低声说。她的准丈夫将成为当晚的英雄，戒指不再只是一枚遗憾地丢失了的戒指，而且是在当晚救起了一条溺水美人鱼的阿克塞尔的戒指。

阿克塞尔走到旋转木马跟前，美人鱼让他抱住自己，紧紧地抱着他，当他在狂热的海水中游向岸边时，她的鳍好像瘫痪了一样，海浪把他们两个人往前推，又把他们往后拽。德西蕾从摩天轮上爬了下来，沿着倒塌的码头吱吱作响的木板爬了上去。她跑过沙滩。当她到达阿克塞尔和美人鱼被冲上岸的地方时，阿克塞尔已经咳嗽起来，从肺里吐出了海水。他抱起美人鱼，带着她穿过荒凉的海滩，她湿漉漉的长发像藤蔓一样缠绕在他的腿上。

当阿克塞尔抱着美人鱼赶到赌场附近的空地时，德西蕾赶紧跟上去，一边咬着后手掌根儿，一边抓着令她痛苦的碎片。在那里，一名护士被派驻在一个折叠式医疗棚里，照顾醉汉和其他纵欲的狂欢者，这个棚子是为周末拼凑起来的，并被漆成了橙色。但就在到达停车场之前，她的手放到了嘴边，德西蕾听到了手镯第一个专横的暗示——弹簧绷紧时发出的微小而刺耳的吱吱声——她的心怦怦直跳，脚也停了下来。她跌跌撞撞地倒在沙地上，又抓又挠，以确保她的腿还有知觉。她做到了。她侧身躺着，看着乌云的闪电轮廓，等待阿克塞尔回来接她。

“我吃了一些我捡到的桃子。”美人鱼鬼魂一边吊在那里的树枝上一边对德西蕾说。虽然德西蕾能清楚地听到她说话的声音，但是美人鱼嘴里只发出咔嗒声和尴尬的敲击声，仿佛她只是在学习如何绕过她那半截舌头。“我游了好几个小时才到达海滩，我饿得半死。”美人鱼告诉德西蕾，她在海底的岩石上休息过。在阿克塞尔救她之前的几个小时，在木板路上。上面是在跳舞的人们，纸灯笼挂在周围，高高的、颤抖的影子沿着红色砂岩赌场的墙壁上下投射。在乱扔的垃圾中，有些罐头盖子被切开，呈锯齿状，但里面仍然装着桃子。当然，美人鱼并不知道这些罐子的故事，也不知道夏季的传统是用花蜜调制鸡尾酒，所以她把能找到的都吃了。

每次游行所用的罐头都是从一个仓库里拖出来的，这个仓库里存放了数千听罐头。但是，被肉毒杆菌污染的果汁，如果只是一小勺一小勺地食用，会带来轻微的灵魂出窍的欣快感，而不会引起疾病。所以调酒师将有毒的糖浆加入“擦伤桃”中，这是一种夏季饮料，也需要杜松子酒、姜汁啤酒，还需要一滴止咳糖浆来使其呈现紫黑色。然而，美人鱼一下把桃子都吃光了，她晕乎乎地从岩石上掉了下来，又回到了海里。就好像旋转木马在她漂浮过去的时候为她伸出了脖子，让她抓住了它鼻子上的铜环。

医疗室的护士不能在紧急情况下合法地治疗美人鱼，除非填写一套表格，进行公证，提交给一个政府委员会，并且在回复的邮件（60～90天内）中得到一份可以公示的许可证。幸运的是，那天晚上值班的护士同情美人鱼，她与佩内洛普·克莱普博士一起工作了多年，克莱普博士是美人鱼医学研究的伟大先驱（佩妮阀是她发明的，并且以她的名字命名。这是一种赛璐玢，部分地使美人鱼的食道人类化）。护士摘下护士帽上的别针，解开上衣的扣子，卷起袖子，锁上了小屋的门。她戴上一副放大镜，手指沿着镜片的边缘滑动，掠过不同度数的镜片，以确定正确的度数，然后她向下看美人鱼迷宫般的喉咙。

“把角落橱柜最底层抽屉里的那个小背包拿来。”护士命令阿克塞尔，但他站着一动不动，被眼前发生的一切吓了一跳。护士伸出手抓住他的胳膊肘，手指戳进他的皮肤。“我需要你的帮助。”她责骂着。

那个包很重，很别扭——里面有一瓶瓶药水在晃动——他在到床上之前差点儿把它弄掉了。护士从里面拿出一副面具、一个水泵、一个注射器和一个望远镜，所有这些都是最适合撬开美人鱼内脏的用具。当她轻轻地沿着美人鱼的鼻孔蛇行穿过一根肋形管子时，她递给阿克塞尔一个方形的绿色玻璃瓶。“把这个放在炉子上加热，”她说，“刚好 100 摄氏度。抽屉里有一支温度计。”他们一起在灯光下工作，护士将光线调得很暗，使人几乎什么也看不见。他们很快就变得亲密起来，几乎不交谈，只靠手势、眼神、咕哝和叹息沟通。

最后，美人鱼终于松了口气，她打着鼾，唇边是一串串气泡，就像飞吻一样。阿克塞尔从未见过如此美丽的景色。他想，她一定梦见了英俊的水手。精疲力竭的护士点燃了一支香烟，开始脱下她汗湿的制服，直到她只穿着胸罩和衬裙，然后她回到阿克塞尔身边。她瘦弱苍白的背上布满了伤疤，你可以看到她的椎骨。“把她弄出去，”她说，“我可能会被吊销执照。”她把衬衫递给阿克塞尔，“用这个遮住她的胸部。你有钱打车吗？”

阿克塞尔把手伸进口袋，把潮湿的衬里翻了出来，说明他所有的钱都掉进海里了。护士给了他一些她塞在胸罩肩带里的美元。“街上的油炸水母店前面有一个出租车站，”她说，“告诉他带你去见修女们。他可能会说这不在他的路线上，所以你得告诉他你要付双倍的钱。”

“我不需要什么东西来掩饰它的鳍吗？”阿克塞尔一边问，一边为美人鱼扣上护士的衬衫。

护士吸了一口烟，重重地吐了口气。“现在是美人鱼游行，”她说，“这地方到处都是打扮成她的人。”她给了阿克塞尔一小瓶带软木塞的绿色液体，“修女们会知道怎么用的。”

“告诉我，”他说，“以防她们不知道怎么做。”

“她们会知道的。”她说。

“以防万一。”他说。

护士叹了口气摇摇头，把香烟咬在嘴角，眯起眼睛避开了进入眼睛的烟雾。她指向书包。“把那个小红茶罐拿出来。”她咬牙说。他照做了，她给他看了里面的双尖注射器。针头微微弯曲。她在美人鱼的手臂上示范如何打针。“早上、中午和晚上各注射一次。”她从胸罩里拿出更多的钱，并建议他去大西洋和太平洋交界处的廉价旅馆住宿：“那里的房东太太不会问你问题。”

但是房东太太问了阿克塞尔一个问题：“要喝点什么吗？”她站在她给他和他的美人鱼指定的房间门口，斜靠在门框上，无精打采地想勾引他。她穿着一件毛绒粉色家居服，翻领上绣着玫瑰花。她的假牙放在杯子里，自己有节奏地吮着嘴唇，皱起的眉头似乎让她的脸松弛下来。

“不用了，谢谢。”他说。

“好吧，你最好现在就开始抓痒，你这个神经质的小东西，因为那些臭虫会让你痒死的。”她砰的一声关上了身后的门。

但是阿克塞尔和美人鱼并没有睡在这个房间里；在最初的几个晚

上，二楼没有其他的寄宿者，所以阿克塞尔把美人鱼抱到走廊尽头洗了个澡，他躺在她身边的地板上，冰冷的瓷砖上只有一块破旧的沙滩垫子，上面放着一种叫作“水手的肺”的香烟——就像置身于狂风暴雨之间，它的广告词是这么说的。

她的头发散落在浴缸边上，干了以后，开始慢慢地卷曲起来。他用手指梳理她金色的头发。“莴苣姑娘，莴苣姑娘，”他低声说，“放下你的秀发吧。”他用一种柔和的僧侣般的嗡嗡声，几乎是在反复地唱，用节奏和重复来缓解他焦虑的胃。然后他把这些颂唱变成了一首歌，一首关于斑点梨和老年狗的歌，他的困倦使它变得荒谬而富有诗意。在莴苣姑娘身边的那几天，他写了很多歌。当莴苣姑娘病情好转时，他在木板路上唱了很多歌，随着旅游旺季的结束，他在脚边放了一顶帽子用于接收硬币。他给莴苣姑娘买了一个柳条轮椅和一条皱皱的被子来藏起她的鳍，她轻轻摇晃着他用葡萄藤和沙海胆做的铃鼓。当人们从赌场跌跌撞撞地走出来，觉得自己发了大财时，他们同情坐在椅子上的美女，把口袋里的硬币都掏出来放进帽子里。他的班卓琴是用工作了几个星期赚来的钱买的，那份工作是给杂耍表演的猴子当保姆，那猴子实际上是一个长着野黄色眼睛的多毛婴儿。

尽管木板路上到处都是私人侦探，调查不忠和离家出走的人，但阿克塞尔还是没有被他父母雇用的任何一个人认出来。海洋的空气和夏日的阳光很快使他的脸变得又皱又干，他的金发变得像米粉一样白。他以前从来没有在下巴或上唇上长出桃子状的绒毛，但是他对莴苣姑娘的关心使他在一周左右就长出了雪白的胡子，掩盖了他那软弱的妈宝式的下巴。

莴苣姑娘画的第一幅画上阿克塞尔看上去年轻了好几岁，尽管画的是他几周前的样子：阿克塞尔在汹涌的大海中游泳，像年轻的王子一样帅气，把她从旋转木马上救了下来。阿克塞尔一开始就知道她不能说话，她的舌头被割掉了，他可以用自己的舌头感觉到原来的缝线。他吻了吻她，但他一开始并没有注意到她已经看不清楚了——当他给她带来从药店买的眼镜时，仿佛这也改善了她的心灵之眼，她的画在色彩和清晰度上都有所改进。她的画看起来就像是从一本童话书里撕下来的，书里的人物眼睛圆圆的，把脸都遮住了。

她的插图还描绘了莴苣姑娘离开海底时的生活，她曾像王室成员一样生活在一艘豪华邮轮的残骸中，吃的是用破碎的瓷盘盛的章鱼沙拉，喝的是用生锈的银杯装的海藻茶。在派对上，她游下楼梯，吊灯照亮了她，她在摩洛哥舞厅的地板上跳华尔兹，地板上的鱼鳍一点点地剥落。

让阿克塞尔哭泣的画作描述了海盗们用渔网捕获了她和她的姐妹，当时她们挣扎着游到水面附近去看船上的雕像，这个雕像的原型据说是美人鱼的母亲。她们的母亲，一个美丽的女孩，小时候喜欢在水面上游泳唱情歌，如今已经成了一个传奇。她被指责为小游艇和帆船在岩石水域翻覆的罪魁祸首，因为水手们被她悦耳的嗓音吸引。

当一个海盗把莴苣姑娘按在船的甲板上，另一个海盗撬开她的嘴巴时，船长用他的手指握住一把小刀的刀柄，用大拇指把刀刃抵在她的舌头上，就像切下一片苹果皮一样切下她的舌头。在岸的专业歌手和流行歌手为美人鱼舌头支付大量的金钱，它被认为有提升歌唱能力的作用——如果能舔一下刚从嘴里割下来没几天的美人鱼的舌头，他们的声音就会变强，音调也会变得更完美。

一个细雨蒙蒙的晚上，当阿克塞尔在木板路上弹奏班卓琴时，莴苣姑娘坐在他用绳子绑在轮椅上的破旧的丝绸遮阳伞下，画了一幅画，画中的歌剧演员瘫倒在自己更衣室里一张昏暗的沙发上，她那丰满的乳房溢出了胸衣，她的假发放在膝盖上，她长长的舌尖在她张开的手掌上蜷曲着。埃内斯廷·斯沃思夫人是一位女中音歌唱家，她的告别演出在泥潭音乐厅已经连续上演了三年，那天晚上，当素描开始时，她摘下自己那顶羽毛般的黑色礼帽的面纱，从莴苣姑娘的肩膀上望过去。她很喜欢这幅画，给了莴苣姑娘一大笔钱来购买它。

从那时起，阿克塞尔就把莴苣姑娘的画钉在她的柳条轮椅后面，沿着她的阳伞的弯曲茎干往上，她最可怕的肖像画——关于处于危险之中的美人鱼——卖得最快。她把头发盘在头顶上，用铅笔把头发固定好。她穿着一件口袋很深的艺术家工作服，里面放着成捆的橡皮擦和用来混合和遮盖炭笔的棉签。

晚上，阿克塞尔在他们廉价旅馆的床上盘腿坐着，一丝不挂，弹着班卓琴，谱写着他对莴苣姑娘的爱。莴苣姑娘躺在他的身边，在她的脑海里和他一起歌唱。

与此同时，德西蕾在老地方给阿克塞尔留了便条，塞在罗斯古特和斯塔克维普学院之间的墙上一条锯齿状的裂缝里，裂缝被爬上砖头的日本忍冬藤遮蔽了起来。但是这些纸条一个多月都没有被找到。她想，他是不是因为自己没有跟着他到护士站而生她的气？或者他因为他自己把戒指掉进海里而感到尴尬？她在一封未读的信中写道：*把一切都怪在我头上吧，如果这样能让你再次爱上我。我不认为自己一点错也没有。*

秋天里的一个日子，葡萄树上的叶子掉了下来，德西蕾走到墙上的裂缝处，发现所有的字条都不见了。但她的解脱只持续了几秒钟。她被拔示巴修女抓住了胳膊肘，赶到教堂，那里有两个穿着干雨衣的侦探站在那里，把牙签啃成碎片。她的字条摊在他们面前的一张长椅上。她的字迹，如此直白地暴露在那些边幅不修的男人的注视下，吓了她一跳；她的字迹看起来那么潦草，她的“o”和“l”的圈圈是那么女孩子气，她的“i”的大圆点是那么讨厌。

“你是最后一个见到他的人。”左边的侦探说，这给了她所需要的提示。她情绪高涨，几乎欢呼起来。她现在可以原谅阿克塞尔了，他伤害了她，她恨了他好几个星期。他并没有抛弃她，他并没有打算把她所有的字条都留在墙上，也没有把她所有的话都说出来。她告诉那侦探摩天轮的事，戒指掉进海里，美人鱼骑在马上，每一次忏悔都会遭到拔示巴修女拍打后脑勺的一声责骂，但听起来很滑稽。拔示巴修女当杂耍小丑的时候就是这样做的。直到德西蕾说完了所有的话，担心才开始让她的胃一阵扭曲。这种担心本来是一种解脱，让她暂时摆脱了被拒绝的感觉。阿克塞尔后来怎么样了？

他后来怎么样了？就在这个特别的时刻，阿克塞尔推着萵苣姑娘的轮椅走上了一座可以俯瞰泥潭海滩的大厦的鹅卵石路，泥潭海滩是滑铁卢赌场的主人和他残疾的妻子居住的地方。西葫芦颜色的大厦像鲸鱼的骨架，彩色玻璃的门户嵌入多孔的肋骨。窗户上描绘着经典的海上浩劫场景：乔纳被吞噬、泰坦尼克号沉了一半、尼摩船长抓着章鱼怪的触须。赌场老板看着他们在蜿蜒的石路上穿行，那只鸟骨头似的手里托着一杯篮球大小的白兰地。他站在甲板上，站在那条张着大嘴的鲸鱼的上下颌连接处。他不苟言笑，不喝酒，把白兰地酒打了个旋儿。

尽管阿克塞尔不在行地用注射器刺伤了她的手臂，但是她已经对护士那种暗绿色的长生不老药上瘾了。阿克塞尔最近每天至少十次把药注射到她的脖子里，以防止她哭泣、抓挠自己的鳍，但是街上的垃圾货已经被冲淡了，而且很贵。为了拿到有处方药强度的药物，她必须贿赂住在银莲花路的违法药剂师，而为了贿赂得起，萵苣姑娘同意卖掉一些她有两个或是三个同样器官的器官。

赌场老板的妻子是一条在陆地上生活了二十年的美人鱼，突然间她的身体开始迅速衰竭。药剂师让阿克塞尔联系了一位外科医生，他在全县被称为“良性医生”，即“器官刽子手”。医生会切除萬苣姑娘的中游鱼鳔（“你只需要两个就可以过得很好。”他开玩笑说。）和她的上游鱼鳔（“像扁桃体一样没用！”他说。如果它真的那么没用，为什么它的价格是鱼鳔的三倍呢？），就在大厦楼上的厨房里。在接下来的几个星期里，阿克塞尔多次推着轮椅沿着蜿蜒的小路来到宅邸，以至于萬苣姑娘的针脚都扭曲了，看起来像个被过度宠爱的布娃娃。一天晚上，在注射完长生不老药后，萬苣姑娘在廉价旅馆的浴缸里浑身湿透，把她的手指放在阿克塞尔的嘴唇上，这意味着她一直想让他告诉她关于他救了她的那个晚上的事情。阿克塞尔想讲这个故事，但控制不住自己，哭得歇斯底里。萬苣姑娘，在她漂泊往返的现实之间，试图说服自己他正在幸福地笑。

那天半夜，阿克塞尔站在镜子前，用生锈的剪刀锯着他那硬邦邦的胡子。他剃掉了老人头上的灰发，直到露出下面的粉红色皮肤。他看起来还是和几周前的他一点也不像。即便如此，早上他还是穿上了高领毛衣和厚呢大衣，然后卷起萬苣姑娘的一幅画，走过夜晚湿漉漉的海滩，在他的怀里是萬苣姑娘一片珍贵的废墟。他用一根带圆点的发带把图画扎紧，乘公共汽车回到他童年的家乡。

阿克塞尔的父母极度渴望这个被毁的孩子能够治愈他们破碎的心，但是尽管他们尽力尝试，却一点也不了解他。不是他们不相信他是他所说的那个人，而是他已经不再具有他曾经拥有的那种美丽、怯懦、幼稚的需求。他们无法接受他所受到的腐蚀。阿克塞尔的父母紧握对方的手，在客厅的沙发上倚靠在一起，无言地同意接纳这个迷失的灵魂。阿克塞尔坐在他们对面的一个脚凳上，坐在一个针线垫上，它的交叉针脚大部分都是他母亲在服丧期间拔掉的。阿克塞尔失踪的那些日子里，她一直在破坏她所有的针线活和刺绣。

“我们爱你，孩子。”他的父亲说，但称呼这个坚强的、被击垮了的男人为“儿子”令他哽咽，他哭得鼻子都流血了。

“我有一个妻子。”阿克塞尔最后说，尽管他和莴苣姑娘是由廉价旅馆的女房东宣布结婚的，房东的贫民窟丈夫是阿克塞尔的伴郎。阿克塞尔把他带来的礼物送给了他的父母。“那是她画的，”他说，“她是个有才华的艺术家。”

“一个妻子？”他的母亲说。她挑掉丝绸手帕角落里一个粉红色的缩写字母。

“这就是我回家的原因，”他说，“她很不舒服。我们需要找一个医生。”阿克塞尔身体前倾，指着那张画，温柔地说：“那就是她。这是莴苣姑娘。是我的妻子。在我的怀里，那里。我救了她的命。我一次又一次地救了她的命。”

这让阿克塞尔的父亲抑制住了接受这个男孩回家的冲动。他的背僵了，他清了清嗓子。他的声音越来越低沉，越来越平稳，仿佛他能骗过阿克塞尔，让他以为他一滴眼泪都没掉。“我不这么认为，阿克塞尔，”他说，“这不是……我们没把你养大到……”他摇了摇头。“你竟然有这种胆子。你胆敢来到这所房子。这是对你母亲的侮辱。这是淫秽的。”他站了起来。“我不能忍受。”

阿克塞尔的母亲挺身而出，以免她的丈夫无法掩饰住他强烈的同情。她向阿克塞尔伸出手，满足于触碰到他那肿胀指节的奇怪重量和他湿冷的皮肤。她把他领到前门，在他脖子上缠了一条羊毛条纹围巾，他不在的时候她只把围巾拆掉了一半。“这是你的。”她告诉他，好像他不知道似的。她挽着他的胳膊，带他走到门廊上。“你让我们觉得你死了，”她说，“所以不要认为只有我们表现得很糟糕。”

他在母亲身上总能闻到令人舒服的肉豆蔻和橙皮的香味，尽管她很少踏进厨房，甚至不会给厨师提一丁点儿建议。“我那时候太害怕了。”阿克塞尔说，他的下巴在颤抖。他希望永远不要通过他们的眼睛看到他的莴苣姑娘。

“我希望你知道，我们祝你一切都好。”她友好地轻轻拍了拍他。她回到屋里，当他走向前门时，她又回到门廊。“等一下！”她喊道，在门口遇见了他。她从长裙后面拿出莴苣姑娘的插图，把它卷起来，绑好。他从她手里接过它时，她怜悯地微笑，仿佛在为他感到难过，因为他的父母不再爱他了。

在廉价旅馆里，莴苣姑娘吹着一根用空芦苇做成的长管子，管子的一端绑着一颗削过的橡子，里面有一片花瓣在燃烧。她把烟斗放在一边，用冰凉的手摸了摸阿克塞尔的脸颊。阿克塞尔在火车上哭得眼睛又红又肿。她用袖口擦了擦他的鼻子。她脱去自己的衣服，然后又脱去阿克塞尔的衣服。阿克塞尔是如此沮丧，他几乎不能举起胳膊让她脱下毛衣。她试着记起她以前在海底唱过的歌的歌词和旋律，但好像它们都被她的舌头咬断了似的。她猜想，这是一种心理机制，使她不会为这种损失而哀叹。

阿克塞尔也抽着烟斗，他的阴郁情绪变得忧郁。午夜时分，他把莴苣姑娘推到“墨水与刺青”店，那里有一位优雅的日本老妇人，穿着红色的男式吸烟外套，白色的头发挽成鹦鹉螺形状，她给阿克塞尔的后背文身。“把那个漂亮姑娘的脸给美人鱼。”他说，指着椅子上的莴苣姑娘，她的二手长裙垂到了她的鳍。这位文身师，从喉咙到脚趾都覆盖着海龙纹，用假腿的一端踩着机器的踏板，针头嗡嗡作响。她画出许多闪亮的绿色鳞片时所带来的痛苦是极其折磨人的，他把莴苣姑娘的手握得很紧，她咬破了她的嘴唇。这位文身师在美人鱼下面的飘扬的旗帜上写下了残酷的命运，那种字体让阿克塞尔想起他每周日去完教堂以后都会读的大力水手连环漫画。

“你背上的这个多少钱？”当阿克塞尔等在大厦的客厅，敲打莴苣姑娘的轮椅时，赌场老板问道。医生让莴苣姑娘在厨房里放血，准备输血。

“你什么意思？”阿克塞尔问。

赌场老板舔了舔他瘦骨嶙峋的中指，在自己的额头上竖起来，捋直头发。他擦得锃亮的头发和他穿的那套闪闪发光的西装一样黑。他走到阿克塞尔身后的椅子上，温柔地用手指触摸阿克塞尔的脖子后面。阿克塞尔身子前倾，赌场老板的手指顺着莴苣姑娘海浪般的鬈发移动。“我看见了，”赌场老板咕哝着，“我的意思是……多少钱？”

自从文身愈合后，阿克塞尔就到处光着上身，尽管在深秋时分，泥潭海滩上的雾气让人感到又冷又湿。人们会聚集在他身后，为文身师傅的艺术而欣喜若狂，他在木板路上弹奏班卓琴，唱着他为莴苣姑娘写的情歌。

“这是非卖品。”阿克塞尔说，身体前倾。赌场老板的手指跟随着美人鱼臀部的线条，向下到达鳍尖刚好超过屁股的地方。赌场老板开玩笑地抓住阿克塞尔三角裤的松紧带，那三角裤从他那宽大的工作服里伸出来。

“没有东西是非卖品。”赌场老板高兴地说。他从书柜上的一个花瓶上取下盖子，伸手去拿一卷用橡皮筋捆在一起的钞票。“想想看，你能给你的小甜心买多少酒啊。你这么年轻的男孩几周内就能痊愈。我们的好医生有所有最新的医疗器械。还有草莓味的麻醉剂！你什么也感觉不到。”

阿克塞尔不仅同意剥皮，而且还和赌场老板签了一份更危险的合同，答应给他生个孩子。“你们这些年轻人，”赌场老板说，“没人要的婴儿一直都有。这不是损失。”然后他给了阿克塞尔一本伪装成医学指南、备受垂询的色情小册子：《如何正确地玷污美人鱼》，作者 H. W. 伊斯特曼博士，附有作者绘制的插图。书页粘在一起，从订书钉上脱落。

那天晚上，在廉价旅馆的浴室里，阿克塞尔惊恐地翻阅着小册子——上面的文字和插图都很生动，但照片更生动：美人鱼式的死亡，女孩们活蹦乱跳，她们的肉体被剥落，内脏敞开着躺在一张挂钩长椅上。他啪的一声合上书，对着镜子检查自己的背，盯着那个文身。他咬紧牙关，皱起眉头，好像要毫无痛苦地把皮肤脱掉。

他把莴苣姑娘带到屋顶，在“寡妇小径”的铁钉栅栏内，温柔而热情地与她做爱，这是小册子上图表 142 的变体。随后，看着星星在烟雾缭绕的网状云中闪烁，他想到自己是如此令人毛骨悚然得渺小。他知道他会违背所有与赌场老板的合同。但拒绝交出他们的长子将意味着世界末日。赌场老板的势力染指了世界上的每一个角落。除了朝空中逃亡，他们还有什么地方可以去？

天刚亮，阿克塞尔就带着莴苣姑娘来到了波塞冬姐妹会修道院，那里的大门是用废弃的船壳打造的，藤壶仍然在木头上攀爬。门环是一根锚，挂在铁链上摇晃。一听到这声音，那个高个儿修女伸出“爪子”抓住了莴苣姑娘的头发，她的另一只手已经瘫痪。“我们容不下那些侵犯无助生物的男孩。”修女声音沙哑地说。带着睡意和夜半威士忌带来的酒意，她抓走了阿克塞尔的情人。很久以来都没有发出过声音的莴苣姑娘，此刻叫得像一只被夹住的兔子；她没有停止哭叫，阿克塞尔两天两夜都没有离开前院，直到修女们即使耳朵里塞着棉布也无法安静地做礼拜。她们赶走了莴苣姑娘，她的罩衫上别着一张 20 美元的钞票，回到轮椅上。阿克塞尔跪在她身边，她用颤抖的、老妪式的手在速写本上写下：我是一只动物。

阿克塞尔把手指放在她的嘴唇上。他用拇指掰开她的嘴唇，伸进小拇指去触摸她那几乎没有声音的强有力的残舌。“感谢上帝让你发出这么可怕的噪音。”他告诉她。他和她做爱了，就在那个满是喇叭藤蔓的花园里，只吸引了不会飞的鸟。他知道她们在看着，修女们，他知道她们聚集在瞭望台，因为他可以看到它的茎干随着她们的重量弯曲，它的巢向前倾斜，就像向日葵的头一样。修女们看着，她们的绝育的肉体藏在用荆棘做的赎罪衬裤里，变得光滑，在死后悸动着。他心里对修女们说，他的爱情永远不属于你们，永远不属于别人，只属于我们自己。他知道这是真的，因为他和莴苣姑娘是不可能的，大家都这么说。把不可能的事握在手里，而不只是放在心里，这是上帝赐予的几乎无人能及的罕见之举。

“也许我们的孩子和他们在一起会更快乐。”莴苣姑娘在她的素描本上写道。他们天黑后逃离了泥潭，阿克塞尔推着她的轮椅穿过森林。尽管椅子在散落松果的小路上颠簸着，莴苣姑娘还是画了一个孩子的肖像，他们要把孩子送给别人，一个有腿的婴儿，裹在狐狸毛做成的连帽衣里，躺在一辆婴儿车里休息。婴儿车是如此优雅，仿如一辆灵车，挂着丝绸窗帘，装饰着镀铬花纹，有一个打了蜡的黑色车厢。“我们会有一个富有的孩子。”她写道。

阿克塞尔没有告诉她的是，他缠在指关节上的银色胶带里缺了一根手指。在莴苣姑娘被囚禁期间，他只离开过修女的花园一次。他去木板路上买果仁糖，结果被一个暴徒抓住了，暴徒把他带到了滑铁卢赌场的下层。幸运的是，这个暴徒太沉迷于施虐，决心要享受缓慢折磨阿克塞尔的过程。暴徒很喜欢从阿克塞尔手上弄下来的这根手指，用它来抓鼻子，咬它指甲上的倒刺，阿克塞尔趁机从通风口逃了出来。

正是这个暴徒向阿克塞尔透露了赌场老板的真实意图——他要的是阿克塞尔长子的器官。赌场老板的妻子很快就衰败了，需要更新的器官。

“当他最终告诉我他手指的事，”美人鱼鬼魂告诉德西蕾，“我为我们的初生子感到难过。我哭啊哭，好像我们的孩子存在过一样，好像我看到了他，却失去了他。我不知道是谁的主意，当我们来到悬挂的树前，我们应该把我们的脖子穿过那些套索。你有没有看过威廉·莎士比亚的《罗密欧与朱丽叶》？”德西蕾没有，但是去年她在罗斯古特全女生版的《泰特斯·安特洛尼克斯》里演了一个角色。“阿克塞尔和我在泥潭海滩的露天剧场看到了它。罗密欧是由一个四十岁的演员扮演的，他戴着假发，脸上还有胭脂，但是他演得很好，你完全忘了他有多老。”

“就像罗密欧与朱丽叶。”阿克塞尔一边把萬苣姑娘从椅子上扶起来，一边对她说。在阿克塞尔的怀抱里，她感到欢欣鼓舞，她的灵魂完全沉浸在这种缺席的感觉中，她从套索里抽出脖子，伸手去拉紧绳结。阿克塞尔往后退了一步，但他不忍心让她先死，于是他跳上轮椅的座位，伸手去拿树上的下一个套索。轮椅在他脚下滚动，他摔倒在地，他的头撞在一个早已死去的罪犯的头骨上，他自己也失去了知觉。当他醒来时，萬苣姑娘在他上方毫无生气地摇晃着。

“不是他改变了主意，德西蕾，”人鱼的鬼魂坚持说，“而是他认为，如果他活着，他能以某种方式让我的灵魂活下去。”

听到这话，德西蕾的手腕已经无力再抓住了，她松开树枝，倒在了地上。美人鱼的鬼魂立刻就蒸发了。当德西蕾双脚着地时，她感觉到脚踝处的跟腱撕裂，就像被剪刀剪断的橡皮筋一样，跟腱在她的腿内折断，并在膝盖后面收缩。她因为疼痛昏过去了，但几分钟后醒来，米兰达把她抱进了莴苣姑娘的轮椅里，自从那个半精心安排的自杀协议之后，轮椅就一直在树下废弃不用了。米兰达用袜子里藏着的螺丝刀保护自己不受那些在林间小路上爬行的变态浑蛋的伤害，修好了摇摇晃晃的轮子，把德西蕾推向远处冬日灰蒙蒙的海面。

“已经过了午夜了，”米兰达说，“但如果他真的爱你，他还会等着。”

“我需要一个医生。”德西蕾说。每次撞到骨头时，她的腿感觉就像胳膊肘上的麻筋儿被撞了一样，但比那要糟糕一百倍。

“嘘，没时间说话了。”米兰达说，尽管到海滩至少要走半个小时。德西蕾闭上眼睛，渴望睡眠，这样她就可以梦到阿克塞尔，在他救下溺水的美人鱼之前的那些日子里，他是那么的英俊。

大概是在莴苣姑娘死后一两个星期，德西蕾在墙缝里发现了一张阿克塞尔寄来的便条，她每天早上去蜂房采蜜之前都会去看看。她用指尖划过砖头的裂缝，希望能在纸的边缘划破皮肤。

> 亲爱的德西蕾，你还在这堵墙的另一边吗？爱你的阿克塞尔。
>
> 亲爱的阿克塞尔，是的。爱你的德西蕾。

阿克塞尔回到了斯塔克维普学院，但不是作为一名学生。他现在为他所崇拜的男孩们、教授们和院长们工作。没人认出他来，当然也没有人会相信，即便他告诉他们他是阿克塞尔。由于小手指丢失，他只被称为“九指”，任何东西被偷，他都会受到指责。即使只有旧塑料梳子的一个梳齿不见了，男孩们也会对彼此说：“一定是被九指弄坏了。”

每天他都拿着一把硬钢丝毛刷，爬过地下室和管道，掸去烟囱和管道上的灰尘，擦亮那些男孩无精打采地学习的古老大厅里的每一个房间。在地下室里，他用一把桨搅动着泡在装有沸水和碱液的大水壶里洗好的衣服，有时候，当他叠好他们的衣服时，他会穿上男孩的制服、内衣之类，幻想着他曾经的生活。他会躺在被子里，用生殖器摩擦另一个男孩的裤子，抽着一支潮湿的香烟，这支香烟经常在洗衣房的潮湿空气中嘶嘶作响。他用手指使劲压住柔嫩的喉咙，咽下去，就像是被扼死的莴苣姑娘在她生命的最后几分钟挣扎时那样。*我比那个海盗还要坏*。他想着她被刀割掉的舌头。*我怎么能忍受得了我自己呢?* 他想象阿克塞尔死了，九指还活着，九指是个罪犯，是个恶棍，他在一大群愤怒的蜜蜂中向德西蕾求婚，她的脸被一张厚重的网遮住了，网从黑色丝绒帽子的宽边垂到她的鞋上。这枚戒指是他前一天晚上从校长夫人那里偷来的红宝石戒指，当时她正在洗澡；她把戒指小心地藏在一个古董首饰盒里，盒子里还有一个会跳起来的芭蕾舞演员，她再也跳不起来了。他曾试图修好那个芭蕾舞演员，但他听到了校长的妻子从干干净净的浴缸出来时那性感的流水声。“这次不要让戒指从你的手指上掉下来。”他告诉德西蕾，要么是记错了，要么是希望德西蕾忘记了他在摩天轮上是怎样摸索求婚的。她原谅了他的小小的谎言，这是成千上万需要被原谅的事之中的第一件事，它像一种疼痛一样嵌在她的牙齿里。

德西蕾和米兰达在午夜过后很久才到达教堂，阿克塞尔还在等待。他坐在停在教堂前的一辆生锈的沃尔沃的保险杠上，在粉红色的爱情鸟霓虹灯下，他交叉着双腿，晚礼服裤子下面露出了不搭调的袜子。他从教堂里租了一套蒲公英黄色的礼服，还有假的衬领和其他一切。

“他绝不能看到我坐在这把椅子上。”德西蕾说。米兰达冲到前面，挥舞手臂，拍打着。

“那会带来坏运气！”米兰达喊道，“你不该见穿婚纱的新娘！进去吧！”

他照吩咐去做了。当米兰达把椅子藏在停车场的牡丹丛中时，牧师的妻子帮助德西蕾走进了小教堂。牧师的妻子坐在前排的座位上。“我们租一束花通常要收五分钱，”牧师的妻子说，停下来让德西蕾给五分钱，然后继续说，“但那是我给你的礼物。”她带来了用毡子做的紫丁香，它们的茎用绣花手帕包着。

德西蕾深吸了一口气，闭上眼。这时她听到牧师的妻子开始用手摇风琴演奏一首几乎是旋律优美的歌曲。她想起了自己从小到大策划过的所有婚礼——她想起了自己三年级时和奥菲丽娅的戏剧婚礼，她的睡衣在头上打结，在身后拖拽，就像一块古老的面纱，她的花束全是牵牛花。她和奥菲丽娅在院子的一个角落里——园丁刚刚在水桶里淹死了一只癞蛤蟆——捂着嘴，假装接吻。她还记得，当她稍微长大一点的时候，她是如何说梦话，背诵她要写给那位帅气王子的誓言的。当王子的母亲从阳台上坠落而死的时候，这位王子就成了新闻的主角。*如果我哪怕只有一秒钟不爱你，魔鬼也会亲自用一根羽毛把我打倒。*她想起了所有她曾经想过要捧在圣坛上的花——高大的紫罗兰花冠、素面朝天的雏菊，还有带着庸俗斑点的虎皮百合。她原本选定的是黄玫瑰，直到她在一本古老的礼仪书上读到黄玫瑰象征着忌妒。

我的新郎不会毁了我的婚礼，她坐在礼拜堂的长椅上发誓说，事实上他没有。他穿着那套不合身的衣服，显得那么漂亮。他的喉结由于甜蜜而紧张地吞咽，扭动着他那从一开始就打错结的领结。她感谢上帝让萬苣姑娘独自死去，然后她又因为想到萬苣姑娘而感到内疚。

“我愿意。”他说。在她的手掌里，在她握紧的拳头里，塞着一根骨头，小得就像在餐馆里让人窒息的骨头。在挂着的那根树枝下，小人鱼已经支离破碎，在她的骨架里，还有另一具骨架，是莴苣姑娘的半人半鱼的小男孩的，那是她的初生子。德西蕾会紧紧抓住这根骨头，保守它的秘密，直到将来可怕的一天。每当她觉得丈夫可能会永远离开她的时候——当他完全失去她的时候——她就会轻松地把这根骨头拿出来，小到你几乎看不见它，她会毁了他，然后把他带回来。

● 儿童故事中美人鱼自杀的形象是我的小说《小小希望的棺材》（“The Coffins of Little Hope”）的核心。那本儿童故事书——也叫作《小小希望的棺材》——讲述了两个被冤枉的姐妹被关在一个全是女孩的犯罪孤儿收容所的故事，在那里，幻想潜伏在每个角落。（我的同名小说，反映了该儿童故事中更卑鄙的角色的阴暗和强烈的冲动。）在充实美人鱼的故事时，我发现自己被《安徒生童话》里的新娘所吸引——王子娶的是那个女孩，而不是小美人鱼——她是无辜的。在这个故事中，我觉得有必要把她塑造成故事中的反派，因为她的美丽和完美，她嫁给了王子，美人鱼却没有。我也被安徒生描绘的美人鱼在海底的奢华和她在陆地上沉默的奴性所形成的对比所打动。但在我的故事里，新娘得到王子的时候，他对美人鱼的爱已经毁了他，导致每个人的心都碎了。

——*蒂莫西·沙夫特*

雪女王

● **卡伦·布伦南** *Karen Brennan*

(一)

我离开了很长一段时间，干了不少活儿——活儿干得如何我就没把握了——刚搬回城里。我闯进了一个朋友的公寓，这个朋友是我在两个星期的倒霉闲逛后在博德斯书店遇到的。一直在下雪，那些日子似乎总在下雪。即便在不下雪的时候，人们也有种将要下雪或是置身于雪后的感觉，我感觉到冷。我只穿了一件薄薄的红风衣，这和只穿了件游泳衣一样。当我的朋友问我住在哪里，或者是否有地方过夜时，我那愁眉苦脸的样子促使他说道：“我家正好有张空沙发。”他向我眨了眨眼，我认为他十分友好、热心，可是在我的印象之中，这位朋友既不热心也不友好。

我们浏览着书店的心理学分区。他拿着一本边缘型人格的书，我拿着一本类似的书，是关于自恋的。我的朋友打趣道："如果不把毒瘾算进去的话，这简直算是'时髦病'了。""啊，对，毒瘾。"我含糊地说。我不确定我想和这个朋友讨论毒瘾的问题。我认识许多吸毒成瘾的人，他们都很悲伤，我觉得对他们无礼是很难做到的。我自己的儿子就是这样一个可怜的人，他无家可归，流浪街头，频繁进出戒毒中心，总是骗我去买假处方上的药。我想忘掉我的儿子，将他从我的脑海中清除出去，但越是试图这样做，他越是浮现在我的眼前。我可以看见他，就像一部在我眼前播放的电影：一个严肃的、穿背带裤的孩子；一个温柔的、胖胖的、青春期前的孩童，棕色的直发披拂在一只眼睛上。

不论断人，就不被论断。《圣经》警告我们。事实上，当时我自己也无家可归。我可以说是从某种度假中归来，度假期间，我确实创作了大量的素材（天知道这些东西能否派得上用场）。尽管如此，我还是不想谈论我的儿子。

我和我的朋友来到小说区，我们探讨了"As"一栏下的作者：简·奥斯汀、所有姓安德森的家伙、阿吉、奥尔科特，以及其他通常会在"A"这个字母下面列出的人。我们根据自己的爱好，从架上取下一本书，翻动页面，又把它放回原处，但在那以前，我们会对着某个标题或是作者的照片嗤笑，就像你们常做的那样。

我已经一个星期没睡了。我离开了，当我重回这个城市时，我发现一切都变了。举个例子，我记得有条通往本州首府的街，如今指向了不同的方向；原本这条林荫大道两旁种着树，如今两旁是没有灵魂的高楼大厦；在我曾经教大一新生写作的地方，一家出售小家电的商店冒了出来；所有的汽车都挂着新式的花哨牌照。我不记得这个州的箴言是什么，我可能从来没有真正注意过这个州的箴言。天很冷，像我说的，外面在下雪，或者将要下起雪——在此之前，气候是温和的，海风即将吹来，天气温暖，天空蔚蓝。此时此刻，海是看不见了（我四处寻找，直到我筋疲力尽），空气中弥漫着一种奇怪的气味，一种寒冷的气息。它闻起来不怎么新鲜，像是积雪，然而，它太新了，比起记忆里的积雪，更像是怀旧与恐惧之间某种转瞬即逝的空间，凝结成了永恒。

我的朋友有一只眼睛瞎了，尽管他向我保证他一直就是这样——这是他十岁时某次雪橇事故的结果——我却毫无印象。“你一定把它藏得很好。”我说。听了这话，他勃然大怒。“这不是你能藏起来的东西。”他反驳。他手里拿着一本平装版的《安徒生童话》，将它尽可能地举得远远的，因为除了一只眼睛瞎了以外，他还需要一副老花镜。他坚持要给我读一段《雪女王》的节选，讲述一个可怕的、被称为雪女王的女人绑架了一个男孩，男孩的名字叫卡伊。我不想表现得没有礼貌，但我对童话故事并不特别感兴趣，不管作者多么富有才华，多么受人尊敬。实际上，《雪女王》让我有种特别危险的联想，因为她——这个冷酷而美丽的女人——让我想起了我的母亲，她曾经给我读过那个故事。因此，当我的朋友给我读这个故事的时候——*那是一位女士，高挑、苗条、洁白无瑕……*——我走神了。

（二）

两周以来，我一直在寻找大海，在任何能将就的雨棚或窗台下睡觉。桥梁这种曾经随处可见的事物已经消失得无影无踪，我能看到的只有一些桥墩——新的滴水兽，遍布积雪，面目丑陋；往昔芳香四溢、鲜花盛开的小阳台，如今人们在那里抽烟，把还冒烟的“火箭”扔到下面，好几次差点把我烧死。

我不愿向我的朋友——在这件事情上，我不愿向任何人——打听关于大海的事，因为对于这个我原本的家园，我的记忆很有可能出了错。当他给我读安徒生的《雪女王》时，他激动不已，如同人们迫切渴望与你分享时那样，他们的声音戏剧性地提高，我的思想漫游着街道，就像我的身体在过去一个月里曾在街上游荡一样。依然没有大海的踪迹。

我的朋友素来没有热情或善良的名声，但他邀请我去他的公寓，他说那儿有一张空沙发，简直就是为我量身定做的。他一定知道我累坏了，我不停地打哈欠，把一缕头发在食指上绕来绕去，这是我疲劳时的习惯。

我的朋友说："我只要求你记得把浴帘放进浴缸里。否则水会渗漏到楼下的公寓，那婊子会大发脾气的。"

我说那很容易办到。我们还没到他的公寓，他就定了关于水和淋浴的规矩。我想知道是否还有其他更难遵守的规矩，和别人一样，我担心的是无意识的行为，那些我无法控制的行为。以及，我忧虑自己已经过了能够轻易做出改变的年纪。

"我看不大清。"朋友随口说。我们在这条或那条大路上走着——或者我应该说在这条或那条大路上滑着，因为最近下过雪，路上留下了雪橇、滑雪板、雪地轮胎和防滑链条的痕迹——真的没有什么可看的，我想告诉朋友。一切都是白的：天空、街道，在无雪的一天里所有可见的事物如今都被雪花覆盖着——成排的汽车也被雪覆盖着，以至于我不确定它们是汽车。据我所知，它们也可能是庞大的海怪，和我们一样失去了大海。

然而，我朝朋友伸出了胳膊，他抓住了我的红风衣。这件风衣很可能根本无法让我保暖，它是由一种奇怪的、寒冷的材料制成的。我们最终以这种方式抵达他的公寓。

（三）

我在新环境中感到相当舒适；无家可归的人们流浪在冰冷的街上，遇上小偷和吸毒者。我没有遇到过我的儿子，谢天谢地。我真不知道如果我看到我可怜的儿子我会怎么做。我的心不再流血，尽管我曾一度心碎。无须多言。每次我想把他从记忆中驱逐出去，他总会斜着那双灰色的眼睛回到我身边，打着一个月没有见我的幌子，因为他显然未曾同我一起流浪。

无家可归不是一件轻松的事，不像我的儿子，我没有吸毒，只是在思绪中寻求安慰。我相信——错误地相信——大海仍潜伏在某处，等待着我找到方向。

我的朋友有一张沙发、一台电视、一盏灯、一条地毯、一个炉子、一台冰箱、一张双人床、一个摆满鞋子的壁橱和一只猫。我没有意识到他是一个如此严肃的人。他不以热心或是善良而闻名，但他邀请了我去他的公寓，这证明这种名声也并非是完全可靠的。

我听从指示，睡在了沙发上。沙发是泡沫填充的，不会凹凸不平，天鹅绒的表面如同一个茧。我们都喜欢被包裹的感觉，我想。朋友还给了我一条毯子——一条漂亮的蓝色毯子，我把它在自己身上裹了好几层——以及一只属于那只猫的枕头。其实，在夜里我和猫咪共用一个枕头，这点我不介意，猫在我睡觉时在我耳边发出拍打和打呼噜的声音，它们给我的梦增添了色彩。

这只猫是奶油色的，背上有很多不规则的大斑点，就像一头小奶牛。

就猫而言，它属于中等体形。

我因此梦见了牛，梦见了被扔进黑洞的人类婴儿，梦见了睡在其他瘾君子的沙发上的瘾君子。

我最后一次见到我的儿子时，他告诉我他偷偷住在别人那里。我告诉他，这件事让我觉得有点丢脸。

在我的记忆中，大海是深灰色的，天气好的时候，夹杂着一道道白光，这令海面散发出其特有的光泽。在这样的日子里，天空被高悬在天边晾衣绳上的破布所点亮。非常美，但有点吓人。

（四）

我的朋友以德国哲学家弗里德里希·冯·施莱格尔的名字命名，但每个人都叫他汉斯。我的名字叫G，只是首字母，我喜欢这么叫。那只猫名叫菲尔，我不会告诉你我的儿子，那个吸毒者的名字。

我离开了不知道有多久，在此期间，我完成了大量的工作。我把剩下的放在一只手提箱里，拖着这只箱子到处走，直到我在博德斯书店遇到汉斯为止。我不知道这些东西是否能够成功。在较为乐观的时候，我宁愿相信它们能；但到最后，某件事情会发生——大气中最微小的变化，比如一只经常出现在防火梯栏杆上的乌鸦从窗外对我咆哮——然后我就会对自己的成就感到绝望。在这种时候，我觉得我理解那些用九尾鞭抽打自己、睡在钉床上的人。我也渴望得到惩罚，因为我的努力毫无价值，我的存在毫无价值。

除了沙发，汉斯的公寓里到处都是各种各样的人造花。在早上，他会用一个半透明的喷雾瓶来照顾这成千上万的花，这要花整整一个小时。我无法摆脱这样一种感觉：这些花儿即将开口说话，它们不仅仅是色彩缤纷的塑料，或是上过浆的布料。在我睡觉的沙发前的咖啡桌上，僵硬地坐着一簇粉红色的金凤花，它们似乎总在谈论心理学，它们似乎总是想说，比起较为歇斯底里的边缘型人格，自恋者通常更为快乐。此时，它们仿佛对着水仙花点了点头。当然，这让我想起了我和这位朋友在博德斯书店的偶遇，当时我们都拿着那些关于人格障碍的书，结果却抛下它们（谢天谢地）翻起了小说。我认为这些郁金香似乎也同意我的看法，即人格障碍既令人毛骨悚然，又很吸引人，在一个人的表面之下潜藏着某种令人惊讶的东西，这总是令人激动的，但有时，这种刺激却是不受欢迎的。这些花朵总在不停地叽叽喳喳，我对它们的活力感到厌烦。我猜它们都熬过了严冬，这是庆祝的理由——或者它们只是像我一样，疯了。

即便如此，我也很少离开公寓，而是坐在窗边，与那只乌鸦偶尔进行愉快的交流。乌鸦会给我带来关于我儿子的消息，这可不是什么好消息。尽管我竭力劝阻他（或她）把这些消息报告给我，他（或她）似乎仍然坚持要送来这些消息。其他物种的情感可能不受我们人类所珍视的东西影响，这一点你无从得知。在这件事上，我珍惜我儿子的离开。我珍惜这种缺席，就像有的人会珍惜住在一个收集各种各样的人造花、养着一只斑点猫的人的房子里一样。

这只猫不善于交流。除了睡觉的时候，它总是和我保持距离。有时候我觉得它“朝我看了一眼”，但许多人对猫有这种感觉是因为它们眼睛的形状和它们很少眨眼的事实。尽管如此，也许它们有窥视灵魂的能力；如果这只猫曾凝视过我的眼睛，我怀疑它不会再和我一起睡觉。它会发现一团凝结的、相互冲突的欲望和矛盾，所有这些都藏在我平日冷静的面具之下。

汉斯和我很少说话，当我们交谈时，往往陷入混乱的误解。我说过，他的一只眼睛是瞎的，听他谈论这件事，是他生活的重中之重。有一次，我试着告诉他，一只眼睛失明并没有那么可怕，他差点把我的头咬下来。“你毫无概念，是不是？”他怀疑地说。我们就这样开始争吵，来来回回，像我十岁时参加的乒乓球比赛一样。你神经紧张地看到那个白色的小球——也许它本来是无害的——朝你滚来，好像它会使你终身残疾，这便是汉斯和我争吵时的样子。“你是我见过的最自负的人。”他叫道。“至少我不自欺欺人。”我喊道。“你起码应该搞搞这里的卫生。”他又叫道。而我则叫起来：“在这里我都无法思考了！”

这最后一个词是对汉斯不断演奏的泰勒明电子琴的一种刻薄的挖苦，这种诡异的琴声让人想起蹩脚的科幻小说，或是一只正在交媾的猫，或是——后者不太常见——一群哀鸣的鸽子。汉斯还没有掌握这件难以掌握的乐器，不过如果你问我，任何一个能发出像样女高音的人都能相当准确地模仿这些声音，伴着哀伤的曲调唱出“ooooo”和“eeeee”。

然而当他弹起《啊！我亲爱的爸爸》时，我禁不住被感动了。他站在那里，演奏着独特的乐器。一个愚笨的、有着方正大脑袋的男人，嘴唇抿成严肃的弧线，双手像大块的烤牛肉，拍打着空气。这幅悲伤而温柔的景象，这个一只眼睛瞎了的人，加上普契尼——音乐有点跑调，这令一切更加辛酸。所有这些，总让我无法不为之落泪。

我像猫一样安顿下来，向陌生的环境投降，标记着我自己的小小领地，也就是说，我把沙发和一张塑料椅子移到了窗前，以便向外眺望。天总是在下雪，或是即将要下雪，雪花像一大群白色的蜜蜂，使我着迷。

我开始畏惧乌鸦的来访，然而，来自我儿子的消息总是令人沮丧——他因为吸食海洛因被抓，警察打断了他的鼻子；他如此沮丧，以至于他正在考虑往胳膊里注射漂白剂；他住进了戒毒所、康复中心、医院的精神病房；他和一个摩门主教——一个金头发的冰毒怪人、一只后来死在小巷里的黑猫同居。我不得不捂住耳朵。

（五）

像我预料到的那样，有一天，我在洗澡的时候忘了把浴帘塞进浴缸里。汉斯下午出去了——只有上帝才知道他去了哪儿。有时候他一离开就是几个小时（我过去时常猜测他藏着一个女人，一个能够满足他的生理需求、称颂他的阅读品位、赞赏他令人生畏的聪敏，以及他的幽默感的女人）——洗完澡以后，我听见有人在怒气冲冲地敲门。只裹了一条浴巾的我透过门上的窥视孔朝外看，一个矮小、身材畸形的女人谛视着我，她长着一只硕大的鼻子。

"你真有胆量，"我开门时她说，"多亏你，我的整个公寓都被水淹了。"她不像我一开始以为的那么矮小，也没有那么畸形。实际上，她相当有吸引力，就像啦啦队队长那样的吸引力——某种类型的成熟姑娘，有着显眼的门牙，以缺乏棱角而闻名。"让我帮你收拾吧。"我说。我就是这样认识丽塔和她的几个男朋友的，其中一个在我初次拜访的时候正坐在梯子上看书，在接下来的故事里，我们不会提到他。

丽塔是个自己开店的美发师，最近，一个电视名人对她的生意进行了改革，这个人专门负责美发沙龙的改建。她非常感激这个人，声称她的销售额呈指数级增长，她的员工比以前更加受人尊敬。这一切都是在我用两条浴巾把丽塔卧室里的水吸干之后她告诉我的。当我把浴巾里最后一滴水拧到一个大水桶里时，丽塔朝我皱着眉头。"你得注意一下你的头发。"她说。

我就是这样成为丽塔的常客的。我被关在汉斯窄小的公寓里太久了，已经忘却了外部世界的光芒——那个充满着使人目不暇接的迎来送往，以及令人头晕目眩的攻击的世界。我第一次出门时，那些雪蜂攻击了我。它们变得越来越大，最后在我的眼前变成了体形庞大的鸡群，像喷气式发动机一样嘎嘎叫着，扇动翅膀，然而这一幕却很安静，它们（不合情理地）无声无息，因此，那些吱嘎作响和旋转（无论有多么响亮）都只是我的想象而已。

这是一个奇怪的问题——大脑是如何产生干扰的。当想象力运作时，大脑产生了某种几乎类似于共感的东西，这是一种感官之间的泄密。确实，在想象中，一切事物都是互相联系、互相重叠的——目睹令人不安的一幕会使人耳朵疼痛，反之亦然，过去的事也会影响我们现在的生活。不仅仅是记忆，故事也是如此。我们在孩童时期最爱的故事，想起我们还是个孩子时阅读过这些故事，聆听过它们，那时，母亲温暖的呼吸吹拂在我们的脖子上……

这也是我阻止自己去想我的儿子的原因。

庆幸的是，丽塔的沙龙并没有多远的路。那是一个令人愉快的地方，有着紫色的墙壁，年长的妇女戴着粉色的鬈发夹坐在吹风机下，而丽塔则转来转去，手里拿着她的剪刀。她最终在我的发型上把那把剪刀派上了用场，削剪，定型，喷雾，到最后我都认不出她的镜子里那个严肃的、仿佛戴着头盔的形象是我——简直像一个罗马步兵！

一位老妇人同我攀谈起来，我相信她是从芬兰或拉普兰来的，丽塔正在积极地为她剪头发。她谈到了自己的孩子，还有她算命的能力。她承认，随着年龄的增长，她的能力有所下降。她说，她的孩子、孩子的孩子们，甚至他们的孩子都在进步，整个事情让她觉得自己老了。事实上，她确实老了，她骄傲地展露出那双老手上的粗大的血管。“这很棒，不是吗？”她说，“我很幸运，我走到了这一步，既然世界是如此无尽地——”这时候，她寻找着合适的字眼，然后摇了摇头。“世界是无尽的。”她重复了一遍，然后笑了。丽塔逗弄似的把她的头发堆成两座塔，每个塔上都有小小的塑料窗户。“我很愿意尽自己的本分。”老妇人又说。

然后她握住我的手，给我看了看手相。“啊，可是你，”她说，“你在不久前离开了，我们可以这么说，你逗留了一段时间，在这期间你干完了很多活儿。判断活儿干得怎么样太难了，几乎不可能——我不明白为什么。然后你四处徘徊，寻找不再存在的东西。后来，你遇到了一个朋友，众所周知，他并非一个热心和善良的人，但他收留了你。听听那乌鸦的叫声，”她接着说，“跟着那些雪蜂。你的儿子在等你。”说到这里，老妇人开始不停地哭泣，丽塔温柔地把她送到洗手间，我离开了。

（六）

汉斯说，《雪女王》的作者是一个相貌平平、不善社交的丹麦人，那是一个关于成长的故事。故事里有两个孩子，一个男孩和一个女孩，命运的曲折将他们分离。雪女王本人便是这种命运，她是一个神秘的人物，美丽而危险——“苗条而炫目”——她迷住了那个男孩，邀请他骑上她的雪橇，把他裹在自己的皮袍里——“爬进我的皮袍里”，她诱惑地恳求着——并且带领他去了她的冰宫。我们知道她是危险的，因为在去冰雪宫殿的路上，雪女王说：“从现在起，你不会得到更多的吻了……否则，我将以一个吻给你带来死亡。”

汉斯说：“但故事的精彩之处在于，在上述任何一件事发生之前，魔鬼们丢掉了一面特殊的镜子，镜子碎成了几百万块，嵌在人们的眼中和心里，造成了人们对世界的扭曲看法。出于某种不得而知的原因，我喜欢那个镜子的主意。”“你就喜欢矛盾之处，”我指出，“喜欢灾难。”“不，”汉斯说，“我喜欢灵魂迷失的主意。”

这个故事是一个可笑的、明目张胆的关于性诱惑的故事。美丽的女王，“裹住”男孩的“毛皮”，坐雪橇前往“另一片土地”，甚至那座散发着堕落后、性交后的寒意的宫殿……我们当中谁愿放弃对魔法的迷恋？

“我们都是迷失的灵魂。”汉斯悲伤地说，随后他悲伤地走到泰勒明电子琴前，弹奏了一曲《彩虹之上》，听起来就像一只鸭子在嘎嘎叫。但我仍在想着雪女王，她总是让我想起我的母亲，她也给了我毛皮衣服和一间冰冷的房子，在我年轻时，她有好多年一直居住在一个神秘的地方。这让我想到了我的儿子，我并不愿意想起他，于是我改变了我的思路，转而想到了想象的力量……

尽管我们无法确切地预见“匪夷所思”的事情（我这么想），因为那些事情尚未对我们显露，我们仍然可以将一种欣喜若狂的感觉与这种虚无缥缈的联想联系在一起。它可以占据我们的心神，指导我们最微不足道的行为……

仿佛读懂了我的心思，一群紫罗兰似乎要齐声唱颂强迫症，直到被一枝玫瑰打断。这枝玫瑰好像在谈论人格障碍，说格尔达在她坚持不懈的追求中表现出了强迫症的所有症状，她无法把小卡伊（她已经不再是小卡伊了）从她的脑海中赶走。在某种程度上，玫瑰好像在说，格尔达迷恋着那不可挽回的过去，迷恋着那一体性的童年。可以说，玫瑰似乎要继续生长，她无法应对成年生活的复杂性，尤其是她自己即将到来的成年生活。

就在这时，那只乌鸦出现在窗前，被它习惯的一群雪蜂包围着，看起来有点疲惫，好像经历了一场比平常更猛烈的暴风雪。你们都错了，乌鸦说，《雪女王》是一个哥特式的故事，像你愿意看到的那样，一个女孩经历了一场冒险，短暂地掌控着自己的命运，却发现一切的努力最终只是得不偿失。“哈，”乌鸦冷笑着说，“所有的追求下场似乎都不外如此。”

“或者，”猫说，“这是一个乱伦的故事。”我们认识以来，这好像是它第一次表达自己的看法。那个故事让我想起了《惊魂记》，只不过结局有所不同。男孩逃离了女孩和祖母令人窒息的魔掌，回到了泪水之谷，最后不可避免地屈服了。这就是一出彻头彻尾的弗洛伊德的戏剧。

“迷失的灵魂！”汉斯插嘴道，然后我们都沉默了。

（七）

很久以后，我才意识到汉斯对“迷失灵魂”的爱也许可以解释他对我的仁慈。

我在去丽塔的发廊的路上遇上了比平时更可怕的暴风雪。当我往前走的时候，我都看不见自己的脚了，我盲目地向前走，希望不要掉进敞开的下水道或者撞上卡车。狂风猛烈地刮着，把我的雨伞吹走，天知道它被甩到了哪里。我非常冷，我只能学会那个把戏：容许寒冷进入你的身体，以便使它彻底失效。

无奈之下，我溜进了一个叫菲斯克的古董商的店铺。这是一个狭小的、散发着悲伤氛围的地方，到处是灰尘和蜘蛛网。菲斯克从后面的房间里出来，手里拿着一把白面包皮，对我微微一笑。“你需要些什么吗？”他礼貌地问道。我解释说我只是暂时在这儿躲雪，但我很乐意参观一下。

事实上，菲斯克的古董店是逛街者的天堂，里面有猫头鹰和疣猪标本，大量图书，一排排的盒子——小陶瓷盒、景泰蓝盒、象牙盒，点缀着珍贵珠宝的香水瓶，一堆墨水笔，还有十九世纪的服装。特别引人注意的是一套扫烟囱的服装，套在一个没有眼睛的人体模特身上。

我懒洋洋地凝视着一个木盒子，上面装饰着二十世纪中叶的木头——盒盖上有一只龅牙海狸，下面笨拙地雕着“牙签”这个词——我有如此强烈的似曾相识的感觉，以至于不得不抓着菲斯克的前臂来保持平衡。

即便坐在菲斯克好心提供的扶手椅上，我仍然无法摆脱这种似曾相识的感觉。店里的一切东西——盒子、钢笔、衣服，尤其是书——都有一种奇怪的熟悉感。我坐在那里漫不经心地浏览它们破旧的书脊，扫视着那些我从未听说过的书名。即便如此，这些书对我来说依然很熟悉，那种感觉就像当你从中间开始读一个故事，你仍然有着那种以前读过它的感觉……

因此，当我看到一本绘有凯·尼尔森的插图的《安徒生童话》时，我并没有感到奇怪。那是一本我母亲给我读过《雪女王》的版本，这个故事像她身上的香水一样让我害怕。

在倒数第二幕中（我记得是这样），雪女王告诉小卡伊，如果他能在冰柱中拼出“永恒”这个词，她就会给他自由。卡伊失败了。然而，格尔达出现了，她的热恋融化了他的心。

菲斯克说：“那本书我可以优惠卖给你。”但我不知道我是否想要拥有它。我离开了很长一段时间，完成了大量良莠不齐的工作。这批货被安置在离城几英里远的地方——只剩下残余，在这一点上，它们对我来说不再有意义了。即使是现在，对于上了锁的手提箱里的记忆，也只会让人想起字迹模糊、潦草的墙壁。

然而，对儿子的记忆使我想起了大海……

最后一次见到他时，他住在一辆黑色凯美瑞车里，瘦得可怕，伸手向窗外乞讨。他的脸，乌鸦这样报告，已经变成了一副轻蔑的面孔。当一个路人拒绝把 1 美元放到他的手里时，他便朝那个人吐痰。这些令人沮丧的消息使我对大海的记忆荡然无存——尽管我尽了最大的努力想忘掉儿子，但他始终在我的脑海里挥之不去。

啊，美丽！悲伤！我想，全都不是。在我眼前闪现的也许是那个堆沙堡的漂亮男孩。他的膝盖擦伤了。

还在下雪。这场雪可能会一直下下去。在任何情况下你都很难知道该做什么，更不用说那些需要我们与当前天气做斗争的情况了。他从自行车上摔下来，膝盖擦伤了。

我擦了一点双氧水，贴了一些创可贴。世界是光辉的、完美的，大海在岸边留下了白色的泡沫。在片刻之后，我们就会回家，一起做三明治，我给他讲故事。我给他读过雪女王的故事吗？我认为没有。他会害怕的。

尽管我的母亲——看起来就像雪女王——给我读过那个故事。

在那些日子里，我愿意做任何事情来保护我的儿子。

如果我现在遇到他——比如说在一条白雪覆盖的巷子里——我无法融化他的心。和格尔达不一样，我的爱已经消逝。看来我们注定要分道扬镳，继续在自己的黑暗中半盲目地前行，不再是我们曾经的样子。

这是大多数故事的结局，我悲伤地想到。没有盛开的玫瑰，没有夏天，没有人手牵着手。

片刻后，我会付给菲斯克所需的金额。我会把书塞进夹克里，然后加入战斗。

● 在《雪女王》中，我试图让安徒生这个著名童话中的一些主题重新焕发生命——雪、会说话的鸟、花朵，以及“消失”和“失去”这两个概念。我的兴趣不在于复述这个故事（卓越的原版不需要被复述！），而是创作出我自己的具有创新精神的小说。

像安徒生一样，我把故事分成七个部分，但这是两个故事唯一相似的地方。在我的《雪女王》中，我想捕捉到一些让我着迷的来自原版的特质——危险与怀旧的怪异混合，以及一种神秘而恐怖的冰冷气氛。在我的版本中，一个值得注意的缺失是雪女王本人，这种缺席，我认为是一种挑衅性的空白，是故事的核心，同时暗示着她在其他地方的存在，她不仅是“诱惑”叙述者儿子的毒品，也是更抽象的东西：眷恋与爱情的诱惑。

我也添加了一些与安徒生的故事巧妙相关的主题。其中最主要的是阅读的概念以及它的多功能性：作为解释，作为社会活动，作为记忆和抑制记忆的渠道。我的版本必然是支离破碎的，尚待解决的……

因此我没有附上一个“从此过着幸福快乐的生活”的结局，像《安徒生童话》中的那样——相反，依照当代人的情感反应，我认为叙述者最终会接受她不可避免的悲伤和失去。

我的故事，最终，是一次探索、一份混合物，它在另一份文本中翻找，潜入到早期的、零碎的经验之中。

——卡伦·布伦南

绿空气

● 瑞可·迪科尔内 *Rikki Ducornet*

曾经，她备受珍爱，如今她躺在抽屉里，只是那只松木箱子的储藏品中的一件。箱子搁在一扇窗户下面，在白天总是关上的。他的小狗看守着它，以防有人闯入。

整整十二个月以前，他们一起用脚步丈量了他的舞厅：从一侧走是 666 步，另一侧是 666 步。那时他们如胶似漆：一起做爱，一起挥霍。他的吻尝起来像甜丝丝的烟草，他给了她快乐，她的性爱尝起来也像烟草。

她的口袋里有一个火柴盒，这是那个时候留下来的，那时她还是——或者她以为自己是——唯一一个替他点燃雪茄的人。但是现在，她成了他的严苛管束的受害者。她整日叹气，试图理解他那强盗般的头脑，以及自己的深居简出。无法入眠。她有全世界的时间去回忆那些疑惑和邪恶的神色，那种神色经常出现在他的眼睛里，而她为此曾替他编造了无数的借口。

“我的爱！”她惊恐地回忆起自己一直以来的请求，“请在看我时友善一些！”

然而他依然非常冷淡，似乎是对那只烤鸡不满意。她无法与他交谈，她的感情坚韧不屈。

在她的陪伴下，即使他不是十分疲倦，他也会烦躁、怒不可遏。她认为如果有人渴望进入月球之上的领域，那么她的丈夫就选择了居住在月球之下，并且借此肩负着那个星球的阴影。当然，出于这个原因，他的心灵受到了腐蚀，他的情绪变得阴暗。然而，他会在妓女的房间里重振精神，他的笑声“哗啦哗啦”地响在街上，像冰雹一样。他衣着光鲜，悠闲自在，而她则形单影只，踌躇于他的缺席。她仍然坚信那些愚蠢的理由。

“对我微笑，我的爱人。”她乞求着，把胸脯压在他身上，那是最成熟的无花果。他的眼睛闪着恶毒的光，他饶有兴味的轻蔑挫败了她的美德。她满怀渴望地看着他用那只美丽的手抚摩着他的胡须。最后一次吻她时，他恶毒地咬了她的舌头。鲜血顺着她的下巴流下来，他把她从床上赶下来，把她拖到雪松木箱前，尽管她喊道：“不！不！我不是一个老太婆！我还很年轻！即使是甲虫！”她尖叫，“也能自由自在地活动！即使是无足轻重的蜗牛！扎帐篷的！拉骆驼的！连毒蛇也在太阳下，在黎明的凉爽中前进！”

第一个被关起来的晚上，她注意到外面街上的喧闹声先是减少，随后完全停止了。箱中的其他物件洒满血迹，沉默无声。他们的啜泣变得安静，他们的叫喊随之寂灭。冬天很冷，没人记得有过这么冷的天气！她从那商人的咖啡炉火上捕获一缕烟，便点燃了一根火柴。一瞬间，世界变得更仁慈了。

她在那个抽屉里学到了最后一课：她的天性——谦逊、慷慨和善良——无法保证她能让别人感兴趣，或者得到同情。她唯一的希望是：她那可怕的身体状况可能是一种意想不到的运气，它可能会带来一些东西——世界运转的方式是神秘的——某种……她难道敢想象吗！令人惊奇（那只小狗是这么说的，它的尾巴高高地翘着，眼睛像两个碟子，每个碟子都盛着一枚发黑的蛋黄。“等着瞧！等着瞧！一些奇妙的事情将会到来！”）。

抽屉是唯一可能的结束，因为它是一切的开始。或者，更确切地说，她是在什么地方发现这些人工制品的呢？这些人工制品让她意识到有些事情正在发生，而且不只是在她的脑子里，请当心！他们的婚姻还崭新无比！刚刚开始！前妻的身体依然是温暖的！——那是一个虚构的事。这个抽屉——所有属于丈夫的东西——都是禁忌。他的口袋里装着的小银器和钥匙也是——禁忌！但是有一天，屋内充满了阳光，当她沉浸在身为妻子的天真无邪的义务中时，她发现自己被推进了那个抽屉，现在就在里面憔悴地躺着。

你看，这都是小狗的错，它此前总是安静得出奇。当时，它的喉咙里立刻发出一阵骚动，不停地朝她吠叫：“看看这个！”它坚持叫道，“来啊！到这儿来！看看这个！”随后一切就发生了。

她走到那只箱子跟前，心怦怦乱跳，不仅因为她要做的事是被禁止的，而且因为她要做的事将改变一切。

一盒金戒指、他那些削尖了的铅笔和钢笔、他在街上行走时用的小铜管乐器，她不假思索地把一盒火柴装进了口袋；她找到了一些小棍子，那是用来固定他的衬衫领口的。（真令人惊讶：他在早上如同一个内心痛苦忧伤的老人，仿佛夜里他曾亲眼见过甚至参与过世上所有的恐怖，随后进入浴室，他的更衣室，把自己转变成一个王子。他眼睛里洋溢着喜悦，用完早餐，像一头肌肉发达的狮子一样放松，随着太阳在日益深邃的天空中升起和落下，他整日都用渴望填满她的心。）

啊，但这都是些什么？她发现两本小书在抽屉的深处，没有装订，用绳子捆在一起。“你找到了我们！”它们尖声尖气地叫着，吓了她一跳。“是时候了！是时候了！”它们掀开封面，直接飞进她的手里。小狗用后腿一蹦一跳地跳，它也叫道：“是时候了！是时候了！”她的手抖得很厉害，难以把绳子解开。

第一本书，上面那本，她很熟悉。它包含了他们短暂的蜜月时乘船的名字，他们访问的城市——比萨、庞贝……旅馆的名字，花园的名单，博物馆……她忆起所有那些遥远的地方，在那里他们似乎疯狂地相爱，尽管……一切都是他用粗笔尖写的，墨水黑得像沥青。然而，第二本书在第一本书的下面由于渴望而颤抖着，她必须马上去读它。这本书包含了她丈夫的梦，刺激着她的心。

有许多梦，数量不等的梦，是关于E的。穿绿衣服的E，梦就是这样开始的，穿绿衣服的E在笑。E，她的绿裙子被推过大腿，掀过臀部，而他，那个梦想家，那个她的丈夫，在干E，干她的阴道，干她的屁股。在绿色的房间里，E光着身子坐在绿色的沙发上——为什么所有的东西都是绿色的？她自己可怕的忌妒怎么能给一个梦上色呢，一个她一无所知的梦？这有毒的空气，这绿色的空气，这种她被迫呼吸别无其他选择的空气，怎么可能是梦本身的颜色？

在梦里E说：“我要把你干到泣不成声。”可哭泣的却是她，那个被出卖的人。

外面在下雪。她只剩下一根火柴了，她决定把它存起来。他的梦快要冻死了，它们像雪貂一样钻进她的心里：它们不愿放她走。

他和一个女人发生了性关系，那个女人脸色苍白，淡褐色的眼睛上有金色的斑点。是的。多么迷人的女人——她能欣赏这一切——各种各样的女人。她的额头上有金色的斑点，像鸵鸟蛋一样光滑。她的乳房也一样，沉重而苍白。她认出了一个女人，她曾经给过她一杯完美的茶，那是很久以前的事了，那时她过着优雅的生活，在那些现在无法到达的房间里自由自在地游荡。女人生动地回忆起他们在一个迷宫的妓院里或是延伸到比萨斜塔下的墓穴里做爱，或者也可能是在庞贝，因为到处都是掉落的灰烬。他对它们感到窒息。她对他们感到窒息。

她丈夫的梦都是混账的梦。他干自己的儿子，那个瘸腿的、有畸形足的、跛脚的儿子。“我伤到你了吗？”他在梦中问。“我伤到你了吗？”他坚持问道，做着他的梦。他的儿子却不说话。他们在梦中居住在寂静里。

一年的时间，浓缩成了字母和梦中事物的色彩：黑色的灰烬、一具白色的躯体、房间里的绿天气。在最后一段，他被一个可怕的人干了；他不知道是谁。她没有颜色和文字，像死亡一样，她是一个肮脏的影子，沉重地笼罩着他。裹尸布？他想。他一直在死亡的阴影下做爱？就这么简单吗？

天气太冷，她无法忍受，只好点燃最后一根火柴。它的热量和可见度为她提供了瞬间的希望，却又迅速消散。她抱着她的膝盖，陷入了她自己的一个梦，这个梦就像这些天来她所有的梦一样，像是来自某个致命星系的邪恶访客。

在她的梦中，他们一起站在一条似曾相识的乡间小路旁。一个电影银幕被设置在一个沟渠里，E，身穿绿色裙子的E，站在一个放映虐杀电影的放映机后面。图像把银幕抹污了，像是肮脏的水。

她想转身离开，但他把她的手腕按在背后，当他的性爱变得费解和残酷时，他强迫她去看。她的头和眼睛也被固定住了，所以她不能看着别处，她将永远被迫看到他无法不看的东西，他夜复一夜地在可怕的梦中看到的所有东西。

在冬天的街道上，人们来来往往，带着从远方运来的黄色奶酪和各种颜色的水果回家。她听到了小贩的叫卖声，心里充满了渴望，想象着咬一口新鲜摘下来、汁水盈盈的红色水果会是什么样子。

她意识到，如果麻风病在这个地区肆虐，那是因为众神是不可战胜的。

● 凯特·伯恩海默向我约稿一个童话故事的时候，我正在写一篇小说，那时我才意识到，这篇小说的灵感在很大程度上来源于《蓝胡子》和《卖火柴的小女孩》。事实上，这两部作品经常以不同的形式影响我的作品，例如《玉壁橱》（“The Jade Cabinet”）中的塔布斯是蓝胡子，《污点》（“The Stain”）中的夏洛特则是卖火柴的小女孩。我刚进入青春期时，父亲的一个朋友送来了一大箱古老的童话故事书，它们有皮革封面和厚厚的、未经裁剪的黄色书页。这是一本世界各地的童话故事选！我在严重损坏了第一本书后学会了如何裁书页，在我的手被皮革染成红色的时候（书装订得非常粗糙），我已经读完了整个系列，并且一次又一次地重读它们。我一直很喜欢童话故事，但这些书尤其令人难忘，因为它们的美丽，它们不受拘束的猛烈，甚至是它们的色情（我记得《水妖》是一个充满强烈愤怒的故事，《蓝胡子》的故事则如同染血的冰）。这篇《绿空气》尝试去摆脱这些了不起的书的影响，其中一些影响邪恶不已！没过几年，母亲在我不知情的情况下把那套童话故事选送人了，我则继续我的追寻。

——*瑞可·迪科尔内*

狗眼

● 露西·科林 *Lucy Corin*

一名士兵在路上走着，无拘无束，两手空空，他还没有碰到敌人。路的两旁种满了树，道旁不时会出现一间歪歪斜斜的小屋，又矮又破。肮脏的院子在它的脚下，就像一个颜色暗淡的袋子。士兵以为他是在往家走，但是在路的尽头根本就没有人。他经过一间小屋，屋外有一只拴着绳子的小狗在叫。狗的盘子刚好在绳子够不到的地方，狗吠叫着跑向盘子，试图够着它，却由于脖子被绳子的一端束缚，又吠叫着跳了回来，然后一遍一遍地重复同样的举动，脖子上的白毛随着它的头一起抖动。士兵可以看到碗里什么也没有。

当他继续往前走的时候，树木变得更粗壮了，填补了空间；树冠变得更完整，离地面更远了。他在一间被熏黑了的小屋的门廊上遇见了一个小女孩，她穿着一件破旧的漂亮裙子，正在把树枝折断，拿来做成火绒。通过破烂的缎带和柔软的蕾丝蝴蝶结，他可以看出，那条裙子的布料曾经是明亮的，彩虹颜色的，富有光泽。女孩的眼睛由于她的黑眼圈而变大，她的皮肤虽然被煤灰弄脏，却如同那条裙子的光泽一样，在微微颤动。

隔壁的小屋，在脏兮兮的院子里，一个老妇人正在搅拌一口煤堆上的大铁锅。有那么片刻，士兵以为这是他的母亲，于是，他抽出手向她挥了挥，但他很快就看出那不是他的母亲。那是个女巫。然而，她依然有些像他的母亲，部分的他认为，他所目睹和经历的一切很有可能会把他的母亲变成这个样子。另一方面，尽管他能看出她是个女巫，但他仍然感觉到了对母亲的那种信任和渴望——即便后者在多年以后已经变成了一个女巫。

女巫叫了他一声，她的脸是铁锈色的，

浑身冒汗，或者说冒着热气。她的手里拿着一把弯曲的勺子，拿勺子的那只手藏在斗篷里：“当兵的！我看见你用你奇怪的眼神看着我。我一眼就看透你了，我知道你想要什么。”

士兵说道：“你的锅里煮着什么？”

他想，我敢打赌你以为我想成为一个更好的人。

女巫说：“我知道你想要什么。你想要钱，我知道在哪儿能弄到钱，没什么难的，动手就是了，我知道怎么弄到钱。”

她是对的。这是他想要的。他甚至忘了问为什么她住在茅屋里，却知道上哪儿能搞到钱。可是她就在这里，而且她是对的，他确实想要钱，所以士兵忘了问为什么女巫的茅屋塌到了一边，为什么她穿着女巫的破布，以及她是否有个去打仗的儿子；他忘了那口锅，可能有东西在里面炖着，可怕的东西，好吃的东西。他的脑子里只剩下钱的念头。

“把这根绳子系在你的腰上，”女巫说，“跳下这个洞，进入这棵深深的空心树。你会和我拴在一起。不要害怕你将看到的东西。哈！你见过比这更糟的。你会看到几只狗。对第一只狗眨眨眼；对第二只狗眨眨眼；对第三只狗，闭上眼睛等待。你会在下面找到一个小小的皮革做的钱包，我只要求你把它带给我。如果你不这样做，我就不把你拉上来，到时候你就会知道什么是害怕。”

于是他把绳子绑在自己的腰上，女巫拿着绳子的另一头。他跳进了那棵空心树，深深地掉进了树里，也掉进了地底下。啪！他的脚碰到了地面，周围一片漆黑，他什么也看不见。在黑暗中，他想到了那只小狗，它笨拙地在皮带的末端挣扎。他想起了那个小女孩，并且意识到当他看到她的时候，他脑子里涌起的一连串可怕的念头：把她砍成碎片、喂她喝汤、摇她入睡、把她吃掉、给她穿好衣服。他把双手放在腰间的绳子上，因为他感到呼吸困难，像是被绳子勒住了肚子，但很快他的眼睛就适应了光线。他可以看到树木内部弯弯曲曲的影子，在他周围的墙壁上；凸起的虫洞和蜂巢如同迷宫，但他分不清凹下去和凸起来的地方。不过，不仅是他的眼睛在调整，光线也在变化，光线推着他走，引导他穿过黑暗。光线扩大了照射的范围，空间也随之扩大，很快他就看到整个房间如同被一百盏燃烧的灯照亮。

这个有通道的房间使得他想起了一些事。他记起了在战斗中用剑撕开了一个人的肚子，他看到自己仿佛在那个人的肚子里，从这里往下看，那个人明亮的肠子，同时在他们两个人面前的地上跳动。似乎是由这个念头所导致的，一只巨大的蓝狗出现了，它守卫着一个装满钱的金子做的箱子。

这只狗的眼睛大得像雪球，闪闪发光，水汪汪的，但女巫是对的，士兵经历了许多事，已经没有什么能让他感到困扰。他甚至不需要去想她的指示，就像她和他在一起，好像他能通过绳子感觉到她。你需要割断围裙带，在这个世界上找到自己的路！当人们看见他为母亲的小屋砍柴的时候，他们是这么说的——当他应征入伍的时候，他是这么想的——当他向那只巨大的狗眨眼睛的时候，他的脑子里想的是这件事，而不是女巫。那只狗躺下，把头侧向一边，让雪停下来，它的一只眼睛里映着埃菲尔铁塔，另一只眼睛深处闪着金色的金字塔。它让士兵打开箱子，往口袋里装满期票。

这令人失望。期票。他必须冒充别人才能收到钱吗？他会一辈子从一个债务人到下一个债务人，穿着鲨鱼皮衣服去敲诈别人吗？这听起来像一份工作，而不是魔法，但至少这是一条有着许多可能的金钱之路。士兵看着那只和蔼可亲的狗。“被你打败了。”他说，但还是把口袋塞满了。狗摇了摇头，雪下了起来，远远望去，自由女神像和中国长城上的积雪成堆地落了下来。接着，狗的眼皮闭上，山洞再一次变黑了。

因为有了钱，他变得极其自负。他用剑把女巫砍成碎片后没有多加考虑，便把打火匣拿走了。然后进了城，在那里他得到了尊重。他花钱大手大脚，最后身上只剩下了打火匣，他终于注意到了它。为了点燃一根蜡烛，他擦了一下打火匣，心里想着被国王和王后锁住的公主，她是在黑暗的盒中的一点光亮。

士兵感到迷失、恼怒和被出卖了。他在黑暗中一阵恐慌。他伸手去拉绳子，准备爬上去给女巫一点颜色瞧瞧，然而房间开始变亮了，这次是从下往上，像从飞机下升起的阴影一样，在他面前出现了一只更大的、更蓝的狗。这只狗从午睡中不悦地醒来，打着哈欠，伸着懒腰，巨大的肩膀像山一样，眼睛像国会大厦的圆顶一样大。魔法随着光线升起，从狗的眼皮底下散发出来。这只狗是如此大，它的头抵在了房顶上。房顶一定已经被抬高，现在能容下它和它的眼睛。士兵穿着靴子，每分每秒都在颤抖。他脑子里一片空白，也许是出于好运，也许是神的旨意，他眨了眨眼睛。

他听说过关于她美貌的传闻，那些传闻此刻在黑暗中越发熠熠生辉。他擦第一下时，第一只狗出现了，眼睛很大。士兵要什么？他想要钱。钱是取之不尽的。如果他擦第二下，就会出现第二只狗，它的眼睛更大，性格更可怕。第三下，第三只狗出现。这是一只非常、非常可怕的狗，长着有史以来最大的眼睛。但第一只狗已经够了。第一只狗带来了钱。然后，当士兵要求时，这只狗会在夜里把可爱的公主从床上抱走，让士兵在夜里对她做他想做的一切——我们清楚，我们清楚他的愿望。到了早上，女孩把梦境

这只狗守护着这些珠宝，士兵知道他最终必须把它们当掉，但它们看起来仍然很美，映照出它们来源地的文化历史——金色图标在黑暗中摇摆，有的用各种语言和符号刻着诗歌、家族和先祖的名字。手镯和胸针、手表和袖扣，是人类幸福的残余、美好的时光、传承下来的价值以及得以实现的欲望，是人们渴望、创造或接受的东西。他扔掉期票，在脖子和胳膊上堆满了珠宝。他把珠宝堆起来，这些独具特色的珠宝加起来能够照亮一个人。

重量压在他赤裸的脖子上，把他的四肢拽向地面——他开始觉得自己很伟大，感觉到拥有这一切，拥有每个人的传家宝会是什么样子。每件珠宝都抹去了另一件，到最后，它们所带来的感觉是相同的——众多生命的线索。在那一刻，士兵感觉到其中的任何一条线索都有可能是他的。

他希望在路的尽头能找到什么呢？母亲的怀抱？她的死亡？

第三只狗。它的眼睛像行星一样大，一只眼睛围绕着光环，另一只眼睛里浮着一团红色的气体。那是幻觉般的光芒，一种被火焰和鬼魂填满的光。它闪烁着，支

告诉了母亲，王后派了一个走路飞快的女仆来看守公主。夜里，那只长着大眼的蓝狗又来了，女仆追着它跑，在士兵的公寓门上打了一个X，可惜被狗发现了，于是它在城里所有的门上都打了X。可是在第二天晚上，女孩裙子下面藏了一个有洞的面粉袋子，面粉留下的痕迹暴露了士兵的踪迹。于是士兵被抓住了，并且即将因为他的罪行被绞死。在绞刑架上，士兵的脖子上套着绞索，他要求拿到打火匣，这样他就可以抽最后一口烟。打火匣被送到他面前。他擦了一下，两下，三下。狗来了，把国王和王后撕成了碎片，离破碎。士兵闭着眼睛，屏住呼吸，在恐惧中，他的脑海里涌现出一些不愉快的片段：对童年的回忆（被棍子戳），对战争的印象（被刀子捅）；那个穿着黑色彩虹色长袍的小女孩，以及当他在做他想做的事情的时候，一只蓝色的、有三个头的狗扑向他，把他撕成碎片，将女孩带到安全的地方，坐在蓝狗背上的女孩抱着那只有皱领的白狗，两只狗都在边后退边往回看，士兵看着他们后退，看着自己的四肢散落在森林里。类似的想法还有更多，以至于他害怕自己闭上眼后看到的世界，就像害怕他面前的怪物一样。出于这个原因，他睁眼看着那只安静地躺在那里的狗，就像从太空中看到一片汪洋。那只狗看起来凶悍但冷漠，对他无动于衷。

这个箱子里装着现金，大面额钞票、小面额零花钱，这些钱预示着无穷的可能性，一个有保障的未来。这一次，当太阳落入那只最大、最可怕的蓝狗的眼睛里的时候，士兵还沉浸在财富中，在闪烁而温暖的黑暗中昏昏欲睡。在昏暗的灯光下，他舍弃珠宝，往靴子和帽子里塞满钞票，麻木不仁地装满自己的口袋，然后拉了拉绳子。

也把镇上的很多人都撕成了碎片。留下来的人让士兵当上了国王，他娶了公主。据说公主非常喜欢当王后。这一切都很有道理，除了面粉的部分。

女巫大声喊道：“拿那个钱包！”他环顾四周，在狗的余晖中，他发现了一个松松垮垮的黑色皮口袋，袋口有拉绳，当他的脚离开地面时他一把抓住了它。他朝上爬，朝上爬，腰部向上，如同一棵空心树。他站在森林里，和女巫对视着，很好地适应了光线。他站在那里摸着自己的钱，拳头里紧握着皱皱巴巴的钱袋。“这就是你想要的？”士兵说。

“是的，把它给我。你已经拥有一切了。”女巫说。

“你认识我母亲吗？”士兵问女巫。他凝视着她的眼睛，那是老鼠的眼睛——谁知道呢——也许那真的是老鼠蠕动的眼睛，是女巫从老鼠那儿挖出来给自己用的。谁知道她有没有自己的眼睛。谁知道眼睛的故事是什么，她失去了它们，还是她自己的母亲夺走了它们。“我在去找她的路上，”士兵说，手里拿着钱包，这样她就可以看到它了，他的声音里充满了怀疑，“然后我就遇见了你。”

“我怎么知道？把钱包给我。我是认识一些人。我怎么知道他们的事？我只是个女巫。把钱包给我。”

士兵捡起从腰间掉下来的绳子。他把

女巫推到树上，让她堵住洞口，然后把她绑在那里。

“让我走，我会告诉你怎么用这个钱包。”女巫说，“我知道你是个无底洞，你也知道，你这个傻瓜。你从小就知道。让我走吧。”

“先告诉我，女巫。告诉我，否则我就告诉所有人你是谁，我知道你是谁，也知道你有什么事情瞒着我。”

“你一无所知。”女巫说。可是她告诉了他。她说：“当你需要钱包时，钱包会说，‘我是一个嘴巴紧闭、皮肤紧绷的旧钱包。我是一个钱包，就像你用来放东西的罐子。我是万物起落的源头。我是空的，我是满的，这就是你需要知道的一切。’”

“这就是钱包要说的话？”

“它会这么说。当你需要它的时候，它就会这么说。你什么都不需要知道。”

士兵想了想。他想起了他从谣言和自己的经验中了解到的关于女巫的事情。“可是我还是不知道该怎么办。”他说。他越看越觉得女巫像他的母亲。他说不出为什么。就好像她在不停地变化，在某一方面更像他的母亲，但在另一方面却越来越不像。他几乎不记得自己有钱。他试图集中精力想着钱，因为这对他的未来很重要。然而，那个想法稍纵即逝。

“把你的嘴对准钱包的嘴，”女巫说，“不是用你的声音，而是用你的意念和舌头去呼唤，去进入黑暗。闭上眼睛，感受它。你会知道该怎么做。你会得到你想要的，它就在那里。”

他放弃去理解，但他能看出她在取笑他，让他感到淫荡。他本来打算把她留在那里，她要么会遇到一些能吃的动物，要么就会饿死。让她遇到一些对自己有利或者饥饿难耐的动物，可是他却拿起猎刀刺向她的腹部，所有的血和空气都涌了出来，她变得像一个空的黑色破布袋似的绑在树上，有点像什么东西，像的东西很多，但他说不出具体像什么。

他进了城。他去了酒吧，在掷飞镖比赛中挑战一个男人。他玩飞镖赢了啤酒。那里有一个他从高中就认识的女孩，她没有认出他来。他们去了她家。她比他大了很多。他试图看到她本来可以成为的那个女孩，但他看到的只是她。他们吃她橱柜里的奶酪和饼干，她乐意和他做任何事，他们做了几个小时，尽管她的皮肤很糟糕。她喝醉了，情绪混乱，他最后不再去注意她。第二天早上，光线照进来，足以把所有的灰尘照出来。她住的地方有股尸体的味道。“不带我去吃早餐吗？”她问。一开始他说：“当然。我会带你去任何你想去的地方。我会带你去你从没去过的地方。”他把手伸进口袋，想把手指放在他的钱上，里面什么也没有，只有一抔灰，靴子里也一样，帽子里也一样。他走到走廊上，快要疯了，他盯着那个钱包，希望它开口说话，但它什么也没说。他撕开钱包的嘴，直到它裂开了。他用自己的嘴抵住它的嘴，尽管这比任何事情都更让他恶心：比那个长脓包的女孩，或是那个女巫还让他恶心；比他了解或听说过的任何战争中的时刻更恶心；比他母亲做过或说过的一切更恶心，不管她曾经做过或说过什么，也不管他有过或是试图不去有什么想法。没有比人工呼吸更糟糕的事了，钱包里什么也没有。天啊，那些狗，那些狗是怎么回事？它们沉默不语，它们是那么蓝，那么大，它们有那样的眼睛，容纳世间的一切，凶猛，迟钝，令人费解。永远不要来救我们，我们不值得。

● 童年阅读童话故事时，一只蓝狗它的“眼睛像碟子一样大”这句话，连同我父母收藏的《打火匣》的插图是我记忆中最清晰的形象。故事本身我记不清了。当我重读的时候，我激动地发现，这个故事的内容同样吸引着作为成年人的我。当然，我喜欢那些狗，我爱大型犬以及随之而来的一切：借来的力量和神秘；不道德感，或者说，它至少是这样一种道德，它挑战了我自己的道德观念，并且使得它复杂化；（令人意想不到的）盲目的、容易被滥用的忠诚。但我也发现，对于人们是如何变得强大的，以及贫穷对人们的影响，安徒生的原著有着惊人可怕的洞察力。我的第一部小说是关于“心理杀手”的，关于他们如何在神话和政治历史中——而不仅仅是在当代流行文化中——发挥作用，这个故事则是另一个例子。我选择复述它两次：一次着重指出原著中令我感到惊奇的地方；另一次则是用一种“当代”的方式去复述它，有意识地赋予主人公以心理深度，把故事从一开始“神奇的”叙述空间挪移到最后那个平凡的“现实”世界，最终，对故事的讲述与时间相符，但同时（我希望）它能够反映出平庸现实主义的骇人之处。这种并排的呈现在承认故事的历史的同时尊重了它。它同时也在提醒人们注意，随时间的推移，复述是将故事作为活物体验的一部分。

——露西·科林

小锅子

● 伊利亚·卡明斯基 *Ilya Kaminsky*

一个细长的女孩和她的母亲住在我们的镇子上。她们都是好人，但是她们很穷。如同镇上的所有人一样，她们没有东西吃。这个女孩总是在森林里漫游。她一边走，一边折断树枝，吓跑松鼠，她想要找到可以放进嘴里的东西。故事在这里发生了转折：细长的女孩遇到了一个老妇人。老妇人张开她的手掌，在她的掌心：一口锅。

一口小锅。它凭空出现了。

老妇人说："你肚子饿的时候说*煮吧，小锅，煮吧*，这口锅就会给你甜甜的粥吃。"她还说了别的话。老妇人说了几句话，笑了笑，就从故事里消失了。至于女孩，她做了女孩们都会做的事，她跑向她的母亲。她们一边低声说*煮吧，小锅，煮吧*，一边吞下甜美的粥。粥煮好了，她们一直在低喃。粥很不错。但故事还在发生转折：她们把粥喂给了一个邻居的孩子；她们与一只鸽子分享了她们的粥；女孩走路去学校上学，在那里她在教材上学习关于烹饪的知识，却从烹饪书里学到了关于宪法的事。

她走了。她的母亲低声说：煮吧，小锅，煮吧。

小锅在母亲吃粥的时候煮着，小锅煮熟。母亲吃着，母亲吃饱了，该让锅停下来了——

但是她没有任何话去阻止它。

她细长的女儿知道该说些什么。但她在学校学习定理和番茄，以及喜欢番茄的将军们。锅一直在煮。母亲不停地吃着。粥里的食物顶端不停地冒泡。它就这样煮进了故事的下一段，再下一段。厨房的地板很快就铺满了粥，桌子和椅子上也堆满了粥。接着，炉盖被淹没了，在亮着灯的卧室里，这些粥甚至把灯都扑灭了。整个镇子陷入了黑暗。

小锅于是做了小锅们会做的事。

粥开始落在鹅卵石铺成的人行道上，从破碎的楼梯上滴下。邻居的房子铺满了香甜的粥，附近的街道——理发店、裁缝铺和面包房——也被遮住了。邻居们坐在人行道上，吃着饼干、面包和裹着粥的甜馅饼。面包师说：吃吧！吃！而他的钱袋里却装满了粥。

粥很甜。

它升到白桦树的树枝上，树枝结冰了，鸟儿们落下来，在粥里游泳，清洗它们的羽毛。它们也吃了粥。狗在游泳，并且喝粥。鸡发出低微的啼鸣。然后它们溺水了。每个人都祈祷锅停下来，每个人却都仍然在吃。

没有人能停下。

只有一所房子的铜屋顶没有被粥盖住。唯一的一所房子。所有的邻居都坐在屋顶上吃东西，脚在粥里晃来晃去。粥拽住了他们的脚。

想要把他们的脚拉出来很难，但是他们拉了。最后。女孩放学回来了。小女孩在粥里游泳，抓住两本大书。她喊道：停，小锅，停下！镇上的人面面相觑，摇了摇头。

这就是我记忆里的童年。首先是丰富的幻想，是的，可是在那以后：我用我的方式找回了时光。

第二个故事开始了：十八岁的农村女孩塔利亚和她的丈夫——一个白人军官——生了一个女婴，六个月大。他们推着摇篮走在敖德萨的大街上，在德里巴索夫斯卡亚吃巧克力蛋糕。他给她买了一把伞，她正在学法语。到了第七个月，政府发生了变化。白人军官不得不逃跑，因为他制服的颜色在政治上是不正确的。也许他还有别的地方不正确。他从这个故事里逃走了。但塔利亚留了下来，她的女儿七个月大了。

在第八个月，政府关闭了边境。塔利亚开始缝蓝色的裙子，这样她就能买牛奶了。她日夜为歌剧演员做针线活，她在演出结束后走到舞台后面量尺寸，说恭维话，量尺寸。他们爱她。塔利亚缝着，歌剧唱着，汤在小锅里，婴儿快九个月大了。

在第十个月，政府阻止食物进入我省。这是一个轻松的月份。歌剧还在开演，观众仍未散去。但不久，观众开始离开我们的街道。他们以为可以在附近的村庄找到食物。但是附近的村庄没有食物。最遥远的村庄没有食物，但他们不知道。他们在寻找食物的途中去世了。边境仍然封锁。没有食物上桌，餐桌也消失了，最后小锅里也没了食物。肚子开始唱歌，随后歌唱停止了。

婴儿十一个月大了。歌剧演员们走了。塔利亚没有离开。塔利亚啃食泥土。她在地上挖了一个洞，她把她的小女孩的尸体放进缝纫机的箱子里，挖开地面。她自己挖的洞。她什么事都亲力亲为。她甚至靠自己活了下来。她莫名其妙地结了婚。她甚至直到四十二岁都没有再要一个孩子。她自己要这么干的，违背了她新婚丈夫的意愿。她四十岁时，一切都变了。一切有所不同。她收养了我父亲。一切都改变了。她告诉父亲小锅的故事，她教他做饭、切菜，把香料加进小锅里。说话的时候，她的手指会在空气中穿梭，落在我父亲的额头上。“你必须记住这件事。”

该翻页了。从前有一个人，他生活在一个以食物为中心的帝国里。据说他在经营一门地下生意：他销售汤。这些汤非常美味，当政府官员尝到它们时，他们的眼睛都亮了起来。他们带着眼睛里的光芒，走进重要的办公室，走进法院，但他们无法再假装忠于这个统治我们的体制——于是，他们失去了自己的办公室。但汤厂还在继续，有番茄汤、菠菜汤、洋葱汤和鱼汤。他的名字叫维提亚。他中等身材，我出生的时候，他的第二个儿子已经是个中年人了。

番茄汤不仅是一个物质世界——至少在我的父亲看来是这样。我们放入口中的东西不仅滋养我们的身体，还滋养存活在我们体内的东西。苏维埃警察街的那间非法汤厂有些怪异，每个人都这么说，但没人能确定。

● 我从祖母那里听到了安徒生的《小锅子》这个故事。她没读完小学，但她在六十岁的时候学会了阅读，这样她就可以大声读童话给我和我的表妹听。当她读完时，她的手指会落在我的额头上：“你一定要记住这一点。”

几年后，在美国，我在妻子的《安徒生童话》中看到了《小锅子》，我惊讶地发现，它与我所知道的那个故事是如此不同。在大多数版本中，这个故事被称为《茶壶》。想象只是记忆，并且——确乎其然地——来自另一个世界。

——伊利亚·卡明斯基

一桶温暖的唾液

● 米歇尔·马尔托内

Michael Martone

曾经，你往地上吐痰，就可以长出水来。

人们当时是这样说的：雨水跟着犁耙走。他们撒了谎。

我们的犁被漆成了绿色，它们犁开了这一带的草原。草原开裂之处，我发誓，你能听到它漏气、吐唾沫的声音，嘶出嘘嘘声。

这儿漏一点蒸汽，那儿漏一点蒸汽。大地像一锅烧开的水，所有的蒸汽都沸腾成了烟。

雨水从地面喷涌而出，叹息着冲向天空。那些水，朝上流去。

过上一阵子，所有的水都涌入一堵巨大的云墙之中。这堵墙从天而降，覆盖在灌溉它的地面上。

这堵巨大的云墙是由所有那些小蒸汽水珠所组成的，每滴水珠里都含有小小的尘埃，它们被带走，被水汽黏附着。

当狂风吹动那片大大的云层时，尘埃粒子在陆地上移动，从干旱的大地上吹拂起更多的尘土。

更多的尘土。

更多的尘土被灰尘吞没，很快它就变成了云里的灰，以及一点泥浆。

土地已经荒芜。

土地荒芜了，土地变成了空气。我们把这种空气吸进了肺里。

土地填满我们的肺，就像食物塞满我们的胃，然而我们的胃里空空，即便我们有泥土可以吃。当灰尘被吹起来的时候，我们一直在吃它们。

杰克在埋葬他的父亲。

杰克不断地试图把他的父亲埋进土里。

没有人再种地了。没有人耕种。

我们犁地，犁沟就会变平。我们种下种子，种子便被吹走。锄头没有用处，脏风和脏云横扫地面，把所有的杂草都给清除掉了。

杰克一直在埋葬他的父亲。

在那阵脏风中，杰克继续埋葬他的父亲。

杰克挖了一个洞，在那阵脏风中将被裹尸布缠绕的父亲推了进去。

杰克扔进洞里的沙石在铲子上变成了一阵轻烟。他一边填土，一边试图补上他挖的洞。

当他试图往那个躺着他父亲的洞里填土的时候，一整铲子的泥变成了烟。

杰克最后只得从洞两边挖沙子来填补。

杰克把脚下的尘土扫进洞里，让它远离那阵风，让脚下的地面远离那些灰尘，即使那阵脏风已经把尘土冲走了。

他最终往父亲的尸体上盖上了一层毯子似的土。

杰克坐在自己扫进洞里的尘土上面，他不打算休息太久，只是想看看自己能否把这些尘土压住，能否阻止它们再次飘走。

可是，尘土再一次飘走了。

他看着一圈圈的土从他的屁股下面溜走。

杰克会陷进自己挖的洞里，因为土从他坐的地方被吹走，被那阵脏风吹散了。

杰克本来会一直待在洞里，陷在里头，和裹尸布里的父亲一起，只是再也没有洞了。

杰克站起来，开始挖另一个坑去埋葬他的父亲，父亲躺在腐烂的裹尸布里，在他脚下移动的地面上的一个土堆里。

这种情况持续了一段时间。

大约就在那时，那头斑纹母牛没有奶水了。

那头斑纹母牛，她干瘪了。

杰克对此一点儿也不惊讶。

杰克一直在喂谷仓里的那头斑纹奶牛，红色的隔板被这股脏风刮掉了涂层，被风打磨得很光滑。

杰克按摩母牛的乳房，好让她放松下来。那头斑纹奶牛一直嚼着谷仓的木头，杰克在她身后试图让她产奶。

杰克往手上吐唾沫，按摩“老大”的乳房，以便让她产奶。

在她筋疲力尽之前，她只会给他半罐稀糊糊的奶水。

为了得到那半罐奶水，杰克给她的四个奶头挤奶。他按摩着她那皱缩的乳房，让她产奶。

那头斑纹母牛啃掉埋在地下的铁丝篱笆突出的顶部。

脏风里的灰尘会黏附在栅栏上的尖桩和铁丝网上，随后大风掩埋了一切。

斑纹母牛啃篱笆上的草，把钉子弄松。

斑纹母牛舔着铁丝网上的铁锈。她的大舌头舔着铁丝上的锈迹。

杰克发现了一块磁铁。他找到了一块条状的大磁铁，把它喂给斑纹母牛。

这块磁铁卡在了庄稼里。

庄稼中的磁铁把小母牛啃的所有硬东西都吸住了。

这块磁铁没有什么帮助。

这块磁铁一点用都没有，斑纹母牛变得骨瘦如柴。

斑纹母牛完全放弃了。

斑纹母牛完全停止了产奶，连一小口奶都不产了。

杰克的妈妈让他把那头母牛牵到镇上去。

杰克，杰克的妈妈说，把那头堵住的奶牛赶进城去。

杰克的妈妈说，就算没别的用处，她的肉也能卖个好价钱。

杰克的妈妈说那块斑纹母牛的皮已经被风吹黑了。她说，她的皮已经残破不堪。那阵把她的皮变得肮脏不堪的风，同样掏空了她的角和蹄子。

杰克的妈妈说，她已经被废物填满了。

杰克的妈妈告诉他在宰了斑纹母牛之后卖掉那些下脚料。

杰克说他会的。

还有骨髓，杰克的妈妈对杰克说，把它们带回家做面包。

杰克说他会的。

还有舌头，杰克，杰克的妈妈说，把它也带回家。“我们可以把它拧干，把水挤出来，那些从她舔过的铁锈里渗出来的水。”

杰克和那头斑纹母牛起身走了，走到了天空中那堵巨大的云墙后面，脚下扬起尘土飞扬的乌云。

杰克很快就什么也看不见了，他只看到周围的尘土。

杰克甚至看不到绳子另一头的斑纹母牛。

杰克哞了一声。来吧，老大，他说。

杰克听到斑纹母牛在叫。杰克无法在尘土中看见她。

这种情况持续了一段时间。

然后杰克和那只斑纹母牛走进了森林。杰克、母牛和森林都笼罩在尘土中。

这座森林不是由树木组成的。这是一片古老的风车林。这里有成百的风车。成百上千。风车的叶片在多尘的脏风中转动，在黑暗中发出刺耳的声音。

在杰克和在黑暗中哞哞叫的斑纹母牛的头顶、在拔地而起的满是尘土的脏云里，那些锯齿状的风车叶片从视野中消失了。

风在把风车磨成粉。

风车的螺旋齿轮已经磨损，被这股沙砾风刮得干干净净。

风车不能把水抽起来。因为根本没有水。

在很久以前，风车林里的风车就把这附近地里的水都抽干了。风车林正在下沉，沉进塌陷的地底下，那里是曾经的蓄水层。

所有的风车抽起来的都不是水。没有水了。风车抽起来的是沙子。

杰克和斑纹母牛穿过纵横交错的风车林，风车的叶片在他们的头顶上发出刺耳的响声。

斑纹母牛停下来咬了一口其中一座风车塔的木头。斑纹母牛不听使唤。

这时，一个男人——他一直在那里——对杰克说："你的绳子上拴着什么？"

杰克回答那个男人，他有一头没了奶水的斑纹奶牛，他要把她带到什么地方去宰掉，就在这堵脏云的另一边。

那个男人说，“我可以从你手里接管她”，说他有比一头没了奶水的斑纹母牛还要好的东西可以交换。

杰克考虑了一会儿。

杰克考虑到他一直在挖洞，试图让他的父亲留在地底下。杰克想了想妈妈说的话，关于下脚料、牛皮，还有湿漉漉的舌头。

杰克想到了斑纹母牛的骨髓和妈妈想做的面包。

片刻后，那个男人问他：“怎么样？”

杰克对那个男人说：“告诉我你有些什么。”

这人拿出一个玻璃瓶，一个用橡胶塞塞住的小瓶。他把它举到杰克的眼前，这样杰克就能看到里面的东西。

杰克看了又看。

杰克看到瓶子里有一片银色的海。这片海洋，它有细小的、破碎着的波浪以及一切——银色的泡沫以及诸如此类。

杰克感到十分惊讶。

那个男人说，瓶子里的水银珠子在互相吞噬。瓶子里的金属不需要火就能熔化。那是些魔法珠子。

杰克一直盯着玻璃瓶里那些互相吞噬的水银珠子。

这个男人说这是最罕见的。金属变成水，水变成金属。“你把金属水铺在任何一块土地上，看看会长出什么来。”

杰克不想再考虑。

杰克站起来，从那个人手里接过装着水银珠子的玻璃瓶。

杰克把绳子递给那个人。绳子另一端的某个地方是斑纹母牛。

斑纹母牛在黑暗中叫着。

杰克听到那人和那头斑纹母牛往那边走了。

杰克掉头回家。玻璃瓶里的水银，在黑暗中发出它自己的银光。

杰克头顶的风车叶片发出刺耳的声音，在脏云的脏风中旋转。

这种情况持续了一段时间。

杰克的妈妈问杰克用斑纹母牛换来了什么。杰克的妈妈一直在等杰克。在她等待杰克的地方，在房子的台阶上，尘土飘流在她的裙子周围。

杰克给她看了他换来的东西。

杰克向妈妈展示了那个在黑暗中发光的玻璃瓶，里面是由水状金属和金属质感的水组成的微型海洋。

杰克的妈妈很生气。

“杰克，”杰克的妈妈说，“那些下脚料、那块被风吹黑的皮，还有那条被雨水浸湿的斑纹母牛的舌头呢？”

杰克的妈妈说，那些我要拿来做面包的骨髓怎么办？

杰克对妈妈说，玻璃瓶里有水银，是最稀有的东西。它是金属，但不像金属那样坚硬；它是水，但不像水那样潮湿。

杰克说没人知道它的能耐。

杰克的妈妈从杰克手中接过玻璃瓶。瓶里的水银在黑暗中闪闪发光。

杰克的妈妈考虑了一会儿。

然后，突然间，杰克的妈妈站起来，打开瓶塞，把水/金属倒在地上。

水银很轻盈，比快速还要迅速，当它在污浊的空气中滑向地面时，它在黑暗中闪着光。

杰克的妈妈说这玩意儿一文不值，还比不上一桶唾沫值钱。

水银溅落在地上。它溅起尘土飞扬的云。水银溅落的方式，创造出潮湿的图案，就像一幅世界地图，湿润的部分是陆地，干燥的部分是我只在故事中听说过的广阔的海洋区域。

杰克和杰克的妈妈低头看地上的水银，它在尘土中绘制了一幅世界地图。

他们两个盯着水银渗进泥土，一小块灰色的泥当场变干。但它并不是干枯，而是平息。水银渗入，嵌入到磨成灰尘的地面里。

杰克和妈妈静静地站了一会儿。他们看着那些水银珠子里的小水珠变成了大干珠。

没过多久，一切都干枯了，或者更确切地说，平息了。

他们一动不动地站了一会儿。时间长得足以让漂浮的灰尘把杰克的脚盖住。还有足够的时间让那些尘土覆盖杰克妈妈的裙边。

“够了。”杰克的妈妈过了一会儿说。

杰克沉默一阵后想，还不够。

他们两个当场就睡着了。

这种情况持续了一段时间。

然后在黑漆漆的夜晚，杰克醒了，他去撒尿。杰克醒了过来，从他睡着的地方爬了起来。杰克，他会制造水。

杰克在院子里放水。院子里太黑了，杰克看不见他正在撒的尿。

杰克听到水声，他正在制造的水在撞击地面。水接触地面的时候，听起来就像在发出嘶嘶声，那种嘶嘶声就像它在接触地面的时候变成蒸汽一样。

杰克上完厕所，造完水后，回到他的硬土堆里。

那个晚上就是那东西从地上长出来的时候。

这东西不需要太阳就能生长，因为它是在夜间长大的。

那天晚上，当杰克和妈妈睡在泥土砌成的小床上的时候，这东西开始长。

首先是一种撕扯的声音，接着是一连串响亮而空洞的轰鸣，紧接着，滑哨的笛声来了，一阵乒乒乓乓，接下来的声音听起来像是一把跑调的小提琴上断了一根弦，一块旧洗衣板上的捶打声，一阵黏稠的喷嚏声，一团月亮大小的锡纸球发出的窸窣，一把双人锯被一根马尾弓拦腰截断，在它生命的一英寸之内演奏着一种龇牙咧嘴的半吊子摇篮曲，由被撕碎的、被切成两半的音符组成。这一切都是杰克在一片漆黑中听到的，这种黑比黑暗更黑，因为尘土云使得夜晚变得更暗了。

紧接着，准确无误的水声在黑暗中响了起来——还没抽出来的水在管道里砰砰作响，水沿着过分逼仄的管道汩汩流淌。它在快速流动。充满气泡的水。嘶嘶作响的水。湿漉漉的水。

在黑暗中，杰克听到了一切。他听到了金属的声音以及水的声音，它们在黑暗中一同生长。

第二天早上，当黑暗变得不那么黑，而变成一种更为常见的晦暗时，杰克从土床上站起来，看到他能看见的东西。

杰克看到那里不再是黑夜一般的暗，但也不是常见的那种晦暗。那个在夜里伴随着金属声和水声长大的东西是那样硕大，它的影子盖住了所有事物的影子。

四周都是被风吹起来的木头，这些木头是从杰克和妈妈的破旧房子里吹来的，杰克看到了这些金属做的大柱子。

杰克看到一片大柱子，上面钉满了铆钉，上下捆着从碎裂的地面长出的钢丝支索和梯绳。

这些大柱子，被铆连接起来，装配着支索和梯绳，这些大柱子上还有横档。

这些横档，它们被焊在支柱上。

杰克抬头望向脏云幽暗的深处。杰克看向云层的深处。

杰克看不到这些长于脏云深处大柱子的尽头。

杰克抓住其中一根焊牢的横档。

杰克顺着其中一根捆住的柱子往上爬。

杰克不知道自己要去哪儿。

杰克不知道要去哪里，但他继续前进，爬上横档，两只手交替着，爬入脏云的深处。

攀爬持续了一段时间。

过了一会儿，杰克从他紧抓住的横档往下看，通过支索和绳梯往下看，这些绳索穿过各个方向。杰克看到下面什么也没有，只有脏云，上面什么也没有，只有更多脏兮兮的云。

杰克又开始爬了起来。

杰克爬上那些梯子爬了那么久，那么远，他睡在支索和绳梯上。

在爬了一段时间梯级，又在支索和绳梯上睡了一会儿之后，杰克来到了脏云的顶端。

杰克把头探出黑暗的尘土云。他看到脏云顶端是一片广阔的平原，一片尘云构成的沙漠，沙漠上面飘浮着白云，所有的云朵都洁白可爱。

杰克把头探出尘土云，看到云朵在尘土上方伸展开来，就在这里，他走上了 T 形台。

杰克爬上了大梯子，最后来到了这里。

这座 T 形台环绕着一大片白云，但这片白云不同于周围清澈的空气中飘浮着的洁白可爱的云。

杰克看到这片云是由金属制成的，周围都是铆钉之类的东西。巨大的金属云被巨大的金属支柱支撑着，支柱上有支索和梯绳，就在尘土云的上面。大大的金属云，看起来就像一块大肥皂沫儿浮在一浴缸的脏水上面。

杰克在T形台上走了一段时间。

杰克走在T形台上，在一边，杰克看到白色可爱的云彩悬挂在深蓝色的天空中，在另一边，他看到了大片的金属云，带着它的铆钉和接缝，等等。

穿过T形台，杰克来到金属云中的一个舱室前面。

杰克爬进了舱门，爬进了大大的金属云，里面是杰克爬下去的另一个通道。

金属云里面一片漆黑。天黑了，杰克等了一会儿，直到他的眼睛能看到黑暗中的光。

在黑暗中的光线里，杰克只看到水。在金属云里面，杰克只看到海洋里的水，海洋一直延伸到永远。

在金属云里面，杰克看到了他能看到的最远的海洋。海洋里的波涛看上去在彼此追逐，直达杰克所站立的台上。

金属云里的微风是清爽的。清新的风吹拂在无边无际的海洋上空，在波涛汹涌的海面上，在杰克汗湿的脸上，闪烁着光芒。

杰克只是让微风吹在他的脸上。他的脸脏兮兮的，满是汗水。微风吹拂海面，照在他脸上的光把这一切都冲走了。

微风把杰克脸上的污垢和汗水照得通明，这些污垢和汗水是从尘土云里爬上来的结果，是他在地面上生活了这么长时间的结果。

清新的微风照亮了他的脸。它舔着杰克脸上的污垢和汗水。

这会持续一段时间。

然后杰克就开始哭了起来。杰克在台上哭泣，在昏暗的光线下眺望着无边无际的海洋。

杰克哭了起来。大滴的泪水从杰克一度脏兮兮的、汗湿的皮肤上滚落。微风照亮了他，吹干了他的眼泪。

就在这时，一个一直在那儿的女人对杰克说：“你拿着什么？”

杰克回答说他不知道她在说什么。

那个女人说我可以把它们从你手上，从你的脸上拿走。那个女人说她拥有的东西比那些结冰的眼泪好多了。

杰克考虑了片刻。

杰克想到了他走过的路和他爬过的距离，想到了所有的尘土和水。杰克想，他甚至不知道冻住的眼泪出现在他一度肮脏和汗湿的脸上。

杰克想到了自己脸上的泪水，想着清新的微风是如何把它们从他身上挤出来，又是如何把它们冻在他的脸上。

那个女人过了一会儿问：“怎么样？”

杰克对那个女人说，她得告诉他她手里有些什么。

这个女人拿出一个玻璃盘子，上面盖着玻璃罩子。她把它举到杰克眼前，这样杰克就能看到里面的东西。

杰克看了又看。

杰克看见玻璃盘上粘着一大片冰冻的银，一片冰冻的海，细小的冰冻的海浪在破碎，还有其他一切——冻住的银泡沫以及诸如此类。

杰克非常惊讶。

那个女人说碟子上有冰冻的碘片。冰冻的金属是不会融化的。那是些魔力薄片。

杰克的眼睛离不开玻璃碟子上的冰冻碘片。

这个女人说这是极其罕有的。没有水，没有空气，金属便不会融化。你去把这些空气/金属铺在任何一朵云上，看看会长出什么。

杰克不想再考虑下去了。

杰克站起来，拿起这个玻璃碟子，里面装着那个女人的碘片。

杰克把冻干的眼泪从脸上剥下来，递给那个女人。

杰克看到那个女人当场变成了一团紫色的烟雾。

杰克在清新的微风中闻到了血腥味。

杰克看着紫色的烟雾旋转。冻在玻璃碟上的碘化物，在巨大的金属云黑暗光线中发出自己的银光。

海浪在杰克的脚下拍打着，发出破碎的声音，把波浪碾碎，变成水。

烟雾转啊转啊，不断地上升。

转弯和扭曲的烟雾变成了由烟雾筑成的阶梯。烟雾在杰克的眼前变成了楼梯。

杰克知道他还得往上爬，他知道他将不得不爬上这些烟雾做的、旋转的楼梯。

杰克爬上冒烟的阶梯，盘子里的碘片发出银色的光，在巨大的金属云层里，充满了海洋，一直持续到永远。

冒烟的楼梯顶部，在金属云顶部钻了一个杰克大小的洞。

杰克看到烟雾钻出的洞。

杰克看到阳光透过烟雾钻出的洞涌进来。

阳光透过那个洞倾泻进来。

阳光直接照射到玻璃罩下的碘片上。

碟子上的碘片开始融化。但是它们的薄片不会融化，因为它们不会变成水。它们变成更多的烟，在玻璃罩下面扭动和旋转。

杰克爬上那个带烟的楼梯在金属云里钻出的、和他大小相若的洞，杰克从洞里爬了出来。

他正站在那片云的顶端。

杰克站在那朵云的上面，手里拿着一个罩着玻璃罩的玻璃盘子，盘子里装着曾经是碘化银片的紫色烟雾。

杰克掀起玻璃盖子。烟开始膨胀。烟飘散开来，变成无数颗粒状的烟尘，随风飘到蓝蓝的天空中。

杰克用脏兮兮的肺吹出盘子里的最后一口烟。

杰克看见无数的烟雾颗粒在寻找无尽的云——那些云都是白的，样子很可爱。

杰克爬够了。

杰克已经爬到了金属云的顶端，他爬完了。

杰克从远处看着蓝蓝的天空中一粒粒烟去寻找云朵，云朵洁白可爱。

杰克不想再爬了，他已经完成了所有的攀爬。

杰克站在空中，他干燥的嘴里蓄积起一口唾沫。虽然不多，但也足够了。

杰克在蓄积。

杰克斜靠在他爬过的那片大金属云的边缘，低头看着下面那片乌云。

杰克，他吐了一口。

● 我在一个巨大的平面上长大，过着 x 轴和 z 轴的二维生活。我的生活中只有宽度和深度。任何能把我的眼睛吸引到高度，也就是 y 这一纵轴上去的东西，都是神奇的：电视塔、无线电信标、防风林和灌木林、谷物升降机、带避雷针的筒仓、闪电本身、风车和水塔。我向上升。我认为芝加哥——平坦的草原之城、湖泊之城——之所以成为摩天大楼的诞生地是有原因的。成长过程中，我参观了一座又一座的最高建筑，因为一座总是迅速地被另一座所取代。我在慎行大厦的观景台看着他们把标准石油大厦建得更高。标准石油大厦没有观景台，但是汉考克大厦有，从那里我看到他们建造了西尔斯大厦，在西尔斯大厦我几乎永远可以看到，或者说至少可以看到远处印第安纳州的加里市。成长，我长大了，我在一片广阔的平原上长大，这片平原曾经是由魔鬼蛋糕般的表层土壤构成的，看起来没有尽头。在这片广袤的平原上，我们所有的一切，甚至是摩天大楼，似乎都沦落为平面几何学中的小点。长大后，我唱歌时并不知道玉米有大象的眼睛那么高。成长就是一场维度变化的戏剧——从 x 到 y 再到 z——在这一时间的媒介中重新安排自己，时间的媒介。时间变短了。时间变长了。时间不多了。

——米歇尔·马尔托内

猫皮

● 凯莉·林克

Kelly Link

女巫的房子里整日都有猫进出。窗户和门一直开着。还有一些门是给猫走的，开在墙上，位于阁楼里。这些猫体形庞大，毛皮光滑，动作沉静。除了女巫以外，没有人知道它们的名字是什么，或者它们是否有名字。

有一些猫的色泽如同奶油，有一些猫的毛皮带有斑点，另一些猫像甲虫一样黑。它们只关心女巫的事。一些猫进入女巫的卧室，嘴里含着活物。离开女巫的房间时，它们的嘴巴是空的。

这些猫时而快跑，时而偷溜，时而跳跃，时而蹲伏。它们十分忙碌。它们动起来像猫，又或者像发条。它们的尾巴像毛茸茸的钟摆一样扭动。它们并不理会女巫的孩子。

女巫现在有三个活着的孩子。虽然她曾经有过几十个孩子，也许还有更多。没人——反正女巫没有——去算过到底有多少。但房子里曾经一度住满了猫，还有婴儿。

现在，既然女巫们不能通过正常的方式拥有孩子——她们的子宫里装满了稻草、砖块或者石头，在她们分娩时，她们会生下兔子、小猫、蝌蚪、房屋、丝绸连衣裙，但即便是女巫也必须有继承人，即便是女巫也希望成为母亲——女巫通过其他方式获得孩子：偷，或者去买。

她特别热衷于有着特定红颜色头发的双胞胎——自己没能成功分娩（因为错误的魔法）。有时候，她会试着去把孩子们配到一起，好像她在配齐一套国际象棋，而不是一个家庭。如果你要把这叫作女巫的国际象棋，而不是女巫的家庭，在某种程度上这是真的。也许对于其他的家庭来说也是如此。

有个女孩是从她的大腿上来的，就像一个囊肿。她用花园里的东西，或者猫带来的垃圾，还堆着鸡肉脂肪的铝箔、坏掉的电视机、邻居扔掉的纸箱做出了其他孩子。她一直是一个节俭的女巫。

一些孩子逃跑了，另一些已经死去。有一部分孩子她只是放错了地方，或者意外地留在了公共汽车上。希望这些孩子后来被好家庭收养了，或者与他们的亲生父母团聚。如果你正在寻找这个故事的幸福结局，那么也许你应该停止阅读，在你的脑海中想象这些孩子，这些父母，他们的团聚。

你还在读吗？在卧室里，女巫正在死去。她被一个敌人、一个名叫拉克（Lack）的男巫下了毒。替她试吃食物的那个孩子——芬恩——已经死了，把她的菜舔干净的那三只猫也死了。女巫知道是谁杀了她，她在死去的过程中攫取丝丝缕缕的时间，以便开展她的报复。一旦复仇的问题得到了圆满解决——它就像一个黑色的线团缠绕在她的脑海里，她开始把她的财产分给剩下的三个孩子。

斑斑点点的呕吐物粘在她的嘴角上，床脚有一个脸盆，里面盛满了黑色的液体。房间闻起来像是猫尿以及湿透的火柴。女巫气喘吁吁，好像她正在生下自己的死亡。

“我的车给弗洛拉，”她说，“还有我的钱包。只要你总在钱包底部留下一枚硬币，它就永远不会空。亲爱的，我的败家子，我的浪荡姑娘，我的毒药，漂亮美丽的弗洛拉。我死以后，沿着屋外那条路往西边走。这是最后一条建议。”

弗洛拉是女巫还活着的孩子里年纪最大的，她是一个时髦的红发姑娘。她已经等待女巫死去很长时间了，尽管她一直很有耐心。她吻了吻女巫的脸颊说：“谢谢你，妈妈。”

女巫抬头看着她，喘着气。弗洛拉以后的生活像地图一样在她眼前展开——也许所有的母亲都可以看得这么远。

“杰克，我的爱，我的小鸟巢，我的，我的一小口粥，”女巫说，“你可以得到我的书。我去的地方不需要书。当你离开这个家的时候，往东边走，那么你就会过得很好。”

杰克曾经是用一根破旧的绳子扎起来的一捆羽毛、树枝和蛋壳，如今他变成了一个结实的小伙子，几乎已经成年了。至于他是不是会读书，只有猫知道。但他还是点点头，吻了吻母亲灰色的嘴唇。

“我给我的小男孩留下什么呢？”女巫抽搐着说。她又在脸盆里吐了。猫跑过来，在脸盆的边缘弯下身，检查她的呕吐物。女巫的手伸进了小个子的腿里。

“哦，让一个母亲离开她的孩子是很难的，很难，非常难（尽管我经历过更困难的事情）。孩子们需要母亲，即使是像我这样的母亲。”

她擦了擦眼睛，然而女巫是不会哭的，这是事实。

小不点仍然睡在女巫的床上，他是女巫最小的孩子（也许没有你想象中那么小）。他坐在床上，虽然他没有哭，但那只是因为没有人教会女巫的孩子们哭。他的心都碎了。

小不点会变戏法，还会唱歌。每天早上，他都要梳理和编结女巫那头长长的、柔顺的头发。当然，每个母亲都希望有一个像小不点一样的男孩——鬈发、呼吸甜美、心地善良。他会做美味的煎蛋卷，他还有一副悦耳动听的嗓子，就好像一把梳子握在一只温柔的手上。

“妈妈，”他说，“如果你必须死去，那么我也只能接受它。如果我不能和你在一起，我会尽我最大的努力活下去，让你骄傲。把你的梳子给我，让我记住你，我就可以在这个世界上走自己的路了。”

“那么，你就把我的梳子拿去吧。”巫婆对小不点说，她看着小不点，喘息着，“我爱你胜过一切。我还要把我的打火匣、我的火柴和我的复仇都给你。你会让我骄傲的，否则就是我太不了解自己的孩子们。”

“我们拿这房子怎么办，妈妈？”杰克说。他说得好像他不在乎似的。

“我死后，”女巫说，“这间房子就没有用了。我生下了它——那是很久以前的事了——我把它从一个玩具屋养到这么大。噢，这是有史以来最可爱、最可爱的玩具屋。它有八个房间、一个铁皮屋顶，还有一段根本不通往任何地方的楼梯。但是我照料它，把它放在摇篮里哄它睡觉。它长大了，变成了一所真正的房子。看看它现在是怎样照顾我的，它的父母，它懂得一个孩子对母亲的责任。你们也许能看出来它现在的情况，在目睹我的死亡的过程中，它变得多么憔悴，多么病态。把它留给猫吧。它们会知道该怎么处理的。”

在这段时间里，猫一直跑进跑出，把物品带进来，又把物品拿出去。似乎它们永远不会放慢脚步，永远不会休息，永远不会打盹，永远没有时间睡觉、死去，甚至哀悼。它们有一种特有的神情，仿佛房子已经是它们的了。

女巫吐出了泥巴、毛皮、玻璃纽扣、锡兵、铲子、帽子别针、图钉、情书（写错信息或没贴足邮资就寄出，而且从来不读），还有一大批红蚂蚁，每只蚂蚁都有四角豆那么长和宽。蚂蚁游过危险的、臭气熏天的水池，爬上水池的两边，在地板上沿着一条闪亮的丝带行进。它们的下颚里叼着时间的碎片。时间是沉重的，即使在体积这么小的情况下，但蚂蚁有强壮的颚、有力的腿。它们穿过地板，爬上墙壁，爬出窗外。猫在看，但并不干预。女巫喘息着，咳嗽着，然后躺在床上一动不动。她的手在床上拍了一下，随即就不动了。孩子们还在等，想确认她是不是死了，想知道她还有没有别的话可说。

在女巫的房子里，死人有时很健谈。

但是女巫此时没有别的话要说了。

房子呻吟着，所有的猫开始可怜地喵喵叫，在房间里进出，就像它们掉了什么东西，必须去寻找一样——它们永远也找不到它了；孩子们发现他们终于知道怎么哭了。但女巫安安静静地躺着，一动不动。她的脸上挂着一丝微弱的微笑，好像每件事的发生都令她满意。也许她在期待故事的下一部分。

孩子们把女巫埋在她还没完全长大的玩具屋中的一所。他们把她塞进楼下的客厅，敲开内墙，让她的头靠在厨房角落里的早餐桌子上，她的脚踝穿过一间卧室的门。小不点梳理她的头发。因为她死了，他不确定她现在应该穿什么，他把她所有的衣服都为她穿上，一件套着一件，直到在那堆衬裙外套和裙子下面，他几乎看不到她的白色肢体。这无关紧要：一旦他们把玩具屋钉死，他们能看到的就只有厨房窗户上她红发的头顶，还有敲在卧室百叶窗上的那双穿旧了的舞鞋的后跟。

手巧的杰克给玩具屋装了一组轮子和一副挽具，这样就可以把它拽着走。他们给小不点套上挽具，小不点负责拉，弗洛拉负责推，杰克哄着玩具屋往前走。他们翻过小山，来到墓地，猫跑在他们身边。

那些猫开始看起来有些邋遢，好像正在换毛。它们的嘴里空荡荡的。蚂蚁们已经离开，穿过树林，进入城镇。它们用点点滴滴的时间在你的院子里筑起了巢。如果你用一面放大镜对准它们的巢穴，只为了看那些蚂蚁起舞和燃烧，时间会因此而着火，你会后悔的。

在墓地的大门外，猫一直在为女巫挖一个坟墓。孩子们首先将玩具屋倒进墓里，最先下去的是玩具屋厨房的窗户。但后来他们看到墓不够深，房子头朝下栽倒在里面，看起来很不舒服。小不点开始哭了（现在既然他已经学会了哭泣，他好像会把所有的时间都花在练习怎么哭上）。他在想着那将是多么可怕，一个人要把他的死亡，全部的永恒，那样颠倒着度过，甚至得不到妥善的埋葬，当玩具屋的瓦板被雨水击穿时，你感受不到雨点渗入玩具屋内，灌满你的嘴，将你溺死，这样一来，每次下雨你都不得不再次死去。

玩具屋的烟囱已经折断，掉在地上。其中一只猫把它捡起来带走，仿佛它是一件纪念品。那只猫将烟囱带到林子，吃掉了它，一次只吃一口，它随即从这个故事中走出来，进入另一个故事。这与我们无关。

其他的猫用嘴盛着满满的泥，扔下来，用爪子把泥土堆在房子周围。孩子们帮忙，干完以后，他们妥善地埋葬了女巫。这样只有玩具屋的卧室窗户能被看见，一小块玻璃窗，如同一只眼睛，在一小座泥巴山的山顶上。

在回家的路上，弗洛拉开始和杰克调情。也许她很喜欢他在黑色葬礼上的样子。他们谈到了他们日后的计划，既然他们已经长大了。弗洛拉想找到她的父母。她是一个漂亮的女孩：有人会想照顾她的。杰克说他想娶一个有钱人。他们开始制订计划。

小不点走在他们后面，滑溜溜的猫缠在他的脚踝上。他的口袋里装着女巫的梳子，为了寻求安慰，他的手指抚过雕花的手柄。

他们回去以后，房子流露出某种表情，危险而又悲伤，仿佛它即将开始疏远自己。弗洛拉和杰克不愿意回到屋里去。他们满怀爱意地捏了捏小不点，问他是否愿意和他们一起走。他本来想去的，但谁来照看女巫的猫、女巫的复仇呢？于是，他眼睁睁地看着他们开车离开。他们朝北边走了。哪个孩子听过母亲的建议？

杰克甚至懒得带上女巫的图书馆：他说后备厢放不下所有的东西。他准备靠弗洛拉和她的魔法钱包过活。

小不点坐在花园里，饿了就吃草梗，假装这些草是面包、牛奶，还有巧克力蛋糕。他从花园里的软管里喝水。当夜晚降临时，他感到前所未有的孤独。女巫的猫算不上好的伙伴。他对它们什么也没说，它们也没有什么可告诉他的——关于玩具屋，关于未来，或是女巫的复仇，又或者是小不点该在哪儿睡觉。除了女巫的床，他没有在任何地方睡过觉，所以最后他又爬上了山，一直走到墓地里。

一些猫仍旧在坟头爬上爬下，用树叶、草、羽毛，以及它们自己松散的毛皮去覆盖坟堆的底部。它算得上是一个柔软的窝，可以躺在里面。当小不点睡着的时候，那些猫仍然很忙——它们总是很忙。小不点睡着了，脸颊靠在卧室窗户凉爽的玻璃上，紧握住梳子的手塞在口袋里，可是在半夜，他醒过来时，从头到脚都被温暖的、散发青草香气的猫的躯体裹住。

一条尾巴像绳子那样绕过他的下巴，所有的躯体都在呼吸，胡须抖动，爪子抽搐，顺滑的腹部上下起伏。所有的猫都沉浸在疯狂、疲倦、热烈的睡眠中，除了一只，一只坐在他头顶的白猫，正在低头看着他。小不点以前从未见过这只猫，可是他认识她，就像你认识那些梦中拜访你的人一样：她全身都是白色的，除了她耳朵上、尾巴边和爪子周围的一簇簇红色的卷毛，好像有人用火焰给她镶了边。

“你叫什么名字？”小不点说。他从未与女巫的猫交谈过。

猫抬起一条腿，舔着她私密的地方。然后，她看着他。“你可以叫我‘妈妈’。”她说。

但是小不点摇了摇头。他可不能管一只猫叫妈妈。在猫咪们形成的厚厚毛毯底下，在窗玻璃下面，女巫的鞋跟沉浸在月光里。

“好吧，那么，你可以管我叫‘女巫的复仇’。”这只猫说。她的嘴并没有动，但他能听得见她在自己的头脑里说话。她的声音不仅毛茸茸的，而且锋利，就像一条用针尖做成的毯子。“你可以给我梳毛。”

小不点坐起来，移动熟睡的猫，将梳子从口袋中取出。梳子上的毛刷在他粉色的手掌内侧留下一排排小孔般的印痕，就像某种代码。如果他能读懂这些代码，它们的意思会是：替我梳毛。

小不点梳了女巫的复仇的毛。猫毛上有很多污垢，还有一两只红蚂蚁，它们掉下来，匆匆逃走。女巫的复仇低下头，拿嘴咬碎它们。他们周围的那群猫在打哈欠，伸懒腰。还有事情要做。

“你必须烧了她的房子，”女巫的复仇说，“这是第一件要做的事。”

小不点的梳子找到了一个打结的地方，女巫的复仇转过来，咬了他的手腕。然后她舔了一下他的拇指和食指间的嫩肉。“这就够了，”她说，“还有很多工作要做。”

就这样，他们全都回到了房子里。小不点在黑暗中磕磕绊绊，离女巫的坟墓越来越远；猫在小跑，它们的眼睛像火把，它们的嘴里含着枝杈，仿佛打算建造一个巢穴、一条独木舟、一道围栏，把世界挡在外面。他们到达那间屋子时，室内灯火通明，里面有更多的猫，以及成堆的火种。这所房子正在发出一种声音，如同一件有人正在吹奏的乐器。小不点意识到所有的猫都在不住地叫唤，它们进进出出，寻找更多的火种。女巫的复仇说：“首先，我们必须锁上所有的门。”

就这样，小不点关上一楼的所有门窗，只打开厨房的门，而女巫的复仇则关闭了所有秘密通道：猫门、阁楼门、屋顶上的门，以及地窖的门。没有一扇暗门是敞开的。现在所有的噪音都来自屋内，而小不点和女巫的复仇则在屋外。

所有的猫都从厨房门跳进了房子里。花园里一只猫也没有。透过窗户，小不点可以看到女巫的猫正在将树枝堆起来。女巫的复仇坐在他旁边，观看这一切。“现在，划亮一根火柴，然后把它扔进去。”女巫的复仇说。

小不点划亮一根火柴，把它扔进屋子里。哪个男孩不喜欢点火呢？

“现在关上厨房的门。”女巫的复仇说。但小不点不能这样做，所有的猫都在里面。女巫的复仇用后腿站起，关上厨房的门。在屋内，燃烧的火柴点着了什么。火苗顺着地板和厨房墙壁延伸。猫也着火了，着火的猫跑进这栋房子的其他房间。小不点可以透过窗户看到一切。他面朝窗户站着，玻璃是冷的，随后暖和起来，最后变得滚烫。着了火的猫叼着灼热的树枝，挤向厨房的门，还有屋子里的其他门，但所有的门都上了锁。小不点和女巫的复仇站在花园里，看着女巫的房子、女巫的书、女巫的沙发、女巫的炊具和女巫的猫。那些也是她的猫，她所有的猫都在燃烧。

你不该烧掉一所房子。你不该点着一只猫。在房子燃烧时，你不该只是看着，什么都不做。当一只猫告诉你去做上述的这些事时，绝不能听它的。当母亲告诉你别看了，上床去，睡觉了的时候，你应该听她的话。应当听从母亲的复仇。

你不该给一个女巫下毒。

早上，小不点在花园里醒来。煤烟如同一条油腻的毯子，盖住了他。女巫的复仇蜷在他胸前睡着了。女巫的房子仍旧矗立，但窗户已经烧化了，顺着墙往下掉。

女巫的复仇醒了，用她鲨鱼皮一般的细小舌头把小不点舔干净。她要求他为她梳毛。然后她走进屋子，回来时带着一只小包袱。它在她的嘴边晃荡，没有骨头，就像一只小猫。

小不点发现那是一张猫皮，只是里面不再有猫。女巫的复仇将它放在小不点膝头。

他把它捡起来，有什么闪闪发光的东西从松散而轻盈的皮里掉落。

是一枚金币，滑腻腻的，沾满脂肪。女巫的复仇带来了数十张猫皮，每张下面都有一块金币。在小不点清点他的财产时，女巫的复仇咬下一只爪子上的指甲，然后从女巫的梳子中拔出一根长长的女巫头发。她像裁缝一样盘腿坐在草地上，开始用许多张猫皮缝一个袋子。

小不点在发抖。早餐没什么可吃的，只有草，那些草是黑色的，被煮透了。

“你冷吗？”女巫的复仇说道。她把袋子放在一边，拿起另一张猫皮，这是一张优美的、黑色的皮。她从猫皮中间切开一个锋利的爪子。“我们会给你做一件温暖的衣服。”

她使用了一只黑猫的皮和一只花斑猫的皮，并且在爪子周围镶了一圈灰白条纹的毛。

当她这样做的时候，她对小不点说：“你知道这里打过一场仗吗，就在这片土地上？”

小不点摇摇头。

“只要有花园的地方，”女巫的复仇说，一只爪子在地面刮擦，“下面就埋着某个人，我向你保证。看。”她捡起一块棕色的凝血，放入嘴里，用舌头舔干净。

当她把那一小圈东西吐出来时，小不点看到它是一个象牙的军服扣子。女巫的复仇将更多的扣子挖出地面——仿佛象牙扣子是从土里长出来的——并将它们缝在了猫皮上。她制作了一个带有两个眼孔和一组猫须的头套，并在衣服的背面缝了四条精致的猫尾，好像只有一条尾巴对于小不点来说还不够，她在每条尾巴上缝了一个铃铛。“把这件衣服穿上。”她对小不点说。

小不点穿上它，铃铛响起来。女巫的复仇大笑。“你会是一只漂亮的猫，”她说，“任何母亲都会为你自豪。”

猫皮的内部柔软，有点黏小不点的皮肤。当他把头套罩在头上时，世界消失了。他只能通过眼睛上的洞看到一些生动的角落——草地、金子，盘腿坐在那里，缝合着猫皮袋子的猫。猫皮松垮垮地垂在他的胸前，空气透过没有缝紧的地方、透过扣眼渗进来。小不点笨拙地用他那没有手指的爪子抓住他的尾巴，就像抓了一手的鳗鱼，然后他把它们甩来甩去，聆听铃铛的轻响。铃铛的响声和烧焦的空气气味、衣服温暖的黏性、新皮毛贴在地上的感觉：他睡着了，梦见数百只蚂蚁来抬起他，轻柔地把他抬到了床上。

当小不点把头套脱下时，他看到女巫的复仇完成了她的针线活。小不点帮她把猫皮袋子盛满金币。女巫的复仇用后腿站起来，拿起袋子，然后把它甩到肩膀上。金币相互撞击，发出喵呜声和嘶嘶声。袋子被拖行在草丛中，卷起灰尘，留下一条绿色的痕迹。女巫的复仇走起路来就像她带着一袋空气一样趾高气扬。

小不点把头套再次戴上，手脚并用地爬。他小跑着跟在女巫的复仇后面。他们让花园的门大开着，走进森林，走向巫师拉克住过的房子。

森林比从前小了。小不点在长大，而森林在萎缩。树木砍下。房屋建成。草坪伸展，道路铺设。女巫的复仇和小不点走在其中一条道路上。一辆校车开了过来：里面的孩子从校车窗户往外看，当他们看到女巫的复仇用穿着高跟鞋的后腿、小不点穿着猫皮走路时，笑了起来。小不点抬起头，从眼睛的孔洞里偷看校车。

“谁住在这些房子里？”他问女巫的复仇。

“这个问题问得不对，小不点。”女巫的复仇说，一面低头看着他，一面大踏步往前走。

喵，猫皮袋说。叮当。

“那么，应该怎么问这个问题才对？”小不点说。

“问我，谁住在房子下面。”女巫的复仇说。

小不点顺从地问道：“谁住在房子下面？”

“多好的问题！”女巫的复仇说，“你看，不是每个人都可以生下自己的房子。大多数人生下孩子。当你有孩子的时候，你需要房子把他们放进去。所以孩子和房子：大多数人生下前者，不得不建造起后者。房子，就是这样。很久以前，当男人和女人要盖房子时，他们会先挖洞。他们在洞里做一个小房间——一个小的、木做的、只有一个房间的房子。他们偷来或买来一个孩子，放进洞中的房子里，住在那里。然后他们就在小房子上建造房屋。”

“他们在小房子的盖子上造了一扇门吗？”小不点说道。

“他们没有造一扇门。”女巫的复仇说。

“可是，如果是这样，那个女孩或者那个男孩是怎么爬出来的？”小不点说。

“那个男孩或者女孩被留在小房子里，”女巫的复仇说，“一辈子都住在那里，他们住在那些房子里，在人们居住的其他房子下面。住在上面房子里的人们可以随意进出，他们永远不会想到有一些孩子，坐在小房间里，住在小小的房子里头，位于他们的脚下。”

“可是母亲和父亲们呢？”小不点问道，“他们没有去找他们的男孩和女孩吗？”

“啊，”女巫的复仇说，“有时他们会这样做，有时候他们不会。毕竟，谁会住在他们的房子下面？但那是很久以前的事了。现在人们在建房子时大多数会埋葬一只猫，而不是孩子。这就是为什么我们称猫为家猫。这就是为什么我们必须警醒地走路。如你所见，这里正在建造房屋。”

这里确实在建造房屋。他们走过人们正在挖洞的空地。首先，小不点把他的头套脱下来，用两条腿走路，然后再戴上头套，四肢着地爬行：他让自己变得小巧而紧实，像一只猫一样。但是他的尾巴上的铃铛在跳跃，而女巫的复仇背上的口袋里那些硬币喵喵呜呜，叮叮当当，人们停止了工作，看着他们走过去。

世界上有多少女巫？你见过一个吗？如果你看到一个女巫，你会认出她来吗？如果你看到一个，你会怎么做？就此而言，当你遇见一只猫时，你会认出它来吗？你确定？

小不点跟着女巫的复仇。小块的茧从他的膝盖和指腹上长出来。他有时候也愿意背一下袋子，可是它太重了。多重？你也永远无法背起来。

他们喝醉了。晚上他们打开猫皮袋子，爬到里面睡觉，当他们饿了的时候，他们便舔硬币，那些硬币似乎流淌出金黄的脂肪，越来越多的脂肪。当他们这么做的时候，女巫的复仇会唱一首歌：

我没有妈妈
我的妈妈没有妈妈
她的妈妈也没有妈妈
她的妈妈也没有妈妈
她的妈妈也没有妈妈
你同样没有妈妈
给你唱

这首歌

袋子里的硬币也在唱，喵呜，喵呜，小不点尾巴上的铃铛保持着节奏。

每晚小不点都会梳理女巫的复仇的皮毛。每一个早晨，女巫的复仇都会舔遍他的全身，不会忽略掉他耳朵后面的地方和膝弯处。紧接着，他重新穿上猫皮，然后她又给他打理一遍。

有时他们在森林里，有时候森林变成了一个小镇，然后女巫的复仇会讲述关于住在房子里的人，以及住在房子下面的房子里的孩子们的故事。有一次，在森林里，女巫的复仇向小不点展示了那里曾经有过的一座房子。现在只有石头砌成的地基，嵌在苔藓里，堆起来的烟囱则由绳索一般粗大、缠绕其上的常春藤支撑着。

女巫的复仇轻敲地上的草，顺时针绕着地基转了一圈，直到她和小不点都能听到空洞的声响。女巫的复仇四肢着地，抓住地面，用爪子撕它，咬开它，直到一个小小的木头屋顶露了出来。女巫的复仇敲了敲屋顶，小不点甩了一下尾巴。

“唔，小不点，”女巫的复仇说，“我们要掀开屋顶，让可怜的孩子出来吗？”

小不点悄悄靠近她挖出来的洞。他侧耳倾听，但什么都没听到。“这里面没有人。”他说。

“也许他们在难为情，”女巫的复仇说，“我们应该让他们离开，还是应该放下他们不管呢？”

“让他们出去！”小不点说，但他真正想说的是别管他们！也许，他说的是随他们去吧！虽然他想要表达的是完全相反的意思。女巫的复仇看着他，随后小不点认为他听到了什么——在他蹲伏的地方下面——一个非常微弱的声音：有人在肮脏、下陷的屋顶上乱抓了一下。

小不点跳开去。女巫的复仇拾起了一块石头，狠狠砸下去，屋顶塌了。他们往里看，除了黑暗以及一阵几乎察觉不到的气味之外，什么都没有。他们坐在地上，等待着，想看看要出来的究竟是什么，可是没有东西出来。过了一阵子，女巫的复仇拾起她的猫皮袋子，他们又出发了。

在那之后的几个晚上，小不点梦到有个人，有样东西跟着他们。它又小又薄，晒白了，冷冰冰的，肮脏而且害怕。有天晚上，它再一次悄然离开。小不点不知道它去了哪里。可是，如果你能够抵达森林中的这片地域，这个他们曾坐在石头地基旁边等待的地方，也许会遇到他们释放的那样东西。

没人知道那位女巫——小不点的母亲——和巫师拉克之间那场争吵的原因，尽管小不点的母亲因此而死。巫师拉克是一个英俊的男人，他非常爱他的孩子。他把他们从婴儿床，从宫殿的床上，从庄园和闺房里偷走。他给他们穿上丝绸，戴上金子做的皇冠，让他们用金盘子吃饭，用金子做的杯子喝水。据说，拉克的孩子什么也不缺。

也许巫师拉克对小不点的母亲抚养孩子的方式颇有微词，也许小不点的母亲吹嘘自己孩子的红头发。但也可能是别的原因。巫师们是骄傲的，他们喜欢争吵。

当小不点和女巫的复仇终于抵达巫师拉克的家时，女巫的复仇对小不点说："看看这个怪物！我拉出来的屎都比这个要好，我还把它们埋在树叶下面。还有这里头的气味，就像敞开的下水道！他的邻居怎么能忍受这种臭味呢？”

男巫师没有子宫，必须以其他方式搞到房子，或者向其他的女巫买。但是小不点认为这是一座非常好的房子。当他坐在女巫的复仇旁边，每个窗口都有一位王子或一位公主俯视着他。他一言不发，但他开始想念他的兄弟姐妹。

“来吧，”女巫的复仇说，“我们出去走走，等巫师拉克回家。”

小不点跟着女巫的复仇回到了森林里，有一段时间，巫师拉克的两个孩子从房子里出来，胳膊上挽着金子编成的篮子。她们同样走进森林，开始采摘黑莓。

女巫的复仇和小不点坐在野蔷薇上看。

一阵风拂过野蔷薇。小不点想念他的兄弟姐妹。他想到了黑莓的味道，它们在他口中的感觉，那与脂肪的味道完全不一样。

女巫的复仇依偎在小不点的小背上。她舔着脊柱底下一团打结的毛。那位公主在唱歌。

小不点决定和女巫的复仇一起生活在野蔷薇丛中。他们会靠浆果存活，监视那些采摘的孩子，女巫的复仇会改掉名字。他的口中默念“母亲”这个词，他的嘴里还有黑莓的甜味。

“现在你要出去，”女巫的复仇说，“像一只小猫一样。喜欢玩耍。追自己的尾巴。你要害羞，但不要太怕人。别说太多话。让他们拍抚你。别咬人。”

她推了一下小不点的臀部，小不点从野蔷薇丛中掉下来，趴在巫师拉克的孩子们脚下。

乔治亚公主说：“看！一只可爱的小猫！”

她的妹妹玛格丽特怀疑地说：“他有五条尾巴。我从来没有见过一只需要这么多条尾巴的猫。他的皮是用扣子扣在一起的，而且他几乎有你那么大。”

然而，小不点开始蹦跳。他来回摆动尾巴，铃铛奏响，他装作因此而受惊。首先，他从尾巴旁跑开去，然后又追逐自己的尾巴。两位公主放下篮中装得半满的黑莓，和他说话，把他叫作一只傻猫咪。

起初他不愿意靠近她们。但是，慢慢地，他假装被说服了。他允许她们抚摩他，并且喂他黑莓。他追着一条发带跑。他还伸展四肢，让她们欣赏他肚子上缝的纽扣。玛格丽特公主的手指用力拉他的皮，然后她的一只手滑进松垮的猫皮和男孩的皮肤之间。他用爪子拍开她的手，玛格丽特的妹妹乔治亚机警地说："猫不喜欢它们的肚子被抚摩。”

当女巫的复仇从野蔷薇丛中走出来，用后腿站立并且唱歌时，他们都是好朋友了：

我没有孩子
我的孩子没有孩子
而且他们的孩子
同样没有孩子
而且他们的孩子
没有胡须
也没有尾巴

看到这一幕，玛格丽特公主和乔治亚公主指着他大笑。她们从来没有听过一只猫唱歌，或者看到一只猫用后腿行走。小不点猛摇五条尾巴，在他拱起的背上，那张猫皮上的毛都竖了起来，这同样引起一阵大笑。

当她们从森林里回来，她们的篮子里堆满了浆果，小不点紧跟在她们的后面，女巫的复仇就走在后头。但她把那袋金币留在野蔷薇丛里了。

那天晚上，巫师拉克回到家里时，他的手上都是送给孩子们的礼物。他的一个儿子跑到门口迎接他说："看看是什么跟着玛格丽特和乔治亚从森林回家来了！我们可以留下他们吗？"

晚饭还没有准备好，巫师拉克的孩子们还没有坐下来做作业，在巫师拉克的王座室里，一只有五条尾巴的猫在转圈，而另一只猫无礼地坐在他的宝座上，唱道：

是的！
你父亲的房子
是从任何人的
屁股后头！
拉出来的
最耀眼
最浓裼、最宽敞
最昂贵
闻起来最
甜美的房子！

巫师拉克的孩子们听了大笑，直到他们看到那位巫师——他们的父亲——站在那里。然后他们沉默了。小不点不再转圈。

“你！”巫师拉克说。

“我！”女巫的复仇边从宝座上跳下边说。在任何人明白过来她的意思之前，她的下颌已经咬在巫师拉克的脖子上，撕开他的喉咙。拉克张嘴说话，鲜血涌出，女巫的复仇的皮毛变得像是红色的，而不再是白的。巫师拉克死了，红色的蚂蚁从他脖子上的伤口和他的嘴里走出来，它们咬住零碎的时间，如同女巫紧咬拉克的咽喉。但现在她放开了拉克，让他躺在地板上，躺在他自己的血泊中，她迅速抓住那些蚂蚁并吃掉它们，好像她已经饿了很长时间了。

这一切发生时，巫师拉克的孩子站了起来，只是旁观着，什么也没做。小不点坐在地板上，尾巴缩在爪子旁边。所有的孩子都什么也没做。他们太惊讶了。女巫的复仇肚子里装满了蚂蚁，嘴上染血，站起来环视他们。

“去把我的猫皮袋子拿过来。”她对小不点说道。

小不点发现他又能动了。在他周围，王子和公主们一动不动地在那里。女巫的复仇凝视着他们。

“我需要人帮忙，”小不点说，“那个包太重了，我一个人拿不动。”

女巫的复仇打了个哈欠。她舔了一下爪子，开始清理她的嘴。小不点站着不动。

“好吧，”她说，“带上这些大个子的强壮女孩，带玛格丽特和乔治亚公主一起去。她们知道道路。”

玛格丽特公主和乔治亚公主发现她们又可以动了，颤抖起来。她们鼓起勇气，跟上小不点。两个女孩手握着手离开王座室，没有低头看她们的父亲——巫师拉克——的尸体一眼，便走进了森林。

乔治亚公主开始抽泣，但玛格丽特公主对小不点说：“我们走吧！”

“你要去哪儿？”小不点说，“这个世界是一个危险的地方。有些人是不怀好意的。”他把兜帽向后一甩，乔治亚公主哭得更响了。

“我们走吧，”玛格丽特公主说，“我的父母是统领一个国家的国王和王后，走路去这个国家只要花上不到三天的时间。他们会很高兴再次见到我们的。”

小不点什么也没说。他们来到野蔷薇那里，他让乔治亚公主去寻找猫皮袋子。她走出来时被挠伤了，流着血，手上拿着那个袋子。它挂在了野蔷薇的刺上，扯开了，金币从袋中滚落，如同光滑的脂肪滴到地面上。

“你父亲杀了我母亲。”小不点说。

“而那只猫——你母亲的魔鬼——会杀了我们，或者更可怕，”玛格丽特公主说，“让我们走吧！”

小不点提起了猫皮袋子。里面现在没有金币了。乔治亚公主四肢着地，舀起那些金币，放进她的口袋里。

“他是个好爸爸吗？”小不点问。

“他以为他是，”玛格丽特公主说，“但我对他的死一点也不感到难过。当我长大后，我将成为女王。我要制定一项法律，处死所有的女巫和他们的猫。”

小不点害怕了。他拿起猫皮袋子回到巫师拉克的家中，把两个公主留在了森林里。她们是否回到了玛格丽特公主父母的家中，抑或落入盗贼的手里，还是生活在野蔷薇花丛中，玛格丽特公主长大以后是否信守承诺，将她的王国里所有的女巫和猫都赶走了，这些小不点不知道，我同样也不知道，还有你。

当他回到巫师拉克的房子里，女巫的复仇立即明白过来。“没关系。”她说。

在王座室里没有孩子，没有王子也没有公主。巫师拉克的尸体仍然躺在地板上，但是女巫的复仇已经把他剥成了一个圆锥体，并且把那张皮缝成一个袋子。袋子抽搐扭动，袋子的边缘还在起伏，好像巫师拉克还在里面的某个地方活着。女巫的复仇一手拿着用巫师的皮缝制的口袋，另一只手举起一只猫塞进那张皮的脖子里。猫一跳进袋子里就开始呜咽。整个袋子充满了哀鸣。巫师拉克那被遗弃的松弛的躯体则躺在地上。

在剥了皮的尸体旁边，一摞金子皇冠堆在地板上，一阵风将一些透明的、纸质的东西吹起在房间里。在瘦削的、剥了皮的脸上是惊讶的神情。

猫躲在房间的角落里，在王座下面。“抓住他们，”女巫的复仇说，“但留下最漂亮的三只猫。”

“巫师拉克的孩子在哪里？”小不点说。

女巫的复仇环顾着房间，点了点头。“正如你所看到的，”她说，“我剥了他们的皮，皮里面都是些猫。他们现在是猫，但如果我们等上一两年，他们也会蜕掉这层皮，变成新的东西。孩子们总是在成长的。”

小不点追赶房间里的猫。它们行动迅速，但他更快。它们灵巧，可是他更敏捷。他的猫套装更长了。他将这些猫赶到房间的尽头，女巫的复仇抓住了它们，并且把它们放进了她的口袋里。最后，王座室只剩下三只猫，它们是任何人能想象出来的最漂亮的三只。其他的猫都在袋子里。

“活儿干得又出色又快。”女巫的复仇说。她拿起针，缝上了袋子脖子的入口。巫师拉克的皮对着小不点微笑，一只猫的头从拉克染血的嘴巴处伸出来，哀叫着。但女巫的复仇也把拉克的嘴，以及曾经诞生过一栋房子的另一个洞口给缝上了。她只留下了他耳朵上的洞、眼睛处的两个开口和满是毛发的鼻孔，打开来，以便里面的猫能够呼吸。

女巫的复仇把堆满了猫的皮袋子挎在肩膀上，站起身来。

“你要去哪儿？”小不点说。

“这些猫有父母，”女巫的复仇说，“它们的母亲和父亲非常想念它们。”

她凝视着小不点。他决定不再问下去。于是，他穿着两个公主和一个王子做成的崭新猫套装在屋子里等，而女巫的复仇则走到河边。或许她把它们带到市场上去出售；也许她把每只猫带回家，带到它们自己父母那里，回到它出生的国度去；也许她不够仔细，没有确保自己把每个孩子归还给了正确的父母，毕竟，她赶时间，而且猫咪们在晚上看起来很像。

没有人看到她去了什么地方——比起被巫师拉克偷走孩子的国王和王后的宫殿，市场更近，而河水则比市场更近。

女巫的复仇回到拉克的家里以后，她环顾四周。房子变得臭气熏天，即便是小不点也可以闻到。

“我想玛格丽特公主让你干她了。”女巫的复仇说，就好像她一边在办自己的事，一边在想一件事似的，“这就是你让她们离开的原因。我不介意。她是只漂亮的小猫。我自己也可能会放她走的。”

她看到了小不点的脸，发现他很困惑。“算了。”她说。

她的爪子上有一根绳子、一个软木塞，她用一块她从巫师身上剪下来的脂肪给软木塞涂了油。她将软木塞穿在绳子上，给绳子涂上了油脂，把它叫作一只又快又乖的小老鼠，然后她把那只晃动着的软木塞喂给蜷缩在小不点大腿上的那只虎斑猫。她又给塞子涂了油，喂给一只小黑猫，然后喂给那只两只前爪雪白的猫，就这样，她有三只猫在绳子上。

她把猫皮袋子的裂口缝上了，而小不点把金王冠放进袋子里，它几乎和以前一样重。女巫的复仇扛着袋子，小不点拿着涂油的绳子，用牙咬着它的一头，因此，当他们离开巫师拉克的房子时，三只猫被迫跑在她的后面。

小不点划亮一根火柴。离开的时候，他点着了死去的巫师拉克的房子。但是，狗屎烧起来很慢——如果它能烧起来的话。那座房子有可能还在燃烧，如果没有人前去把那场火扑灭。也许有一天，在那个房子附近的河里钓鱼的人，会钓起来一个装满公主和王子的口袋，那些公主和王子在他们的猫皮衣服里面扭动着，浑身湿透，满心悔恨——这也是获得丈夫或者妻子的一种方式。

小不点和女巫的复仇并没有停下脚步，三只猫咪跟在他们身后。他们走啊走啊，直到他们来到一个小村庄，离小不点的母亲住过的地方很近。他们在女巫的复仇从屠夫那里租来的一个房间里安顿下来。他们切下涂油的绳子，买了一个笼子，把它挂在厨房的一个钩子上。他们把三只猫放在笼子里，但是小不点也买了猫项圈和猫绳，有时他把一只猫拴上，然后带着它在镇子里散步。

有的时候，他穿着自己的猫皮出去溜达，可是如果女巫的复仇看见他穿成这样，就会训斥他。城有城法，村有村规，小不点现在是城镇男孩了。

女巫的复仇打理房子。她打扫、做饭，还整理小不点的床。像所有女巫的猫一样，她总是很忙。她用炖锅将金子做的王冠熔化，把它们铸成硬币。

女巫的复仇身穿一条丝绸裙子，戴着手套和厚厚的面纱。她出门时乘坐一辆精美的马车，小不点坐在她的身旁。她在银行开设了一个账户，她为小不点注册入读了一所私立学院。她买下一块地盖房子。

每天早上，不管小不点哭成什么样子，她都要送他去上学。但到了晚上，她脱掉衣服，睡在小不点的枕头上时，会让他为她梳理那身红白相间的毛发。

有时候，她在夜里抽搐呻吟，当他问她梦到了什么，她说："我身上有蚂蚁！你不能把它们梳掉吗？如果你爱我的话，动作快点，抓住它们。"

可是，她的身上从来就没有蚂蚁。

有一天，当小不点回到家时，有白色前爪的小猫已经离开了。当他问女巫的复仇时，她说那只小猫从笼子里掉了下来，越过敞开的窗户跳进了花园。在女巫的复仇想到对付它的办法以前，一只乌鸦猛冲下来，把小猫抓走了。

几个月后，他们搬进了新房子里。进出这间屋子时，小不点总是加倍地小心。他想象着那只小猫就在黑暗里，在门前的台阶下面，在他的脚下。

小不点变大了。他没有在村子里或者学校里交到任何朋友，然而当你的块头足够大时，你就不再需要朋友。

有一天，他和女巫的复仇正在吃晚餐，敲门声响起。小不点打开门，弗洛拉和杰克站在门口。弗洛拉穿着一件无趣的二手店外套，杰克比以往任何时候都更像一捆棍子。

"小不点！"弗洛拉说，"你长这么高了！"她泪流满面，拧绞着她好看的手。杰克看着女巫的复仇说："那么你又是谁？"

女巫的复仇对杰克说："我是谁？我是你妈妈的猫。你就是一捆柴火棍，装在一件比你大两倍的西装里，但是我是不会告诉别人的，只要你不说。"

杰克哼了一声，弗洛拉停止了哭泣。她开始环顾房子，房子里陈设齐全，宽敞而且明亮。

“这里有足够的房间让你俩都住下，”女巫的复仇说，“如果小不点不介意的话。”

小不点认为他高兴得快要冲昏头脑，因为他再次拥有了自己的家人。他带弗洛拉参观了一间卧室，带杰克参观了另一间。然后他们下楼去吃第二顿晚餐，而在弗洛拉和杰克讲述他们的历险的时候，小不点和女巫的复仇一起听，笼子里的那些猫也在听。

一个扒手偷走了弗洛拉的钱包，他们卖掉了女巫的汽车，并在纸牌游戏中输掉了所有的钱。弗洛拉找到了她的父母，但他们是两个不需要她的恶棍。（她太大不能被卖第二次，她会发现他们要干什么。）她去了一家百货公司工作，杰克在电影院卖票。他们吵过架，也和好过，然后爱上了别人，有过许多的不如意。最后，他们决定回到女巫的房子里，看看能不能在这里头住一段时间，或者看看屋子里还有什么剩下的东西可以拿去卖掉。

但是，房子已经烧光了。当他们争论接下来怎么办的时候，杰克在村庄里闻到了他的弟弟小不点的气味。所以他们来了。

“你们可以和我们一起住。”小不点说。

杰克和弗洛拉说他们不能这样做。他们有雄心，他们说。他们有计划。他们将在这里住上一周，或者两周，然后他们便会再次离开。女巫的复仇点点头说，这很明智。

每天小不点从学校回来，便会与弗洛拉一起骑着双人自行车再次出门。或者他留在家里，杰克教他如何用两个手指捏住硬币，如何盯紧那只鸡蛋，当它从一个杯子里被换到另一个杯子里的时候。女巫的复仇教他们打桥牌，尽管弗洛拉和杰克在打牌时成不了搭档。他们像丈夫和妻子那样争吵。

“你想要什么？”有一天，小不点问弗洛拉。他靠在她身上，希望他仍然是一只猫，可以坐在她的腿上。她看上去心事重重。“为什么你必须再次离开？”

弗洛拉拍了拍小不点的头。她说：“我想要什么？这很容易！永远不必担心钱。我想嫁给一个男人，一个我心里面知道他永远不会欺骗我或是离开我的男人。”她说出这些话时，眼睛看着杰克。

杰克说：“我想要一个不会回嘴的富婆；一个不会一整天都躺在床上，把被子盖过头，哭哭啼啼，把我叫作一捆柴火棍的女人。”他说这些话时看着弗洛拉。

女巫的复仇放下了她为小不点织的毛衣。她看了看弗洛拉，瞥了眼杰克，然后她望着小不点。

小不点走进厨房，打开猫笼的门。他把两只猫抱出来，递给弗洛拉和杰克。“在这里，”他说，“这是给你的丈夫，弗洛拉。还有给杰克的妻子。一个王子和一个公主，都很漂亮，他们是养尊处优地长大的，而且不用怀疑，他们很富有。”

弗洛拉拿起那只小公猫，说：“别逗我了，小不点！从来没听说过和猫结婚的！”

女巫的复仇说：“诀窍是将他们的猫皮安全地藏起来。如果他们生气了，或者亏待你了，就把他们缝回猫皮里，放进一个袋子里扔到河里去。”

然后她举起爪子，划开了虎纹猫的皮。弗洛拉怀里的是一个赤裸的男人。弗洛拉尖叫起来，把他扔在地上。他是一个英俊的男人，举止如同一位王子。没有人会把这个男人误认为是一只猫。他站起身，鞠了一躬，非常优雅，考虑到他做这些举动的时候还是浑身赤裸的。

弗洛拉脸红了，但看起来很高兴。

“去给王子和公主拿一些衣服来。”女巫的复仇对小不点说。当他回来时，一个裸体公主躲在沙发后面，杰克正在盯着她。

几个星期后，有两场婚礼。弗洛拉和她的新婚丈夫一起出发了，杰克也与他的新公主一起走了。也许他们从此便过上幸福的生活。

女巫的复仇对小不点说：“我们没有妻子给你了。”

小不点耸了耸肩。“我还太小。”他说。

可是不管怎么努力，小不点正在长大。猫皮只能勉强裹住他的肩膀。在他扣上纽扣的时候，纽扣会变得很紧。他的成年毛皮——人的毛皮——正在进入。他在夜里做梦。

玻璃窗被他的女巫母亲的鞋后跟击碎。公主靠在野蔷薇上。她提起了她的裙子，他可以看见裙子下面的猫毛。现在她在房子下面。她想嫁给他，但如果他去吻她，房子便会倒下。在女巫的房子里，他和弗洛拉再次成了孩子。弗洛拉提起裙子说，看到我的阴部了吗？那里有一只猫，正在偷偷望向他，他从来没有见过这样的猫。他对弗洛拉说，我也有一只猫。但他的情况并不一样。

他终于明白过来，森林里那个毫不起眼、饥肠辘辘、浑身赤裸的东西发生了什么。在他睡着的时候，它爬进了他的猫皮，然后潜入他的内部，进入小不点的皮肤。现在它蜷在他的胸口，依然是僵冷、悲伤和饥饿的。它是从内部啃噬着他，日益壮大，有朝一日，小不点将不复存在，只剩下这个无名无姓、饥饿的孩子，套着小不点的皮。

小不点在睡梦中呻吟。

女巫的复仇的皮肤里面有蚂蚁。蚂蚁们从她的接缝处潜逃出来，排着队来到床单上，在他的胳膊下面，在他的双腿之间，在他的皮毛正在生长的地方掐他。那会弄疼他，疼痒不断。他梦想着女巫的复仇现在醒了，来到他身边舔遍他的全身，直到痛苦消失。那块窗玻璃熔化了。蚂蚁沿着长长的、涂了油脂的线再次走开。

“你想要什么？”女巫的复仇说。

小不点不再做梦了。他说：“我要我的妈妈！”

月光映入窗户，照亮他们的床。女巫的复仇非常美——她看起来像一位王后，像一把刀，像一座燃烧的房子，像一只猫——在月光下，她的皮毛闪闪发光；她的胡须像针一样分明，如同上了蜡的线。女巫的复仇说：“你的妈妈死了。”

“脱掉你的皮。”小不点说。他在哭，女巫的复仇舔去他的眼泪。小不点浑身的皮都在刺痛。在房子下面，某种弱小的东西在不住地哀叫。“把我还给我妈妈。”他说。

“哦，亲爱的，”他的母亲——女巫——女巫的复仇说，“我做不到。我浑身都是蚂蚁。脱掉我的皮，所有的蚂蚁都会溢出来，那么我就不复存在了。”

小不点说：“你为什么要丢下我自己一个？”

他的女巫母亲说：“我从来没有把你独自留下，甚至一分钟都没有。我把我的死亡缝进了猫皮里，这样我就可以和你在一起了。”

“把它拿走！让我看见你！”小不点说。他拉扯着床单，好像那是他母亲的猫皮。

女巫的复仇摇了摇头。她颤抖着，尾巴来回摆动。她说：“你怎么能要求我这么做，我又怎么能对你说不？你知道你在让我干什么吗？明天晚上，明天晚上再问我一次。”

小不点不得不接受这个答案。整晚，小不点用梳子梳理着母亲的毛。他的手指寻找着她猫皮上的接缝。当女巫的复仇打哈欠时，他偷偷往她的嘴里瞧，希望能看一眼自己母亲的脸。他可以感觉到他正在变得越来越小。早上的他已经变得如此不起眼，当他试图穿上他的猫皮时，他几乎扣不上那些纽扣。他这么小，这么敏锐，你可能会把他误认为一只蚂蚁，当女巫的复仇打哈欠时，他会爬到她的嘴里，进入她的肚子，找到他的母亲。如果可以的话，他会协助自己的母亲割开她的猫皮，这样她就可以出来了，和他一起住在这个世界上，如果她不出来，那么他也不。他可以以水手的方式生活在那里，在吃过鱼的鱼肚子里面生活，他还要在她的皮肤的房子里面保管自己母亲的房子。

这就是故事的结局。玛格丽特公主长大后会杀死女巫和猫。如果她不去做，其他人便不得不那么做。没有女巫，也没有猫，只有穿猫皮衣服的人。他们有他们的理由，谁又有权说他们不能以这种方式生活，并且从此以后一直幸福地生活着，直到蚂蚁带走所有的时间，去创建一些更新和更好的东西呢？

● 我当时住在布鲁克林，正准备出版我的第一本作品集，然后与作家雪莉·杰克逊（Shelley Jackson）一起开车穿越美国。我们认定这会是一个好主意——而且很有意思！——写一个我可以露出马脚的故事。就这样，我写了《猫皮》，雪莉为封面画了一幅图。我大致记得我想解决两三个问题：我想写一个我自己的童话故事，而不是对一个童话的重写或者是反转/修订；我想写一个读起来像是别人写的，而不像我写的故事——对于一个住在一张皮里的故事而言，这一点似乎正合适；我还想要快速写就一个作品，也就是，写下它、校对、打印、装订成杂志只花了三天左右，在我们去旅行前完成。我还有一堆那时候的版本，它们有童话的感觉：手掌般大小、手工制作、浅褐色、剪裁粗糙、封面是雪莉用钢笔绘制的。至于这个故事，一开始是关于女巫和孩子，以及女巫为什么很想要孩子的。《猫皮》不是对任何一个童话故事的重写，但它确实欠《猫皮》《驴皮公主》和《萵苣姑娘》的情，实际上，它欠几乎所有这些童话的情，也欠安吉拉·卡特和尤多拉·韦尔蒂等作家的情。

——*凯莉·林克*

蒂格·奥凯恩与尸体

● 克里斯·阿德里安

Chris Adrian

从前，有一个叫蒂格·奥凯恩的年轻小伙。他长得太帅了，这对他自己没好处，对别人也不见得有好处。他遇到的每个男孩和女孩都爱上了他，他让许许多多的人心碎。他住在奥兰多，成功通过了一支男子乐队的试镜，这件事他一点也不保密。事实上，这通常是他告诉别人的第二件事，第一件事是他的名字。

一天晚上，他和许多朋友一起出去跳舞。和往常一样，很多人想跟他跳舞。舞池里的人们接近他，他也许和他们跳，也许不跳，一切都取决于他自己的感受，取决于他们舞蹈的质量，这些他能够隔着一段距离，在半明半暗的光线下评估出来。有时候他们离他还很远，但他认为这些人不符合他的标准，便将他们拒之门外。这个晚上，一群常见的野心勃勃的家伙在跳舞，其中一些看上去赏心悦目，另一些相当平凡；有的是优秀的舞者，另一些只是热情洋溢。这是一个寻常的夜晚，直到一些不同寻常的事情发生。

蒂格正在自得其乐，他像是在和左边的一个漂亮女孩跳舞，也像在和右边的一个英俊男孩跳舞，一个相貌极其丑陋的男人来到他身边，大胆地侵入他的空间，把男孩和女孩撞开，用臀部和腹股沟跳了一段下流的、令人难以忍受的舞蹈。蒂格把背转向他，但那个男人走过来，再次出现在他面前。他丑得惊人。蒂格认为他起码五十多，即使没到六十的话。这个男人胳膊松弛，长着双下巴，还有难看的发型。“和我跳舞，蒂格·奥凯恩！”他喊道，试图把手放在蒂格帅气的屁股上。但是蒂格甩开了他的手，说道：“离我远点，你这个老妖怪！”但那个男人又抓住他两次，蒂格叫了他两次怪物，让他滚开。随后，那个男人走开了，但他一走，一个丑女人取代了他的位置。丑成这样，她很可能是刚才那个怪物的妹妹，她也有松弛的手臂、双下巴，以及难看的头发。“离我远点儿你这个丑老太婆！”蒂格喊道，甚至没有给她机会邀请他跳舞。他转过身，匆匆跑到舞池的另一边跳舞去了。

可是这个老太婆又找了蒂格三次，一次在舞池后面，一次在酒吧里，最后一次是在男士卫生间。他正站在那里，突然觉得脖子后面痒痒的。他转过身，看见那个老太婆站在那里。

“嘿，宝贝，”她说，“想跳舞吗？”

“你刚才是不是碰我了？”蒂格问道。

“我也许干了，也许没干，”她说，“我问你的不是这个。我问的是，你想跟我跳舞吗？”

“让我一个人待着，”蒂格说，“你听不懂英语吗？”

“我不会再问了，不过我最后再说一次，蒂格·奥凯恩，”这个女人说，“不和我跳舞吗？”

“一万年也不想。”蒂格说。他朝她轻轻一推。即便她没有倒下，只是后退了几步，他也几乎立刻就后悔了。

“那可是很长一段时间，蒂格·奥凯恩！”老太婆说完大笑，蒂格想知道她和那个男人是怎么知道他的名字的。虽然他通过了男孩乐队的试镜，但他还没出名。

“我的夜晚被毁掉了。”他冲小便池说。他说得太响了，他旁边的那个位置立刻响起一个声音：“我也是！我也是！”伴随着间断响起的呕吐声。

“我的情况更糟糕。”蒂格说道，他知道自己在发脾气，他应该回到舞池里，假装他没有差点被一个丑老太婆和一个怪物骚扰，假装迄今为止，他的整个夜晚都没有被其他人的丑陋和无耻弄得喘不过气来。他觉得自己应该回去跳舞，所以他就那么做了，但他却心不在焉；他的状态没了，他的舞步，甚至是他的标志性舞步，都感觉不像是他。这就像另一个人在他的身体里面跳舞，一个悲伤、丑陋并且孤单的人。他决定自己回家，还给他的七个朋友发了短信，因为他们总是给他发短信说他们自己回家，好像这件事他有责任似的，或者好像他应该对他们独自一人回家而他自己不是而感到内疚。

他与父亲一起住在湖边的一所大房子里，或者更确切地说，他住得离父亲很近。他住在与那栋大房子相邻的一栋小得多的房子里。这个小房子是父亲送给他的十六岁生日礼物，他认为一个男孩需要独立，但也需要有人监管。因此，他送给自己的儿子这份礼物，但是配备了摄像头来监视蒂格，以便确保他不会做出败坏家声的事。有一个司机很乐意来俱乐部接他回家，但是他被这个不愉快的夜晚搞得焦躁不安，所以决定走回家。尽管路途很远，可是每当发生一件不愉快的事情时，他都喜欢走路，因为他可以假装自己正在从困扰他的麻烦里面脱身走开。他离开俱乐部，走过市中心灯火通明的街道，然后来到老城区半明半暗的人行道，最后步入通往他父亲的房产的幽暗小径。那些可怕的男人和女人，他们下垂的屁股和不老实的脏手给他造成的不愉快似乎越来越遥远。当他走到最后一段路时，他几乎完全忘了他们。走进房子周围的橘树丛时，他能看到父亲房间里的灯光在树丛中闪烁。“或许，”他想，“父亲已经预料到我度过了一个糟糕的夜晚，正等着安慰我呢。”

路的前方传来声响，突然间，他感到好奇——父亲是否已经出门来欢迎他了。他停下来，靠在一棵树上，一阵狂风忽然猛烈地搅动着树枝，让所有的果子轻柔地摇摆，轻敲他的肩膀和脸。风吹来声响，他现在很清楚地听到前面有许多人，然而没有一个是他的父亲。*窃贼*！他想，随后他想到：*追求者*。因为已经有过这样的情况，有不少人想从父亲那里偷东西，也有人来向蒂格求爱。他弯下腰，捡起脚下一根短而粗的树枝。它很轻，因为烂透了而软绵绵的，就算把它挥向任何人，也不会伤到对方。但他认为拿它来虚张声势很合适。

风向变了，有那么一瞬间，万籁俱寂。蒂格抬起头，眯起眼睛。“我有一根棍子。”他说，但声音并不响亮。一阵钟声响起，尖锐嘹亮，使得夜晚似乎更暗了。一阵笑声重又响起，然后蒂格看到了人形——他能辨认出来的只是它们的形状——在树上蹦蹦跳跳，跳跃着，舞蹈着，不时落到地上，继而再次跃起。当它们冲向他的时候，他举起棍子又说了一次，这次响亮了一些：“我有一根棍子！”“是一根漂亮的棍子！”一个非常熟悉的声音说道，虽然他花了一点时间才辨别出它从哪儿传来。“像挥它的那只手一样漂亮，嗯？豪猪？”俱乐部的那个女士从黑暗中走出来，尽管夜晚是同样幽暗，她看起来却奇怪地被照亮了，仿佛太阳只为她而照耀，只照在她的身上。她和之前一样丑陋，看起来更矮小，背更驼，但不知道为什么，她的样子不如在俱乐部里那么可悲。

“哦，没错，土豚，亲爱的。”另一个熟悉的声音说。俱乐部的那个男人走到她身后，双臂抱住她，将头部贴在她的颈侧。他们当然是朋友，蒂格想。这太符合常理了，哪怕他们突然从黑夜里出现，在他的房子附近出现这一点完全不符合常理。

“你在这儿做什么？”蒂格低低地喊出来，“离开我的房子！”

“正好，正好，”那个女人说，“时间正好。不过先问一句，不和我跳舞吗？”

“不！”蒂格说，“别再问了。你聋了吗?‘再过一百万年也不想’这句话你不明白？”这位女士用脚来回跳着，对他微笑。那个在她身后的男人正在做同样的事情，但完全不同步，她用右脚跳时，他在用左脚跳，紧接着他抬起头，从女人的一侧肩膀，然后是另一侧肩上方瞟向蒂格。其他人在他们身后，他们的脸被照亮，就像老妇人一样，一种奇特的、来源未知的光线。蒂格可以远远地辨别出来，他们和她一样的丑陋，事实上有些甚至更丑、更臃肿、更畸形，不是体形过大，就是个头太小。显而易见的是，这些人里面没人花心思打理过头发或者穿着。他们拖着脚走，朝他跳过来，围绕那个老女人和老头形成乱糟糟的一团。

“一百万年？你会在一百万年后跟我跳舞吗？”

“不会！”蒂格喊道，不再关心是否会把父亲吵醒了。事实上，他希望父亲带着电筒和霰弹枪出来，吓跑这些丑陋的怪人。“我说的不是‘一百万年以后’。我说的是‘一百万年以后都不愿意’。你没在听我说话吗？”然后他们所有人都开始嘲笑他，一种咯咯的怪笑，在那些人之间穿来穿去，然后回到那个老头那里，他在丑老太婆的耳边笑。她发出一声刺耳、短吠般的大笑。

"不同我跳？不同我们中间的任何一个跳舞？"

"不！"蒂格说，然后他把手伸进口袋里去掏电话。"我现在报警，"他说，"但我会慢慢拨号，你可以趁这个时候走开。"

"不和我的朋友一起跳？"那个女人说，指了指一捆巨大的、凹凸不平的东西。他突然注意到，他们在来回传递那东西，他们每个人，甚至是最不起眼的那个，都在把那东西传递下去。他认为这是一个麻袋，但他无法确定，因为落在他们身上的光似乎并没有照亮他们带来的那件东西。

"我拨号了。"蒂格说。但他的动作很慢，因为他不太擅长单手拨号，也因为他变得越来越紧张和害怕，因为他们除了丑陋和烦人，还有些不对劲儿。他们人数众多——每次他望过去，感觉他们的人数都变多了——他开始意识到他们可能想做些别的事情，除了跟他跳舞。

"最后再问一次，蒂格·奥凯恩，"女人说，"你不和我们中的任何一个人跳舞，即便是出于怜悯或同情，与其他人——那些失去了自己的人——分享一点你本不该有的美貌？"

"你好，警察吗？"蒂格对着电话说。他拨了911，但还没接通。"我被丑陋的人袭击了。"

"袭击？"那个女人说，"我们只想跳舞！"但就在这时，那个丑陋的老人拾起一个橙子，扔向蒂格。没有打中，但又一个橙子从一个站在人群后面的人手中扔向他，打到了他的头。

"嘿！"他说，然后他用来听电话的耳朵再次被砸了。电话刚好接通，一个女士回答了他，然而这时电话从他手里飞了出去。他追上去，弯腰想要捡起电话，然而，在他的手指够到电话之前，另一个橙子将它撞得更远。"停下！"他说。三个橙子从黑暗中冒出来，两个打中了他的脸，另一个击中他的肚子。然后整场攻击开始了。他伫立片刻，试图护住自己的脸、腹部和腹股沟，可是当他遮住自己的其中一部分时，他们便会击中另一部分。他转身跑了。

他没有跑出去多远，他发现他应该试图往家跑，而不是反方向。如果他能够跑到家门前，他可以冲进门后面，把门锁起来。当他们开始一个两个地出现在他面前时，他并没有跑出太远，这些人在树下的黑暗中奇怪地看着他，向他露出难看的微笑，并且朝他抛出橙子。他和朋友们最近一直习惯于顺着橙花路开车，朝妓女们扔橙子，只因为这样做好玩，现在他发现自己后悔了，因为他的头上挨了一下又一下。回想起来，他意识到他被一群狡猾的人给盯上了。他们跑向他的时候聚集在一起，如同一只咆哮的野兽，在那种属于他们的光线下，他可以看到他们肩上的麻袋（绝对是一只麻袋），他们边跑边传递着这只麻袋。他们的脸有种可怕的特质，不仅仅只是丑陋而已，他把头转过来以前，透过眼角余光的一瞥，他确信了这一点。

他把双臂抱在头上，在两肘之间偷眼望着道路，用尽全力奔跑，不关心自己是在跑向房子还是远离房子，只想摆脱他们。他很快就绊倒了，究竟是被树根绊倒还是被一只伸过来的脚绊倒，他不知道，但他发现，当他摔倒时，他对整趟旅程释然了。他滚过泥土和杂草的时候，不再像逃跑时那么惊慌。*好吧，他想，我想要跑掉的，但是他们太多了，而且他们手上有太多的橙子，现在他们得逞了。*他仰躺着，抬头透过橙子树的树叶望向昏暗的星辰，那些家伙聚集在他的四周。

“橙子让你难受了，你现在不就在跟我们跳舞吗？”老太婆说。她和那个男人靠在他身上，他们周围的人笑起来像剥了皮的橙子，嘴里塞满了果肉，橙汁顺着多毛的下巴往下淌。

“动手吧，还等什么，”蒂格说，“打劫我。拿走我的钱包，拽走我的牛仔裤。它不适合你穿，这条裤子穿在你认识的那些人身上根本就不好看。不过，来啊。快动手弄完啊。”

“打劫你？”丑老太婆说。

“我们来这里不是为了拿你的东西。”老怪物说。

“我们来送一份礼物给你，蒂格·奥凯恩，”丑老太婆说，“如果你选择和我们一起跳舞，那将会是一份愉快的礼物。这将会是一份有着贵宾犬的呼吸、内衣上的蕾丝花边，以及喜悦的泪水的礼物。但你却舍弃了那些只想祝福你的人，现在你必须接受另一种礼物。你要为我们做一件事，不然……”

“不然就怎么样？”他问道。

“不然就是在黑暗中死亡的小狗！”那老人说道。“惨遭不幸的呜咽！”那个女人说，“一种刺骨苦涩的悲伤将会在你的灵魂中持续一百万年。”

“一亿亿年！”那个男人说。

蒂格想说那听起来很蠢，没有什么能持续这么长时间，即便是——他相当肯定——宇宙本身，可是他说：“你们想让我做什么？”

“不过是这件事，”那个女人说，“把我们的朋友带回家，让他好好休息。”这引起了其他人的一阵骚动。几秒钟之内，他们扔掉了麻袋中的捆绑物，并且把它打开了。蒂格觉得它撞到地面时发出的声响让人不快。他想，*袋子里肯定装满了牛排，谁会在半夜带着一大袋子牛肉四处走动？*它躺在地上的时候，似乎吸引住了黑暗，但当他们打开它时，他可以清晰地分辨出那是什么。他打了个寒战，因为他过去从未见过一具尸体，也没见过姿势如此不自然的一具尸体，当他们用脚把这具尸体朝他转过来的时候。他背对着他，一只胳膊压在身下，另一只胳膊举过头顶。他的双脚和胸部都裸露在外，脸转过去了，但他可以从肩膀和背部的宽度上看出这是一个男人，他能认出他身上那条牛仔裤的质量很好，因为他对于这种事情的感觉很灵敏。哪怕站在街对面，或者置身于黑暗中，或者仅仅用手碰了一下某人的屁股，他也能分辨出一条好的牛仔裤。

“把他带到松树山的天主教堂里埋掉，如果那里埋不了他，如果教堂墓地没有位置了，那么就把他埋在温德米尔的咸味猪香肠工厂后头，如果这些都行不通，那么就把他带到绿沼泽那儿，把他留在沼泽里。”

“哦，好吧，”蒂格坐在地上说，然后他缓慢地站起身，“这就是你们要我做的吗？”

“不多不少。”

“那好吧，”蒂格说，“但首先你得知道一件事。”

“是什么，蒂格·奥凯恩？”她笑得非常不友好。

“只是……看招！”蒂格说，把捡到的橙子扔到她脸上。他没有留下来看那个橙子是不是打中了她，而是转身再次奔跑，灵活地跳过尸体然后跑回家。然而他跑了还不到十秒钟，就被人从后面袭击了。所有那些丑陋的老人蜂拥而至，围绕着他，那些可怕的、樟脑丸气味的气息喷到他的脸上，他们板直的、喷着胶的头发刺着他的脖子和脸。感觉就像他们都坐在他身上——片刻之间他几乎无法呼吸——然后那种压力消失了，但他身上仍然压着很重的东西。他们在他周围跳来跳去。

“看吧！”这个女人说，“现在你准备好了！”蒂格俯卧在地上，逐渐明白过来了，他们把那具尸体放到了他的背上，死人的双臂在他的肩膀上交叉。

“你干了什么？”他说，“把他从我身上拿走！”

“我们才不会，”那女人说，“你一个人就够了。现在把他埋掉，动作快点。如果太阳升起来以前你还没能办完这件事，你会后悔的！”

“把他从我身上拿走！”蒂格再次说道，现在他在大声哭泣，扭动挣扎，四处乱撞，想把尸体弄下来，但那个死人把他抱得很紧。

“你去办这件事，”那女人说，“还有，记住我对你说的话。悲伤的贵宾犬的黑暗眼泪！心中的痛苦！永不消逝！动身吧，蒂格·奥凯恩。你已经选择了不跟我们跳舞，夜晚正在流逝！”

“把他拿走。”蒂格又说了一遍，但没有人回答。当他抬起头来，他们都走了，如果不是他背上的那种重量，他会以为他们是他想象出来的。他缓慢地跪下，然后站起来，尸体在他的背上感觉很重。当他环顾四周时，看不到那一群丑陋的人，但是他们在地面上给他留下了一条信息，那几个词是用撕碎的橙子果肉拼出来的——我们监视着你。

“救命！”他喊道，“快来人，帮帮我！”他的声音在他听来非常响亮，但他感觉到它没有传向远方。在树丛中，他看不到家里的灯光，他不确定他该到什么地方去寻求帮助。“我甚至不知道奥洛维斯塔[1]在哪儿。”他伤心地说。一只手在他的眼前抬起，指往某个方向，片刻以后，蒂格才意识到那只手是谁的。他叫了一声，开始再次奔跑，试图摆脱背上的尸体，但他只是再一次跌倒了。再一次，他躺在地上抽泣。

“光靠哭埋不了我，”在他身后的那具尸体说，“起来，白痴。”

蒂格又喊了一声，试图爬开。他说：“你别跟我说话！情况已经够糟的了，不许你*开口说话*。”

“死人就是能随心所欲。”那玩意儿说，随后却沉默了。蒂格面朝地面，喘着粗气，然后他站起来，开始向尸体所指的方向走去。起初他走得很慢。尸体是那样沉重，夜晚一片漆黑，他不知道他身处何地，他应该离他自己的房子不远。但那些树木看上去很怪异，即便他已经

1　第一次提及，前面丑老太婆要求埋葬尸体的地方中没有这个地方。

将它们抛在身后。他步行了约一个小时，连一条高速公路都没有遇到，只碰到了一条逼仄的泥路。车辆无法在这条路上通行，它看上去更适合马走，不过走这条路比走在柔软的地面上要轻松。如果他看到一辆车，他就会截停它，寻求帮助，尽管他不确定会有人为他停下来。无论多么英俊和诱人，他现在是一个背上背着一具尸体的人。有一部分的他担心尸体会再次说话，然而另一部分的他却希望他开口，因为他感到非常孤独和恐惧，沿着这条路慢慢往前走的时候，他突然想到，如果他同意与那个男人或者那个女人跳舞，这个夜晚会过得更轻松一些，想到他一定是在做梦，这条缺乏变化的道路似乎足以证明这一点，他开始感到他永远也无法停下来。“我会继续走下去，”他说，“直到我醒过来。假如今天晚上我在舞池里碰见长得难看的家伙，我会马上从他们身边跑开。”他有那么一瞬间把眼睛闭上了——那条路是如此一成不变，他觉得没必要看自己在往哪儿走了。然后他被一阵剧烈的疼痛弄得浑身一震——尸体把手伸进他的衬衫，掐了一下他的乳头！“你这是干吗？”蒂格问道，尽管他很清楚原因。他在路上停了一会儿，感觉非常恐惧却又极其清醒。

不久后，他望见了那座教堂。教堂孤零零地坐落在山顶，沐浴在一盏街灯的光芒下。这条路直接通往教堂的门，经过一个停满了汽车的停车场。上山的路很难走：当他抵达山顶时，他只是想在其中一辆车的引擎盖上躺下来，好好休息一阵子。他走到教堂门口，在那里停了下来。“进一座教堂之前，是不是应该敲门？”他大声说。他过去从来没有去过教堂。

“没那个必要。”尸体说。

蒂格把门推开，步入教堂。教堂里点着许多蜡烛，柔和闪耀的光使得许多雕像的面孔显得尤其警惕，像是活生生的。如果这些塑像开口和他说话，侮辱他，问他时间，或者斥责他不和它们一起跳舞，他一点也不会感到惊讶。但它们沉默不语。当他凝视它们的时候，他认为他认出了怪异地照亮过那些丑陋的老人的光：他们的脸看起来就像这些雕像，如同照在他们身上的光来自肉眼不可见的蜡烛。

“我们来这里是有原因的。”尸体说道。

“没必要提醒我。”蒂格说。他开始在教堂里走动，沿着过道徘徊，瞥向一排排长椅的下方，想要找到一个埋人的地方。人应该埋在墓地里，把一个人埋在一座教堂里在他看来根本说不通。即使是一个铺着地毯的地方，就像这个铺着俗气室内/室外地毯的地方一样。真是典型的佛罗里达，蒂格想到，一个坏品味欣欣向荣的地方。

“开始挖！”当蒂格搜寻了一阵，想找到一个合适的地方的时候，那具尸体说道。

“拿什么挖？我的手？”

“直到你的双手鲜血淋漓，从皮肤下面露出骨头！”他厉声说道。但随后他把一个壁橱指给蒂格看，在壁橱里的一堆猫砂、氨水和纸巾中，立着一把铁锹。蒂格抓过铁锹，在祭坛附近挑了一个地方。“动手！”在他犹豫不决的时候，那具尸体说道。他双手并用举起铲子，往下一戳，以为他将不得不撬开地毯下面的水泥才能碰到地面。他在铁锹铲下去时大喊一声，这是他发出过的最响亮、最愤怒，但同时也是最可悲的叫声。他很肯定铲子会从混凝土上弹开，木柄会裂成两半，他的手会因震动而从木柄上脱落。如果真的是这样，那他也不在乎。

但地毯下面却只有柔软的地面。铁锹的刃完全陷进了泥里，他不得不用尽全力才将它拔出来。一种气味散发出来——一种新鲜、肥沃的土壤的气味，它让蒂格想到下雨天和蚯蚓。那具尸体在他身后深深地吸了一口气，但没有呼出那口气。“我马上就能摆脱你了。”蒂格告诉他，但他没有回答。蒂格开始工作，一次又一次地将铲子刺进地毯里，挖出一个足够放得下尸体的矩形。他说了一遍又一遍，每回他用铁锹铲一下，他就说："我……马……上……就……能……摆……脱……你……了！"

尸体没有回答，他刚开始说服自己，那玩意儿再也不会开口了，一声可怕的尖叫便在空中响起。"什么？"蒂格喊道，放下铲子跳了出去。"我干了什么？你为什么要尖叫？"

"不是我在叫。"那具尸体说道。那个声音又叫了一次，这一次响起的声音更柔和，但仍然愤怒不已。有人显然非常不悦。蒂格走到他正在挖掘的坟墓边上——它只有几英尺深——然后往里瞧。泥土里面有什么在动。土壤下面有某种东西在颤抖。一个污水坑在泥土中打开，只是嘴巴大小。泥土陷进了那个洞里，然后又在一声尖叫中吐了出来，紧接着，突然之间，可怕的事情发生了：一个死去的女人在蒂格挖出来的浅坟里坐了起来。

"啊！啊！啊！"她喊道，"你在对我做什么？"

"没什么！"蒂格说，这显然不是真的，但他的第一反应让他这么说。

"没什么？没什么？为什么你要打扰我休息，可怕的男孩？粗鲁的男孩！讨厌的男孩！"

"我不是故意的……"蒂格说，"我的意思是……我只是想埋葬我的朋友！"

"他不是我的朋友，"他身后的尸体说道，"他太没礼貌了。太没礼貌了。"

"把我盖上！"那个女人叫起来，"把我盖起来，在我冻僵以前。"

蒂格照她说的做了，在她躺下时将挖出来的泥堆回到她身上，然后将地毯扔到那堆乱糟糟的土上，他一点儿把土堆弄平整的意思都没有。他把铲子靠在祭坛上，然后跑了出去。他站在外面喘息着，感觉自己又要哭了。尸体对准他的脖子长长叹了口气，然后又重复了两次。

“停下,”蒂格说,“别叹气了。你不需要感叹，你甚至都不需要呼吸。”

“我很失望。我感到失望时就想叹气。”他再次叹了口气，然后蒂格也叹起气来。

“我忘了别的地方在哪儿了。”片刻过后，蒂格说道,“我应该把你带去葬掉的另外两个地方。”尸体沉默了，蒂格认为当自己想让他闭嘴时，他才会开口说话，当自己想让他帮忙时，他就会三缄其口。但随后，他又一次抬起手，指出前进的方向。

咸味猪香肠厂不是建在山峰上，而是建在一个小山谷里。周围是一团油腻的、低低的雾气，弥漫着培根的味道。蒂格背着尸体赶了一小时的路，才闻到那种雾，又过了半个小时，他才看见烟囱的尖顶耸立在眼前，高高的剪影衬托着星星。工厂四周都竖立着墓碑，而不是汽车，这根本就说不通，直到蒂格走到距离很近的地方，能够读到墓碑上的一些名字：小心眼、胖子、小姐、斯诺弗尔先生、佩妮、威尔伯、奥蒂斯——它们是猪的名字。“他们为什么要埋掉工厂里的猪？”

“出于尊重。”尸体说。

“铲子在哪里？”蒂格问。

“在你手上。”尸体说道。蒂格举起双手，尸体解释:“你的手就是铁锹。”

“这不公平。”蒂格对尸体说。然后他抬起头，对空气、浓雾和奇怪的猪猡墓地说道:“这不公平！我在做你让我去做的事。我正在按你的要求做。你至少应该给我一把铁锹！”但沉默是他得到的唯一回答。他跪在那些看起来空空的坟墓之间，开始用手挖，他扯开杂草，双手掬起大把大把的土，然后扔到一边或者另一边（当他把泥土扔到肩膀后面时，那具尸体痛苦地抱怨着)。他没有挖多深，他碰到了一些碎皮革一样的东西，仔细一看才知道是猪耳朵，不久之后他就发现了猪的其余部分：一块风干的肌肉、腹部割了一刀的一块皮。“可是里头没有石头！”蒂格说，“为什么他们要把肉埋掉？他们在香肠里放了什么？”

“反正不是肉。”尸体说。那只猪睁开了眼睛——眼窝是空的——然后开始无声地尖叫，但是蒂格明白它在叫什么：盖住我，别打扰我，我会着凉的。他迅速将它覆盖起来，然后跪在坟墓上，双手捂住脸。

“起来！”尸体说道，“再试一次。黎明就要来了，如果我不能下葬的话，你会感到抱歉抱歉抱歉！”蒂格因为挖掘而疲惫不堪，由于失败而沮丧不已，他甚至没有争辩，而是走到几百英尺以外，再试一次。但是他挖了还不到十分钟，他的手便碰到了皮革般的皮肤，一声低沉的尖叫从泥土中发出。蒂格猛地抽回手，喊出声来。“再试一次！再来一次！”尸体说道。但是这一次他刚开始挖尖叫就开始了，然后即使他踩到坟墓上也会听到尖叫，他每走一步便会响起一声尖叫，每一声的语气都略有不同。因此在他踏着走，跳着走，试图不踩到坟墓的时候，他的脚步奏响了一种奇怪的音乐，整个墓地变成了他演奏的工具，而他是一个筋疲力尽、迫不得已的艺术家。当他最终摆脱这一切时，他再一次跪下来，开始放声哭泣。

“好了，好了。”过了一阵子，尸体说，“好了，好了。没有那么糟糕。还有绿色沼泽，距离黎明降临还有一段时间。”

“黑暗可怕的腹泻贵宾犬！”蒂格说，“致命的悲伤苦楚！我觉得它已经开始了！”

“还没有开始，”尸体说，“你还没有失败，善良的人信守承诺。起来，带我去沼泽地。我听到我的坟墓在向我歌唱，我确信你会在那里为我找到一个地方。”所以蒂格站起身，最后一次朝着尸体指出的方向走去。

不久之后，地面变软了，再后来，他开始在泥泞中跋涉，他很快就丢了鞋子，然后又没有了袜子。星星变得暗淡，天空亮了起来。“快！”尸体低声对他说，“赶紧！太阳快要出来了，但我们只差一步！只差一步！”蒂格觉得还有其他的声音在催促他快点。他以为他听到了老男人和女人的声音在树丛中响起，告诉他他就要成功了，当他们催促他时，比起责骂，更像是在鼓励他。一只负鼠，用光秃秃的尾巴倒挂着，催促他快点；一条鳄鱼——看上去只是池塘边的一片阴影——催他快跑。他试图那样做，但他太累了，他所能做的只有加快自己蹒跚不稳的步伐，一边在沼泽中跋涉一边哭。“啊！”尸体说，“太阳……太阳！别让它照亮我……我们只差一步！”确实如此。沼泽里没有什么角落，但是蒂格觉得自己找到了一个，它就在那里：在柳树的枝条下面，一座整洁的坟墓、一个人能够想到的最体面的掩埋地。对于一座位于沼泽地中间的坟墓而言，它已经算得上干燥。当太阳升起的时候，蒂格朝着它蹒跚而行，在他周围，灰色的沼泽突然变成了绿色。他以为自己会和尸体一起被埋葬，但他摔倒了，并且翻了个身。尸体的手松开，掉进了坟墓里。

蒂格翻过身往里看。“你在下面吗？”他问，因为坟墓里面尽是阴影。“是的，”尸体说，“再见，蒂格·奥凯恩。每当你要跳舞的时候，就想想我。”然后他安静了，除了在梦中，蒂格再也没有听到过他的声音。有那么一瞬间，他凝视着黑暗，即便心中的某个声音告诉他他应该把目光挪开。就这样，当太阳升起，隐约地照亮那座坟墓时，他清晰地看见，那具尸体的脸是他自己的。

● 我是在威廉·巴特勒·叶芝的《爱尔兰童话故事集》中读到蒂格·奥凯恩这个故事的。对我来说，在一本迷人多于吓人的书里，这是一个令人毛骨悚然的故事。同时，它也是超自然的，这是叶芝收录的所有故事的特点。一个背着尸体的男人的形象很吸引人，这个并不讨人喜欢的年轻人在黎明时分经历的痛苦之深也让人印象深刻。最初的故事比我复述的要复杂——在原本的故事里，那具尸体没有这么健谈，他的形象由于沉默而变得更为隽永。可以看得出来，他不仅仅代表着一个惨遭横祸身亡的年轻人。在原本的故事里，尸体既没有名字，也没有被认出来，但对我来说，如果蒂格能够看到他的脸，他显然会认出他来。

——克里斯·阿德里安

在利图亚湾快乐地划船

● **吉姆·谢帕德** *Jim Shepard*

一九五八年七月九日，我出生后的两个半星期，构成阿拉斯加山脉的费尔韦瑟岭的板块在费尔韦瑟断层——横跨北美洲北部的一个重要不稳定因素——两侧明显沉降了二十一英尺。现在的理论是，利图亚湾入口处海湾的西南岸和底部向上抬升，向西北方向移动，而利图亚湾的东北岸和海湾的头部则向下沉降，向东南方向移动。总之，里氏地震强度为 8.3 级。

海湾是 T 形的，七英里长，两英里宽，根据在场人们的描述，当时现场从风平浪静到突如其来的狂风巨浪，如同置身于一个巨大的按摩浴缸。一万两千英尺至一万五千英尺高的山脉倒塌下来，滑向完全相反的方向。东南方向，距此一百二十二英里远的朱诺，那些早早入睡的人们从床上掉了下来。冲击波消灭了整个狭地的海底生物。在千里之外的西雅图，华盛顿大学的地震仪指针从图表上掉了下来。与此同时，在海湾入口处，一处冰川——面积足足有一个半英里宽的城市公园那么大，体积为四千万立方码——从东北面的悬崖上脱落下来，在三千英尺的高度坠入水面。

所有这些都足以表明，那是有史以来破坏性最强的地震之一。它发生在夜晚 10 点 16 分左右。在它所处的纬度和当时的季节，这里天仍然是亮的。当晚有三艘小船，一共载有六个人，停泊在海湾的南面。

地震的隆隆声引发震动，船上的乘客能够感受到这种震动，如同遭受电击。接下来那些掉落的石头发出的声响，仿佛加拿大爆炸了一样。三艘船上一共有两名女子、三名男子和一名七岁男孩。他们抬头看到波浪突破了吉尔伯特湾超过一千七百英尺高的西南边缘并驶向对面的斜坡。他们所看到的是人类有史以来有记录的最大的波浪。它沿着一条长达一千七百二十英尺的冰川边缘线，摧毁了三百岁的松树、雪松和云杉，其中一些树的树干直径达到三四英尺。这是一道比帝国大厦还要高上五百英尺的波浪。

把你的浴缸放满水。把一只足球举到肩膀的高度，扔进水里。把溅起的水花尺寸放大。想象一下，在吃水线以上，浴缸有两千英尺高。

在我两岁的时候，母亲受够了我父亲，就联系上了一个高中时候认识的女友——她跑去了西边很远的地方，以便在夏威夷的一所语法学校教书。学校坐落在一个叫佩佩埃凯奥的小镇。这些都是后来由我的姨妈告诉我的。母亲和我搬到了这位朋友那里，她在岛上北边有一座海滨小屋，靠近一座老磨坊——佩佩埃凯奥磨坊。我们住在希洛以北约十二英里处。那是一九六〇年。

这位朋友的名字是查克。她的真名是夏洛特之类的，但每个人都叫她查克。我的姨妈给我看过一张照片，我在沙滩上玩耍，照片的背景里有浪花；我穿着一件像是从后面穿的背带裤的衣服；查克喝着罐装啤酒。

一天早上，查克把母亲和我叫醒，问我们想不想看潮汐。这些我都没有印象了。我穿着睡衣，妈妈给我套上了一件长袍，我们跑下海滩，朝着北方。我告诉妈妈我很害怕，她说如果水涨得太高，我们就回家去。我们看到大海平稳而安静地吸走潮水，只有沙子里的泥土和一些跳来跳去的白肚皮的鱼留了下来。紧接着，潮水回来了，没有掀起浪花，也没有真正发出声音，就像在延时摄影中来到我们身边。它越过水位标志，刚刚浸没我们的脚趾，然后再次退潮。“好一道波浪！”我母亲告诉我。她举起我，以便我能够看到整个过程。一些住在玛玛拉霍高速公路边上的大男孩超过我们，追逐着潮水。他们走出去很远，脚步溅起污泥。潮水又回来了，这次变小了。尽管那些男孩们跑出去很远，水仍然只到他们的腰部。我们可以听到他们有多开心。查克告诉我们演出结束了，我们走向房子。妈妈想让我走路，但我想让她抱我。我们听到了一种声音，当我们回过头去看，我们看到了第三波潮水。它已经有威雷亚的那座灯塔那么高了。当墙壁被冲垮时，他们把我送进了屋里，送到通往二楼的楼梯中间。我母亲设法将我送到屋顶上的一个角落，这个角落在水面上方半英尺处旋转。查克陷入水中，再也没有出现。我的母亲被冲到海里，仍然紧抱着我和那片屋顶。她的髋骨骨折，下嘴唇被咬破了。那天晚些时候，我们被荷诺希纳附近的一条小船救走。

我的姨妈告诉我：“那之后她再也不一样了。”这也许能解释为什么几个月后我就被收养了。我母亲去了阿拉斯加的什么地方教书。“某个远离海岸的地方。”姨妈说，补上一个笑容，假装自己不知道那地方在哪儿。我被留在了卡西里的天主教方济会修女孤儿院。我从孤儿院毕业那天，一个对我感兴趣的修女抓住我的双肩，摇晃着我问道：“你想要什么？你到底出了什么问题？”她提的这些问题很不错，在我看来。

我只见过姨妈一次，在上大学前的那一年。多年后，我的未婚妻问我要不要邀请她参加婚礼，同一天夜里稍晚时分，她说：“我猜你是不会回答了，对吧？”

谁决定什么时候应该生孩子？谁去决定该生多少孩子？谁决定他们将如何长大？谁决定父母何时停止性行为，并停止互相倾听？谁决定什么时候每个人都不仅仅会走向其他人？这些都是集体决定。相互决定。一对夫妇相互协商决定。

我强调这些，因为并不总是如此。

我妻子是一个目标明确的人。有时候，当她看着我时，我看见她的脸上写着一系列待办事项。这让我觉得她不再想要我了，这个想法让我感到麻木和疯狂，以至于迷失自我：我刚到一个地方，然后有那么一两分钟就忘了我在哪儿。“你在干什么？”有一次她在餐馆外面问。

当然，我不能告诉她这些。否则接下来我该怎么办？

我们有一个孩子唐纳德，以我妻子认识的最伟大的男人的名字命名：她的父亲。唐纳德七岁。当他心情愉快时，他发现我在屋里，会双手抱住我，把下巴放在我的臀部；当他心情不好时，我必须关掉电视，才能让他回答我的问题。他有良好的手臂、出色的协调能力，但他非常容易感到受挫。“听起来像谁？”当我指出这一点时，我的妻子总是说。

他总会搞丢一切。即使你在回家的路上，把东西放在他手里，他也会弄丢它们：手套、帽子、背包、午餐钱、自行车、家庭作业、铅笔、钢笔、他的狗、他的朋友、他自己的处事方式。有一些时候他完全不为这些感到操心，但有的时候他心烦意乱。如果他一开始并不感到担心，有时我会惹得他烦躁不安。当我讲这些故事时，我是一个悲观的人。我妻子称这种方式为顾左右而言他，她认为我忽略了事情的重点。我总是要从消极的一面开始讲起吗？既然我老这么和他说话，难道那些他不是早就知道了吗？

“她说你太严厉了。”我的岳父这样说。那时他正坐在我的前门廊上，喝着我的啤酒。他说他觉得这是一种心胸狭窄的表现。

我当时没有反驳。“你对我父母的态度不怎么好。”我的妻子在岳父、岳母离开以后说道。

朋友们在电话里面安慰她。

我的岳父是一个巡回法庭法官。我在凯奇坎附近经营水上飞机出租。“野翼航空”。每当我接电话时说出这个名字，我妻子便会冷哼一声。岳父告诉她，谁知道呢，说不定他有朝一日能成功。就算我破产了，我总可以替那些能源公司的地理学家开飞机。

即使知道我干了什么，他如此说道。

在我妻子的待办事项清单上，首要的一条是再要一个孩子。她说唐纳德很想要一个弟弟。我从未听他谈起过这个问题。她想知道我想要什么。她问我这个问题的时候口吻已定，就像她知道我会让她失望。这样做的结果是——用她的话来说——我毫无反应。

她已经在这件事情上对我穷追猛打了一年了。两个月前，我们连续彬彬有礼地相处了三天——早上好！你睡得怎么样？——并且避免在进出房间时碰到彼此。我在巴特莱特地区医院的凯文医生那里预约了输精管切除术。“一般来说，做这个的，夫妇会一块儿来。”他在初次咨询时告诉我。

“整件事对她来说太煎熬了。”我告诉他。

显然，这是不需要住院的手术，如果选择更简便的手术程序，我四十五分钟以后便可以离开他的办公室回家。他要价一千美元，不过我自己不用出多少，因为我们的健康保险够用了。他告诉我回去考虑一下，如果我准备预约手术，再重新与他联系。两天后我将电话打回去，手术安排在阵亡将士纪念日的前一天。“这样能够让你有时间休息一下。”预约手术时间的姑娘指出。

“他小时候有过一次创伤性经历。”几周前，我妻子提醒岳母。她们没有意识到我就在厨房的窗边。“实际上是好几次创伤性经历。”她说这话的时候，好像感觉到这件事将会在她的待办清单上阴魂不散。

所以在过去的两个月里，我就像一位爆破专家那样把整间屋子走了个遍：他已经装好了引线，准备把一切炸飞，他只是在不断地检查引线和连接口。

事实上，是搭载地质学家这件事让我到利图亚湾去的。我从埃克森美孚接来几个人，他们教我的东西比我想知道的要多，关于第三纪岩石，以及为什么人们在得知所谓的石油考察以后总是垂涎三尺。但是其中一个人还讲述了他在一九五八年的经历。他是那个不想在海湾露营的人。他的朋友狠狠取笑了他一通。下一次我开飞机搭载他们的时候，我有备而来，然后我们说起这是一个多么疯狂的地方。我和他们一起过夜，因为他们付得起钱，还因为他们必须在黎明时分出发。

无论你怎样去衡量它，它都是地球上最危险的水体之一。即便你是第一次看到它，那种感觉也相当不同寻常。这是一处非常深的潮汐入口——我认为它的中心深达七百英尺——但是在它的入口处，吃水量勉强只能容得下一艘小船。因此，在涨潮和落潮的时候，水流从湾口流过，就像从消防水管的管口冲出来那样。在暮色中，我们看到一块浮木紧跟着一只顺风飞翔的燕鸥。整个海湾辽阔无比，但海湾的入口处只有八十码宽，被巨石间隔开来。在涨潮时，水流奔涌而入，如同世界上最大的一座水滑梯。当潮汐的方向改变，当它与海中涌浪交汇至一处，就好像在夏威夷的北海岸同时朝两个方向冲浪。我们相隔不过两百码，但为了盖过水流的喧嚣也不得不大声喊叫。发现这个海湾的法国人在湾口失去了二十一个人和三艘船。曾有如此多的特林吉特人在此地丧生，以至于他们将这个地方命名为“水之眼”，在他们的语言里，“水之眼”的意思是溺死者。

但那个吓破胆的家伙让我把他送到海湾入口处，并且告诉了我另一件事，一个我已经读到过的问题：正如他所说的那样，在一个活跃的断层带中，许多体积惊人、极其易碎的岩石立于深水之上，摇摇欲坠。更重要的是，它们吸收了强降雨，经历了持续的冻融。这个断层带上地震的猛烈程度比起世界上任何一个地方都毫不逊色，在一个有一定深度，并且相当于一个密闭空间的水体上，那些不稳定的悬崖会因此而震荡。

“对，对，对。”他的同伴一边说，一边从后座递来牛肉干。水上飞机来回滑翔，在我们周围，覆盖着森林的悬崖高达五六千英尺。我甚至都弄不清那些大树是怎么长成那样的。

“你有孩子吗？”吓破胆的家伙没头没脑地问道。我说有，他说他也有过，并且找起了照片。

“好吧，当数百万吨雪涌入时，水会怎么做？”他那个坐在后座的朋友问道。

吓破胆的家伙找不到照片。他对自己的钱包做了个鬼脸，就像已经习惯了这种事一样。“制造出波浪，”他说，“庞大的波浪。”

当我们穿越海岸时，他们把一些我曾读到过的冰川边缘线指给我看。这些边缘线的历史可以追溯到十九世纪中叶。专家通过砍下树木，观察年轮来判断出日期。那些线条看起来就像田地里的一排植物，只不过我们现在谈论的是五十度的斜坡，以及一些高达八十到九十英尺的“树木”。这里有五条冰川边缘线，它们的高度是波浪的高度：一个发现于一八五四年，三百九十五英尺高；另一个发现于二十年后，八十英尺；还有一个是相隔二十五年后发现的，两百英尺；第四条发现于一九三六年，四百九十英尺；最后一个发现于一九五八年，一千七百二十英尺。

过去一个世纪中发生过五次，或者说每二十年一次。海湾是否早就该爆发了，这点不难算出来。

事实上，那天晚上熄灯后，我们在只能容下三个人的小帐篷里算了一下。吓破胆的家伙的那个朋友持怀疑态度。他还在吃东西，他开始吃一种玉米片。我们可以听到包装袋沙沙作响，还有黑暗中的嘎吱声。他说，既然波浪每二十年发生一次，海湾里的任意一天会发生的概率约为八千分之一。在海岸边，有什么东西受了惊，响起砰的一声。我们沉默了片刻，那人开玩笑说：“这是最初的征兆之一。”

“概率远远要比你说的大。”那个吓破胆的家伙终于开口了。他让他的同伴想一想，他们从飞机上看到了多少不稳定的斜坡。所有这些坡度都是上一次的地震导致的，而它们已经裸露在外将近五十年，有一些裂痕已经清晰可见。

那么他认为可能性是多少？他那个哥们儿想知道。

“两位数，”吓破胆的家伙说，“低双位数。”

“如果我认为有两位数的话，我就不会来了。”他的同伴说。

“好吧，那么，”这个吓破胆的家伙说道，“你怎么看？”他是在问我。我花了一分钟才意识到这一点，因为我们躺在黑暗里。

“我什么？”我说。

“你注意到什么了吗？”他问道，“最近有塌方或是山体滑坡的迹象吗？冰川脚下的沙洲是否有变化？”

“如果是那样的话，我一年只去一次，”我告诉他，“人们不太喜欢来这里。”我开始回想我还记得什么，可我什么都不记得了。

“那是因为他们很聪明。”那个吓破胆的家伙说。

“那是因为这里什么都没有。”他的朋友回答。

“唔，那是有原因的。”那个吓破胆的家伙说道。他告诉我们，从俄罗斯管辖这片地区的时候开始，住在海湾的特林吉特族人做过两次人口普查。一八五三年时的人口普查数字为二百四十一，一年后变成了零。

“晚安。”他的朋友告诉他。

“晚安。”吓破胆的家伙说道。

“那是什么？你感觉到了吗？”他的朋友问他。

“噢，闭嘴！”那个吓破胆的家伙说道。

为什么非要把人派上用场？为了什么？为什么不能就只是带着爱意陪伴在某人身边？有一次我让唐纳德和我一起扔棒球，然后大声问出了这些问题。当他回答“我不知道”的时候，我才意识到我把那些问题问出声来。然后他问我，现在是不是可以不玩了。

“你真的以为自己能找到那个真命天女，然后你就不会再愤世嫉俗了？”我们坠入爱河的那一晚，我的妻子问了我这个问题。那天晚上我在为别人开飞机，我们把一架派珀飞机开到海滩上，躺在它的机翼下。这些年来，我一直孤身一人——在孤儿院度过十二年、高中四年、大学四年，后来又过了仿佛一个世纪——她是我想要为之神魂颠倒的人。这一切对我来说都是不同寻常的，但我很难把它表达出来。

那天早上，她看着我把我不喜欢的一家人接上了一架双引擎飞机，我耸了耸肩膀，这是在不愉快的事情发生前我的一个习惯。她发现了，她当时的表情给了我某种鼓励，这种鼓励支撑我度过了那个下午。那天晚上，回到我的房间，她列出了我做过或想过的其他事情，任意一条都能证明她比任何人都更关注我。她注视着某些方面的我，就像她从未见过如此美丽的东西。在凌晨三四点钟，她用双臂抱住我，问："我们不是还要睡觉吗？"然后她回答了自己的问题。

我们在中午时分拥抱着醒过来。我在她试图去洗手间的时候紧抱着她，结果我们把床单拽到了地板上。最后，她还是甩开了我，以手脚并用的方式爬向浴室。

"唔，她一如既往地开心。"在婚宴彩排的时候，她的父亲告诉我。我们邀请了二十三个人，其中二十一个是她的家人和朋友。

"看到她这样太好了。"她的母亲在同一个晚宴上告诉我。

当我向她祝酒时，她泪流满面；当她向我祝酒时，她只是说"我从来没有想到过自己会有这种感觉"，随即坐回到座位上。

我们在旧金山度蜜月。这就是那次蜜月给我的感觉：我仍然支持那个城市的球队。

我喜欢新事物。只是我很少体验到。

她的家庭是一个"朱诺社会"，如果有这种东西存在的话。她的一个兄弟是《朱诺帝国报》的艺术编辑；她还有一个兄弟为鲍尔和盖茨房地产公司工作，向二线好莱坞明星兜售价值五十万美元的野外度假屋；

另一个——猜猜看——是一名律师。他们在假期里互赠礼品，送一些像是北极猫越野车这样的东西。“生日快乐：这是一辆全新的六百五十匹马力的四轮驱动越野车。”任职房地产的那个兄弟作为先发球员和最具价值球员，在州决赛的那一年拿到了十一分、一个篮板球；她的父母在每一个董事会任过职；他们的女儿十六岁的时候，当选为春季钓鲑鱼比赛的女王，她还保存着那场比赛的皇冠，上面有一只跳跃的红鲑鱼。

他们没有阻挠过我们谈恋爱。有人问到，她父亲就是这样回答的。我们的结婚启事上是这么写的：新娘是唐纳德·贝尔和妮拉·贝尔的女儿，以优异的成绩毕业于阿拉斯加大学，并且是锡特卡通信公司的初级客户经理；新郎是小熊超市的切肉工。我刚来镇上还没拿到驾驶执照的时候，干过那份工作。写文章的人弄错了。

“你不觉得他应该核实一下这一类的事情吗？”妻子读了报纸以后质问。站在我的立场上，她如此不满，以至于我都无法抱怨了。

这不是说我就没有过优势。我在圣玛丽学院——地处莫拉加，在奥克兰附近——上学的时候，拿到了全额奖学金，或者说几乎是全额的奖学金。我喜欢科学，我上过的数学课程我也喜欢，虽然在圣玛丽上学的时候我从来就没有——像一位老师所说的那样——发现过自我。在我大三那一年，一个朋友给了我一份暑期工，当一名定置网作业的渔民。我喜欢这份工作，于是我又回去了。这位朋友的家人给了我一份超市里的工作，让我在冬天渡过难关，我发现切肉比给鱼剔骨的报酬更好。“你想干什么工作？”有一天，收银台的一个女孩问我，好像如果她再听到我抱怨，她就要拔光自己所有的头发。那天下午我在阿拉斯加飞行学校和大脚印航空报了名，我拿到了商用飞机驾驶执照以及多引擎飞机飞行仪表等级执照，两年以后，我拿到了水上飞机认证。

我与一家当地的私人飞机公司联系上了，一年以后我买下了这间公司：一间带炉灶的三室小屋、一辆面包车、公司的注册商标以及一份客户名单。现在我用 EDO2130 浮筒式水上飞机租了两架 206、两架 172，还有两名飞行员在我手下工作，这一地区搭人往返的费用是每趟一千四到一千五百美元。想要一辆北极猫越野车？我可以用小额备用金买一辆。至少在旺季我买得起。

“所以我们不打算谈谈这件事了？”上星期，岳父、岳母在我们家吃完晚餐以后，我的妻子问道。我们吃了螃蟹。她的父亲整个晚上的大部分时间里都意志消沉，没有人知道原因。我们互道晚安，洗完了碗。现在我在地板上扑来扑去，试着在一场室内篮球比赛里掩护我的儿子。他总在快要睡觉的时候变成游戏狂人。为了满足他，我们在后门内侧装了一个儿童篮框。他在我的注意力被分散的时候试图突破底线，但是我把他逼到了门把手边上。

“我准备好了，”我告诉她，“我们谈谈吧。”

她坐在厨房的一把椅子上，双手在膝头交握，她愿意等。她的头发状态不佳，让她心烦。她不断地把头发掖到耳朵后面。

“你不能老在篮框边打转。”唐纳德抱怨。他试着把我引开，这样他就可以灌篮了。因为沮丧，他有点累了。

“我要和你爸爸谈谈生孩子的事。”她告诉他。他的心思完全不在这里。

“你想要一个弟弟吗？”她问道。

“这时候不合适。”他说。

“如果你没有享受到乐趣，你就不应该玩。”她告诉他。

那天晚上，她双手交叠在脑后，躺在床上。“我很爱你，”当我终于钻进被子，躺到她身边以后，她说，“但有时候你把爱你这件事弄得太难了。”

“我要怎么做？”我问她。这是其中一个我可以告诉她的时刻。我甚至可以告诉她我一直在考虑去做预约。“我到底要怎么做？”我再次问道。我听起来生气了，但我想知道。

“你要怎么做？”她说，就像我所说的话证明了她的观点一样。

“我总想着你，”我说，“我觉得你正在对我失去兴趣。”哪怕只是透露这些，也让人感到受辱。这种时候，预约看起来是一件微不足道，但难以坚持下去的事。

她清了清嗓子，抬起一只手擦了擦眼睛。

“我讨厌让你伤心。”我告诉她。

“我讨厌被人弄得伤心。”她说。

只有当她说出类似这样的话语而且我必须回应的时候，我才意识到我已经习惯了她在我身边时是快乐的。当她对它进行打击时，我动摇了。告诉她，我想，我觉得她可能已经听到了我的声音。

“我不想要另一个孩子。”唐纳德在自己的房间里喊道。我们卧室的镶板门在隔音方面可不是最棒的。

“快睡觉。”他的妈妈喊回去。

我们并排躺在那里，等待他重新入睡。*告诉她你改变主意了，我想。告诉她你现在想要个孩子。用行动告诉她。*我的手放在她的大腿上，她的手掌握向我的胯部，好像至少那个部位站在她那边。“嘘……”她说，另一只手伸到我的前额，将我的头发拨开。

定置网渔民主要为持有捕捞和租赁执照的家庭工作，那些执照不容易申请。这些家庭在捕鱼季节把渔获卖给沿岸买鱼的供应商。捕鱼季节从六月中旬到七月下旬。我们在布里斯托尔湾的科菲角捕鱼。那里住着两个人：一个三百磅重的白人和他的邮购新娘。新娘来自菲律宾，似乎还没搞懂发生了什么。没人能读出她的名字。离科菲角最近的小镇上有一本电话簿，它其实就是一张油印的表格，上面列出了三十二个名字和电话号码。道路交通标志是手绘的，但那里有一间酒铺、一家杂货店，以及一个简易机场，看上去简直能够降落747飞机，因为规模比较大的公司那时已经开始发现，大规模运输速冻三文鱼是一门有利可图的生意。

我们在国王鲑鱼河的南岸拉起五十英尺的渔网，上面浮着软木塞浮标，底部坠有铅块。像我这样的捕捞者撑着橡皮艇，沿软木浮标划过去，拖着一张小网。我们把被大网捉住的鲑鱼解开，扔进脚下的橡皮艇。捞到足够的鱼以后，我们划上岸，清空小艇，然后重新开始。

除了我，每个人都游刃有余。在水里，带着那么多防护装备，可是如果出现问题的话，人们还是会被淹死。掌握诀窍意味着弄清楚真正的渔民想要什么，而真正的渔民从不喝倒彩。我就像置身于聋哑人之间，错过了一百万条有用的信息。有人可能会眯起眼睛看我，或者给我一种表情，然后我会回以某种表情，最终，另一个人会对我说：“刚才真险。”这是一种很好的训练，即使当别人很需要你帮忙的时候，你也可能成为阻碍。

如果你深爱着她，*你怎么能那么做？*我躺在床上时常常这么想。唔，那就是问题所在，不是吗？这通常是我的下一个想法。“阵亡将士纪念日的前一天为什么圈了起来？”一周前，妻子站在厨房的日历旁问道。那时距离阵亡将士纪念日还有两个星期。全家人届时会在唐和妮拉的家中集合，一起去野餐。在一年一度的家庭排球比赛里，我的脚步可能会有点不稳。

“你这人配有孩子吗？你这人配有老婆吗？”我们第一次吵架后，我的妻子问过我。我把飞机开到干隔舱里，在那地方过了几夜，没给家里打电话。我甚至没有打电话回办公室。她先是非常担忧，然后极其愤怒。我告诉过她在我出发以前给我回电话，当她没有打的时候，我就像是，好吧，如果你不想和我谈，那就别谈了。我把手机关了。我不该这样做。办公室甚至考虑过呼叫海空救援。

“这招不妙，头儿。”就连多丽丝——替我们接电话的那女孩儿——在我回来时也这么说。

“我在考虑我该不该回去工作。”妻子今天告诉我。我们正在吃她用新锅炒出来的菜。我今天休息——除了一些维修方面的文书工作以外，我有一整天的时间——而且我不太想出门，于是她邀请我共进午餐。她洗菜的时候心不在焉，每一口食物尝起来都像一次沙滩旅行。她一定注意到了沙子。她比我更讨厌沙子之类的东西。

“线上账户那边还需要人。”她说。她露出一种表情，就好像今天什么事情都不对头。

“你想回去工作吗？”我问她，“你怀念那种感觉吗？”

“我不确定。”她说。她意有所指地压低了声音，可是咀嚼沙粒的声响使得我听不出来。我没有回答她，她好像感到很心烦。

“我觉得更像是，你知道，如果我们不打算做另外那件事的话，”她说，“生孩子。”她阻止自己望向别处，好像要借此表明我不是唯一一个对这种谈话感到羞辱的人。

我推开菠菜，她也推开了菠菜。“我觉得我们应该先谈谈我们自己的事。”我终于告诉她了。我把叉子放下，她也把叉子放下。

“好吧。”她说。她把两只手翻过来，挑起眉毛，就像在说：我就在这里。

有一回，在下午两点的时候，她在其中一个机库找到我，按住我的肩膀将我转过来，把我压在其中一个工作站外吻我。我们接吻的时候，两个机库以外的一架飞机完成了热身，滑行完毕，飞向蓝天。她吻我的方式就像在沙漠里迷路的人找到了水一样。

“你现在想我的方式还和过去一样吗？”我问她。

她朝我露出一种表情。“我过去是怎么想你的？”她想知道。

我突然想到，我无法确切地形容它。我想象自己用一种可怜的声音说：“记得机库里那一次吗？”

她注视着我，等我回答。她最近的这种表情具有某种特质。有一次，在凯奇坎，我的一位飞行员和我遇到了一个醉汉，他把他那杯七七鸡尾酒洒在酒吧里，用舌头从木头吧台上舔酒喝。就是那个表情：那就是我们对对方露出的表情。

这太荒唐了。我擦了擦眼睛。

“这对你来说是不是很难？”她想知道。她的不耐烦让我更生气了。

“不，对我来说一点也不费劲。”我告诉她。

她站起身，把自己的盘子放进水槽里，下楼到酒窖里去了。我可以听见她在放肉的大冰箱里乱翻，想找到一根拿来做甜品的冰棒。

电话响了，我没有去接。电话自动转接到留言信箱，凯文医生的办公室留下了一条消息，提醒我星期五的预约。自动应答切断了。在我的妻子回到楼上之前，我没接到那个电话。

她打开冰棒，含入嘴里。这是葡萄味的。

“你要一个吗？”她问道。

“不。”我告诉她。我把手放在桌子上又挪开。我的双手无法保持静止，就好像它们要脱离我的躯体一样。

“我还在地窖里的时候就应该问的。”她告诉我。

她安静地吸着冰棒。我推开我的盘子。

“你见了医生？”她说。

我没见过的一只大个头猎犬在我们的烤炉边拉屎。它一边拉屎一边小步往前挪。“该死的。”我对自己说。我听起来像是一个值了十二小时的班，回到家还要铲车道上的雪的男人。

“莫泽尔有什么事吗？”她想知道。莫泽尔是我们的私人医生。

“打电话来的就是莫泽尔，”我告诉她，“电话是从他的办公室打来的。”

“是吗？”她说。

“是的，是他。”我告诉她。

“把你的盘子搁到水槽里。”她提醒我。我把盘子放进水槽，走进起居室，然后倒在沙发上。

“检查？”她在厨房里喊道。

“飞行员体检。”我告诉她。她只需要重播那条留言就能知道一切。

她走进起居室，冰棒不见了。她的嘴唇由于冰棒的颜色而变得暗沉。她在沙发附近等待片刻，然后挨着我坐下。她凝视着我，朝前倾身，然后投入我的怀抱。她的嘴唇碰触到我的嘴唇，紧贴，然后离开，由于距离过近，我很难判断出她到底碰到了我没有。我的嘴唇仍然由于她的吻而湿润。

“到楼上来，”她低声说，“到楼上来，然后告诉我你在担心什么。”她把三根手指放在我的勃起上，沿着它的轮廓轻抚，然后在我的小腹停下来。

“我非常爱你。”我告诉她。这一点是真的。

“上楼，展示给我看。”她回答。

一九五八年的那一个晚上，安克雷奇至西雅图的海底通信电缆断了。当时海上的船只全都遭受了一次令人震惊的重创。在凯奇坎，在安克雷奇，人们跑向街道；在朱诺，路灯倒塌，橱柜里的东西都掉了出来；迪森夏梦湾的东岸从海中抬升了四十二英尺。在那里，那些死去的藤壶仍然清晰可见，攀附在高不可及的岩石表面。在亚库塔特，一艘小艇上的一个邮政局长碰巧看着一个罐头厂操作员和他妻子在一盏港口航行灯附近的沙洲上摘草莓，紧接着，整片沙洲连同那盏灯全被抛向空中，被上涨的水流冲走了。后来，邮政局长撑着摇摇欲坠的小艇，在漩涡和波浪的附近搜救，只找到了一顶女人的帽子。

“你知道，我可是做了牺牲的。”同一天晚上的稍晚时分，妻子对我说。我们赤身裸体，我们的背部都靠在地板上，但我们的脚还搁在床上。她的其中一只脚被床单缠住。房间看起来更暗了，我不知道这是因为天气变了，还是因为我们在这里待了太长的时间。我们的其中一个吻是那么深，当我们最终停下来时，我们有那么一瞬间需要躺着不动抱在一起才能恢复。

“你指的是和我结婚这件事吗？”我问她。我们的皮肤干掉了，但大部分部位仍然黏糊糊的。

“我的意思是和你结婚这件事。”她说。她把那只脚从床单里抽出来，翻了个身，趴在我身上。

她告诉我，第一次和我上床以前，她本来要停掉避孕药的，可是那样一来，在她准备好之前至少需要几个星期。“你明白我为什么要这样做吗？”她问道。她把两腿下滑到我的腰侧，嘴唇凑到我的耳边。“我要这么做，是因为那种感觉太好了。”

我们的全身依然黏糊糊的，她用她最严肃的表情朝下看着我的脸。“我的意思是，你是一个绞肉机。”她说，再次让我进入她。下次我们上床的时候，我已经做过手术了。尽管如此，这仍然带来一种非同寻常的奇妙的亲密感觉。

“你为什么在哭？”她低喃。然后她与我双唇相贴，低语道：“嘘——嘘——”

霍华德·乌尔里希和他的小儿子桑尼在海浪袭来的当晚八点进入利图亚湾，在入口处附近的南岸抛锚。他后来写了这件事。他们的渔船有一个高高的船头，一根单桅，以及一间门多萨大小的引航室。在他们掉头前，还有两艘船跟在他们后面，在离海湾入口更近的地方抛锚。那个夜晚非常安静。水面就像一块玻璃。体积较小的冰川似乎纹丝不动。那些常在海湾中央的纪念碑岛附近盘旋的海鸥和燕鸥，如今都蹲在岸边。桑尼说它们好像在等什么。大约在日落时分，在十点钟左右，他的父亲给他盖好被子，把他送上床。他刚爬进船里，船就开始颠簸，撞在锚链上。他穿着内衣跑到甲板上，看见群山起伏，倒塌。雪块和岩石高高地升向空中。他说感觉上他们像被炮弹打中了。桑尼穿着睡衣来到甲板上，上面画着车轮和打成方形结的绳子。他揉了揉眼睛。九千万吨的岩石落入吉尔伯特湾。石块撞击水面的震响把他们两人都撞倒在甲板上。

海浪用了大约两分半钟的时间，越过七英里的距离才抵达他们的船。在这段时间里，桑尼的爸爸试着拔锚，结果发现锚被牢牢地卡住了，于是他把锚链尽可能地往外放，总之，他往桑尼身上套了个救生圈，并且设法让船只掉头。当船驶过纪念碑岛的时候，海浪仍然有一百多英尺高，在横过海岸的时候，它的浪头宽达两英里。

浪头异常陡峭，当它撞上来时，锚链立刻断裂，在驾驶室周围剧烈摇晃，窗户摔得粉碎。小船一跃七十五英尺高没入波浪，就好像他们正在乘坐一部电梯。他们的背撞在驾驶室的墙上，就像斜仰在理发师的躺椅上一样。波浪是一堵绿色的墙，把他们带向天空。他们被高高抬过南岸。下面六十英尺的树木消失了。他们被抛上峰顶，又被抛下后坡，然后海浪把他们卷到了海湾的中心。

另一对夫妇，斯旺森夫妇，也把船驶向了波浪，把他们的船停在离岸四分之一英里的地方，当浪峰破裂时，船颠簸起来，沉到了底。后来，他们设法找到了他们的救生艇，让它在残骸中漂浮。第三对夫妇，瓦格纳夫妇，试图跑向港口入口。他们再也没有出现。

四英尺粗的树木被冲走，表土以及其他的一切全被冲走了。斜坡被冲到基岩上。大的树干被折断，落到地面上。在冰川边缘线的边缘，树木的外皮因为水压而脱落。

桑尼的爸爸还穿着内衣，牙齿打战；桑尼在冰冷的舱底侧身泡在水里，发出像丛林里小鸟一样的声音。这时，太阳已经落山。二十英尺高的回流和小浪在海湾上纵横交错，房屋大小的冰块旋转着，相互碰撞在一起。被剥掉皮的树干，如同小棍子，被水冲到一起，上下颠倒，摇晃颠簸。水还在沿着海湾两边的斜坡往下淌。那气味闻起来就像他们正脸朝下，埋在泥里，埋在一棵头朝下的树干下面。桑尼的爸爸说，过后，他们意识到自己活了下来，但仍然要在黑暗中摸索，穿过周围的一切，才能逃出海湾，这比被海浪推着走还要糟糕。

一两天后，地质学家们来了。起初没有人相信海浪的高度。人们认为在那么高的山坡上，破坏一定是由山体滑坡造成的。但他们后来改变了看法。

妻子在我身边睡着了，她抱着我，为我取暖。我们还躺在地板上，现在天已经很黑了。我们没来得及去接唐纳德，不过就算他朋友的父母打过电话给我，我也没听到电话响。

在圣玛丽学院，我的一位教授有这样的习惯：用四到五个问题作为一堂课的收尾部分。那是些没有人能回答的问题。那是一门叫作生命哲学的课程。我得了C。如果现在上那门课程，我拿到的成绩会更低。我会坐在那里，冀望他没有发现我，并且会在他提出问题时，尽量让自己的嘴巴闭上。是什么威胁到我们最想要的东西？我们为什么总是习惯了漫不经心？是什么让我们不愿意放手一搏？

有一段时间，桑尼的父亲声名远扬，他为《阿拉斯加运动员》和《读者文摘》等杂志撰写类似于“我的恐怖之夜”的故事。我把其中一两个读给唐纳德听，我妻子不喜欢我这么做。“你喜欢这些故事吗？”那天晚上唐纳德问我。这些故事永远不会提到桑尼的妈妈。不会提到她是疯了、死了、离婚了，还是只是太骄傲。在一篇文章里，他谈到他把一个救生圈套在桑尼的脑袋上，然后完全忘了他。在另一篇里，在一切发生之前的那一刻，他从未感觉到如此孤独。有时候我会想象桑尼在一两年后读到这些文章。然后他会想：真是谢了，老爸。我想象后来，有时候他会——在他父亲不知情的时候——凝视自己的父亲，并且想着自己从父亲那里获得的以及没能获得的一切。我会想象他从未真正搞清楚是什么使得他们渐行渐远。我想象多年以后人们会这样谈论他——桑尼有种特质：那孩子就像他爸爸一样。

我相当肯定我第一次读伊塔洛·卡尔维诺的《意大利民间故事集》是在研究生院的时候。当时，我被《宇宙奇趣》，尤其是《看不见的城市》深深吸引住了。我记得我一看到《意大利民间故事集》就买了下来，因为这本书是硬皮精装的，我认为只有像老师那样的人——而不是他们的学生——才买得起。这件事是很有意味的。

在他编撰的两百个故事中，最后一个是《跳进我的口袋》。多年来，这个故事中的某些元素一直在我脑海里挥之不去。但也许这个故事最吸引人的地方是它的主人公，这是一个对自己的局限有着极其清醒认识的人——饥荒降临，父亲把他和十一个健康的兄弟送到乡间去，以便让他们存活下来。“我这样的瘸子要怎么谋生呢？”他这样悲叹。然而，他也有同等敏锐的热情，是对那位赐予他好运的仙女——他称之为“最美丽的少女”——的感激之情。她不仅治好了他的跛脚，还赐予了他两个愿望。他许愿获得了一只口袋，可以装进他叫得上名字的任何东西；另一个则是一根棍子，可以完成他想做的任何事情。他可以凭借好运气养活自己和他人很多年。

“可是，你认为他幸福吗？”故事还在继续，“当然不了！”

原来他是在苦苦思念自己的家人——口袋无法弥补失去他们的痛苦（只能找回他们的尸骨）——以及那位美丽的仙女。他在第一次遇见她的地方等她，那时他已经老了，取而代之，他发现的只是死亡。她的魔法甚至能应对死亡。她的袋子把死亡装了进去，她再次出现，为我们的主人公带来了健康和青春。两样他都拒绝了：他说，能再次见到她，他已经能够慷慨赴死。他不假思索地、未加解释地向我们提出了那个悖论：对他来说，她是如此重要，以至于他放弃了延长生命与她相处的机会。她消失了，死神再次出现，带走了他，“带走了他凡人的躯壳”。

《在利图亚湾快乐地划船》无意于重写这个故事。但开始写这个故事后没多久，我重读了卡尔维诺的故事，因为它影响了我塑造出来的人物。一切就在那里：一个人的自我已经受到了无可救药的损害，无法完全被奇迹般的好运所拯救；运气激起了感激之情，但几乎就在同一时间，伴随而至的还有一种解释不了的抗拒。

——*吉姆·谢帕德*

没有灵魂的躯体

● 凯瑟琳·戴维斯

Kathryn Davis

这是一条郊区街道，长度相当于一个街区。房子是用砖砌成的，坚固耐用，如同《三只小猪》那个故事里第三只小猪所搭建的房子那样。梧桐树相隔一定的距离沿街生长，路缘石本身也闪闪发光——我想混凝土里面应该掺杂着云母。这条街道是崭新的，人们会情不自禁地注意到它。

住在这条街上的家庭来自各地，但这一点丝毫不妨碍孩子们建立起友谊。男孩们的友谊建立在打闹和球赛上；女孩们则建立在一系列的策略行动上，不知疲倦地结交与分开，她们的朋友很快就翻番，三倍增加，最后如同分子之间的共价键。“当心！”当一辆车驶近时，男孩们停下他们的游戏，大声叫出来。女孩们坐在门廊前的台阶上，装有收藏卡和贴纸的雪茄盒放在大腿上，做着交易。要开学了。天黑得很慢，只有萤火虫能够告诉你夜晚的来临，它们在昏暗中发亮，就像掠过水面的光线一样。父母在屋内，也许在留心他们的孩子，但也在喝掺了苏打水的威士忌。萤火虫如同堕落的星辰，树干狭窄如同女孩的细腰。

偶然间，也会发生一些不同寻常的事。一个女孩往自己的前额上贴了一个金色星星的贴纸，从台阶上走下来，走向其中一个男孩。男孩站在那里，微微弯着腰，两只手按在膝盖上，等待另一个男孩击球。这个等待的男孩是埃迪，他住在那个戴王冠的女孩玛丽的对面；他们之间的情感纽带牢不可破，这意味着它永远不会消失，尽管他们当时太小了，无法理解这种感情。有一次，她在玩轮滑的时候摔倒了，擦破了膝盖。他站在那里，盯着人行道上那个可以看到她血迹的地方。“我不该让这种事情发生。”他告诉她，即便他当时并不在场，他在牙医那里补牙。当他描述给她听钻牙有多疼时，她给了他一张卡片，那是她最好的两张收藏卡片之一——粉红小马碧琪。她认为碧琪就是她自己，尽管她绝对不会戴一顶用粉红丝带固定的帽子。她必须得戴眼镜，她的头发是灰褐色的，她并不算特别漂亮，尽管她有一双漂亮的棕色眼睛。把碧琪给他，意味着她必须拆散碧琪与蓝衣男孩，她认为后者长得和埃迪很像，他的头发是黑色的，有柔软的嘴唇以及刻意低落的表情。不过，她也没有蓝衣男孩那样的多愁善感。

夏季在入睡时结束。在砖砌的房子里，时间在嘀嗒声中流逝，分秒不停。一些大块的时间，又厚又重，在老爷钟的黄铜钟摆下堆积起来，这座钟摆放在埃迪父母家的过道里。另一些时间渺小，行动迅速，就连玛丽父母厨房里的那只猫咪钟圆睁的眼睛都无法跟上。蟋蟀摩擦着后腿，它们的叫声永不停歇，当这种声音与无花果树在风中摇摆的声音汇合在一起，最不敏感的人也会因此而心碎。

车前灯的光线亮起，男孩们散开。这辆车很贵，是银灰色的，属于一个叫作“没有灵魂的躯体”的巫师。他高高的，身材瘦削，秃顶，留着灰色的小胡子。他住在下一个街区的某个地方，和一个大家都认识的名叫“维克斯小姐”的女人住在一起。她也许是他妻子，也许不是。上一分钟，玛丽还穿着格子短裤和白T恤站在那里，单脚站立，像一只鹳。车头灯的光线把她的镜片变成了旋转耀眼的金盘子。她看不见街道、无花果树、砖砌的房屋——什么东西都看不见，更别说是埃迪了——然后下一分钟，她不见了。

“有人见过玛丽吗？”埃迪问道。

“她失踪了。”罗伊·达菲告诉他，但他是在开玩笑。

每个人都很清楚玛丽是什么样子——她从来不能安分地待在一个地方。更何况，孩子们都回到自己家去了——这只是开始。游戏结束了，第二天是开学的日子。当光的波峰与波谷相遇，黑暗诞生了。

维克斯小姐分发了彩色图画纸。他们将纸张对折，对折再对折——这样一来，把纸打开以后，这张纸上会有八个格子，他们要用每一个格子解决一个在长除法上遇到的问题。接受关于纸张和折纸的指令让他产生了一种感觉，一种强烈的忧虑感，几乎变成疯狂的兴奋。埃迪画了好几个玛丽去填满那些格子，其中几个画得很不错；他计划在长大以后成为一名艺术家。他不时望向自己的左侧，他的焦点坐在那里折叠她那张橙色的纸，对折，对折，对折，比老师教他们的要多出好多倍，比一张纸能够在这个宇宙里被折起来的次数还要多。他试图引起她的注意，但她好像并不在那里。从学校操场发光的路面折射出的光线，照在她的眼镜上。这就像看着一个机器人，埃迪想道，但也像看着一个不时髦的女孩在一片遥远的土地上，手里提着一桶奶油，努力登上一座陡峭的山坡。

“玛丽病了，”维克斯小姐第二天告诉他们，“无法回来上学。要是我们能亲手做些礼物送给她，一定很不错！”这位老师很漂亮，看起来年龄不比大部分学生的父母大，可是实际上她已经很老了，如同一块久经锤炼的青铜胸甲那样衰老，如同一种病毒。

“我们可以做一张牌。”贝琪·阿伯特建议道，维克斯小姐对这个提议表现得不屑一顾，几乎有些生气。

“哦，一张牌，”维克斯小姐说，“那能有什么用？”

该找个人去老普尔庄园。在那座精美的花园里，他们会在某个地方找到一个黑色的蛋，那是唯一可以让玛丽好起来的东西。维克斯小姐说话时不时停下来，抬起头，就像在听别人说话或者接受指令一样。她详细描述了我们要找的蛋是什么样子的——黑色的外壳，上面散落着白色的斑点，当你不去注意的时候，这些白斑点会发生变化，如同阳光穿过拂动中的树冠，照耀在蛋壳上面。可是你这么想就错了，哦，大错特错，因为这个蛋只能在没有一丝光的地方找到，当你打开它时，它散发出来的气味并不令人愉快，但还是甜的，就像一只老鼠在一栋旧房子的墙身中腐烂。不过，考虑到这只蛋只能在垂死动物的躯体里找到，以上这些就都说得通了。

“我想想。”维克斯小姐说。她环顾房间，假装在思考。她把一根手指那修剪整齐的指甲抵在微微上翘的下巴尖上。她的目光落在埃迪身上时，没有人感到惊讶——每个人都知道她一直在朝埃迪那里看，这也是为什么除了埃迪之外，没有人为她对鸡蛋的描述感到不安，因为他是唯一一个一直在听的人。埃迪和玛丽是一对，他们就是这么回事——每个人都知道这一点。

“爱德华，等等！”维克斯小姐说。她把手伸进办公桌抽屉里，拿出一把带金色手柄的、弯曲的小刀。“你用得上这个。那只蛋的蛋壳就像岩石一样硬。”

你要走到街道的尽头，登上学校外面那三座绿色的小山，穿过矗立于铁路轨道上的栈桥，才能来到普尔庄园，几年前，老普尔先生因为某种没人能记住的原因放弃了这座庄园——父母都警告孩子离这个地方远点。那栋大宅很危险，地板和楼梯都被蛀空了，窗玻璃被砸成了闪闪发光的玻璃碎片。在春天，你仍然可以发现丁香和连翘花长在曾经是花园的地方，但是到了夏天结束时，藤条和爬行物覆盖了所有东西，你只能看到事物的大致轮廓，这种景象如同维多利亚时代的小说里被罩布覆盖的家具一样令人不安，而且，如果你不够小心的话，你会掉进一个蓄水池并溺死在其中。

埃迪当然来过这地方——所有这个街区的孩子都骑自行车来过。这是玩捉迷藏或沙丁鱼游戏的最好的地方。埃迪心里很清楚，不需要别人告诉他：假如玛丽病了，一些蛋可治不好她。听起来，那些蛋就算不会置她于死地，也很可能会让她病得更重。即便如此，当天下午，他还是骑车去了普尔庄园。他穿过正门的两根大柱子的那一瞬间——其中一根柱子上是没有胳膊的雅典娜，另一根柱子上是一个没有鼻子的阿佛洛狄忒——空气突然变得冰冷无比，好像一层薄薄的伪装被揭开了，光线和热量的幻觉消失，那些飘浮的行星愈来愈近，将外太空漆黑的寒意拽入自身的轨道之中。“是因为季节在变化，”埃迪想知道，“还是因为这就是世界的本来面目，或者，只是玛丽影响了我的心情？”

他把自行车靠在一根柱子上，开始探索，最终，他找到了那个花园，花园已经由于覆盖着它的藤蔓而变得多少有些面目全非。在花园的中心，一只灰色的大野兔的尸体侧躺在地面上，它是上一个春天出现在这附近的，是许多小型交通事故的罪魁祸首——但它的体内并没有藏着一只蛋，像维克斯小姐描述的那样。那只野兔的身体里什么都没有。

当埃迪蹲坐在那里看着野兔的时候，夜幕降临了。埃迪完全没有想到。他没有带手电筒，他忘了昼夜平分点过去以后，白昼会变得越来越短。埃迪像玛丽一样并不多愁善感，但他很容易受到影响。野兔的尸体吓坏了他，兔子朝上的那只眼睛表面的光泽，让他想起了那天在教室里不停地折纸的玛丽。他回到了靠在柱子上的自行车那里，从车篮里取出弯曲的刀子。然后他沿着自己的脚步回到迷宫里，把野兔的身体切成碎片。

此刻，天色变得很暗，他几乎看不到任何东西；如果在他的头顶确实有一轮月亮，它的大部分似乎已经被天空中的一道缝隙吞没了。埃迪花了很长时间才找到他的自行车。当他这么做的时候，他发现一只大黄猫坐在车前轮旁等着他。“嘘——”那只猫说道，舔掉爪子里兔子的鲜血，然后像玛丽父母厨房里钟身上那只猫一样把那条黄色的长尾巴从一边摆往另一边。在雅典娜的头顶上栖息着一只被跳蚤咬过的乌鸦，一串内脏在鸟喙上晃来晃去；一只骨瘦如柴的狗躺在一丛丁香下面，担心一根脚骨头。“谢谢你，埃迪。”他听到一个细小的声音说。当他试图辨别声音来自哪里时，“我们在挨饿”，它似乎来自那只爬上他脚踝的蚂蚁。

他回到家才发现动物们在自行车篮里留给他的礼物：一只猫的爪子、一副狗的胡须、一根乌鸦的羽毛和蚂蚁的一条腿。这些东西可能会派上用场，他想，然后他把它们和弯刀一起放进鞋盒里，他用那个盒子保存玛丽的收藏卡片。

玛丽第二天回到学校，好像什么事情都没发生一样，维克斯小姐表现得好像玛丽从未离开过，也没有给玛丽那些她通常给予逃过一劫的学生的小恩小惠，比如擦黑板或者喂鱼。从某个时刻开始，玛丽戴上了隐形眼镜，不再戴有镜片的眼镜了。在高中的时候，有一段时间，她和埃迪是情侣，但即便他们开始做爱，一切也永远不会回到他们童年时那样。

然而，尽管如此，埃迪的表情，他对内在生活的明显专注——一种他对所有人都有所隐瞒的生活——让玛丽激动。她情动成那样，不得不离开课堂。锅炉房里有一张折叠床，她躺在那里等他，裙子掀到腰上，内裤挂在脚踝。有一次他问她，多年前那个夏天的晚上她去了哪里，她惊讶地看着他。“我被绑架了，”她告诉他，“我以为每个人都知道。”

最后，玛丽找了其他男朋友，其中一些是与埃迪一起在街上打棒球的男孩。她开始有了放荡的名声。后来她和一个据说极其富有的、比她年长许多的男人订了婚。有时埃迪看到她站在药店角落里的杂志架边上，细高跟鞋让她有些站立不稳，她的棕色头发漂染成了金色，衣着风格带有法国风味。她在翻阅一本时尚杂志，然而，由于她戴着一副墨镜，埃迪无法判断她究竟是注意到了他但选择无视他，还是她根本没有看到他。

毕业后，他离家去了城市，在学校里学习绘画。他搬进了一栋大的公寓楼，自己一个人住。直到有一天，当他摸索着找钥匙的时候，一只大黄猫出现在他的公寓门口，它盘在埃迪脚边，然后快速溜进打开的门里，蜷缩在他的一把好椅子上，它看起来是那么的舒适，仿佛它一直在那里。他时常与这只猫谈起过去，猫便用单音节回答他。埃迪告诉自己一切本来就应该演变成现在这样。无论他对玛丽有过什么样的感觉——而且，其实，他不确定那种感情是什么，他只知道那对他来说曾经意味着一切——他把那都归咎于年轻人的热情。他告诉自己他已经放下了。我觉得他这么做——贬低他和玛丽之间发生的一切——是得到了鼓励的；时间能够治愈一切伤口，每个人都知道这一点！

埃迪没有考虑到的事实是，尽管时间是治疗一切伤口的良药，但它同时也是那些伤口的原因——巫师“没有灵魂的躯体”对这一点了如指掌。摆脱时间是那个巫师的野心，这样做可以让世界上的一切都像他自己一样，处于一种怪诞状态。因为只有灵魂能把身体与时间联系在一起，永恒的、不死的灵魂。没有灵魂，肉身如同行尸走肉，无法理解或感觉到任何东西。

原来，埃迪是一位技艺不凡的肖像画家，他异常能够捕捉一个人的本质，以至于市里的显要人士纷纷雇他画像。他画了戴着金色主教冠和象牙的新任主教；他画了市长骨瘦如柴的妻子和她丰满圆润的女儿。在每一幅画里，他都能够准确描绘出画中人的外表，同时揭示一些本来掩饰得很好的东西：主教对自己那张英俊面孔的迷恋，女儿喜欢成为让她母亲尴尬的始作俑者。

没过多久，埃迪便已经能在一个时尚的街区买得起自己的工作室了。最初，他是社会的宠儿，随着岁月的流逝，也引起了评论界的关注，这主要展现在画廊的展览、最佳期刊上的文章、溜须拍马的专题著作，甚至是一本大小如同咖啡桌的书籍。有段时间，他娶了一个女赞助人。他也有了风流韵事。然后，一天晚上，他接到了那个改变一切的电话。“我有个任务要给你。”“没有灵魂的躯体”说道，他把自己的声音伪装过，听上去像人，“我想你会感到惊喜的。”

第二天，当埃迪回到工作室时，他发现一个女人已经进去了，她站在台子上，背对着他。她穿着一件蝉翼纱的粉色裙子，那种粉红色淡得接近于白色，腰间系着一条深粉红色的腰带。她的头上戴着一顶帽子，长长的粉红色飘带垂在她露出来的肩膀上。她的样子和玛丽的那张交换卡片上的碧琪一样，虽然，不像他工作室里的那个女人，碧琪抽烟从来不会被人逮住。那个女人扫了他一眼。“埃迪，”她说，吐出一口香烟，“亲爱的。”他瞥见了那只眼睛，它能够折射出光线，而且是银色的，就像一面镜子。

但如果她是玛丽，为什么那只黄猫要对她嘶叫，它的后背为什么会像被激怒的猫科动物那样弓起？这个女人看上去和埃迪最后一次见到玛丽时她的年纪差不多，而埃迪正在掉发，他需要眼镜才能阅读报纸，而那只黄猫如果是人的话，早就过了一百岁了。工作室热过头了，暖气片中的水沸腾着，松节油和香烟的气息变得令人无法忍受。埃迪记起了一些丑闻，玛丽因此而搬到了城市里。他看着她的时候，她开始脱衣服。她的皮肤是乳白的，几乎像是蓝色，如同脱脂而不是全脂牛奶，她有一头鬈发。在她有机会转过身以前，他带着鞋盒以及那只猫从房间里逃走了。

现在，他再也无法忍受活着的躯体。有一段时间，他去画那些医院提供给医学院学生使用的尸体，有人告诉他为解剖教科书画插图有钱挣，事实证明这是真的。后来他宁愿在这所城市的太平间里寻找可以作画的对象，他与那里的法医成了朋友，一个体格魁梧的男人，下垂的下巴长得像一条猎犬，留着灰色的长马尾。当埃迪问他一具解剖用的尸体和普通尸体之间的区别时，该男子指了指一具新送来的尸体作为回答。送来太平间的尸体不总是保存完好，尸体——与解剖用的尸体相反——往往是遭遇暴力致死的。但埃迪可以画任何东西。“你画得这么好，简直能让尸体流血。”那个法医喜欢这么说，然后大笑起来。

有人知道埃迪最终会出现在那里，我想这一点已经不会让人感到惊讶了。他独自一人坐在那里吃一份三明治，他的画板摊开在膝盖上，他刚开始画一幅草图。

“还记得我吗？”那具尸体问道。

在大理石停尸台上躺着的是维克斯小姐，平坦，苍白，如同一尾比目鱼。“听我说，爱德华，”维克斯小姐说，“你一直擅长听从指令。你还有我给你的那把刀吗？”她让他像切割兔子那样，把她切成碎片。当维克斯小姐说话时，她的嘴巴如同一个独立的实体那样开开合合。

“我为什么要这样做？”埃迪问道，想到时间都去了哪儿，时间已经变得所剩无几，这让他头晕目眩。“还有，”他说，“我最后一次按照你的话去做的时候，好像没发生过什么好事。”这些年来，他已经习惯了和那只黄色的猫说话，他觉得与尸体交谈并不奇怪。

“你到底是什么意思，爱德华？”维克斯小姐问道。“是玛丽没有像我说的那样折纸，而不是你。动作快点，拜托！”她补充道，一些唾沫喷到了嘴唇上。“是什么让你花了这么长的时间？”

不知从何时起，天空下起了雨，长串的、马口铁颜色的雨点从天空中落下，雨滴不断溅落在太平间的屋顶上，就像分秒不停的时间，在埃迪父母的家里，在走廊里的那座落地钟的底部积聚起来。

埃迪感到很头晕，他几乎不知道自己在做什么。他把刀子放在鞋盒里。他砍断了维克斯小姐的手脚，挖出了她的内脏，当他听到他的三明治中传出一个小小的声音时，他正在砍下她的头。

“埃迪，”那声音说道，“别听她的话。这是一个陷阱。”

埃迪低下头，看到两片面包之间出现了一只蚂蚁，他多年前从饥饿中拯救出来的那只蚂蚁。蚂蚁告诉他，埃迪要做的就是抓住它很多年前给埃迪的那条腿——他还记得吗？那时候，埃迪把那条腿放进了鞋盒里。通过抓住那条腿，蚂蚁告诉埃迪，他会成为一只很小的蚂蚁，即使用放大镜，也没有人能看到他。事实上，下一秒钟，埃迪抬起腿，发现自己站在三明治上，另一只蚂蚁站在他身边，一只如同大象一般的庞然大物，其壮丽的腹部像漆皮一样闪亮。

“我们现在怎么办？”埃迪问道。

“我们等待，观察，倾听。”蚂蚁回答。

当法医到达太平间的时候，他发现维克斯小姐的尸体散落在停尸台上，他简直不敢相信他所看到的。“哦，埃迪，”法医叹了口气，“你怎么能这么对我？”很显然，这个案子应该归警方管。“没有灵魂的躯体”加大马力，驾驶银灰色的车子赶到了现场。“告诉我你没碰过任何东西。”他对法医说。“我们会给现场取指纹的。”他又补充，并且在没有戴上乳胶手套的情况下抓过埃迪的画作。“你最好先回家去。”他告诉法医。但是那个男人走了的那一刻，“没有灵魂的躯体”把画撕成了碎片。“他们永远对付不了我，”他说，“大部分的人类不是太蠢就是过于感情用事，唯一一个例外在很多年以前就已经被我解决掉了。”当然，维克斯小姐知道他指的是玛丽。珍贵的玛丽，维克斯小姐酸溜溜地想到。

人类永远无法杀死他，巫师接着说道，因为这样做需要追踪他的灵魂，这个灵魂藏在普尔庄园的一只黑色的蛋里。一只黑色的蛋在一个黑色的嗉囊在一颗黑色的心在一个黑色的胃里。有人会需要合适的工具——一堆身体部位，他补充到，想到维克斯小姐让他产生了一丝残虐的快意——没有它，他们永远无法完成所有的变形，切开那只猫——它吃下了把那只乌鸦吃掉的那只狗——的肚子，找到那只蛋。把蛋壳敲开的时候，他的灵魂便会飞出来。“诸如此类，”“没有灵魂的躯体”说，“老一套。它不会发生。”

维克斯小姐的嘴巴动了起来，好像在回答。一开始什么事情也没有发生，只有一种细小的声音，如同水龙头里滴出来的水，然后她的双手握成了拳，声响越来越大，翻腾，碾磨，破裂，就像承载洪水的石头。

在我看来，回到你小时候生活过的地方，比把一个男人变成一只蚂蚁然后再变回来更难。埃迪无法停止低头看自己的手臂和腿，他想知道他更喜欢的六支优雅的附属肢体去了哪儿，每一个都像半透明的琥珀，并且被精致的细毛覆盖着。

他过去常打棒球的街道两侧都停满了车，想在这个地方玩任何游戏，即使他做得到，都已经不可能了；还有那些梧桐树，一开始它们生长得如此茂盛，必须修剪它们的树冠，为电话线和电线腾出空间，到后来，这些树木索性就被砍掉了。玛丽的父母的房子和两侧的房屋都变成了公寓，你无法把它们分辨开来。埃迪的父母的房子没有什么太大的变化，只是他父亲曾经努力维护的前屋草坪已经毁了。那些草不是死了就是奄奄一息，被蒲公英淹没了。母亲过去一直在拱形窗前摆放茂盛的常春藤植物，如今，窗外是一盏丑陋的金色路灯，外形如同一个裸体女人。

埃迪现在是个老头。还长在他脑袋上的头发是白色的，他的牙齿是假牙，他年轻时的职业成就几乎被人遗忘了，那些他多年前画的肖像画，如果花费一番功夫，还能在私人藏品中找到，但已经被认定为风格怪异。大黄猫已经死了，法医也是，猫的骨灰装在埃迪鞋盒中的一个塑料袋里，法医安葬在墓地里，离开这个城市前，埃迪有时会去看他。普尔庄园已被转售给了一个开发商，他在这里改建了一个退休社区，其中包括一间养老院，埃迪的父亲就是在那里度过了生命中最后的几年。但埃迪的父亲也死了。

当埃迪走在普尔庄园整洁的砖路上时，他几乎想不起来他回来是要干什么。这一天的气候温暖，空气甜美，但有一种秋天的气息，那来自燃烧的叶子，在蓝天下，他可以看到大雁组成V字形的队伍朝南飞去，听到它们远远传来的叫声。夏天结束的时候他会伤心，那总是让玛丽取笑他——她嘲笑的目光中流露出爱意。他记得她和一个女孩一起坐在门廊上，她们在为交换卡片而谈判，那是一条狗或一匹马的卡片，或者那些女孩们称之为“一幕戏”的东西——意思是浪漫时期的一幅画，展现了一个像普尔庄园一样美丽的、曾经存在过的地方。玛丽把头俯向雪茄盒，弓起肩膀，但他看得出来，比起其余的任何事情来，她更专注于埃迪。在他的生命里，没有任何人或者任何事物给过他同样的关注。

现在，一名年轻女子稳步走来，推着一个坐轮椅的老太太。这个年轻女人有点让他想起他那个小学老师，老维克斯小姐（Vicks）——这个女人的红嘴唇、红指甲和维克斯小姐的一样，当她说话的时候，她会像小鸟那样把头歪一下，这一点也和维克斯小姐一样。令人惊讶的是，她的名字居然是维琪（Vicky）。那位老太太只是个普通的老太太，她戴的是做过白内障手术的人戴的那种带侧护板的太阳眼镜，她的银发绾成一个发髻。“你要去吃午饭吗？”老太太问埃迪。“今天是星期五，”她补充道，拍了拍关节肿胀的手，“剑鱼！”

埃迪本来要说不，虽然普尔庄园确实看起来不错，但他并不住在这里。可是紧接着，那种忘掉了一件重要的事情的感觉再次涌上他的心头。他是为了完成一件事而回到这里来的。他隐约记得那是关于一个巫师的，但那是他童年时听到的一个童话。关于一个戴着用星形贴纸组成的王冠的人，关于一个女孩，她的额头上戴着用星形贴纸组成的王冠。

他们三个人——埃迪、维琪和老太太——缓慢地行走在树荫下，叶子在他们的脸上投下拂动的阴影。埃迪突然感到一阵寒意。他突然意识到，那些贴纸并不仅仅意味着一个女孩与其他女孩的区分，它们还意味着在她的身上发生了某种不好的事情。

他跟着维琪和老太太走进大楼。“不管你要干什么，”老太太笑着告诉维琪，“别把我推下去。”她指着通往三星级疗养院的蓝色走廊。如果你被人推下了走廊，你就永远也爬不上来了——除非作为一具尸体。

最后，他们来到了餐厅。房间里到处都是老人，他们四到六个人一组，围坐在桌子周围，桌子上铺着白色的桌布。这是一个令人愉快的房间，几乎像一间餐厅，人造花卉摆件和戴着围裙的侍者，只不过，所有的侍者都能给你做心肺复苏术。埃迪把鞋盒放在他身旁的桌子上。一个碟子摆放在他跟前，上面有一块鱼、一堆豌豆，还有一团米饭，可是他没有胃口。

“你有什么吃的？”那位魅力十足的年轻人问道。他来到他们这一桌坐下。

“你必须大声说出来，”维琪说，“否则他听不到你在说话。”

老太太把手伸过桌子，放在他的手上，握住他的手，他浑身一震，这种感觉也许来自他，也许来自她，他分辨不出来。

他不知道他在哪里，但他认为他可以看到一片天空，像灰色的衬垫，在它下面旋转着一些黑色的斑点，鸟儿在忙着寻找可以用来筑巢的东西。空气中有一种紫菀的味道，闻起来有点像猫尿，他的黄猫就在那里，像埃迪第一次见到他的时候那样硕大而光滑，在泥土中抓挠。埃迪的手抖得很厉害，几乎无法打开鞋盒。

“看他是否能做到这件事。”这个有吸引力的年轻人对维琪说。他把一碗汤放在桌子上。

“来，让我帮帮你。”她说，扶住埃迪，埃迪在椅子上滑得太深了，够不到桌子。她解释说：“我要打一个鸡蛋进去，让它更有味道。”然后，她把手伸进鞋盒，取出那把弯刀，重重地敲向鸡蛋，蛋壳裂成了两半，里面的东西掉进了埃迪的汤里。

房间里变得非常安静。阴影填满墙壁，像雨一样倾泻在埃迪身上。

老太太靠近一些。“哦，不，”她说，“他好像尿裤子了。”

她摘下太阳眼镜，这能让她看得更清楚。

她穿着一件长裙，它的面料沉甸甸的，很有光泽，像很多年前就已经停产的那种缎子。它很衬她的肤色——她在日常饮食中摄入足量的动物脂肪令肌肤依然保持细腻、奶白，但已脱水至半透明。“我有一件事要告诉你，先生。”她对埃迪说，从她的叉子上抬起头看着他，她的眼睛抬起来，她的目光不是浑浊的、沉闷的，而是活跃的、黑暗的，被灵魂的火光所照亮，就像太阳，你无法直视，必须通过她的物质自我的玻璃体过滤以后，你才能看得见。埃迪记得那双注视着他的眼睛，这时，他听到了蟋蟀的叫声，那是他在很长一段时间内没有听到过的声音，随之而来的是母亲的声音，喊他进屋去，他的父亲边吹口哨边调节草坪上的喷水器，它在新修剪的草坪上方喷出一道慵懒的弧线，穿着格子短裤和白色T恤的玛丽，像一只鹳鸟一样单腿站立在那里。

“你看上去就像你看见了一个鬼魂。”魅力十足的年轻人说。那是埃迪在他的灵魂飞出身体以前听到的最后一句话。

● 我的故事有两个灵感来源。第一个来源是一个意大利童话《没有灵魂的躯体》。这个故事里对肉体的痴迷吸引了我，还有那些为追寻灵魂而制定的复杂而可怕的规则，我在自己的故事里面借用了其中一些情节元素。第二个来源不太确切，但源于“时间”在安徒生的童话里所扮演的角色：时间凌驾于一切之上，包括魔法。在安徒生的童话里，时间高于一切，它是神奇的、灵活的、奇怪的——即使冥冥之中有人在帮助你，你也无法逃脱它。我想写一个能够体现这种情况的故事，我认为《没有灵魂的躯体》能够承载这些内容。

——凯瑟琳·戴维斯

女孩、狼和老妇人

● 凯莉·威尔斯 *Kellie Wells*

很久很久以前，有一个即将成为老太婆的女人，她有一条面包。她把它握在手里，可是要打扫、缝补或者打喷嚏时，总是有一条面包握在手里是很不方便的。所以她对自己脸颊总是红通通的女儿说：“长着这样的一张脸，你就没有什么更好的事情可做，拿着，替我保管这条面包！”这个女人说她认识一头生病的狼，没有什么比从像她这样的女孩那里收到面包更让它高兴的了。“只不过，你要小心，”女孩的母亲说，“林子里都是些野女人，脸都像河床一样，她们都渴望再次拥有把一条面包拿在手上的感觉。”把面包递给女孩的那一刻，她的脸色阴沉下来。她大吼：“饭桶！”

女孩把面包夹在胳膊下面，跑掉了。她来到每个人都会走错的岔路口，遇到一个邋遢的老妇人，那张脸像一块掉下来的蛋糕。老妇人朝她咆哮:“走错路了，亲爱的！”

“可我还没有选好要走哪条路呢！”脸颊难看的女孩说。

“好像有人在乎似的。”这个女人咕哝。有那么一会儿，她的脸看起来就像一张褪色的地图，毫无用处。

女孩望向岔路尽头，可以看到，其中一条路铺满了勺子，而另一条路上的血肠随处可见。女孩喜欢勺子更甚于血肠，所以她自信地朝那个方向大步走去。阳光透过林间的枝叶洒下来，落在那些勺子弯曲的勺体上，向各个方向折射出去，落到穿行其间的女孩的皮肤上。她试图拂去那些光斑，它们仿佛长着黏糊糊的腿，沿着她的手臂往上爬，攀上她的喉咙。这些光斑，外实内虚，它们绝不会接近她如红宝石一般红润的面颊。

那个老妇人知道大家对她的期望，咯咯地笑了起来。她在香肠上飞快地滑动，摇摇晃晃，诅咒着自己竟然忘了带上啤酒。不管怎样，她很快就会在那头病狼的家里，然后就会心满意足了。嘿，你好啊。

来到狼住的地方以后，狡猾的老妇人自己开门进去了，她一看到那头狼便摇了摇头：它看起来已经一只脚踏入了鬼门关，完全失去了野性的魅力，那身狼皮像是被虫蛀过，做披肩都没人要。她把一口香肠吐在它的床脚。那头狼听到声音，身子微微一动。

“好吧，我想我别无选择，只能吃掉你。”老妇人说。

“我猜也是。”那头狼说。它有一种预感，面包不会及时送到它手里了。不论是在这个世界或任何其他的世界里，都没有拯救狼这种说法。它解开外皮，把自己的身体尽职尽责地弄进她的嘴里。那个女人觉得它的味道有点大，便将骨头吐到了床上。

狼低沉的声音在她的肚子里响起，*拿去，吃吧，*它说，*这是我的身体，为你而破碎。*

可真精彩，天哪！老妇人心想。她揍了自己的肚子一拳，打了个嗝儿。如果她在太阳下山以前吃饭，饭菜总会在她的嘴里留下余味。

这位女贵族开始脱衣服：系带鱼嘴鞋、吊袜带、长筒袜、绣有雏菊的长罩衫、针织披肩、破破烂烂的帽子。

一只黄猫蜷在壁炉前休息，它突然坐起来说道："瞧这奶奶的腿，噢哇，棒极了！"然后像一个刚下船休假的水手那样吹起了口哨。

这位老妇人，她的妹妹对斑纹流浪猫毫无抵抗力，而自己已经受够了公猫这种厚颜无耻的生物。她把它踢到了房间的另一头。然后她走进那张有点紧的狼皮里，钻进被窝。她面露倦意，脸色苍白，好像一个快要被人遗忘的人，理应得到怜悯、面包以及无辜的爱，正当她这么做的时候，"红脸颊小姐"敲了敲门。

"请允许我。"一瘸一拐的公猫说，它想赶往一个地方，那里没有脾气暴躁的老刁妇专门收留像它这样的人。它狡猾如黄油，悄悄溜出门去。

那女孩就在门外，口袋里装满了她在路上收集的勺子，她的胳膊下面抱着一条摇摇欲坠的、渴望被一个老妇人抱在怀里的面包。

"你好，生病的狼。"女孩说，她把汤匙和面包放在地板上。

我的灵魂悲伤不已，那只狼在老妇人体内感叹。她嘶哑地咳嗽，拍打胸膛。女孩说："那是什么？"老妇人回答："感冒让我鼻塞。"她又咳嗽了一声。

"我有面包，"女孩说，她的脸红得就像一个敞露出来的伤口，"这块面包从来没有离开过我母亲的手，直到现在。它能救你。"

我要袭击牧羊人，吓跑羊群，那头狼说。老妇人用力戳了戳自己的肚子，她的肚子里响起一声微弱的嗥叫。

小姑娘知道狼和羊是天敌，可是这附近方圆几英里内都没有羊群。

她对它怜悯地笑了笑，心想有些可怜的生物受制于无药可救的本能，找不到更容易实现的目标，就是要吃弄不到手的东西。她拿起两个勺子，开始在膝盖上敲打出一段旋律，这让她情不自禁地踢起腿来。

老妇人掀开被子，露出了她的乳房。

“天啊，你的胸部这么大！”两颊通红的小姑娘惊呼起来。她手里的勺子掉下来，“当啷”一声落在地上。

小姑娘脸红起来真让人伤心，老妇人想到。啧啧。

老妇人调整了一下她的乳房，它们是在野外长大的，远离了胸罩的文明影响，有点幽闭恐惧症，所以试图逃离令人窒息的狼皮。她拢住它们，它们窃窃私语。“为了更好地给你喂奶，亲爱的！”她说。*可怜的小姑娘，*她想，*要不是你妈妈从我干枯的手指上，唔哼，把面包偷走了，说不定还没有你呢。*偷盗必然要付出代价，记住这一点总是明智的。

“啊，狼先生，你的头发这样蓝！”女孩说。这位老妇人昨天才去了美容院，选了鸢尾花颜色的染发剂。几根头发从狼的耳朵里露了出来，老妇人试图把它们塞回去。

*看哪，那出卖我的人来了。*老妇人的肚子低沉而沙哑地说。她在控制自己的身体方面遇到了一些麻烦。她把手放在情况复杂的胯部和被狼皮覆盖的胸脯上，抖了抖，往上一提。*哎哟，*她的胃说。

“你的大拇指这么灵敏，狼先生！”她开始担心这头蓝色的、胸部丰满的生物并不像看上去那样。这只有着雌性特征的狼散发着一种药味，散发着维生素、血液和枯萎的玫瑰的气味。还有拇指，它闻起来像拇指！

“哦，狼先生！”女孩喊道，“你的骨头，你的骨头！”她指着那堆骨头。“如果没有骨头，你的身体如何翻山涉谷？如果你只有破烂皮毛和一堆没有骨头的肉，你又怎么依靠这些去吓唬森林里的动物？”女孩十分清楚，骨头是运动和残暴的重要组成部分。

这位老妇人这才注意到自己把狼的骨头留在了床上，这是一种骨骼学的疏忽。她拿起狼的大腿骨，在身后的床头板上敲了敲。“如果我把骨头带在身上，”老妇人说，“它们就不会像过去那样把我戳痛。而且，唔，它们，呃，嗯，不在我体内时敲起来更有劲！”老妇人安静下来，看出她唬住了这个有着玫瑰色面颊的天真小姑娘，这对于故事进行下去以及诱捕儿童来说很有必要。

小女孩弯下腰，拿起面包，她希望能用这条面包激起狼的自然本性，当她弯下身去的时候，她看见床下藏着老妇人的衣服。她记得母亲告诉她的话，想到树林里又少了一个老妇人需要去操心，她松了一口气。她穿上了老妇人的连衣裙，披上老妇人的披肩，戴上老妇人的帽子，套上老妇人的鞋子，她假装在骂假想中的孩子，用想象出来的绣花手帕——掖在怀表下面——轻拍想象出来的赘肉，然后她捡起面包，爬到床上和狼躺在一起。那头狼似乎在遭受一种女性气质上的病症，那是所有痛苦中最可怕的一种，也是小女孩日后很可能会染上的一种。那头狼把她整个吞了下去，如同一口咽下牡蛎，她的动作迅速得好比蜥蜴嘴里弹出的舌头，敏捷得仿佛一头獾身上的皮屑。老妇人在吃下面包和女孩以后感到心满意足。这个女孩在狼的喉咙里哼着，把面包抱在怀里，在掉进狼的肚子的途中遇到了另一副喉咙，她看得出来这不是老妇人的喉咙。只有到那时，她才意识到自己被欺骗了，她现在蜷缩在那头真正的狼没有骨头的肚子里，就像等待被分娩出来一样。一半像树妖和凶巴巴的老太婆，一半像得了病的狗。呸！她听到老妇人在舔她的手指，她在狼的肉体内伸展自己，朝老妇人的肾脏捅了一下。“我说，停下！”老太太号叫道，“没有人喜欢一份无礼的午餐！”

就在这时，准时得如同不幸，馥郁得如同拙手笨脚的勇气，一个猎人出现在门口。猎人看了一眼浑身肿胀的狼，很快便琢磨出究竟发生了什么事（他是个经验丰富的猎手），在他看来，所有值得去救的东西这时候早就被消化掉了。他是小姑娘的妈妈派来要回这条面包的，她意识到离开这条面包她就活不下去。为了鼓起勇气，猎人把挂在肩膀上的酒囊举起来送到嘴边，把挤出来的红葡萄酒喝了下去。“汝等都来喝吧，因为这是我的血。”一个朦胧的声音响起，仿佛是从一只隐蔽的枕头下面传出来的。“谁在说话？”猎人问。一个更尖一些的声音说：“天啊，噢，我的天哪，你的脾脏可真大！”另一个更清晰，却隐约透出沙哑的声音说：“好想骂你一顿，宝贝！”裹在狼皮里的老妇人打了一个有节奏的嗝儿，她肚子里的那个女孩立刻认出了那种带气的呼噜声，她倒抽一口气说道：“外祖母！”自从外祖母和她的妈妈为了如何更好地保管面包吵了一架并且怒气冲冲地散了伙儿以后，她就再也没有见到过外祖母。小女孩想起了外祖母往日给她煮的那种美味的狼汤，不禁感觉到饿了。

猎人——由于猎物道出实情，他轻而易举地走神了——匆匆把强壮的拳头伸进狼的肚子里，然后拉出来——一个邋遢的女孩！她的脸颊红得那么可怕，他觉得也许把她留在狼的肠子里还好一些，可她的手上拿着面包，于是他就把她放到地上。接下来，带着做第一千场阑尾手术的外科医生的技巧和无聊，他小心翼翼地从狼的喉咙里拔出一块颤抖的肉块，他认为那个老妇人——长鼻子和大耳朵——肯定已经没救了，他把她扔到地板上，在他的铠甲上擦干净手，但是当有着厚厚指甲的、长着鸡眼的脚趾从毛皮里戳出来，就像那件狼皮睡衣小了一码似的。猎人再次把手伸进去，用魔术师的那种愤愤不平的灵巧——

后者相信自己的命运绝对要比不断地从帽子里拉出兔子要强——巧妙地剥下了那层皮并且发现了：一个年迈的女人，瞧！唔，想想看。那头狼那张饱经风霜的皮——他能看出来这里面最近很挤——皱巴巴地躺在老妇人的脚边，就像一件破烂不堪、无法修补的斗篷。这种套来套去的动物学让猎人头晕目眩，他倒在椅子上。就在这时，那团肉慢慢地爬上了床，裹住骨头，然后溜进毛皮里，钻回被窝，在那里，它发出最后的喘息声，然后咽了气。那个小女孩，脸红得像生锈的煎锅，紧紧地抓着那条面包，当她看到猎人时，她从头到脚红得像世界末日；猎人看了女孩一眼，心里想布尔什维克，不管有没有面包，一个脸蛋这么红的姑娘都不值得费工夫。他抽出胳膊下面的羊皮酒囊，又喝了一口葡萄酒。那个赤裸的老太婆呢？她微笑着看着他们俩，然后对着狼低下头。它在她的体内活过，然后又活了过来，被遣送回它的国度——那一身病弱的狼皮里。它会回来的，那一位，毫无疑问。

现在，老妇人比她刚到这间屋子的时候要老，比她勉强把面包传给女儿的时候还要老上许多。她捡起一根香肠，夹在指间，把它当作可以抽的香烟，然后低头望向倒映在汤匙上的自己，欣赏她得救后的丑态。

● 这就是我在重写《祖母的故事》时开始思考的：如果舍弃传统意义上的角色心理这个概念，让角色成为思想的容器，它便可以变得既平面又复杂，我喜欢这个主意。如果你把一个角色扁平化，读者就不必为寻找动机而焦虑，你也为其他类型的诠释或丰富的潜台词创造出了空间。凯特·伯恩海默在《童话即形式，形式即童话》(“Fairy TaleIs Form, Form Is Fairy Tale”)这篇文章中谈到过：刻意让角色变得平面化“允许读者获得有深度的反应”，如果诠释角色的心理是你的习惯，那么你可以把这篇故事放下了。正是这篇文章激发了我的这些想法以及这个故事。

我还要做出一则声明，关于一件显而易见的事：对于与语言打交道的人来说，一切都是一种象征。一封信象征着一个声音，一个词象征着一个对象或是一个概念。在写作《女孩、狼和老妇人》的时候，我喜欢（不是原始的，当然）承认和利用中介去讲述又或者说不去讲述一个故事的想法，但我喜欢叙述，喜欢那种期待某事发生的感觉，所以我不想让这个故事变成仅仅是一篇元小说。也就是说，我对于吸引让人们注意到这种技巧，从而驱散虚幻的梦境没有兴趣，我感兴趣的是去创造另外一种光线绚丽、半梦半醒的梦境。我认为，童话的形式是一种解放，它让作家和读者都能意识到，任何我们在小说中称为“现实”的东西，无论多么诱人，都只是一种共同的幻觉，同时也会让人不由自主地将视线投向它。

——凯莉·威尔斯

我的弟弟加里拍了一部电影，这就是发生的事情

● 萨布丽娜·奥拉·马克

Sabrina Orah Mark

我立即认出了加里，尽管他头上套着一个纸袋。加里是我弟弟，他正在拍电影。别误会我的意思，纸袋上剪出了两个洞，露出眼睛。我的意思是，加里能看见。“这部电影的名字是什么，加里？”“这部‘电领’的名字，”加里说，“是《我的家人》。”“你说‘电领’，加里。”“不，我没有。我说的就是‘电领’。”“你又说了一遍‘电领’，加里。”

加里的视线瞥来瞥去。加里很生气。“我要发火了！”加里喊道。“抱歉，加里。”加里表达方面有点问题。这是最让他痛苦的地方。有时候他的发音如此悲剧性地跑调，我想要把他抱在我的怀里，爬到一棵树上，然后把他留在我能找得到的最大的鸟巢里。当他说“哈密瓜”

的时候，他的意思是“人类”；当他说“袜子”的时候，他的意思是“爸爸”，甚至是我的名字他都叫错了。他管我叫“老鼠”。

“你自己组装了那台相机吗，加里？”相机是一个旧锡罐，上面贴着一堆树叶。加里把锡罐举到空中。一些树叶飘动着。“Action？”他低声说。然后，他的低语变得更为柔和：“Cut？”“我可以提点建议吗，加里？”“是什么，‘老鼠’？”“你也许应该把相机对准某些东西。”“像是什么？”“比如一个演员，加里，一个正在说台词的演员。”“这些演员？”加里问道。我为他的发音感到骄傲。他把我带到沙发后面。

演员们聚成一团呻吟着。“那是爷爷吗，加里？”毫无疑问，是我的爷爷。他当时非常非常不稳定。“嗨，爷爷。”我说。“你好。”爷爷说。他见到我不怎么高兴。我嫁给了一个黑人，他仍然在为这个事情生气。“这与你无关，”爷爷说，“这是关于加里和他的梦想的。”

“看！”加里说，“‘袜子’在里头。”加里说的是我们的父亲。“嗨，爸爸。”我的父亲挥了一下手。他是从下面数上来的第四个演员。我的其余十一个[1]兄弟也在那里：尤金、杰克、希德、本杰明、丹尼尔、索尔、伊莱、沃特、亚当、加布里埃尔、理查德和盖斯。他们呻吟着。罗莎阿姨被塞进了母亲和祖母之间。一堆表兄弟缩在底下。

“把铲子给我。”加里说。“什么铲子？”我问道。但加里已经把他的锡罐直接对准这群人。“灯，”加里说，“关灯！”我把灯关上了。“相机。”加里说。“Action。”加里说。“Cut。”加里说。

“我可以问一个问题吗，加里？”“什么，‘老鼠’？”“为什么你要在黑暗中拍电影，加里？”

1 原文中这里为“十一个”，但后面列出了十二个名字。——编者注

“我受够了，”我母亲喊道，“我们已经在这里待了六年了。”罗莎姨妈发出轻微的咯咯声。我打开了灯。加里走进厨房，捧着一个装满一杯杯水的大托盘回来。

我的母亲喊道：“我不能在一个离你父亲这么近的地方生活。”

我开始考虑起镜头。

“我需要修甲，”我妈妈喊道，“我需要一场该死的派对。”“你看起来很漂亮。”我说。“这件事和你没关系，”我母亲喊道，“这是关于加里和他的梦想的。”我递给她一杯水。“这杯水尝起来像是假的。”我妈妈喊道。“这就是假的。”加里说。

我父亲的寻呼机响了。他的病人正在死去。

“你知道吗，”奶奶问，“被触摸的恐惧被称为‘接触恐惧症’？”我母亲翻了个白眼。

“这部电影是讲什么的，加里？”“这部‘电领’是关于大屠杀的。”加里说。

“有剧本吗，加里？”“把梯子递过来。”加里说。我把梯子递给他。他把它靠在那群人的上面，一路爬上去，站在爷爷的上面。爷爷笑了。

加里把纸袋从头上拉下来。他的银色头发掉了下来。演员们大笑起来。加里脸红了。他把纸袋翻过来，戴在头上读剧本：“除了我以外，汝不可有别的神；汝不可制作雕刻的偶像；不可妄称耶和华你神的名；当纪念安息日，守为圣日；当孝敬父母；不可杀人；不可奸淫；不可偷盗；不可作假见证陷害人；不可贪恋人的房屋，也不可贪恋人的妻子、仆婢、牛驴，并他一切所有的。”

“多好的男孩。”罗莎阿姨说。“多好的男孩。”爷爷说。“多好的男孩。”父亲说。“下地狱去吧。”母亲说。我的其余十一个兄弟呻吟着。

“你知道吗，”奶奶说，“对动物皮肤的恐惧被称为‘肌肤恐惧症’？”我想知道，谁的心是一部注定要失败的电影。我的还是加里的？

事已至此，我能为加里做的最好的事情就是抱住他，问他接下来要干什么。

“在什么之后？”加里问道。“开枪以后。”我说。“我要去巴塞罗那。”加里说。现在，这真的让我感到高兴。我本想说“这真是把我从人堆儿里扔了出来”，但我根本没有被邀请参加。我不太确定我是不是真的想要在这群人里。“巴塞罗那有那种炒蛋，”加里说，“我真的要尝尝看。”“哦，拜托，加里。你知道你会从头到尾叫个不停的。”在美国，加里只是挑剔；在海外，他尖叫着。

然后我想起了加里误读方面的问题。“巴塞罗那？”我问。“巴塞罗那。”加里说。“炒蛋？”我问。“炒蛋。”加里说。我看了看那群人。我母亲离开那里。“再过六年，”她喊，“那时候我就不干了。”我的父亲给加里举起了大拇指。“你知道吗，”奶奶说，“对木偶的恐惧叫作‘傀儡恐惧症’？”“好吧，”爷爷说，“再见。”“我还没去。”我说。我还在抱着加里。我紧紧地抱住他，就像我经过墓地时屏住呼吸那样。“你为什么这样做？”加里问。“做什么？”“经过墓地时你干吗要屏住呼吸？”我仔细看了看他们。罗莎姨妈用手捂住她的嘴，忍住大笑的声音，但她没有大笑。她甚至没有微笑。“因为我不想，”我低声说，“让那些鬼魂忌妒。”“这不是关于你的，”加里说，“这是关于我和我的梦想的。”“我明白，加里。”“我知道你明白。”加里说。他从锡罐上摘下几片叶子递给我。我把它们放在嘴里，咀嚼，吞咽。一个月后我怀孕了。

我一直留在片场，直到我的丈夫——那个黑人——来接我。

从前有一位老人，他有一双灰色的大眼睛，收集了世界上所有的童话故事。他把它们装进一个大袋子里，带着它走过一个又一个村庄。有些人认为袋子里装的是金子，另一些人认为装在袋子里的是骨头，但他们都不敢开口。我知道这一点，因为那个长着灰色大眼睛的老人是我的曾曾祖父。他死后给我留下了这个袋子。多年来我都不曾打开过它。我把袋子挂在院子里的一棵树上。起初，它懒洋洋地晃来晃去，然而流逝的岁月让这个口袋变得越来越野，即便空气中没有风，它也在转来转去。黄色的小牙齿开始钻了出来。我在七十七岁生日的那一天才打开口袋。袋子里的东西不会让你感到惊讶：玻璃棺材、坏透了的大灰狼的肚子、炉子、森林、魔镜、被困在野兽里面的人、青蛙、猫、成百上千只鞋子，还有闪闪发光的大海。在麻袋的最下面有一个女孩，很久很久以前，在一个遥远的地方，她因为吞下一片玫瑰花瓣而怀孕了。我问她是谁。“在进入袋子以前吗？”她问道。“是的，”我说，“在进入袋子以前。”她告诉我，在进入袋子以前，她住在吉姆巴地斯达·巴西尔（Giambattista Basile）所写的童话里，那个童话叫作《年轻的奴隶》(“The Young Slave”)。我相信她，因为她既漂亮又悲伤。“你想知道，”她问，“装满童话的袋子里的东西是什么样子的吗？”“非常想。”我说。她把我的手放在她的肚子上。“它们就像家一样。”“家？”我问。我感到困惑。“容器。”她说。“我们要么在里面，要么在外面。”“谁是我们？”我问。“我们，”她说，“童话里的人物。”她脸红了。“要么我们在里面……”她爬进袋子里，“要么我们就在外面。”她爬了出来。“就像你的故事《我的弟弟加里拍了一部电影，这就是发生的事情》那样，你在人群之外的样子。”“那并不真的是我。”我说。“没错。”她说。“你在你自己的外头。”我看了看我的故事。“加里的头在纸袋里！”“现在你明白了。”她说。“就连电影都是容器。”女孩解释道。“因为加里想拍大屠杀？”我问。“没错。”女孩说，她既漂亮又悲伤。“童话是关于归属的问题，‘老鼠’不属于童话。”“我？”我问。“是的，‘老鼠’，”女孩说，“你。”“因为我嫁给了一个黑人？”我问。“这个故事不是关于你的。”女孩说。“噢，没错。”我说。女孩递给我一片玫瑰花瓣。我把它放进嘴里，咀嚼，然后咽了下去。九个月后，我生下了一个老人，他有一双灰色的大眼睛。

——*萨布丽娜·奥拉·马克*

色彩大师

● 艾梅·本德　*Aimee Bender*

我们商店售卖的东西价格不菲，因为我们接到的订单要求我们做出有自然色彩的衣服。公爵的儿子希望自己的鞋子是岩石的颜色，这样当他走在山岩之间的时候，他就不会看到自己的脚了。他就是这么虚荣，不想看见自己的双脚。他希望从远处看上去，一对脚踝像飘起来一样。可是石头是由很多种颜色组成的。它有微妙的色泽变化，而不仅仅是单纯的灰色，要让他的双脚真正融入岩石当中，要做的可不仅仅是卖给他一双普普通通的染成灰色的鞋。于是，我们这群人不得不到公爵领地去进行一趟为期三天的旅行，带回大袋小袋的石头——那些他将要在上面行走的岩石。在工作室里，我们把这些带回来的石头用作参考。有一个下午，我花了五个小时盯着一块岩石，想研究出它的配色。灰色，我的大脑不停地告诉我。我只看到灰色。

在商店，一般来说，我们缝制衣服和鞋子、鞋底以及鞋跟，还有衬衫和外套，我们鞣制皮革，织布和定型，即使一件商品不是按照特定要求定做的，一双鞋子或一件长袍也很有可能与一匹小马或集市上一个月的食物的价钱差不多。大部分村民都付不起，因此我们的绝大多数客户都是王室成员，或是骑马穿过镇子，偶然听说我们的游客。为了这双鞋，为了公爵，所有的裁缝和制鞋匠——大约十二人——都在昼夜不停地赶工。一个人提出了一个想法：将岩石碎片磨成颗粒，然后将这些颗粒添加到染料槽中。这有点帮助。我们参加了视觉化研讨会，在会上，我们尽量去想象身为一块岩石是一种什么样的感觉，然后，经过一个小时的深思熟虑和深呼吸，我们安静地回到办公桌前，希望在决定鞋子应该染多长时间时，我们头脑里的图像会有帮助。我们感受到岩石中蕴含着山的力量，让这种力量扮演潜在的角色。然后，一旦染料的终极力量发挥到了极致，一旦鞋子成为美丽的纯灰色、一种岩灰色，但仍然属于灰色的范畴，我们便去请教色彩大师。

她住在半英里外。在橡树丛后面的一座小屋里。我们派一只山羊跑过去召唤她，因为她不喜欢被打扰，而山羊会在路上小跑，撞一下门，给她暗示。许多年前，她创立了我们的工作室和商店；她会完成收尾工作。但是这些天色彩大师身体一直不舒服。我们最近的一个项目，公爵夫人的手提包，本来应该看起来像一朵刚刚绽放的玫瑰，她因为老想着粉红色而精疲力竭，卧床几个星期才康复，这种事情以前从未发生过。当她在床上辗转反侧时，她一直在说一个词——粉红。出生，性，脸红，亲吻。她发起了高烧，体重下降得厉害，眼眶下面有深黑的阴影。她弟弟的脊背有严重的毛病，既不能行走也不能工作，他与她生活在一起，睡在沙发上。而且她的年龄越来越大，她当然是这个王国中最有才华的人，却并不曾得到认可。我们这些裁缝和制鞋匠，我们知道她的天赋，但国王呢？村民们呢？她走在他们中间，像普通人一样购买番茄，没有人知道她所看到的世界比其他任何人看到的世界都要详尽一千倍。当你看到一只番茄时，像我一样，你可能看见的是一个挺不错的红色球状物，上面长着绿色的茎，闻起来清新美味，触感柔软。当她看到一个番茄时，她看到蓝色、棕色、黄色和曲线，以及诞生了它的藤蔓，她甚至可以根据手中的重量来猜测这只番茄有多少种子。

因此，我们派去那只山羊。当她和山羊一同来到我们的工作室时，我们刚刚完成岩石鞋的第四次上色。它们晾在垫子上，看上去挺不错。我告诉谢丽尔，她对山的视觉解读绝对帮上了忙，因为这种灰色比我预期的更深，要强烈。谢丽尔脸红了。她是比较好相处的那些人里的一个。我提到过，埃德温在染料中加入了岩石的颗粒，这给成品增加了一种有用的粗糙纹理。他因为高兴，踢了凳子一下。我的贡献不多；我不是最熟练的工匠，但是当我看到别人的工作成果的时候，我便不吝赞赏。但问题是，即使算上我们所有的努力工作，加上我们所有的深化解读，它们看起来仍然像挺好看的灰鞋子。任何正常人都会喜欢的，如果他们没有一种怪异的虚荣心，希望让自己的双脚看不见的话。

色彩大师穿着一件亚麻紧身裙，上面穿插着蓝色的线。她面容憔悴。她点头向我们示意，然后站在晾着滴水鞋子的柜台上。

干得不错，她说。负责染制过程的埃斯特行了个屈膝礼。

她说，我们在染料里加入了岩石。

色彩大师说，这是一个很好的选择。

埃德温在他的桌子上跳了一小段舞。

山羊在角落里的一个枕头上安顿下来，啃起了枕头的填充物。

色彩大师翻了几下肩膀，鞋子晾干了以后，她把手放在上面。她把它们举起来，放到阳光下。她拿起一块石头，放到鞋子旁边，看着在光线的照射下，位于鞋子旁边的岩石。她将两样东西在不同的光线下面都转了一圈。然后她走到调色板区域，取出一把蓝色的灰尘。我们有大约150个装着这种灰尘的金属箱，色彩范围很广。这些箱子并排放置，围绕着工作室。这些箱子很窄，所以我们能放进许多种颜色，如果有人带来一种新颜色，我们会敲敲打打，造出一个新箱子，并将其滑入色谱里，嵌入到适合它的地方。一位裁缝在整座森林最干燥的地方，在一簇树叶上发现了一种惊人的深酒红色；我曾经找到过一种比沙子色泽更深的棕色泥土，但这种棕色又和湖边铁矿床的那种不一样；还有人在一朵枯萎的三色堇花上发现了一种新的蓝色，另一个人也发现了一种蓝色，在一只死去的鸟的羽毛上。我们接到过指示，随时随地、每时每刻都要寻找颜色。色彩大师围绕房间走了一圈，然后取出了一捧蓝色的尘埃（像以往一样，我在观看的时候很激动。蓝色？她怎么知道是蓝色？那种蓝色还是深蓝，看起来对于这么轻盈的鞋子来说太暗了，除非他想要一双湿漉漉的岩石鞋），她把这种蓝色的尘埃抹进鞋子里。回到箱子跟前，她又取出了一种黑色，一种灰黑的颜色，然后是灰绿色。全都揉进了灰色的鞋子。当她工作的时候，所有人都安静地站在旁边。我们把枯燥的工作和闲谈都放下了。

色彩大师行动迅速，但她通常会增添接近四十种颜色，所以尽管这个过程很快，也花了两个多小时。她时不时加上一种颜色，有时这种颜色是像盐那样的颗粒，鞋子本身的灰色在她的手中更改嬗变。她完成了最后一个层次的颜色变化，要一瓶密封剂，埃斯特走上前，色彩大师给鞋子喷上一层密封剂，锁住颜色，然后回到阳光下，一手举高鞋子，另一只手拿着岩石。这个过程重复了四遍。我发誓我们开始感觉到在这个房间里，原始山崖的面目再次得到重现，我们听到了它那宏伟的、有分量的、沉缓的声音。

当她的工作完成后，这双鞋子如此灰沉沉的，如此像岩石，你几乎无法相信它们是用皮革做成的。一眼望去，它们仿佛是直接从崎岖的山腰上剪下来的。

完成了，她说。

我们围绕在她身边，低下头。

太美了，我说。

又是一次胜利，对混色一窍不通的桑迪站在我旁边喃喃。

色彩大师环顾房间，她从容的、探询的目光停留在我们每个人身上，直到她最终凝视着我。我？

你能陪我走回去吗？她用一种深沉的声音说。埃斯特把一张发票绑在一只鸽子的脚上，然后朝着公爵领地的方向把它放出窗外。

我很荣幸，我说。我挽住她的胳膊。啃饱了枕头的山羊跟在我们身后。

我是一个安静的人。在路上，我不知道除了赞美之外，是否应该向她提问。据我所知，她通常不会要求别人护送她回家。基本上我所做的只是张望路上的石子和岩礁，而第一次，我看见了暗藏其中的蓝色，我看到了黑色，还有绿色的影子，我还看见了轮廓边缘微弱的紫色，如果光线刚好的话。我没有提问题，她似乎松了一口气，她的反应太明显了，以至于我发现这可能就是她选择我送她回家的原因。

在她家门口，她凝视着我：她有一双灰色的眼睛，沉稳，眼角有些皱纹。她的年龄几乎是我的两倍，但总是有一种我很羡慕的性感。一种掌控自己身体的方式，让你知道她拥有一具躯体，但它是私密的，它遭遇过什么，我永远不会看到。看到这一点让我感到难过，我知道她的丈夫很多年前就去打仗了，从此一去不返。由于她弟弟的脊背不好，她很少邀请人到她这里来。很久以前，她因为一个她不愿意提起的理由逃离了她自己的小镇，她有很严重的咳嗽的毛病，而且财务上也有麻烦。我觉得这不公平，因为在我看来，她本应住在宫殿里。

听着，她说。她的目光把我固定在原地。

嗯？

有一桩大生意要来了，她说。我听到了传言。很大的。巨额的。

它是什么？我说。

我还不知道。但是开始准备吧。你必须接管这个任务。我很快就会死去，她说。

什么？

很快，她说。我能感受到它，死亡，它在酝酿。它不是黑色的，也不是白的。几乎是蓝紫色，她说。她的眼睛掠过我，望向天空。

我会尽我所能，她说。我会做一些准备工作。但是开始学习颜色技能吧，小姐。

她垂下眉毛，表情很严肃。

我的名字是帕蒂，我说。

她笑了。

你怎么知道的？我说。你是认真的吗？你生病了吗？

不，她说。但是是的，我是认真的。我在寻求你的帮助。在我死了以后，那将会是你要完成的工作。

可是我不够出色，我说。一点也不。你不能死。你应该去找埃斯特，或者汉斯——

我找的是你。她略一点头说道。她进屋去了，关上了门。

公爵的儿子非常喜欢他的鞋子，他向我们发送了一张由插画家为他绘的画，在画中，他像是飘浮在一堆石头上。我爱它们，他说，用巧妙的笔迹，我爱它们，我爱它们！然后他增加了一小笔现金奖励，包括骑马，以及公爵的盛宴。我们都参加了，穿着自己的华服，这是一段美好的时光。这是我最后一次看到色彩大师跳舞，她穿着珍珠灰色的礼服，我知道这是最后一次，即便她就在我的眼前。她的头发在她滑过整个小组时飘动着。公爵一直用他的脚趾在身体两侧轻敲，顺带握着公爵夫人的一只手；她自由的手里拿着一个完美的粉红色玫瑰手提包，如此生动清新，似乎带着甜美的气息，这种气息甚至穿过了舞厅。

两个星期后，所有人都走了。国王的信使送来了订单——一条有着月亮色彩的裙子。

色彩大师身体不适，要求我们不要去打扰她。埃斯特不得不离开，去照顾自己病倒的父亲。汉斯的妻子诞下了双胞胎，他得去陪伴妻子。排在我前面的两个人感染了百日咳，还有一个人出差去了，去搜寻一种新的橙色。因此，这张订单——写在一份卷轴上——落到了我的头上，一如色彩大师所预期的那样。

我展开卷轴，在窗边静悄悄读完。

一件有着月亮色泽的裙子？

这是不可能的。

首先，月亮不是一种颜色。它是一种颜色的反射。其次，它甚至不是一种颜色的反射，只是某种看似颜色的东西的反射，实际上，它是由一堆离我们很远的氢原子组成的。最后，月亮会发光。一件衣服不能像月亮一样发光，除非衣服也能折射出某些东西，反光材料通常看上去很俗气，要不就过于工业化。我们能选择的只有丝绸、棉和皮革。月亮？它是白色的，银的，银白色的。这不是一种容易染的颜色。

一条有着月亮颜色的裙子？整件事让我烦躁不安。

但这不是一张小订单。毕竟，这是国王的女儿，是公主。而且，由于王后在几个月前死于肺炎，如今，这条裙子属于整个王国中最举足轻重的女人。

我在工作室里来回踱步。我决定无视规定，去敲色彩大师小屋的门。她铿锵有力的声音从窗内传来：“直接动手去做！”“你还好吗？”我问。她说：“一旦开始工作了，你再回我这儿来！”

我回去了，一路踢开树枝和橡子。

我吃了后面树上的几个橘子，然后感觉好了一些。

既然现在这张订单由我负责，根据等级顺序，我把所有留在工作室的人召集到一起，召开一个关于反射的研讨会，以便去更好地理解反射。特别是谢丽尔，她真的把研讨会派上了用场。我们在侧间里围成一圈坐在一起，讨论了镜子、死水、井，被理解的感觉和蛋白石。然后我们展开了一次关于创意写作的练习，关于我们对于月亮的最早的记忆，以及这是如何影响我们的。我们也谈到了当自己意识到月亮在伴随着我们的那一刻（桑迪有一个迷人的故事，讲述了他童年时的一次散步，他想甩开月亮的尾随，可是他不能）。然后我们都写了俳句。我的俳句是这样的：月亮，你是银色的/飘浮在天空中/帮我缝制一条裙子吧。拜托了。

埃德温的故事——他在家中赏月时，意识到参军的父亲与自己观赏的是同一个月亮——让我们流了几滴眼泪。我们随后走出会议室，开始给丝绸染色。这条裙子当然必须用丝绸来做。我们选择了一种精细的布料，一种织机工作室出产的极其优雅的织物，这种布料本身已经蕴含一丝微光。我让谢丽尔用各种白色给丝绸染色，因为我可以在研讨会上看到她眼中闪烁的光芒。她非常善于倾听。当我们制作关于虫子的系列时，我几乎在她的瞳孔里辨别出在打架的蚂蚁。今天，我在她的虹膜里看到的则是反射出来的光线，甚至她的皮肤也在发光。当她开始染第一层时，我又去探望色彩大师。她在床上。令人震惊的是，她的病恶化得很快。没有什么人常去拜访她，我自己进去，给她的弟弟倒了一杯水，给了他一个苹果/奶酪点心——他管我叫天使——然后我在她休息的床边坐下。她的头发是银色的，在枕头上散开。色彩大师并不算老，但她的头发早早就变白了。等等，我们能用你的头发吗？我说。

当然可以。她似乎并未因为我的到来而感到困扰。她拔下几根头发，将它们交给我。这能帮得上忙，我看着发光的发丝说。如果我们试着把它变成粒子？

很好，她说。这思路不错。

你感觉怎么样？我问。

她说，今天是月亮，太阳就要来了。我听说了。

什么？

太阳就要来了。月亮怎么样？

不好办，我说。我的意思是说，真的很棘手。用你的头发，这会有帮助。可是反射怎么办？

她说，用蓝色试试。

哪一种？

不止一种，她说。她的声音变得虚弱，但当她走过那些箱子的时候，她的声音里蕴含着坚定，我可以听得出来。

淡蓝，但是不要畏惧深蓝。永远不要对较深的颜色表现得畏首畏尾。

我说，我是一个糟糕的混色师。你会感觉到疼吗？

不，她说。我只是感觉到虚弱。她说。调出月亮的颜色要比你想象中容易得多。蓝色，然后便是黑色，黑色能够提供一些阴影。

用在礼服上？黑色？

只用少许，她说。她再次拔下几根头发。给，她说。她又说，我们有蛋白石的碎屑吗？

那东西太昂贵了，我说。

到矿上去。那里总会有的。搞到蛋白石，刨成碎屑，加进混合物里，你就能得到一种新颜色。一个盛着乳白色的金属箱。你知道国王想娶的是他的女儿吗？有那么一瞬间，她的眼中掠过愤怒。

什么？

她说，把它也放进裙子里。她的声音低如耳语，每一个字都清晰明了。愤怒，她说。把愤怒加到裙子的色彩里。作为我们的向导。女儿不该嫁给自己的父亲。

把愤怒加进裙子里？

当你混合染料时，她说。懂了吗？当你把蛋白石碎屑加进去的时候？这条裙子本应是一份嫁妆，但正相反，它会赋予女儿离开的力量。好吗？

她的双眼闪耀着光，它们是那么明亮，以至于我也想把这双眼睛的色泽加到裙子里。好，我犹豫地说。我不确定——

你有这个能力，她说。我看得出来。真的。否则我是绝不会给你这份工作的。

然后她倒下去，头沾到枕头便睡着了。她累坏了。

穿过橡木树丛往回走的时候，我的感觉像往常一样，既感动又有点羞愧。她很可能只是因为发烧而欣赏我。她是不是产生幻觉了？难道她没有意识到我之所以得到这份工作，只是因为我赞美了埃斯特的围巾，而且我总按时把垃圾倒掉？我的能力不止于此？谁会这么认为？我是说我，真的吗？

裙子的愤怒?

我没有感到愤怒，只是感觉到挫败，并且信心不足。但我并没有把这些感觉也放进裙子，那对任何人来说都不公平。相反，我到矿上去，与领头的矿工曼尼成了朋友，以前我就对这个人略有耳闻，因为我的表哥为了赚点零花钱，曾经在这里工作过一段时间。曼尼给了我一些蛋白石，它们太小了，不能拿来镶嵌首饰，但是拿来制作刨花足够了。我花了一个下午，用我能找到的最锋利的凿子和锥子，把蛋白石弄碎，并且为碎屑制造了一个新的箱子。谢丽尔用那种白色创造出了奇迹，这件衣服就像一颗发光的珍珠——几乎就像月亮一样，可是这还不够。我添加蛋白石颗粒，我们重新染色，然后你可以看到一点彩虹的色泽，潜藏在表层的颜色后面。不太像月亮，可是仍然很美，就像光芒四射的太阳，这也解决了反射的问题。在我想要混色的时候，我感觉自己要呕吐，但我仍然按照她的要求去办，我用了蓝色，然后是黑色，而且我的进展很慢，就好像在龟速前进，然而有一刻，当我在那些蓝色的箱子中间徘徊的时候，我有了灵感。我从那条裙子的白色中得到了某种启示，它指引我把手伸向位于中间的蓝色。有那么一秒钟的时间，那种感觉就像在合唱团中演唱和声，在声音汇入和弦结构的那一刻，整体的音效变得更为广阔，层次更丰富，也更饱满。因此，这种蓝色是正确的选择。黑色则不太合适，这种黑色太浅，它让月亮变得更像是即将落下时的月亮，当时白昼将至，太阳的光线开始蚕食月亮的圆满，这不是他们想要的月亮——他们要的是夜里的月亮，当然了。但是当我们站在房间中央，把它举起来的时候，它的感觉就像月亮一样——不如色彩大师能够达到的效果，也许只有她的功力的百分之一，可是这里面还是有种东西，能让这条裙子符合要求。就像，国王和公主在看到它的时候不会表现出肃然起敬，但他们会感到满意，甚至还可能会有点激动。色彩大师总是告诉我们，对比才能彰显颜色。颜色是不可能独自存在的。我懂了，只是在那么一秒钟之内，我用那种蓝色做到了。

谢丽尔和我小心地把衣服装进盒子里，用鸽子把发票送走，然后等着国王的朝臣过来。他们来了，只有一辆马车为了那条裙子前来，我们小心翼翼地把它放在天鹅绒的后座上，他们给了我们一大块巧克力作为奖金，筋疲力尽的谢丽尔和我一起在房间里吃饭。我松了一口气。回到家倒头便睡，睡了十二个小时。我并没有把愤怒加到裙子里。当我醒来的时候，我想起来。当一个人专注于做出符合要求的月亮感觉的时候，谁能把愤怒加进去？他们要的不是愤怒，我说。我去淋浴，吃下几个苹果作为早餐。他们要的是月亮，我给了他们某种马马虎虎算是月亮的色彩，我说。我把牙膏泡沫吐到水槽里。

那天下午，我去看色彩大师，告诉她一切。我没有提到愤怒的缺席，她也没有问。我告诉她我在加入黑色这件事情上搞砸了，她躺在床上，大笑不止。她喜欢听到它。我告诉她最后的月亮更像是一轮清晨的残月。我告诉她我找到蓝色时的那种感觉，那种和弦的感觉，她拉过我的手。她对我微笑着，轻轻地握了握我的手。

她说，死亡正在发光。我能看到它。

我心中一沉。还有多久？我说。

她说，几个星期，我想。太阳很快就会来临。公主还没有离开城堡。

可是我们需要你，我有些费力地说道。她再次握了握我的手。她说，它是暗沉沉的，会发光的。她的视线掠过我的脸，注视着我。她说，如同沃土。

太阳？我说。

明天，她说。她闭上了眼睛。

在工作室里，请假的人渐渐回来工作了，不管他们之前在干什么。那条月亮裙子让我得到了如此多的好评，国王的下一张订单也由我来负责。因为每个人都为色彩大师不在而感到有点儿紧张，他们需要一个能够行得通的计划，又或是一个能管事的人。果不其然，第二天我上班的时候收到了一封来自城堡的巨细无遗的感谢信。这封信是以一种夸张的花式字体写成的，字里行间充斥着对月光裙的溢美之词。随信送来了我的奖金：一匹紫红色的丝绸。然后是我的新任务：缝制一条裙子，它必须有太阳的色彩。埃斯特向我表示了祝贺。我屈膝感谢以后开始着手工作。

我挺喜欢矿上的那个家伙，那个叫曼尼的家伙。所以我去向他咨询关于碧玺的事，那是给太阳裙用的，尽管从颜色上来说，可能不太合适。我也知道碧玺的刨花我用不上。但是我们在岩洞入口处能照到太阳的地方共进了午餐，吃了一顿美味的烤火鸡，我告诉他我为公主做的那条裙子。太阳，他边摇头边说。太阳是什么颜色的？你可把我问住了，我说。我们不应该直视太阳，对吧？我说，所有的孩子把太阳画成黄色，可我觉得不完全是这样。

象牙的颜色？他说。

我说，有点像是白釉的颜色。不过加上日晕？

他一边叠他的三明治包装纸一边说，这活儿挺难。他有一张好看的脸，鼻头有些肉，这让他看上去像是当你遇到紧急情况的时候你想打电话给他的那种人，让我不由自主地想要为他说话。

你干的活儿也不容易，我说。由于总是用来推倒墙壁，他手上的皮肤很粗糙。

你想一起去逛市集吗？他问道。露天集市每个周末在中心广场举办，那里应有尽有。

当然，我说。

他说，也许我们在那里能找到关于太阳的东西。

我很乐意，我说。

我们在这个周末开始了第一轮染色，把重点放在染出淡黄色上。谢丽尔非常小心，不要把染料调得太黄——虽然在箱子里看不出来，可是黄色很显色。它是一种藏而不露的主导色，可能需要好几天才能去掉。谢丽尔把星期六这一天全都花在调配黄色上，而我去了集市。这是一个晴朗温暖的午后，市集上有各种各样好吃的东西和美味的肉馅饼。我们没有发现对那条太阳裙有用的东西，但我们为最近流行的那种独角兽挂毯而大笑。后来，即将离开的时候，我们在橡树林附近吻在了一起。一切都让人感觉比以往更鲜活。在工作室里，我们举办了一场研讨会，谢丽尔谈到了暖意、四季，以及我们是如何以太阳为中心的。中心，她说。太阳的主题是中心。她说：我们的中心。核心。火。

当我去探望色彩大师的时候，她告诉我应当小心红色。她瘦了，身体也更虚弱了，但她的眼睛依然明亮如燃烧的煤炭。她的弟弟试图起床照顾她，导致背伤复发，现在他在医生那里，绑在一块木板上。“我姐姐正在死去”，他告诉医生，但他动不了，那些医生能做的只是摇头。色彩大师拒绝任何帮助。她说我要尽可能地看清死亡。“我不吃药。”我给她做了一些吐司，但她只吃了几口便把盘子推到一边。

用红色去描述太阳，她说，这个想法确实很吸引人。可是你只能用一点点红色，不能用太多。这种红色更像是深橙色，带点棕色。然后是白色、黄色、白色。

白色，我说。不是吧，真的吗？

她说，不是明亮的白色。不是白得让你想要眯起眼睛看的那种白色，而是一种更柔和的白色。

是啊，我说，叹了口气。人们要到哪里才能找到这种白色？

继续找找看，她说。

上一回我用你的头发调出了银色，我说。

她无力地笑了笑。去看看火，她说。去火边待一会儿。

我说，我不想让你死。

是的，好吧，她说。还有什么？

观察火确实很有意思，我不得不承认。我在一根蜡烛旁边度过了几个小时。它经历了不同阶段的色彩过渡，有白色、黄色、红色，一丁点儿我听说过但从未亲眼见过的蓝色。于是，我决定也给裙子用上所有这些颜色：白色、黄色、红色，一点蓝色。我们把裙子挂在房间的中央，绕着它旋转，旋转，我们想象着如果自身是行星，我们会需要些什么。汉斯——当时他正在扮演水星的角色——说，需要变得更热。他用喷灯烧了一些丝绸，以这种方式制作出一些灰尘，我们用这种灰尘把裙子重新浸染了一遍。谢丽尔在角落里，盘腿坐在日斑的位置，闭着眼睛，试图沉浸其中。我们应该浸染它！她站起来说。所以我们在染料里浸泡这条裙子的时间比平时要长。我走过那些颜料箱，试图感受那种和谐，试图找出是什么在召唤我，或者把我推开。我觉得深褐色吸引着我，于是我取出少量的深褐色，把它加入混合物中。这种颜色太深了，不过，加上一点来自干百合花的黄白色，某种色彩随即跃入我们的眼帘。是光，谢丽尔说。它还是白昼的光——它是轻盈的。这是我们唯一能够获得的真正的光，她又说。没有了它，我们便会生活在黑暗和寒冷中。挂在房间中央的裙子晾干了，我们快要调出太阳了，现在只需要那种让人眯起眼睛的元素——我们要的是一条炫目得令人无法直视的裙子。要怎么才能做到呢?

记住，色彩大师说。她从床上坐起来。我总是忘掉，她说，但国王想和他的女儿结婚。她一字一顿地说。那是不对的，她说，好吗?明白了吗?把愤怒加入裙子里。义愤。你听到我说的话了吗?

我没有那么做，我说，尽管我点了点头，但我没有说“我没有那么做”，我只是在脑袋里说了。我玩她床架的木制旋钮。我本来是要给太阳裙加上愤怒的，可是如何达到耀眼夺目的效果难住了我，我最终得到的就是困惑。我认为旁观者眯起眼看是困惑造成的，而不是明亮。困惑确实让人眯起眼睛看，所以我最终意外地完成了要求。我们一整晚都在往染料里加钻石尘埃，因为谢丽尔提到过“轻”的元素，然后我们用马车送走了那条裙子。钻石在黑暗中就很轻盈！她得意扬扬地宣布。那时候是凌晨三点，她手里还拿着一个面包卷。总的来说，这条裙子不如那条月亮裙，但不算太坏——大多数人并不会注意到细微差异，而且我们的工艺水平很高，所以我们大部分情况下都可以瞒天过海，并没有人会跑过来要求退款。

天空，色彩大师告诉我，在我把最近发生的事情都告诉她以后。她已经重新躺到了床上，而且很虚弱，她闭着眼睛说话。当我握住她的手时，她只是把手放到我的手里：既不是软弱无力，也没有回握住我的手。

最后是天空，她说。

乃至死亡?

快了，她说。她没有动，手放在我的手上。她在谈话中途睡着了。我整晚都待在那里。我也睡着了，坐着睡，有时我醒过来，只是坐在那里看着她睡觉。她真是个非常珍贵的人。我不太了解她，但出于某种原因，她选择了我，并且她的选择正在改变我，我能感觉得到。我就像被太阳的存在温暖了一样。当你走出寒冷的室内，一缕阳光仿佛选中了你。我想给她穿上那条太阳裙，把它披在她的身上，可是这件事已经不可能了。我们把它送给了公主，它的尺寸也不适合色彩大师，而且也不是她的风格。但我觉得我很清楚我们送走的那条太阳裙只是某种拙劣的仿品，躺在这间屋子里的这个人才是真正的太阳，是我们所有人真正的中心，即使是在漆黑的夜晚，我也能感受到她的光芒。即便是在一个垂死女人衰弱的呼吸声中，它仍在燃烧。

第二天早上，她醒了。她看到我还在，便露出了笑意。我给她带来了茶。她坐起身来喝。

愤怒！她说，仿佛她刚记起这件事。也许她确实感到愤怒。她抬高两肘，面色发红。她说，别忘了给最后这条裙子加入愤怒。好吗？

我说，喝茶吧。

听着，她说，这很重要。国王想娶自己的女儿。她摇摇头。她的前额痛苦地表现出愤怒。这是不对的，她说。她抬高身子，用双肘撑住自己。她望向我的身后，她的视线穿过我，我能感觉到她的意思。她仔细地斟酌词句。

你不能把孩子带到这个世界上，再让她回到你身边，她说。这种行为是错误的。

她的脸上没有流露出太多的表情，她尽可能把话说清，好像并不存在关于父女结婚的禁忌，好像这里面包含的性因素不是一种生理危险，好像这不仅仅是一件公认的令人感到不安和沮丧的事。她用手肘撑住自己。这就是为什么她是色彩大师。没有耻辱，没有批判，没有社会认同，没有道德考量，只是一种清澈纯粹的、新近出现的愤怒，好像这是她第一次想到这种可能性。

她说，你赋予了一个人生命。她倾倾身。你赋予了一个人生命，然后你应当放她自由。你不该娶她，这是在把她带回到你身边。你放她走。

把愤怒加进去，她说。她握住我的手，然后突然之间，所有的虚弱都消失了，她就在那里，如同一束火花，我知道这是我们最后一次交谈，我清楚地知道这一点，这使一切都变得清晰无比。我可以看到织成她睡衣的每一根线，辨别出组成她眼白的明亮细胞。

她的指甲陷入我的手掌。我的眼眶中溢出泪水。茶杯在床头柜上摇晃着。

懂了吗？她说。

我懂了，我说。

我把愤怒注入了裙子里，愤怒是天空的颜色。我注入了如此之多的愤怒，以至于我几乎无法忍受——她即将死去，她死的时候依然是个无名之辈，我们都比不上她，我们是这场死亡唯一的见证人。在这一切过去以后，我们会变得那样渺小。无论如何，人终有一死。我将太多的愤怒注入其中，以至于天空中的蓝色非常明显，那是一种像火焰的中心一般的电蓝色，让人很难去直视它。比起那条太阳裙来，这件衣服更让人无法直视。这条天空裙是不一样的。猛烈，富有震撼力，鲜活。让公主离开？这是她要的那种义愤，成匹成尺的义愤，尽管，矛盾的是，这同样也是我对她的离开所感到的愤怒。

第二天早上，她在睡梦中去世了。即使在她的葬礼上，我所感受到的也只有愤怒。当我们都站在她的棺材旁边，哭泣，靠在彼此身上的时候，愤怒漫过我的全身。我们把染色箱里的颜色洒到她的手中，我们希望那是天堂的颜色，除此以外，一切如常。她的弟弟在担架上翻滚抽泣。那天早上我去看望她，发现她躺在床上，已然死去。一切是那样安静。早晨的阳光，白皙透明，透过窗玻璃。在我离开那所房子，去把消息告诉任何人以前，我用了一小时梳理她银色的头发。正如她所预料的那样，裙子的订单在前一天已经来了。

在工作室，在截止日期前，谢丽尔召开了一次关于蓝色、天空、空间、气氛和深度的研讨会，会议很成功，可是大家都很悲伤，尤其是在葬礼过后的那一周里。蓝色。我参加了会议，但大部分时间我都在酝酿内心的愤怒。我像一支小小的燃烧的蜡烛迎风摇摆那样，趋向于那种怒火。我知道这是我所需要的，我很清楚。我认为我不会创造出比这条裙子更好的作品了；在我的生命里，我还会做好多事，拥有其他意义重大的时刻，别人有过的经历我同样也会拥有，但我知道这一刻对我来说很重要，我必须胜任这项任务。所以我出席研讨会时并没有全心全意地去听，而是承载着自身愤怒的火焰，任其燃烧。我在参加染料以及有关色彩的讨论时半心半意，然后，当他们竭尽所能完成了自己的工作后，那条裙子呈现一片清澈美丽的蓝色，悬挂在房间的正中。我让所有人都回家去。你确定吗？谢丽尔一边扣好她的外套一边问我。走吧，我说，我很确定。那时是晚上，蔚蓝的天空黯淡无光，只有一弯新月。所以我要在这里找到蓝天。它覆盖在我们所有人的头顶，可是轻易发现不了它，我走向那些盛有颜色的箱子，我听见了和弦，并且感觉到她就在我的体内。当我混合和染色时，我感觉到她的幽灵，穿过我。她成了一个鬼魂，我能感到我内心的愤怒：鬼魂的那种柔软，紧贴着我的愤怒，那尖锐的、燃烧的核心，并且把它裹在了里面。两者都引导着我的手。我挑选出正确的颜色去与蓝色混合，许多别的颜色都加了一点，之后是不同种类的蓝色和灰色，然后是更多的蓝，以及大量别的颜色。在这一切里，还有那种对着天空挥舞拳头的感觉，我把拳头高高举起，挥向天空，因为这就是有人英年早逝、红颜薄命，或者被世界低估了的时候——有时候以上这些情况都是——我们会去做的事。我们朝天空——浩瀚，蔚蓝，广袤，美丽却又无动于衷的天空——挥动拳头，那种愤怒正当，强烈，无助并且庞大。我把拳头朝天空挥了又挥，并且将这些都注入裙子里。

太阳升起时，那是一个晴朗的早晨，清晨的天空暗淡而广阔。我工作了一整晚，还没感觉到累，但我能感受到浑身刺痛。我煮了一壶咖啡，端着杯子独自坐在寒冷中，我把裙子重新挂了起来，用衣架挂在了房间中央。早上，其余的裁缝一个接一个地走过去，没有人说什么。他们走进房间，抬起头，随后，他们把我和那条裙子围在中间。我们手拉着手，他们说我是新的色彩大师，我说好吧，因为确实如此，即使我知道我永远无法再一次达到她的水平，但在这件衣服上，我做到了。他们甚至没有赞美我，他们只是看着它哭了起来。我们都哭了。

埃斯特用鸽子送出了发票，我们小心地把裙子放入包裹里。马车来的时候，我们像往常一样把它放在后座上。马车离开前，曼尼来了，我们把它包好的时候，他看到了布料的边缘，看见了它的颜色。他拥抱了我。我们吃下大块的礼物巧克力，清理了垃圾箱的周围，打扫地板上的灰尘，并向曼尼的一个朋友——他是一个承包商——咨询了把其中一个房间扩建成会议室的事。由两匹白马拉着的马车载着那条裙子离开了。

我听说公主拿到第三条裙子以后不久便离开了小镇。其余的事情我不得而知。

剩下的故事——有人告诉我，那个故事叫“驴皮公主”——是属于她的。

●我小时候把《驴皮公主》这个故事读过许多遍，我最喜欢的是那些裙子。在一个令人不安的、颇具煽动性的故事里——国王娶了他的女儿？——存在着一个织物中的宇宙。它看上去是什么样子的？一条色泽如同月亮的裙子？在我看来，公主的着装——与一般人穿去赴舞会的衣服相去甚远——涉及某些更重要的东西，又或者，它与这个王国中真正神奇的东西联系在一起。这些裙子的裁缝会是谁？我没有直接想到这些，可是这个故事之所以吸引我去重读，往往与我想象一件天空颜色的裙子时所感觉到的那种惊心动魄有关。什么样的天空？是晴朗的蓝天，还是阴云密布的天空？积云还是雨云？

我在看关于深海鱼的电影时也有同样的感受。它们不同寻常的形状和颜色，似乎在时尚界得到重现——看起来像某种珊瑚的褶边，或者那些似乎直接参考了蝠鲼的黑色胸鳍的斗篷。灵感源自大自然的服装。用上一些时间去思考这些颜色是如何得来的，这很有趣，因为那一定很难。那条裙子的颜色绝不仅仅是普通的蓝。

——艾梅·本德

白猫

● 玛乔丽·桑德尔

Marjorie Sandor

我的爱人，当你还是个孩子时，在你最喜欢的那些故事里，总有一系列可怕的考验。为了赢取妻子和财富，男主人公满怀信心地出发去寻找一样对他来说并不宝贵的物品。他被父王鞭策着，那位父亲/国王面对自己行将终结的、摇摇欲坠的统治，处在一种异常自私、连哄带骗的情绪中。而且，让我们面对现实吧，这位父亲从来就不是一个高尚的人：他总在试图窃取一个王国，或者对抗那些想象中的敌人。

男主人公曾经三次陷入一个未知的世界，一个他梦到过或者意外发现的世界，那里面有着国王觊觎的宝藏——国王的饥饿是无意识的，因此无法被满足——被难关、沉闷和恶龙环伺。他三次奋身其中，冒着生命危险去获得奖赏：首先是一个金苹果；其次是一块由神奇亚麻线编织而成的布，它是如此精细，整块布可以穿过最小的针；最后是一只世界上最小的狗，你可以听到它在一颗玉米粒里面叫，它本身包在一只核桃核里。

麻烦在于，在另一个世界里，似乎存在着一个比这些目标更具有吸引力的人。比如，一只美丽的白猫乞求英雄留下来——当然，这种乞求是无声的。*请留下。把宝藏带回给国王，可是回来。我需要你。我不能说出原因。*

这只白猫神秘的需要，以及她惊人的美貌和智慧，比起那位愚蠢的国王对一个金色小玩意儿的渴望来说要深刻得多，更能令人实现自我抱负，从道德上来说也更有必要。事实上，这使得任务变得无足轻重、看上去是不对的，而且毫无意义。

随着每次旅行的继续，回到国王那里，回到现实世界变得越来越难。那些奖赏——妻子、土地以及未来的财富——失去了光泽，整件事显露出它的本质：无意义的重复劳动，一种商品交换，金苹果换取王国，公主换取新娘，等等。他的嘴里有灰烬的气味。英雄步入中年。同时，在他觉醒的想象力深处，那只白猫皇后，她不能提供任何物质奖励，甚至不能说出一个让他放弃世界的符合逻辑的理由，她在自己王国的午夜之门无助地等待着，被一个古老的沉默诅咒束缚着，既不能讲述她的故事，也不能请求帮助。她是谁？你不知道，第三次也是最后一次回到父亲城堡里的王子，他带回的苹果、亚麻和狗终于被国王接受，他也终于获得了尘世的奖赏，可这个故事总让你感觉到空虚和不完整。

至今为止，失落之域——拥有洞穴和栏杆，拥有尖尖的门和纯粹的危险——吸引住了你。

与此同时，在国王的宫殿里，难以捉摸的世界被朝臣和农夫轻而易举地消解。王子本人也陷入了沉默，他的故事被困在墙壁、荆棘和远处的群山之后，像昴宿星团的朦胧群星一样，只有在你瞥向一旁时才能看到。

为时已晚：你的内心感到惊奇，它真正的领域被唤醒。你只有再次出发去寻找它，独自一人，没有任务在身，并且不指望它会带给你这个世界上任何有用的东西。它当然不会给你带来财富。事实上，在国王和他的朝臣们看来，它会摧毁你。这就是你倾心的世界，一个你永远无法第四次进入的世界——除非死亡眷顾你，除非你放弃去过在国王的管辖下那种尽职合理的生活。你是否畏惧，如果结束那种生活，所有事物，包括白猫——你那位沉默的女王——在内，会与其余一切一同化为灰烬?

在你童年的那些童话故事中，我的爱人，我们会记起男主人公从未抵达这个关口。他在第三次旅行后待在家里，尽职尽责。他在最后一分钟遇到了一个女孩，她让他感到怪异的熟悉，但她来自另一个王国。与此同时，他的父王从对欲望的可怕掌控中解脱。哪个是更大的奇迹？谁又能说得准呢？无关紧要：整个王国欢欣鼓舞。

你也欢欣喜悦，但即便是在庆典的高潮时刻，你还在怀疑真相。我也这样：我看着你沉入睡眠。我知道，当你在梦中眺望边界，你可以清晰地看到她。那只白色的猫，迷失在她的城堡、她的森林和她的王国里。她有着神奇的、非人的尊严，永远在等待援救。仔细观察她：她是你自己的心灵，由奇迹丝线编织而成，被保护远离人类的观点三次。她的全部生活会在你死亡的那一天——请求你，上帝，让那一天距离现在很远——像白昼一样打开。

这只白猫的真实身份是他的人类妻子。耐心些。如有必要，在门口守候。沉默的受害者，残酷的约束，等待，像我们一样等待着，但在另一边。

在努力改写这个短篇作品的过程中，我去找过我们那本《白猫》图画书。正是这个优雅的法国童话启发我改写了这个故事。很长一段时间里，那是我女儿最喜欢的睡前故事，然而这个星期，她正在为离家去上大学收拾行李。十八年来，这还是她的房间第一次奇迹般地腾了出来。几天前，她把一堆儿童书送到当地一家二手书店，那很可能是她孩提时期的全部热情，但她还是把《白猫》送走了——尽管她和我一样对白猫的失踪深感困惑。运气好的话，当我写下这个故事的时候，这本书会躺在镇上另一个孩子的膝头。

我觉得找不到它似乎是正确合理的。这本图画书——以及这篇小说的写作——属于十年前的某一个时刻，一个既遥远而又距离我很近的时刻，这一点与那个童话故事并无二致。

我女儿当时八岁，我们刚搬进六个月后会与我结婚的一个男人的家里。在我们搬进去的几天内，他病倒了，他接受了一场心脏搭桥手术。像《白猫》中的主人公一样，他以勇气和安静的耐心徘徊于两个世界之间。在失去他的恐惧中，我坚持认为他是在经历一趟孤独的旅程，一趟最终会使得他回到我身边的旅程。除了等待，我什么也做不了，因此，我做了我们在这样的时候都会做的事：我写了一个小故事，把它变成了一封情书、一篇祈祷词、一个请求、一种对死亡的抵抗。

——*玛乔丽·桑德尔*

蓝胡子 爱人

● 乔伊斯·卡罗尔·欧茨

Joyce Carol Oates

(一)

当我们走在一起的时候，他把我的手举得高高的，放在胸前，从未有人这么做。他以这种方式宣示所有权。

夜里，当我们站在群星闪耀的天空下的时候，他温柔地教导我如何识破群星的伪装。他说，你所看到的这些在你头顶的星辰，在数千万年前已然消失；正是这些你无法看见的星辰，对你产生了影响。

当我们在高高的、冰凉的草丛中躺在一起，草叶轻轻地弯下腰来，覆盖我们，仿佛要将我们隐藏。

(二)

一个男人的激情就是他的胜利，这是我学会的一件事。成为男人激情的容身之所，则是女人的胜利。

（三）

他让我成为他的新娘，把我带到了他的大房子里，房子的内部散发着时间和死亡的味道。走廊、门、有着高高天花板的房间、高大的窗户，全都并不通往任何地方。你曾经像爱我这样爱过别的男人吗？我的蓝胡子情人问道。你把生命献给我了吗？

一个女人的生命倘若不能被舍弃的话，又算得上什么女人！

他告诉我我可以打开的门以及我能够自由进入的房间。他告诉我第七扇门，是一扇禁止的门，我不能打开它，因为它通往一个被禁止进入的房间，我不能到里面去。为什么我不能进去呢？我问，因为我看得出来他希望我这样问。他吻着我的眉毛说：因为我不允许。

他把钥匙交给了我，因为他要做一次长途旅行。

（四）

它就在这儿：一把细小的、金子打造的钥匙，重量不超过一根羽毛，托在我的手掌上。

它似乎染上了血。当我把它对准光线看时，它会闪闪发光。

难道我不知道我的情人过去的那些新娘被带到这座房子里处死？难道我不知道她们一个接一个地辜负了他，她们自取灭亡？

我把金钥匙塞进怀里，戴在我的心上，它象征着我的情人对我的信任。

（五）

当我的蓝胡子情人旅行回来以后，很高兴地看到那个被禁止进入的房间的门仍上着锁；当他检查钥匙时，钥匙上依然残留着我胸前的暖意，他看到钥匙上的血渍是过去留下的，一处旧的污渍，而不是我的行为造成的。

他激动不已，他宣称我现在真真正正成了他的妻子，以及他爱我，远胜于其他女人。

（六）

透过敞开的窗户，肉眼不可见的星辰们展现威力。

但如果它是一种已知的力量，那么这些星星还能隐形吗？

当我睡在我们豪华的床上时，我睡得很熟，我做了一些梦，一些我醒来以后全无印象的梦，我梦到了非凡的美丽、魔法和奇迹。有时，在早上我的丈夫会替我回忆起这些梦境，因为它们如此神奇，甚至浸染了他的梦。他说，为什么在所有的人当中，只有你能做这样的梦——那些梦如此奇特，简直是艺术作品！

然后他会吻我，似乎原谅了我。

我很快就要生下他的孩子。他的许多孩子中的第一个。

● “蓝胡子”以及他那可怕的城堡的传说是对女性最古老的警示童话：一名贵族与年轻美丽的女子结婚，耗干她们，继而杀死她们，以便为下一个年轻、美丽、天真的新娘让路；他对每个新娘发出警告——在城堡里，有一个她不能进入的房间。但是当蓝胡子离开去旅行，并且交付给她一把钥匙时，过分好奇的年轻女子总是打开那道门，发现蓝胡子的前任妻子们的尸体。

由于不服从自己的丈夫及主人，年轻女子被蓝胡子谋杀了。

在我的童话故事中，“年轻、美丽、天真的新娘”并不天真。她狡猾而有心计。她会通过服从蓝胡子而在智力上胜他一筹——因为他本来没有预料到她会服从——好像她正与圣经中的夏娃的形象背道而驰，后者屈服于诱惑。通过这种方式，通过完全屈服于贪婪的男性，年轻女子“征服”了他——她是他第一个怀孕的新娘，她的孩子将会是向一支古老贪婪的男性血统妥协的结果。

这个故事里不存在爱，没有浪漫——只有一种冷酷、愤世嫉俗的性操纵。

然而，女性——以及儿童——就是在这种操纵下生存下来的。

我并不是说我的年轻女性形象堪称典范。她不是她那些前任的“姐妹”——她知道如果她与她们保持一致，蓝胡子会谋杀她，因为他谋杀了她们。《蓝胡子爱人》是一个警示故事，一则小小的悲剧性寓言，读者应该从中警醒：“感谢上帝，我不是那样的人。我永远不会向邪恶妥协！”

——乔伊斯·卡罗尔·欧茨

『蓝胡子』在爱尔兰

● 约翰·厄普代克

John Updike

“是的，这里的人太棒了。”乔治·阿伦森不得不同意。“这里”指的是肯梅尔。他的妻子薇薇安比他年轻二十岁，但个子几乎与他一样高。她黑发，性格决断，有着鲜明的五官特征。如果他同意她的观点，他们的婚姻便不会受到太大影响。然而，他却依然心存疑虑。如果爱尔兰人这么出色，为什么爱尔兰是一个如此悲伤和寂寥的国家？薇薇安与他相隔了整整一代人。她是一个自我认知意义上的女权主义者，但在他看来，任何一种长期把自己当作受害者的历史都是可疑的。他在看到英国地主为自己建造的八十个房间的宫殿时，不免有些吃惊；看到爱尔兰人居住过的茅屋——石头砌成的墙身依然矗立，茅草搭成的屋顶却已然坍塌——也颇为感动。爱尔兰人在这些小屋里生活过，吃下土豆，饮尽威士忌，迎向死亡。出于某种令人费解的原因，薇薇安非常喜爱那些小屋。它们的外表都很相似，透过一扇没有窗框的窗户，里面泥泞的泥土地面显露出来，一堆腐烂的木板或许是曾经的家具。还有一些像他们一样的闯入者留下的塑料或铝制品。

薇薇安能看出来他并没有被说服。“他们运用语言的方式，”她坚持自己的观点，“而且他们还把孩子留下来，替他们经营商店。”

“非常棒。”他再次表示同意。他和自己的妻子——他希望不至于年轻到荒唐地步的妻子——一起坐在旅馆的休息室里，在一簇蓝色的火焰前，这火焰要么是煤气模仿的炭火，要么就货真价实，阿伦森对此并不确定。一杯冰块融化了的威士忌加深了他的睡意。今天，他在大雨中驱车前往丁格尔半岛，途经基拉尼一条逼仄的山路，朝南驶向肯梅尔，薇薇安一路上都在焦虑地尖叫，这让他筋疲力尽。两年前他们在意大利度假后，他发誓再也不和她一起在国外租车了，但他还是租了，在一个道路比意大利更窄，还必须左侧驾驶的地方。今天最棘手的那段路在传说中的摩尔峡谷，他开的那辆奔驰后座上坐满了相互打手势的德国人，他们从后面推搡着他。薇薇安在座位上转过身去，把脸埋进车椅枕里，不愿看他一眼。她抽泣着，说他是一个虐待狂。

后来，他们安全抵达酒店的停车场。她抱怨说她转身的时候太用力，把背拉伤了。他认为她这些歇斯底里的发作最讨厌的地方，是当她摆脱了这种情绪以后，她希望他也随之恢复。尽管她是个女权主义者，她仍然主张女性有权表达毫无意义的情感，随之而来，来自男性的宽恕在她看来自然而然。

她似乎察觉到他闷闷不乐，决定要让他开心起来，便在那徐缓的炉火边微微一笑。她的嘴细长、灵敏，但嘴唇薄薄的，棱角锋利，看起来就像——在他昏昏欲睡的目光下，在闪烁的瓦斯火焰旁——她的眉毛被复制出来，两端缝合在一起做成了这张嘴。“记得吗，”她说，不过是几个小时前发生的事情，已经成了她口中的回忆，“我求你停下来的地方，那个丁格尔的女店主？”

“是你坚持要我停下的地方。”他纠正她。她当时说，如果他不承认自己迷路了，她会跳下车自己走回去。既然大海在他们的左侧，群山在他们的右侧，他反驳，他们怎么可能会迷路呢？但大海浓雾缭绕，石质山脉的顶端隐没在雨云中。他说服不了她。他最后还是踩了刹车。他们俩都从车里一跃而出。昏暗的商店看起来空无一人，他们即将离开这里，忽然间，在店铺的内部、在蕾丝窗帘后面，出现了一个人。那是店铺的女主人，她从一个房间里走了出来。在那个房间里，她生活着，等待着，也许还坐在摇椅上看电视，不管这个偏远之地能收到哪个频道。在爱尔兰西南部，可供观看的电视节目很少，在商店和酒吧里，年轻人和老人都在用盖尔语谈论他，这些发现都让他感到惊讶。为别人的地方主义感到惊讶，这是他自己的地方主义的一部分。他以为美国——它的语言以及它所有的频道——已经无处不在了。

这确实是一间店铺。阴暗的货架上摆放着用罐子和聚乙烯包装的商品，污浊的盒子里装着糖果和今天的报纸。然而，阿伦森夫妇很难不把它看作一种舞台布景，一个为他们的出场和退场而精心布置的舞台。附近的村庄看上去已经荒废了。老板娘——她的头发直接打结，背部笔挺，穿着一件灰色的连衣裙——感觉比看上去要年轻，就像一个女演员用双焦眼镜和一只灰色的老鼠装扮自己。她给他们指路的方式，就好像这么些年来，住在这座海边悬崖上，她从来没有给一对游客指过路。她给这对脾气暴躁的夫妻指路，好像这是什么隆重的仪式。为了聊表谢意，他们买了一份当地报纸和几袋糖果。在爱尔兰，他们在车里吃起了糖果。他吃了甘草巧克力，她则吃了麦丽素——一种裹着巧克力的麦芽球。

他们已经回到了车里，这次相遇使他们之间的风波暂时平息。然而，即使得到精确而又戏剧化的指引，阿伦森也肯定掉错了头，因为他们没有找到他想去的加勒鲁斯小教堂。迎接他们的是蜂巢小教堂。在爱尔兰，风景主要由石头构成。阿伦森发现自己一直在深入丁格尔半岛的北部，为了绕开特拉利，他不得不穿过斯拉夫米什山。他在摩尔峡谷上被德国人跟上的时候，薇薇安在发脾气，他当时想的是，人与人之间是不同的，甚至是那些彼此间亲密的人。

他活过了三任妻子。他本想让薇薇安为他送终的，但来自她的意想不到的抵制，与其说平息了，不如说激发了他的生存意愿。他是个清白无辜的男人，但他经历了一堆性别歧视——男人无能（他在异国他乡开车的技术）；男人愚不可及（他想去看看往昔爱尔兰长满苔藓的灰蜂巢小屋、支石墓、独立巨石，还有修道院的遗址）；男人能要你的命。两年前，纯属政治偏见，他年轻的妻子在位于加尔达湖畔加布里埃尔·邓南遮的庄园中勃然大怒，一切全都因为这位举世闻名的诗人、冒险家把自己和十三名忠实追随者用配套的石棺供奉起来。石棺靠在柱子上，面朝太阳。薇薇安自此认为，男人全都是法西斯主义者。事实证明，她对历史缺乏耐心，过分敏感，她的银发丈夫在她看来就是历史的一部分。因此，他建议把爱尔兰作为下一次出国旅行的目的地，这片土地的历史被传说和丑行搅得朦胧不清。就连它在地图上的形状——在大不列颠尖尖的、挺立的轮廓旁——都缩作一团，缺乏棱角，就像一位温顺的配偶。

“是你坚持要下车的，”他再次说道，“然后我们就迷路了，一个景点也看不到。我错过了加勒鲁斯小教堂。”

在旅店的炉火旁，薇薇安安抚了他的不满。“整个乡间本身就是风景，”她说，“还有那些友好的当地居民。大家都知道这一点。你一整天都在折腾那辆日本小破车，像个疯狂的青少年，我根本无法享受风景。如果我的视线离开地图一秒，你就会迷路。说什么我明天也不上那辆车了，我告诉你。”

他很想拨一拨炉火，不过他转而逗弄起她来。“亲爱的，我以为我们要开车南下去班特里和斯基伯林。早上游览班特里，下午到科克郡花园，在巴利德霍布吃午餐。”阿伦森微笑了一下。

“你真是个怪物，”薇薇安兴高采烈地说，“路况这么糟，你真的要让我坐一整天你开的车？我们走路去。”

“走路？”

“乔治，你穿衬衫打领带的时候，我和办公室里那个助理经理谈过了。他人很好。他说肯梅尔的游客喜欢步行。他给了我一张地图。”

“一张地图？”再喝一杯威士忌，他就会醉得彻底。不过喝醉有那么可怕吗？这个女人就像一场行走的噩梦。她拿出一张小地图，是她用绿色的纸打印的，地图上标示出绕肯梅尔河口行走的不同路线。“我大老远跑来这里就是为了散步？”可是我们没有吵架。薇薇安无理取闹到了这种程度，就因为我前妻的名字叫作克莱尔，她拒绝在计划旅行时把克莱尔郡包括进去，那里有风景优美的悬崖和原始的教堂，西班牙无敌舰队中的一些船只曾经在那里的海岸线沉没。

第二天早上，旅游指南让他忍不住要逗弄她。“就是今天了，”他宣布，“驾车环绕‘贝拉之环’（Ring of Bera）。我们可以去巴利克罗维内看欧甘碑铭，有时间的话，还能搭缆车前往德西岛——这片绿意盎然的神奇土地上唯一的奇迹。这里有蜿蜒的道路穿过多山的沿海地区，可以欣赏到班特里和肯梅尔海湾的全景。举世闻名的石环，距离普拉斯利大宅的废墟只有两英里！据说整个石环有一百四十公里。八十八英里纯粹的乐趣，缆车还不包括在内。”

“你一定是昏了头了，”薇薇安说，她知道他讨厌那种年轻人的俚语，“去香农机场以前，我不要上任何一辆你开的车。如果我们去香农机场的话，我才上你的车。”

阿伦森耸了耸肩，以掩饰他因此而感受的伤害。“好吧，我们可以到镇上走走。我第一次去的时候也许看漏了什么。”

从某种程度上来说，那趟旅行挺迷人。他们把车开到肯梅尔较为破败的一头，开进一条死巷里，一个穿着校服套头衫的小姑娘被人从一所房子里推了出来，她的母亲和兄弟姐妹们从窗户里看着她，害羞地管她要 50 便士的入场费。然后，他们穿过一道回旋门，走上一条泥泞小路，经过一堆堆瓦片和一条满是塑料垃圾的沟渠，抵达一处除过草的高台。十五块大小不一的石头在高台上排成一个粗糙的圆圈，在静默中组成一幅图画。他在石头中间踱来踱去，试图琢磨出这些前凯尔特时代石头的意义。祭品。一定是这样。在某个上天安排的时刻，一个献祭的地方，他想，转身便看到薇薇安站在石堆中心，身上穿着一件过于鲜艳的蓝色雨衣。

“我们是在散步，”她同意他的说法，“但我们不会走回那些可怕的石头那里去。一堆破石头就让你这么激动，我真是搞不懂。这样很蠢，盯着一堆石头看，那些石头很可能是昨天才被人放在那里的。反正那些所谓的史前蜂巢小屋就比一百年前还要多，这是办公室里那位好心的年轻人昨天告诉我的。他还说，明智之举是在肯梅尔进行长距离散步。”

“这个人是谁？他怎么他妈的突然就在我的生活里变成了大人物？为什么不让他带你去散步呢？如果这是他的主意？”

她脸红了吗？“乔治，真是的——他那么年轻，都可以做我的儿子了。”这个结论有点尴尬，是瞬间做出的。如果她在十九岁时怀孕，她才有可能成为一个二十一岁年轻人的母亲。可是事实上，她从来没有生过孩子。他们刚结婚的时候，她三十多岁，她曾经希望能和他生一个孩子，但是他拒绝了；他的儿女数目已经足够——珍妮给他生了一个女儿，克莱尔生了两个儿子。如今，这种可能性已经消失了。他认为他现在的妻子比他年轻得多，但是她的四十岁生日已经过去了。在克莱尔不知道的情况下偷偷摸摸的日子已经过去了，薇薇安的脸如今变得棱角分明，脸上留下了反复出现的皱纹。

办公室里的那个年轻人——他的办公室就像一个兔子洞，在钥匙架的拐角处，可以听到爱尔兰籍的工作人员在那里扭打嬉笑——至少有二十五岁，也许已经三十岁了，有自己的孩子。他瘦削，黑眼睛，白皮肤，彬彬有礼，无可挑剔。然而，他的礼貌却透出几分恶作剧的意味。“是的，这附近‘散步’很流行——我们不太热衷于有组织的体育活动，那是美国人的玩意儿。”

“我们开车经过了一些高尔夫球场。”阿伦森说，他并非真的想要争论。

“你认为高尔夫球有组织性？”助理经理很快地说，“反正我打起高尔夫来没什么组织。就像我们说的，那只是另一种散步方式，不太有良心的那种。”

“说到散步——”薇薇安拿出她的绿色小地图，“你会给我和我丈夫推荐哪一种呢？”

他留着一头梳得整整齐齐的头发，用那明亮的黑眼睛从一个人看到另一个，然后凝视着她：“你丈夫有多能扛事儿？”

薇薇安把这个问题看得太认真了，她的反应太像一个妻子了。

“嗯，他的驾驶技术不稳定，不过除此之外，他还不错。”

阿伦森讨厌讨论这个问题。“我上次看医生的时候，”他说，“他告诉我我有棒极了的动脉。”

“啊，我猜也是。”年轻人说，亲切地看着他的脸。

“最好别让他爬太陡的地方。”薇薇安说。

“那么，卡尔拉贝格可能是最好的选择。它主要位于平坦的公路上，可以看到崎岖的山谷和海湾的美景。带把伞，因为有雾，再带上你最好的蓝色大衣。如果他的脸色突然变得很难看，你或许得拦下一辆路过的汽车，把他的这副躯体抬上车去。”

“我们要在车流中散步吗？”她听起来有点受惊了。薇薇安虽然很有主见，但也有令人恼火的怯懦之处。阿伦森记得，二十年前，克莱尔骑在他的摩托车上，相当信任地抱着他的腰。他们游遍了百慕大群岛，还和孩子们骑着自行车，在南塔开特各处比赛。珍妮和他住在得克萨斯州的时候，曾拥有一辆福特雷鸟敞篷车。在拉伯克和阿比林之间的路段，他们的时速通常能达到一百英里。他记得她的头发，挑染成五十年代风格的金色，拂过满是汗水的太阳穴，她把裙子撩到腰际，让她的胯部在方向盘下面透气。珍妮一直很坚强，她是溢出的花蜜，直到鲁莽以及她狂热的爱迫使她离开了阿伦森。这一损失使他变得坚强起来。

经理助理似乎在严肃地关注着薇薇安的焦虑。在他装模作样的思考中，有种隆重的戏仿意味，用这种办法，爱尔兰人使得最现实的事务中都存在音乐。“哦，我想一年中的这个时候不会有什么车，反正不至于影响你们放松。这是些乡间公路。你把车停在十字路口，就像地图上清楚显示的那样，右转两次就能回到这里。”

尽管如此，阿伦森还是觉得，出于礼貌，他们的顾问对他们说话时有所保留。他们租了一辆车，镜子装在你意想不到的地方，车内还有一堆乱七八糟的工具。当薇薇安分外明显地努力闭嘴的时候，他把车开出了肯梅尔，路过一个墓地，其中包含一口著名的圣井。在一座单行石桥的桥拱上，在密闭的灌木篱墙间，矗立着光秃秃的群山。从艾伦森的酒店房间可以看到，湖泊般的河口清晰映照出它们的轮廓。他们没有遇到别的车，所以薇薇安不必像在环形公路上那样紧张。

她把地图放在大腿上，最后宣布："这一定是那个十字路口。"这是一个不起眼的十字路口，土路上几乎没有足够的空间去供一辆车停下。他们把车停在空地上，锁上了车。那是一个阳光柔和的早晨。轻拂的微风告诉他们，这里的地势比肯梅尔要高。

他们沿着一条长而笔直的路步行，这条路不像得克萨斯州的直路那么长，那么闪亮，可是也有可能出现幻影。他们穿过一条小溪，小溪隐没在绿叶中潺潺作响。一所正在建造或重建的房子，在道路尽头矗立着，没有任何生命的迹象。这里的土地和房屋一定很便宜。多年来，爱尔兰的人口一直在减少。克伦威尔让爱尔兰的人口减少到了五十万，但他们顽强地繁衍后代，只可惜两个世纪后的马铃薯饥荒再次重创了他们。

一开始，薇薇安像运动员一样大步走在前面，渴望看到棚屋和未被破坏的风景。她为了这次旅行穿了新的跑鞋——白色鞋身，带有红色的V字，由于内置最新的减震技术而看上去很笨重。这双鞋不讨人喜欢，和珍妮相比，我这一任妻子的脚踝相当胖。她的脚在亮蓝色雨衣的下摆下显得傻里傻气，在路面上忽隐忽现，像鸟类一样长着条纹。真正的鸟在哪儿？爱尔兰似乎没有多少鸟儿。也许它们与人类一起迁徙离开了。饥荒对鸟类来说很残酷，但那是很久以前的事了。

树篱变得稀疏，走过那条看不见的小溪以后，道路开始上坡。他发现自己超过了年轻的妻子，他放慢自己的脚步，以便能让她赶上。“你知道，”她告诉他，“我昨天在车里确实扭伤了背，这些新运动鞋根本没有广告宣传的那么好穿。鞋子里有那么多构造，我觉得我的脚被欺负了。就好像它们总让我走不了直线。”

“好吧，”他说，“你可以光着脚走。”珍妮反正会这么做的。克莱尔也许也会。“或者我们可以回到车上。我们走了还不到一英里。”

“就这样？我可不想对旅馆里的那些人承认，我们不能像他们那样散步。前面一定是第一个右转口了。”

丁字路口没有在地图上标出来。他看着绿色的地图，真希望它不是那么简单明了。“一定是这里。”他迟疑地同意了，然后他们朝路的尽头走去。

一条较小的道路，它继续向上延伸，穿过空旷的土地。爱尔兰的空旷与得克萨斯的空旷有所不同，与他和克莱尔曾经游览过的苏格兰高地也不一样。这里的荒凉有种私密的性质。在卷挟盐分的翻滚的云朵下，散落着石头的草地形成了一条高耸的地平线。每一样事物都蕴含着某种色彩。他原本以为草地会更绿，天空会更蓝。风景染上了城镇居民那种暗淡而自省的色彩。这是一种腼腆的、谦逊的荒凉。“我猜，”阿伦森为了打破行走间的沉默说道，“这里曾经到处是农场。”

“我一间茅屋也没见到。”薇薇安说，声音里透着一种怨气。他把这归咎于她扭伤的背。

“这些石堆——这么说吧——难以分辨究竟是人还是上帝把它们安置在这里的。”珍妮是一名被解放的浸礼会教徒，克莱尔是一名虔诚的圣公会教徒。薇薇安来自一个坚决不入教的家庭，家庭成员都是科学家、前天主教徒，他们过没有圣诞树的圣诞节，以及让阿伦森不寒而栗的感恩节。奇怪的是，他边走边想，他从来没有娶过犹太女人做妻子，尽管犹太女人在他看来是最好的情人——她们最热情，也最聪明。

薇薇安抱怨道："那本旅游指南上说，即便在山坡上，你也能看到过去种植土豆留下的绿地，但我一片也没看到。"

他拒绝回答，时间在沉默中过去了。旅游指南又不是他写的。他们的脚下又滑又陡。

阿伦森清了清嗓子说："你现在明白贝克特为什么那样写作了。"他已经不知道那种沉默持续了多久；他的声音沙哑了。"爱尔兰的风景中有太多的虚无。"就在这时，云层中露出一道罅隙，一束银色的光线掠过色泽沉暗的山峰顶部，随后那道罅隙消失了。

"我就知道不是这条路，"薇薇安说，"我们一块路牌、一座房子、一辆汽车都没看到，任何东西都看不到。"她听起来快要哭了。

"但我们碰到了羊，"他说，他的热情正在转变为残酷，"几百只羊。"

确实如此。羊群散布在道路两侧辽阔的田野上，它们比巨石还要苍白，但同样无法被光线所穿透。这些动物用方形的紫色瞳孔侧视着这对夫妇。有时，一只特别活泼的公羊，在这些人类入侵者接近时，冲回母羊中间，它的前胸是一种惊人的松绿或紫红色。带刺的铁丝加固了石头砌成的墙壁和腐烂的栅栏，它们来自一种更久远的游牧文化。只有这些铁丝，还有在他们头顶撑起电线的松木杆，能够证明二十世纪的人在他们之前抵达过这里。大地峰峦起伏，每一次上坡，他们都会看到更多的羊，更远的路。一朵中心有一大片浅灰色的云彩使得这片景色变得昏暗，落下了几滴雨，薇薇安撑起雨伞时，雨已经停了。阿伦森环顾四周，想看到一道彩虹，但彩虹却从他的视线中消失了，就像昨天小矮妖们在摩尔峡谷对他承诺的那样，当时路边竖着一块滑稽的路牌，上面写着“小矮妖十字路口”。

“第二个右转在什么地方？”薇薇安问，“把地图还给我。”

“地图什么也告诉不了我们，”他说，“从它的绘制手法上来看，我们好像是在绕着同一个街区走。”

“我早就知道这条路不对，我不知道我为什么让你把我给说服了。我们已经走了好几英里。我的背疼死了，该死的。我讨厌这双蛮横又笨重的跑鞋。”

“这双鞋是你自己挑的，”他提醒她，“而且它一点也不便宜。”为了挽回一点善意，阿伦森继续说道：“总共要走四英里半。美国人已经不知道一英里具体是多长了。他们认为坐在车里一分钟，一英里就过去了。”很可能还没有一分钟，珍妮在开车，她把裙子掀起来，给她的胯部透透气。

“别那么迂腐，”薇薇安对他说，“我讨厌男人。他们从你的手中拿走地图，从来不愿意问路，然后他们拒绝承认自己迷路了。”

“亲爱的，我们能向谁问路呢？我们一个人也没碰到。我们最后一次见到的人是你在旅馆里的斗鸡眼朋友。我现在就能听到他们在向警察报告。‘啊，长头发姑娘，还有个灰头发的老家伙。他们要去黑丘，一杯黄汤没下肚就去了，包里什么也没带。’”

“一点也不好笑！”她用一种新奇的、濒临崩溃的声音说。在他没有注意到的情况下，她已经受不了了。她的黑眼睛里闪着泪光。“我一步也走不动了，”她宣布，“我走不了了，我也不想再走下去。”

“喏，”他指着路边墙上一块大石头说道，“去那里休息一下。”

她坐下来，重复了一遍，好像这有什么值得骄傲似的：“我不会再往前走一步了。我走不了了，乔治。我身上痛得要命。”她果断地把印花方巾往后一甩，但效果和珍妮在敞篷车里把金发向后甩的效果不一样。薇薇安看上去又老又憔悴。一点儿也不济事。

“你想让我怎么做？走回去把车开过来？”他的意思是这个提议很荒唐，但她没有拒绝，只是抿住嘴唇，愤怒而挑衅地盯着他。

“是你把我们搞迷路了，你又不肯承认。我不会再走哪怕一步了。”

他想象她一动不动的情景。她的身体会在一周内衰竭死亡；她的皮肤和骨头会被天气洗净，像羊的死胎一样融入泥土。只有羊群会见证这一切。现在只有羊在看着他们，用头的一侧的眼睛看着他们。阿伦森把头扭开，凝视前方的路，这样薇薇安就看不到他脸上平静的冷酷了。

“亲爱的，看，”过了一会儿，他说，“在这条路尽头，看到电线杆转弯的地方了吗？我敢打赌那就是第二个右转。我们在地图上的那地方！”

“我没看到哪儿有右转。”薇薇安说，但她用的是一种似乎渴望被说服的语气。

“就在第二座小山下面。眼睛盯着路你就能看到，亲爱的。”阿伦森感到自己变得异常高大，仿佛他对薇薇安的印象永远停留在了爱尔兰的风景中，有一种离心力将他向外倾泻，进入一个崭新的未来，朝向另一个妻子。第四任阿伦森太太会是什么样子的？犹太人，说话又快又幽默，臀部沉甸甸的，在她毛茸茸的、爱出汗的前臂上戴着叮当作响的手镯？黑皮肤，一个庄重的时装模特，被他从吸食可卡因的恶习中解救出来？或者是有点日本血统的女人，和服里的柔软与火焰？也许是他从前的一个情妇，他当时不能娶她，可是她的爱情从来没有减少过，而且她本身也奇迹般地没有变老。不过，出于一种社交惰性，他还是不停地恳求薇薇安。“如果那儿没有右转弯，你可以在一块石头上坐下休息一阵，我走回去取车。”

“你要怎么走回去？”她绝望地问道，“这要花上一辈子的时间。”

“我不走，我跑回去，”他保证说，“我可以小跑。”

“你会得心脏病的。”

“你有什么好在乎的？这个世界上又少了一个男性杀手，少了一点睾丸素。”在这片被饥荒和英国人的野蛮掏空了的绿灰色的土地上，他们中的任何一个可能会死的想法让他感到兴奋。他曾经读到过，英国士兵会砸断那些挨饿土著的茅屋的屋梁，点燃茅草。

“我在乎。”薇薇安说。她听起来很柔和。她坐在石头上，看上去一本正经，满心期盼，就像一位等待有人邀请她跳舞的壁花。

他问：“你的背感觉怎么样？”

“我站起来看看。”她说。

她站起来以后，他注意到她现在要比他刚认识她的时候更丰满——腰变粗了，脚踝也变胖了，像她那双恼人的鞋子一样厚实。她的背也不好。仿佛在衰老的过程中，她正在加快速度迎头赶上。她在一条狭窄的碎石路上试着走了几步，这条路似乎是专门为阿伦森夫妇的朝圣而修建的。

“我们走吧。”她气势汹汹地说。她补充道：“我这么做只是为了证明你是错的。”

但他是对的。道路开始分岔，较窄的那条路继续朝前笔直延伸，越过小山，而较为宽阔的岔路则顺着那些松木杆，朝右转弯。这条路与左边的岩石山峰平行，右侧可以望见山谷，它以一种生动有趣的方式上下起伏，时而经过房屋，时而经过翻耕的小块农地，它们点缀着石头牧场。“你认为那些是马铃薯地吗？”他问。他感到有些胆怯，不知道她能够感受到多少自己的杀人想法。他看见她坐在那里，一块石头坠入黑色的水里。那瞬间的狂喜，是一块石头巧妙地砸在她的头骨上，或是一片锋利的燧石如同一把刀子割开她的喉咙——如果这些幻想是他的，那便是在久远的荒野中产生的。

现在，在更高的弯弯曲曲的路上，一辆汽车从他们身边开过，紧接着又是一辆。那是一个星期天的早晨，那些乡间家庭板着脸开车去做弥撒。他们不如肯梅尔的那些商店店主友好；没有人朝这对夫妇招手，也没有人邀请他们搭车。有一次，在一条看不到路的弯道上，这对夫妇不得不跳进乱草丛生的紧急停车带，以免被车撞上。薇薇安在紧要关头显得格外敏捷。

“你那可怜的背怎么样了？”他问道，“你的运动鞋还在摆布你的屁股？”

“好多了，”她说，“在我不去想它的时候。”

“噢。我很抱歉。”

他应该让她生个孩子。现在一切都晚了。尽管如此，他并不内疚。生活已经够复杂的了。

这条路在地图上的第三个路口逐渐地右转，毫无疑问，有几条碎石铺成的车道一直延伸到山间。虽然肯梅尔海湾在他们前面闪闪发光，一小片耀目的银色，在烟雾缭绕的远处。但他们仍然在上坡，下坡，不断地转弯，甚至越来越靠近岩石的峰顶——整件事情正在变得戏剧化。现在，那些羊似乎没有被栅栏围住。一只有着深红色胸脯的公羊从一块岩石上滑下来，跑过马路，它的蹄子溅起了碎石。一排细小的电线杆，标示出一条直路，那里是薇薇安大声宣布她绝不会再往前走一步的地方，如今，那里看上去十分遥远，如同属于另一个国度。在他们的头顶，微弱的呼啸声预示着一只鹰的到来——一对游隼。它们的翅翼纹丝不动，在岩石的最高处，在阿伦森夫妇无法感知的风中翱翔。它们微弱的、迟疑的鸣唳让阿伦森感到自己被原谅了，薇薇安的声音也在宣告:“我现在迫切需要上厕所。”

“去吧。”

“万一来了车怎么办？”

“不会的。他们现在都在教堂里。”

她抱怨道:“这里没遮没掩的。”

“就在路边蹲下。天啊，真是小题大做。”

“我会失去平衡的。”他以前就留意到了，在其他场合，在冰上或在比较高的地方，她的平衡感是多么不稳定。

“不，你不会的。给。把手给我，靠在我腿上。只要别尿在我的鞋上就好。”

“或者我自己的鞋上。”她说，蹲下身子。

“这可能会让那双鞋变得好穿一点。”他说。

“别逗我笑。我会变成尿无能。”这是纳博科夫《微暗的火》中提到的一个说法，他们两个人都很喜欢，当时他们的求爱还只是暂时地通过社会认可的方式——分享书籍进行。她还是尿出来了。在爱尔兰荒废的沉寂中，轻柔的水花飞溅声似乎很响。嘶嘶嘘嘘。阿伦森抬头看那些鹰是否在看。鹰能在一英里的高空读下面的一份报纸，他有一次读到过这件事。但它们会怎么想呢？头条新闻，半身人？谁能知道鹰看见了什么？还有羊？它们只看它们需要看到的东西。一簇可以吃的草，或一只急于藏身的野鼠的闪动。

薇薇安站了起来，把内裤和连裤袜拉过浓密的阴毛。一股强烈的尿味，从路边草丛里升起，跟随着她，尽管无法被肉眼看见。噢，我们生个孩子吧，他想，但并没有泄露出内心的想法。已经晚了，他们也老了。这对夫妇继续往前走，脚下的路让他们麻木了。他们到达公路的最高点，看到了那辆拿欧元租的丰田小型车，它在他们下面很远的地方，停在紧急停车带的斜坡上，在他们经过的第一个十字路口，小得像一颗橙色的星。他们往下走的时候，薇薇安问："珍妮会喜欢爱尔兰吗？"

现在看来，回忆那么久以前的事情，实在是太费劲了！"珍妮什么事情都喜欢，"他回答说，"但只限于开头的七分钟。然后她就会觉得无聊了。你怎么会提起她的？"

"你。我们出发的时候，你的脸上有种想到珍妮的表情。它又与你想到克莱尔的表情不一样。你想到克莱尔的时候，看起来有点忧伤。想到珍妮的时候，你看起来战无不胜。"

"亲爱的，"他告诉她，"这都是你幻想出来的。"

"珍妮和你都那么年轻，"她接着说，"我那时候刚开始读研究生，你和她已经结婚了，有一个孩子。"

"我们有五十年代的贪婪。我们以为自己能够拥有一切。"他心不在焉地试图附和。他自己的脚在走过了很多路的跑鞋里开始抗议。谁能想到，下山是最难的。

"你现在依然能。你还没问我是否喜欢爱尔兰。它那种贝克特式的虚无。"

"你喜欢吗？"他问道。

"我确实喜欢。"她说。

他们又回到了原点。

● 夏尔·佩罗的《蓝胡子》有时被解读为一个向年轻女性披露婚姻的残酷和惊人的真相的故事。这一主题在故事描绘出来的鲜血淋漓的景致中得到了很好地体现：它一定让读者既兴奋又恐惧。然而，这个故事的许多较为不那么血腥的当代版本，尤其是已故的约翰·厄普代克的这个版本，有着同等强大的力量。尽管这对儿夫妇生活在当代，受过教育，而且显然彼此相爱，但他们仍然背负着脆弱婚姻的重负，婚姻要求他们做出让步，保守秘密，哪怕这些秘密并不涉及鲜血淋漓、断肢残骸的房间，但仍旧让他们感到痛苦。阿伦森和薇薇安的问题不在于他们不爱对方，而在于爱情无法令每一段婚姻中沉寂的黑暗之处消失。即使我们选择了自己所爱之人，我们依然受到对方内心生活的支配，那才是后者度过生命中大部分时光的地方。

——卡门·希门尼斯·斯米特

唤醒睡美人的吻

● 拉比·阿拉梅登

Rabih Alameddine

母亲一声令下，帮手们开始打扫。一个人擦洗地板，洒上碱液，然后再拖干净，另一个人给起居室吸尘。母亲把杂志在咖啡桌上扇形排开，确保每本都一目了然。我除了袖手旁观以外无事可做。

我伸手拿起梳子，把头发梳了又梳，就像在进行梳头发的仪式。“我就是一团糟。”我宣称道。

母亲顿了顿，停下手中在做的事情，但只暂停了片刻。“我不喜欢那个词。”

“我真是一团糟。”

“好吧，如果你是，那也是我的责任，”她说，“今天我们会把你弄干净的。”她开始洗手。她面露笑容，或是一个鬼脸。透过塑料薄膜，你无法看出这之间的区别。

我就是一个麻烦精。我有 SCID（不是那种脏内裤勒屁股沾到粪的下流笑话，不是那种类型的麻烦——呵呵），重症联合免疫缺陷。B 细胞缺失，T 细胞不起作用，没有任何能够抵抗微生物在我体内横行的东西。一个会说话的、行走的纸片人。糟透了。

十三年了——生活在无菌塑料泡泡里的十三年，确保我的生活环境一尘不染，每天须彻底清洗皮肤的每一寸，把整个世界以及它的危险隔绝在外。更操蛋。

母亲相信修女们能治好我——她肯定以及确定，一再强调，强调再三。她听说过她们，同她们谈过，而且相信她们所谓的奇迹。但不管她愿意出多少钱，都没能让她们答应到我们这儿来。治疗室是不能移动的。这些年来头一回，我必须从裹住我的这层塑料气泡里出去，到她们那儿去。我们不得不千里迢迢地跑去穷乡僻壤找某座狗日的城堡。

如果是你的话你会带上什么东西?

司机把车停在一群骆驼前面。三个修女穿着万圣节服装，通体白色，等着我们。我们沿着一条坑坑洼洼、遍布碎石的道路驶过森林（梅赛德斯的减震器没有广告里宣传的那么完美）。虽然外面仍是三面环翠，但展现在我们面前的却是一片空空荡荡的景象——一片没有任何生命迹象的贫瘠沙漠。

“骆驼？”母亲气冲冲地说，“留在这里，我来处理这件事。”

我无视她的命令。骆驼骑行也许会很有趣，不提别的，那样至少能换换心情。穿着防护服、拎着氧气罐到汽车外边去可不容易。母亲和修女们争论起来了，直到她们中的一个打断她，并且问她是不是也有病。

“我没病，”母亲回答，“只是我的孩子病了。我这样穿只是不想让她觉得自己怪异。”“同甘共苦”是她素来挂在嘴边的。当然，她穿着一样的防护服，除了没有氧气罐，只不过她那件衣服更合身。“我们可以开车过去”，她说，“我们不需要骆驼。你们各位女士也该赶上时髦了。”

“车是开不过去的。”一个修女说。

“就连骆驼也九死一生。”另一个附和道。

“一旦你越过了这条边界，”第三个修女说，“没有东西能够幸存，不管是人，或植物还是疾病。直到她抵达城堡里的治疗室。”

“她将不需要防护服。”

“也不需要别人陪着她。只有探求者才能活下去。”

“骆驼也许能回来。”

“如果它们够幸运的话。”

“如果公主眷顾它们的话。”

与此同时我的母亲插着话：“不行，这样不行”“你们一定完全疯了”“这简直太疯狂了”，以及“那能不能至少让她带上乡村冷肉酱”。修女们解释了我必须要做的事：如何去到那个房间，如何不打扰到沉睡者，如何搜寻那些昭示着我痊愈的迹象，如何将三条面包和三个鸡蛋打包过去，以及，最重要的，如何确保我有充足的体力来完成那趟危险的回程。

好饿。我饿了。我的胃在痉挛，饥肠辘辘，每过去一个小时，我至少有一次叫苦不迭。

但我敢把最后一只鸡蛋吃掉吗？恐怕不行。

在樱桃红色的床头柜上，最后一只水煮鸡蛋和最后一条面包摆在陶水罐旁边，面包和我走进房里的那天一样新鲜。至于那个鸡蛋，只要它还放在公主旁边就不会腐烂。睡美人散发着力量和养分。她的每个毛孔都渗透出平和与安宁，她的领域中常驻着健康与幸福。我从来没试过像现在这么健康，可是我也没有这么饿过。自从来到这里，我已经不再需要防护服或者氧气罐子了。起初，我感到自由和无拘无束，离开塑料气泡，我的呼吸变得轻松了。我甚至可以掐一下我自己。虽然我绝对还是需要吃东西的。

我的目光回到鸡蛋上，我的胃呜呜叫。

自打最初发现沉睡着的公主，修女们就试图把她带到修道院去，想掌握她的治愈力量，然而却无法将她抬起来。的确，这群从修道院来的处女们甚至无法搬动这个房间里的一颗石子。

坦白说，我理解她的处境。

既然山不来就我，修女们就退而求其次把修道院建到城堡边上，然而当她们发觉在治疗室以外的方圆三里格[1]内，任何生物都无法存活，她们就中途停工放弃这种打算了。房间里生机盎然，没有死亡的阴影——就像一个迪士尼乐园的镜像。（拜托！你知道这是真的。）在塔楼的一个小房间内，当宫殿里的其他所有生灵和人都不再呼吸时，睡美人沉睡着、呼吸着。她家人的尸体，贵族、宾客、侍者、奴隶、宠物和寄生虫的枯骨，散落在摇摇欲坠的城堡中。上楼时，我要从一摞摞堆砌起来的骸骨上跨过去。这真是极其不愉快的经历。

在这个房间之外，野生丛林恰好在三里格处转为沙漠。转变突兀，显赫：森林与沙漠之间是一条看不见的界线。没有动物或是植物能越过这条线。我过了边界后就再也没见过一个活物了，直到我进入这个房间，公主就躺在房间中央一张充当祭坛的床上。房间里，公主身着深绿色的衣服，这是有着治愈力量的颜色，只是稍稍有些令人不快。

1　陆地及海洋的古老测量单位。——译者注

在房间之外，曾经郁郁葱葱的那座花园已经枯萎。人造的边线勾勒出荒芜的广场。曾经高大的橡树、山毛榉、桦树和菩提，残存下来的只有粗壮的树干、扭曲的树根，仿佛是由一位疯子或怪异的艺术家创造出来的形形色色的雕塑。沙子侵入了城堡的每一个角落，除了睡美人一尘不染的卧房——没有尘埃敢进入其中。

我已经很饿了。那个形状完美的鸡蛋呼唤着我。那个形状完美的鸡蛋知道我的名字。“我看起来难道不美丽动人吗？”它说，“快来吃我。像你吞下我的姐妹那样吃掉我。”

我确实吞掉了它的姐妹们。在吃第一个鸡蛋和第一条面包之前，我本来应该再等一会儿的，在吃第二份以前我也应该忍住，这次忍耐的时间应该更长一点儿。第三份应该留到最后才消耗，因为回去的路途严酷。但我等不了了。我饿了，而且虚弱。这能怪我吗？走进房间的那一刻，我就前所未有地饿。

只剩下一个鸡蛋、一条面包和一段可怕的回去的路。我要怎么样才能承受得住？我会死，不为人知，寂寂无名，在一片远离家乡的陌生土地上。既然生存下去的可能性小之又小，我该吃掉最后这只鸡蛋，填饱肚子，而不是坐以待毙吗？还是只吃一小块，一小口？

我需要分散一点儿注意力。一个无聊的仪式，这就是我正在经历的，一种单调的仪式。没有杂志，没有电视，什么都没有。透过窗户，我看见的是日复一日的相同景色，从干涸的土地到单薄的地平线，强大，荒芜——以及无聊，无聊，无聊。连塑料气泡都比这强。

我祈祷一场洪水、暴雨和风暴，不过只要有一滴雨，点滴的变化我也就满足了。

睡美人缓慢而稳定的呼吸是我唯一能听到的声音，亘古不变，无休无止。整个房间都是她的气息。这是我进来以后注意到的第一件事，那是夏日鲜花的香气，茉莉与丁香的芬芳，亘古不变，无穷无尽。在我开始无聊以前，我致力于寻找香气从何而来，从她身体的哪个部位散发出来的。我的鼻子勘探了她的每一部分：她的衣服、头发、嘴巴、手臂、脚，我甚至检查过她的裙子底下——那里依然光滑。青春仙女依然眷顾着她。香气是从她的所有部位散发出来的。她从来不需要沐浴，她的头发也不需要梳开或者理顺。她在睡眠中光洁如新，处于完美的人类形态。在我变得这样虚弱以前，我控制不住自己去触摸她的皮肤——它光滑、柔软，引诱着我。

我祈祷着一个瑕疵——哪怕只是为了赶跑无聊。

我的祈祷得到了回应。

我感觉我左腕的后侧一阵细微的颤动，略微低于我的衬衫袖口。本能地，就像我干了这件事一辈子似的，我拿右手扇了一下自己的左腕。这一巴掌的声音在这个神圣的房间里回荡。我收回手，去看看是什么在下面。在我的手腕背面，是一只蚊子的残骸和我们的血，一个以棕色和红色涂绘的微型洞穴。

它是从哪里来的？它是如何侵入的她的空间？从来就没有任何事物侵扰过这个房间。我强迫自己站起来。我必须检查公主的皮肤。她也被咬过吗？如果公主在我的守护下被伤害了——被一只蚊子咬伤了，我会受到惩罚吗？那只蚊子是否活了好多个年头、好多个世纪，而不仅仅是几天？

我站起来的时候感到一阵头晕目眩，想吐。一股隐约的酸味折磨着我的嗅觉。是一种微妙而细弱的气味，但又很明显。在鼻子的引领下，我发现公主正是气味的来源，但我无法准确定位。我听到窗玻璃上微弱地一闪而逝地响了一声。一只黄色的蝴蝶，有着红色的斑点，拍打着玻璃试图闯入房间。我走过去，让它进来，房间里有一只蝴蝶，多么不同寻常！片刻过后，一阵响亮的砰砰声：一只鸟，很可能是一只八哥，飞向窗玻璃，可是掉了下去，消失在视线中。那只受惊的蝴蝶紧随其后。我打开了窗，看看那只鸟落到哪里了，如果它还活着的话。沙漠远在我的下方，我分辨不出在这之上的任何事物。

微风很清爽，不再滚烫和沉闷。这片沙漠地狱的春天来了？

我容许自己享受这纯净的空气，它弄得我的脸痒痒的。对我来说，这种感觉很新鲜。我倚在窗台上，回忆自打住进塑料气泡以来的所有慵懒的时光。我考虑打开塔里的四扇窗户，让室内通通风。

又一只蝴蝶，更深的黄颜色，更红的斑点，穿过窗户飞进来。天空看起来不一样了，好像又没有不一样。它是颜色变了吗？我望向地平线。什么都没有。我凝视，然后那种不同开始变得具体，就像眼睛在适应了黑暗以后，逐渐能够认清事物的轮廓。云朵正在远处形成——距离我相当远，我只能辨认出一个逐渐走来的身影，一个女人靠在某个东西上的身影。笨拙的步伐，老态龙钟，是一个相当老的女人，年纪很可能与我的母亲差不多，甚至还要老一些。她的发型很怪异，那不是一顶帽子，也不是修女帽——天然的白发像光环一样，悬在她的头顶。那个疯癫的老妪小心翼翼地前进，但走得一点儿都不慢。

我的心跳得更快，在胸膛中怦怦跳得厉害，我的嘴巴里干得跟沙漠一样。然而，外面真的很干吗？

空气感觉是湿润的。

到底在发生什么？

我吸进一口气。那股酸味不再微弱。它侵袭了房间，伴随新鲜空气一起进入了大厅，但它不再那么讨人厌了。我的感官显然已经习惯了它。有红色斑点的蝴蝶盘旋在沉睡中的公主身上，好像在找降落的地点。我抬手驱赶它时，发现我的皮肤上有一片薄薄的水雾。

我是不是出汗了？

一滴水落在窗台上。

这是什么魔法？

我把食指浸入那湿润之中。堆满略显灰暗的云层而显得沉重的天空中，高速平移着更暗的大块云团。那个癫狂的老妪出现在一度辉煌的花园中，不再往前走了。她站在一只野兽旁边，不是只普通的野兽，是一条鬣狗——鬣狗？她望向我所在的窗户，她蓬乱的头发闪着光，被风吹乱。我想知道她是不是在看着我，或只是纯粹在看这个房间。似乎两样都不是。她的视线沿着城堡的墙壁下方行进。我的紧跟其后。

我的嘴唇已经数日没发出过声音，此时迸出一声尖叫。一条又长又大的沙漠蛇滑过嶙峋的外墙，爬到了我的身边。它的眼睛正盯着我。在它嘴里，那只八哥仍在挣扎，它的嘴巴周围淌着血。我不断尖叫，然后关上了窗，试图把蛇，把外面那个世界挡在窗外。我已经关上了所有的窗户，抵挡外面炙热的风，我会继续让它们关着，抵御更可怕的危险。

水成颗成颗地挂在窗户上。风暴暴发了。那个癫狂的老妪盯着我，在狂热的喜悦中将双手伸向天空，发号施令。那条鬣狗在她旁边没有动。他们一起尖声大笑，声音穿过窗户传进我耳朵里。蛇在窗户上扭动，它的食道现在被那只鸟填满了。同样地，它也在瞪着我。鸟从四面的窗户飞进来，所有种类的鸟：八哥、燕雀、北美红雀、鸭子、潜鸟，以及苍鹭。两只鸽子落在东边窗户的窗沿上，啄着窗玻璃。然后它们在我面前，在雨中，开始了交配，一场缓慢持久的交配。一只鹳鸟站在北边窗台上朝里怒视着。蜗牛缓缓地爬过窗玻璃，它们的黏液玷污了雨水的痕迹。那只鹳鸟开始啄食蜗牛，用长长的鸟喙弄破它们的外壳，鸟喙上很快覆满了苍白的污秽。昆虫爬满了所有窗户，苍蝇、蚊子、蟋蟀、蚂蚁。那个老仙女指向塔楼。鬣狗点点头。仙女开口说话，她的话语在房间内回响，就像站在我旁边一样。

“现在是时候了，我的教女。”

她是我的什么亲戚吗?

我开始恐慌。认不出一个家庭成员让人很尴尬。然而即便隔得很远，她看起来也一点不像我认识的人。她看起来像一个女巫。我想要认真看看她的脸。显然，她不是在和我说话。我的教母还很年轻。

某种植物从仙女教母的小腿旁破土而出，缠绕而上。到处都是植物，四面八方，枝条、树根、树木、青草、铁杉，都与毒藤、毒橡树、毒漆树交织在一起。植物到处都在发芽，拔地而起。蓟类，数量众多的蓟——荆棘、黑莓、蔷薇、多花蔷薇、绿蔷薇。几分钟之内，一团乱糟糟的无法穿透的荆棘环绕着塔楼，成了一片有着致命剧毒的荆棘地，一片广袤的、遍布毒刺的森林。

雨停了。老鼠最先侵入了荆棘地，然后是蛇、蝎子、蜘蛛、蚊子、苍蝇。曾经是那样干旱、空无一物的沙漠现在成了一片潮湿、灌木交织的危险之地。

我怎么能离开这座城堡呢?

但我必须走了。

室内的空气已经变得叫人透不过气来，令人窒息，潮湿得令人难以忍受，还有点发涩。公主身上散发着汗味、咸味、酵母味、变质和没有煮熟的生肉味、人性的恶臭。我肯定不习惯这种气味。红色斑点蝴蝶停在公主的腹股沟上，展开的翅膀似乎变大了一倍。

这是什么怪事?

然而，更奇怪的是，男人开始群拥而至。

在外面，一队狩猎队刚在荆棘外停下。他们的头领，那个王子，从马上跳下来，拔剑出鞘，用它在荆棘丛中清出一条路。没有人能跟上他，因为荆棘丛很快又在他身后长上了。另一个王子自己一个人来了，离第一个王子不到十码。他也拔出剑，开始了他的冒险。在南边，更多的王子赶来，然而东边和西边来得更多，一大拨儿王子——绝望的王子们，都在寻找入口。

他们都从哪儿来的？是谁叫他们来的？

很多人都没能穿过荆棘丛。王子们挥剑砍削，却无法穿越。虚弱的王子们被毫无成效的努力弄得筋疲力尽，他们躺在地上休息的时候，荆棘伸向他们，杀死并且吞噬他们。强壮一点儿的王子们，那些进入了荆棘丛的人，遭遇的命运同样不幸。致命的植物杀死了其中的一些王子，毒蛇杀死了剩下的。王子们被荆棘扎伤，流血致死。他们越来越疲惫，直到最后剑都抬不起来。他们的死亡是所有这些事情当中最恐怖的。荆棘袭击他们，举起他们的身体，让他们最后看一眼塔楼——他们的渴望之物，他们将会最后看一眼蓝天，然后被死亡吞噬。有一小部分，极少数人，仍然在城堡的下方挣扎，但许多王子已经死去。一场大屠杀，一场对于王子的种族灭绝。

我惊骇不已地看着，忘记了周遭的一切。我从窗前撤退，感到恶心作呕。我捂住胃部，仿佛吃了一记重拳，仿佛我的内脏正在被刀切开。我痛得弯着身子。我呕吐，但吐不出任何东西。我什么都没吃，我已经很长时间粒米未进了。

然后我听到沉重的脚步声正在冲上楼梯：砰，砰，砰，砰。厚重的木门颤动着打开，铰链脱落，撞到墙上。它碎成了无数片。王子冲进房间，冲向床边，停在睡美人前面。他的眼中只有她，而我却紧盯着他。

他挺了过来。他在披荆斩棘的过程中丢失了他的剑、他的衬衫和鞋子。他伤痕累累，前额上有数道深深的伤口，侧肋也有，双手的手掌也受了伤。血液顺着他充满雄性气概的、毛茸茸的、强壮有力的、肌肉发达的小腿淌下。他的马裤前裆展现出来的可不是一点儿小冲动。大汗淋漓的，汗津津的，他也同样浑身发臭，然而我的胃已经无意抵抗——我投降了，是的。我清了清喉咙，喀喀，但他压根儿没注意到我。他的世界里除了公主以外别无他物。他的手顺着公主手臂裸露的柔软皮肤抚摩过去。他似乎有点儿惊讶，她对此竟没有任何反应。我想告诉他这不是他的错，她一直没有醒过，也没有挪动过，有一个世纪那么久。我只是不想让他浪费时间，也无须因此感到挫败。我想告诉他，她不是他在找的那种人，根本不是。而他弯下了他铜色的躯干，嗅闻着她，深吸着她，我几乎晕过去。他伸出舌头舔去她乳沟上的湿濡。然后他吻了她。

他吻了她。

他再次吻了她。

她依旧沉睡，呼吸依旧缓慢而平稳。他舔了舔她的嘴唇，然后是脖子。他整个上了床，跨坐在她上面。马裤底下鼓囊囊的鼠蹊部的凸起更明显了。他弯下身把公主又亲了一遍。他撕开她的衬衫和内衣，挤弄着她奶白色的乳房，掐它们，放纵地咬着它们。

我想阻止他。我想警告他，她可是一个原型。然而我如果连从她身上赶走一个蝴蝶都做不到，我更没有能力从一位王子手里保护她。我感觉膝盖发软，呼吸短促，皮肤战栗，浑身冒汗。我需要坐下来。

然后他扯掉了她的裙子和束身胸衣。她还在沉睡着。

我张大嘴巴尖叫，然而从我的嘴唇间发出的却是一声低沉的、肉欲的叹息。

曾经是全然光滑和贫瘠的地方，如今长出了一片毛囊的密林，王子的脸消失在这片密林之中。

我呻吟着，公主回应我的呻吟。我惊呆了。

她没有睁开眼睛，所以我不确定她是不是已经醒了，但她又呻吟了一下。他哼了一下，把脸埋得更深，她动了。她分开裸露的双腿。她的嘴唇分开，深吸了一口气。她呻吟着，他呻吟着，我呻吟着。一座火山在我的肚子里爆发，它滚烫的洪流席卷了我的全身。

公主的眼睛突然睁开。睡美人醒了。她的睫毛震颤着，我感觉自己就像被抽了一下。

她用肘部撑坐起来，弯起膝盖。她一只手扶着王子的头猛动着。他哼哼着，哼哼着，哼哼着，像一只寻找松露的猪。

她狂喜地尖叫。我狂喜地尖叫。

房间变得越来越令人窒息。我的身体快窒息了。

公主把他从自己身上推开。公主低吼着。我呜呜叫着。

她撕掉他的马裤，他的硬直之处露了出来。我呜嘤着。

王子狠狠地进入了公主。作为回应，她也把自己推向他。我再也不能分辨哪一个声音是他们谁发出来的。他们以一种猛烈原始本能般的节奏击打着彼此。

岩浆到达了我的腹股沟处。这股热流来到我的双眼，泪珠滚落。热流震动了我的灵魂。我的身体颤抖，抽搐。

王子吻了公主，他们舌头相拥，缠绕，融为一体。他们的唇黏在一起，融为一体。他们的臀部融为一体。他双手紧贴着她的乳房，她的手抓着他的背。他们的脚连在一起。在我眼前，两个人类化为一只怪兽，一只不可名状的怪兽。王子和公主翻云覆雨了好一会儿。他们最终在床上停顿下来，以一种坚实而不稳定的形态，一个怪异地交叠在一起的实体。

需要一段时间，很长一段时间，我才控制住了自己。我湿透了，累坏了，但不再感到虚弱。我决定离开这个房间了。我不关心公主是否会受到伤害。我也不知道自己是否被治愈了，但毫无疑问这也是一种迹象。我抓过鸡蛋和面包，然后先吃下面包。它们已经发潮了，不新鲜了，但我喜欢。我咬了一口鸡蛋，一口吞下了半个。食物已经发臭、发酸，几近腐烂，但非常美味。我吃光了，手和手指也舔了个干净。

走出那个房间时，我人生中第一次流血了，血滴到塔楼梯级上的沙尘里。我跨过公主家人们的骷髅，流下了更多的血。外面天气非常好。微风轻拂我的脸，我感觉自己健康又快乐。我沿着英雄在荆棘中劈开的路走出去。我行走着，上下左右都是过去那些失败了的王子的尸体，我向他们做了最后的道别。我穿行在荆棘丛中，尖刺把我全身上下都扎破了，钩住我的头发把它们绞得一团糟。

我浑身是血，精神焕发，头顶我的荆棘皇冠，回到了母亲身边。

● 睡美人的故事（这个故事一般通称为《睡美人》，但在法国又被称为《林中的睡美人》）总是让我浮想联翩。在过去的十年里，我一直尝试以这个童话故事为题材，围绕着它创作各种各样的故事。据我所知从来没有人这样写过，故事的主人公既不是沉睡的公主，也不是唤醒她的王子。

——拉比·阿拉梅登

城镇医疗机构的急诊室病例研究

● 斯黛西·里希特 *Stacey Richter*

(一)

病人525，一名二十岁出头的白人女性，于夜晚11点左右进入紧急医疗机构。她表现出急性精神病发作的症状。医务人员在分诊时注意到妄想症、对肢体接触的敏感性增强，以及大量的声音散发。病人抱怨出现幻听，特别是“两栖动物合唱团”，他们在请求病人“保护产品不受邪恶的青蛙王子的伤害”。工作人员报告说，病人的行为由于不同寻常的衣着而愈显诡异，她是一个“穿着文艺复兴式样裙子的缥缈年轻女子，她的长发本来算得上飘逸，如果不是打着巨大的结”。她身上有股怪味，暂被认定为“猫尿”。

在接受采访期间，病人自愿提供了曾经用鼻腔吸入“冰”的信息，估计她在入院前24小时内已经摄入（吸食）50～250毫克冰毒。“冰”是甲基苯丙胺的俚语，甲基苯丙胺是一种类似于处方安非他明（如苯丙胺）的中枢神经系统兴奋剂。甲基苯丙胺是一种“街头”滥用药物，近年来由于容易生产的可能性而流行起来（奥斯本，1988年）。它有时亦被称为冰、安非他明、极速和快速（迪肯，1972年）。在一刻短暂的清醒中，病人525推测她的精神病状态可能是由于“吸了”大量的甲基安非他明造成的，并且工作人员同意将她安置在一间“漂亮、安静、白色的房间”中观察。首席住院医师认为最好给她服用抗精神病药物，然而这个病人，据说展现出了一种不可思议的个人魅力：说服医院工作人员给了她一罐啤酒替代。

（二）

经过大约60分钟的观察，一名护理人员注意到，病人开始抱怨说“一个吵架的王子”给她带来了一些问题，即“使用铜配件”和“通风不对”。这个“王子”，根据护士的理解，在制造甲基苯丙胺方面表现得“刻薄可怕”，受访者在受理面谈中自愿地、兴高采烈地提到，生产甲基苯丙胺是她的职业。这名护士在联邦监狱工作过，并且有过治疗暗娼的经验，认为“王子”可能是病人的“老人”使用的一个绰号；护士表示，这种情况特别有可能，因为生产甲基苯丙胺的地方是摩托车帮派的省份，他们经常使用丰富多彩的绰号来表达他们在社会中的“局外人”地位（埃塞尔·克雷奇那，RN，2002年）。

护士进一步断言，这可以解释为什么病人在受理面谈时仅提供了“公主”这个名字，并且表示她没有姓。到那时，夜已经深了，急诊室很安静，许多工作人员聚集在病人（“公主”）的周围，她开始讲一个生气勃勃的故事，她被一个英俊而邪恶的“王子”囚禁的故事。事实上，邪恶的“王子”是一个“邪恶的魔法师”。变形巫师的传统在德国古老民间故事中很常见（格林，约1812年），尽管这些故事被广泛认为是在不同的文化背景下捏造出来的幻想故事，意图恐吓和控制（十二岁及以下）不守规矩的少年，它们很少被视为历史证据。尽管如此，“公主”声称“王子”于亚利桑那州埃洛伊附近的一个地方把她掳走，她花了几天时间爬树摘坚果。根据她的说法，抓蝴蝶是她年轻时享受的另一项活动。但是，当一个英俊的年轻男子接近女孩并给她一只用糖果制成的小马时，一切都改变了。小马漂亮而且美味，虽然“公主”希望永远保存它，她发现自己还是把它吃了。每吃一口，小马变得越来越小。每咬一口，英俊的“年轻人”变得更加可怕和邪恶。

工作人员聚在一起，感兴趣地听着。“公主”接着表示，这个“王子”/“巫师”用糖果做成的小马迷住了她，将她囚禁在一间被叫作“家”的活动房屋中，靠近恶臭的垃圾填埋场。在那里她被关在一个“带地毯的锡罐”里。在那里，“王子”用巫师的力量说服她去干臭烘烘而危险的甲基苯丙胺制造工作。“公主”说，整整一天，她不得不“在一个三颈烧瓶中煮墨西哥麻黄碱，用不锈钢罐装氢气，或者用防冻液滴定乙醚，只穿着脏兮兮的破布”，“王子”则骑着他的闪亮的“猪”穿越高大的松林，到镇子的北部去。或者，王子也会“放松下来，踢着啤酒罐”，而“公主”则“在一套热腾腾的化学实验装置旁艰辛劳作”。“公主”指出，这种体验的唯一好处是她“造出了整个亚利桑那州他妈的最好的产品”，她说：“这种东西不同凡响，雪白，带着一股子真正纯净的‘劲头’。”

“公主”以一种甜美迷人的声音解释，这份事业是危险的，尤其是在“王子”提供的环境下。“王子”有在冒烟的东西附近吸食大麻烟的习惯。她之所以得以幸存，是因为她受到一位特殊天使的保护，一个带“鳃”的、可能生存在水下或者“在一种溶液里”的天使。她称这位天使为“吉伯特”(可能是“吉尔伯特”),并且指出,当她大量摄入“产品”以后,吉伯特便出现了。天使、六翼天使、精灵和埃尔维斯·普雷斯利的出场在精神病发作期间很常见(霍奇基斯,1969 年)。大部分工作人员认为“公主”描述的是甲基苯丙胺所引发的一种幻觉。另一些工作人员发现自己被这个关于强制为奴的故事,被高风险的有机化学怪异地感动了。他们想知道这个故事是否在某种程度上是真的。

首席住院医师对病人的病例特别感兴趣。他向研究人员表明他“和平常一样,在那天晚上感到无聊”,他发现“公主”“很有意思”。住院医师进一步表示,他的学术成就取得惊人成功的原因在于他高于平均水平的智商,可是这同时也是一种“诅咒”,因为这让他感到“无聊”,并且无法忍受所有“周围的白痴”。他明确表示,这句话也适用于那些为这个病例收集数据的研究人员。研究人员反过来将住院医师形容为“既虚荣又自大”,或者“傲慢”,尽管大多数人推断,这些特征掩盖了住院医师青少年时期的不安全感,以及他无药可救的浪漫主义倾向,后者常常转化为怨恨。

“公主”表现出的精神病症状减轻了,周围的环境使她感到相当舒适。她蜷缩在一堆枕头里,“像一只猫”(奥佛瀚德,2002 年)。她说,她喜欢医务人员,感谢他们帮助她摆脱了邪恶的“王子”和制造甲基苯丙胺的恶臭污浊。首席医师慢吞吞地走着,他指出,当“公主”感到药物引起的精神病症状超出控制时,通过明智地寻求医疗,她实际上自己照顾了自己。而许多“嗑多了的白痴”只是继续往前冲,去干一些暴力或者愚蠢的事。然后,他们互相凝视了片刻。

与此同时,所有人都紧张地注意到时间有多么晚了,一些医护人员抱怨他们多值了班。“公主”表达了“一般性意见”——她的产品可以“给人提点儿神”。理论上讲，它可以让工作人员觉得“他们在以百分之一百五十的效率在运转”。

工作人员对“公主”自制的甲基苯丙胺的功效感到好奇，尽管这种热情在一个验血师（根据环境控制官员的说法，她是一个从不化妆，从来不向任何职位低于她的人微笑或打招呼的漂亮丰满的女孩）出现之后有所减弱，她用高昂颤抖的声音大声背出一系列吸入甲基苯丙胺可能产生的后果，包括“神经紧张、出汗、磨牙、失去理智、不间断谈话、失眠，以及不停组装和拆解机械装置（美国药典，2002 年）”。当“公主”指出，年轻的验血师对这种物质的主要影响之一——狂喜——一带而过时，人们的兴趣再次高涨起来。

在那之后，工作人员离开了“公主”被独自隔离起来的小房间，偶尔，一个孤零零的成员的身影消失在房中，片刻之后出来时，他擦着鼻子，双眼大睁。根据观察，这些工作人员还整理了他们的工作区域，照镜子、抽烟，他们之间的谈话热情洋溢，生气勃勃，但没有什么实际内容（奥佛瀚德，2002 年）。接待员拆开过电话，以便她可以“清理它”。工作人员整体来说都异乎寻常的精力充沛以及“快活”（见下文）。

（三）

黎明前不久，几名护士回到“公主”的床边。他们调整了小房间的灯光，让一束温暖的光照在病人的身上。他们用梳子解开病人头发上的结。首席住院医师也进入了房间，当他在病人病历表上记下什么时，他那张孩子气的、与他秃顶的头如此不协调的脸垂向胸口。

此时，病人开始轻声谈论她用旧轮胎制作的一套小马。“公主”解释了她是如何用一个切割工具从橡胶中“释放”小马的，“一群”小马用绳索挂在她的预制房屋周围的树上，在微风中来回飘荡，撞击着，发出空洞的砰砰声。她解释它们拥有“奔跑的事物”的精神，尽管它们没有“像样的腿”。她注视着它们时，感受到某种“狂野奔逃的感觉”。病人进一步解释说，鼻吸或“肉上扎针”（皮下注射）安非他明使她产生了一种感觉，“没有任何具有重要意义的时间会发生在她身上”的感觉。取而代之，她变成了——就像用废轮胎制成的小马——一种“疯狂逃跑之物”。

她表示，这种飞行的感觉是她唯一真正感到自己像一个公主的时刻。

（四）

研究人员表示，此时病人病历表中的笔记变得“字迹细小而且非常非常整洁”（普兰克及全体人员，2002 年）。这些笔记表明这位病人是“一个非常有吸引力的女人”，医务人员发现了她的“迷人”。她“像他们一样，但又有所不同——她更完美——但同时更透明，更脆弱”。病历表明病人已经昏昏欲睡，可能是由于摄入甲基苯丙胺后经常出现疲劳（温策尔，1982 年）。一些医护人员希望让她睡觉，而其他人则急切地渴望去“缠住她”，用一根棍子一遍又一遍地戳她的腿，“以便让她保持清醒”。

口头记录表明，并非所有夜间值班的医护人员都被这名病人迷住了。一些人表示反对，特别是抽血师，她认为这个病人是“一个恶心的瘾君子”，“操纵成性”。她补充说，她讨厌“为可怜的、迷失的造物而倾倒的男人”，尽管这些“造物”获得的正是“他们入院要获取的治疗”。抽血师表示，除了医学努力以外，试图帮助这个病人是徒劳的，病人已经选择了自己不堪的命运，哪怕她有个关于被绑架的古怪故事。她补充道：“不是每个受害者都迫切需要用围巾和眼线来使自己引人注目的。”

（五）

等候区的安保录像带清晰地记录了凌晨 4 点 12 分发生的闯入事件。录像显示，一个干净的、铺有瓷砖的区域，被“王子”驾驶的一辆体形庞大的摩托车（或者叫“猪”）所侵占。他进来的方式是骑车冲过玻璃门，发动车子绕圈穿过接待区，此间砸碎了里面的椅子。“王子”：男性，种族不明，块头很大并且肌肉发达，留着“茶杯一样大的鬓角”。据报道，他身上“黑色皮革的数量简直需要剥几头奶牛的皮了”。不过，究竟需要几头奶牛来为“王子”提供他身上穿的皮革，这个还没确定。大部分值班的医护人员还报称，闯入者有一条“黏糊糊的黑色尾巴，有点像蝌蚪的尾巴”。对安全录像带的仔细审查确实显示出一个悬挂在王子的“猪”的背后的鞭状附属物，虽然实际上这可能是一条真正“尾巴”的可能性已经被研究人员打了折扣，研究人员将这一点以及医务人员报告的其他几个方面归咎于群体暗示（约翰森，2002 年）。（例如，医院工作人员还报告说，“王子”有“像煤一样发出红光的双眼”，还有“蜥蜴和蛇从他的靴子上滑下”。）

据称，“王子”把“猪”停好以后，穿过接待处，来到急诊室大厅，他脚上沉重的皮靴刮花了地板。他大嚷大叫说有人带走了他的“女人”，并且大声发问哪里能找到他的“小猫”。

“公主”和医院工作人员逃到供应柜那里，蜷缩在柜子后面，“王子”的行为仍然没能得到恰当的控制。他们一致同意应该报警并且通知医院的安保人员，遗憾的是，供应柜里没有电话，那样的话便需要有人冲进走廊里。“王子”正在发火，推翻推车，把锤子般的手砸到墙上，吃掉为不幸进入急诊室的孩子们准备的糖果。“公主”的声音由于供应柜里的拥挤而变得低沉，她指出“王子”拥有特殊的邪恶魔力，挑战他的人必须既善良又聪明，他或她必须携带一个银色的小铃铛——这个铃铛挂在“公主”脖子上的一条链子上。

随着“王子”的破坏闹出的响动越来越大，首席住院医师觉得他应该是那个挺身而出，拯救他自己、工作人员和曾经精神病发作但现在相当甜美可人的“公主”的人。工作人员听到这一点很惊讶，因为他们从未注意到首席住院医师能表现出勇敢，甚至简单的善意。他们仍然感到惊讶，当他们听到他用颤抖的声音说，虽然他可能不是一个善良的人，但他肯定够聪明，所以为什么不试一试呢？供应柜里的每个人都静悄悄但真诚地为他鼓掌。“公主”恳求他小心行事，并且用颤抖的手把铃铛挂在他的脖子上。他溜出门时，她给了他一个温柔的吻。

英俊柔弱的男人对女性的“拯救”是古老民间故事的主要内容，旨在通过将丈夫表现得良善无害，比和自己一团糟的家庭生活在一起要好得多，使年轻女性摒弃不负责任的独立倾向，向现行的婚姻习俗妥协（参见《灰姑娘》，格林，1812 年）。尽管存在柔弱男性战胜更性感“动物”的挑战者的传统，然而所有人都不确定首席医师能用他手头的工具——听诊器、一支钢笔和寻呼机——击败“王子”。很难确定住院医师能用这些东西造成什么样的损害，因为根据他自己的说法，当面对凶狠可怕的“王子”——“闻起来像燃烧的橡胶，还有白色的东西挂在他的胡子上”——时，他僵住了，他悄然举起不忠的手，指向“公主”和其他医护人员躲藏的供应柜。

“王子”用一只大手拧开门，然后“公主”突然现身。

根据医护人员的说法，当“王子”抓住她，把她可爱的文艺复兴风格的连衣裙抹上油脂的时候，“公主”高声尖叫。记录显示，“王子”和“公主”组成了一幅奇怪的画面，一幅让人想起“一个噩梦般的生物抓住一碟法式小点心”的画面（佩蒂克斯，2002 年）。据报道，“公主”说“没关系”，还有“不，我想和他一起走，真的”，并且——用一种紧张的语气——说“他是我老爹”，但工作人员显然不相信她。他们认为她只是试图“安抚压迫者”以尽量减少家庭暴力的可能性。工作人员通报当局以前，“王子”骑在了“猪”身上，“公主”在他身后安顿下来。

“王子”和“公主”冲出大楼，在一片废气中消失在了黑夜里。

结　局

“王子”和“公主”离开之后，工作人员抱怨说，首席住院医师表现得“特别懦弱”，并且抱怨“公主”被“牺牲”了，被“掳到一个预制房屋里，那里的一切要么迅猛而疯狂，要么黑暗、悲伤，催人入睡”。大多数工作人员认为应该做点什么来帮助这个女孩，不过，有些人认为这是公主们的诅咒，她们总是受到这个或那个王子的摆布，她最好的机会是拯救自己，后者似乎不太可能。首席医师很快站到了抽血师那一边，在他看来，“公主”“只是个瘾君子”，不管怎么说她都“表现出了寻求毒品的行为特征”，他还用言语和行为暗示，吸毒成瘾者本质上算不上人类，他们遭遇任何厄运都是罪有应得。然后，他双手插在口袋里，匆匆走过被日光灯照亮的走廊。

他的脖子上仍戴着那只银铃，直到死去。

● 为我的诗人朋友理查德·赛肯（Richard Siken）写这个故事的时候，我正在做大量关于冰毒生产的研究（我真希望可以说自己在设立一个秘密实验室，但那是一个写作项目）。那时候，网上关于毒品的信息还没有现在这样丰富，所以我不得不去图书馆查找资料。在大学图书馆排列紧密的书架深处，我发现了一堆以甲基苯丙胺滥用者为主题的社会学期刊。现如今，我敢肯定有许多杰出的社会学家对吸毒的道德观念进行了鞭辟入里的研究，但我当时发现的是一些枯燥的、注释冗繁的关于滥药者的文章。这些论文太有意思了。我很高兴。当性、毒品和摇滚乐成为严格的学术研究对象时，它们总是在不知不觉之间变得有趣起来，但我发现的文章是如此滑稽，如此轻易采信，令人禁不住有些感动。在脚注和引文的下面，研究人员的天真赫然可见。

虽然这不是我需要的信息，但我入了迷。整个下午我都在图书馆做笔记。我可以看到研究人员坐在塑料桌子旁，采访一群头脑混乱、神志恍惚的浑球，他们一边回答问题，一边掂着膝盖，摆弄铅笔。我在阅读中注意到，有些事实让人感觉到不太可信。我开始意识到，文中的许多信息并不完全是确切的。为什么会这样？我猜瘾君子不是一群特别诚实的人。我尤为着迷的是他们编造的那些不可靠的毒品俚语，它们用令人心碎的斜体字展现出来，很可能一字不差——实在是太愚蠢、太明目张胆和多姿多彩了。我想知道，研究人员是真的那么容易受骗吗，还是因为急于发表论文而不在乎？（我希望他们是被骗了。）我在这篇小说里使用了其中一些俚语，并编造了另一些俚语。现在我不确定哪些是我的了，这说明了这些俚语有多荒谬。这个故事是根据许多童话改编而成，当然，它的灵感也来源于童话里的公主们，尤其是灰姑娘。

我并没有打算根据这些学术文章写一个故事，不过，当我开始为理查德·赛肯写童话时，我发现自己在思考童话、药物诱发的精神性疾病和容易上当的科学家之间的关联。毕竟，我们可能认为自己了解这个世界的本来面目，但人类的绝大部分经历都缺乏经验数据。真相是有用的，可是不尽真实的东西却自有某种吸引力，它是酣眠边缘的阴影，是嗑高化学药品以后的晕眩，也是唯一的处所，在这里，我们中的大部分人得以窥见神话传说中的人物，比如女巫、仙女、怪物、公主和信得过的瘾君子。也许我们最终都只相信自己愿意相信的事物。

——斯黛西·里希特

橙色

● 尼尔·盖曼 *Neil Gaiman*

（第三者对调查员书面问卷的回应）仅供阅读

1. 杰米玛·格洛芬德·佩图拉·拉姆西。
2. 6 月 9 日就 17 岁了。
3. 过去五年。在这以前我们住在格拉斯哥（苏格兰）。再往前，我们住在卡迪夫（威尔士）。
4. 我不知道。我想他现在从事杂志出版业。他不再跟我们说话了。离婚搞砸了，妈妈最后付给他很多钱。这对我来说似乎有点不对。不过这也许是值得的，如果这样能摆脱掉他的话。
5. 既是发明家也是企业家。她发明了“填馅松饼”（注册商标），并创立了填馅松饼连锁店。我小时候很喜欢这些的，可是如果每顿饭都让你吃松饼，你就会厌倦，特别是当妈妈把我们当作实验小老鼠的时候。全套的圣诞节土耳其晚餐松饼是最糟糕的。但是大约五年前她把自己连锁店的股份卖光了，开始研究“我母亲的彩色泡泡”（这个还不是真正的注册商标）。

6. 两个。我妹妹妮莉丝 15 岁，我弟弟普瑞德里 12 岁。
7. 一天几次。
8. 不。
9. 通过上网。也许在 eBay（易贝）上。
10. 自从她认为全世界都想要鲜艳的荧光色泡泡以后，她一直在购买来自世界各地的颜色和染料。可以用泡泡液吹的那种。
11. 那不是一个真正的实验室。我的意思是，她管那地方叫实验室，但实际上只是一间车库。只不过她拿了一些“填馅松饼”赚的钱去装潢它，给它装上了水槽、浴缸、本生灯什么的，还给墙壁和地板铺上了瓷砖，那样清理起来更容易。
12. 我不知道。妮莉丝曾经相当正常。在 13 岁的时候，她开始阅读这些杂志，并将这些奇怪女人的照片贴上墙，比如布兰妮·斯皮尔斯等。（对不起，如果有布兰妮的粉丝读到这个。）我就是不明白她在干什么。整个橙色事件去年才开始。
13. 人工美黑霜。她涂了这种东西以后，你几小时内都不能靠近她。她把美黑霜涂到皮肤上以后，从来不等它吸收，所以它会被弄到床单上、冰箱的门上，在她淋浴的时候脱落，到处留下橙色的污渍。她的朋友们也涂这个，但他们从来不像她那样涂。我的意思是，她会厚厚地涂上一层那种霜，一点儿也不打算让自己的肤色看起来像人类，而且她认为自己看上去棒极了。她去过一次美黑沙龙，但我不认为她喜欢，因为她再也没有去过。

14. 橘子女郎。奇特族矮人。胡萝卜头。杧果队加油。橘子汁饮料。
15. 不太好。但她看上去真的不在乎。我的意思是，这个女孩曾经说她觉得科学或数学都没有意义，因为她一离开学校就会成为一名钢管舞者。我说，没有人愿意付钱看你跳完全套的，而她说你怎么知道？我告诉她，我看了她那个跳裸舞的视频，那个她自己拍好留在相机里的视频。她尖叫起来说，把那给我。我告诉她我已经删除了。然而说老实话，我觉得她不会成为下一个贝蒂·佩吉或者别的什么人，首要原因，她的体形是四四方方的那种。
16. 德国麻疹，腮腺炎，还有，我想普瑞德里与祖父母一起住在墨尔本时得过水痘。
17. 在一个小锅里。我想它大概有点像果酱罐。
18. 我不这么认为。无论如何，上面没有看起来像警告标签的东西。但是有一个回邮地址。它来自国外，回邮地址是用某种外国字母写的。
19. 你必须明白，妈妈已经连续五年从世界各地购买颜色和染料。“荧光色泡泡”的特色并不是有人可以吹出发光的彩色泡泡，而是它们在破掉以后，不会在所有的东西上留下四溅开来的染料。妈妈说这件事早晚会变成一场官司。所以，不。
20. 妮莉丝和妈妈吵起来了，因为妈妈从商店回来的时候，除了洗发水，妮莉丝让她买的东西她都没有买。妈妈说超市找不到美黑霜，但我想她只是忘记了。所以妮莉丝猛冲过去，砸上门，走进卧室弹了一首特别响亮的曲子，很可能是布兰妮·斯皮尔斯的歌。我在院子里给两只猫，一只南美栗鼠和一只名字叫作罗兰的豚鼠——长得像一个毛茸茸的抱枕——喂吃的，所以我错过了这一切。

21. 在厨房的桌子上。
22. 当我第二天早上在后花园里找到空的果酱罐时。它在妮莉丝的窗口下面。这件事情不需要夏洛克·福尔摩斯也能想明白。
23. 老实说，我不能被打扰。我认为这会惹来更多的大喊大叫，你知道吗？妈妈很快就会发现这件事的。
24. 是的，这是愚蠢的。但如果你明白我的意思，这并不是唯一的蠢事。也就是说，这对于妮莉丝来说是愚蠢的。
25. 她发光了。
26. 一种闪烁的橙色。
27. 当她开始告诉我们，她将像神一样被崇拜，像她在黎明时代那样。
28. 普瑞德里说她飘浮在距离地面一英寸的地方。但实际上我并没有看到这一点。我以为他只是在附和她怪异的新表现。
29. 叫她“妮莉丝”这个名字时她不再答应了。她在大部分时间里将自己描述为“我的内在”或“媒介”。（“是时候让媒介进食了。”）
30. 黑巧克力。这很奇怪，因为在过去，我是家里唯一一个算得上喜欢吃黑巧克力的人。但是普瑞德里不得不去买很多很多的黑巧克力。
31. 不，妈妈和我只是觉得这样更像妮莉丝。比平常更有想象力的、怪异的妮莉丝。
32. 那天晚上天黑的时候。你可以看到那种橙色，在门缝底下闪烁，像萤火虫之类的，或者灯光表演。最奇怪的是，我闭着眼睛仍然能够看见它。
33. 第二天早上。我们所有人。
34. 事到如今非常明显了。她甚至看起来不再像是妮莉丝了。她变得朦胧，像一幅残像。我想到了，就是……好吧。假设你正盯着一个非常明亮的东西，那是蓝色的。然后你闭上眼睛，你会在你的眼中看到这个发光的橙黄色残像。这就是她的样子。

35. 他们也没有工作。

36. 她让普瑞德里离开，去给她买更多的巧克力。妈妈和我无法离开房子。

37. 大部分时间里我只是坐在后花园里看书。我真的没有别的事情可以做。我开始戴墨镜，妈妈也是，因为橙色的光线对我们的视力有害。除此之外，我们什么也不能做。

38. 只有当我们试图离开或打电话给任何人的时候。不过，房子里有食物。冰箱里还有“填馅松饼”。

39. “如果你一年前阻止她涂那种没脑子的美黑霜，我们就不会落到这种地步了！”但这是不公平的，后来我道歉了。

40. 当普瑞德里带着黑巧克力棒回来的时候。他说他走到一个交通管理员面前并对那个男人说，我姐姐变成了一道巨大的橙色光束，控制着我们的思想。他说这个男人的态度极其粗鲁。

41. 我没有男朋友。我有过一个，但他和那个染金发的邪恶女友（我不打算在这里提到她的名字）一起去滚石乐队演唱会后，我们分手了。还有，我是说，滚石乐队？那些小老头在舞台上跳来跳去的，假装在摇滚？拜托。所以，没有。

42. 我非常想成为一名兽医。但后来我想到这份工作包括不得不弄死动物，我就不确定了。在做决定之前，我想先旅行一下。

43. 花园软管。我们把它开到最大，分散了她的注意力，当时她正在吃巧克力棒。然后我们把水管喷向她。

44. 不过是橙色蒸汽而已，真的。妈妈说她的实验室里有溶剂之类的，如果我们可以进去的话。但是现在“她的内在”气得滋啦作响（就是字面上的意思。她像是把我们固定在了地板上。我解释不了。我的意思是，我没被困住，但我不能离开，也无法移动我的腿。我只能站在她把我留下的地方。）

45. 在地毯上方约半米的地方。要穿过门的时候她会沉下去一点儿，这样一来就不会撞到她的头。软管事件发生以后，她没有回自己的房间，只是待在主房间里。一团发光的胡萝卜颜色，气呼呼地飘来飘去。

46. 全面统治世界。

47. 我把它写在一张纸上，交给了普瑞德里。

48. 他不得不把它带回去。我不认为“她的内在”搞懂了钱这回事。

49. 我不知道。与其说这是我的主意，不如说是妈妈的。我想她希望溶剂能去除橙色。在那时候，这也无妨。没有什么能让事情变得更糟了。

50. 它甚至没让她感到不安，就像软管里的水流一样。我很确定她喜欢它。我觉得我好像看到她在吃巧克力棒以前蘸了一点儿溶剂，虽然我不得不眯着眼睛才能看见她周围的东西，这是一种强烈的橙光。

51. 我们都会死。妈妈告诉普瑞德里，如果奇特族矮人让他再次买巧克力，他就不应该再回来了。那些动物让我感到非常沮丧——我有两天没有喂过南美栗鼠和豚鼠罗兰，因为我无法进入后花园。我哪儿都不能去。除了厕所，可是上厕所也必须得到准许。

52. 我想是因为他们以为房子着火了。那些橙色的光。我的意思是，有这种误会很正常。

53. 我们很高兴她没对我们这样做。妈妈说这证明妮莉丝还在那道橙光里头的某处，因为如果她有能力让我们变成黏性物质，就像她对那些消防员做的一样，她本来可以那么做的。我说，也许她一开始没有足够的力量把我们变成黏性物质，现在她懒得费那劲了。

54. 你甚至都看不见里面有个人。这是一束明亮的、搏动的橙光，有时它就在你的脑子里。
55. 宇宙飞船降落的时候。
56. 我不清楚。我的意思是，它比整个街区大，但它并没有弄碎任何东西。它有点像是笼罩在我们的周围，所以我们的整个房子都在里面。整条街也在里面。
57. 不，可是它还会是什么呢？
58. 一种淡淡的蓝色。它们并不搏动。它们闪烁。
59. 多于六个，不到二十个。很难分辨出来这是不是五分钟以前和你对话过的同一位智能蓝光。
60. 三件事。首先，一个承诺——妮莉丝不会受到伤害。其次，如果他们能够让她恢复原状，他们会告知我们，并且把她带回来。最后，荧光泡泡液的配方。（我只能假设他们在读妈妈的心，因为她什么也没有说。也有可能是“她的内在”告诉他们的。她肯定能够获得一些“媒介”的记忆。）另外，他们给了普瑞德里一件玻璃滑板样的东西。
61. 一种液体声。然后一切都变得透明。我在哭，妈妈也是，而普瑞德里说“酷毙了”，我哭到一半开始咯咯笑，我们的家恢复了原状。
62. 我们走到后花园，往上看。某些事物闪烁着蓝色和橙色的光，高高在上，越来越小，我们一直眺望着它，直到看不见为止。

63. 因为我不想那么做。

64. 我喂了剩下的动物。罗兰状态不佳。几只猫似乎很高兴有人愿意再次喂它们。我不知道栗鼠是怎么跑出来的。

65. 有时候。我的意思是，你要记住，她是这个星球上最令人恼火的人，甚至在整个“她的内在”这件事发生以前。但是，我猜我还是想的。如果告诉你实话。

66. 晚上坐在外面，凝望天空的时候，我想知道她现在在做什么。

67. 他想把他的玻璃滑板弄回来。他说这是他的，政府没有权力保留它。（你就是政府，不是吗？）妈妈似乎很乐意与政府分享彩色泡泡配方的专利。那个男人说，它很有可能是某种分子之类的一个全新分支的基础。没有人给我任何东西，所以我没什么可担心的。

68. 有一次，在后花园里，仰望夜空的时候。实际上，我认为它只是一颗橙色的星星。它有可能是火星，我知道他们把火星叫作红色星球。虽然有那么一段时间，我觉得也许她又是她自己了，她在跳舞。无论她在哪里，所有的外星人都喜欢她的钢管舞，因为他们没看过更好的舞，他们认为这是一种全新的艺术形式，他们甚至不介意她的体形有点方。

69. 我不知道。也许，也许正坐在后花园和猫说话，或者在吹出颜色很傻的泡泡。

70. 直至我死去之日。

我证明这是我对事件的真实陈述。

签名：

日期：

“太阳，请你进来。”在拉弗蒂（R. A. Lafferty）改写自《奥德赛》的《太空之歌》（“Space Chantey”）里，那些巨人唱道。驯服的太阳每天早晨都如常而至，如同一只宠物狗。

这是一个非常古老而简单的故事，真的。一个关于错误的故事，关于一间小魔术店的故事，关于那些我们不该知道的事情的故事，一个两姐妹（一个是明智的，另一个则不那么明智）的故事。那种从来就不是晒黑霜的东西取代了钻石，以及从嘴里翻滚而出的蟾蜍。

据我所知，萨谢弗雷尔·西特韦尔是第一个指出这一点的人：是徘徊不去的神秘与我们同在，而不是对于神秘的解释；是问题与我们同在，而不是对于问题的答案。但有时候答案和解释反过来可能会产生神秘感，或者留下空间和空白。有的时候，只有当我们知道问题是什么的时候，我们才能理解答案的含义。

是故事被讲述的方式定义了故事。它告诉我们该为故事里的哪个人欢呼，我们希望谁活下来。“编辑们，”罗杰·泽拉兹尼告诉我，“以为他们买下的是故事，但事实并非如此。他们买下的是讲故事的方式。”

有时太阳最好不要进来。毕竟，这是一个警示故事，我认为这种故事甚至早于那类“为何、如何事情变成了这样”的故事（“不要去那里。你的叔叔就是这样被狮子吃掉的。”“别吃它。让我告诉你它对我的肠子产生了什么影响。”）如果事情的开头不错、结局更好，那么它就不是一个警示故事。

然而，关于一种幸福结局的可能性依然存在，我们必须把它带到我们能找到它的地方。太阳，进来吧。

——尼尔·盖曼

普赛克的黑夜

● 弗朗西斯卡·莉娅·布洛克

Francesca Lia Block

普赛克在网上遇到了丘比特。他们两人都已经在恋爱中屡屡失败，所以两个人都很谨慎。普赛克的上一段恋爱是与一个声称自己离了婚的男人发生的，但原来他只是与妻子分居，他声称自己还爱着妻子。当普赛克告诉这个男人她爱他——那是知道他有妻子以前——的时候，他说："我也爱你。我爱每一个人。我们都是一体的。"丘比特的上一段恋爱是与一个自恋、控制欲强的女演员发生的，在普赛克出城探望自己那自恋、同样控制欲强的母亲的时候，她突如其来地决定与他分手。"你太任人摆布了。"她说道，虽然她似乎并不介意这一点，当他在她身边的时候。尽管有这些经历，丘比特和普赛克都挺喜欢对方档案里的资料，所以他们克服了自己的恐惧，在电话里聊过几次天。他们在电话里挺谈得来，普赛克一直希望丘比特能请她去喝杯咖啡或茶，在电话里聊得愉快以后这样做很平常，但他从来没有邀请过。一天晚上，她喝醉了之后，给他打了电话。她当时刚去完一个派对，派对上没有一个男人对她感兴趣，要么就完全无视她，她和丘比特一直通着电话，大笑调情了好几个小时。最后，普赛克邀请了丘比特。夜里两点他来了。

普赛克告诉丘比特从后门进来，后门没锁。普赛克住在靠海滩的一栋海滨公寓里。可以从卧室闻到大海的气味，房子还有一个小小的后花园，里面生长着蓝花楹树。树上的紫色花朵会落入小池塘中，池塘的四周环绕着长满青苔的石头。普赛克喜欢想象那个花园里住着小仙子。

当她听到后门打开时，她屏住呼吸。她为什么要这么做？她想。她突然对自己可爱的仙子公寓感到一阵轻柔的不舍，从这里能走着去海滩。丘比特说不定是一个连环杀手，他可能会杀了她，她会死掉，再也不能住在她讨人喜欢的、受租金管控的公寓里了。但他的声音听起来如此温暖，如此发自内心，她确信这个男人不是连环杀手。如果他不讨人喜欢怎么办？在他的照片中，他看起来很帅，但他有可能用假照片。

丘比特也在想同样的事。她的照片是过去拍的吗？她照完照片以后体重是否增加了一大截？那些是她的照片吗？她是酗酒者（丘比特戒了酒）吗？她会不会是一个疯女孩，第一眼便决定爱上他，并且会在他拒绝她以后跟踪他？这就是你应该永远选择在公共场所第一次见面的原因。

但是丘比特和普赛克都很长一段时间没有上过床了，电话里有太多的化学反应，他们由于自己的孤独和欲望而让步。普赛克的房间里挺暗，但是他们的嘴唇一相触，他们就感觉到了对方的身体，闻到了对方的气味，倒在了床上，他们知道那种吸引力确实存在。（他不是连环杀手！她不是疯子！）丘比特在普赛克的怀抱中感到勇猛强壮，普赛克则感觉轻盈柔软，她长长的浅棕色鬈发缠绕着这个男人，轻触他的嘴唇。

他们深受对方的吸引，以至于丘比特每周六晚上都会爬上普赛克的床，如此持续了一个月，他们欣喜若狂地做爱，然后拥抱在一起聊天。普赛克是一名幼儿园老师，在过去的八年里，她谈过一段又一段不成功的恋爱。她的父母都死了，最好的朋友最近结婚并且怀孕了，所以她们现在鲜少见面。普赛克业余时间喜欢读诗，练习瑜伽。丘比特是一个有抱负的演员，不过他已经放弃了自己的梦想，现在帮人送货。他与母亲关系复杂，从小就没见过自己的父亲。丘比特参加了每周一次的匿名戒酒者协会的会议，目前是会议的秘书。像普赛克一样，他也做瑜伽，喜欢阅读关于灵性的书。丘比特和普赛克在音乐和电影方面的品味相同，把《齐柏林飞艇Ⅳ》和《柏林苍穹下》视为自己最喜欢的经典之作。他们都喜欢狗，但他们住的地方都不能养狗。

这些都是事实——通过阅读对方的个人资料以及互通电话得知的事实。还有其他一些他们无法了解的东西，比如丘比特在大笑的时候以一种软乎乎的、迷人的方式哼鼻子，普赛克像一个小女孩那样咯咯笑，如此一来，他们的笑声便会组成一首完美的乐曲；丘比特的体温总是有点高，普赛克则有点低，他们恰好互相平衡；他们知道如何既猛烈又温柔地亲吻对方，知道如何调配自身的力量或柔韧度去配合对方。他们知道彼此身体产生的化学物质是如何混合在一起配制成某种香水的，尤其是与海洋的味道以及花园的香气混合在一起，这种香水要花费一位专业的调香师许多年时间才能调配出来。他们不可能知道对方能不失时机地说出正确的话语，就像普赛克温柔地告诉丘比特，她认为他很可能会是一个非常棒的演员——她可以通过他诙谐幽默、富有魅力的个性以及美妙的嗓音判断出这一点。而丘比特告诉普赛克，她有一个很美丽、很美丽的灵魂。

性爱很棒。枕边夜谈很棒。但它只发生在晚上。

普赛克想要更多。在她和丘比特做爱之后，她希望他在这里过夜，带她出去吃煎蛋卷。她希望他们能在下午坐在床上看电影，吃上面铺有蘑菇和焦糖洋葱圈的比萨或者大声为对方朗读。普赛克想和丘比特一起洗衣服，一起去农贸市场买草莓。她想给丘比特一些抗抑郁和疲劳的天然增补剂。有朝一日，她想和他生一个孩子，一个名叫乔伊的女婴。（丘比特曾经大声问过她："如果一遇到某个人你马上就想和她生孩子，这是因为你应该和她生孩子呢，还是仅仅因为荷尔蒙和心理投射的作用？"她不敢回答，所以她在黑暗中耸了耸肩，再次吻上他的嘴唇。）除了想要生孩子外，普赛克还想买一件有着丘比特眼睛颜色的衬衫，或者至少是她想象中他的双眼的颜色，因为她无法看到它们——他总是从黑暗中来到这里，与她做爱，然后在天亮以前就离开了。

事实上，她确实在旧货店给他买了一件衬衫，一件大号奶油色的法国棉衬衫，上面覆盖着蓝色鸢尾花图案（她没有与他一起逛过街；她想找一件有玫瑰花图案的复古连衣裙，但这件衬衫吸引了她），但是她知道她还不能把它送给他，因为这会吓跑他（尽管她已经选好了他们还没出生的女儿的名字这件事儿，已经足够吓跑他了），她把这件衬衫塞进自己衣橱深处，把它留到他不再害怕的那一天再送给他。她在想象中把这件衬衫给他，并且露出一个随意的笑容："哦，是的，我刚找到这件衣服。希望你穿着合身。"（事实上它很合身，她在做爱时用双手量过他的肩宽）。

普赛克是对的，丘比特不会想要这件衬衫，即便它的颜色确实与他的双眼相配，并且刚好是他肩膀的尺寸。这件衬衫会感觉像是某种承诺的象征，他惧怕承诺；他知道他甚至无法对自己信守承诺。他的日常工作耗尽了他的精力。丘比特是一个有天赋的演员——他在大学里参加过戏剧社，受到过一些经纪人的关注——但他担心，如果完全投入到艺术中去，他可能会一败涂地。他毕业后参加过试镜，但是他的运气不佳。他开始酗酒。最后他的经纪人解雇了他。现在他戒酒了，但他甚至不再演出了；他告诉人们他没有干这个的时间，他的工作太累了。他喜欢普赛克，喜欢和她在一起，但她有点吓着他了。她给他发了她最喜欢的诗人——例如聂鲁达和萨福——的诗，那时候她甚至还不认识他！她似乎想把他拽到白昼的光线下，像打扮一个洋娃娃那样打扮他，带他出门，向全世界炫耀他。他之所以在黑暗中来到她面前，是有原因的。原因并不是像她怀疑的那样，他为被看见与在她一起而感到羞耻（毕竟普赛克在经历了这么多次失败的恋爱以后，对自己的外表感到不太自信），又或是他不想在阳光下看见她，或者他只把她当作一个上床对象而不是人去看待。不，他知道在黑暗中他可以保存自我。丘比特不想在任何人身上迷失自己。他知道和某个人约会是什么感觉，第二天晚上和下一个晚上与她见面是什么感觉。到了第四次或第五次，他感觉自己像是完全隐形的。这就是他只在晚上到普赛克这里来的原因。他不会在她身上失去自我。他已经在黑暗中变得隐形了，所以他无法消失。出于这个原因，他坚持不让普赛克在白天看到他。

普赛克正在接受治疗，并且知道自己对丘比特投射了太多东西。他只有在夜里才会来到她身边，这让她更多地投射到他身上。她觉得和丘比特在一起的感觉是恐慌和盲目的，那种感觉就像小时候玩捉迷藏时，她是那个被蒙住眼睛的人。“它。”

一天晚上，丘比特在做爱之后睡着了。普赛克希望他能一直睡到早上，这样她才能在白昼中看到他的脸并且和他出去吃早餐。她长时间无法入睡，看着时钟，等待太阳升起。房间感觉很热，很闷。终于，普赛克等不及了。她起身点燃一支蜡烛，看着丘比特躺在她身边沉睡。她看到的他并不是一头野兽，像她有时候碰触到他胸部的皮毛和角上的刺时所怀疑的那样（如果他是一头野兽，她也不在乎，她仍会想要给他买杂货和营养品——可能还会买更多的营养品！——她甚至会和他一起出去吃早餐）。他是一个高大俊美的男人，他的眼睛，如同她怀疑过的那样，像蓝色的鸢尾花。他看起来确实与个人资料上的图片一样。她屏住呼吸，眼泪突然涌入她的眼睛里，如同胸中的一阵剧痛。但随后一些烛泪落在丘比特的胸前，在他的心脏上方。他醒来，看到普赛克看着他。她眼中的爱和需要是那样的丰盛，让他害怕。他想逃跑。

“你爱我没有我爱你那么多，”普赛克在看到他眼中的恐惧时哭了起来，“我以前谈过这样的恋爱。我不能再经历一次了。”

这让丘比特更为害怕，他说：“我不知道我对你是什么感觉。我喜欢你，我喜欢和你在一起，可是我知道的只有这些了。我没有见过其他人。”

“你一直在见别人吗？”普赛克喊道，她的整张脸都因恐惧而扭曲。

丘比特生气了。他回答时说得很慢。“没有。普赛克。我没有见过其他人。”然后他冷静地补充，“但如果碰巧的话，我可能会和别人喝茶。”

“茶？”普赛克喊道，“和某人喝茶是什么意思？茶是上床委婉的说法吗？我办不到。”普赛克常常说我办不到。每当她在一段关系中感到害怕，她就会这么说，然后她就后悔了，因为听到她这么说的那个人在同一时间决定，他也办不到。

“我不能再聊下去了。”丘比特说。

“等等。”普赛克说道，随着肾上腺素消失，她的态度软化下来，因为她意识到她干了什么，就像与其他男人恋爱的时候一样，现在挽回可能太晚了。“我只想告诉你，我认为你很优秀，我不希望我们再伤害对方。这里面没有对错。我们只是想要不同的东西。”

丘比特同样因为无奈，因为对普赛克的同情而态度软化下来，回答道：“你很漂亮，很出色，我不想搞砸这段关系。我们都没有错。我们只想要不同的东西。”

然后他吹灭蜡烛，从后门离开，独留她在黑暗中因悔恨而颤抖。

黑暗对于普赛克来说并不安全。如果她在黑暗里消失，她觉得自己可能永远无法再回来。

但她还有很多任务要做。这是她必须去的地方。

普赛克在具象的黑暗中努力工作。她在幼儿园教书、逛集市、洗衣服、打扫公寓、练习瑜伽——直到浑身是汗，在花园里冥想，在沙滩上跑步、健身，支付所有账单。她还试图保持自己的外表。理发、美容、修甲、修脚，这些她都做了，她还在旧货店买了一些便宜而且可爱的衣服（这次她谨慎地避开了男装部），这样她就不会感到自己全然消失在黑暗中。尽管她的生活看起来轻松、欢畅、快乐：在学校里，她和孩子们在一起，周末她独自一人在阳光灿烂的小公寓里度过，她对这些很满意——墙上贴满了图画纸，上面是孩子们用蜡笔为她作的画，它们闪闪发亮，可是当太阳下山时，她感到如此黑暗和空虚，好像有人窃取她的内脏并且带着它们跑掉了，她徒留躯壳，如同一个被挖空了的老葫芦，在黑夜里腐烂。她觉得自己像一个腐烂的南瓜，可以用拳头击碎，你只需轻轻一碰，它便会塌下去。普赛克上床以后，读了几章小说，在黑暗中，她哭着睡着了。第二天早晨，当发现自己仍在原处时，她总是感到惊讶。

普赛克通常在星期一的下午去见索菲亚，她的治疗师。幸运的是，普赛克有一位相当在行的治疗师，她收费低廉，因此普赛克能每周进行这种治疗。（如果你的名字是普赛克，你真的最好雇一个他妈的治疗师，一个像索菲亚这么伟大的治疗师。）当普赛克遇到丘比特时，索菲亚去了意大利，在那里待了一个月。如果她的治疗师没有离开，普赛克很可能根本不会点那支蜡烛。她不会对丘比特搞突然袭击，他们仍会在黑暗中做爱。普赛克以往也与别人分手过，当她的治疗师不在的时候。然而，其他治疗师都不如索菲亚。他们中有一个是一个真正的心理学家，当她告诉他，恋情进展不顺利、她想要分手的时候，他管普赛克叫婊子。另一个患有一种罕见的疾病，在假期结束后没多久便去世了，在此期间，普赛克与男友分手了。当治疗师去度假的时候，普赛克与男友的相处总是出问题。但索菲亚非常明智。她从意大利度假回来后，告诉了普赛克几件非常重要的事情：

1. 爱情是痛苦的。你无法避免痛苦。它是爱情的一部分。（普赛克讨厌这一条。）
2. 你也许觉得那种痛苦会毁掉你，但事实并非如此。（这一条好些。）
3. 当婴儿与母亲联系紧密时，他们之间的意外与误解，会比完全不理解彼此以及从不联系的母子之间更多。
4. 维系一段成功关系的关键不在于你失误了多少次——那是不可避免的——而在于你有多少次能够通过善意的沟通来愈合裂痕。

“你为什么不给他打电话？”索菲亚问普赛克。

“他不喜欢打电话，”普赛克说，“如果我打过去，他会在电话里表现得很奇怪。他喜欢把事情发生的时机掌握在自己手里。也许我可以给他发一封电子邮件向他解释：他让我觉得他真的很喜欢我，所以我失去了自制。我开始喜欢上他。我害怕起来，因为他不让我在有光线的时候看到他。出于好奇，我点亮了一根蜡烛，然后我看到他的反应有多么害怕，我更惊惶了。因为他是如此美丽，所以我在言语上攻击了他。然后他告诉我他想和其他女人一起喝茶，这吓坏了我，因为他过去从来没有提到过这些。我不想再与他吵架，不想说得更过火了，于是我将他赶走，结束了这段感情。”

索菲亚说：“别像律师一样说话。”

“哦，”普赛克说，“你是对的。他不会喜欢律师。”

“只给他发一句话，问他是否愿意和你谈谈，”索菲亚补充道，“面对面谈。在白天。那么你就能看明白一切了。”

索菲亚在微笑。普赛克认为索菲亚如此美丽。她有着柔软的头发，衬托出她温柔的面容。她的衣着色彩柔和，是玉石、金属和海水的颜色。她的办公室里有一尊巨大的石头观音雕像，那尊雕像在角落里亲切地凝视着普赛克，她的办公室里还铺着一块带粉红色牡丹的午夜蓝色地毯。在索菲亚成为一名治疗师之前，她是一名画家，她独自养大了三个孩子。她从不谈论自己，不像普赛克有过的其他那些总在谈论自己的治疗师。索菲亚比他们所有的人加在一起都更聪明、更善良。她有更好的边界意识，以及更多的爱。

普赛克信任索菲亚。她给丘比特发了一封电子邮件问他是否愿意同她谈谈。面对面谈。在白天。

普赛克让丘比特感觉到有压力，可是当她突然拒绝丘比特时，他受到了伤害。一切都发生得太快了。上一刻他们正在做爱，他在她怀里睡着了，紧接着他醒过来，她告诉他“他不够爱她”。接下来，她就不想再见到他了。丘比特离开普赛克的卧室以后，有点沮丧。虽然他谈过很多失败的恋爱，但他通常会给人带来正面的影响。他曾三次当选为匿名戒酒者协会的会议秘书，当他走进房间时，每个人似乎都会振作起来。他常给人介绍对象，他介绍过的人都坠入了爱河，有两对还结成了夫妻。丘比特为此感到自豪，他爱把自己看作一个开心果、一个好人。他伤害了普赛克，她对他太苛刻了，他打起了退堂鼓，所有这些都让他烦心。他的秘书任期结束以后，没有接手新任务。他仍去参加会议，但他在会议上独来独往。女人和他调情——她们总是和他调情——他和其中几个出去喝过茶。喝茶时，他想到了普赛克，他从未在白天与普赛克一起喝过茶，然后他想到了过去每一段以失败告终的恋爱，变得越发沮丧。他感到痛心。

他给普赛克回了一封邮件，在邮件中他说也许，也许他会见她。普赛克等了一个星期，没有收到他的消息。最后他写邮件给她，问她想跟他谈什么。普赛克说她想为反应过度而道歉，还有，她想看看他的脸。

丘比特依然感到受伤。他写道：“我已经走出来了。但我会考虑的。”

普赛克假装这种反应没有令她伤心欲绝，她继续完成自己的任务。她每天早上强迫自己起床，洗头发，套上几乎算得上俏皮的衣服，做早餐，打包午饭，上班，去健身房，去杂货店，吃晚餐，洗碗，拿着一本书爬上床，不向那个想要将她一口吞下的黑洞屈服。每当她查看自己的电脑，发现丘比特并没有给她发来邮件的时候，那个黑洞便稍微吞噬了她一点儿。

“他走出去了，”她想道，“我却没有。”

但随后丘比特给她发了邮件。当她在收件箱中看到他的名字时——她已经在半夜爬下了床，原来这封邮件是他在五分钟以前发来的。她的心脏狂跳，以至于她以为自己大概要晕倒了。邮件是这样写的："我还没准备好与你见面。"

普赛克装不下去了。她把她与丘比特之间的事情都告诉了索菲亚。

"我认为我们需要的只是深入考察一下，"索菲亚说，"审视你，你的过去，你的无意识。这样一来一切都会自然而然地得到解决。"

普赛克通常避免谈论她的童年、她与父母的关系以及她的恐惧。她大部分时间都在谈她约会的男人。索菲亚告诉她，她认为普赛克在逃避面对自己。因此，普赛克开始记录她做过的梦，并且把自己的童年照片带来，像索菲亚建议的那样，这样她就可以把注意力集中在自己身上。接下来的几个月里，她在索菲亚的办公室里哭泣、给孩子们上课，剩下的大部分时间她都心不在焉。她有意让在线约会网站的订阅到期，这样她就不会一遍又一遍地浏览网站，不小心瞥见丘比特那张微笑的照片。她觉得她正在筛选无穷无尽的细小种子，又像是在从一个恶毒的生物那里偷走一些珍贵的东西，又或者，她正在一次又一次地进入亡灵的世界。

即便是在天气晴朗的日子里，那种感觉也像在午夜，像在绝望的清醒中等待早晨的到来。普赛克曾经是相信爱情的，还是一个小女孩时，她相信你很容易遇到与你心有灵犀的人，你们不受时间和空间的阻隔相互吸引，一见钟情，一旦相遇，便能一起踏上旅程，直到走向人生尽头。如果出现问题，你们一起解决。即使白天漫长而艰难，你也会感到安心，因为你知道对方夜里会在你的身旁，在安宁与平静中陪伴你，用他的身体和声音抚慰你，因为你也在他的身边抚慰对方。她是通过观察自己的父母得知这些的，他们如此相爱。可是在普赛克的父亲去世以后，母亲非常伤心，不到一年便去世了。普赛克的母亲曾说过，“我不想要没有他的生活”，而普赛克曾恳求她留下来，可她还是死了，因为没有什么比没有丈夫的痛苦更重要，甚至她的女儿也不能与之相比。从那个时候开始，普赛克就对真爱表示怀疑，因为她知道，哪怕你找到它，它也会在某一天走到尽头，让你伤心欲绝。也许这就是为什么她一遍又一遍地选择那些不适合她的男人，尽管他们未必表里如一。他们是很容易让你投入大量幻想的男人。他们通常是些安静的男人，不擅长情感表达，而且经历过有必要通过保持警惕来适应不正常的情况的童年时代。这些人里不止一个酒鬼，不止一个演员。普赛克是一个漂亮、友善、受过良好教育的年轻姑娘，她有一份自己喜爱的工作和一间宜人的海滩公寓。她遇见的人对她依然单身感到惊讶。但普赛克开始明白了。

有一天在学校里，她教的一个孩子哭了。普赛克跪在她身边，问她为什么哭。小女孩说：“明天是我的生日，没有人会来。”

“你怎么知道的？”普赛克问道，“因为我会来的。”

“我就是知道，”小女孩说，“没人会来。”她又开始哭了起来。

普赛克认为她推开丘比特的方式就像小女孩。只要你对尚未发生的事感到悲伤，你就不会因此而失望。

丘比特与他在线认识的一个女人喝了一次特别失望的茶。她看起来与她的个人资料上的照片一点也不像。她对自己个人资料中提到的事情（瑜伽、阅读、外国电影、灵性）并不真正感兴趣。她是一个无神论者以及一个只知道什么是“下犬式”的私人健身教练；她从未听说过维姆·文德斯或埃克哈特·托利，丘比特开始专注于他的真正工作，而不是谈恋爱。他记得在他们夜里聊天的时候，普赛克是如何鼓励他去上表演课的，有一天他确实去了。他在《仲夏夜之梦》的一幕中扮演奥伯伦。他的奥伯伦迷人而野蛮。表演的时候，丘比特感觉自己充满了活力。他的皮肤发亮，眼睛闪闪发光，他的胃不再翻搅。有他的地方，人们再次变得鲜活。当丘比特让同学们在课堂上，在一幕戏或者一次表演练习中大笑或哭泣时，他感到自己正在飞翔。

自普赛克在夜里看见丘比特以后已经过了九个月。有一天，普赛克梦见被一个看不见的男人吻了，她醒过来，坐到电脑前，给丘比特发了一封邮件。

“我只是想你了，我希望你过得好。”她打字道。

丘比特几乎马上回了邮件。“我也一直在想你。你在和小仙子们一起在月光下的花园里跳舞吗？我感觉到了。”

“我想再见你一面，聊一聊。”普赛克第二天回信说。她强迫自己过了二十四小时才发这封邮件，只是为了表现得冷静一点。

“周末你一般有什么安排？”丘比特写道。

他认为既然她已经看到了他的脸，他们也没有发生性关系，在白天相处没什么不行。他感到普赛克是那个在黑暗中迷失的人，他想让她感觉好些，所以他选择在能够俯瞰大海的罗马别墅见她。

普赛克开车上山，路旁是月桂和梧桐树，太平洋在她下面闪闪发光。到处荡漾着蓝色，这是完美的一天。她在别墅前见到了丘比特，他们轻轻拥抱，凝视对方的眼睛。普赛克告诉自己，不要陷入其中。你是一个与他不同的人。最后，她终于明白了为什么丘比特希望他们在黑暗中才在一起。

丘比特认为普赛克在白天看起来极其可人：长长的棕色鬈发散落在她露出来的、白皙的肩膀上，她那条奶油色丝绸复古连衣裙上有红色的水彩玫瑰。她看起来如同他拥抱过的那个灵魂一样美丽。他不明白为什么过去他从未答应与她一起出门。

普赛克认为除了眉间深深的皱纹以外，丘比特看上去疲累而平静。她想用手指抚平那道皱纹。

他们走上宽阔的台阶，在葡萄架下漫步穿过一个香草园。他们走过一座喷泉，喷泉上的面具喷吐出泉水。他们来到一条小径，两侧墙身上涂着错视画，是一些用暗淡、清晰的颜色画成的建筑。他们绕着一个长长的水池走，在树篱和果树中间排列着黑色的青铜雕像，它们全都有着怪异、苍白、画上去的眼睛。

别墅的大理石地板在他们的脚下回响。黑色的人像——仙女们、勃起的萨蒂尔——在陶土瓮上饮酒作乐。由大理石雕刻而成的、对自身的赤裸浑然不觉的男女神祇平静地观察着丘比特和普赛克。

一座巨大的维纳斯雕像矗立在那里，普赛克站在她的下方。维纳斯完美无瑕的大理石皮肤和曲线玲珑的身姿对普赛克产生了威胁。当普赛克凝视着维纳斯的空白目光时，她不得不强忍住眼泪。我做得还不够吗？她冥思苦想。需要多长时间？

丘比特抬头望着维纳斯，愉快地眨了眨眼并且想道：婊子。

丘比特和普赛克去了博物馆里的咖啡店，一起坐下来喝茶，分享一块胡萝卜蛋糕，上面有一小块橙色的胡萝卜，顶端涂着绿色的奶油芝士糖霜。他们谈了自己的近况。普赛克把她的一些任务告诉了丘比特。她轻松活泼，不时大笑起来，虽然想到她的生活突然让她厌倦并且又想哭了。（她没有真正的朋友；她的工作报酬很低，很累人；她经历了一系列糟糕的恋爱，心理治疗一点也不容易。）丘比特告诉普赛克自己白天工作的时间变短，所以他可以再次去上表演课了。他正在为学生电影试镜。他试图为了普赛克和他自己把事情说得尽量正面，但自我怀疑填满了他的心。（假如他连学生电影里的角色都得不到呢？）

当丘比特说他已经重拾表演时，普赛克非常高兴，她想要再次拥抱丘比特，但她忍住了。

相反，作为一种表达热情和情感的方式，她说："当我离开公寓时，我的邻居正在遛珀加索斯，他的狗。它想让我挠它的肚子，但我快要迟到了，所以我告诉它，'珀加索斯，很抱歉，我不能挠你的肚子。我可能得习惯在见到高大英俊的男孩后从他们身边走开'。"

丘比特微笑着脸红了。他脸红了，普赛克为他的脸红感到惊讶。她想起来过去从未在白天见到过他。她希望这个故事表达了她的意思——他是一个高大英俊的男孩，她可能不得不让他离开，但不是因为她想让他离开。她认为脸红表明丘比特领会了她的意思。

既然他们聊到了狗，普赛克告诉丘比特一个学生邀请她去一个派对。在派对上，父母带来一堆小狗和孩子们玩耍。（显而易见的是，这就是那个小女孩向普赛克哭泣抱怨过的派对，每个人都来了，并且在派对上度过了美好的时光。）普赛克把一只名叫温蒂的小腊肠犬抱到她的腿上，它立即在那里睡着了。它有长长的睫毛、精致柔美的外表。普赛克爱上了它，她真希望自己能留下它。

丘比特——一个在童年时感觉与自己的狗而不是父母更亲近的男人——告诉普赛克，他希望他能雇用有小狗的人来找他，以便他可以把整个下午花在抚摩小狗上。

"你想要加入我吗？"丘比特问道。

普赛克想要伸出手去碰触他的手，她抑制住自己。

丘比特温和地问："你想和我谈什么？"于是普赛克说出来了。

她为他们上一次在一起时的过激反应而道歉。她说："当你说你想和其他女人喝茶时，我听成了你想要找一个更漂亮的人，一个会在白天让你自豪的人。但你并没有这么说，是我自己的恐惧让我拒绝了你。”

丘比特说:“说那句话以前,我觉得你是想让我定义我对你的感受,出于某种我自己也不知道的原因,当人们对我这样做时,我就感到困扰。但这不是说我要找到一个更漂亮的人,或者说一个让我在人前感到自豪的人。”

“我是在逼你,”普赛克说,“我害怕了。对不起。”

“谈恋爱的其中一部分就是要这样沟通,在阳光下谈论阴影,”丘比特说,“并不是说我对这方面很了解,至少我听说的版本是这样。”与普赛克分手后,他便向一些自己认识的幸福夫妇寻求建议,这是他从他们身上学到的其中一件事。

“当我和你在一起时,我失去了自我,”普赛克说,“就像我正在观看丘比特秀。(丘比特禁不住微笑了,他毕竟是一名演员。)我忘了我也在那里。我认为这就是事情的一部分经过。”

“我明白,”丘比特说,“我想一直和这个人在一起,经过一段时间后,我开始感觉非常糟糕,我必须找回自我。”

他们聊了一会儿,然后普赛克不得不去上瑜伽课,她向自己保证过她会强迫自己下午去上瑜伽课——她宁愿和丘比特待在一起。丘比特陪她一起走下台阶,走进停车场,走到她停车的地方,亲吻她的嘴唇。她用一连串吻快速地吻了他的脖子。她在夜里,在黑暗中做过这件事,在他来的时候,在他赞美她美丽的灵魂,但从不在白天出现的时候。

“以防万一。”她说。这意味着,以防万一我再也见不到你了,我想记住吻你的脖子是什么感觉,还有一层意思是:以防万一我们又在一起了,我会吻你的脖子作为对未来的承诺。

丘比特没有说出一些让她以为自己胸有成竹的话,因为他真的不知道接下来会发生什么，但是他把身着水彩玫瑰连衣裙的普赛克那娇小的身躯紧紧地揽在自己宽阔的胸前，当他最后一次看着她时，他的眼睛很温柔——如同蓝色鸢尾花。而普赛克，即使在她的恐惧中，也认为很可能会再次看到它们。也许她甚至可以把那件衬衫送给他。她开始去想这个男人的衬衫挂在她衣橱内的画面。但是，当然，她不确定她是否会再看到他或送给他那件衬衫。

丘比特走开，吹着口哨。他感觉更轻盈，几乎算得上快活。他并不介意这种不确定性；事实上它让他感到安心。他喜欢这种没有承诺的状态、这种暖意，并且希望永远继续下去。

另一方面，想要清晰和确定性的普赛克开始计划第二次约会，但现在她没有转过头，渴望地目送丘比特离去。相反，她在后视镜中检查了自己的双眼。

它们看起来又大又亮。它们属于她，它们看得见。

● 童话以及神话引导着我的工作和生活。我一直很喜欢丘比特和普赛克的故事，但我更关注的是普赛克。然而，我开始看到所有文化和故事内部的相互联系，所以我决定探索这个我最喜欢的故事。

存在着灵魂必须完成的任务，必须跋涉的旅程，以便为浪漫爱情的严酷做好准备——我对于这个概念特别着迷。这个故事在现代背景下发生（丘比特和普赛克在网上相遇，然后到加利福尼亚州马里布的盖蒂别墅进行了一次约会），我通过第三人称的视角写出来，展示了两个人物的内心体验。一如既往，它将我的生活经历与古代故事的指导力量结合在了一起。

——*弗朗西斯卡·莉娅·布洛克*

蚊子的故事

● 黄莉莉　*Lily Hoang*

曾经，在一个很遥远的地方，在很久以前的某个年代，有个名叫“玉”的女人，住在一个村子里。尽管玉生活在村子里，但她很想住到城里去。城市，你知道，会带来财富、富人、富有的丈夫和富有的追求者们；而村庄，你知道的，不能给你提供以上的任何一样。

“玉”的意思是“宝玉”或者“财宝”。这个名字很合适。它的意思不仅仅是说她自己就是宝玉——这个姑娘是一块真正的璞玉！——还意味着她也同样贪求财宝。

这个故事就像其他所有的魔法故事一样。不要被愚弄了，就因为我们的主角们有奇怪的名字，他们基本上和你所知道及喜欢的那些典型主人公们并没有什么不同。这些名字只是为了表明，他们置身于一个与你不一样的地方。这些名字只是为了解释，他们的价值观和文化跟你可能有点不大一样，但真的不用害怕。我们明白：不一样的东西会带来恐惧，但这不是个鬼故事。这是一个奇幻故事，尽管它的结尾有点悲伤，但那些好心肠的人们会有回报，那些坏心眼的会得到惩罚。我们是一群公正的人，尽管我们长得不一样，说着不同的语言，还有奇怪的名字。我们也是信仰正义的。

眼下，玉住在一个村子里，一个很穷的村子，尽管她非常美——就像所有奇幻故事里的女主人公一样——她被困住了。玉有多美呢？好吧，我们尽可能不要耽于强调她虚荣的癖性，但她的头发是最深的黑色，比影子还要无瑕的深黑；头发使她的皮肤更加明亮，在日光下她的肤色就会变为玫瑰色；她的眼睛就是两条缝，睫毛多过眼白，像烟雾般虚幻；她的身材，这么说吧，我们可以说她简直就是一个梦。她天生就是那种女人，那种如今通过科学和人工才能臻于完美的女人。

但这些都无济于事，因为玉和她家里没钱，也像所有女人——美或不美的——到了某个年纪，她家把她许配给了一个男人。尽管她吃得不多，但她家太穷了，再少也供应不起。

婚礼的前一天晚上，玉梦到了她的丈夫，她的丈夫应该又老又丑，还有一个垂得比睾丸还低的大肚子。但她梦到他很富有。他会给她买任何她想要的东西，而她想要一切。他会把她接到城里，虽然她必须讨好他，但他也会允许她找情人，因为她老迈的丈夫理解，年轻漂亮的女人有需求，而这种需求是那些大腹便便的老头子——依我们看来——满足不了的。

所以，当玉从一个个极尽荣华的梦中醒来时，她祈祷梦境会成真。她一边穿上她的红色奥黛，拨开脸上的头发，一边想象着她的新郎将用他那皱巴巴的风湿手揭开她的面纱，露出她的脸蛋的那一刻他将会有多激动，以及他将在她身上倾注多少金钱，而非爱情。这就是她最想要的。

当然，事与愿违，她的丈夫是一个年轻人，非常英俊，但一文不名。

虽然以前没见过面，但他一下子就爱上了玉。他是个忠诚的蠢驴，想给她买她想要的任何东西，只因为她高兴的时候看起来更漂亮。他是那种所有女人——当然，除了玉——都梦寐以求的丈夫。对她而言，他就是一个噩梦。

他的名字叫“贤”，“贤”的含义是温文尔雅。可她本来期待的是一个男人，他名字的含义是腰缠万贯。贤受过良好的教育，聪明，热爱文学和艺术。他会讲英语，上过西贡大学，但他想找一个传统的妻子，所以他回到村里找到了她。他的双亲，是玉的父母的老朋友，知道他们有个适龄的漂亮女儿。当然了，如果他父母知道这是一个多么爱慕钱财的女人，绝对不会选择她。

并不是说，玉就没有得到任何一丁点儿她想要的东西。婚礼过后，她马上要求搬到西贡。他在大学里有个职位，他早就做出了这种安排，但他没有告诉她这件事。正相反，贤在开口说“如果这就是你想要的”之前犹豫了片刻。

但城里的生活却不是她想象的那样。贤有一套体面的公寓。他不停地工作，却没有带回来多少钱。她也没有得到她想要的那些珠宝。

事实上，贤并不像人们想的那么穷。他想生活得简朴些，而不追崇铺张。他只把工资的一小部分带回家里，其余的则分给了西贡为数众多的穷人。贤明白，他的妻子想要财富和珠宝，虽然他能提供这些给她，但他的小家庭不应该比大多数人拥有更多的财富，这不公平。

然而，玉却认为她的丈夫是个傻子：一个受过教育的男人，还有教职，每顿饭就吃米饭拌鱼露，只偶尔吃肉。当然了，她就是一个跟傻子在一起的傻子。

因为丈夫一天大部分的时间都在办公室，玉开始到处晃荡。她遇到一些有钱男人，对她有欲望的男人，尽管她已经是一个已婚女人，但收下别人的礼物也没什么毛病。

然后有一天，玉病倒了，没有足够的治疗无法痊愈。贤把过去藏起来的那部分钱都拿出来了，把她带到西贡最好的医院，看最好的医生。她咳血，消瘦；她脸色变了，牙齿松动了。

贤爱她如初，坐在床边向她承诺会给她所有想要的，钱和珠宝。只要她痊愈，但那会儿为时晚矣。

玉死前让丈夫把她的身体从床上抬开。下面藏着她所有的宝贝——金手镯、玉吊坠，很多。多得过分。玉请求丈夫给她穿上最好的丝绸奥黛，并用她所有的珠宝来打扮她。虽然他很反感这样，但还是顺从了他的妻子。因为她毕竟是他的妻子，他爱她。

她很快就死了。谁也安慰不了贤。他哭到泪水都淹过了病床，他接着哭到死去的妻子在泪水上漂浮了起来。即使这样，他的泪还没流尽，他继续哭下去。

哭了三天以后，一个精灵出现了。她说：“贤，别哭了。她是个坏妻子，既不爱你，也不欣赏你。你哭成这样是为了什么呢？”

贤说：“你说的可能是真的，但她是我的妻子。我怎么能不崩溃呢？”

精灵说:“但她不值得让你这样。”

贤说:“我才配不上她。”

精灵折服了，说:“有个办法。如果你爱她，真心爱她，从你的身体里取出三滴血，滋养她恢复健康。但要注意了：你这是在为她献出你的生命，如果她不对你报以爱情。你能怎么办呢？”

然而他并没有听取她的警告。他把刀放在手腕上，切开一个小口。让三滴自己干净的血液落在她干裂苍白的嘴唇上。

玉睁开眼睛。精灵消失了。

然而玉并没有改变她的作风。她依然继续到处浪荡，尽管丈夫已经给了她一笔可观的生活费。用贤给她的钱，她买起了精致的丝绸和纯度最高的珠宝，但这还没完。她濒临过死亡。她必须要活个够。

贤继续工作，他还爱着他的妻子。他牺牲得越来越多，赚钱给她花，却不给自己一点乐趣。

他就这样直到那一天来临，玉找了一个要娶她的男人，一个肚腩垂到阴囊的老头。

她说:“我要离开你了。”

贤困惑不解。他不能理解这件事。但玉已经收拾好了她所有的东西。

他说:“但我爱你呀。”

她说:“如果你爱我，怎么会否定我的一切呢？爱就是奢侈的。如果你爱我，那就让我看到你会给我任何我想要的东西！”

他说:“但我已经给了你一切。你不缺食物、住处，乃至珠宝！而且你还拥有我。我除了爱你以外别无所为了呀！”

她说:“但爱是空虚的。这毫无意义。”

贤想明白了。他的爱毫无意义。

他的爱意味着她的性命。

他想要回他的三滴血。

她大笑。“谁想要你那几滴可怜的血？那就是你给过我的一切，对你来说算什么牺牲？”

她话音才落，已经拿出了一根针扎了一下食指，流出了他的三滴血。它们从她的手指滴落，打湿了地面。

蚊子就在这天诞生了，到处游荡寻找这曾复活过玉的三滴血。

至于贤，在妻子消失了以后——对他来说，玉只是单纯地消失了——精灵敲响了他的家门，现身在他面前，一个有着谦卑的眼睛的女人，并且从此和他一起过上了快乐的生活。

所以你看，这就是一个奇幻故事的真相，就像其他奇幻故事一样。但凡我们花点时间把名字给改过来，你根本都不会看出它有什么不同之处，因为蚊子无处不在，无时不在，它们贪婪而不可饶恕。

● 在我成长的过程中，我的父母只会说很少的英语，但当然了，由于我们生活在美国，他们想鼓励我学好英语，同时也不要忘了自己的“根”。一方面，我拥有好几本英语写的精怪故事集，另一方面越南语的也有。这些书的具体内容我记不大清了，除了它们不是传统的——我的意思是，不是西方传统下的——童话故事。

我唯一真切记得的故事就是《蚊子的故事》，所以我在这里把它复述出来。

我对于这些书的记忆是含混的：一个故事嵌在另一个我不记得的故事里，但这是一个我父母告诉我的故事，直到这个故事本身自行磨损、消褪。他们讲的童话故事塑造了我——一个如饥似渴的读者，机智、聪慧、灵敏，虽然不是特别好看——那时我三岁，能说英语和越南语。我的父母把我当成一个聚会上的助兴节目、一个天才来展示。他们让我把这些书读给他们的朋友听，先用英语读一遍，再用越南语，两种口音都很完美。然后，奇妙的事情发生了：当然了，我三岁的时候还不能阅读；但我记住了这些书的内容，它们都不长，每个故事三十到五十页，我成功地学会了什么时候该翻页，在哪里断句和续上，诸如此类。

我曾经找了又找，但既没有找到这个越南语的蚊子传说，也没有发现收录它的那本书[1]。

我本不该成为一个作家。我的家人全都不支持我。不，我本该是个医生，但从很多方面而言，我顺手牵羊的创作历史就是从那时开始的，从这个童话故事开始的，那时我三岁。

——黄莉莉

1 选集的部分灵感寄望于复活这些古老的、往往面临失传的童话故事。也许哪一天，这个故事会被人发掘出来。——原书注

首日降雪

● 安房直子 *Naoko Awa*

那是晚秋的一个寒冷的日子，在横跨村庄的一条道路上，一个小女孩蹲下来，凝视着地面。她歪着头，做了一次深呼吸。“谁在这里‘跳房子’？”她大声问道。

“跳房子”用粉笔画成，接连不断，永无止境，越过桥梁，横跨群山。小女孩站了起来。“好长的跳房子！”她睁大眼睛喊道。当她跳进其中的一格时，她的身体变得像一个弹跳的球一样轻。

一只脚，一只脚，两只脚，一只脚……女孩双手插在口袋里，向前跳。她跳过桥，沿着一条狭窄的小径穿过卷心菜田，然后经过村里唯一的烟草店。

“噢，你真有活力！”一个看管店面的老太太说道。小女孩喘息着，自豪地笑了笑。在糖果店门口，一只大狗朝她吠叫，露出牙齿。

“到底是谁画了这么长的一个跳房子？”小女孩边跳边想。当她到达公共汽车站时，下起了雪。地上的跳房子仍在继续。女孩一直跳着，她的红脸颊满是汗。

一只脚，一只脚，两只脚，一只脚……天空变暗了，一阵寒风吹来。下起了大雪，大雪在小女孩的红色毛衣上留下了白点。

“可能会变成一场暴风雪，”女孩想，“也许我该回家去。”

紧接着，她的身后响起了一个声音：“一只脚，两只脚，跳，跳，跳。”她惊讶地转过身，看到一只像雪一样白的兔子在她身后跳着房子。

“一只脚，两只脚，跳，跳，跳。”当女孩仔细观察时，她看到那只兔子背后还有一只兔子。雪花不断落下，更多的白兔跟在了她的身后。她惊讶地凝视着。

这次她听到了一个声音从前方传来。“白兔在后，白兔在前。一只脚，两只脚，跳，跳，跳。”

女孩往前看，看到了一长串白兔子跳来跳去。“哦，我不知道。”她觉得自己好像在一个梦里。“你们要去哪儿？”她问道，“这条路通向什么地方？”

在她面前的兔子回答：“通向尽头，抵达世界末日。我们是雪兔，是我们创造了雪。”

“什么？”女孩吓了一跳。她记起祖母告诉过她的一个故事。在下雪的第一天，一群白兔从北方来。它们走访每一座村庄，抛下雪花。它们跑动得如此之快，人类只看到一条白线。

“你必须要小心，”她的祖母说，“如果你被一群白兔抓住，你就永远回不了家了。你将与兔子们一起跳到世界的尽头，然后变成一大团雪。”

当女孩第一次听到这个故事时，她的脊背发凉。现在，她即将被兔子们带走。

“我要有麻烦了！”她在自己的头脑里尖叫。她试图停下来。她试图阻止她的脚踏进下一个格子里去。

随即，一只在她身后的兔子说：“别停下！我们就在你身后。一只脚，两只脚，跳，跳，跳。”她的身体像一颗橡皮球一样，沿着跳房子一直跳下去。

这么跳着的时候，女孩想起了祖母讲的一个故事。她的祖母停下手上的针线活，说：“曾经，有一个女孩被兔子带走后还能活着回家。她全神贯注地不断念诵：‘艾蒿，艾蒿，春天的艾蒿。’艾蒿是对抗邪恶的咒语。”

“我要做同样的事。”女孩想。当她跳起来时，她想象着一片艾蒿田。她想到了温暖的阳光、蒲公英、蜜蜂和蝴蝶。她深吸了一口气。当她马上就要说出“艾蒿，艾蒿”的时候，她被兔子的歌声打断了：

我们是雪兔，白如白雪；
我们走到哪里，哪里就会下雪；
白如白雪，从不停留；
一只脚，两只脚，跳，跳，跳。

女孩用双手捂住耳朵。但是兔子的歌声越来越响亮，通过指间的缝隙渗入她的耳朵，使她无法说出艾蒿的咒语。

兔子们与女孩一同走出了一片冷杉林，横跨一个冻住的湖，到达了她从未见过的遥远的地方。她看到用青草做房顶的房屋排列在村庄里，她看到了点缀着茶梅花的小镇，还有遍地都是工厂的大城市。可是没有人注意到这群兔子和这个小女孩。“噢，这是冬天的第一场雪。”人们嘟哝着，步履匆忙地离开。

当她在跳的时候，她试图念出咒语，但她的声音被兔子们的歌声淹没了。

我们的颜色是雪，

一只脚，两只脚，跳，跳，跳。

女孩的四肢麻木而寒冷，像冰一样凉。她的脸色变得苍白，嘴唇颤抖。

“祖母，救救我！”她想。然后她跳进一个格子，发现了一片叶子。她把它捡起来，发现它是一片艾蒿叶，色泽鲜绿。在叶子的背面，有着蓬松的白色绒毛。

“哦！谁给我留下了这个？”女孩想。她把艾蒿叶捂在胸口。然后她觉得有人为她欢呼。她觉得很多细小的生物都在支持着她。

她可以听到积雪下面的种子的声音，它们在呼吸，忍受着地底下的寒冷。

一个美妙的谜语浮现在她的头脑里。她闭上眼睛，深吸了一口气，喊道：“为什么艾叶的背面这样的白？”

听到这个，一只在她前面跳着的兔子踉跄了一下。它停止唱歌，转过身来。“艾叶的背面？”它说。

“我想知道为什么？”她身后的一只兔子说，磕磕绊绊起来。兔子的歌声断了，它们的节奏变慢了。

女孩趁这个机会说道：“这很容易。因为兔毛。兔子们在田间滚来滚去，它们的毛发掉在了艾蒿叶上。”

“对啊，你说得没错！”兔子们高兴地回答。它们开始唱一首新歌：

我们是春天的颜色，

艾蒿叶上的绒毛，

一只脚，两只脚，跳，跳，跳。

接下来，女孩感觉她闻到了空气中花香的味道。她听到了小鸟的鸣唱。她想象自己在艾蒿田里跳房子，沐浴在春季的阳光下。她的脸颊变得红润。她闭上眼睛，深吸一口气，然后喊道："艾蒿，艾蒿，春天的艾蒿！"

当她睁开眼睛时，她独自沿着一个陌生小镇的一条陌生道路跳着。她没有看到兔子，不管是在她的前方还是在她的背后。雪在飘。路上没有了跳房子，艾蒿叶从她的手上消失了。

"啊，我安全了。"女孩想。但她一步也跳不动了。

一群陌生人聚集在她身边，询问她的姓名和地址。当她告诉他们她的村庄的名字时，他们互相对视，嘴里嘀咕着："我简直不敢相信。"他们认为一个孩子不可能从那样一个遥远的地方一路走来，越过许多山脉。然后一位老妇人说："她一定是被兔子带来的。"

镇上的人给女孩端来温暖的食物，然后在天黑下来以前，把她送到了公共汽车上。

——龟井纪也（Toshiya Kamei）译自日语

● 《首日降雪》借用了各地民间故事中关于"失踪"的元素。在日本传统中，一个人的神秘失踪往往归咎于愤怒的神灵。这被称为“kamikakushi”，即“被神隐藏”。这个动机出现在了许多故事中。《首日降雪》中的女孩几乎被拐走。你可能会从宫崎骏执导的动漫电影《千与千寻》中认出这个主题。兔子在日本神话中也起到了重要作用。它们住在月球上，制作麻薯（糯米糕）。在《稻叶的白兔》（“The White Rabbit of Inaba”）里，一位兔神告诉奥古努什（Okuninushi）财宝藏在哪里，后者被兄弟们视为奴隶。这是一个可爱的故事，充满了童话传统的精巧和神秘。

——凯特·伯恩海默

大笑的尸体

● 伊藤比吕美 *Hiromi Ito*

我是安寿弥呼[1]，今年三岁大。

---

1 有部分学者认为真有天照大神其人，并认为她是《三国志·魏书·乌丸鲜卑东夷传·倭人》中记载的日本弥生时代邪马台国女王卑弥呼，《三国志》描述她“事鬼道，能惑众”，与巫女的职能有共同之处。卑弥呼，罗马拼音作“Himiko”或“Himeko”。

安寿姬，罗马拼音拼作“Anjuhime”。安寿姬的墓在青森县（Aomori）的岩木山（Iwakisan）脚下，而岩木山一带在江户时代民间就兴起了原始巫术崇拜。安寿姬和厨子王丸的故事最早是在20世纪早期被竹内长尾等人类学家重新挖掘出来的，最早的来源已不可考［在江户时代的传道活动（Sekkyōbushi）和艺能活动净琉璃中，这个故事的雏形就已经出现］，是青森县轻津（Tsugaru）平原的潮来巫女（Itako，一种只有盲女才能担任的萨满巫女，有与死者沟通的能力）以第一人称口述的，其主角是安寿姬，描述了安寿姬生而为人，饱受磨难，死后成神的经历。

巫女（Miko），在日本的神道教中又被称为“神子”，指女性祭司，是神和人之间的媒介，有时也会被信众奉为神（Kami），卑弥呼是第一个被史书记载的女巫。巫女需要从小开始训练，训练时间长达三至七年，文中安寿弥呼（Anjuhimeko）受到折磨时年龄在三岁，寻母时七岁，可能暗喻巫女历练的时间。而在经过历练后必须接受秘密仪式才能正式成为巫女，在日本的某些地区这个仪式曾一度是让巫女将处女之身献给神主，意味着与神结合，因此怀孕生下的孩子会被称为“御子神（Mikogami）”。巫女的地位和作用在不同时期有所在我看来，在那些故事里，人们称为父亲的人通常都不在身边，又或者，故事里本身就没有父亲。无论我碰巧听到什么样的故事，被称为父亲的人都会死在房子里，或者到某个地方去旅行，或者对继母言听计从。但在我家，确实有一个叫作父亲的人，他想要谋杀我，他总是不遗余力地尝试杀死我，但我不知道该怎么办，在我出生以后，我经历的只有痛苦。

我的父亲说，“这个婴儿的嘴太大了，似乎一直伸到耳朵；她的眼睑有褶皱，脸是扁平的，全身遍布痣和胎记，她的耳朵太大了，硕大，非常大。她有些不对劲儿，就像她是哪个老祭司[1]的怪孩子一样，她不可能是我的孩子，绝对没门，我会管她叫安寿弥呼。这个名字是根据那些庵主——生活在局促庵室里供奉食物的低阶祭司——起的，我就打算给她取这个名字。我会把她埋在沙里，如果她可以活三年，那么她就可以成为我的孩子。”

他说，我看上去有问题。看，我出生了，现在我就在这里，谁在乎我长着一个头还是两个头，谁在乎我有一只手还是两只手，一个太少，或者一个太多？这一切都不重要，但我父亲不是这么说的，他说“让我们试着把她埋在沙子里，等上三年”，母亲愿意照他说的去做，这真令人失望，但是，好吧，问题在于，我只是一个眼睛还看不见的新生儿，我甚至不能说一句反驳他的话，所以我被母亲的丝绸内衣裹

不同，奈良时期政府开始介入管理民间的巫女，到镰仓时期巫女曾陷入讨乞状态而产生了暗娼（ArukiMiko），江户时代政府为树立以皇帝为首的神道国家而提高了巫女和祭司的生存空间和地位。

因本文涉及日本神道教故事背景和明显存在对《山椒大夫》故事的重新演绎，所以“Anjuhimeko”结合安寿（Anjuhime）和卑弥呼（Himiko）译为安寿弥呼。——译者注

1　文中的Priest这里应指的是日本神道教中的男性祭司，高阶的称为神主（Kannushi）。——译者注

着，埋在了河边的沙地里。

说到这个，河边的这片沙地是所有人埋婴儿的地方。

在他们埋下我的地方，在我的右边和左边，有很多被埋葬的婴儿，他们互相推挤，有些婴儿还有气，有些却已经死了，有些挣扎出来一部分，然后干枯而死，还有的婴儿逃了出来，爬走了。

他们只爬了一小段路，因为在那里有一片很大的灌木丛，蚊子和苍蝇会叮咬任何试图爬到那里的婴儿，如果他们逃脱了烈日的炙烤，避过了雨淋风刮，他们可以采摘青草或者树叶为食物，如果他们设法到达河边，他们可以直接跳入河里，在水中生活。即便我还被埋在沙子里，我依然观察了身边的其他婴儿，那些行将死去的婴儿、那些已经死去的婴儿，以及那些存活下来、终将逃脱的婴儿。

没错，别人怎么可能遭受像我这么可怕的厄运呢?

在短短的三年里，我生下了三个孩子，但是我的丈夫埋葬了一个我千辛万苦分娩下来的婴儿，他把她埋在沙子里，现在我肿胀的乳房不堪重负，乳房挤不出奶来，我的乳房发热、肿胀，只是简单地触碰，就能让它们疼得厉害。我以为它们会裂开。由于双乳疼痛，以及埋葬孩子的悲伤，我每天哭泣，从黎明到黄昏，在哭泣的过程中，我的眼睛毁了。此事发生以后，丈夫对我说，他不希望我再待在家里，因为我已经失明了，你是那个孩子的母亲，那个孩子除了被埋掉以外百无一用，你肯定造过一些深重、黑暗的业，所以才生下了那个孩子，所以你才失明，如果你留在这里，你的深重、黑暗的业将会报到我身上，所以在那之前，帮我一个忙，请自行死去，或者至少滚出这个家，该死，我希望我能把你也埋进沙子里——这就是他所说的。

然后，第二天，我检查右边和左边的两个孩子是否还在睡觉，偷偷溜出来，屏住呼吸，尽可能安静地爬出房子，我要到沙地上挖一个洞，把自己藏在里面，我的孩子被埋在哪里？每天都有越来越多的人来埋葬他们的婴儿，所以我不知道我的孩子在哪里，我一无所知，但是不管怎么样，我在沙子里挖了一个洞，把自己埋在了里面。当我这么做的时候，孩子们的哭声传到了我的耳朵里，我感受到了被埋葬的婴儿的身体微弱的暖意，只要我留在这个地方，被埋在阳光下，我便无法忘却我的经历，如果我知道自己最终是落得如此下场，我不会听从丈夫的命令埋掉我的婴儿，那不是一个好主意，如果事情那样不幸，一定有别的办法，一定还有我能做的事，可是，不管我有多么，多么，多么后悔，这种悔恨依然不够。我歇斯底里地哭泣。

当我环顾四周时，我看到沙上的脚印以及手印，这是什么？在这些脚印和手印里，我看到了五个脚趾的轮廓，甚至是一个个脚趾上的指纹，它们的大小与成年人的尺寸一样——不，等等，在大的脚印里，有几个脚印来自孩子的脚，但属于孩子的只有一两个。也许那些脚印是安寿弥呼的，我看见了手指的图案、几缕头发、干涸了的血迹、一块湿印，为数众多、不同种类的身体，哪一个是属于她的？我分辨不出来，这个掌印属于她吗？那个脚印有可能是她的吗？那边那个指纹怎么样？那是她的一缕头发吗？当她被埋葬时，我看到的最后一点就是她的耳朵，一只大而又大的耳朵。我可以预见到沙子会钻进去，所以我把空心的芦苇梗塞进她的耳朵里，这是我最后一次见到她时的情况，她的耳洞被我填满了。

我的丈夫会改变主意，来找我吗？如果他不找我的话，我该怎么办？我不知道，与此同时，好像我能听到埋在地下的婴儿在哭，他们的哭声时远时近，在沙地下面响起。我不确定，我觉得某种仿如婴儿的重量，或者某样东西在我的肩膀上，攀在我的背上，在我的手掌和手臂上，我感到自己仿佛在触摸孩子们的尸体。我的丈夫到底会不会来？每当风吹来的时候，婴儿的恶臭就会吹到我的身边，我觉得每次风刮来的时候，这种恶臭都在指责我所犯下的罪行，如果我知道事情会如何发展，我就会在很久以前，当我怀孕的时候，便把孩子打掉，这就是我一直默默在想的事，但我没有那么做，所以这就是为什么这些可怕的事情会发生在我身上。我的丈夫会不会来？他会吗，还是不会？也许会，也许不会，也许他不会。正当我独自思忖这些事情的时候，孩子们在控诉我，我能感受到他们的责骂深深地陷入了我的皮肤。

然后我想，即使一个孩子被埋葬了，我还有两个孩子，人们一直告诉我，我该放弃她，我该放弃她，但即使我已经放弃了我被埋掉的孩子，我仍然不能放弃那个把我赶出家门、把我埋在沙里的丈夫，我能想到的一切，就是他是否会突然改变主意，带我离开，这是我唯一的念头。死去的孩子，继续朝前走吧，死去，死去吧，不要回头，我要活下去。

然后继续活下去，爬出沙子，因为你什么也做不了，你应该去小米地里，以驱赶麻雀为生，这就是人们告诉我的，因此我就是这么做的，我爬出了沙子，现在我就在这里。

无论我走到哪里，烈日都炙烤着我，雨已经停了，所以太阳炽热无比，我继续走，每过去一分钟，燃烧的太阳都在我身上变得更热，我继续走，只需要看一眼，你就可以看到我被晒伤得多厉害。当我走路的时候，蒸汽从我烧焦的身体上升起，然而我继续一直走下去，走在乡间的小路上，这是我的命运，我大声喊叫，请原谅我，请原谅我，作为回应，一个附近房子的屋主出现了，一言不发。我双手并拢，开始哭泣，对他解释，我可以为他的小米田驱赶麻雀。他问我为什么到这里来，我告诉他我的孩子被我的丈夫活埋在沙地上，我的乳房肿胀不堪，我想念我埋掉的婴儿，我哭瞎了双眼，当我失明时，我的丈夫把我赶出家门，当我试图把自己埋在沙子里面时，我感觉到被埋葬的孩子在责备我，这让我无法承受，但后来有人告诉我，我可以去驱赶麻雀，所以我来到了这里。

他说我的故事是一个令人心碎的故事，所以他会雇用我，我可以为他驱赶麻雀，也许这能让我提起精神来，这就是他对我说的话。从那天起，我为他的小米田赶走麻雀，厨子王丸[1]，我的儿子，我多么想念你！——走开！走开！——安寿弥呼，我的女儿，我多么想念你！当我用我的喊声追逐麻雀的时候！——走开！走开！——幼童们围着我，指着我的脸说，阿姨！这就是你的安寿弥呼！阿姨！我就是你的厨子王丸。我双目失明，所以他们用难以名状的方式取笑我，我很悲惨，但孩子们仍然以难以名状的方式取笑我。

故事里的时间过得很快，三年后，我的父亲说，这是我埋葬安寿弥呼的那一天，为什么我不试着挖出她，看看她究竟是死是活？

当他把我挖出来的时候，我就在这里，我没有死，我没有变成一具干尸，我在沙子里给自己取暖，一具成长中的、会大笑的、活着的尸体。

妈妈把芦苇空心的茎插在我的耳朵里，以便记住我的位置，所以

---

1 “O-iwaki-samaichidaiki”的故事后来经文学家森鸥外改编成为《山椒大夫》，但故事叙述的主角转变成了厨子王。厨子王，罗马拼音拼作 Zushiō 或者 Tsushiō，又有些来源传为厨子王丸，Zushiōmaru 或 Tsushiōmaru。安寿姬和厨子王丸姐弟原本出身奥羽地区（日本的东北部，轻津一带）贵族家庭，由于含冤被放逐，母亲和孩子们被分卖到不同的地方。安寿姬和厨子王丸被卖到丹后的山椒大夫家做奴隶，受到了残酷的对待，最后安寿姬牺牲自己让厨子王丸成功出逃，厨子王丸找到母亲，并且重获家族的姓氏，向折磨他们的山椒大夫复仇。其中母亲因为痛失孩子而哭瞎双眼，最后在神灵的庇佑下忽然重获光明这一情节在伊藤的故事中再现。——译者注

每天早上和晚上，我会通过茎上细小的洞吮吸露水，所以我长大了，一具大笑的、活着的尸体。

没错，他们把我挖了出来，我在这里，我没有死，我没有干掉，我只是在沙子里温暖自己，一具正在成长、大笑、活着的尸体，母亲在我的耳朵里插了芦苇，为了纪念我。日日夜夜，我通过这个微小的小洞饮下露水，因此我此刻就在这里，一具成长的、大笑的、活着的尸体，一具成长的、大笑的、活着的尸体，一具成长的、大笑的、活着的尸体，这便是我，我就是这样一具尸体！

复 活

父亲说，这个孩子被埋葬了三年还没死，这太过分了，他无法接受，把她送走，把她流放到另一个岛上。他凝视大海，看到一条船出现在深水处，他说，“我要把你放在那条船上，把你送走，但是你还是我的孩子，所以在我送走你以前，我会先召唤阿弥陀佛”。在他召唤阿弥陀佛的时候，船消失在了海边，他说，“既然船消失了，我会把你放在泥做的船或者木板船上摆脱你”，他把我放在一个附近的木筏上。我被流放到水上，顺水漂流，谢天谢地，风和潮汐把我送到了一个好地方，我祈祷了三次：木筏啊，我在这里，送我回家，送我回家，把我完好地送回家！当我在木筏上的时候，木筏撞进我的房子，撞到我父亲身上，当它撞到他身上时，他说，“这是一个奇怪的木筏，海浪很高，它应该通体湿透；碰撞至此，它应该已经损坏，但它没有弄湿，也没有受到丝毫损坏。它回到了房子里，多么奇怪的木筏，她可能在它上面的某个地方，多么奇怪的木筏”。他四处寻找，想看看我，安寿弥呼，是不是在上面。他找不到我，我已经爬上岸了。我撕下母亲曾经用来裹住我的丝绸内衣后，来到了草地和森林，我没有特定的目的地，只是往森林的深处走，那里的常春藤纠缠在一起，即使是在白昼，也如同置身黄昏，我没有目的地，我没有家，我听到一阵微弱的鼓声，还有三弦琴的音乐。我想知道这些声音是否是由人演奏的，我赶到那个地方，在那里我看到一个男人正在敲鼓和弹奏三弦琴，他在表演神圣的舞蹈和音乐。他问我为什么在这里，于是我回答了他。当我向他讲述我的遭遇后，那个男人告诉我和他一起走，他会雇用我，这就是我决定找工作的来由，他说他会让我快乐，他会好好地把我养大，这就是我决定找工作的来由，虽然我对这个男人一无所知。

当我从那个我一无所知的男人那里找到一份工作以后，起初的两三天，他用甜言蜜语安抚我，说我是他的蝴蝶、他的花朵，但是十天过去了，他开始折磨我。他说，安寿弥呼去舂谷、去捣米，我只有三岁，我不可能用这个小小的身体拿起杵，所以他把我倒挂在一堆燃烧的香蒲上，用火烤我，我无依无靠，只能承受火烤，没有什么我能做的，我只能被倒挂起来，被火烤伤，男人们总是满口无稽之谈吗？

正当我好奇他接下来会说什么的时候，他开始折磨我，告诉我在我面前散落着遍布整个田野的鹅卵石，在太阳下山之前我要把它们全捡起来。我尽可能加快速度，但我的手指是三岁孩子的手指，十根手指头的指腹都很薄，我开始流出红色的血液，我无法完成他安排的任务，所以他最终把我头朝下倒挂着，用香蒲烤我，因为这个原因，直到现在，单纯看见香蒲也会让我病倒。

就在我好奇他接下来会说什么的时候，这个男人漠不关心地踱着步，继续折磨我，告诉我我需要打破远处那座山上的石头；告诉我我要挖出污泥，把泥土运到这里；告诉我在七天之内，我要把七个大锅的泥土运到这里来。我只有三岁，如果我试着敲下石头，挖出泥土，然后把它运往此处，难道我不会被它们的重量压倒吗？男人们总这么不合理吗？我恨这个总提出不合理的要求的男人，但是如果他在说出了不合常理的事情以后，把我倒挂在香蒲上，以至于我因此而死，那么我在这段时间里幸存下来又是为了什么呢？最后，我一整夜都没有睡，我打破石头，挖出泥土，在七天以内运来了七大锅泥土，这就是我做的，我展示了它们，我在这里。

正在我想着他接下来会说什么的时候，男人漠不关心地走来走去并且折磨我，告诉我必须打一些水来，而在我想他将会给我什么工具打水的时候，他递给我一个竹篮，我看着竹篮和上面那么大的洞，大鱼和小鱼都能从那些洞溜出去。我凝视着篮子并思考走在路上怎样才能把水保存在里面，眼泪涌上我的双眼，眼泪涌上来一瞬间我就把它们擦掉了，走到河边的时候我哭了起来，而河水静静地流淌着，我不知道怎样才能把水装进来，我一再看着河水和自己在水面的影子，我就这样看着，想着如果我拥有平凡的人生，应该能活超过一百岁，但有这种可能吗？我的母亲，那个用丝绸内衣把我缠绕起来，并把一根小管子插在我的耳朵里的她，如果知道这一切会怎么想？但并没有任何方法能让我把水装在满是漏洞的竹篮里。也许我向住在这条丰饶的细水长流的小河中的神祇请求，他会用神力来帮助我把水打起来，于是我在这里，站在小桥的栏杆上祈祷着：噢，河中的神祇啊！我想从这条河里打上一些水但我无法做到，我希望我能但我做不到，我希望我能但我做不到。当我笔直地站起来并流着泪，把这个句子诵念了三遍的时候，一个卖油的小贩从桥的另一端走了过来。

“这个孩子在哭泣，是因为她打不到水吗？听我说，我可以给你这种油纸，你贴在你的篮子上再去打水。”卖油的小贩这样说，并用他的大手拿起一片油纸给我，我把油纸贴在我的篮子上，水打起来了，我的任务完成了。

现在，正当我在想他接下来会说些什么的时候，男人漠不关心地走来走去并且再次折磨我，告诉我我要用指甲切下十根芦苇给他，指甲怎么可能切得了芦苇呢？我的指甲很薄，一个三岁小孩的、很薄的指甲，甚至比芦苇还要薄，它们又软，软，非常、十分软，但如果不能把它们切下来，我就又会被放在香蒲上烤，男人们是不是总说出这种无理取闹的话？这个问题让我泪如泉涌，但接下来，一个黑衣男人向我走来，他说，这个孩子在哭泣是因为她不能切下芦苇吗？说着，他拿出了一把小刀，这把小刀是黑衣男人在太阳底下磨过的，有很大的刀刃。用刀子我的眼前马上就有切下了的十根芦苇了，我感激得无以复加！

然后那个男人漠不关心地踱来踱去，折磨着我，“安寿弥呼，吸这里”，于是我吮吸它，由始至终带着憎恶；接下来他折磨我，对我说把它放在嘴里，我心想我是如此地憎恶这样，但我又想起被放在香蒲上烤是有多么可怕，于是我把它放进了嘴里，并由始至终带着憎恶；然后他折磨我，告诉我，“安寿弥呼，把它放到这下面”，我，一个三岁的孩子，如果我把那东西放到下面，我的身体将被撕裂开一个大口子，然后我就完蛋了，我哭着央求他，不要，不要那样，无论如何不要那样，但那个男人对我做了一个可怕的鬼脸，那鬼脸对我而言就意味着香蒲，把我放在香蒲上烤，男人们是不是总说一些如此不可理喻的东西？我再也不想被放在香蒲上烤了，即便是死也不会比那更糟，于是我把那东西放到了那里，出乎意料，并非全然是我想象的那样。但是我的确感觉到我的内脏都被搅成一团迸了出来，我把内脏一个一个捡起来塞回身体，那些内脏和肉跳来跳去又滑来滑去的，所以真的很难把它们再放回去，不过我还是有点开心，因为我的内脏看起来颜色很不错，我很高兴它们是鲜亮的蓝色和红色的，真是令人精神的颜色。

接下来他在七口大锅下面点起了火，然后又再次折磨我，“现在，安寿弥呼，我用你打来的水，倒进装着你挖来的泥的大锅里，用你切下的芦苇在下面生火，现在脱掉衣服和鞋子走到这里来”。大锅正滚烫得吱吱冒泡，我站在边上，男人们总是一直、一而再再而三地说这些如此蛮不讲理的话吗？我放声大哭，一只麻雀在我哭着的时候飞过来，当它对我啾啾叫的时候那个男人正在看着另一个地方，现在是时候跑掉了，噢，安寿弥呼，三岁大，现在该跑了，于是没穿衣服也没有鞋子，我跟随着麻雀逃跑了，最后，我到达了一间陌生的耸立在田野中间的屋子。

抱歉打扰，抱歉打扰了，我喊道，然后一个男人从房子的深处走了出来，他问我，你一丝不挂的是从哪里来的？看看你，我可以看出来你还只是一个三岁的孩子，我想给你庇护，但如果那个男人追来这里的话，他也会折磨我的，他也会把我放在香蒲上面烤，然后杀死我，请你快点从这儿离开吧，当我走到外面的时候，白天很快就要结束，一场大雨就要下下来了，我该怎么办呢？那个男人在我后面追逐着，如果这次他抓到我的话我真的要死了，我该怎么办呢？这时我听到一个声音说，小女孩，小女孩，回来，毫无疑问那个声音是在叫唤我，是一个男人的声音，我沿着原路折回，然后冲进了那间耸立在田野间的陌生房子。

小女孩，小女孩，你回来了吗？到这来，快点，吃点米饭，然后到这个袋子里面去，我会把你挂到椽上，你会来到我这里寻求帮助，是由于某种宿命的联系，我决定不管他怎样用香蒲烤我我都要救你，到这里来，快点，吃点米饭，然后进到这个袋子里，一旦你在袋子里被挂到椽上，你千万不要挠耳朵或者放屁，不然他会把我和袋子一起拎起来，他是那么强大，那么结实，那么强壮。来抓捕的那个男人来到了这间屋子，他呵斥屋子里的男人，责问安寿弥呼是不是真的没到这里来，安寿弥呼，只有三岁的安寿弥呼，每次我叫她去做什么事，她都对我装出一副一无是处的样子，然后溜之大吉，她就是一个狡猾的小毛孩，她只能逃来这里，吊在那里的袋子刚刚摇晃了一小下，把它拿下来，让我看看里边有什么。

我被放下来的时候，感到气馁，我就要死了。我气馁于自己和那个给予我庇护的男人即将要死去的命运、被放在香蒲上烤的命运，但给予我庇护的男人对那个追捕我的男人说，我会把袋子拿下来，如果你为过去的所作所为忏悔的话。然后追捕我的男人说，我会用锯子把它锯下来，而给予我庇护的男人把一些水舀进一个盆里，然后泼到追捕我的男人面前，当他看见自己在水里的倒影，他的嘴巴咧开得那么大，嘴唇一直延伸到脖子背后去了，他的牙齿四仰八叉地长着，那个给予我庇护的男人嘲笑他，说，所以你本质上就是一个真正的恶鬼。忏悔，忏悔，我们这里不需要恶鬼，忏悔，忏悔，这里不需要恶鬼，忏悔，忏悔，而最终，那个追捕我的男人消失了，再也没有出现过了。

旅行的孩子

我在这里，穿着黑色上衣、靛蓝色的裤子、棉质足袋[1]和用稻草做的带子，准备动身去见我的母亲，但我在哪儿也见不到被称为“母亲”的那个女人。我游历了六十多个省份去找她，但哪儿也见不到那个我称之为“母亲”的女人。我栖息在田野和山间，我睡在折起来充当枕头的扇子上，我把我的草帽当作屏风来挡风，雨落在我头上，风吹袭

1 指传统日式的分趾鞋袜。——译者注

着我，狗吠我、咬我，我害怕乌鸦的嘲笑声和树木的沙沙声，于是我掩住耳朵跑过去，但在哪里都没看到我的母亲。我的母亲就是那个很久以前留下我，自己却消失了的人，我在哪里也没找到她，而她的孩子依然长大了，就像没有母亲一样，她的孩子长大了，尽管她没有喂过一口奶。我希望我的母亲只是过早地去世了，死去并且让我看到她的尸体之类的，让我可以免去和她见面，但由于那并没有发生，她必定是活在某个地方，所以我必须去见她。

我七岁了，春天到了，大约在四月，我走啊走，天色转暗白日将尽，我在山里走得太深，以至于没人能告诉我前路和归途。我想要找个小旅馆住下，但前不着村后不着店，最后在白天结束的时候，我看到远处有一座长满青草的小竹棚，亮着一点灯光。我试图去那里找一个住处，但我到不了那里，竹棚前面有一条大河，我搜遍了上下游，但找不到一座桥。我已经走了这么远，却过不去这条河，我过不去，多么伤心！我尝试向这条水流湍急的河的神祇祈祷，心想也许神会恩典我过河，噢，河神啊！我想渡过这条河而不能，我想渡河而不能，我想渡河而不能，我把我的希望诵读三次，然后一棵枯树自己就倒了下来，接着第二棵枯树自己倒下来了，接着第三棵枯树自己倒下来了，形成跨越大河的一座桥，我感激得无以复加，多亏了这条河的神祇啊！

抱歉打扰，抱歉打扰了，我大喊道，同时走进了竹棚。里面有个年轻的女人，她的声音听起来让人感觉她特别年轻，她请我进去，于是我就走进了棚屋。最后，在吃了一些东西之后，我打了个大呵欠，心想我可能要和这个年轻女人进行一场拉东扯西的谈话，因此我问她，年轻的女士，你是不是生来就看不见东西？

她说，噢孩子，你的问题真是不留余地，哪里有人会像我一样，有这么糟糕的业报？我不是生来就瞎，我用过三年生了三个孩子，但我的丈夫把其中一个我千辛万苦生的婴儿埋到了沙地里，我的乳房肿胀，奶水从我的乳头溢出来，我由于过于思念那个被埋到沙里的孩子，哭得眼睛都变坏了。自从我变瞎了，我的丈夫就把我送走了，我试过把自己埋到沙地里，因为我想死，但是当我看着被埋在那片沙地里的小孩们的遗迹，我想我要以驱赶麻雀为生，活下去，所以我爬出了那片沙地，现在我在这里用叫声赶走麻雀：厨子王丸，我心爱的儿子，我多么地想念你！——嗬！嗬！——安寿弥呼，我的女儿，我多么想念你！——嗬！嗬！

我是安寿弥呼，母亲！我是安寿弥呼，我还活着，我还活在这个世上！

多么让人吃惊，我的母亲说，我的安寿弥呼怎么会来到这里呢？死者不应该回来，这个晚上来找到我的某个畸形儿，一定是从某处神秘的地方回来的，不，我的安寿弥呼有颗很大的痣，在她的脚脖子上，还有一块红色的胎记在她的左肩上，今年她七岁，每天我都会点亮我的灯笼为她祈祷，她不可能会出现在这个失落之地，母亲说这话的时候眼中透着震惊。

听了这些话，我知道，我们就是母女。但如果她看不见东西，那么她就看不到我有一颗痣，看不到我有一块胎记，当我想到没有什么比这更可怕了的时候，我泪如泉涌。但之后她让我去揉揉她的右眼，我按她说的做了，当她的眼睛摩擦到我的手掌心时，她涕泗横流，眼睛突然睁开了。母亲！我是安寿弥呼，我还活着，我还活在这个世上！

母亲和我整个晚上又哭又笑，我们的重逢之喜持续了整整一个晚上。

十天之后，我向母亲请求一段独处的时间，因为我想去拜访我的父亲。安寿弥呼！你说的什么蠢话，那个被称为“父亲”的男人在哪里？他有为你做过任何“父亲”该做的事情吗？如果你的“父亲”真的是你的父亲，为什么他会把你放到沙地里，安寿弥呼？为什么他会这么恨你，把你抛到海里，把你置于惨无人道的艰难困苦中？他曾用香蒲炙烤你，让你遭受人所能想象到的每一种残酷虐待。

那不是真的，母亲！我活在这个世上因为我有父亲，如果我没有父亲，我就不会被埋到沙地里，但我也同样没有机会再爬出来；如果我没有父亲，我就不会被抛到海里，但我也不能够回到陆地上；如果我没有父亲，我就不会经历那样惨无人道的艰难困苦，但我也同样不能够用满是漏洞的竹篮打水，或者切掉十根芦苇；如果我没有父亲，我就不会被挂在椽上，但是我也同样不会做我现在正在做的这些事，这就是我为什么要去看父亲的原因。我想去看他，我想去看他，我想去看他，我说着这些话，就像它是我整个人生中最大的梦想一样。

我不记得那个叫作“父亲”的男人了，这里只有一个长着一张恶鬼般面孔的男人，而且他已经跑掉了。他绝对就是我的父亲，我唯一记得的就是他那张恶鬼般的脸，这个男人用一张恶鬼般的面孔赶走了“父亲”；他绝对就是我的父亲，关于他我只记得他强壮的手臂，当他把我吊到椽上的时候，仅此而已；有个男人，他曾拿一把刀砍了一些芦苇给我，这个人，绝对也是我的父亲，但关于他我只记得他把小刀磨得那么锋利，仅此而已；当我在河边看起来不知所措的时候，有个男人给了我一张油纸，我只记得他的手有那么大，他绝对就是我的父亲，同样的，那些就是我所记得的一切。

母亲，你说的是对的，我的父亲把我埋到沙里，他把我挖了出来又把我漂流到海里，然后他折磨我让我去捣黍、打稻米、挖污泥和打水，他把我倒吊着在香蒲上烤，我的身上留下了很多疤痕，我身上留

下了很多疤痕，我身上留下了很多疤痕，他烤我的时候我的皮肤被烧伤了，我去捡鹅卵石的时候长了很多老茧，老茧裂开了破了流了血，当我把石头砸开的时候我的手指都破了，我那握起来只得一层薄皮的手指抖得有多厉害！无疑，这个被称为“父亲”的男人，哪里都不存在。

被火烤、被打、被杀死、被生殖器插入——经历这些事情的同样都是我，但那个被称为“父亲”的父亲，相信我的生殖器被他插入时，我是快乐的，那是一个多么沉重的错误。尽管如此，尽管我明白，是因为他爱我，我必须相信父亲做这种事，是因为他爱我，因为他爱我，我必须相信，尽管我被香蒲烤，尽管我承受着非人的折磨，尽管我被他戴着恶鬼般的面孔追捕，尽管他插透了我的生殖器，我必须相信发生所有这些，是因为父亲爱我，尽管可怕的事情和痛苦的事情降临在我身上，我会很快地忘记它们，我相信这都是因为父亲爱我。

满脸泪水的母亲说，这就是他们所说的，他们说分离就是一棵活着的树被劈裂分开，这就是，让我的子宫疼痛的孩子，我生下来的孩子，把我的乳房吸干的孩子，我把他们的脏屁股舔干净的孩子，在我怀里哭泣着被安抚着的、让我那么焦虑不安的孩子，让我没日没夜不知疲倦地守看他们睡容的孩子，我的母亲说着这些事一边掏出她萎缩的乳房。这就是他们所说的，他们说分离就像是一棵活着的树被劈裂分开，这棵活着的树在你被埋到沙土里时被再度劈裂，只是流出的是血液，而不是树脂。

不要这样，母亲！我会砍掉我右手的小指，把它留给你，不管花上多少年，我都会回来的，你只要舔舐它，就不会感到饥饿，你就算不把麻雀赶走也不会有事的，当你变老的时候，请舒心地生活在这里，请等待我回来。第一次，母亲冲我露出了一个微笑，如果你砍下你的小指，你会受伤的。但我说，看，母亲！没有受伤，只是有一点血流了出来，只是血流了出来，只是血滴出来，血滴出来很快又会停止的。

然后最后，我就这样，穿着染成黑色的上衣、靛蓝色裤子、棉质足袋，准备出发去看我的父亲，在寻找父亲的期间我遇到了不同类型的父亲，我遇到了有胡须和没有胡须的父亲，父亲的气味从他们的毛孔中渗出来；我遇见了堵着鼻子的父亲和没有堵着鼻子的父亲；我遇到了秃头的父亲和头发丰满的父亲；我遇到了瘦得皮包骨的父亲和胖得肥肉一抖一抖的父亲、长雀斑的父亲、长满体毛的父亲、手小的父亲、手大的父亲、弯指头的父亲、直指头的父亲；我遇到了有皮肤病的父亲和没有皮肤病的父亲——一个父亲患有湿疹，已经变得湿漉漉并且流着脓；一个父亲坐在飘散花瓣的樱花树下身体都变成了一种明亮的红和蓝色调；一个父亲在菊花面前身体成了一种金色和银色的；一个父亲是那么矮小我都能一脚把他踩扁；一个父亲的头发是那么长都垂到了屁股，他只好带着一把梳子不断地解开它们；一个父亲有强烈的腋臭，我把头伸到他的腋下，深深，深深，深深地呼吸了一口，我是在哪里遇到的这个父亲？

我是安寿弥呼

我是安寿弥呼，我是安寿弥呼，那个被父亲性骚扰但依然长大了的女孩；我就是安寿弥呼，那个她父亲想要杀死她的悲惨女孩；我是安寿弥呼，那个曾被父亲性骚扰、差点儿被父亲杀死现在又被父亲遗弃的女孩；我就是那个悲惨、悲惨、悲惨的曾经死去的安寿弥呼，那就是我。我试图逃跑，但我的父亲以各种不同的形式出现在我面前，并且试图杀掉我，他每一次出现都会制造苦难。

这就是他每一次所制造的苦难，我这次能活下来吗？不，我这次将不能活下来，是吗？我已经渡过了很多次这样的苦难，很多，很多次，当我想我将活不下去的时候，我会向天空举起我的手并死死地盯着它，我死死地盯着，那么死死地盯着它，盯着我在空中的手，我好像可以看透它一样，每一次我在想我这一次可能不能做到的时候，我就能看透我的手，我感觉好像我能看到骨头、血管、血液的流动，甚至看透那将把我带至死亡的命运，那是怎样的苦难！

总是那样的苦难！

我是安寿弥呼，我是本该没有活下去、最终死掉的安寿弥呼，我必须让安寿弥呼重新活过来；我是安寿弥呼，那个死时想着我必须让安寿弥呼复活，并把她带到天王寺的安寿弥呼。假设我可以带她到天王寺的话，我，早已死去的安寿弥呼，就能复活过来，我会把自己带到天王寺，那会是个好主意，但我不知道我有没有可能找到天王寺，那个孩子会帮我找到的，我应该去看望那个孩子，那个孩子应该会知道什么是天王寺，在哪里能找到它，我应该问那个孩子，如果我遇到了那孩子我会得到回答，我将会知道，我想知道的关于天王寺的一切，那孩子就是我想要的一切，还会有其他比问那孩子更好的方法吗？我不知道，向那个孩子提问是我所能想到的所有，也许我永远都不会再遇到那个孩子，但那就是我所能想到的一切。

有一天，我从那孩子口中得到了消息。

他对我说，出于某种原因，我也经常想到你，我确定这就是那地方的名字，我确定我知道去那儿的路，我想如果我能带你去天王寺一定会很棒，但是我病了，你也病了，我不比你病得轻，你不比我病得轻，很奇怪，我们给彼此打电话，是因为我们都生病了吗？多年以前，你忘记了我，我忘记了你，我们都去和别人一起生活，但我还是能听到你的消息，我们有多少年没有说过话了？最后一次我们见面，你依然是一个小小、小小、小小的孩子，是的我也是一个小小、小小、小小的孩子，我们不是经常躲着大人，向对方展露自己赤裸的身体和小便吗？我们不是也从树上摘水果吃吗？我们不是用我们自己的尿液腌制水果和小昆虫吗？我确定我知道去天王寺的路，但我生病了，我已经没有能量走完去那里的路了。

他说，当我记起你的时候，那些回忆又涌回来了，那时候我也是一个小孩子，几乎是个婴孩，我后来再也没有像那时候那样思考了，我那时候常常在思考，我那时候总是思考我看到的每一种事物，关于青草、树木、风、云，还有也总是想着你。有天我一手拿起一块饼干，然后我突然意识到“虚无”的概念，我试着告诉母亲这件事，但她不能理解，所以告诉了你，回到那时候你是一个小小，小小，小小的孩子，以前总穿红色的衣服，总是跟在我身边，总穿着红色的衣服，我把这件事告诉了你，我所领悟到的“虚无”的概念，一个比婴儿还小的小孩子告诉另外一个比婴儿还小的小孩子他所领悟到的关于“虚无”的概念，我认为你听明白了，但现在没有什么是我能为你做的了，我走路的力气都没有。

他说，那时候你会说的话几乎限于仅有的几个音节，你说出来的那些词语就像是牙牙学语，那段日子、那个时候你就是个小小、小小、小小的孩子，是不是就像你现在的声音一样可爱呢？你现在的声音非常可爱。我听到一个孩子说出这些话，他现在的声音听起来是一个很老、很老、很老的男人发出来的。当我远距离听着他的声音，眼神迷惘，不知道接下来该做什么的时候，一个山姥，一个从山里来的骗人的老巫婆，来到我面前，她说这就是我死前的愿望，请把你背到那个地方，在山上的那个地方，那个山姥说，这就是我临死前的愿望，我想要做爱。我对她说，这算什么？在今天之前你已经抓了那么多人，并吞噬了他们，现在你还有要求？拜托，当我像这样应对她的时候，那个山姥轻蔑地大笑着对我说，什么？当我吃掉你的时候，你不也总是毫发无损地复活了吗？我想让你恢复活力，所以我才总是在吃，只要我留下你的肚脐或者阴蒂，你就会复活，即便我用牙齿把你嚼碎成渣滓，即便我把你烧到发黑，即便我把你碾碎，或即便我把你捣得稀烂。

她说，这就是她临死前的心愿，她说的并不是一件无关紧要的小事，我问的时候心里感觉很沉重，如果把你带回山里，你很可能又会开始坐在我背上折磨我，你会用你的牙齿把我嚼成渣滓，你会把我烧到发黑，你会把我碾碎，你会把我捣得稀烂，然后把我吞食，毫无疑问在那之后，你就会把我变成一坨屎然后拉出来，那时候如果我复活了，你会再次装扮成一个道貌岸然的人然后再骗我一次。

那个山姥笑着说，然后你就会焕发生机，一点不错，正因为我把你从我后面的洞拉出来，你才能复活。

山姥说，但我想要做爱，我想要做爱，我真的想要，等你到了我这个年纪你会明白的，到那时候，谁会把你背在背上带进山里？

因此，我背着她进了山里。

这真的很困难，她根本不会老实地被背着，她扯散我的头发，拔我的头发，她还把屎和尿擦到我的背上，她用指甲挖出我的痣并吃掉它们。在我背着她的时候，山姥尽她所能地搞破坏，当我停下来一脸愤怒地看着她，并好像要丢下她走掉的时候，我看到我背上的妇人只是一个渺小的、渺小的、渺小的普通老妇人，她对我说，求求你，求求你，求求你可怜我，然后她开始哭，她用一种令人心酸的声音说，因为那乳房曾经哺育过你，她给我看过的那对非常、非常、非常皱缩的乳房。

我走进山里，就是那里，那个山姥在她过去的住所里，重新发现了一根巨大、巨大、巨大的阴茎，她和它交媾起来。

山姥说，看着我！听听我发出什么样的声音！看看我是什么样的表情！安寿弥呼，你的任务就是成为目击证人！所以我说，我会看着她，山姥大声地叫喊，你就是这样被生出来的！就在她说话的时候，她确认我看着她，并且看到她的臀部是怎样摆动的，就这样，她生出了一个我分不清哪里是头部哪里是尾巴的东西，她说，安寿弥呼！这真是天赐之物！我把它给你，来，拿着！我按她说的拿着那个我分不清哪里是头哪里是尾巴的东西，而我也不知道怎样给它取名字，我问，我该叫它什么？山姥回答，你应该叫它 Hiruko，“蛭儿”。

我把蛭儿放在背上，正当我这么做的时候，我听到一个声音告诉我去天王寺的路。

我不假思索地望向山姥，但她沉浸在性交当中甚至连一眼都没有看我，每走一小段我就看她一下，我看到她一个接一个地，生下了一些滑溜溜黏糊糊的东西，我不知道它们哪里是头哪里是尾，但我知道它们都是蛭儿，它们还不如我背上的蛭儿成形，但山姥没有让我带走它们，她只是完全沉浸在性交当中。

我再次听到，那个声音告诉我去天王寺的路。

我说，哦，蛭儿！蛭儿！可以请你再说一次吗？应我的提问，蛭儿指着天王寺的方向，它用一个甚至不能称之为手指，但总之让我想到了手指的部位指着路。

蛭儿问我为什么要去天王寺，我想去那里做什么？你怎么还要问呢？我重复道，我是安寿弥呼，那个被她父亲性骚扰的女孩，我是安寿弥呼，一个被父亲一遍又一遍性骚扰的女孩，安寿弥呼，一个被父亲一遍又一遍性骚扰的女孩，我，我是那个可怜、可怜、可怜的女孩安寿弥呼，但每一次我说着这些话的时候，意义似乎就像从我和蛭儿之间、从它滑溜溜的表皮滑过去了一样，没有一个能被这个表面所吸收，但不管怎么说吧，无言间我却突然理解了蛭儿。

一个不能说话的蛭儿，本不可能告诉我去天王寺的路，但毫无疑问，是蛭儿告诉了我去天王寺的路，蛭儿同样也是那个问我去那里做什么的人，就是我正背在背上的蛭儿。然后蛭儿问了我各种各样的问题，我回以各种各样的答案，但蛭儿不能言语，所以我说的那些词语本身表达的意义，就像从它滑溜溜的表皮上滑过去了，或许它们被我的表达意图本身直接吸收了。我不知道要说什么，但蛭儿渴望了解我的意图本身，我用语言去回答。我不知道这样好还是不好，但我只有语言，我能回答的方式只有语言，我只有语言，我用语言回答，我回答，而当我回答的时候，我感觉到我背上的那个蛭儿的欲望，慢慢得到了满足。

——杰弗瑞·安格斯（Jeffrey Angles）译自日语

● 在中世纪的日本，出现了一种叫作日本民谣（sekkyō–bushi）的大众娱乐——在音乐的伴奏下，巡回说书人会背诵和演唱歌谣。最著名的日本民谣故事是《山椒大夫》（“Sanshō dayū”），西方观众知道这个故事很可能是通过小说家森鸥外（Ōgai Mori）的现代改写，或是1954年著名导演沟口健二执导的改编版电影。这个故事已知最早的书面版本是在17世纪初记录下来的，描述了一对兄妹与父母分离，然后被不择手段的奴隶贩子卖为奴隶的故事。

在地藏菩萨的神圣援助下，哥哥最终逃脱，继而走遍全国各地寻找他的母亲，但母亲已经双目失明，穷困潦倒。幸运的是，他的眼泪恢复了母亲的视力。然而，与此同时，对于仍被奴役的女儿来说，事情的结局却没有那么美好。她牺牲了自己，拒绝透露哥哥的去向，作为惩罚，她的主人用可怕的方式折磨她，直到死去。

在探索日本民谣和民间传说的过程中，本改编版本的作者伊藤比吕美在日本东北部发现了这个故事的另一个版本。1931 年 8 月，人类学家永尾竹内（Takeuchi Nagao）记录下了一个名叫樱庭末（Sakuraba Sue）的灵媒口述的关于魂灵附身的版本：她从前人那里得知了歌谣的内容，然而在她表演的时候，似乎有某种魂灵在控制她，使得文本自动从她口中出现。有趣的是，记录自萨满的这个版本的侧重点是那个女孩，她没有死，她逃走了，不断争取自由。事实上，她才是这个版本的核心。

伊藤复述这个看似更为"女权主义"的版本的时候，增加了一个次要情节，描述了一个年轻女孩的性压抑，这是她与父母分开后可能会经历到的。（故事的原始版本并未明确提及性征服。）此外，伊藤增加了安寿弥呼试图找到天王寺的部分，那是位于大阪的一座著名寺庙，是穷人和患病者的避难所。

也许最重要的原创性扩写是小说结尾山姥的出现。山姥在许多民间传说中代表一个不墨守成规的人，她拒绝住房、工作和家庭，住在野外，随心所欲。在伊藤的诗歌里，山姥代表了一种强大的、解放了的性渴望，这种渴望通常受到父权的束缚。在她与石柱交合那一幕里，伊藤重塑了日本8世纪时的半神话历史故事《古事记》。据《古事记》记载，伊邪那岐和他的女伴伊邪那美从天而降，竖立起一根巨大的柱子。在绕着它走了一圈后，两人第一次发生了性关系，但交媾失败了，因为伊邪那美在伴侣面前先开口说话，没有向“正确”的事物秩序让步。他们的结合诞生了一个畸形的“水蛭孩儿”，他们把这个孩子放逐到海上。在伊藤的改写中，山姥把自己的性欲牢牢掌握在自己手中，并且与石柱疯狂地交合。她没有把欲望抑制在“事物的正常秩序”之下，而是用一种带给她狂喜和狂欢的方式来庆祝它。

——*杰弗瑞·安格斯*

蛇头带我们回家

● 迈克尔·梅希亚 *Michael Mejia*

藏在备用胎下面的双胞胎告诉了我们一个关于在哈利斯科州深处的一座小小的方形花园的故事。花园里长着修剪整齐的月桂树，还有一座铸铁的演奏台——那是波菲里奥·迪亚斯在上面站过并且挠过蛋的地方、潘乔·维拉放屁的地方、拉萨罗·卡德纳斯吐口水的地方、比森特·福克斯挑牙的地方，是副司令马科斯——奇拉阿姨的那条蛋很大的、纯黑的吉娃娃——尿啊尿啊尿啊然后想上尿布都没穿的小娜提雅维达的确切地点。大家都跑来看。人们好久没见过混血婴儿了，自打胡安·艾尔·奥索的母亲被莱昂马戏团里的一只熊带到阿卡普尔科去以后，那还是战前的事。

他们说，当蛇头终于从小酒馆出来的时候，双胞胎正站在路边等他，看着鲜血淋漓的殉道者们走过。那只银蝎子在蛇头的皮带扣上叩响它的爪子，七个失明的姐妹翩翩起舞。

“你会带上我们吗？”双胞胎问。

蛇头嗅了嗅空气，用拇指和食指估测了月亮。天上高悬一枚半圆月，而且这对双胞胎的分娩过程很奇怪。不过蛇头并不担心。他领着双胞胎过了桥，横跨公园，抵达干涸的河床。我们全在那里，在诺瓦车里睡觉，睡在苍鹭、坏掉的机器、轮胎、同性恋和用过的安全套之间。一个女人在电视里哭。

“让一让，小家伙们，”蛇头低语，“腾出位置来，我的小鹦鹉。”

在这个故事中，一些叶子无缘无故地飘落。即便此刻，我们也能听乐队演奏，正如双胞胎所说的那样：小号和单簧管像疯狂的火箭一样盘旋，在人群上方绽放出粉红色的火花。他们说，一切都发生在一个充斥着气球和木偶的年代。发动机还是铜管大号？变速器还是小军鼓？尘土和石头化为沥青。蓝色的太阳升起时，一片沙漠出现了。一些岩石，一棵绽放红色花朵的胭脂仙人掌，一匹瘦骨嶙峋的马，一头山羊。

没关系，我们说。这听起来像一个开头。我们可以相信它。一句曾经有过，我们便置身他处（E´ste era and we’re gone）。

到了早上，我们看见孩子们正在朝路边一颗女人的头扔石子。我们的车一停下，他们便骑着自行车跑了。

“我在迪斯科舞厅遇到一个男人。”那颗头告诉我们。那颗女人的头告诉我们：这个男人是一个富有的、混血儿的儿子。她与他一起跳了一支波尔卡，然后弄丢了一只破旧的凉拖鞋。他找到了她，为她套上一只不知道打哪里找来的塑料拖鞋，随后宣布要娶她。那天晚上他射在她体内，让她怀上了双胞胎，双胞胎出生时，她的继姐妹将它们卖给了纽黑文来的蓝眼睛外国佬。她的丈夫为了报复她，把她的脖子以下活埋了。

“那些婊子正在波兰科喝香槟！但他们会为我回来，”她说，“他们会回来的，我的孩子们，我的白人孩子。”其中一块石头一定敲掉了什么。我们扔了更多的石头，当蛇头到女人掩埋用瓶子捉住的魔鬼的地方歇脚的时候。

“我的白人女孩们！”那颗头哭了起来。“给我带钱回来！”

砰！

我们听说我们的父母拖着长长的麻袋穿过片片田野，地里长着我们不认识的植物，有着宽阔叶片的、苦涩的绿叶植物[1]。他们在一个种植矮小多节的植株的果园里干活，孩子们则在蜜蜂的帮助下成长。我们的父母把叶芽从枝干上艰辛地拔下，从纤细的绿茎上掐下，用许多蒲式耳的叶芽，为孩子们换来食物和有线电视。拖拉机发动，把这些叶芽运到芝加哥。我们的父母在一家工厂里干活，组装裹着羽毛的粉红色小婴儿。他们在等我们，我们的父母，面无表情。我们的父母把我们的短裤和T恤放在一张结实的双层床上。这是我们的工作服。

蛇头说：他们在亚利桑那州的沙漠里发现了一些魔鬼，混杂在来自危地马拉、尼加拉瓜和墨西哥的莫哈多斯人浮肿的尸体中。他们也在找工作。你知道，这段日子他们也不容易。

蛇头说：那些男孩——科林·科兰、特林·特兰、奥因·奥扬、佩丁·佩丹、科明·科曼——被锁在马塔莫罗斯的一辆谷物运输车上。然

1 大麻。——译者注

后他们在艾奥瓦州的铁路围场里被困了四个月。当他们被发现时，没剩下多少了。

这听起来就好像蛇头试图用他的那些故事困住我们，就像在听他读字典。“你不能相信任何人。”他说。我们憎恨他那副玉石面具上皱起的眉毛，还有那双贝壳眼睛深邃的凝望。如果盯着他看太长的时间，你会感到沉重。你会觉得自己老了。于是，我们让他说个不停，但我们不听，而且我们绝对不愿意保持不动。我们看见他的话语跌出窗外，变成秃鹫，在动物幼小的尸体上进食。“你说什么，蛇头？”我们问道，“那是什么？什么？”直到他被我们激怒，更用力地踩下油门，车子加速然后甩尾。总而言之，他的耳朵里有毛。

座椅头枕上的男孩有个用珊瑚雕成的妹妹，后座下面的铁姑娘，则是一个老头送给三个娘娘腔的礼物，他们都是来自华雷斯的彩票获奖者。

蛇头让我们等在车里，可是我们很饿。透过她家的窗户，我们看见了古穆奇女巫，她的乳房像湿奶酪一样拍打到一起，蛇头的牙紧咬住她松弛的肌肉，他的粉色细瘦的阴茎进出她毛茸茸的臀部。一次我们朝两只正在交配的狗扔水。从蒂萨潘来的女孩把一根点着的蜡烛塞进家猪的屁股里，弄死了它。我们穿过高速公路的时候，皮拉尔、卡洛斯和米盖尔被一部南下的房车撞扁，坠入了马德雷山脉。再见了，男孩们！

我们在墓地里行走，当心着脚下。当死者开口时，感觉就像在蜘蛛网中穿行。

“谁在那里？”他们总是问，但我们记不起自己的名字了。周围有很多狗屎。

“不要娶一个不能保守秘密的女人。”其中一人说。

“不要把闲置的棍子放在屋子里。”另一个说。

“不要庇护孤儿。”第三个人大喊。我们用一根棍子和一些沙子把这些全写下来，完全不像是我们在另一边会用得上的东西。

我们发现玉米贩子坐在一棵树下，啃最后剩下来的玉米穗。“但我们饿了。”我们说。

“别跟我抱怨。”他说，并且用一把雨伞威胁我们。每个人都有一个核，除了胡里奥，他没有。就在那时，我们注意到玉米贩子是一具尸体。

“有人刺伤了我。”他像在抱歉。

“不，我没有！”一个声音反驳道。

他有一张善良的脸，这个玉米贩子。他带领我们翻过一座小山，到达一堆粪便覆盖的旧银币前。一个看起来很伤心的魔鬼正坐在一块石头上，试图弄直三根头发。

“小魔鬼，这是你的吗？”我们指着粪便或银币——取决于你看待它的角度——问道。他让我们猜了三次。

蛇头在加油站拉屎，我们在干涸的河床边发现了一枚空花生壳和一具公主的尸体。巨大的建筑屹立在土壤中，上面刻着美洲虎、青蛙、蜥蜴和火的形状。腐烂的棍子和锋利的石头，如同一个个小勇士。饰有羽毛的面具有着厚厚的嘴唇和空洞的眼睛，望向太阳，还有我们不认识的有獠牙的生物。我们也不想认识它们。眼前这一幕让我们想起在纳亚里特郊外看到的房车，车子翻倒在沟里，熊熊燃烧。血腥的奇奇梅克人(Chichimecs)围住它跳舞。DVD、内衣和泳衣的碎片散落一地，在道路上延伸了足有半英里，如同一根极乐鸟的饰羽。

“我吓坏了，蛇头。”我们说。他用他的尾巴抽我们。

死去的公主像纸一样，边缘泛黄。有人给她的全身画满了涂鸦，就像一张地图，一趟回家的旅程。我们读不懂。“帮帮我们，蛇头。”我们指着那具尸体说，但他带我们回到诺瓦车上，一小时都没再说过一句话。

尽管如此，我们还是不确定“父母”这个概念从何而来。你从未见过的人等着给你喂饭和穿衣服？狗教我们什么东西可以吃。猫教我们捉小动物。松鼠教我们储存。母牛教我们消化。驴子教我们挨打。我们从蜘蛛那里学会了建造避难所，而猴子教会我们保持轻盈，别被抓住。猫头鹰教会我们整夜保持警惕。

但是有一天，我们浑身透湿地醒过来，我们脑子里想的是圣地亚哥、图森、丹佛、芝加哥、圣安东尼奥、亚特兰大。我们醒来，等待那个不知道我们在等的蛇头，等待他的那部诺瓦车从土路开过来，一路扬起烟尘。我们感到有点恶心。我们胃部灼痛。我们的鼻窦也是。我们的眼睛发痒。我们称之为叔叔的男人给了我们一片黑色药丸，但它没有用。

“你很快就能离开。”他说。我们从来没有见他这样笑过。

动物们不再同我们说话了。他们移开视线。他们穿着肮脏的靴子和没有上色的木制面具无声地站在那里。他们在石头田野的边缘生闷气。我们挥手时，他们拐过街角。我们诅咒这些家伙。我们终于在小镇的边上，在枯井旁找到了他们。他们坐在一起，喝龙舌兰酒，讲黄色笑话。在集市里，他们苍白的器官被洗净，摆放在一张桌子上。

后来，在触碰石膏处女白色的小脚时，我们看到她的两腿之间有一个湿润的小洞。洞里面有血、毛，还有别的东西。某种蠕虫？谁能告诉我们呢？

电话响了，我们叫她“阿姨”的那个女人回答：“你的妈妈在这里。你的美国在这里（Es tu Mamá. Es tu América）。”

一只绿色小鸟绕着超速的诺瓦车尖叫，警告我们要小心那些异胞姐妹：皮比安酱里有毒！玉米粽子里有砒霜！蟹汤里有水银！墨西哥松露里有 DDT！然后它把艾德莉塔从手套箱里偷走了。

在埃莫西约边上，每个人都想搭北上的便车。小酒馆关门前，我们偷看了一位穿着特别高的红色高跟鞋的裸体女人，她将一张涂着数字 8 的牌子举起在头顶。两个散发着孜然香味的漂亮男孩站在破旧的洗车处，没穿衬衫，向卡车司机展示着他们瘦削无毛的前胸。男孩们硬邦邦的阴茎就像工业用具一样紧绷在宽松的牛仔裤里。他们涂油的鸡冠（cockscombs）在月光下闪耀如银。

“那是什么，蛇头？”我们问道，但他把我们带走了。

双胞胎。就像双城记。姐妹城市。当他们转身，他们一模一样的文身上写着：我们要欺骗你（Queremos Engañarte）。我们想知道那是什么意思。

我们回到车里，感觉又热又不舒服，感觉我们的栖身之地变小了，我们的身体就像平底锅里的碎肉一样出汗。一层厚厚的液体裹上了我们。

“抚摩我。”有人在蛇头加大油门前说。我们不寒而栗，然后我们全都睡着了。

车前灯里的女孩在品尝玫瑰。她把种子含在嘴里。她流下的口水飞向沙漠，那是些无刺的花朵和珍珠。她这个人不可理喻，头脑简单，她会嫁给一个浑球。这是蛇头说的。

“闭嘴！”在另一盏车前灯里，她的异胞姐妹喊道。黑色的蛇群从她的音节顶部滑下，寂然无声，它们紧紧地缠上她，吮吸她，剥去她的皮。

我们在一个废弃的庄园里停下来过夜，雪佛兰诺瓦的发动机在黑暗中嘀嗒作响。带刺的葡萄藤攀上了墙，伸进阴影的口袋。蓝色的龙舌兰正在受苦。鳄梨树想与她在汽化器里的兄弟谈谈。

“我把我的果子给了母亲，黑色圣母，”她说，“我还能怎么做？”

我们无法睡在闹鬼的屋舍里。“远离地窖。”蛇头说，但随后他打起了鼾，还有什么地方能够睡觉？我们在壁橱里找到一只山羊，还有有着数百年历史的宁静。三脚凳上的一个魔鬼坚持认为这头山羊是一位公主，他的赎金、他的教女、他未来的新娘。

“美——极——了！”那个魔鬼说，露出他的小金牙还有其中的象牙填充物。

在舞厅里，墙上在放映斑驳的电影：穿着紫红色服装的骑手在马背上对牧群唱歌，一个驼子在焚烧瘦骨嶙峋的农民的尸体。放映员俯身靠在女人般的机器上，一边抚摩它的把手一边唱歌。在爱情这件事情上，人们永远无法得到自己想要的。

在露台上，在破损的楼梯旁边，有一只被玻璃碎片刺穿的黑鸟，一只翅膀几乎断了，胸脯被剪开。

精致的骨头！因方特·佩德罗的面孔！震颤的小心脏！

这就是我们父母的爱情的电影版本。

他的恋人有着一头疯女人般的头发，脏兮兮的处女小脚。她的睡衣的下摆处有一片心形的血迹。她那三个继姐妹吊在门廊的横梁上。一个红发，一个金发，一个黑发。她们的神色是那样的平和，如同沉睡中的宠儿。如今我们可以原谅她们了。

“我听到它们在窃窃私语。”我们的母亲说，抓住一只鸽子，把它的喉咙割断，用一个小小的黏土罐接流出来的血。还有数百只鸽子聚在一起，它们落在上吊的女孩的身上，落在树顶上，在屋顶上栖身。它们在干燥的喷泉周围徘徊。空荡荡的大厅回荡着它们的咕咕声、它们爪子的抓挠声。声音效果被放大以强调她的痴呆症。

“这是唯一治好他的诅咒的方法。”她说，给另一只鸟放血，鸽子血溅到了破碎的瓷砖上，组成了黑色的星座。纯粹的电影！“他们说过的话，是的，那就是他们说过的话，他们说过的话。”我们的母亲看着我们。毕竟，她不是傻瓜。她是国际明星。“你可以出生的唯一方式。”随着镜头拉近，她如此说道。她看向别处，蔑视的泪水充斥她的双眼。我们相爱了。

“妈妈，”我们唱起来，“你的罐子只有四分之一满，我们加入你的大屠杀，直到我们感到无聊。”但我们干得很快。也许还很粗心。一些动作较慢的孩子挡路了，是我们的错吗？

我们走进厨房，豆子在炉子上冒泡。一锅热气腾腾的玉米肉汤，月亮在做新鲜的玉米饼。它有一个大屁股，闻起来像桂皮。“哎呀，孩子们（Ay，niños），”它叹了口气，在围裙上擦了擦手，“你们回来得这么晚！该吃东西了。可是约兰达在哪儿？阿雷利在哪儿？潘乔和恩里克发生了什么？”事实并非如此。我们太饿了，但是穿着肮脏内裤的太阳闯进来，向我们扔了一块砖。一个西瓜。一只杧果。一只靴子。我们发誓：没必要这样。去问问那棵鳄梨树中的那只黑鸟，去问问在银河上吊了的疯狂的情人。

那群野狗偷偷接近我们。它们从黑暗中的一个涵洞里出来，无声无息，它们的头上没有眼睛，不会倒映出月光。我们还没来得及摇上车窗，它们便已经把克鲁兹、罗萨里奥和维吉里奥带走了，撕开他们的肚子，挖出他们的眼睛。

“眼睛！孩子！骨头！狼！”它们叫道。它们向我们走来，下颌鲜血淋漓，那对挖出来的人类的眼睛在它们的舌尖上，如同一串珍珠。“我们中间有多少人因为你变成了瞎子？为了证明杀死你的命令已经被执行！兔崽子们！你还活着，而我们这些剩下来的人却遭受拳打脚踢，为了残羹冷炙争得头破血流、四散流离、倒地不起！打呀！打！打！”

蛇头已经挂上了挡，他正在树林里转弯，试图让车子回到路上。

它们对后保险杠里的孩子吼叫，喊出他们的名字，就像一群疯狂的奇奇梅克人：断肋骨！掐后背！大肿腿！掉牙齿！

小奥索里奥蜷缩在收音机旁。嘶嘶作响的静电干扰声，还有他嘴里的石头——形如一颗人类的心脏——使他得到了安慰。

噢，现在是高峰期，黄金时段，所有接送我们母亲前往郊区的七城市购物中心的凯迪拉克都堵了闪亮一英里！与此同时，我们行驶在便道上，在诺瓦车里和一些身材火辣的白人男孩和女孩们消磨时间，我们经过了更多的公共寄存处和商店街、法律服务处和三明治商店、验血机构和美甲沙龙，就像一个永无止境、重复播放的广告，宣传北方。冰激凌，蛇头！星巴克！派对场地出租！内陆！买一送一的文身和穿孔！

他一定是没听见我们说话。

你不相信我们?

好吧，只不过是更多的索诺拉沙子和仙人掌。肮脏的庇护所由煤渣块、棍子和塑料搭建而成，我们厌倦了猜物游戏和猜车牌。阳光损害了我们的视力，因为我们把帽子弄丢了，蛇头说他没有多余的钱给我们买。蛇头，一个骑在马上的年轻人，一个戴着白色高顶帽的特哈诺王子。蛇头，他目不斜视。他如此帅气。他在聚友网上有 100 万好友——大多是男同性恋还有十二岁大的女孩——他还和墨西哥电视公司签了一份大合同。他将成为我们的总统。是的！绝对有这个可能！还有一个穿着女仆制服的女人，她爱他，但她不知道自己怀孕了，她穿过高速公路，去扬基佬的分时度假酒店，掸掉家具上的灰尘，用吸尘器打扫地板，清洗床单、毛巾和性玩具，从酒店房间能够俯瞰大海。每个配有空调的酒店房间的窗户都有防晒膜，宣传小册子上是这么说的，所以你根本不知道那些被太阳晒伤了的外国佬在干什么，对吗?那么这位女服务员呢？蛇头：她戴着廉价的太阳眼镜，穿着一条从她讨厌的表姐妹那里借来的丁字裤，后者正在家里做指甲，并且被女服务员染病的男友像操山羊一样操。男友想看托卢卡俱乐部的比赛，于是不停地问:“Are we there yet? Are we there yet? Are we there yet? ”

所以，嘿，蛇头：我们开始变得有点暴躁了。我们到了吗?

射啊！射啊！射啊！

来自阿梅卡的牧童弗朗西斯科，他在我们的轮毂罩里转了一圈又一圈，抚摩着一只流血的左耳，这是他从博佛的秃脑袋上割下的，是瓜达拉哈拉那场锦标赛的战利品。弗朗西斯科的父母打扫他在波特兰做研究的实验室。这是蛇头说的。“芝——华士！”每次车陷进坑里的时候，弗朗西斯科都会大叫。“芝——华士！冠——军！”

我们叫她美人鱼。她不愿意告诉我们她来自哪里。她在散热器周围游了那么多回，以至于她长出了鳍和尾巴。她就要沸腾并变成红色了。当盖子打开的时候，她就会骑着燃烧的汽油、石油、刹车油和变速箱油冲往诺加利斯市中心。公主！女王！荣耀！难道不想看吗？她有自己的末日崇拜。我们的诺瓦女士。她是怀着愤怒的上帝之女。

蛇头的朋友科尼约在汽车站外面等着我们：阿莱拉斯·弗莱恰斯·阿莱利亚斯向南瞄准塞拉亚、帕伦克、帕楚科、克雷塔罗、梅里达、帕兹夸罗、波托西、托兰、韦拉克鲁斯、阿兹兰。

我们要去美利坚合大地了（Gringolandia）！再见！再见，浑蛋们，再见！

蛇头吹着口哨，科尼约登上车。他的牛仔裤和工作靴上沾满了为富人们在高地上搞建筑沾上的石膏。

该死，这天太热了。

科尼约拨弄他的吉他。科尼约说：“我们去给孩子买些冰激凌吧。”

蛇头在开车。

“给孩子们买些冰激凌吧。”科尼约说，蛇头说好吧。

“啊，多好吃啊！”有时候科尼约会失去理智。

它们有上千种口味，老太太递出玉米味、牛油果味、杧果味，鼹鼠、啤酒、大麻、花生、仙人掌、炸猪皮、香肠、舌头、豆味的冰激凌，这里四周还有各式帐篷，卖拖鞋和炸玉米饼——墨西哥玉米饼碎肉卷、牛排、南瓜花、蠕虫、蚂蚁、蝗虫——坎鼎弗拉斯面具、墨西哥小饼[1]、瓜亚贝拉衬衫、恰帕斯琥珀、芝华士钱包、比基尼、萨帕塔牵线木偶、玩具枪、上衣、美洲虎钥匙扣、储钱罐、气球、瓦哈卡银器、鸡、公鸡、山羊。我们绝对不会停止伸手去拿，直到我们的手被砍下来扔进炖菜里。

酒鬼！

一队雅基人摇摇晃晃地绕着广场走，带着一头猪，它头戴着仙人掌刺的王冠，穿一件写着“永不言败！”的爱国者T恤。神父佩罗塔斯挥舞着一根羽毛和一片瓣膜——来自一颗圣卡洛卡的纯洁心脏。他用这些召唤出一位血腥的小耶稣，去鞭打那些异教徒。“异教徒！”耶稣喊道。“虚无主义者！卑鄙！”他的鞭子在印第安人弯曲的背上折断了。他从一小团完美的云朵里跳出来。所有的好狗都在狂吠。

然后祸不单行。第十三位使徒从一幅壁画上溜了出来，他和康塞普西翁一起偷偷摸摸去了汽车旅馆。奥斯瓦多和埃尔维拉被吸进了地狱的括约肌。杰米只好加入驻防军。

绿矿石间叮当作响的交响乐为莫瑞妮塔和玛琳齐之间的争斗拉开序幕。我们的淑女抄起一把椅子砸向对方。她很血腥。她折了一只指甲。她断了一根肋骨。她被一根玉米秆打得屁滚尿流。那一位搞到了一些可卡因。胡安·迪亚哥和科尔特斯尾随而至，抽耳光、扯头发、抠眼睛。失败者将被剃光。

后来，我们在高地兜风，莫瑞妮塔抱着血淋淋的小耶稣坐在诺瓦车的后座上，挠他的胡子痒痒，用他的鞭子逗他，鞭子的尖端正好落在他那精致的修剪过的指甲上。他尖叫，而她用墨西哥蛋奶酒关照他，

1 一种墨西哥食物，由玉米、豌豆、薄荷豆和奶酪制成，外形像椭圆形鞋底，所以叫Huaraches，与墨西哥的编织凉鞋同音。——译者注

关照我们所有人，直到我们都喝醉了，除了蛇头，他那双贝类的眼睛在后视镜里盯着我们，闪闪发亮——我们又醉又开心，躺在她棒极了的、抖动的大腿上，她让我们梦到了棋盘游戏和床铺。让我们梦见自行车吧。金色的、光滑的车座和气候温和的、绿色的夏天。

“你不来我家吗？”莫瑞妮塔问道。她有口臭。我们看到她下巴上沾着一根黑色的卷毛。

这些明亮的、空荡荡的街，灯火通明，气氛整肃。科尼约唱的贩毒歌谣[1]让每个人毛骨悚然。一名身穿防弹背心的私人保安举起了镖枪。他说，“给我滚出去。”

“别碰我，”科尼约唱道，“别碰我，别碰我，请不要碰我。哦，多野蛮。”

有什么闻起来很棒。爬满九重葛的灌木篱墙把沉睡中的幸福家庭保护了起来。

科尼约说：有个孩子很喜欢道奇队，懂吗。切瓦士山谷，费尔南多热，所有那些狗屎。他有个朋友，在蒂华纳的那些簇新的要塞公寓里干活，知道那地方吗？高层公寓！他们躲过安检，溜进去，爬上屋顶，把那家伙赶到旗杆上，他就待在上头了。在上面！高耸于云端之上！这样一来，他简直看得到洛杉矶。

“何塞！”他们叫他，“何塞！何塞！何塞！”

他们开始担心。肯定有人会杀了他们。

“对，我听见了！（Si，le oigo！）”何塞说道。简直像一个小天使，嗯，孩子们？他妈的天使何塞，嗯？

1 Narco-corrido，又叫毒品走廊（drugballad），一种墨西哥音乐。——译者注然后，你知道，孩子们喊回去：

"何塞，何塞……何塞，你看得见吗？"

……在黎明的照耀下？何塞在唱歌。

我们在堕落的夜晚如此赞美？（Lo que tanto aclamamos la noche al caer?）

哎呀呀！蛇头一拳打在科尼约嘴巴上。

把他最后一颗好牙打掉了。科尼约吸着酸橙汁。

她从静电噪音中浮现。大乳房，皮套裤，太阳镜。你的气息闻起来有奶子的味道，小妞。你有着多汁的梨子、骷髅头大腿、半自动眼珠。你对我们的内脏和我们发炎的直肠都是个打击。我们来跳米斯特克人的波加洛舞，跳奥托米人的波尔卡舞，还有美国佬探戈。现在诺瓦车就像一辆操蛋的低底盘车一样跳跃。

在边境前最后一个让我们停下来撒尿的地方，我们发现了一枚空花生壳，还有一位在龙舌兰丛里的裸女。一枚霰弹枪的弹壳和一个裸体女孩。贝壳。一些贝壳。蛇头不得不阻止科尼约，用皮带绑住他肮脏的嘴。

她看起来像维乔尔人一样疯狂，她的眼睛里有月亮，脑袋里有太阳。我们在热浪中发抖。

她说："双胞胎。"然后点了点头。好像从来没有人这么说过，好像在叫我们的名字似的。灰尘中有一面砸坏了的纳瓦族键盘、一台烧坏了的 VGA 显示器、一两条蛇。我们围着树形仙人掌转，听着沃尔玛的袋子像小旗一样在仙人掌的指尖飘扬。有一本满是弹孔的电话簿、一只空靴子、一道高高的栅栏。还有方济各会的庇护所，他们在那里收留无法越过边境的孩子。他们从带栅栏的椭圆形窗户里伸出手，想抓住鸟儿和虫子，戴兜帽的僧侣用巨大的钳子钳掉了他们伸出来的手，然后又把这些畸形的、跛脚的孩子送了回去。

“其他人在哪儿？”我们问。

蛇头碰了碰我们的耳朵。“什么别人，我的鹦鹉们？一直以来只有你们。你们两个。你们两个人。”他环顾四周。他笑了。“他们只为两个人付了钱。”

我们吮吸着这个女孩黝黑、肥硕的乳头，她的乳汁是辣的，灰白色的，浓稠得像大妈厕所里的污泥。我们咬。我们扯。我们撕。我们必须这么用力，那个女孩在我们的头发里拨弄手指。她用指甲抠挖我们的头皮，直到我们流血。蛇头把一切拍成了录像。我们闻着她的香水时，她在叹息。我们爬进子宫，从来没有睡得这么好过。我们长了羽毛和短发。还有别的东西蜷缩在一个角落里。

我们满身是血地回来的时候，星星出来了。我们嘴里有血肉的味道。我们只想在燃烧的龙舌兰下跳舞，让我们的胳膊和腿像神圣殉道者的断肢一样自由地旋转。我们把脚踏在大地上，一只光脚碰到一块石头。我们所有的血液和糖分都是从我们的耳朵、嘴巴、眼睛和屁眼里流出来的。屎，巧克力，眼泪和盐。当心你的手指！我们咬人！这是漫长的一天。很快，我们就熬过去了。它会过去的。

它是黑暗的。

蛇头把我们舔干净，把我们放上床，而科尼约和一个恶魔在地狱里为所有的小魔鬼们打牌。赢牌以后，科尼约吃掉小魔鬼，用龋坏的臼齿嚼碎它们强壮的小骨头，把壳扔到地上。但那个恶魔继续赌博。他出了两只鹿，一只青蛙和死亡。科尼约出一只公鸡。蛇头用蜂蜡堵住我们的耳朵，把晒干的巴西拉辣椒敷在我们发痛的眼睛上。

“这很有效，”我们听到那个魔鬼说，“我试过。我的妻子也试过。”

我们排了好几个小时的队，开过最后的集市。科尼约用美元买礼物：毯子和T恤、散发着恶臭的草药、小酒杯、烟灰缸，以及用特华坎粪化石雕刻而成的阿兹特克太阳石。我们挤在一起，就像火柴盒里的玉米种子。我们祈祷他们不要搜查我们，不要问蛇头是不是我们的爸爸，或者问我们上什么学校。我们呼吸困难，反胃作呕，塑料泡沫把我们裹了两层。蛇头正在练习冷静的反应，但讨厌的科尼约不停地咯咯笑。

“我们是来旅游的。”蛇头会说。

“我们的小妈妈，”科尼约会说，“可怜的女人！”

“请下车。”有武器的关口人员会说。

教士队领先一分，第五局下半局没进一球。

我们有机会看一眼。通过这一排汽车，我们可以看到另一边。我们看到了美国高速公路旁的黄色欢迎标志：我们的爸爸跌跌撞撞、醉醺醺走回家；我们的妈妈一只手拖着在美国出生的妹妹科尼西塔，从移民中跑出来，她的脚刚刚离开地面。

这些都是真的，亲爱的！千真万确！

她在飞！他们能飞！孩子们在Gringolandia（美国大地）上飞翔！

现在我们也，也，也，踏出诺瓦车，越过蛇头和热混凝土上的科尼约，我们在飞。越过挡风和玻璃，我们在飞。我们飞过钢铁、烟雾和阴霾，飞过窒息和玉米，飞过食物和狂热，飞过可口可乐和常用语手册。这是鸡飞进锅里的方式，先有火还是先有焰？我们在飞：为你披上羽毛去了骨，亲爱的妈妈；赤裸和新生，爸爸；没有内脏也没有尾迹，干净的种族，海盗种族。黑暗的？你们是怎么说的？驱逐出境？不。这是ESPN[1]业务飞向福克斯新闻频道的方式。卫星之眼。你是美丽的。被风吹起的小东西。在我们忘记之前。

脂肪。无益。阿迪达斯。一部收音机。游戏结束。

● 《蛇头带我们回家》的开头是一辆1970年的雪佛兰诺瓦车朝北驶往美国—墨西哥边境，车子破旧不堪，里面装满了走私儿童。我听说过——或者自以为听说过——美国海关和边境巡逻队拦下一辆载有非法移民儿童的汽车的故事。我现在找不到这样的故事了，但还有很多类似的故事：安德烈斯的父母去美国北部找工作时，把他留给了亲戚们；卢佩的父母说以后有能力了会去找她；加布里埃尔和他的孪生兄弟藏在火车上，或者卡洛斯的亲戚把他交给了一个职业走私犯，一名蛇头。他们的父母在凤凰城等着。也许他们不得不额外支付两千美元才能把卡拉从亚利桑那州送到宾夕法尼亚州。也许这次偷渡在拉斯维加斯失败了，茱莉亚被遣送回墨西哥的庇护站，他们必须重新开始。这些孩子来自洪都拉斯，那些来自萨尔瓦多。豪尔赫出现了。或者他消失在圣地亚哥和芝加哥之间的某个地方。“墨西哥的历史，”奥克塔维奥·帕斯写道，“是一部回溯自己的出身和起源的历史。”

一旦你移居别处，这种回溯就变得有点复杂了。《蛇头带我们回家》探讨了非法移民内在的个人和文化历史困惑。这些孩子在

1 娱乐体育节目电视网（Entertainment Sports Programming Network）。——译者注

旅途中随身携带什么？如果他们真的要离开，又有什么关系呢？他们要去的地方的真正名字是什么？这个故事对垃圾着迷。这些断片大多来自霍华德·特鲁·惠勒听来的民间故事，1943 年这些故事由美国民俗学会以《来自墨西哥哈利斯科的故事》为名集结出版。我喜欢这本合集与墨西哥历史的微妙对应。一些以狼和兔子为主角的故事似乎来自前哥伦比亚时代，至于夏尔·佩罗和格林兄弟那些耳熟能详的故事的变体，它们极有可能是在漫长的科尔特斯时期流传开来的。第三组故事——瓜达卢佩的圣母之类的——则是对混合血统的揭露。其中黑暗的幽默感和宗教权威的悲剧对我来说是熟悉的，也是最墨西哥的。那些大笑的农民拥有我父亲的幽默感，这也是我祖母的幽默感。1924 年，我的祖母从哈利斯科的特基拉来到美国。我的父亲出生在得克萨斯。我则在加州的萨克拉门托长大。所以，对我来说，《蛇头带我们回家》也是一张回家的车票。

——*迈克尔·梅希亚*

从此 以后

● 金·阿多尼兹奥

Kim Addonizio

矮人们住的阁楼有城市的风景，有硬木地板和天窗，可是它的要价太高了，而且对于七个小矮人来说面积太小了。它在一栋无电梯公寓的五楼，只有一个高高的、由轨道灯照明的房间。在房间的一头，是万事通、喷嚏精、瞌睡虫和害羞鬼在蒲团上并排睡觉的地方。在他们的下方，开心果和糊涂蛋共用一张双人床。坏脾气经常一个人待着，白天把他的尼龙睡袋放在角落里，晚上在沙发和咖啡桌之间的地板上把它摊开。厨房有两个镀锌柜台、一个内置炉罩、一台微波炉和一台钢制冰箱，全都藏在万事通买的一道长长的竹帘后面，竹帘被瞌睡虫涂成了一种樱桃红。厨房和浴室是唯一还能有隐私的地方。为了能挣到足够的钱缴付租金，他们都把餐馆那份工作挣到的钱存起来，除了糊涂蛋之外。糊涂蛋没有工作，除非你把他不嗑药的时候卖药算在内。

还有坏脾气，他每天都管别人要零钱。每个月的第一天到来的时候，他总是除了几张皱巴巴的票子以外身无分文。有时候，其余的人会说把糊涂蛋和坏脾气赶走，但是没有人真的忍心这么做。此外，书中提到，当女神带着神圣的苹果来改造他们——女神的七名门徒——的时候，他们应该有七个人，他们究竟将被改造成什么，这个秘密将在她到来的时候被揭开。与此同时，他们要做的是等待。

“她来了以后，能让我们变得高大。”喷嚏精说。他有周日报纸的漫画版面，还有一只橡皮泥做的彩蛋。他把一个面团状的椭圆压扁在卡尔文与跳跳虎的那格漫画上。

“哦，胡说八道。”坏脾气说，“这指的是内心的转变，伙计。内心的转变才是重点。唯物主义是一个陷阱。身体认同是一个陷阱。所有这些狗屎，”坏脾气抬手一挥，表示他所指的不仅仅是这座阁楼，还有窗外的高楼大厦，也许还有更多，“是一种幻觉。摩耶。轮回。”他把烟盒里的最后一支万宝路抖了出来，揉皱包装盒，投向窗边的编织废纸篓，可是没丢中。他看了看四周。“火柴？打火机？谁还要烟？”

“她会的，”瞌睡虫坚持道，“如果我们愿意，她会让我们变成六英尺高。”

“她改变不了遗传，你这笨蛋。”坏脾气说。

听到“笨蛋”这个词，糊涂蛋猛地抬起头。他正在坏脾气对面的沙发上点头，一根点着的香烟即将从他手上掉下来。沙发已经被烧了几个洞。总有一天，万事通想，他会把这整个他妈的破地方放火烧了，然后我们会在哪儿？她要怎么找到我们？他从地板上站起来——他本来在那里做瑜伽——然后从糊涂蛋污渍斑斑的手指上取下香烟。他在桌子上的一个烟灰缸里将它摁灭，那是蓝色的陶瓷做成的一条护城河，河流围绕着一座陶瓷城堡。透过城堡上的小窗，一缕轻烟——

檀香——飘了出来。

“她又不是从外太空来的外星人，准备对我们做奇怪的实验。”万事通说。他在报纸上找食品版面。

“那么她从哪儿来？”瞌睡虫说。瞌睡虫是一个离家出走的十六岁少年，是他们中年龄最小的。看着他那一脸坦率、易骗的表情，你无法想象他经历过可怕的事。他被殴打过，肩胛之间的皮肤被沸水烫过，他被自己的父亲强迫与母亲发生性关系。瞌睡虫喜欢明知故问，就为了获得熟悉的、可以预料到的答案。

“她来自城堡，”万事通说，“她是这片土地上最美的人。她会带着神圣的苹果来，到时候一切都会改变。”那本书就说了这么多。很久很久以前，它说。但到底确切是在什么时候呢？万事通琢磨着。他们已经在这里待了六年多了。反正他待了有这么久。他在一个垃圾箱里找附近那家餐馆扔掉的食物的时候，找到了这本书——书的封面被撕掉了，大部分的页面带有污渍而且被扯破了。他一直流落街头，沉迷于廉价的葡萄酒，对任何事情或任何人都不在乎。他睡在门口的硬纸皮上，在他卷起来当枕头的雨披下藏着一把折叠刀，他在公园的跳跳床外面偷过孩子的鞋。为了扔进棒球帽里的零钱，他在银行广场表演过醉醺醺的吉格舞，并且借此羞辱了自己。这本书改变了这一切。它让他了解到生活存在着意义。他把其他人召集起来，让他们到这个地方来，做好准备。他已经戒了酒，找到了一份工作，就在他常翻垃圾箱的那家餐馆里。他一个接一个地找齐了他的弟兄们，他们从其他地方来到城里，穷困潦倒，命运不济，奔赴街头和庇护站。他们成了他的同伴——两个洗碗工、一个餐馆杂工和一个煎炸厨师。这家餐馆的名字是“绿野仙踪”，主人很愿意接连雇用矮人，把他们当作《绿野仙踪》里“侏儒”的替代品。《周刊》对此刊登过一篇专题文章，一些食品杂志也登过文章，这些报道让他们生意兴隆。旅游指南中提到了这些矮人，所以经常有来自加拿大、丹麦和日本的游客带着他们的相机来录下这样一个迷人时刻：矮人们从厨房里排队走来，端着点着蜡烛的蛋糕，绕着桌子站成一圈，唱出生日歌。他们用假的高音唱歌，好像他们一直在吸氦气。

“为什么苹果是神圣的？”瞌睡虫恍惚地说。他已经放弃了漫画，现在他把一些魔术卡铺在地板上，一个接一个地把它们捡起来，研究它们。

“因为她将死于苹果，随后复活。”万事通说。他瞥了一眼瞌睡虫的卡片：卡帕轩独角兽[1]。一只戴盔甲的独角兽穿过闪闪发光的田野，身着白袍的骑手骑在它的背上。在卡片的下方，万事通读到了如下文字：*在祖先的家园被夷为平地以前，卡帕轩骑手就已经是严厉的、缺乏幽默感的人了。*

“为什么要收集那些废话？”万事通说，“你总是埋头在看漫画书。再读一遍这一本书。每次我读它的时候，我都会发现新的东西。这本书就是你需要的全部。你必须专心读它。”

“瞧瞧她。”瞌睡虫举起另一张卡片——上面是一个穿着金色芭蕾舞裙、绿皮肤、看上去像是得了厌食症的女人。她的一只手举着指甲很长的拇指和食指，像在敬礼，另一只手高举着一面白色和绿色相间的旗帜。几个身着盔甲的男人在她身后骑着马，他们的后方生长着花椰菜模样的树木，地面升起的雾气掩盖了这些树木的身影。万事通阅读卡片下方的字眼：*罗堰先锋。物种——树妖。罗堰团结在艾拉达力*

1　瞌睡虫提到的全是万智牌（Magic The Gathering）中的人物，万智牌是 1993 年由美国数学教授理查 · 加菲设计，并经由威世智（Wizards Of The Coast）公司发行的世界上第一款集换式卡牌游戏。——译者注

的旗帜下，以他的名义集结在一起。“她看上去会是这个样子吗？”瞌睡虫问道。

“消停一会儿吧。”坏脾气说道，然后踩了糊涂蛋一下。“嘿，伙计，”他说，“我们没烟了。”

万事通认为，瞌睡虫早晚会对这些失去兴趣的。树妖和独角兽，虚构的生物、部族，还有战斗。“我完全不知道她会是什么样子。”他叹息着说，站起来，开始清理咖啡桌。在前一天晚上，坏脾气和糊涂蛋留下一些半瘪的空啤酒罐、一袋吃了一半的玉米条、一罐萨尔萨辣酱洒在阁楼杂志模特的裸体上。杂志展现了她张开的双腿，她修长的手指挑逗般地放在粉红色的私处上面，那儿闪闪发光，就像涂了油。她会是什么样子的？也许看起来和这个差不多，她的手指会抚过他胸前灰白的毛发，并将甜美饥渴的臀部跨坐在他身上。也许她会对万事通耳语，告诉他她是为了他而来，只为他一个；他们可以把其他人扔下。他们将离开这座城市，住在一辆森林里的露营车上，俯瞰一条小河，在河里，他可以捉到鲈鱼和蓝鳃鱼。她会站在他们的炉子前面，穿着短裤和白衬衫，将一把抹刀伸进锅中扑腾着的鱼。当月亮升起时，他们两个下到河里，赤身裸体地漂浮在一起。他们的头部齐平，高出水面。万事通合上杂志。他把啤酒罐收起来，带进厨房，扔到垃圾桶里堆满的垃圾上。

第二天下午，他在冰箱上留了一张纸条，用一块害羞鬼买的冰箱贴固定。那块冰箱贴上画着圣母马利亚推着婴儿车，载着婴儿耶稣。这套包括马利亚穿着睡衣举起双手祷告的冰箱贴里，马利亚的衣服和配饰各有不同，包括滑板、一件女服务员的制服、印花长裤和一件嬉皮士衬衫、一条格子裙和一对旱冰鞋。现在马利亚只穿着睡衣，正在滑滑板。另一块冰箱贴，一个小魔力八号球（一种美国玩具）被粘在她脸上。万事通写道：家庭会议，晚上七点。很重要！！！所有人。啤酒我请。他知道这样一来，坏脾气和糊涂蛋准会出现。

糊涂蛋七点半才出现，带着一包花生巧克力豆溜了进来。但至少他们都在，桌上放着几包烟、几排六罐装的啤酒，还有一碗烤干酪辣味玉米片。万事通还是和平常一样，喝一杯不含咖啡因的健怡可乐。害羞鬼将大份的麦当劳薯条传给其他人，并且打开了一个巨无霸。“垃圾”，万事通看着他吃东西时想道。但闻起来挺香的，他忍不住拿了几根薯条。

“为什么我们要开家庭会议？”坏脾气说，“我有事要做。”他有一段时间没有刮胡子，黑色的胡茬盖住了脖子的一半。不久以前，万事通记得，无论如何，坏脾气每天都会刮胡子。

“哦，我喜欢家庭会议。”开心果说。开心果基本上什么事情都喜欢。他喜欢公共生活，在绿野仙踪干杂活。他喜欢成为被选中的人，被专门挑选出来等待的人。他喜欢“这本书”，当有人批评它时——这种事最近似乎发生得越来越频繁——开心果会捍卫它。就在几天前，一直在社区大学上课的瞌睡虫回来胡说八道。“这就像《圣经》一样，”他说，“就像一个比喻或者别的什么。你知道十字架吗？十字架上的耶稣？教授说十字架真的很像一种异教徒的生育符号。”瞌睡虫不知道“隐喻”是什么。当有人追问他时，他也不知道“象征”的定义。“你不知道你在说什么。”开心果得出结论。万事通向瞌睡虫解释说这本书与《圣经》毫无相似之处。万事通说，《圣经》是给正常人读的，但这书是给矮人们读的。

“我召开的会议，”万事通说，“因为我厌倦了跟在你们所有人后头收拾残局。瞌睡虫清洁浴室以后，镜子上全是肥皂条纹。我几乎看不到镜子里的自己。而你，坏脾气，你和糊涂蛋——你们把啤酒罐和烟屁股还有快餐食品的垃圾扔得到处都是。今天早上，害羞鬼把洗碗机里的盘子放回橱柜里，那些碗甚至还没洗过啊。”

“抱歉。”害羞鬼喃喃。

“在这间屋子里我什么都得干。”万事通说。

“别他妈把自己当烈士。”坏脾气说着，打开了第二罐红湖啤酒。

“你应该自己干自己的活，”万事通说，“别以为我们永远会帮着你。”

“哦，可是我们爱你，坏脾气。”开心果说。他把手放在坏脾气的肩膀上。“你是炸弹。”开心果说，露出一个他从瞌睡虫那里学会的表情。

“把你的手拿开，”坏脾气说，“怪胎。”

“看看谁在说话。”现在开心果说话的声音里流露出优势。开心果不喜欢的一件事就是做一个矮人。他有 4 英尺 10 英寸，是这里最接近正常高度的人。万事通经常想知道开心果留下来是否不仅因为他对“书”的献身精神，还因为这里是唯一一个他比其他人高大的地方。

“我不需要你们这些怪胎。”坏脾气说，推了开心果一下。他们坐在地板上，这一下让开心果撞到了咖啡桌。他的头撞到了咖啡桌的一角。

“看看你做了什么，”开心果说，按住他的太阳穴，“我流血了。”

“他在流血。”大家齐声同意。只有坏脾气抱着双臂，等着坐成一圈的矮人们。

“暴力是不能容忍的。”万事通严厉地说。

“哦，是吗？你会怎么做？”坏脾气说，“你和那本傻兮兮的书。除了你，没有人相信那些屁话。他们都只是在容忍你罢了，伙计。”

“你撒谎。”万事通说。他环顾四周，望向其他人。“他说谎，对吧？”

“没错，对，”瞌睡虫说，“我们相信的。”

“我们相信。”其他人说。但这听起来不对。万事通可以听到他们声音中的怀疑，可以看到他们的目光垂落到地板上，耸起肩膀的方式。害羞鬼双手拿起巨无霸埋头咀嚼。

“我绝对、肯定地，相信。”瞌睡虫说。

但是，瞌睡虫是一个孩子，万事通认为，一个相信蝙蝠侠和独角兽、巫师和仙女、蜘蛛侠和狼人以及其他超级英雄废话的孩子。瞌睡虫会坐在周六的早版漫画面前，说“酷毙”和“太棒了”。要让瞌睡虫相信他一点儿也不难。

“只要这能让你撑过去。”糊涂蛋的话令所有人感到惊讶。糊涂蛋从未在家庭会议上开过口。“这很酷，”糊涂蛋说，“她会来的，伙计。”他靠在沙发扶手上，闭着眼睛。

“只是——”害羞鬼说。

“只是什么？”万事通说，声音平平。

“我只是觉得，可能，我们在原地踏步还是什么的。”害羞鬼盯着手里的汉堡。一滴粉红色的酱汁落到了万事通清理过的桌子上。

“你不怎么相信，”万事通说，“没关系，这再自然不过了。”

但是难道万事通没有同样地怀疑过吗？他没有在晚上睡不着觉，听着其他人的鼾声，认为也许她根本不会来；难道他没有试图把这种想法赶走，告诉自己要有耐心，能够经受住漫长岁月的考验？有的夜晚，当他无法入睡时，他会站起来，把这本书从害羞鬼用木头为它建造的讲台上取下来，然后走进浴室，坐在马桶盖上重读一遍。*很久以前，她吃下了那个苹果，她倒下了。*在这个故事里，矮人们当时在场——他们照料了她。这本书有的页面只剩下一半，有的页面丢失了，故事讲得不规则又混乱，时常中断。但有的事情明晰可辨。几个强有力的大写文字闪闪发光。书上有一些曾经光彩照人，如今已褪色的插图：一个有一把斧头的男人、一只举起一个硕大光亮红苹果的手、继母和她的镜子。但那一页，或许能透露她的那一页，只剩下碎片，只能看到一只蓬松的白色短袖、一英寸苍白的手臂，映衬出一缕令人心碎的蓝黑色长发。这么多的谜团，这么多他们可能永远无法了解的事。但最后，在本书的最后一页，那个承诺，那些句子让第一次读到它们的他产生了希望：*从此以后，他们过着幸福的生活*。她和那些矮人们，万事通心想，他们一起。她会来的，她会看到他准备好了一切。她将把一直与他如影随形的痛苦、在他生命中心的那种刺骨的孤独，托在她的手中，像一只颤抖的鸟，她会对它唱歌，轻抚它，仅用一个手势，便将它抛向蓝天。它将拍打着翅翼，永远地离开他。

“他们不相信你这些关于宗教的胡说八道，”坏脾气说，“他们就是太孬了，不敢告诉你。唔，我反正是不干了，哥们儿。受够了。”他瞪着万事通说，一边抬起下巴，挠他的胡子。

“坏脾气，”瞌睡虫说，“别走。”

“我的名字不是坏脾气，”坏脾气说，“是卡洛斯。我是波多黎各人——”他停了一下，“——小人物（little person）。”他说：“我厌倦了你们全部人，你们的假名字，以及你们属于失败者的伏都教[1]幻想，关于那个永远也不会出现的妞儿。她不来了，伙计。你那胖脑袋接受现实吧。”

没人看他。坏脾气站起身。

“那好吧。”他说。他走到他的睡袋所在的角落，把它卷起来。“再

1　伏都教（roodoo），源于非洲西部，是糅合祖先崇拜、万物有灵、通灵术的原始宗教。——译者注

见，笨蛋们。回见。”

万事通听到他穿的靴子下楼梯的声音。没关系，他告诉自己。无关紧要。她还是会来的。

“一个矮人即使叫其他的名字……[1]”开心果说。

“也还是一个浑蛋。”瞌睡虫说。

“我的名字曾经是史蒂文。”喷嚏精说，瞌睡虫告诉他闭上他的嘴。

那是十一月的一个星期五的下午，风雨大作，所有走进绿野仙踪的人都在甩他们的雨伞，把雨水滴在了门厅的黄砖上。每个人都要坐在那些离石头壁炉近一点的桌子旁边。

万事通人手不足。一名侍者因为流感休假，星期二，害羞鬼离开小镇去参加一个姨妈的葬礼。星期四，他打来电话说可能不回来了，除非回来拿一些东西。

“你当然会回来的。”万事通说。

“她给我留了一些钱，”害羞鬼说，“没有人会认为她有钱。她住在这么个寒酸的小型公寓里，从来没买过什么东西。结果原来我祖父把一些股票留给了她，她把这一切留给了我和她的猫。我是这只猫的受托人。”

“你不能就这么走了。”

“我想在这里住上一段时间。看看会怎么样。对不起，万事通。我只是觉得现阶段我应该这么做。”

几个男人走进餐馆，他们穿着颜色匹配的红色皮大衣，搭着彼此

1　此处化用了莎士比亚的“A rose by any other name would smell as sweet”，玫瑰即使换个名字，也依然芬芳。——译者注

的肩膀。第一个男人的头发是金色的，梳到后方，露出一张比例完美的脸；另一个男人留着稀疏的黑胡子，恰好勾勒出他的方下巴，当他脱下大衣时，透过一件紧身的保暖衬衫，万事通看到他的胸部和肱二头肌的轮廓。

“外面天气真糟。”万事通说。他从服务台后的凳子上下来，把他们带到壁炉旁的一张桌子那里。他听到一个男人对另一个人耳语，第二个人说：“嘘，他会听到的。”他习惯了别人对他说三道四。在街上，青少年在驶过的车里对他喊叫。人们盯着他看，或试图不去看他，他们会挪开视线，然后偷偷向他看过来。孩子们直接走到他身边，他们为这个与他们体形一样，但又有所不同的男人而着迷。万事通学会了对这些事情置之不理。但当这几个人坐下以后，他从他们身边走开，一阵突如其来的愤怒淹没了他。

家里的一切正在分崩离析。在晚上，他会坐在沙发上，把书放在大腿上，大声朗读其中的一些句子。在过去，他们会聚在一起，利用香烟和啤酒，可能还有一些他们从餐馆带回来的甜点来放松。但现在他们渐行渐远。当他试图把注意力集中在这本书上，集中在那些能够改变他们的生活的重要的话语上时，他会走到厨房去，或者上楼去把电视打开，看一些他能忍受得了的、傻里傻气的电视节目。这本书曾经改变了万事通的生活，给过他希望。但现在，这种希望正在消失。他们将一个接一个地离开他。而她永远不会来，不会为了一个孤独的矮人而来。一个年迈秃顶的矮人，他的双脚和背部每晚都会疼，不得不泡一个热水澡才能得到些许缓解。她不会把他粗糙、疼痛的双脚放在手上，按摩它们。在暗沉黑夜中，当他无法入睡、心中空虚时，她不会将散发着苹果香气、修长的白色身躯，覆盖在他的身上。

随着夜晚过去，他强迫自己愉快地接待顾客，当瞌睡虫掉下一个盘子的时候，不要对他大喊大叫；当开心果把订单弄错时，别对他发火——开心果平日里是个洗碗工，不过今晚他得顶替侍者。万事通专注于让一切顺利地进行下去，而不是让它变得混乱。他让一个德国女人把他拽到腿上，让她的朋友们用手机拍照，将照片传给斯图加特的其他朋友。他和其他矮人一起演唱了“生日快乐”，把一根硕大的棒棒糖递给一个女孩，女孩剪了个洋红色的寸头，脸上穿了几个孔，她的父母面带紧绷的笑容坐在那里，很显然，他们为有这么一个奇怪的女儿而感到很不舒服，现在又要面对几个穿着条纹紧身裤的假侏儒。到了打烊时间，万事通想揍谁一拳。他在计算今晚的进账时刻意慢了点，以便其他人可以收拾好厨房，并且让他自己一个人待着。瞌睡虫、开心果和喷嚏精干完活以后，徘徊在办公室门口。

“走吧。”万事通说。

“怎么了？”开心果说，“是因为我吗？我尽力了。当服务员真不容易。我从来没有意识到让一切正常运转有这么难。”

“你做得很好。”万事通说。

“你真这么认为？”开心果看起来很激动。

“我们会等你的，”瞌睡虫说，“我们可以一起打车。”

“你们先走吧。”万事通说。

“酷，出租车！”喷嚏精说道。“有件事怪怪的，”他说，“当我坐别人的车时，我一定要系安全带。但坐出租车的时候，我从来不系安全带。这不奇怪吗？”

“你该系上的。”万事通说。他想抽他们耳光。“走吧，”他说，“快他妈的滚，让我一个人待着。”

喷嚏精和开心果盯着他看。瞌睡虫分别拽了一下两人的夹克袖子。“当然，伙计，”瞌睡虫说，“没问题。你想一个人待着，我们就让你一个人待着。”

他们终于走了。立体声音响里柔和地播放着“彩虹之上”。一般来说，朱迪·加兰的声音让他感到安慰，但是现在万事通感到歌里承诺的东西正在嘲笑他，一片梦想成真的愚蠢世界，到处都是蓝鸟和鲜艳的色彩，麻烦都消失了。

他将装着信用卡单据的拉链包和钱包锁进保险箱，关掉音响，把旁边的一叠 CD 整理整齐，然后关掉了最后一盏灯。要设置报警系统，必须在厨房通往巷子的那道门的键盘上按下一串数字。他本来已经准备去了，又停了下来。他回到黑暗中的厨房，从转门进入餐厅，在酒吧后面拿了一瓶尊尼获加威士忌和一个岩石杯。

凌晨四点钟，城市的街道看起来像是电影里一幕即将毁掉的布景。店面大多打烊了。灯光从高大的办公楼里透出，清洁工正在清空垃圾桶，用真空吸尘器打扫卫生。万事通知道那是什么感觉。他干过，好几年前。他往裤子的后口袋里塞了一个烧瓶，里面是晚上喝的酒，他在日光灯下工作时，其他人都在睡觉。他会在黎明将至时把自己喝倒，然后在一条医院长凳或者一处门廊倒下。他忘了醉酒的感觉，那种快乐，那种生动的欣喜，世界令人愉快地失去焦点，回到可以控制的距离后面。他朝着阁楼的方向趔趄走去，一面紧紧抓住外套里的酒瓶，雨已经没有先前那么大了，但还在不断落下，他却几乎感觉不到。现在，雨点是柔和的，几乎像是一层雾，像落在他头顶的冰冷的吻。一阵潮湿的寒冷渗进他的鞋子。

他唱着“棕色眼睛的女孩”和“斯旺尼河”。他在街道中间停下来，环顾四周，看看有没有人听见他唱歌，但一个人也没有。一只猫绕过一幢建筑物的角落，映衬着暗沉的砖块显得苍白。他意识到，他在用力呼吸。他停下来在一座小公园里休息，一片方形的草地上有一条铸铁的长凳，一道狭窄的泥土边界——现在是泥土——到了春天则会出现白色的花朵。他忆起了花朵，悲伤地凝视着湿润的土壤。没有花朵。再也不会有花了。雨水再也不会停下。雨水会冲走土地，这座公园，还有他自己。他会沿着雨水之河漂流而下，永无止境，直到沉入水面，像一块岩石一样沉到水底，死去，了无生气，终于获得平静。他寻找自己的杯子，想要倒更多的酒，但他已经把它弄丢了。他模模糊糊地记得，它撞到了砖头上，在街灯的光线下，杯子的碎片像雨珠一样闪闪发光。他喝了一口杯子里的酒，在冰冷的铸铁长凳上躺下。

梦境都混在了一起：他又在餐厅和游客一起拍照了，只不过餐厅实际上是一栋办公楼，饭菜在办公桌上供应，地毯在渗水，而他跪在地上，想找出渗水的源头。当他醒来时，他躺在潮湿的草地上，在一棵滴水的树下。降雨已经减弱，雨珠变得轻盈，空气是暗灰色的。他还有些微醺，并且可以在酒精的缓和之下感觉到一场挥之不去的、汹涌而来的宿醉。他起身走到长凳边，酒瓶躺在凳子上，盖着一张报纸，就像一个袖珍版的流浪汉。他拾起报纸和酒瓶，把它们轻轻地放进长凳旁铁丝编的垃圾箱里。

在回家的路上，他经过一些无家可归的人，他们还在门廊里熟睡。他把每个人都仔细看了看，但他们都不是坏脾气。坏脾气离开将近一个月了，没人见过他。他碰见了一只狗，浑身漆黑，骨瘦如柴，在万事通走过的时候抬起头。它随后在主人旁边安顿下来，叹息着。

他走进大楼，开始上楼，在每个楼梯平台停下来喘口气，让他嗡嗡作响的脑袋缓一缓。他静静地打开通往阁楼的门，以免碰见起床的人。但现在太早了。他能听到开心果和瞌睡虫的鼾声，还有喷嚏精的喘息的呼吸声。糊涂蛋独自睡在双人床上，横跨它，一只胳膊从被子下面露了出来。床边是一个堆得太满的烟灰缸、一盒木头火柴和一堆开心果壳。万事通跪下来，把果壳掬起来，扔到厨房里。他回去拿烟灰缸和火柴，把烟灰缸倒空，将火柴盒放在架子上。他洗了一些水槽里的碗碟，将它们放入洗碗机中，然后收拾柜台——有人把麦片和椒盐脆饼当作深夜零食吃掉了。

有人把花带回了家。一个花瓶——万事通注意到那是一只从餐馆偷来的花瓶——里有一束鸢尾花，放在柜台上一处清理过的地方。在主房间里，摆放着用一夸脱的啤酒瓶装着的百合花。在已经清理干净的咖啡桌上，一个耐热玻璃碗盛着水果——橘子、葡萄柚、苹果以及一堆香蕉——两侧放着两根燃尽的蜡烛。桌子上还有一张自制卡片，上面那幅画看上去像是喷嚏精的作品。画上的人挺像万事通的，而在卡片内侧，是开心果呆头笨脑的字迹——他把“我们爱你，万事通”用蓝色的笔写在黄色的图画纸上。

万事通拿了一个苹果，走向窗边。街道驶过一些车，早晨第一波上班的车流的车头灯依然亮着。云彩笼罩在城市上空，它们是灰色建筑物上方灰色和珍珠色的污迹。没有阳光能够穿破云层，让成千上万的窗户发光，也没有任何彩虹，能够横跨城市尽头那座公园里茂密的树木。这里没有黑色头发的女神，目光黑暗，充满爱意，飘浮在他身边。他在衬衫上擦了擦苹果。他微不足道。他的头几乎没有窗台高，但他可以看见，在外面，在大千世界里，再也没有任何东西值得盼望。

● 我不记得这个故事来自哪里了。我当时对奇幻或超现实背景的故事感兴趣：一栋郊区住宅的房间里有一群野狗，一个婴儿从垃圾桶中的一个蛋里孵出来，一个大学生是一个半转化的吸血鬼，等等。我认为《从此以后》与“半知半解”这个概念有关。整体的一部分很可能被误解——如果你无法看到它的全部——或被用于创造另一个整体。我对社区如何形成、如何分崩离析感兴趣，我也对什么样的信念构筑了我们的生活并且赋予它意义感兴趣。我不认为崇拜白雪公主（无论是迪士尼版本的——这个故事也许对迪士尼的版本有所亏欠——还是其他任何一个版本的）与崇拜圣母马利亚或安拉有任何区别，因为它们都是幻想。

——金·阿多尼兹奥

白色刺绣

● 凯特·伯恩海默

Kate Bernheimer

这座林中小屋，是那种尺寸袖珍、手工雕刻的古玩，只存在于古老的德国民间故事里，让人看到以后会忍不住不屑地翻白眼。尽管在我出生的那一年，一本德国故事集出版了，大受欢迎！对于这种鄙夷的反应，我虽然不能苟同，但也无法改变事实。我的同伴破门而入，以便使我在受了重伤的情况下，能够在茂密的森林里过夜。我发现自己置身于此地：在一座童话故事中的小木屋里，在森林深处，而且我的腿还动不了。

当我们抵达这座小屋时，从它凄切的外表，我们可以肯定，它被舍弃已久，如今居住在这间屋子里的只有凄风冷夜，我们是绝对安全的。或者说，我亲爱的同伴对此深信不疑。至于我，我什么也不知道，甚至连我自己的名字也想不起来。

我只记得一些零星的细节，就好像这座小屋是出自一个梦中人之手，是他用寥寥几笔潦草地将一切一挥而就。厨房的墙上吊着微型的锅架，在它的一侧，小块的洗碗布上各自绣着一周中的每一天。每一个房间里的每一个角落里都放置着一个空的捕鼠夹——捕鼠夹是打开的，蓄势待发，却缺乏诱饵。在房间的入口处，一只袖珍的小匣子挂在一颗生锈的钉子上，带有一枚金色的钥匙。对于这个盒子是否被人打开过，以及它里面装的是什么，我浑然不知。至于那枚钥匙，我暂且按下不表。

同伴把我放在一张床上，到早上我才发现它是一张有滚轮的床。关于我们是如何抵达这间巧妙地用茅草搭建起来的小屋的，我的印象已经模糊了，然而我相信我们曾经穿越森林，为了寻找一个安全的藏身之所。可能我们是在寻找某个安适的角落，以便摆脱那些追捕我们的人。抑或我们是某个不知名的王国的流放者，这个国度的名字我却毫无印象？

同伴安顿我的这个房间是所有房间中最小的，它的家具也是最少的。古怪的是，它位于一条长长的走廊尽头，在一条楼梯的顶上。我说“古怪”，是因为房子从外面看起来并不大。早上醒来的时候，我意识到自己正躺在一座塔楼里。然而从外面看去，一堵拱墙都看不到。这座有着茅草屋顶的小屋如同一件裹得四四方方的圣诞礼物，是送给孩子们的最心爱的毛绒兔子的那种礼物——一间完美的玩具屋，在我是个孩子的时候，我会用墙纸、窗帘和小床煞费苦心地装饰这种屋子。

塔楼里虽然几乎没有家具，但仅存的几件家具都恰到好处——一分不多，一分不少。那张矮床空荡荡的，无人睡过。墙面除了白色的刺绣以外，别无装饰，同样的刺绣一遍又一遍地重复相同的信息。这些刺绣上绣的是法语，我不会说法语：*致我的教母*[1]。在每片亚麻布的中央，绣着一位手持两只乌鸫的牧师，一手一只。所有白色刺绣的边角处都破损得厉害，有的刺绣甚至还破了洞。出于一种愚人的兴致，我那迷雾般的头脑对这些绣在白布上的白色针脚着了迷。我是那样的专注，以至于当我亲爱的同伴带着早餐——一个硬面包卷和一杯咖啡——登上塔楼时，我为他打断了我的研究感到气愤不已。

我的同伴走了以后，我一边啃着面包，一边四下观望，我能辨认出一些白色刺绣含有一根单独的金线，仅仅用于绣出"a"字母上方的变音符号。至于为什么要用金线，我对此毫无头绪。我思考着这个细节，还有，那些乌鸫是被人以白线精巧地绣上去的，这一点显而易见。最后，我把同伴叫了回来。我叫了一遍又一遍——令人不安的是，他之所以转身回到这个房间里完全像是出于偶然，他是上来收我的空茶杯的。从我的手里拿走杯子的时候，他长久地凝视着杯子，一句话也没有说。

最后，他把窗户的挡板都合上了，我正希望这样，这样一来，我能把那些白色刺绣更好地看清。我发现我在黑暗中更能视物。一根蜡烛摆放在床边的地板上，它的形状是一只蓝知更鸟，我把蜡烛点燃，将它转过去，对着墙。光辉四溢！多年以来，我从未如此享受待在黑暗中——即使白昼的强光就在窗帘紧闭的木屋外面闪耀，那种日光甚至能够穿透繁茂无际、危机四伏的密林。

这件事让我着迷，日复一日，我把时间花在研究这些白色的刺绣上。

最后，我和同伴在这个小屋里安顿下来，有种恍如隔世的感觉。

1 原文为法语。——译者注

我想我们并没有在这里生活一辈子；然而，究竟是什么把我们赶到这座林中小屋里来，我却说不出来，不仅仅是因为我想不起这件事了。不过，我能告诉你，我们在小屋里过得如此舒适，以至于一天早上，当我在自己的羽毛枕头底下发现了一本原本不在那儿的袖珍书时，不由得大吃一惊。这本书评论并且描绘了墙上那些白色刺绣。

书以黑色的丝绒装订，一条粉色的缎带作为书签，大小刚好能放入我的手掌，就好像它本来就属于那里。我长时间地阅读这本书，虔诚地凝视着那些刺绣。荣光闪耀的时刻飞快地流逝，深沉的午夜降临。（尽管窗帘紧紧地拉上了，我感觉不到日夜的更替。）那只蓝知更鸟在滴蜡——现在只是一汪蓝色的熔蜡了，只有烟斗通条做成的黄色脚爪从蓝色的熔蜡中露出来。我伸出手，试图重新把蜡捏成一只鸟的形状，但我只碰触到了一团无形的色彩。无论如何，烛火燃得更高了，更为明亮，映照在黑丝绒小书的洋葱纸书页上。

我开始热衷于照亮洋葱纸，远胜于研究“我的教母”之类的。借助蜡烛的光线，我也照亮了房间里每个布置了捕鼠夹的角落。是的，这个塔楼有不少转角——一件相当了不起的事情，因为这个房间是圆形的。我解释不了我过去为什么没有注意到这些转角……这些转角真是奇迹，是一座奇迹般的建筑里囊括的另一个奇迹，因为即便是塔楼本身，也无法从这座建筑的外部辨认出来。

随着房角的转角被照亮，现在我能将其中一个角落看得一清二楚。在捕鼠夹后面，是一幅极小的肖像画，画中人是一个年轻姑娘，看上去刚到及笄之年。我不知道我是怎么突然想到那个短语的——及笄之年——因为过去我会单纯地把那张肖像画描述成一幅年轻姑娘的袖珍肖像。接下来，我却不能凝视那幅画太久。我发现我一看到那张画就必须尽快闭上双眼——我不知道确切原因。我的伤与其说限制了我那双跛腿的行动，不如说潜入到了我的意识之中，使得我的头脑变得更加……冲动或者隐秘，可能是这样。我强迫自己的眼睛再次回到肖像上。

这幅画其实没有什么特别之处，与其说像一幅藏品，不如说更像一帧插图。女孩的全身出现在画中，四处都有污渍，人物的形象消褪到背景里，在某种程度上，这幅画让人想到了《格林童话》，是的，你可以把她的肖像当作一幅插图。她是一个貌不惊人的女孩，和我一样。她的眼睛阴郁，头发细长而缺乏光泽，没有洗过，即便从面部和双肩上，你也能看出来她营养不良，这一点也与我一样。（我不是刻意要拿我的情况与你或者与其他人相比，我只是注意到了两者的相似之处。）

这幅肖像画的某种特质惊醒了我，让我回到了现实中。我甚至并没有意识到自己沉浸在一种什么样的昏沉之中。在那座塔楼里，凝视着女孩阴沉的双眼的同时，我醒了过来。我相信我的醒悟与女孩本身无关，而是受到了这张肖像画那怪异的笔触的驱使，这幅小小的肖像——与真人一般大小，却不比一只耗子更大。而且是以白色的笔触画在白色的画布上的，就像墙上的那些刺绣。

虽然我感到更清醒、更有活力了，但我发现我同时也突然被伤感压倒了。我不知道为什么，我只知道一件事：当那位同伴给我带来晚间饮用的黑咖啡时，我让他去给我取一大瓶蓝莓酒。我还要求他给我带一只绘有粉红色花朵的茶杯。我的需求变得更迫切，更细腻。谢天谢地，他能从橱柜里找到符合我要求的物品。

喝着酒，有好一阵子，我凝视那幅肖像画，画上的女孩以愠怒的袖珍目光注视着外界。终于，我对无法破解这幅肖像的秘密而感到不满（而且显然没注意到我醉得几乎都站不稳了），我躺到了床上。为了赶走心里的挫败，我把注意力转向我那本在枕头底下发现的书。我贪婪地将它的洋葱纸书页翻向女孩的肖像画。“单调，不加修饰。”书上写道。其余的描述性文字全都丢失了——一切文字都不见了，只剩下一句古怪的感叹：

“她死了！”

“我也死了。”这是我的头脑中当即涌现的字眼。但我没有死，此后无数个日日夜夜，我也未曾死去，在森林里，我与同伴非常幸福地生活在一起——不是以丈夫和妻子的身份，但也不是以兄弟姐妹的身份：我无法准确地定义这种关系。

当然，不久以后，我除了画中人以外再也没法考虑别的事。每晚我的同伴都会给我带来一杯蓝莓酒，我喝下它，再要一杯，并且思考着：她是谁？我又是谁？我并不盼望找出答案——不，不，我也不希望有一个答案。单纯的思索便已经使我满足了。

一天早上，我醒来以后，发现那幅画作消失了。不仅仅是那幅画，就连墙上的袖珍小鸟，那些袖珍的乌鸫也不见了。我对此已经习以为常，当时我已经习惯了这种令人困惑的事。没有白色刺绣，没有塔楼，没有同伴，没有蓝莓酒。我发现自己在另一个逼仄、阴暗的房间里，躺在一张床上（不是一张滚轮床）。一个老妇人和一个医生坐在床边。

“可怜的孩子。”老妇人喃喃。她补充道，只要我鼓起勇气的话，一定能好起来。你可以想象，老妇人和医生马上遭到了我极大程度的怀疑，他们私下里也怀疑我。我表示公然的抗议，我没有做任何事，然而我却失去了我在那个神秘的监牢或者说家里曾经爱过的一切。不，我该就那样兴高采烈地生活，跛着脚，神志不清，让同伴每晚给我端来用茶杯盛的酒，早上又为我送来咖啡和硬面包卷。我并不介意那些面包这么难啃，让我的牙在牙床上变得松垮垮的，它们变得像我的思维一样松散，或者像森林里被渡鸦洗劫一空的蓝色知更鸟的巢。

令人欣喜的是，医生安抚了我。他说，我的康复只取决于一件事，唯一的关键：我必须消除一切阴郁的想法。他把一个我过去从未注意过的房间指给我看。“你有图书馆的钥匙，”他说，“但要小心你会读到的东西。”

● 我在马萨诸塞州一个小镇的公共图书馆里写下了这个故事，那时候是夏天。那是捕鱼的季节。当我开车去图书馆的时候，穿着黄色雨衣的孩子们在桥上垂钓，脚边放着一桶桶活蹦乱跳的鱼。但在图书馆里，永远是捕鱼的季节，它的松木墙上挂着关于纵帆船和渔网——上面撒满了海星——的透视画。我坐在一个玩填字游戏的老人对面。他看上去像从《老人与海》里走出来的人物。我一直在读爱伦·坡的作品，以及一些关于17世纪小说中的童话场景例证的学术著作。不知道为什么，距离大海这么近，加上爱伦·坡与17世纪的德国人的影响，我写下了这个故事。

对我来说，这是一个非常具有建筑学意义的故事，一个约瑟夫·康奈尔[1]的盒子或者透视画。通过写作这个故事，我在很短的一段时间里，住进了我梦想中的那座不可能性之屋。当然，

1 约瑟夫·康奈尔（Joseph Cornell，1903—1972）美国超现实主义者、装置艺术家、蒙太奇电影导演，以创作了“盒子系列”装置作品而闻名。——译者注

它可以说是一个关于影响的焦虑的故事，或许，更恰当地说，是关于焦虑造成的影响——我认为它包含了我身为一个作家如何去创作童话的密码。但这一密码是隐匿的，它本该如此，就像秘密本身。

——凯特·伯恩海默

附录：作者个人介绍表

金·阿多尼兹奥（Kim Addonizio）著有诗集《星光大道上的路西法》、小说集《小美人》和《我在街上的梦想》，以及故事集《在被称为快乐的盒子里》。

克里斯·阿德里安（Chris Adrian）著有小说集《戈布的忧伤》《儿童医院》以及故事集《一个更好的天使》。他是旧金山的一名儿科医生。

拉比·阿拉梅登（Rabih Alameddine）著有小说《哈卡瓦提人》《科莱兹：战争艺术》《我，神圣者》，以及短篇小说集《偷窥狂》。他生活在旧金山和贝鲁特。

安房直子（Naoko Awa, 1943—1993）是一位屡获殊荣的现代童话作家。小时候，她阅读格林、安徒生和威廉·豪夫的童话故事，以及《一千零一夜》。她在日本女子大学获得了日本文学学士学位。

艾梅·本德（Aimee Bender）著有短篇小说集《身穿易燃裙子的女孩》

《我的无形记号》《任性的造物》《柠檬蛋糕特有的悲伤》，现在南加州大学任教。

弗朗西斯卡 · 莉娅 · 布洛克（Francesca Lia Block）著作等身，包括《危险天使》《森林女神遇见半人马：一份神话约会指南》《吸血鬼夏洛特》《血玫瑰》以及《玫瑰与野兽》。

卡伦 · 布伦南（Karen Brennan）著有诗集《足够真实的世界》、故事集《我漫步的花园》和回忆录《与蕾切尔在一起》。

凯文 · 布罗克迈耶（Kevin Brockmeier）著有小说集《死者简史》《西莉亚的真实故事》，儿童小说《名字之城》，以及故事集《从天而降》《第七层的风景》。他曾获美国笔会奖、古根海姆奖学金和美国国家教育基金会的资助。

何舜廉（Sarah Shun-Lien Bynum）华裔女作家，著有两部小说：《亨佩尔编年史》入围 2009 年度的美国笔会 / 福克纳奖；《玛德莲在睡觉》入围 2004 年美国国家图书奖和卡夫卡奖。

露西 · 科林（Lucy Corin）著有故事集《困境》及小说《日常心理杀手：一部女孩的历史》。

迈克尔 · 坎宁安（Michael Cunningham）是小说《时时刻刻》的作者，该书曾获普利策奖和美国笔会 / 福克纳奖，其改编的同名电影获得了艾美奖。坎宁安也是小说《末世之家》《试验年代》及《血与肉》的作者，其中《末世之家》曾被改编为影视作品。

凯瑟琳 · 戴维斯（Kathryn Davis）住在佛蒙特州，在圣路易斯华盛顿大学担任驻校资深小说讲师，著有小说《拉布拉多》《踩到一条面包的女孩》《地狱》《徒步旅行》《凡尔赛》和《薄弱之处》。她曾获卡夫卡奖、美国艺术与文学学院的莫顿·道文·扎贝尔奖、古根海姆奖学金和兰南文学奖。

瑞可·迪科尔内（Rikki Ducornet）著有小说《玉橱》《扇子制造者的调查》，以及《根付》，其中《玉橱》入围了美国国家书评人协会奖，《扇子制造者的调查》曾获《洛杉矶时报》年度图书奖：她曾获兰南奖学金、兰南文学奖和美国艺术暨文学学会的艺术文学奖。

布莱恩·埃文森（Brian Evenson）著有《窗帘之后》《最后的日子》《赋格状态》《挥舞的刀子》《黑暗财产》和《残害兄弟会》，其中《窗帘之后》入围埃德加奖决赛。

凯伦·乔伊·富勒（Karen Joy Fowler）美国著名小说家，曾借《黑色玻璃》和《我所没有看到的》分获 1998 年和 2010 年世界奇幻奖。她的小说《简·奥斯汀书友会》是《纽约时报》的畅销书。

尼尔·盖曼（Neil Gaiman）是许多成人和儿童读物的作者，他的作品包括《鬼妈妈》《美国众神》《蜘蛛男孩》等，其中《坟场之书》获得了纽伯瑞儿童文学奖。

黄莉莉（Lily Hoang）的作品包括《抛物线》、《变幻》（超边际奖获得者）、《进化革命》和《隐形的女人》。

伊藤比吕美（Hiromi Ito）出版了十多部备受好评的诗歌集、数本小说和许多论文合集。她获得过许多重要的日本文学奖，包括高见淳奖、原樱太郎奖和泉筑武奖。有关她的作品选集，请参阅《伊藤比吕美诗选》。

雪莉 · 杰克逊（Shelley Jackson）著有小说《半条命》、小说集《解剖学的忧郁》、超文本小说《拼接女孩》，几本儿童读物，以及《皮肤》——该故事以文身的形式出版，文在两千多名志愿者的皮肤上。

伊利亚 · 卡明斯基（Ilya Kaminsky）出生于前苏联的敖德萨，1993 年，他和他的家人获得美国政府的庇护来到美国。他是《在敖德萨起舞》的作者，并为此获得了惠廷作家奖、美国艺术与文学学院的梅特卡夫奖、多塞特奖和兰南奖学金。他现在在圣地亚哥州立大学任教。

乔纳森 · 基茨 （Jonathan Keats） 是一位作家、艺术家，著有故事集《无名之书》，以及小说《谎言的病理学》《轻于虚荣》，他还是《旧金山杂志》的艺术评论家。

尼尔 · 拉布特（Neil Labute）是一位作家、导演和剧作家。他的第一部电影《与男人同行》在 1997 年于圣丹斯电影节上首映，其后是《挚友亲邻》《护士贝蒂》和《占有》等。拉布特撰写的戏剧曾被搬上世界各地的舞台，其中包括《事物的形状》《肥猪》《女孩们》和托尼奖提名作品《美丽的原因》。

凯莉 · 林克（Kelly Link）著有故事集《漂亮的怪兽》《初学者的魔法》和《怪事会发生》。她的故事曾获得星云奖、雨果奖、轨迹奖和世界奇幻奖。她还是 Small Beer 出版社和《丘吉尔夫人的玫瑰腕带》杂志的联合创始人和编辑。

乔伊尔 · 麦克斯威尼（Joyelle Mcsweeney）著有小说《尼兰德》《弗莱特》，诗集《红鸟》《女船长及其他诗歌》，是行动图书（Action Books）和在线季刊《行动，是的》的共同创始人及联合编辑。

萨布丽娜 · 奥拉 · 马克（Sabrina Orah Mark）著有诗歌集《婴儿》《齐

姆·楚姆》，畅销故事书《沃尔特了不起的堂兄到访及其他故事》。她获得了普罗温斯敦美术工作中心奖学金、格伦·舍弗基金会奖学金和国家艺术基金会的研究基金。

米歇尔·马尔托内（Michael Martone） 著有许多小说和非小说书籍，其中包括《米歇尔·马尔托内》《平原与其他风景》《印第安纳州蓝色指南》《沉思录》和《放宽一倍：米歇尔·马尔托内小说集》。

迈克尔·梅希亚（Michael Mejia） 是小说《忘却》的作者。他曾获得美国国家艺术基金会的文学研究金和路德维希·沃格斯坦基金会的资助。

莉迪亚·米列特（Lydia Millet） 著有多部小说，其中包括《噢，纯洁》和《发光的心》（入围阿瑟·C. 克拉克奖）、《死者如何做梦》、《我的快乐生活》（曾获得美国笔会小说奖）、《乔治·布什：爱的黑暗王子》，以及《小猴子的爱》。

阿利莎·纳汀（Alissa Nutting） 美国新生代女作家，主要作品有故事集《脏工作》，长篇小说《坦帕乡下》。

乔伊斯·卡罗尔·欧茨（Joyce Carol Oates） 曾获得美国国家图书奖和美国笔会 / 马拉默德短篇小说杰出奖，著有全美畅销书《我们穆尔范尼一家》和《金发女郎》（国家图书奖和普利策奖入围），以及其他许多作品。

柳德米拉·彼得鲁舍夫斯卡娅（Ludmilla Petrushevskaya） 俄罗斯戏剧家、作家，写了超过十五部散文集，包括《一个试图杀死邻居孩子的女人：可怕的童话》。她是现代俄罗斯文学中女性小说运动的先驱，也是一位剧作家，其作品被世界各地的主要剧院公司搬上舞台。

斯黛西 · 里希特（Stacey Richter） 著有《我和撒旦的约会》《双胞胎研究》。

玛乔丽 · 桑德尔（Marjorie Sandor） 是《我母亲的画像，她在战争时期摆出裸体姿势》《午夜园丁：寻找家园》的作者，前者获得了美国国家犹太小说奖，后者获得了俄勒冈州非虚构文学图书奖。

蒂莫西 · 沙夫特（Timothy Schaffert） 著有小说《罗洛姐妹的幻肢》《神的女儿们唱歌跳舞》《糖果店里的恶魔》和《小小希望的棺材》。他是 Prairie Schooner 的在线编辑、《童话评论》的特约编辑、奥马哈文学节（下城）和内布拉斯加州夏季作家会议的总监。

吉姆 · 谢帕德（Jim Shepard） 的著作包括小说《X 计划》和《诺斯费拉图》，故事集《如同你理解的那样》，后者获得故事奖，并入围了国家图书奖终选。

约翰 · 厄普代克（John Updike，1932—2009） 著有五十多本书，包括故事集、诗集、散文集和评论集。他的小说获得过普利策奖、国家图书奖、美国图书奖、美国国家图书评论奖、罗森塔尔奖和豪威尔斯奖章。

凯瑟琳 · 瓦兹（Katherine Vaz） 是小说《绍达德与玛丽安娜》和故事集《法朵及其他故事》的作者，后者曾获德鲁 · 海因茨文学奖，《洋蓟圣母》获得了 Prairie Schooner 图书奖。

凯莉 · 威尔斯（Kellie Wells） 著有故事集《收缩的伤疤》（获弗兰纳里 · 奥康纳奖），以及小说《皮肤》。

乔伊 · 威廉姆斯（Joy Williams） 著作丰富，包括《快与死》（入围普利策奖终选）、《调包》（入围国家图书奖终选）、《贵宾》和《照顾》。

图书在版编目（CIP）数据

阁楼上的七个小矮人 ：现代作家重述《灰姑娘》及其他 39 个故事 /（美）凯特 · 伯恩海默编著 ；邓宁立译. -- 北京 ：北京联合出版公司，2023.6

ISBN 978-7-5596-5823-4

Ⅰ. ①阁… Ⅱ. ①凯… ②邓… Ⅲ. ①民间故事—作品集—世界 Ⅳ. ① I17

中国版本图书馆 CIP 数据核字（2022）第 011527 号

北京市版权局著作权合同登记号：01-2022-0346 号

阁楼上的七个小矮人：现代作家重述《灰姑娘》及其他 39 个故事

作　　者：[美] 凯特·伯恩海默
译　　者：邓宁立
出 品 人：赵红仕
策　　划：北京乐府文化传媒有限公司
责任编辑：牛炜征
责任印制：耿云龙
特约编辑：范亚男　董素云
营销编辑：云　子　帅　子　小　飞
装帧设计：崔晓晋

北京联合出版公司出版
（北京市西城区德外大街 83 号楼 9 层　100088）
北京联合天畅文化传播公司发行
天津丰富彩艺印刷有限公司印刷　新华书店经销
405 千字　880 毫米 ×1230 毫米　1/32　17.875 印张
2023 年 6 月第 1 版　　2023 年 6 月第 1 次印刷
ISBN 978-7-5596-5823-4
定价：98.00 元